HEYNE <

Das Buch

»Macht auf, ich flehe euch an!« Eine belagerte Stadt, ein verzweifeltes Pochen an das Tor der einzigen sicheren Zuflucht – vergeblich. Doch Helene Ackermann und ihr Mann Christoph haben Glück, sie entgehen mit ihren Freunden, den Heidfeldts, dem Untergang. In einer anderen Stadt bauen sie sich ein neues Leben auf, gründen Unternehmen und Familien. Jahre später stehen sie am Zenit ihres Erfolgs, nichts kann ihre Freundschaft trüben – bis auf ihre gegensätzlichen Konfessionen, welche zusehends einen Keil zwischen die protestantischen Ackermanns und die katholischen Heidfeldts treiben. Es ist ein Keil zwischen Freunden, zwischen Familien, und schon bald zwischen der gesamten Bevölkerung des Heiligen Römischen Reichs Deutscher Nationen …

Die Autoren

Bastian Zach, geboren 1973, lebt und arbeitet als selbstständiger Schriftsteller in Wien.
Matthias Bauer, geboren 1973, lebt und arbeitet als selbstständiger Schriftsteller in Tirol.
Zusammen schreiben sie als Zach/Bauer Romane (unter anderem die »Morbus Dei«-Trilogie) und Drehbücher, zuletzt zum internationalen Blockbuster »Northmen – A Viking Saga«. Mit den großen Epen »Das Blut der Pikten« und »Feuersturm« (ebenfalls bei Heyne erschienen) erweckten sie die Welt der Wikinger zum Leben.

BASTIAN ZACH ~ MATTHIAS BAUER

Tränen der Erde

HISTORISCHER ROMAN

WILHELM HEYNE VERLAG
MÜNCHEN

MIX
Papier aus verantwortungsvollen Quellen
FSC® C014496
FSC www.fsc.org

Verlagsgruppe Random House FSC® N001967

in der Verlagsgruppe Random House GmbH,
Neumarkter Str. 28, 81673 München
Redaktion: Barbara Häusler
Printed in Germany
Umschlaggestaltung: Sandra Taufer, München,
unter Verwendung von © Richard Jenkins Photography (Frau)/
© Shutterstock.com (Slava Gerj, Venus Angel, Matt Gibson,
after6pm, Bernatskaya Oxana, Everett Historical) (Hintergrund)
Satz: KompetenzCenter, Mönchengladbach
Druck und Bindung: GGP Media GmbH, Pößneck
ISBN: 978-3-453-43978-8

www.heyne.de

Für Sabine

Peragravit tunc super sidus

Die Hauptcharaktere

Familie Heidfeldt, Katholiken

Johannes Heidfeldt, Kaufmann

Dorothea Heidfeldt, seine erste Ehefrau

Agnes Heidfeldt, seine zweite Ehefrau

Anna, ihre älteste Tochter

Balthasar, ihr Sohn

Magdalena, ihre Tochter

Sieglinde, ihre jüngste Tochter

Gebhard Baumgart,
Bruder von Agnes Heidfeldt

Familie Ackermann, Lutheraner

Christoph Ackermann, Transporteur

Helene Ackermann, seine Ehefrau

Lorenz, ihr ältester Sohn

Lucas und Philipp, ihre Zwillingssöhne

Teresa Dirr, Schwester von Helene

Sonstige

Emanuel Suárez,
spanischer Edelmann

Sibylla Amling,
Ehefrau des lutherischen Ratsherrn Erasmus Amling

Louise Croÿ, Witwe aus Frankreich

Georg Wurm, genannt »Der Sattler«,
Bürgermeister von Schwäbischwerd

Georg Kuno, von Augsburg, Stadtschreiber

Diakon Johannes Delzer, lutherischer Geistlicher

Prior Georg Beck, katholischer Geistlicher

Francesco Santorio,
Wirt des Gasthauses ›Der Rote Hund‹

Alexander von Haslang,
Befehlshaber des Herzogs Maximilian von Bayern

Im Jahre 1618 entbrannte zwischen Katholiken
und Lutheranern ein Krieg, der dreißig Jahre
dauern sollte und große Teile Europas
in einen Strudel des Verderbens riss.

Der Krieg kostete beinahe zwei Drittel
der deutschen Bevölkerung das Leben.

Doch schon lange vor 1618 nahmen
Geschehnisse ihren schicksalhaften Lauf,
die letztendlich zum Ausbruch
des Krieges führten …

Deutz, 10. August A.D. 1583

Mit einem spitzen Schrei rutschte Helene auf den regennassen Steinen der Gasse aus und schlug mit dem Kopf hart gegen den Holzstreb eines Fachwerkhauses. Für einen Moment war sie benommen, nahm ihren rasenden Herzschlag wie durch einen roten, pulsierenden Schleier vor den Augen wahr.

Die junge Frau, beinahe noch ein Mädchen, rieb sich die angeschlagene Stelle und spürte ein dumpfes Pochen im Kopf. Dann wurde ihr Blick wieder klar.

Verängstigt sah sie um sich: Regen prasselte aus schweren Gewitterwolken, die langsam von der Dämmerung verschluckt wurden. Die enge Gasse war menschenleer, die Fenster der Häuser finster. Ein brandiger Geruch war allgegenwärtig. Vor wenigen Tagen hatte ein Feuer in Teilen der Stadt gewütet, erst der Regen hatte ihm Einhalt geboten. Trotzdem war die Furcht der Bewohner ob eines alles verschlingenden Feuers nicht so groß wie die Furcht vor dem, was vor der Stadt lauerte.

Helene blickte auf ihr Kleid hinab. Der bräunliche Stoff war oberhalb des linken Knies aufgerissen. Ihre Beine schmerzten, ihr Kopf tat ihr weh, aber im Augenblick konnte sie auf sich keine Rücksicht nehmen – durfte keine Rücksicht nehmen. Zu viel stand auf dem Spiel.

Sie rappelte sich auf, raffte ihren Rock und lief wieder los, als wäre der Leibhaftige persönlich hinter ihr her.

Hätte Helene Ackermann auch nur im Entferntesten geahnt, was sie alsbald anrichten würde, so wäre sie wohl sitzen geblieben und hätte das Grauen, das die Stadt zu verschlingen drohte, einfach über sich ergehen lassen.

Am Ende der Gasse zeichnete sich der wuchtige Umriss der Klosterkirche von Deutz immer deutlicher gegen den Gewitterhimmel ab, gleich einem gesichtslosen Monstrum, das immer größer wuchs, je näher man ihm kam.

Helenes Lungen schmerzten, das Atmen fiel ihr mit jedem Zug schwerer. Nur noch ein wenig durchhalten, dann habe ich es geschafft, dachte sie, gleich bin ich bei ihr –

In diesem Augenblick hüllte sie eine dichte Staubwolke ein. Holzsplitter, Fassadentrümmer und Glasscherben schnitten durch die Luft und ließen Helene doch scheinbar unberührt. Sie taumelte, dann hörte sie einen dumpfen Knall – die Belagerer begannen wieder mit der Beschießung der Stadt.

Eine warme Flüssigkeit trat aus ihrer Schläfe, wurde vom herabpeitschenden Regen über ihre Wange gespült und vom Saum ihrer Haube aufgesogen. Achtlos strich Helene über die Wunde, während sie versuchte, durch den Staub, der sie immer noch umgab, etwas zu erkennen. War die Gasse noch passierbar?

Nur Augenblicke später hatte der Regen die Sicht geklärt: Ein Stück Fassade, groß wie ein Scheunentor, war aus dem oberen Geschoss des Fachwerkhauses vor ihr gerissen worden und lag versprengt in der Gasse. Die Häuserzeile erschien Helene wie ein Wurm, dem man ein Stück aus dem Leib gebissen hatte. Dann drangen die Schreie eines Mannes aus der Bisswunde.

Helene wischte sich die Haare aus dem Gesicht und schob sie unter die blutgetränkte Haube. Ohne die Schreie zu beachten, lief sie über die Trümmer hinweg, der Klosterkirche entgegen.

»Macht auf, ich flehe euch an!«

Immer wieder pochte Helene an das schwere, mit einem eisernen Gitter verstärkte Eingangstor des Marienklosters. Ihre geballte Faust schmerzte, ihre Kräfte schwanden.

Sie hielt inne, lauschte – nichts, nur das Rauschen des Regens. Niemand schien sie zu hören. Stumm blickte die Mauer, die das Wehrkloster umgab, auf Helene herab.

Plötzlich begannen die schweren Glocken der Klosterkirche zu läuten, kündeten vom Anbruch des Abends. Normalerweise konnte man nun das Tagwerk ruhen und im Kreise seiner Lieben oder in der nächsten Branntweinstube den Tag ausklingen lassen. Normalerweise …

Wie schnell sich doch alles ändert, dachte Helene, und wie schnell man sich an solch eine Veränderung anzupassen vermag. Was gestern noch undenkbar, war heute schon Gewohnheit. Und doch war es ihr, als würde ihr mit jedem Glockenschlag die Kehle ein wenig enger zugeschnürt.

Verzweiflung machte sich in ihr breit. Sie wusste, dass die Zeit gnadenlos verrann.

Zeit, ihre Schwester aus dem Konvent zu holen.

Zeit, um mit ihr die Stadt zu verlassen.

Zeit, dem sicheren Untergang zu entkommen.

Aber was war mit den anderen, mit den Bürgern und ihren Weibern, den Kindern, Alten und Kranken? All jenen, die trotz des großen Feuers entschlossen waren zu bleiben und in den Klostergärten Zuflucht gefunden hatten? Wer würde ihnen die Zeit zugestehen?

Das Glockengeläut verstummte und machte einer erdrückenden Stille Platz.

Verzweifelt schrie Helene auf und hämmerte erneut mit aller Kraft gegen das Tor. Noch wollte sie nicht aufgeben. Und wenn sie alles in Grund und Boden schlagen müsste, sie würde ihre Schwester –

Mit einem heftigen Ruck wurde eine schmale Luke, die zwischen die Eisenstreben in das Tor eingelassen war, aufgeschoben. Dahinter war schemenhaft ein Soldat zu erkennen.

»Passierwort?«, hieß es mit bayerischem Dialekt von der anderen Seite.

Helene brachte kein Wort heraus, so sehr war sie außer Atem.

»Dann nicht.« Der Soldat war im Begriff die Luke zu schließen, als Helene sich endlich wieder in der Gewalt hatte.

»Bitte …«, keuchte sie.

»Was in Herrgotts Namen willst du zu so später Stunde, Weib?«, schnauzte er sie an.

»Meine Schwester«, flehte Helene. »Ich muss zu ihr!«

Stille auf der anderen Seite.

»Teresa Dirr ist ihr Name«, fuhr Helene nun mit fester Stimme fort. »Sie ist als Novizin aus freien Stücken zur barmherzigen Pflege der Verwundeten geblieben. Und ich will sie augenblicklich sehen!«

»Die Verwundeten sind in den Wirtschaftsgebäuden in den Klostergärten untergebracht, nicht hier«, blaffte der Soldat. »Und dort sind sie sicher, im Gegensatz zu dir. Denn die verfluchten Lutheraner sind zurückgekehrt, mit Reiterei und schwerem Geschütz, falls dir das entgangen ist. Du solltest fliehen, Weib, solange du noch kannst.«

»Ihr versteht nicht, Herr Hauptmann! Das Kloster wird nicht standhalten, und wenn die Truppen es stürmen, dann –«

»Ach was«, wiegelte er ab. »Wir haben die Hundesöhne vor sechs Tagen vertrieben, und wir vertreiben sie auch diesmal. Diese Mauern werden standhalten.« Der Soldat machte eine Pause. »Und ich bin kein Hauptmann!«

Dann schloss er die Luke mit der gleichen Heftigkeit, mit der er sie geöffnet hatte.

Helene stand da. Fassungslos. Ungläubig. Machtlos.

Sie blickte die schweren Außenmauern empor, die das Konvent umringten und Schutzwall und Käfig in einem bildeten, schier unüberwindlich von beiden Seiten.

Sie neigte ihr Gesicht gen Himmel, die Augen geschlossen, und ließ sich ihre Tränen vom Regen wegwaschen.

Die Todesangst um ihre Schwester ergriff immer mehr Besitz von ihr. Aber vielleicht hatte der Soldat auf der anderen Seite des Tores recht? Vielleicht würden die Mauern tatsächlich halten? Immerhin stand das Bollwerk bereits seit mehreren hundert Jahren.

Es war nur ein kleiner Strohhalm, doch Helene wusste, dass sie ihn ergreifen musste. Nicht nur um ihretwillen, sondern auch um ihres Gemahls willen.

Drei Mal atmete sie durch, sog die nasse Abendluft so tief ein, wie sie nur konnte. Dann lief sie denselben Weg zurück, auf dem sie gekommen war.

ꙮ ꙮ

Unablässig ergoss sich der Regen auf die verwinkelten Gassen und die Häuser, die sie säumten. Die meisten waren ausgebrannt, Schutt und Holzstreben lagen verstreut, hie und da quoll noch Rauch hervor. In der Toreinfahrt der Münzpräge, einem der wenigen Häuser, die unversehrt geblieben waren, versteckten sich drei Gestalten – zwei Männer und eine Frau. Keiner von ihnen hatte zwanzig Lenze erreicht, sie trugen die farblose und geschundene Kleidung des niederen Standes und nichts außer einem Leinenbündel bei sich.

Dorothea Heidfeldt prüfte, ob ihr langes, schwarzgelocktes Haar ordentlich unter der Leinenhaube versteckt war. Johannes, ihr Mann, beobachtete sie aus dem Augenwinkel. Er wusste, dass sich Dorothea mit dieser vertrauten Geste nur beruhigen wollte. Trotz ihrer kräftigen Statur und des dicken Bauches, in dem sie sein Kind trug, wirkte sie zerbrechlich. Nun würde es nicht mehr lange dauern, bis sie –

Von jenseits der Stadt rollte das gedämpfte Grollen des Kanonendonners durch den Regen.

Dorothea presste die Augen zusammen, sodass ihr blasses Gesicht noch mehr dem einer Porzellanpuppe glich. »Sie werden uns alle zusammenschießen«, sagte sie mit zitternder Stimme und bekreuzigte sich mehrmals.

Christoph Ackermann drehte sich zu der schwangeren

Frau und ihrem Gemahl um, lächelte zuversichtlich. »Ach was, denen ist die Zeit zu lang. Das ist kein gezielter Beschuss, die wollen uns nur einschüchtern.«

»Bei mir ist ihnen das gelungen«, flüsterte Dorothea und wischte sich die feuchten Handflächen, die vom jahrelangen Geflügelrupfen rau und schwielig waren, an ihrem Kittel ab.

Johannes strich ihr über den dicken Bauch. »Geht es dir gut?«

Sie nickte knapp und wenig überzeugend. Ihr Blick folgte ihrem Gemahl, der nun aufstand und gemeinsam mit Christoph in die Gasse lugte. Zwei Männer, wie sie unterschiedlicher nicht sein konnten: Christoph, groß und breitschultrig, und Johannes, kleiner und trotz des kargen Tagelöhnerdaseins bereits mit dem Ansatz eines Wanstes. Der eine nie um ein Wort verlegen, der andere bedächtig, überlegt. Doch trotz ihrer Wesensunterschiede und obwohl Christoph Lutheraner und Johannes Katholik war, hatte ihre Freundschaft seit Kindestagen gehalten und sich im Laufe der Zeit auf ihre Frauen übertragen. Auch wenn Dorothea sich mit der schönen, aber manchmal etwas reservierten Helene nie so richtig verbunden gefühlt hatte.

Andererseits – was machte das schon? Wenn sich an ihrem Dasein nichts änderte, wenn sie und Johannes Tagelöhner blieben, würden sie nicht alt werden. Bei Christoph war es anders, der war als Geselle untergekommen. Aber sie?

Dorothea schüttelte ihre düsteren Gedanken ab. Im Augenblick gab es nur eines, was wichtig war, und das war in ihrem Bauch. Und so wie es zuweilen strampelte, würde es nicht mehr lange darin bleiben.

»Könnt ihr sie schon erspähen?«, fragte sie.

Johannes fuhr sich durch die kurzen braunen Haare. »Nein. Und wenn sie nicht bald kommt, dann –«

»Helene wird kommen.« Christophs Stimme klang so überzeugt, dass es ihm die anderen beinahe glaubten.

Und wie aufs Stichwort waren Schritte zu hören. Dann kam eine Frau mit gerafftem Rock hastig über die Trümmer in der Gasse gestiegen.

Helene.

Christophs Augen strahlten. »Mein Weib. Was hab ich euch gesagt?«

»Aber sie ist allein«, bemerkte Johannes zögernd. »Ändert das etwas an unserem Vorhaben?«

Helene hatte die Gruppe erreicht und drängte sich in die Toreinfahrt. Vor lauter Anstrengung atmete sie so stark, dass sie sich beinahe übergeben musste.

Wortlos nahm Christoph sie in die Arme und bettete ihren Kopf an seiner Schulter. Jetzt erst bemerkte er das zerrissene Kleid und die blutige Haube. Helene zuckte zusammen, als er den Stoff berührte und vorsichtig anhob. Ihr dunkelbraunes Haar war vom Blut schwarz gefärbt.

»Was ist passiert, um Himmels willen?« Christoph löste sich von ihr.

»Mir fehlt nichts«, keuchte sie. »Aber Teresa. Ich konnte nicht zu ihr. Wir müssen warten –«

»Warten?«, platzte es entsetzt aus Dorothea heraus. »Hörst du nicht die Kanonen? Keine zwei Tage wird ihnen das Kloster standhalten. Und wenn mein Kind erst das Licht der Welt erblickt hat, dann müssen wir ohnehin hierbleiben! Dann sind wir ihnen ausgeliefert!«

Johannes legte den Zeigefinger auf die Lippen seiner

Frau und blickte sie warnend an. Dorothea wurde bewusst, dass sie zu laut geworden war, und nickte reuig. Auch wenn viele Bewohner von Deutz entweder aus der Stadt oder hinter die Klostermauern geflohen waren, gab es nicht wenige, die sich in den Häusern versteckten, auf Gott vertrauten und hofften, dass sie verschont würden.

Dass vielleicht ein Wunder geschah.

Deshalb durften Dorothea und die anderen bei dem, was sie vorhatten, keine Aufmerksamkeit auf sich ziehen.

»Mein Weib hat recht«, fuhr Johannes fort. »Wir müssen hier weg.«

»Aber meine Schwester?« Helene klang verzweifelt.

»Teresa betreut die Verwundeten und Kranken«, sagte Christoph. »Sie wird von uns Lutheranern genauso gebraucht werden wie von euch Katholiken. Damit ist sie sicherer als jeder andere in der Stadt.«

Helene sah in die Runde. Sah den zuversichtlichen Ausdruck im Gesicht ihres Mannes, sah Johannes und Dorothea, die die Hand auf ihren Bauch gepresst hatte und der die Zeit davonlief.

Und mit einem Male wusste sie, was zu tun war.

»Wir flüchten heut Nacht, so wie geplant«, sagte Helene. »Die Mauern des Klosters werden halten, Teresa ist sicher.« Sie blickte die Gasse entlang, in Richtung des Klosters, das sie von hier aus nur erahnen konnte.

Halte stand, Teresa. Wir werden uns wiedersehen. Möge der Herr dich beschützen.

Sie bekreuzigte sich hastig. Dann ging sie durch die Toreinfahrt auf die Münzpräge zu. Die anderen folgten ihr.

Die beiden Fackeln, die sie mitgebracht hatten, warfen zuckende Schatten auf die feuchten Wände des Kellers. Es roch modrig. Schmale Rinnsale aus Regenwasser suchten sich den Weg über die groben Mauersteine und bildeten kleine Pfützen auf dem gestampften Lehmboden.

In einem verrottenden Holzregal stapelte sich schwarz verfärbtes Papier, auf dem sich Maden wanden. In den Winkeln türmte sich faulige Erde empor. Wie in einem Grab riecht es hier, dachte Helene schaudernd.

Johannes schob einige Bretter am Boden beiseite und legte so ein schmales Loch in der Erde frei.

Entgeistert starrte Dorothea in die schwarze Öffnung. »Da sollen wir hinein?«

Johannes nickte. »Von hier führt ein Tunnel unter der Kellermauer hindurch und mündet in einen alten unterirdischen Gang, der aus der Stadt führt. Den Tunnel haben wir als Kinder gegraben und gespielt, wir wären Mineure bei einer großen Belagerung.«

»Ja, bis uns der alte Münzer erwischte und nach einer ordentlichen Tracht Prügel auf die Straße gescheucht hat«, gab Christoph zum Besten. Johannes schmunzelte bei der Erinnerung.

Dorothea streckte demonstrativ ihren Bauch vor. »Und wie soll ich da durch? Wenn hinter der Kellermauer ein Gang ist, warum können wir nicht einfach die Mauer zu ihm einschlagen?«

»Damit das ganze Haus über uns zusammenstürzt, mein kluges Weiblein?«

Helene starrte auf das Loch. »Mit diesem Fluchtweg könnten wir doch die anderen Bürger, die noch in der Stadt sind, retten.«

Johannes blickte sie zweifelnd an. »Und wie viele willst du retten? Zwei? Vier? Vierhundert? Die Menschen würden in Panik versuchen, durch den Gang zu stürmen. Sie würden stecken bleiben und schließlich alle umkommen.«

»Johannes hat recht«, sagte Christoph. »Versuch eine Handvoll Kiesel in eine Flasche zu füllen. Eine Leichtigkeit. Fülle die Flasche bis zur Hälfte und drehe sie um, und die Kiesel verkeilen sich und verstopfen den Flaschenhals. Also entweder wir oder gar keiner.«

Helene seufzte. Sie wusste, dass dies die Wahrheit war, fühlte sich jedoch trotzdem innerlich zerrissen, vor allem weil sie Teresa zurücklassen musste. Und sie wusste auch, dass es ihren Gefährten nicht anders erging. Trotzdem verbargen sie ihre Gefühle, denn die konnten sie sich im Augenblick nicht leisten.

Helene kniete sich neben das Loch, steckte den Kopf hinein und zog ihn schnell wieder heraus. »Wie lange dauert es, bis man den Gang erreicht hat?«

»Nicht lang«, antwortete Johannes vage und stieg mit der Fackel in der Hand in das Loch. Er drehte sich noch einmal zu Dorothea um. »Du kannst das. Für uns und unser Kind.« Er ging in die Knie, kroch auf allen vieren los. Kurz darauf war er samt dem Schein seiner Fackel verschwunden, die anderen hörten nur noch scharrende Geräusche.

Dann war es still.

Christoph räusperte sich. »Johannes?«, rief er in die Öffnung.

»Nun kommt doch!«, hallte es von der anderen Seite.

Dorothea warf Helene einen furchtsamen Blick zu. »Du wirst es schaffen«, versuchte diese sie zu beruhigen und nahm ihren Arm. »Ich warte hier, bis du durch bist.«

»Nein!«, entgegnete Dorothea patzig und begann immer schwerer zu atmen. »Ihr geht zuerst. Ich will nicht, dass ihr auf mich warten müsst.«

Helene gab Christoph mit einem Blick zu verstehen, dass Widerspruch zwecklos sei. Der überreichte seinem Weib die Fackel, griff das Leinenbündel mit den Habseligkeiten und gab ihr einen Klaps auf den Hintern. Dann verschwand er im Loch.

Helene blickte ihm kurz nach, dann wandte sie sich an Dorothea. »So, nun mit aller gebotenen Ruhe. Ich kriech mit der Fackel voraus und lasse sie am Ende des Tunnels liegen. Dann musst du nur noch auf das Licht zusteuern, ja?«

»Du lässt mich hier im Dunkel zurück?«

»Einfach auf den Schein zu«, bekräftigte Helene.

Dorothea biss sich auf die Unterlippe, die eine weiße Farbe annahm, und nickte kaum merklich.

»Du schaffst das.« Helene gab ihr einen Kuss auf die Wange und stieg mit der Fackel in der Hand hinab.

Das Loch im Boden, erst noch vom Feuerschein erhellt, wurde langsam so dunkel wie der Keller selbst und ließ Dorothea in absoluter Finsternis zurück. Mit einem Schlag fühlte sie sich von der ganzen Welt verlassen, ihr war, als wäre mit dem Licht auch die Hoffnung auf ein neues Leben endgültig erloschen.

Helenes Worte, die hallend aus dem Loch drangen, rissen Dorothea aus ihrer Schwermut. »Bin schon durch, ist ein Kinderspiel! Wohlan!«

Dorothea wischte sich ihre schweißnassen Hände am Kleid ab und zog ihre Haube artig zurecht, als wollte sie in die Sonntagsmette gehen. Dann machte sie kleine Schritte auf das Loch zu und stieg hinein. Vorsichtig kniete sie sich auf die feuchte Erde und blickte nach vorn.

Der Schein der Fackel am Ende des Tunnels war deutlich zu erkennen, genau wie Helene es versprochen hatte. Dorothea musste nur ihre Angst überwinden – denn wenn die drei es geschafft hatten, warum sollte sie hier scheitern? Langsam senkte sie den Kopf, begann vorwärtszukrabbeln. Als ihr Bauch schon nach wenigen Augenblicken am Boden schleifte, versuchte sie instinktiv ihren Rücken aufzurichten, stieß jedoch gegen die Decke aus Lehm. Ein stechender Schmerz fuhr ihr ins Kreuz, Erde bröckelte von oben herab.

Dorothea hustete und fühlte sich, als wäre sie in einen Schraubstock gespannt. Sie würde mit Sicherheit stecken bleiben, das wusste sie mit einem Male, denn ihr geliebter Mann hatte offenbar nicht bedacht, dass sie und ihr ungeborenes Kind beinahe den Umfang zweier Männer maßen. Und über ihr stand ein gesamtes Haus.

Gnadenlos machte sich Panik in ihr breit. Ihr Herz schlug immer schneller, ihre Kehle schnürte sich zu. Sie kroch rückwärts, bis sie wieder bei der Öffnung war, richtete sich auf und rang gierig nach Luft. Ihr war, als wäre sie aus einer Höhle, die mit Wasser geflutet war, aufgetaucht.

»Wo bleibst du?« Die verärgerte Stimme ihres Mannes von jenseits des Tunnels.

»Ich kann nicht –« In diesem Moment erschütterte etwas das Gebäude über ihr. Gleich darauf schlugen neben ihr mehrere Ziegelsteine auf den Lehmboden, die sich aus dem Gewölbe gelöst haben mussten. Vermutlich war die Münze oder das Gebäude daneben von einer Kanonenkugel getroffen worden.

Schlagartig wurde Dorothea bewusst, wie brandgefährlich ihre Lage tatsächlich war. Der Tod lauerte dort oben wie hier unten, also sei's drum. Sie zog das kleine Holzkreuz, das an einer Kette um ihren Hals hing, aus ihrem Dekolleté, küsste es innig und hielt die Luft an. Dann presste sie die Augen zusammen und kroch so schnell sie konnte durch den Gang.

Sie kam sich vor wie eine Schabe, die um ihr Leben floh, da sie jeden Moment zertreten werden konnte. Der Tunnel vor ihr erstreckte sich ins schier Unendliche. Hatte sie sich verirrt? Vielleicht –

»Gott zum Gruße, schöne Maid!«

Johannes' Stimme riss Dorothea aus ihrer Verzweiflung, verdutzt blickte sie um sich: Sie hatte das Ende des Tunnels bereits erreicht.

Dorothea räusperte sich unbehaglich und stand auf. Dann versetzte sie ihrem Mann einen Hieb auf die Schulter. »Das nächste Mal denk dran, dass ich den Umfang eines Bierkutschers habe!«

Johannes küsste sie auf die schweißnasse Stirn. »Und was für ein hübscher Bierkutscher du doch bist.«

»Wann immer es euch beliebt …«, rief Christoph, der mit Helene bereits einige Schritte in den schmalen Gang hineingegangen war.

»Passt auf eure Köpfe auf«, sagte Johannes und deutete auf das niedrig gemauerte Tonnengewölbe.

Dann marschierten sie schnellen Schrittes hinein in die Dunkelheit.

Sie waren nun schon eine geraume Weile in dem unterirdischen Gang unterwegs, und die Luft war immer wärmer und trockener geworden.

»Wo werden wir herauskommen?«, fragte Helene und wischte sich den Schweiß von der Stirn. »In der Hölle?«

»Du vielleicht«, entgegnete Christoph und grinste. »Wir gottesfürchtigen Leut werden am Südufer des Rheins wieder das Licht der Welt erblicken.« Er sah zu Johannes, der vorausgeeilt und nur mehr am Schein seiner Fackel zu erkennen war. »Der läuft wieder, als hätte er was gestohlen. Johannes! Mach langsamer! Dorothea kann nicht –«

Die Erde erzitterte. Ohne nachzudenken, stieß Christoph die beiden Frauen zu Boden und warf sich auf sie.

Einem ohrenbetäubenden Krachen folgte sirrende Stille.

Dann das dumpfe Aufeinanderprallen von Steinen.

»Was war das?« Helene wischte sich den Schmutz aus dem Gesicht, blickte sich unsicher um. Die Luft war schwer vom Staub. Außer dem dunstigen Schein von Christophs Fackel, die auf der Erde lag, konnte sie nichts erkennen.

Christoph rappelte sich auf, dann zog er die beiden Frauen nacheinander auf die Beine. Dorothea weinte vor Schreck, er nahm sie schweigend in die Arme.

Wütend klopfte sich Helene den Staub vom Kleid. Für heute hatte sie wahrlich genug durchgemacht. Ihr war, als würde ihr der Herrgott vorsätzlich nach dem Leben trachten. Sie hob die Fackel auf und schwenkte sie hin und her, als wollte sie die Luft zerteilen.

Die Finsternis vor ihnen schwand und machte einer Wand aus Steinen und Erde Platz.

Der Tunnel war über Johannes eingestürzt.

Dorothea löste sich von Christoph. Ungläubig kletterte sie auf den Steinhaufen und begann mit bloßen Händen den Schutt beiseitezuräumen.

»Johannes!« Das konnte nicht sein. Das durfte nicht sein! Eben noch waren sie auf dem Weg in die Freiheit, um diesen verdammten Krieg hinter sich zu lassen, und nun sollte alles umsonst gewesen sein?

Tränen liefen Dorothea über das Gesicht und schnitten breite Schneisen durch den Schmutz, der ihre Wangen bedeckte.

»Johannes! Bitte!« Ihre Fingerkuppen begannen zu bluten, aber das spürte sie nicht, sie wollte nur zu ihrem Mann.

»Dorothea, beruhige dich.«

Helene und Christoph versuchten sie wegzuziehen, aber Dorothea schüttelte die beiden ab und grub weiter.

»Johannes –« Plötzlich verharrte sie. Dann presste sie ihr Ohr an die Erde. »Hört ihr das?«

Helene und Christoph warfen sich einen ungläubigen Blick zu, doch dann vernahmen sie es auch: ein rhythmisches Klopfen, von der anderen Seite her.

Johannes!

»Kannst du mich hören?«, brüllte Dorothea so laut sie konnte.

»Nein. Und du mich?«, kam es gedämpft zurück.

»Der Hund feixt noch auf dem Weg ins Fegefeuer«, knurrte Christoph erleichtert. »Bist du verletzt?«

»Nein.«

»Wir auch nicht!« Dorothea überlegte kurz. »Und nun?«

Johannes schwieg.

»Der Einsturz ist wohl zu dick, da kommen wir niemals durch!«, rief Christoph.

Sie hörten ein kurzes Schaben, dann einige Steine herunterpoltern und Johannes fluchen. »Könntest recht haben!«

»Wir kehren um«, sagte Helene. »Wir kümmern uns um Dorothea und ihr Ungeborenes!«

»Und wenn Deutz gestürmt wird?« Johannes' Stimme wurde schwächer.

»Sie wollen die bayerischen Soldaten im Wehrkloster, nicht unser Leben.« Christoph bemühte sich unüberhörbar, seinen eigenen Worten Glauben zu schenken. »Wir verstecken uns und sitzen es aus. Das ist unsere einzige Chance!«

Stille.

»Nein, ist es nicht«, rief Johannes, nun wieder kräftiger. »Es gibt noch eine andere!«

Die anderen wurden hellhörig. »Ach ja?«

»Ja!«, kam es als knappe Antwort, und nach einer erneuten Pause: »Ich kenne das heutige Passierwort.«

»Welches Passierwort?«

»Vom kleinen Nordtor.«

Helene, Christoph und Dorothea sahen sich verständnislos an.

»Ich werde die Belagerer ins Kloster leiten«, fuhr Johannes fort, »allerdings unter der Bedingung, dass ihr unversehrt aus Deutz hinauskönnt. Und nur unter der Zusicherung, dass das Kloster nicht gestürmt, sondern lediglich besetzt wird, mit freiem Abzug für alle Bürger.«

»Wer soll dir das garantieren?« Christoph kratzte sich zweifelnd den kurzrasierten Schädel.

»Der Oberbefehlshaber der Belagerungstruppen«, erklärte Johannes bestimmt und fügte kaum hörbar hinzu: »Wer auch immer das sein mag.«

»Das wird nicht klappen. Die werden dich aufspießen, ehe du ›Deutz‹ sagen kannst«, entgegnete Christoph.

»Was?« Dorothea war entsetzt.

»Hör nicht auf den Münzknecht, meine Kleine!«, beschwichtigte Johannes. »Wenn ihr einen brennenden Pfeil über die Klostermauer fliegen seht, dann haltet euch am kleinen Nordtor bereit!«

»Und wenn wir keinen Pfeil sehen?« Der Zweifel in Helenes Stimme war unüberhörbar.

Keine Antwort.

»Johannes?«

Nichts.

»Er ist weg. Kommt.« Christoph nahm die Fackel und stapfte los.

»Johannes wird es doch schaffen, oder?« Dorothea sah Helene hoffnungsvoll an.

»Das wird er«, entgegnete diese, und die Lüge kam ihr leicht und flüssig über die Lippen. »Das wird er ganz bestimmt.«

Der Regen hatte aufgehört. Immer wieder schnitt die Sichel des Mondes durch die vorbeiziehenden Wolken.

Darunter wand sich der breite Strom des Rheins durch die mitternächtliche Landschaft, rau und ungezähmt, und trennte das friedlich schlafende Köln und seine zahlreichen Fährschiffe am Westufer vom belagerten Deutz am

Ostufer. Doch trotz der zahlreichen Soldaten und Gerätschaften, die rund um Deutz lauerten, herrschte eine täuschend friedliche Stimmung.

Johannes kniete hinter der Ruine eines einst prächtigen Anwesens, das auf einem Hügel außerhalb der Stadt lag. Den Besitzer hatte er vor wenigen Wochen kennengelernt, als er ihm Weinfässer lieferte. Hermann Adolph von Solms war ein dicker, rotbackiger Adeliger gewesen, der sogar für gemeine Knechte und Mägde ein freundliches Wort übrig hatte. Bayerische Soldaten hatten vor drei Tagen das Gut mitsamt dem Adeligen, seiner Familie und der Dienerschaft in Brand gesteckt, einzig, weil es nah am Kloster lag und eine ideale Kanonenstellung hergab.

Und warum das alles?, dachte Johannes verbittert. Nur weil der Kölner Erzbischof sich eingebildet hatte, lutherisch zu werden, und das Kölner Domkapitel sofort katholische Truppen zu Hilfe gerufen hatte. Diese besetzten nun das Kloster von Deutz und kontrollierten somit auch die Waren, die auf dem Rhein transportiert wurden. Das wiederum nahm das lutherische Bonn nicht hin und schickte Truppen zur Rückereroberung von Deutz.

Nur wegen eines verdammten Bischofs verliere ich vielleicht bald alle, die mir lieb und teuer sind.

Vorsichtig streckte er den Kopf hinter einer Mauer hervor und blickte auf Deutz hinab. Aus der Stadtmitte ragte der massige Turm der Stiftskirche wie ein steinerner Fingerzeig Gottes empor. Rund um ihn reihten sich die Mauern des ehemaligen Kastells und umschlossen die Klostergärten und die dazugehörigen Dienst- und Wirtschaftsgebäude. Davor standen die teils noch immer rauchenden Ruinen der Fachwerkhäuser.

Südlich und östlich der Mauer lag ein Meer aus dreieckigen Zelten, in denen die Belagerer schliefen. Zu Johannes Linken rauschte der Rhein, zu seiner Rechten erstreckte sich ein Wall aus zugespitzten Holzstämmen, der das Lager sicherte. Wenn er ihn umrundete, so war sich Johannes sicher, würde er früher oder später an einen Kontrollposten kommen, von dem aus man ihn zum Befehlshaber bringen würde. Er musste nur selbstsicher genug auftreten, durfte sich die Angst nicht anmerken lassen. Denn obwohl er gerade einmal siebzehn Lenze zählte, fühlte er sich nicht als Bittsteller.

Er hatte etwas feilzubieten.

Johannes richtete sich auf und atmete mehrmals tief durch.

»He du da!«, erschallte es auf einmal hinter ihm. Johannes fuhr herum. Zwei Männer kamen schnellen Schrittes auf ihn zu, sahen mehr wie Halunken denn Soldaten aus.

Reflexartig hob Johannes die Hände, als ihn ein brutaler Faustschlag zu Boden streckte.

»Was suchst du vor dem Lager, du Hund?«, knurrte der kleine Gedrungene, der ihm den Schlag verpasst hatte. Sein Dialekt verriet, dass er aus einem der nördlichen Fürstentümer des Reiches kam.

Der andere, ein hagerer Kerl, gut zwei Kopf größer als Johannes, kniete sich auf dessen Arm und zückte einen Dolch. »Was du suchst, du Hund?«, wiederholte er, ebenfalls mit starkem Dialekt, und drückte Johannes den Dolch so fest gegen die Kehle, dass er die Haut bereits aufritzte.

Johannes dröhnte der Kopf, sein Kiefer schmerzte. Sein Arm, auf dem der Hagere kniete, wurde taub. »Ich will …

bringt mich zu eurem Kommandanten«, sagte er mit unsicherer Stimme.

»Was willst du von ihm, Jüngelchen?«, fragte der Dicke.

»Ja, was willst von ihm?«, wiederholte der Dürre und verlagerte sein gesamtes Körpergewicht auf Johannes' Arm.

»Ich habe … wichtige Kunde für ihn«, krächzte Johannes mit schmerzverzerrtem Gesicht und schluckte das Blut, das sich in seiner Mundhöhle angesammelt hatte. »Und wenn ihr mich nicht zu ihm bringt … wird euch das noch … leidtun.«

»Wird's das, Jaspar?« Der Gedrungene schien zu überlegen, was er mit dem Gefangenen tun sollte.

»Ich glaube nicht, Daniel«, raunte der Hagere und blickte grienend zu seinem Kameraden. »Ich schlitz das Jüngelchen jetzt auf, ja?«

Daniel wurde ernst. »Nein! Wir bringen ihn zu Doctor Peutherich. Wenn der mit ihm fertig ist, kannst du mit ihm immer noch tun, wonach dir ist.«

Schlagartig erlosch Jaspars Lächeln. »Ich will's aber gleich tun.« Er holte mit dem Dolch aus.

So endet es also, dachte Johannes und sah blitzartig das Bild von Dorothea vor sich. Er schloss die Augen und erwartete den Stich.

Verzeih mir Dorothea, o verzeih mir, dass ich –

Ein dumpfer Stoß, dann war das Gewicht des Mannes auf ihm plötzlich verschwunden. Erstaunt öffnete Johannes die Augen.

Neben ihm lag der Dürre am Boden. Sein Kumpan beugte sich gerade über ihn. »Wenn ich ›nein‹ sag, heißt das auch ›nein‹, verstanden? Bin ja kein Weib.«

Jaspar brummte missmutig.

Johannes sah den Gedrungenen mit einer Mischung aus Dankbarkeit und Furcht an. Der erwiderte den Blick, einen seltsamen Ausdruck in den Augen. »Freu dich nicht zu früh, Jüngelchen. Wenn das eine List von dir ist, wird dir mein Freund ein Grinsen ins Gesicht schneiden, das von einem Ohr zum anderen reicht. Und dann wird's richtig schmerzhaft, verstanden?«

»Verstanden.« Johannes rappelte sich auf.

Daniel gab ihm einen Stoß. »Und jetzt vorwärts!«

Die Nacht lag wie ein Leichentuch über Deutz. Kein Feuer, das wärmte, keine Fackel, die leuchtete, keine Kerze, die Hoffnung spendete. Niemand wollte den Kanonen vor der Stadt ein Ziel bieten.

Christoph, Dorothea und Helene saßen auf leeren Holzkisten vor einer abgebrannten Bäckerei. Die schmale gepflasterte Gasse vor ihnen führte leicht bergab und stieß an die Klostermauer, die über zwei Mann hoch war und somit die Sicht auf alles Dahinterliegende verwehrte, nicht nur bei Nacht.

»Wie will Johannes da hineinkommen?« Dorothea machte sich nicht nur größte Sorgen um ihren Gemahl, sie zweifelte auch an seinem Vorhaben.

»Angenommen das Passierwort stimmt, dann könnte er mit ein paar Mann in die Stadt gelangen. Diese könnten die Wachmannschaft gefangen nehmen und danach die äußeren Pforten öffnen.«

»Und somit Tür und Tor für alle Plünderer, Halsabschneider und Vergewaltiger«, fügte Helene hinzu.

»Die wollen nur das Kloster einnehmen, um den Fluss wieder kontrollieren zu können. Was interessieren die ein paar verängstigte Bürger und Nonnen? Wenn sie sich vergnügen wollen, gehen sie hinüber nach Köln.«

»Wenn's denn nur wahr wär. Möge der Herr Sein Kloster schützen.« Helene bekreuzigte sich.

»Weiß deine Schwester, wo wir hinwollen?«, fragte Dorothea.

Helene schüttelte den Kopf, der ihr ob der Verletzung immer noch dröhnte. »Aber ich weiß, wo ich sie finde. Und sobald dieser Irrsinn vorbei ist, werde ich sie in ihrem Konvent in Köln besuchen.«

Dorothea ergriff Helenes Hand und drückte sie. »Wir gehen alle zusammen. Vielleicht schon zu fünft.« Sie strich sich über den Bauch.

»Sehr ergreifend. Aber vielleicht sollten wir weniger wie die Waschweiber schwatzen und mehr darauf achten, ob wir einen brennenden Pfeil sehen«, raunte Christoph und blickte demonstrativ in den Nachthimmel.

Die beiden Frauen warfen sich einen beredten Blick zu, taten es ihm dann aber gleich.

Auf einmal durchfuhr ein stechender Schmerz Dorotheas Unterleib. Sie verzog das Gesicht und drückte sich den Bauch.

Helene sprang auf und kniete sich neben ihre Freundin. »Was ist? Beginnt es?«

Dorothea schüttelte den Kopf, die Augen zusammengekniffen. Ihr Atem ging stoßweise.

»Bleib noch ein bisschen da drin«, flüsterte Helene, die Lippen an Dorotheas Bauch gepresst. »Noch ein paar Tage, dann kannst du in Sicherheit das Licht der Welt erblicken.«

»In Sicherheit?«, presste Dorothea hervor. »Wir sind arm wie Kirchenmäuse und haben niemand, der uns Arbeit gibt, niemand, der über uns wacht ...«

»Ganz ruhig, das wird schon.« Helene wischte der Schwangeren über die schweißnasse Stirn. »Der Herr wird für uns sorgen.«

»Ja, vielleicht wird er das«, murmelte Christoph wie zu sich selbst. Er überlegte, dann gab er sich einen Ruck. »Vielleicht aber auch nicht. Achtet auf den Pfeil.« Unvermittelt sprang er auf, küsste Helene auf die Schläfe und rannte so schnell er konnte in jene Richtung zurück, aus der sie gekommen waren.

Verdutzt blickten ihm die beiden Frauen nach. »Wenn man sich auf die Mannsbilder verlässt, ist man verlassen«, meinte Helene trocken und blickte ihre Freundin an.

Dorothea zog eine Schnute. »Amen.«

Im Lager herrschte angespannte Stille. Manche Soldaten schliefen nahe einem der zahlreichen Lagerfeuer, andere putzten Stiefel und Gerät. Kaum einer würdigte Johannes oder seine beiden Begleiter eines Blickes. Die einzigen Wortfetzen, die zu hören waren, klangen Französisch.

Der ausgetretene Pfad, dem die drei folgten, war dick mit Stroh bedeckt. Es sog das Regenwasser auf und verhinderte so, dass man bis zu den Knöcheln im Schlamm stapfen musste. Dafür stank es erbärmlich nach Gülle. Am Ende des Pfades lag eine Ansammlung mannshoher Zelte, die heller beleuchtet waren als der Rest und auch größer.

Johannes versuchte sich einen Eindruck über das Lager zu verschaffen, das sich vor Deutz seit gestern immer weiter ausbreitete, gleich Ameisen rund um einen toten Käfer. Trotz des offensichtlichen Chaos aus Mensch und Material schien doch eine tiefer liegende Ordnung zu herrschen: Fässer waren aneinander vertäut, Sturmleitern lagen griffbereit gestapelt, ein- und zweiachsige Wagen und Karren standen in Reih und Glied vor einer Koppel, auf der Pferde grasten oder schliefen.

Je näher die drei dem großen Zeltlager kamen, desto misstrauischer wurden die Blicke der Soldaten am Wegesrand und umso mulmiger wurde Johannes zumute.

Nachdem der Fluchttunnel eingestürzt war, hatte er einfach nur gehandelt. Und dieses Passierwort, das er heute Mittag beim Kartenspielen mit ein paar anderen Tagelöhnern zufällig aufgeschnappt hatte, war sein einziger Trumpf. Denn in Deutz auszuharren und darauf zu hoffen, dass er und seine Lieben nach der Erstürmung der Stadt unbeschadet, und vor allen Dingen Dorothea und Helene ungeschändet, davonkommen würden, kam Irrsinn gleich.

Johannes atmete tief durch. Ausharren oder verhandeln, seine Entscheidung stand fest. Allerdings fühlte es sich im Augenblick so an, als hätte er sich seinen Henker einfach nur selbst ausgesucht.

Die drei passierten mehrere Wachposten, dann blieben sie auf einem kleinen Platz stehen, um den sich mehrere erhellte Zelte drängten. Vermutlich die Behausung der Offiziere und Kommandanten, kam Johannes in den Sinn.

Der Gedrungene schlug Johannes auf die Brust, damit dieser stehen blieb. Dann ging er in eins der Zelte.

»Versuch zu fliehen«, raunte Jaspar hinter ihm. »Bitte.«

Johannes drehte sich um, sah, wie der Mann mit dem Daumen über die Klinge seines Dolches strich und grinste. »Tu mir den einen Gefallen.«

»Und dann?« Johannes hielt dem Blick seines Bewachers stand. »Lässt du dich wieder von deinem Kumpan verprügeln?«

Jaspars Grinsen erlosch. »Hier und jetzt. Ist mir alles einerlei, ich werd dich hier und jetzt wie einen stinkenden Fisch –«

»Stillgestanden!«

Der Dolch verschwand, Jaspar nahm Haltung an.

Daniel näherte sich, gefolgt von einem schlanken, gepflegt wirkenden Mann mittleren Alters, der leicht humpelte. Dieser trug sein langes braunes Haar streng nach hinten gebunden, über das bestickte Wams hatte er einen eng anliegenden Überrock gezogen, der durch seine weiten Ärmel und seinen auffälligen Kragen imposant und höfisch wirkte. Er blieb schließlich knappe drei Fuß vor Johannes stehen und betrachtete diesen, während er sich über seinen gestutzten Vollbart strich.

»Mein Name ist Doctor Peutherich. Mir unterstehen die Truppen aus der Gascogne sowie die Verstärkung aus Westfalen«, sagte der Mann mit ruhiger Stimme und verschränkte dann die Arme gelassen hinter dem Rücken. Er gehörte augenscheinlich zu jenen, die ihre Stimme nicht erheben mussten, um Befehle durchzusetzen. Mit jeder Nuance strahlte er Autorität aus. »Mit wem habe ich das Vergnügen?«

»Johannes Heidfeldt, Herr«, antwortete der Gefragte, ohne den Blick zu heben.

»Du kannst mir ruhig in die Augen sehen. Das hat noch niemanden umgebracht«, sprach Peutherich.

»Ja, Herr.« Zögerlich hob Johannes den Kopf. Zu oft hatte er in seinem bisherigen Leben erfahren müssen, dass es Prügel immer dann setzte, wenn jemand diese zuvor ausdrücklich ausgeschlossen hatte.

Aber es passierte nichts, außer dass es Johannes vorkam, als würden ihn die bernsteinfarbenen Augen dieses sogenannten Doctors durchbohren und tief in seinem Inneren nach Wahrheit suchen.

»Wie ein Bauernbursch siehst du nicht aus«, fuhr Peutherich fort. »Wohl eher wie ein Geselle.«

Johannes nickte. »Bäckersgeselle war ich. Bis ... bis mein Meister bei einer Mehlexplosion den Tod fand. Seitdem helfe ich, wo ich kann.«

»Ein Tagelöhner also. Das heißt, du hast nichts zu verlieren. Außer deinem Leben, selbstverständlich.« Peutherich überlegte einen Moment, dann drehte er sich um und ging auf sein Zelt zu. »In Ketten zu mir!«

Daniel und Jaspar schnappten Johannes' Arme schneller, als dieser reagieren konnte, zwangen sie auf seinen Rücken und legten ihm Eisen an. Johannes wehrte sich nicht, er wusste, dass es zwecklos war.

»Jetzt geht's los, Jüngelchen!«

Das Zelt war schlichter, als Johannes von draußen angenommen hatte. Nur ein einfaches Bett mit einer strohgefüllten Matratze, auf der penibel zusammengefaltet eine Decke aus Filz lag, drei einfache Sessel und ein Kartentisch fanden darin Platz. Das einzig Überraschende war eine Staffelei am Fußende des Bettes, mit dem Gemälde einer hübschen Frau darauf. Die Frau lächelte wehmütig, die Hände auf das Korsett ihres leicht gerundeten Bauchs gelegt.

»Auf die Knie, Herr Heidfeldt, wenn ich bitten darf«, sagte Peutherich in einem Tonfall, der keine Bitte war. Johannes tat, wie ihm geheißen. Er ahnte, dass dieser Mann weder selbstherrlich noch überheblich war, sondern ihn als das betrachtete, was jeder Gefangene für ihn darstellte: eine potenzielle Gefahr.

»Die Frage, die ich mir stellen sollte, lautet: Was in Gottes Namen kann wohl ein Tagelöhner kundtun, das von Interesse für mich ist?« Wieder sah der Kommandant seinen Gefangenen mit einem alles durchdringenden Blick an.

Johannes wollte gerade antworten, als ihn der erhobene Zeigefinder Peutherichs verstummen ließ. »Jedoch die wahre Frage lautet: Was will der Tagelöhner dafür im Gegenzug?«

Johannes durchlief es siedend heiß. Er war gerade vom Händler zum Bittsteller degradiert worden. Aber hatte er eine Wahl? Er dachte an Dorothea, an sein ungeborenes Kind, an eine mögliche gemeinsame Zukunft – und fasste sich ein Herz. »Ich möchte freien Abzug aus der Stadt für mich und drei weitere, Herr.«

Peutherich schmunzelte. »Nichts als die nackte Haut retten. Das ist wohl die Ironie des Lebens – ungeachtet dessen, woher wir kommen, welchen Rang oder Stand wir bekleiden, ob Bettler oder König – zu guter Letzt wollen wir doch alle nur das Eine.« Er machte eine kurze Pause. »Und was sollen mir diese vier Leben wert sein?«

Johannes zögerte.

Der Kommandant hob die Augenbrauen. Nun schien er ungeduldig zu werden.

Johannes gab sich einen Ruck. »Ich … weiß das Passierwort des Nordtores.«

Peutherich stutzte.

Johannes fühlte den Anflug eines Triumphs in sich aufkeimen, doch er unterdrückte jede Regung, seine Miene blieb ungerührt. Er wusste, dass er ein gefährliches Spiel spielte.

Peutherich humpelte einige Schritte auf und ab, wobei er sich immer wieder über seinen Bart strich. Die Möglichkeit, die sich durch den Tagelöhner auftat, war verlockend, denn Peutherich musste seinen Kommandanten und vor allem seinen Männern gegenüber einen Erfolg vorweisen. Das letzte Gefecht war in einer schweren Niederlage gemündet, die Bürger von Unkel hatten ihre Stadt wider Erwarten nicht nur wehrhaft verteidigt, sondern seine Truppen auch noch auf dem Rückzug verfolgt. Viele der Schwerverwundeten hatten sie zurücklassen müssen, um das sichere Bonn erreichen zu können. Die Schussverletzung im Bein erinnerte ihn schmerzhaft an sein Versagen.

Trotzdem wusste Peutherich, was er zu tun hatte. Mit dem Rücken zu Johannes blieb er schließlich vor dem Gemälde stehen und betrachtete die Frau darauf.

Es war nun still im Zelt. Unwillkürlich hielt Johannes den Atem an.

Der Kommandant drehte sich zu ihm und fixierte ihn. »Ein Verräter. Das bist du also, ein einfacher Verräter. Ich nehme an, du hast nicht viel in deinem Leben gelernt.

Aber sogar du müsstest wissen, dass man Verrätern niemals trauen darf. Schon gar nicht, wenn sie versuchen, eine ganze Stadt feil zu bieten, nur um ein paar anderen Halunken den Galgen zu ersparen.« Er wandte sich zum Eingang des Zeltes. »Wache!«

Johannes wurde bleich.

Daniel kam herein, ein schmieriges Grinsen im Gesicht. Er packte den Gefangenen am Kragen und zerrte ihn hoch.

»Ich stehe nicht für Halunken ein!«, schrie Johannes und sah sich hektisch im Zelt um. Der Kommandant blickte immer noch auf das Gemälde. Auf die Frau darauf.

»Es geht um mein Weib!«, rief Johannes. »Um mein Weib und unser ungeborenes Kind!«

Peutherich erstarrte. Dann berührte er sanft das Bild der Frau – seiner geliebten Ebba, und in ihr die kleine Marie. Wie lange war es schon her? Und doch tat es so weh wie an jenem gottverdammten Tag, als –

Der Kommandant schritt auf seinen Gefangenen zu. »Dein Weib?«

Johannes nickte hektisch, riss sich aus dem Griff des Gedrungenen und kniete sich vor Peutherich. »Sie heißt Dorothea! Ich bitte für sie!«

»Und die anderen zwei?«

»Unsere Freunde, Christoph und Helene. Wir sind gottesfürchtig und redlich, sind gemeinsam aufgewachsen, haben Unsägliches zusammen gemeistert. So denn, ich bitte Euch, nehmt mich, und verschont nur die drei.«

Der Kommandant ging langsam zu einem der Sessel und setzte sich. Dann nickte er Daniel zu, der das Zelt wieder verließ.

»Nun gibst du also dein Leben für das deines Weibes und deiner Freunde?«

Johannes nickte, Tränen rannen ihm über das Gesicht.

»Und doch opferst du den Rest der Stadt für diese drei Seelen.«

»Nein, Herr. Ihr müsst mir Euer Wort geben, dass das Kloster nicht gestürmt wird und dass die Bürger freien Abzug erhalten.«

»Ich *muss*?« Die Miene des Kommandanten verfinsterte sich. »Ich könnte das angebliche Passierwort auch einfach aus dir herausfoltern lassen.«

»Es geht um mein Weib und mein ungeborenes Kind«, sagte Johannes, und aus seiner Stimme klang eine Überzeugung, die keine Zweifel aufkommen ließ. »Eher durchleide ich das ewige Fegefeuer, als sie zu verraten.«

Peutherich wog Für und Wider ab, er wusste jedoch, dass er nur gewinnen konnte. Und er wollte seine Männer schonen.

»Wohlan, ich gebe dir hiermit mein Ehrenwort als Doctor, dass –«

»Und als Christ«, unterbrach ihn Johannes.

Der Kommandant zögerte einen Moment »– als Doctor und als Christ, dass ich meinen Männern nur den Befehl zur Besetzung geben werde. Und dass ich den Bürgern freien Abzug gewähre.«

Nun war es Johannes, der den Kommandanten prüfend ansah.

Und er glaubte ihm. Er wollte ihm einfach glauben. Und mit diesem Glauben war Johannes, als wäre ihm ein Stein von der Größe jener Stadt vom Herzen gefallen, die er gerade verraten hatte.

Ich habe es geschafft, Dorothea, wir werden –

Die Stimme Peutherichs, ruhig und amüsiert, riss ihn aus seinem innerlichen Jubel. »Also, Johannes Heidfeldt, wie hast du dir deine List vorgestellt?«

Johannes stapfte über die durch den Regen aufgeweichte Straße. Zielstrebig näherte er sich dem Nordtor, das wie ein pechschwarzes Loch in der Mauer des alten Kastells klaffte. Bis heute hatte er den Anblick des Klosters geliebt, denn es versprach Sicherheit, Zugehörigkeit und Geborgenheit. Nun wirkte es jedoch wie ein versteinertes Ungetüm, das seiner Erweckung harrte.

Hinter Johannes folgten zehn Männer in zerschlissenen Kutten, die die Waffen verbargen, die sie darunter trugen. Daniel und Jaspar waren auch unter ihnen, und am Ausdruck ihrer Gesichter konnte Johannes unschwer ablesen, dass sie es verfluchten, ihn nicht einfach abgestochen zu haben, als sich ihnen die Möglichkeit dazu geboten hatte. Denn jetzt mussten sie dem Jüngelchen auf einem Himmelfahrtskommando folgen, wie einer der anderen Mitstreiter es vortrefflich genannt hatte.

Johannes aber blendete die Männer aus, blendete aus, was mit ihm passieren würde, schlüge sein Plan fehl. Und noch viel schlimmer – was dann mit Dorothea geschehen würde. Er konzentrierte sich nur auf eins: das heutige Passierwort wiederzugeben.

Wasserschanz.

Kräftig, selbstsicher und furchtlos musste er klingen. Also genau gegengleich dazu, wie er sich fühlte.

Kräftig?

Johannes' Glieder schmerzten. Seine Schulter, weil ihm die beiden Kerle die Arme auf den Rücken verrenkt hatten. Seine Handgelenke von den Eisen, die man ihm angelegt hatte. Und sein Kopf von dem Willkommens-Faustschlag des Gedrungenen.

Sie waren noch gut einhundert Schritte vom Tor entfernt.

Wasserschanz.

Selbstsicher? So zeigte er sich in Gegenwart von Freunden und Weibern. Zwar nicht in dem Maß wie Christoph, der immer einen Spruch parat und einen Scherz auf den Lippen hatte, und, wie er es zu nennen pflegte, »lieber einen guten Freund verlieren als einen schlechten Witz auslassen« würde. Dennoch – Johannes Heidfeldt wirkte in vielem wie ein Fels in der Brandung. Nur seine Frau kannte die andere Seite an ihm, die unsichere, die verletzliche, die schutzsuchende. Und genau so war ihm gerade zumute.

Noch gut sechzig Schritte bis zum Tor.

Wasserschanz.

Furchtlos? Dieses Gefühl war abrupt geschwunden, als sich vor wenigen Stunden der Hagere mit gezücktem Dolch auf ihn gekniet hatte und im Begriff war, ihn aufzuschlitzen. Und seitdem wollte die Furcht nicht mehr verfliegen. Seine Hände zitterten, seine Beine fühlten sich an, als wollten sie das Fliegengewicht, das auf ihnen lastete, nicht mehr tragen. Und sein Mund war so trocken, als hätte man ihn tagelang in einen Menschenkäfig gesperrt und der Sonne ausgesetzt. Wie sollte er auch nur ein Wort herausbringen?

Nur noch zwanzig Schritte. Johannes blickte sich um. Keiner der Männer hinter ihm zeigte eine Regung. Sie gehorchten einfach ihrem Befehl.

Noch zehn Schritte.

Wasserschanz.

Noch fünf.

In die Mauer war eine mannshohe Tür eingelassen, in der nun eine Luke geöffnet wurde. Ein Mann mit einem Helm blickte Johannes entgegen. »Was wollt's denn, ihr Bauerngsindel, zu solch unchristlicher Stund?«, blaffte er mit bayerischem Dialekt heraus.

Johannes räusperte sich.

Er setzte an, brachte aber keinen Ton heraus. Seine Zunge war eine trockene, pelzige Masse, die ihm am Gaumen klebte.

»Nun denn?«

Johannes bückte sich blitzschnell, tauchte seine Hand in eine Pfütze und leckte das schmutzige Wasser auf. Die Trockenheit war verflogen.

»Wasserschanz«, sagte er entschlossen.

»Was?«, tönte es von jenseits des Tores.

»Wasserschanz!«, wiederholte Johannes mit Nachdruck.

Einen Augenblick später wurde die Luke wieder geschlossen. Nichts geschah.

Johannes spürte, wie die Männer hinter ihm unruhig wurden. Er sah die Turmmauer hinauf nach oben, betrachtete die Unterseite der Hurde, den hölzernen Wehrgang, der aus der Mauer kragte, und stellte sich vor, wie eines der Falllöcher geöffnet und Pisse, Steine oder Schlimmeres auf sie herabregnen würde.

Erneut ging die Luke auf. »Wer seid Ihr überhaupt?«

Geschafft!

Vor Erleichterung sackte Johannes beinahe zusammen. Aber er riss sich am Riemen und versuchte seiner Stimme einen festen Klang zu geben. »Gern erzähl ich Euch meine Geschichte, von Geburt an, wenn Ihr wollt, aber gewährt uns Einlass, um Himmels willen, bevor noch irgendeiner dieser Teufel vor der Stadt Schießübungen auf uns veranstaltet!«

Die Wache zögerte.

»Oder soll ich Kommandant Ranucino berichten, wie Ihr Deutzer Bürgern den Zutritt verwehrt, anstatt sie zu beschützen?«, setzte Johannes nach.

Metallisches Klacken und hölzernes Knirschen war die Antwort. Dann öffnete sich ächzend das Tor.

Johannes schritt voran, die zehn Männer folgten ihm.

Das Tor schlug hinter ihnen zu.

Das Kloster lag still.

Augenblicke später sirrte ein brennender Pfeil durch die Luft.

Vier Gestalten hasteten durch den nächtlichen Wald. Erst als sie eine kleine Anhöhe erklommen hatten, machten sie Rast. Vor ihnen glitzerte im Mondlicht der Rhein.

Dorothea sank auf die Knie, völlig außer Atem. Die junge Frau hielt sich ihren Bauch und atmete so schwer, als würde sie jeden Augenblick niederkommen.

Helene setzte sich zu ihrer Freundin ins feuchte Moos. Johannes und Christoph blickten zurück auf die Stadt, die sie hinter sich gelassen hatten.

Die sie verraten hatten.

Neben Köln erschien Deutz wie ein Brotende, das abgetrennt neben dem großen Laib lag. Allerdings brannte nirgends ein Feuer, und auf dem Weg hierher hatten die vier weder Kampfeslärm noch Geschrei gehört.

Johannes atmete auf. Dieser seltsame Doctor schien sein Wort gehalten zu haben.

Christoph klopfte Johannes auf die Schulter. »Es hat funktioniert! Ich kann es noch immer nicht glauben.«

Johannes nickte, ohne den Blick von der Stadt zu wenden. Hatte er nicht gerade etwas aufflammen sehen? Er wartete, aber nichts geschah. Er musste sich getäuscht haben.

»Wirst du es schaffen?«, fragte Johannes Dorothea, die noch immer nach Atem rang.

»Ja«, antwortete Helene an ihrer statt. »Aber rasten wir noch ein Weilchen. Es ist uns ja doch keiner auf den Fersen.«

»Wo soll's nun hingehen?« Christoph sah Johannes herausfordernd an.

Der zuckte mit den Schultern. »Was weiß ich, Richtung Süden erstmal. Da sollten wir vor Soldaten sicher sein. Irgendeine kleine Stadt, wo sie genug Arbeit haben. Du könntest dich wieder als Münzknecht anwerben lassen, ich könnte mich am Markt oder am Hafen verdingen. Von Luft und Liebe allein lebt sich's schlecht.«

»So ist es«, bekräftigte Christoph. »Deshalb habe ich, während du mit den Soldaten geplänkelt hast, unsere Zukunft geschmiedet.«

Fragend zog Johannes die Augenbrauen hoch. Auch die Frauen wurden hellhörig. Christoph nahm das Leinenbündel von der Schulter und legte es theatralisch auf die Wiese.

»Du hast unsere Zukunft geschmiedet, indem du unsere wenigen Habseligkeiten mitgeschleppt hast?«, fragte Helene und seufzte gespielt. »Weiß der Herr, warum ich dich zum Manne genommen hab.«

»Schweig, o Weib, und staune.« Langsam öffnete Christoph das Bündel und betrachtete, was darin eingewickelt war, als wäre es das Schönste auf der Welt. Seine drei Begleiter kamen näher und beugten sich über ihn.

Aber sie verstanden nicht.

»Was … ist das?«, fragte Dorothea.

»Das, meine Lieben«, sagte Christoph voll Stolz, »das ist unsere Zukunft.«

Schwäbischwerd, Januar A.D. 1606

Langsam versank die Sonne am Horizont. Ein Turmfalke flog über die Stadt, hob sich wie ein Scherenschnitt vom blutroten Himmel ab.

Wind kam auf und schleuderte vereinzelte Schneeflocken wie eisige Geschosse gegen den Falken. Der Raubvogel kreiste noch einige Augenblicke, dann stieß er einen schrillen Schrei aus und schoss auf die große Kirche zu, die stolz zwischen den Bürgerhäusern emporragte. Sicher landete er in einer schützenden Nische des Turmes und legte die Flügel an.

Der Turm gehörte zur Stadtpfarrkirche *Zu Unserer Lieben Frau*. Die ehemals größte katholische Kirche in der Stadt, die seit über fünfzig Jahren in der Hand der Lutheraner war, stand ungerührt in der Dämmerung, und ihr langer Schatten fiel auf die Straße, genau zwischen die beiden prächtigen Häuser, die sich gegenüberstanden.

Zwischen das Haus Heidfeldt und das Haus Ackermann.

Die Holzscheite im Ofen knackten. Wegen der Dämmerung war es dunkel in der Stube, denn die kleinen Butzenscheiben ließen schon bei Tag nur wenig Licht in den Raum herein.

Der Gestalt, die einsam an einem der Stubenfenster stand, war das nur recht. So konnte sie ungestört ihren Gedanken nachgehen. Die Knaben waren in der Küche und ärgerten mit Sicherheit das Gesinde, bis Bartholomäus, der alte Küchenknecht, sie mit der Schöpfkelle verjagen würde. Dann würden sie ihre Mutter suchen, sie mit der untrüglichen Sicherheit eines Jagdhundes finden und sich bei ihr verstecken.

Helene Ackermann lächelte und strich sich eine Strähne ihres Haares aus dem Gesicht.

Ihre Söhne. Ihr Leben.

Ein Holzscheit barst im Kamin.

Das Lächeln verschwand. Flammen stiegen in ihren Gedanken auf, verdrängten die Bilder ihrer Söhne, und in den Flammen war *ihr* Gesicht, das sie ab und an in ihren Träumen sah, seit jener schrecklichen Nacht, als sie –

Als wir sie verraten haben. Sie und die gesamte Stadt, nur um unsere Haut zu retten. Nichts anderes war es.

Man konnte es drehen und wenden, wie man wollte, es blieb Verrat an Leib und Leben, an ihrem Fleisch und Blut. Sie hatte versucht es zu vergessen, und als das nicht gelang, hatte sie das Gespräch mit Christoph gesucht. Aber der sah alles anders. Was geschehen war, war geschehen, hatte er nach ihrer Flucht immer wieder, beinahe schon gebetsmühlenartig, wiederholt. Was der Herrgott nicht ändern kann, können wir schon gar nicht ändern. Somit können wir ein Leben lang unserer Schuld nachtrauern, oder wir können das Leben, das uns geschenkt wurde, mit jedem Atemzug genießen.

Irgendwann hatte Helene ihm geglaubt, aber die Träume waren geblieben.

Deutz wurde zwischen den Heidfeldts und den Ackermanns nicht mehr erwähnt, und die Männer machten das, was sie am besten konnten: ein Unternehmen aufbauen. So wie alle Männer seit Anbeginn der Zeit – ob Soldat oder Kaufmann, ob Bauer oder König – taten sie, was getan werden musste. Und wenn etwas schiefging, wuschen sie sich die Blutschuld von den Händen und machten einfach weiter.

Es war an ihren Frauen, die Toten zu beweinen.

»Was machst du denn hier im Dunkeln?«

Helene fuhr herum. Ihr Herz pochte, sie fühlte sich ertappt. Es war aber nur ihr ältester Sohn, der grinsend an der Tür stand, ein Talglicht in der Hand.

»Lorenz! Musst du deine Mutter so erschrecken?«

Der junge Mann trat ein und stellte das Licht auf den fein gearbeiteten Holztisch, der in der Mitte des Raumes stand. »Heute ist ein Tag der Freude. Und die Mutter des Bräutigams steht in der dunklen Stube wie ein Geist.«

»Noch bist du kein Bräutigam. Also hüte deine Zunge.« Sie drohte ihm mit dem Finger, wie sie es immer getan hatte und es auch jetzt noch gelegentlich tat. Wenn auch nur spielerisch, denn er zählte achtzehn Lenze und war ein Mann.

Und ebenso spielerisch gehorchte Lorenz ihr. »Du hast recht. So nehmt meine Entschuldigung an, werteste Frau Mutter, in tiefer Demut.« Er beugte sein Haupt und verneigte sich mit Schwung.

Sie lachte und blickte ihn liebevoll an. Große, blaue Augen, aus denen der Schalk blitzte, ungebändigtes, dichtes Haar. Ein einnehmendes Wesen, seinem Vater gleich, und doch so anders. Wo Christoph sich bis heute Wagemut und Leichtsinn bewahrt hatte, fiel bei Lorenz zwischen all dem Lachen und den Scherzen zunehmend ein ernster, kluger Wesenszug auf. Eine Klugheit, die ihn schneller als alle anderen durch das Gymnasium geführt hatte. Und die ohne Zweifel schon bald ihrem Unternehmen dienlich sein würde.

Lorenz richtete sich auf. Seine Mutter machte einen Schritt auf ihn zu, strich ihm sanft über die Wange. »Wie bist du nur so schnell herangewachsen? Mein großer Sohn …« Sie zog ihre Hand zurück, sah ihm in die Augen. »Bist du dir sicher?«

Er wurde ernst. »Und wenn nicht? Würde das einen Unterschied machen?«

»Ich hoffe nicht. Wir haben alles bereits ausgehandelt, und Vertrag ist Vertrag, auch wenn die Heidfeldts unsere Freunde sind.«

Lorenz lächelte verschmitzt. »Mutter, ich liebe Anna. Das habe ich immer schon. Und ich kann mir nichts Schöneres vorstellen, als mit ihr mein Leben zu verbringen. Heute wollen wir es verkünden, die Hochzeit folgt in Bälde, und mit Gottes Segen wird es gut sein. Für immer.«

Für immer …

Es war tröstlich, dass die Jugend eher handelte als wusste, dachte Helene. Sie selbst hatte schon sehr früh erkannt, was das Leben für einen bereithielt, dafür hatte ihre Kindheit im Hause einer Tagelöhnerfamilie gesorgt. Aber sie würde wie eine Löwin dafür kämpfen, dass ihren Kindern Derartiges erspart blieb.

Sie hatte es gut hier in Schwäbischwerd, sie alle hatten es gut hier, auch wenn der heutige Abend kein leichter werden würde. Doch das ließ sie ihrem Ältesten gegenüber unerwähnt. Lorenz wusste wahrscheinlich selbst ganz genau, was auf sie zukommen würde, wenn sich der Rat querstellte.

Er bot ihr seinen Arm. »Darf ich die Herrin des Hauses nach unten geleiten? Die Kutsche wartet.«

»Die Kutsche? Es sind doch nur ein paar Schritte zum Roten Hund.«

Er deutete zum Fenster. »Mutter, hast du eigentlich nur vor dich hingeträumt oder tatsächlich hinausgesehen?«

Sie wandte sich um, blickte durch das Butzenfenster. Dicke Schneeflocken stoben vom Himmel. Die Straße war bereits mit einem dichten weißen Saum überzogen.

Lorenz hatte recht getan. Bis sie spätnachts vom Roten Hund wieder heimkehrten, würde der Schnee knöchelhoch liegen. Und er würde locker sein, sodass man auf dem darunterliegenden Eis und dem Unrat ausrutschen konnte.

Helene schmunzelte und hakte sich im Arm ihres Sohnes ein. »Die Kutsche, also. Ist dein Vater schon da?«

»Nein, aber er hat mir versichert, dass er rechtzeitig im Hund sein wird. Er ist noch am Hafen, denn morgen früh kommen die Güter, die für Augsburg bestimmt sind.«

»Wenn die Landsknechte sie nicht abfangen.«

»Es sind keine gesichtet worden. Und Vater sagt, dass es bald vorbei sein wird.«

Helene teilte den Optimismus ihres Mannes nicht. Seit bald dreizehn Jahren führte das Heilige Römische Reich Deutscher Nation Krieg gegen die Osmanen im Osten. Jahr für Jahr schifften sich in der Gegend um Schwäbischwerd Kriegshaufen ein und fuhren die Donau stromabwärts, den Streitscharen des Sultans entgegen. Da den Söldnern und Landsknechten die Zeit schnell lang wurde, während sie auf die Schiffe warteten, plünderten sie regelmäßig alle Städte in der Umgebung der Häfen. Niemand hinderte die Männer daran, weil man sie für den Festungskrieg gegen die Heiden brauchte.

»Gebe Gott, dass dein Vater recht behält.« Helene sah an Lorenz vorbei, zur offenen Tür. »Wo sind deine Brüder?«

»Haben sich, glaube ich, damit abgefunden, dass sie nicht mitdürfen. Sie sind in der Küche bei Bartholomäus, maulen und lassen sich mit Essen und süßem Kram vollstopfen.«

»Es sei ihnen gegönnt. Wir sollten gehen, bevor sie es sich anders überlegen.« Helene wusste, dass sie ihren Zwillingen Lucas und Philipp zu viel durchgehen ließ. Aber es hatte nach Lorenz lange gedauert, bis wieder Kinderlachen im Haus erklungen war, denn die beiden Töchter, die Helene nach ihm geboren hatte, waren kurz nach der Taufe gestorben. Daher war sie überglücklich gewesen, als Lucas und Philipp am Leben geblieben waren. Das Glück hielt bis heute an und führte zu übermäßiger Nachsicht.

Mutter und Sohn verließen die Stube. Die Tür fiel hinter ihnen ins Schloss, und bis auf die glosenden Holzscheite machte sich Dunkelheit in der Stube breit.

Draußen trieb der Wind den Schnee durch die breite, dämmrige Straße. Zwar regte der Rat von Schwäbischwerd immer wieder an, dass die Bürger und Handwerker Laternen an den Außenwänden ihrer Häuser anbringen sollten, damit die Stadt nach Einbruch der Dunkelheit heller und damit sicherer sein würde. Aber das war mit so hohen Kosten verbunden, dass niemand sich daran hielt. So galt nach wie vor die strenge Regel, dass jeder, den die Stadtwache in der Nacht ohne Laterne antraf, eingesperrt wurde. Denn wer sich ohne Licht herumtrieb, konnte nur Böses im Sinn haben, so die einhellige Meinung.

Die Straße zog sich durch die ganze Stadt, vom Fuggerhaus im Westen bis zum Rathaus im Osten. Es war eine Reichsstraße, vom Tanzhaus in den Oberen und Unteren Markt getrennt. Letztere wurden von Gasthäusern, den Unterkünften der Zünfte und den großen Häusern der Kaufleute gesäumt, deren Fassaden aufwändig gestaltet waren. Geschnitzte Fachwerkbalken, reich verzierte Giebel und Malereien auf den Erkern zeigten, wer den Reichtum der Stadt in Händen hielt.

Das Pfleghaus des Reichsverwesers Georg Fugger mit seinem Zinnengiebel war ohne Zweifel das protzigste Haus der Stadt, obgleich der offizielle Vertreter des Kaisers es nur zu den wenigen Anlässen nutzte, wenn er in der Stadt weilen musste. Doch zwei Häuser, die sich in der Mitte der Reichsstraße gegenüberlagen, standen dem Fuggerhaus fast in nichts nach. Sie waren massiv gemauert, mit prächtigen Malereien, die sich über die gesamte Fassade zogen, und schweren Portalen aus Holz, die mit Eisen beschlagen waren.

Auf der nördlichen Seite lag das Haus der Familie Ackermann, das größte und schönste Bürgerhaus in der Straße. Das Portal leuchtete sogar jetzt, in Schnee und Dunkelheit, in dem leuchtenden Gelb, in dem es gestrichen war.

Auf der südlichen Seite, nicht ganz so eindrucksvoll,

aber immer noch beeindruckend, lag das Haus der Familie Heidfeldt. Sein Portal, in dunklem Blau, verschmolz mit den Schatten der Nacht.

Johannes Heidfeldt trank den zinnenen Weinbecher in einem Zug zur Hälfte aus. Dann stellte er den Becher, auf dem das Relief des Familienwappens prangte, auf den wuchtigen Holztisch, der inmitten der Küche stand. Er brach ein Stück von dem frischen Brotlaib ab, der auf dem Tisch lag, und biss herzhaft in die noch warme Krume.

Herrlich.

Johannes setzte sich auf eine der hölzernen Bänke, die sich an der Wand der Küche entlangzog, und kaute hingebungsvoll. Er fühlte sich wohl hier, wohler als in der Stube, wo gerade die Handelsgehilfen saßen und sich mit dem Gesinde aufwärmten.

Erneut nahm er den Becher und spülte das Brot mit dem restlichen Wein hinunter. Im Roten Hund würde es an Essen nicht fehlen, aber bis alle eingetroffen waren, würde es dauern. Der Sattler, wie die Einwohner von Schwäbischwerd Bürgermeister Georg Wurm wegen seines gelernten Handwerks nannten, kam sicher als Letzter. Da konnte eine kleine Stärkung nicht schaden. Zumal, wenn es schon frühzeitig Ärger geben sollte.

Johannes wischte sich den Mund am Ärmel ab, kratzte sich den stoppeligen Bart und musterte zufrieden die große offene Feuerstelle, über der ein eiserner Kessel hing. Für die, die heute zu Hause blieben, gab es eine kräftige Fleischsuppe und frisches Brot. Sein Blick schweifte vom Kessel zu Walburga, der Küchenmagd. Diese saß stumm auf der anderen Seite des Feuers und schnitt einen Krautkopf in Streifen. Hie und da sah sie auf, musterte Johannes furchtsam und senkte schnell wieder den Blick.

Walburga war noch nicht sehr lange im Haus. Sie war überaus fleißig, sehr jung und kam aus einem kleinen schwäbischen Dorf, dessen Name Johannes in dem Augenblick vergessen hatte, als sie ihm vorgestellt wurde.

Offenbar hatte man sie in ihrem Dorf mit Schreckensgeschichten über Kaufleute vollgestopft, über raffgierige, gottlose Judassöhne, die mit ihrem Gesinde noch gottlosere Sachen anstellten. Wenn das Schicksal es so wollte und man sich im Hause eines dieser Sünder verdingen musste, war die vordringlichste Aufgabe, immer auf der Hut zu sein, jeden Augenblick, denn der Teufel, besser gesagt der Kaufmann, schläft bekanntlich nie.

Walburga befolgte diesen Ratschlag und wich Johannes aus, wo immer sie konnte. Nicht, dass er sich vor seinem Gesinde erklären musste, aber wenn er gewollt hätte, hätte er ihr gesagt, dass sie sich keine Sorgen um ihre Unbeflecktheit machen musste, so sie denn überhaupt noch gegeben war. Abgesehen davon, dass die Arme mit einem nicht gerade vorteilhaften Äußeren geschlagen war, hatte Johannes Heidfeldt kein Interesse an anderen Frauen. Er war ein äußerst erfolgreicher, wenn auch skrupelloser Kaufmann, liebte seine Familie und widmete sich zu Hause, so er Zeit hatte, seinem Weib, seinen Kindern und gutem Essen und Trinken. Damit war er vollends ausgelastet, wie er fand.

»Ich habe ein gottesfürchtiges Eheweib und vier Kinder, davon drei Töchter«, pflegte er, meist bei einer anständigen Zeche und mit schwerer Zunge, zu tönen. »Das sind der Frauen genug in meinem Leben.«

Abgesehen davon war die Weiberei nicht ganz ungefährlich. Die Lutheraner gingen in ihren Städten – und die Freie Reichsstadt Schwäbischwerd war eine streng reformatorische Stadt – noch mehr als die Katholiken gegen die Unzucht vor. Wer sich als ehrbarer Bürger mit einem Liebchen erwischen ließ, hatte mit hohen Strafen zu rechnen. Johannes hatte sich sein Geschäft zäh gegen alle Widrigkeiten aufgebaut und wusste, dass Leute wie der Sattler nur auf einen Fehler von ihm warteten, um gegen ihn, den verhassten Katholiken, vorgehen zu können.

Aber da würden sie lange warten.

Balthasar stürmte in die Küche, gefolgt von Magdalena und Sieglinde, der Jüngsten. Ohne Walburga zu beachten, bauten sich die Sprösslinge keck vor Johannes auf.

»Vater, Vater, ist es denn wahr?«, keuchte Balthasar. »Wir dürfen nicht mit zum Hund?« Sein rundes Gesicht glänzte, das blonde Haar war verschwitzt. Obgleich erst neun Lenze, strebte Balthasar Heidfeldt bereits jetzt seinem Vater nach, zumindest was den Bauchumfang betraf.

Johannes seufzte innerlich. »Natürlich ist es wahr. Warum sollte ich euch mitnehmen?«

»Wegen Anna, und –«

»Was hat eure Mutter gemeint?«

»Die hat gesagt, du bestimmst«, fügte Magdalena, die Zweitjüngste, mit treuherzigem Augenaufschlag hinzu.

Johannes grinste. Ein kluger Schachzug von seinem Weib, das musste er ihr lassen. Den Feind ablenken, um Zeit zu gewinnen.

»Dann bestimme ich hiermit, dass Kinder im Roten Hund nichts verloren haben.«

»Der alte Sodomit würde sich aber sicher freuen –«,

setzte Balthasar an, aber da hatte ihm Johannes auch schon eine über den Kopf gezogen.

»Sprich nicht so respektlos! Santorio ist kein Sodomit, und er hat mehr Ehrgefühl im kleinen Finger als der ganze Reichstag!«

Balthasar öffnete den Mund, schloss ihn aber wieder, als er Johannes' zorniges Gesicht sah.

»Was ist ein Sodomit?« Sieglinde sah Balthasar ahnungslos an.

»Ein Sodomit mag kleine Jungen.« Balthasar grinste schmutzig, duckte sich unter einem neuerlichen Hieb seines Vaters und lief mit einem aufgekratzten Lachen aus der Küche.

Magdalena schüttelte den Kopf. »Also ich finde Santorio ist ein netter Mann.«

»Du bist eben mein braves Mädchen.« Johannes strich ihr über den Kopf.

»Darf ich dann also mit?« Sie strahlte ihn an wie ein kleiner Engel.

»Zum Donnerwetter nein! Warum will heute jeder in den Roten Hund mit?«

»Wegen dem Lucas Ackermann.« Sieglinde zeigte auf Magdalena, die rot wurde. »Magdalena und Lucas, Magdalena und –«

»Halt den Mund«, zischte Magdalena. »Stimmt doch gar nicht!«

»Aber wohl!«

»Aber nicht!«

Johannes seufzte erneut. »Schluss jetzt! Geht und verabschiedet euch von eurer Mutter. Und sagt ihr, dass sie und Anna sich beeilen sollen.«

»Aber –«

»*Hinaus!*«

Unwillig trollten sich die beiden Mädchen aus der Küche.

Johannes blickte ihnen nach. Er war noch mit jedem Konkurrenten fertiggeworden, sogar mit dem alten Lotter aus Nürnberg, dem härtesten Kaufmann, den er je getroffen hatte. Aber der war ein Waisenknabe gegen seine Töchter, wenn sie sich etwas in den Kopf gesetzt hatten.

Heute würde Johannes allerdings keinen Disput zulassen, heute mussten die beiden einfach gehorchen. Nur eines seiner Kinder würde am heutigen Abend dabei sein, und das würde er alsbald verlieren.

Wir verlieren doch kein Kind, hatte seine Frau gesagt, wir gewinnen eine Familie.

Und Johannes hatte innerlich schmunzeln müssen. Agnes hatte recht, sie waren schon längst eine Familie, im Guten wie im Schlechten, seit damals, seit Deutz. Seit sie es zu viert aus der Stadt geschafft, sich in Sicherheit gewiegt hatten. Doch diese Sicherheit war trügerisch gewesen, denn Dorothea und ihre ungeborene Tochter starben bei der verfrühten Geburt.

Dorothea …

Aber er, Christoph und Helene waren schließlich hierher nach Schwäbischwerd gekommen, um sich gemeinsam ein neues Leben aufzubauen. Der Witwer hatte in Agnes eine neue Frau und sein Glück gefunden, nichts anderes zählte.

Fast gewaltsam schüttelte Johannes die Erinnerung an die Vergangenheit ab, stand auf und verließ die Küche.

Walburga blickte ihrem Herrn furchtsam nach, dann widmete sie sich wieder gewissenhaft dem Krautkopf.

Aus dem leichten Schneegestöber war ein ausgewachsener Sturm geworden. Heulend jagte der Wind durch Schwäbischwerd und trieb den wenigen Menschen, die auf den Straßen und Gassen unterwegs waren, eisige Flocken ins Gesicht.

Auch Hans von Jurgas, der Türmer der Stadt, blieb davon nicht verschont. Er stand im Umlauf, einem auskragenden Gang, der rund um den Turm der Stadtpfarrkirche führte, gleich unterhalb der Spitze. In seinen dicken, mit Schaffell gefütterten Mantel gehüllt, wirkte der große Mann fast zu wuchtig für den engen Ausguck.

Der Türmer nahm einen großen Schluck Wein, dann setzte er den Trinkschlauch ab. Der eiskalte Traubensaft schien ihn zu wärmen, wenn auch nur kurz. Denn im Augenblick gab es keinen kälteren Ort in der Stadt, sogar der Falke, den von Jurgas früher am Abend gesehen hatte, schien sich davongemacht zu haben.

Unsere Liebe Frau war seit jeher der Standort der Türmer von Schwäbischwerd. Von hier aus hielten sie Ausschau nach Feind und Feuer und läuteten bei Gefahr die Glocken. Auch bliesen sie das Horn, wenn sich Schiffe näherten, auf dass der Zollmeister Bescheid wusste.

Von Jurgas blickte auf die verschneite Stadt hinunter, die an die viertausend Menschen beherbergte – so hatte es einer der letzten Chronisten von Schwäbischwerd zumindest angeführt. Die Stadtmauer mit ihren zweiundvierzig Türmen, die eng zusammenstehenden Häuser mit ihren vereisten Kräutergärten und die zahlreichen winterkahlen Obstbäume waren mittlerweile fast völlig in der Dunkelheit versunken.

Der Türmer sah auf die Häuser der beiden Familien, die sich gegenüberlagen.

Heidfeldt und Ackermann. Kaufmann und Transporteur. Katholik und Lutheraner.

Vor den beiden Häusern konnte er noch die Spuren von zwei Kutschen ausmachen – nur die gestopftesten Geldsäcke in Schwäbischwerd besaßen Kutschen, wenn auch kleine. Die großen leisteten sich nur die Könige. Allerdings waren die dafür auch aus Gold, wie man sich hinter vorgehaltener Hand erzählte.

Die Spuren führten zum Rathaus, am Ende des Unteren Marktes, dessen Silhouette sich nahezu drohend von den wirbelnden weißen Flocken abhob, und weiter in die Kapell-Gasse. Von Jurgas kannte das Ziel: das Wirtshaus Zum Roten Hund.

Der Türmer grinste. Was die wohl alle zu bereden hatten, fragte er sich. Ein Küchenknecht des Wirtshauses hatte ihm gesteckt, dass sich heute alle »Wichtigen« der Stadt dort trafen.

Er spuckte aus.

Was kümmerten ihn die feinen Herrschaften vom Markt? Im Augenblick zählte nur seine Wache, die wie immer die ganze Nacht dauern würde. Er nahm an, dass es eine ruhige Nacht werden würde. Niemand war unterwegs, der nicht musste, und Feuer würde bei diesem Sturm auch keines ausbrechen.

Hinter sich hörte er das Weinen eines Kindes. Es kam

aus der kleinen Behausung, die er mit seinem Weib Barbara und seinen Kindern Daniel, Moritz, Juliane und Katharina bewohnte. Wahrscheinlich hatte Barbara Daniel gerade eine Ohrfeige verpasst. Der Junge war in der letzten Zeit zunehmend frech geworden und hatte sich außerdem mehrere Male am Weinvorrat seines Vaters vergriffen. Bei dem Gedanken daran musste von Jurgas schmunzeln, nahm sich aber vor, Daniel eine kräftige Tracht Prügel zu verabreichen, wenn er ihn noch einmal dabei erwischte. Der Junge mochte sich das Saufen noch ein paar Jahre aufheben.

Der Türmer nahm erneut einen großen Schluck Wein und fühlte Wärme in sich aufsteigen. Er zog den Mantel fester um den Hals und blickte aufmerksam auf die nächtliche Stadt hinab.

Am Ende der Kapell-Gasse, die zum Lederer-Tor führte, stand ein großer alter Fachwerkbau. Über seinem Tor hing die aus Blech getriebene Figur eines Hundes, flammend rot, das Maul weit aufgerissen, und streckte sich ungerührt dem Sturm entgegen.

Das Tor ging einen Spalt weit auf, und ein Streifen Licht schnitt durch das Meer aus Schneeflocken. In der Öffnung erschien ein Gesicht, dunkle Augen linsten heraus. Es war Francesco Santorio, der Wirt des Roten Hundes.

Geradezu ungehörig, sich so zu verspäten, dachte der Wirt. Er hätte darauf gewettet, dass Bürgermeister Wurm und sein Stadtschreiber Kuno, der vielleicht verschlagenste Mensch in Schwäbischwerd, diese Ehre für sich beanspruchen würden. Und wenn nicht sie, dann Georg Beck, der Prior vom Kloster Heilig-Kreuz. Aber Christoph Ackermann schlug sie heute alle mühelos.

Da schälte sich eine Gestalt aus Schnee und Dunkelheit. Mit festem Schritt, aber nicht im Übermaß eilig, kam sie die Gasse herunter. Santorio verdrehte die Augen, er wusste, dass dies nur der Transporteur sein konnte.

Als Christoph und seine Familie vor so vielen Wintern bei Augustus, Helene Ackermanns Onkel, unterkamen, hatte niemand die Neuankömmlinge weiter beachtet. Sie waren einfach verarmte Verwandte eines alten, todkranken Kaufmanns, der sein Unternehmen hoffnungslos heruntergewirtschaftet hatte. Gehässig hatten die Bürger der Stadt darauf gewartet, dass diese Schmarotzer dem Alten noch den letzten Kreuzer aus den Taschen ziehen und dann gleich darauf verschwinden würden.

Santorio nicht.

Er hatte den beiden Familien ab und an Kredit gewährt und sie bewirtet, denn war er nicht selbst erst wenige Jahre zuvor nach Schwäbischwerd gezogen? Da musste man doch zusammenhalten. Außerdem spürte er von Anfang an, dass in den jungen Leuten mehr steckte, als auf den ersten Blick erkennbar war.

Und wie recht hatte er gehabt. Zäh, geschickt und skrupellos bewiesen sich die beiden Männer und teilten sich die Gewerbe auf, der eine Kaufmann, der andere Transporteur, der eine mit einem untrüglichen Gespür für den Handel gesegnet, der andere mit dem redegewandten Wesen, das einem den Weg nach oben ebnete.

Der Kaufmann erkannte schnell, dass sie mit herkömmlichen Waren nicht mit den großen Städten konkurrieren konnten, also verlegte er sich auf rare Güter. Über den Onkel der Ackermanns tat sich eine Verbindung auf, und so fanden schon bald Zuckerskulpturen, venezianisches Glas sowie Edel- und Buntmetalle, Gewürze, kostbare Seide und anderes den Weg nach Schwäbischwerd. Adel und Patrizier waren begeistert, aber die Ware musste auch zu ihnen, und da kam der Transporteur ins Spiel, der alles schnell und zuverlässig ans Ziel brachte. Bei wichtigen Kunden, die hofiert werden wollten, sogar höchstpersönlich.

Die Gulden waren rasch geflossen, und manche fragten sich, woher die beiden Männer, die aus dem Nichts gekommen waren, das Geld für ihren Aufstieg hernahmen. Aber schon bald ließen sie den Argwohn ruhen, einfach, weil der Stadt der Erfolg guttat. Zwar lebte Schwäbischwerd nicht schlecht vom Handel, beherbergte allein siebzehn Zünfte. Doch hatte der Handel in den letzten Jahren nachgelassen, und die Wochen- und Jahrmärkte brachten nicht mehr viel ein. Ackermann und Heidfeldt holten den Erfolg zurück und sorgten damit für volle Stadtsäckel.

»Francesco! Was in Dreiteufelsnamen machst du hier draußen? Du wirst dir noch den Tod holen.« Mit kräftiger Hand schlug Christoph Ackermann dem alten Wirt auf die Schulter. Er lachte, seine Augen funkelten.

Unwillkürlich grinste Santorio zurück. Es war so wie immer – man konnte dem Transporteur nicht lange gram sein. Sein Auftreten, seine Stimme, die schiere Kraft und Energie dieses Mannes nahmen jeden für ihn ein, zumindest die, die nicht in Konkurrenz zu ihm standen.

»Was ist nun, Herr Wirt, sollen wir hier draußen erfrieren?«

»Verzeiht«, sagte dieser und trat zur Seite. Christoph

betrat den breiten, holzgetäfelten Gang des Wirtshauses und schüttelte den Schnee von seinem Umhang. Santorio schloss das Tor.

Der Transporteur zwinkerte ihm zu. »Und? Alle da und hungrig?«

»Sehr. Mit Verlaub, Herr Ackermann, man erwartet Euch schon mit Ungeduld.«

»Das Geschäft geht vor«, sagte dieser achselzuckend. »Morgen werden neue Waren geliefert, und wenn alles gut geht, mag das Jahr ruhig kommen.«

Er warf den nassen Mantel auf eine Truhe, die an der Wand des Ganges stand, und schritt mit weit ausholenden Schritten auf die Gaststuben zu.

Christoph wollte gerade an der ersten Stube vorbei, die für das gemeine Volk bestimmt war, als eine Stimme aus dem Raum schallte. »Auf Euer Wohl, Herr Ackermann! Trinkt Ihr zu?«

Er blickte hinein. Die Stube war voll besetzt, es wurde gelacht, gegessen, geraucht und aufgespielt. Von einem Tisch prosteten ihm einige seiner Fuhrleute und Hafenknechte zu.

Er trat zu ihnen, warf eine Münze auf den Tisch. »Heute nicht, Männer.« Das Zutrinken war eine raue Sitte. Wem zugetrunken wurde, der musste so viel trinken, wie ihm von allen anderen vorgetrunken wurde. Doch dafür war jetzt nicht die Zeit. »Die Runde geht auf mich. Aber morgen bei Tageslicht seid ihr alle am Hafen. Wer fehlt, trägt jede Kiste eigenhändig nach Augsburg.«

Die Männer johlten und leerten ihre Becher, doch Christoph wusste, dass sie da sein würden.

Dass man in der Stube überhaupt atmen konnte, weil der Ofen nicht qualmte, dass die Tische und das Stroh in den Ecken sauber waren und auch das Essen gut und reichlich, all das sprach für die Qualität von Santorios Wirtschaft. Meist waren die gemeinen Stuben in den Wirtshäusern der Kapell-Gasse nichts anderes als Schweinekoben, in denen sich vom Tagelöhner bis zum Gerber jeder betrank, der noch einen Kreuzer in der Tasche hatte.

Nicht im Roten Hund. Santorio hatte das beste Essen, die gefegtesten Stuben, für jeden Messer und Löffel sowie saubere Tischtücher. Wer sich, wie anderswo, in diese hineinschneuzte, flog in hohem Bogen hinaus.

Natürlich ging es auch hier hoch her, es wurde gezecht, gespielt, geflucht und gesoffen wie in jeder Gaststube im Heiligen Römischen Reich Deutscher Nation. Und manchmal musste man die hitzigen Trunkköpfe, die aneinandergerieten, trennen und abkühlen. Aber jeder wusste, dass er das letzte Mal im Hund gewesen sein würde, wenn er es übertrieb. Francesco Santorio mahnte ruhig und bestimmt, und wenn seine Autorität nicht ausreichte, dann die kräftigen Arme von Hans und Valentin, den beiden Küchenknechten.

Die höheren Bürger der Stadt, die Geistlichen und der Adel kehrten für gewöhnlich nicht bei Santorio ein. Sie bevorzugten die alteingesessenen Häuser wie den Goldenen Löwen und den Schwarzen Bären, die am Oberen und Unteren Markt lagen. Aber Heidfeldts und Ackermanns hielten dem Roten Hund die Treue und pflegten ihre Feste ausschließlich hier zu feiern sowie wichtige Besucher hier zu bewirten.

Und heute Abend wird ein zukunftsweisendes Fest werden, dachte Christoph. Zumindest hoffte er es.

Er nickte seinen Männern kurz zu und verließ die Stube wieder. Dann schritt er zum Ende des Ganges, wo eine große, prachtvoll verzierte Holztür halb offen stand. Dahinter war Gemurmel zu hören.

So beginnt es also.

Er holte tief Luft, dann stieß er die Tür weit auf.

»Herr Ackermann. Schön, dass Ihr uns mit Eurer Anwesenheit beehrt. Zumal Ihr es ja wart, der geladen hat.« Die tiefe Stimme von Bürgermeister Wurm klang ungehalten, wenn auch schon etwas undeutlich – offenbar hatte der Sattler ordentlich dem Wein zugesprochen. Sein gerötetes, grobes Gesicht sprach Bände.

Das hagere, totenblasse Antlitz von Georg Kuno, dem Stadtschreiber, der neben Wurm saß, ließ hingegen nicht das leiseste Anzeichen von Trunkenheit erkennen. Seine schwarzen Augen schienen danach zu trachten, Christoph an die Wand zu nageln.

Der deutete eine Verbeugung an. »Bitte verzeiht meine Verspätung. Ihr wisst, dass morgen Güter für Augsburg geliefert werden. Dieser Auftrag dürfte nicht wenige Gulden in unsere und die Geldbeutel der Stadt bringen, aber leider verzehrt er mich und meine Zeit über Gebühr.«

»So schlecht seht Ihr nicht aus, Ackermann.« Wurm griff wieder zu seinem Trinkbecher.

»Ihr wisst doch, dass wir Kaufleute niemals zeigen, was wir in Wahrheit denken. Aber machen wir das nicht alle?«

Christoph deutete auf Georg Beck, den streitbaren jungen Prior von Heilig-Kreuz. »Seht euch Prior Beck an. Der tapferste Verfechter seiner Kirche in dieser Stadt, und wie geduldig er meinem Geschwafel folgt. Dabei bin ich mir sicher«, er zwinkerte den Anwesenden zu, »dass er nur auf Santorios Festmahl harrt. Auch ein wackerer Kirchenmann lebt nicht von Gottes Wort allein, und ich weiß wie jeder hier, dass die Küche von Heilig-Kreuz nicht eben opulent ist.«

Der Prior schüttelte den Kopf. »Ihr unterschätzt uns.« Er strich seinen Talar glatt, dann lächelte er. »Außerdem hat einer unserer Brüder aus Bayern die Kunst des Bierbrauens mitgebracht. Mir fehlt es also an nichts.«

Die Anwesenden lachten, die gespannte Atmosphäre löste sich. Nur Wurm blieb mürrisch und winkte Kuno zu, der ihm sofort einen Becher Wein nachschenkte.

Alle anderen Gäste schienen sich wohlzufühlen. Mochte auch draußen der Sturm heulen und den Schnee gegen die kleinen Fenster aus Kristallglasscheiben drücken, hier drinnen war der Ofen mit den lustigen bunten Kacheln ordentlich angeheizt, und Kerzen und wohlriechende Lampen tauchten die Holzvertäfelung mit ihren verzierten Ranken und Wappen in goldenes Licht.

Hier war der beste Ort in der Stadt, um Uneinsichtige verständnisvoll und Streitsüchtige milde zu stimmen.

Dies hoffte Christoph wenigstens, während er auf den freien Stuhl neben Helene und Lorenz zusteuerte, die bereits an der großen Tafel Platz genommen hatten. Daneben saßen die Heidfeldts, Johannes, seine zweite Frau Agnes und die gemeinsame Tochter Anna, sowie Gebhard Baumgart, der Bruder von Agnes. Wie der Bürgermeister hatte er ebenfalls schon kräftig getrunken, seine Nase war leuchtend rot und seine Schweinsäuglein wie mit einem Schleier überzogen.

Hätte mich ja gewundert, wenn der mal nicht gleich der Besoffenste von allen wäre, dachte Christoph grimmig. Aber er ließ sich seine Gedanken nicht anmerken, sondern winkte seiner Familie und den Heidfeldts fröhlich zu und gab Helene einen Kuss auf die Wange.

»Viel zu spät«, flüsterte sie, »wie immer. Der Sattler und Gebhard saufen, als ob es um ihre Seelen geht.«

»Welch Überraschung.« Christoph setzte sich noch nicht, sein Blick schweifte über die Gäste.

Alle waren gekommen. Da waren Erasmus Amling und Andreas Selzlin, Ratsherren aus ehrwürdigen Familien. Amling war offensichtlich ohne Begleitung, denn seine junge hübsche Frau Sibylla wäre nicht zu übersehen gewesen. Dafür hatte Selzlin sein unansehnliches Weib mitgebracht. Peter Holbein, der größte Weinhändler in der Stadt, und der alte Wolff Ferg, der der Goldschmiedezunft vorstand, saßen bei ihren Frauen. Der Stadtamman Ulrich von Hindenach, der für die Sicherheit der Stadt verantwortlich war, saß neben Wurm und Kuno. Von Hindenach trug die Uniform der Stadtwache: den prächtigen Waffenrock, Stulpe und Schärpe.

Dass Johannes Delzer, der Diakon der Stadtpfarrkirche, der Einladung nicht gefolgt war, überraschte keinen. Es war bekannt, dass der junge Lutheraner, der flammende Reden gegen die Katholiken hielt, sich eher in die Hölle als in einen Raum mit Prior Beck begeben würde. Ackermanns und Heidfeldts war das nur recht, so vermieden sie unnötigen Streit und blieben bei dieser Zusammenkunft bei einer Zahl von nicht mehr als zwanzig Gästen. So, wie es die Obrigkeit mittlerweile für kleinere Feste vorschrieb, um »unsittliche Ausschweifungen« zu vermeiden.

Also saßen sie da, in ihren feinen, aber nicht zu feinen Kleidern, die Farben auffällig, aber nicht zu sehr: Die Frauen im samtenen Rock, die Schürze aus gewebtem Leinen und die Ärmeljacke aus Seidendamast, der Schmuck in Maßen, dafür edel und ausgesucht. Die Männer in Wams, Strumpfhose und Hüftwülsten, die Schultermäntel und steifen Hüte auf der Bank hinter der Tafel. Denn die Verordnungen waren eindeutig: Niemand sollte sich über Gebühr ausstatten und zeigen.

So saßen sie da, die einflussreichsten Bürger der Stadt Schwäbischwerd, und starrten Christoph Ackermann an.

Der räusperte sich. »Sehr geehrter Herr Bürgermeister, Euer Exzellenz der Prior, geschätzter Kommandant der Stadtwache, Ihr werten Herrn und Damen! Johannes Heidfeldt und ich fühlen uns geehrt, dass Ihr unserer Einladung gefolgt seid. Und wir sind uns bewusst, dass Ihr Euch fragt, was denn der Grund dieser Zusammenkunft sein mag.«

Er machte eine Pause, die Anspannung im Raum wuchs.

»Aber da Ihr nun schon so lange habt warten müssen, erlaubt mir, Euch noch etwas länger auf die Folter zu spannen. Denn lasst uns erst essen und trinken und danach sprechen!«

Wenn ihr so vollgefressen und sattstarr seid, dass ihr nicht mehr groß widersprechen könnt.

Wurm öffnete den Mund, um etwas zu entgegnen, aber da kam bereits Santorio hereingestürmt und hinter ihm die Küchenknechte und -mägde. Sie trugen große hölzerne Platten auf, so viele, dass sie kaum alle Platz auf der Tafel fanden. Augenblicke später war die von Tabakschwaden durchzogene Luft in der Stube erfüllt vom köstlichen Duft der Speisen. Es gab Kalb, Lamm und Rind, Ente und Gans, Wachtel und Rebhuhn. Überdies Pastete und frischen Fisch, vom Karpfen über Hecht bis zum Salm. Dazwischen wurden Teller mit Gemüse gestellt, mit Eiern, Butter, Käse und natürlich mit frischgebackenem Brot.

Die Augen der Gäste erstrahlten, sogar die von Kuno. Christoph und Johannes warfen sich einen schnellen Blick zu. Es lief wie geplant.

Wein wurde reichlich nachgeschenkt, dann verließen der Wirt und sein Gesinde die große Stube. Die Stadtmusikanten kamen herein, Christoph hob seinen Weinbecher.

»Auf uns. Auf die Stadt. Auf den Kaiser!«

Alle hoben ihre Becher und erwiderten den Trinkspruch, auch wenn auf den katholischen Kaiser mit merklich leiserer Stimme angestoßen wurde.

Träge nahm sich Bürgermeister Wurm ein Stück süßen Strudel und biss hinein. Der Saft der Beeren, mit denen dieser gefüllt war, lief ihm übers Kinn.

Auch die anderen griffen zu den süßen Leckereien, die Santorio als Abschluss hatte auftragen lassen, und auch hier gab es nur das Beste aus der Küche des Roten Hundes: Kuchen, Kekse und Strudel, dazu Feigen, Datteln und sogar Zitronen.

Wurm kaute genüsslich, dann stutzte er.

»Mit Zucker!« Er blickte Christoph und Johannes an. »Eure Geschäfte müssen noch besser laufen, als man schimpft.«

Johannes, der sich ebenfalls angenehm müde fühlte, zuckte mit den Achseln und setzte ein schelmisches Grinsen auf. »Wie ich zu sagen pflege: Es geht uns gut genug, um uns zu beklagen.«

Der Bürgermeister stieß ein kehliges Lachen aus, ohne sich um die Teigstücke zu kümmern, die er dabei über den halben Tisch spuckte. Mit dem Ärmel wischte er sich den Beerensaft vom Kinn, dann biss er in ein weiteres Stück Strudel.

Währenddessen betrachtete Prior Beck nachdenklich, wie Anna und Lorenz über den Tisch miteinander sprachen. Annas Wangen waren vom süßen gewürzten Wein gerötet, sie lachte und hing an Lorenz' Lippen, der vom Gymnasium erzählte.

Beck wandte sich betont unauffällig an Johannes. »Ich möchte nicht unhöflich erscheinen, Herr Heidfeldt, aber ich werde nicht mehr allzu lange verweilen. Und auch wenn es allen am Tische nach diesem opulenten Mahl einerlei zu sein scheint, weshalb wir eigentlich geladen wurden, so würde ich doch zu gern den Grund unserer Zusammenkunft erfahren.«

»Fürwahr«, brachte Gebhard mit schwerer Zunge hervor. »Auch mich würde interessieren, warum wir hier alle«, er rülpste, »so traut vereint zusammensitzen, werter Herr Schwager. Katholiken und Lutheraner, die hohen Herren und das gemeine Volk …« Sein Blick, mit der er den Bürgermeister und die anderen Mitglieder des Rates musterte, war alles andere als wohlwollend. Agnes stieß ihm ihren Ellbogen in die Seite, aber er beachtete sie nicht.

Christoph und Johannes tauschten einen Blick, dann stand Christoph auf. Sie waren zuvor übereingekommen, dass er, als Lutheraner und Mitglied des Rates, sprechen sollte.

Ein Zeichen an die Musikanten, die augenblicklich ihre Instrumente absetzten.

»Ihr Herren und Damen, ich hoffe, dass es Euch gemundet hat! Es ist ein schöner Abend, ein fröhlicher Abend, und ich hoffe, ich kann ihn mit dem, was ich zu verkünden habe, noch fröhlicher machen!«

»Übertreibt es nicht mit der Spannung.« Wurm, wer sonst. Aber er klang nicht unfreundlich, Essen und Trinken zeigten Wirkung.

Christoph fasste erst ihn, dann den Prior ins Auge. »Wir wissen alle, wie es im Reich steht. Die Gräben zwischen Lutheranern und Katholiken, zwischen den beiden Kreuzen, werden immer tiefer, und das, obwohl wir alle an einem Strang ziehen sollten.« Er machte eine Pause. »Vielleicht ist es deshalb ein Zeichen, dass sich unsere Kinder, Lorenz Ackermann und Anna Heidfeldt, entschlossen haben, einander zu ehelichen.«

»*Sie* haben sich entschlossen? Eine Hochzeit ist ja wohl ein Entschluss der Eltern.« Wurm musterte Lorenz und Anna, dann grinste er feist. »Oder haben die zwei etwa –«

»Bürgermeister, das verbitte ich mir!«, sprach Johannes entrüstet. »Sie würden nie –«

»Bitte«, Kunos Stimme war seidenweich, »unterbrecht

den Bürgermeister nicht. Und es heißt immer noch *Herr* Bürgermeister. Gerade für Euch.«

Mit einem Mal war es totenstill im Raum.

Johannes wurde dunkelrot im Gesicht. Es war bekannt, wie die Ratsherren, deren wichtigste Vertreter hier in der Stube saßen und auf seine und Christophs Kosten fraßen und soffen, über die wenigen Katholiken in der Stadt dachten. Oder besser gesagt das dachten, was Wurm ihnen vorgab.

Johannes fühlte unbändigen Zorn in sich aufsteigen. In Schwäbischwerd bekamen Katholiken seit Jahren keine Bürger- und Gewerberechte mehr, kein Katholik wurde in den Zwölferrat aufgenommen, nicht einmal er selbst, obwohl Christoph im Rat saß. All das, seit Wurm und Kuno der Stadt vorstanden. Wäre Johannes nicht so erfolgreich gewesen und sein Ansehen nicht auch außerhalb Schwäbischwerds so hoch, hätte Wurm ihn schon längst aus der Stadt vertreiben lassen, da war er sich sicher.

Im Magistrat galt nur die Meinung dieses fetten Schweins und seines Handlangers, die sie beide gerade bewirtet hatten.

Und die ihn als Dank dafür vor versammelter Menge beleidigt hatten.

Das Blut rauschte ihm in den Ohren, und Johannes wusste, dass er sich diesmal nicht würde beherrschen können. Schon wollte er aufspringen, da fühlte er, wie Agnes seine Hand drückte. Er sah zu ihr, dann zu Anna und Lorenz.

Halt dich zurück. Für sie.

Er holte tief Luft und schaffte es, dass seine Stimme ruhig klang. »Natürlich. Ich weiß, dass Anna und Lorenz eigentlich zu jung sind, aber ich kann Euch, *Herr* Bürgermeister, und auch Euch, *Herr* Prior, beruhigen: Sie lieben sich, und es steht auch kein neuer Erdenbürger an der Pforte. Noch nicht.«

Beck lächelte dünn und schwieg.

»Wahr gesprochen«, sagte Christoph. »Und Ihr wisst alle, dass Lorenz als einer der Besten das Gymnasium in Augsburg abgeschlossen hat. Mit dem richtigen Eheweib an seiner Seite wird er mich und Heidfeldt schon bald in die Tasche stecken und Schwäbischwerd noch reicher machen.«

»Und wenn sie ein Kind bekommen?« Jegliche Trägheit war von Wurm abgefallen, seine Stimme klang gefährlich leise. »Welcher Konfession wird das Balg angehören? Ich hoffe doch, dass Ihr den Gepflogenheiten folgt.«

Jeder im Raum wusste, was die »Gepflogenheit« war: In Schwäbischwerd wurde jedes Kind, das aus einer lutherisch-katholischen Ehe entsprang, zum Lutheraner. So hatte es Wurm bei seinem Amtsantritt verfügt.

Und jeder im Raum wusste, dass Anna, die neben Prior Beck saß, diesen und die katholische Kirche, die er repräsentierte, glühend verehrte.

Christoph warf Johannes einen schnellen Blick zu, der unmerklich mit den Schultern zuckte. Sie hatten wohl damit gerechnet, dass der Sattler querschoss, aber nicht in diesem Ausmaß, und nicht gegen die beiden mächtigsten Kaufleute weit und breit.

Eigentlich brauchten sie seine Zustimmung nicht. Aber sie hatten sich vorgenommen, sich Wurm nicht offen zum Feind zu machen, weil das Leben in der Stadt dadurch unnötig schwierig geworden wäre. Wenn sie die Nachricht, wie bei jeder normalen Verlobung, einfach öffentlich verkündigt hätten, wäre es in der Lage, in der das Reich sich derzeit befand, eine offene Beleidigung des Rates gewesen. Deshalb das Fest, das dem Rat schmeicheln und ihn auf die Hochzeit vorbereiten sollte.

Alle Blicke richteten sich auf Christoph, alles wartete auf eine Antwort. Diese gab jedoch ein anderer Ackermann.

»Warum warten wir nicht, bis es so weit ist? Man hört doch immer wieder, dass nicht jedes Ehepaar die gottgewollte Pflicht der Nachkommenschaft erfüllen kann. Wir würden dieses herrliche Fest von etwas überschatten lassen, das vielleicht nicht eintritt. Und wenn der Herrgott meinem zukünftigen Weib und mir einen Kindersegen schenkt, und nichts anderes wünsche ich mir, bin ich mir sicher, dass die Weisheit des Rates und die unserer Eltern uns leiten und uns das Richtige tun lassen wird.«

Lorenz hatte ruhig und mit Überzeugung gesprochen. Den Männern stand die Verblüffung ins Gesicht geschrieben, Helene und Anna der Stolz.

»Mein Sohn. Ich sollte ihn wohl zu den Advocaten schicken.« Christoph grinste und drückte ihn sanft, aber nachdrücklich auf den Stuhl zurück.

»Oder irgendwohin, wo man ihn etwas mehr Benimm lehrt.« Wurm griff zu seinem Weinbecher. »Aber sei's drum. Wer den Rat respektiert, respektiert auch Schwäbischwerd. Und in diesem Sinne kann ich nur sagen: Ungeachtet der Konfession, Hauptsache das Kind wird lutherisch!«

Lachen schallte durch die Runde, auch wenn der Prior und die Heidfeldts es damit in etwa so ehrlich meinten, wie sie den Bürgermeister mochten. Aber die Spannung war verflogen.

Christoph hob ebenfalls seinen Becher mit Wein. »Dann darf ich annehmen, dass Ihr es nicht nur zur Kenntnis genommen habt, sondern auch gutheißt?«

Wurm verzog gleichgültig den Mund und griff zu seinem Humpen. Er war nicht dumm – er wusste, dass er nichts gegen die Vermählung der beiden unternehmen konnte. Aber er hatte seine Meinung kundgetan, hatte klargemacht, wer pro forma das Sagen hatte. Hatte klargemacht, dass er es gutheißen, aber nicht darüber jubilieren würde. »Ihr nehmt richtig an!«

Die Becher stießen zusammen, nun tranken auch die anderen Gäste.

Lorenz ergriff kurz Annas Hand, die ihm einen verliebten Blick schenkte.

Die Musik begann wieder zu spielen.

»Erlaubt mir, Euch zu gratulieren.«

Andreas Selzlins Frau, die trotz ihres Patrizier-Gewandes wie ein zerrupftes Huhn aussah, streckte Helene ihre kalte Hand entgegen. Ihre neugierigen Augen blitzten.

»Ich danke Euch.« Mit einem müßigen Lächeln schüttelte Helene die ihr angebotene Hand.

»Nein wirklich. So ein schönes Paar.« Margarethe Holbein, deren Mann den Brauern und Schäfflern[1] vorstand

---

1 Fasshersteller.

und die selbst wie ein Fass aussah, beäugte voll Neugier Lorenz und Anna, die vor der Tafel zur Feier des Tages auftanzten.

Helene und Agnes sahen sich an. Letztere verdrehte die Augen, Helene lächelte unmerklich. Die beiden Frauen verstanden sich, ohne reden zu müssen, und prosteten sich stumm mit ihren Weinbechern zu.

Eine wilde Melodie erklang, die Cuntz Klinkenbeck, der Leiter der Stadtmusikanten, mit seinem Dudelsack angestimmt hatte. Seine Kameraden fielen in die Melodie ein, Pfeife, Geige und Trommel gaben einen atemlosen Takt vor, dem Lorenz und Anna kaum folgen konnten. Und doch schafften sie es, drehten sich, ließen sich los und fanden wieder zusammen. Lorenz lachte, Annas langes blondes Haar, das sie augenscheinlich von ihrer Mutter geerbt hatte, löste sich und fiel in Wellen über ihre Schulter.

»Ich liebe dich«, formten seine Lippen.

»Ich dich auch«, erwiderte sie glücklich. »Ich dich auch.«

»Da habt Ihr zu tun, die beiden bis zum Gelübde auseinanderzuhalten.« Der hagere Wolff Ferg von der Goldschmiedezunft stopfte seine Pfeife und genoss das Gelächter der anderen.

Die Männer hatten sich zu einem Gespräch beim Ofen zusammengefunden, auch Beck, der entgegen seiner Ankündigung früher gehen zu müssen, doch noch geblieben war. Sie standen zwanglos zusammen, bis auf Gebhard, der so betrunken war, dass man ihm einen Hocker untergeschoben hatte.

»Wir werden sie auseinanderhalten. Und wenn nicht

wir, dann ihre Mütter.« Auch Johannes' Zunge hatte einen schweren Klang, aber nicht mehr als die der anderen.

»Ackermann, Ihr wart doch unlängst in Nürnberg – was spricht man dort?« Wurm zog an seiner Pfeife, dass der Tabak glühte.

»Nichts von Belang. Seit Ostende verloren ist, geht es mit den Niederländern bergab. Und man sagt, dass Zar Wassili in Russland gegen den falschen Dimitri vorgeht.«

»Kein Wunder.« Erasmus Amling nickte fachmännisch. »Steuerfreiheit und Fronerleichterung für die Bauern. Dieser Dimitri ist vom Wahn besessen.«

»König Jakob versucht immer noch, England und Schottland zu einen, aber die Parlamente stehen wie ein Mann gegen ihn«, fuhr Christoph fort, »und in Frankreich munkelt man, dass Herzog Béthunes Stuhl wackelt, weil er König Heinrich zu erfolgreich wird.«

»Weibergewäsch«, knurrte Wurm. »Der Franzmann wird sich hüten, seinen erfolgreichsten Mann abzusägen. Was hört man von Kaiser Rudolf?«

Christoph zögerte. »Nicht viel. Er –«

»Wundert mich nicht.« Wurm war die Pfeife ausgegangen. Kuno sprang mit einem brennenden Kienspan herbei und reichte ihn dem Bürgermeister. Wortlos warteten die anderen, bis dessen Pfeife wieder gloste, was etwas dauerte, da die Hand des Sattlers jetzt, nach unzähligen Bechern Wein, doch merklich schwankte.

»Was sollen wir mit einem Kaiser, der sich im Hradschin vergräbt und keinem Reichstag beiwohnt?«, fuhr Wurm schließlich fort. »Der das Regieren seinem Bruder Matthias und Bischof Khlesl überlässt, die in offenem Aufruhr gegen ihn stehen?«

»Niemand ist in offenem Aufruhr. Am allerwenigsten der ehrwürdige Bischof.« Becks Stimme war eiskalt. »Matthias und der Bischof helfen dem Kaiser gegen die Osmanen und alle anderen, die gegen ihn stehen. Und derer gibt es ja offenbar viele.« Sein Blick, mit dem er die Mitglieder des lutherischen Rates von Schwäbischwerd musterte, sprach Bände.

»Ketzer, alle miteinander!« Gebhards Worte waren kaum mehr als ein Gemurmel, aber alle hatten sie verstanden.

»Was hast du gesagt?« Ulrich von Hindenach, der den Disput bisher schweigend verfolgt hatte, beugte sich zu Agnes' Bruder.

Der feixte den Stadtamman an. »Alle seid Ihr das, was zu bekämpfen Ihr vorgebt«, sagte er lallend. »Der Ablass hat noch niemand geschadet, so kommen zumindest wir ins Himmelreich!«

Von Hindenach packte Gebhard am Kragen und holte zum Schlag aus. »Dir werde ich den Ablass gleich herausprügeln, du Hund!«

Johannes trat zwischen die beiden und zog seinen Schwager am Kragen hoch. »Hört nicht auf ihn. Der Wein vernebelt seinen Verstand, ich lasse ihn augenblicklich zu seinem Haus eskortieren.«

»Das wäre für alle eine Wohltat.« Wurm nickte. »Aber auch wir werden in Bälde aufbrechen.«

Gebhard wehrte sich schwach. »Lasst mich –«

Johannes packte nun derart hart zu, dass der andere aufjaulte. Dann schleifte er den Betrunkenen hinter sich aus der Stube.

Die Männer blickten den beiden nach.

»Ackermann, Ihr seid ein guter Untertan des Bundes.« Wurm trank seinen Becher in einem Zug leer. »Aber ich werde nie verstehen, was Euch mit diesem Krämer verbindet.«

»Johannes Heidfeldt ist kein Krämer«, entgegnete Christoph. »Er ist ein treuer Freund und der fähigste Kaufmann des Schwäbischen Bundes. Und wenn er im Rat säße, würde er noch mehr für unsere Stadt bewirken können.«

Wurm prustete. »Ein Katholik im Rat von Schwäbischwerd? Davor soll mich der Teufel holen.«

»Wir werden sehen«, entgegnete Christoph leise, »wir werden sehen …«

Alle waren gegangen, nur Christoph und Johannes saßen noch in der Stube. Auch Gebhard war nicht mehr zurückgekehrt, nachdem er sich vor dem Roten Hund wütend von Johannes losgerissen hatte und die Lutheraner verfluchend die Kapell-Gasse entlanggeschwankt war.

Christoph trank aus. »Alsdann.«

Johannes musterte ihn mit verschwommenem Blick. »Und? Zufrieden?«

Christoph verzog gespielt verärgert das Gesicht. »In Anbetracht der Umstände hätten wir es wahrhaftig schlechter treffen können.«

»Der verdammte Sattler.«

»Der verdammte *Herr* Sattler«, feixte Christoph.

Johannes stieß ein knappes Lachen hervor. »Ja, der verdammte *Herr* Sattler. Hat er was gesagt, wegen des Rats?«

Ein Katholik im Rat von Schwäbischwerd. Davor soll mich der Teufel holen.

»Nein.«

»Ich bin der fähigste Kaufmann des Bundes. Ich verheirate meine Tochter mit einem Lutheraner. Was will er noch?«

»Dass du konvertierst. Oder aus der Stadt verschwindest. Vorzugsweise beides.«

»Ich verlange nur jene Anerkennung, die mir auch zusteht!«

»Dann musst du schon in irgendeiner katholischen Stadt neu –«

»Unfug.« Johannes rieb sich den Bart. »Man soll sein Glück nicht überstrapazieren. Alle hier glauben zu wissen, wer wir sind und woher wir kommen. Und das ist gut so.«

Christoph packte seinen Freund am Arm und deutete ihm, still zu sein.

Die Tür ging auf, Santorio kam herein, drei Krüge in der Hand. »Ich hoffe, Eure Gäste waren zufrieden, und Ihr wart es mit meiner Bewirtung.«

Ungefragt setzte er sich zu den beiden Männern und stellte die Krüge ab, die mit einer dunklen Flüssigkeit gefüllt waren. »Eine Spezialität. Als Dankeschön zum Ausklang des Abends.«

Christoph sah, dass Johannes mehr als genug getrunken hatte, und wenn er ehrlich war, reichte es ihm auch, zumal er noch etwas vorhatte. Aber er wollte den Wirt nicht beleidigen. Ein Schluck musste genügen.

»Auf uns. Auf die Stadt. Auf den Kaiser.«

Sie tranken, und es war vielleicht etwas vom Besten,

was Christoph je getrunken hatte. Süßes, dunkles Bier, das wie Samt die Kehle hinunterglitt. Er blickte zu Johannes, der seinen Krug bereits geleert hatte und sich die Lippen leckte.

»Francesco, du verstehst es, mich immer wieder zu überraschen. Was ist das?«

»Bier, das unweit von Paris gebraut wird. Eine Spezialität, die hierzulande nicht viele kennen und die nur auf einen erlesenen Kreis beschränkt ist.«

Johannes lachte auf. »Die Franzmänner können doch kein Bier brauen! Und überhaupt: Wie kommst du zu so einem edlen Gesöff?«

»Wir haben alle unsere kleinen Geheimnisse, hab ich recht?« Santorios Blick glitt über Johannes zu der holzgetäfelten Wand hinter dem Kaufmann, auf die das Bild eines Hundes gemalt war, das Fell rot, die Augen weit aufgerissen.

Mit einem Male war er wieder dort, in der Hölle jener Nacht, hörte die Schreie in den Gassen, das Klirren der Waffen, sah Blut, überall Blut …

Der Wirt stand abrupt auf. »Ich wünsche eine gute Nacht.«

Er verließ die Stube. Christoph sah ihm nachdenklich hinterher.

Wir haben alle unsere kleinen Geheimnisse.

Hatte Santorio an der Tür gelauscht? Aber Johannes hatte nichts gesagt, was –

»Francesco Santorio. Wirt und Meister der Philosophie«, lallte Johannes.

Der Transporteur stand auf. »Komm, wir gehen. Du kannst meine Kutsche nehmen.«

»Und du?«

»Ich muss noch ein letztes Mal ins Kontor, die Einträge durchsehen.«

Johannes musterte Christoph, sein Blick wurde mit einem Male klar. »Sei bloß auf der Hut, Christoph. Verdirb es nicht.«

Der fühlte sich unbehaglich. »Was redest du? Augsburg –«

»Du weißt, was ich meine.« Schwerfällig erhob sich Johannes. »Ich brauch keine Kutsche. Nimm du sie. Du hast den weiteren Weg. Und komm nicht davon ab.«

»Ich werde mir Mühe geben.«

Der Sturm hatte sich gelegt, die Wolken hatten sich verzogen. Der Schnee auf den Dächern und Straßen Schwäbischwerds glitzerte im Mondlicht.

Das Kontor der Familie Ackermann befand sich jenseits der nördlichen Stadtmauer, in der Berger Vorstadt unweit der »Köpfstatt«, dem Platz für die Hinrichtungen. Vor dem riesigen, stillen Gebäude stand eine Kutsche, daneben ging eine Wache auf und ab.

Christoph eilte durch das stockfinstere Warenlager. In der einen Hand hatte er ein Bündel, in der anderen eine Handlaterne, um den Ballen und Kisten auszuweichen, die kreuz und quer übereinandergestapelt waren, und ebenso den Fuhrwerken. Bis auf die letzte Elle war der Speicher ausgefüllt, sie würden bald einen zweiten benötigen.

Im hinteren Teil des gewaltigen Gebäudes kam er zu

einer Tür. Christoph holte einen schweren Schlüssel hervor, entsperrte das klobige Schloss und öffnete den Raum.

Ein wuchtiger Tisch, Stühle, Bücher, Schreibgerät. Dies war das Herz des Unternehmens Ackermann.

Christoph entzündete eine weitere Lampe. Jeder sollte durch das erhellte Fenster erkennen können, zu welcher Stunde er noch der Arbeit nachging und wie viel Zeit er in sein Handelshaus und damit in die Zukunft der Stadt investierte.

Er sah durch den stillen Raum, und sein Blick streifte eine bestimmte Stelle auf der dunklen Wandvertäfelung.

Die Zukunft …

Er ging zu der Vertäfelung und löste sie mit ein paar geschickten Handgriffen. Dann fasste er in die Öffnung und zog ein Bündel heraus, das in dicken Filz eingeschlagen war. Wie lange hatte er es nun nicht mehr in den Händen gehalten? Es kam ihm wie eine Ewigkeit vor, beinahe wie in einem anderen Leben. Christoph schlug den Filz zur Seite und betrachtete die beiden Metallplatten, die nun vor ihm lagen.

Die Zukunft … und das Geheimnis der Vergangenheit.

Bilder blitzten vor seinem geistigen Auge auf, Momente, die sich für immer in sein Gedächtnis gebrannt hatten …

Wie er das Leinenbündel von der Schulter nahm und es theatralisch auf den Boden legte, damals, im Wald vor Deutz.

Wie er das Bündel öffnete, und wie Helene, Johannes und Dorothea sich darüberbeugten und verständnislos die zwei kleinen Metallplatten anstarrten, die vor ihnen lagen.

»Was ist das?«, fragte Dorothea.

»Das, meine Freunde, ist unsere Zukunft!«, antwortete er stolz.

Johannes nahm eine der Metallplatten in die Hand und untersuchte sie. Auf einer Seite befand sich eine kreisrunde Prägung. »Du als Münzknecht bist in die Münze eingebrochen und hast die Schlagplatten gestohlen? Dafür können sie dich hängen.«

Christoph grinste. »Zu meiner Verteidigung: Ich bin nicht eingebrochen, das Haus hatte ein fassgroßes Loch in der Mauer. Vermutlich von einer Kanonenkugel.«

Johannes sah ihn zweifelnd an.

»Und außerdem – wenn ich sie nicht genommen hätte, dann einer der Plünderer.«

»Wir werden also Münzpräger?«, wechselte Dorothea das Thema.

»Nicht ganz«, antwortete Christoph geheimnisvoll und setzte sich neben das Bündel. Die anderen taten es ihm gleich. Er machte eine dramatische Pause, dann begann er zu erklären. »Wir werden eine sogenannte Heckenmünze betreiben, das ist eine nicht ganz legale Münzstätte. Und dort werden wir mit diesen amtlichen Schlagplatten unamtliche Münzen herstellen. Seht, normalerweise ist der Wert einer Münze ja ihr Münzfuß, sprich: Jener Wert an Edelmetall, der in ihr verarbeitet wurde. Wenn man einen Taler bezahlt, dann ist das Silber der Münze auch einen Taler wert. Wir verdienen uns also eine gewisse Menge an Geld, schmelzen es dann ein und fügen Kupfer, Blei oder Zinn hinzu. Damit haben wir eine größere Menge an Rohmaterial als ursprünglich. Und daraus schlagen wir dann mit den Platten wieder Münzen, nur eben mehr, als wir eingeschmolzen haben.«

Christoph ließ seinen Freunden einen Moment Zeit, seinen Plan zu verstehen. »Wir können entweder weiterhin für ein paar Kreuzer schuften, bis wir tot umfallen, oder wir machen es wie die feinen Herren. Wir lassen unser Geld für uns arbeiten.«

Johannes, Dorothea und Helene sahen sich an, keiner sagte ein Wort. Aber am langsam aufkeimenden Lächeln jedes Einzelnen erkannte Christoph, dass sie ihn verstanden hatten und dass eine neue Zeit für sie anbrechen würde.

Er schnürte das Bündel wieder zu, schulterte es und schritt voraus, tiefer in den Wald hinein. Die anderen erhoben sich ebenfalls und folgten ihm.

Keiner von ihnen drehte sich mehr um.

Keiner von ihnen blickte zurück auf das kleine Städtchen Deutz und sein Kloster …

Ein Knarren über ihm riss Christoph aus seinen Erinnerungen. Hastig schlug er die Filzlappen wieder um die Platten und legte sie in die finstere Öffnung zurück. Dann schloss er die Vertäfelung.

Er löschte die Lampe, griff sich seine Handlaterne und das Bündel, das er mitgebracht hatte, verließ den Raum und schloss sorgfältig ab. Dann stieg er eine steile Holzleiter empor, die in eine kleine, ungenutzte Kammer im ersten Stock des Speichers führte, und leuchtete hinein.

Es war still im Raum.

Da – eine Bewegung. Eine Gestalt trat aus den Schatten, gekleidet in einen schweren schwarzen Umhang. Eine Kapuze verhüllte das Gesicht.

Christoph hielt inne.

Die Gestalt schob die Kapuze nach hinten und streifte den Umhang ab. Eine Frau stand vor dem Transporteur, in einem samtenen Kleid, mit vollen Brüsten und wallendem roten Haar. Sie lächelte.

»Du hast lange gebraucht. Ich wäre fast erfroren.« Sibylla, Eheweib des Ratsherrn Erasmus Amling, kam näher zu Christoph, sodass sich ihre Gesichter beinahe berührten. »Hat dich deine Frau so lange in Beschlag genommen?«

»Sie und all die anderen auf dem Fest«, entgegnete er grinsend.

Ein Anflug von Ärger huschte über Sibyllas Gesicht, dann hatte sie sich wieder in der Gewalt. »Solange es noch für mich reicht …«

»Das wollen wir herausfinden. Aber zuvor habe ich uns Wein und etwas Fleisch mitgebracht«, sagte er und legte das Bündel auf den Holzboden.

Sie rieb ihre Wange an seiner. Christophs Atem begann schwerer zu werden, dampfte in der kalten Luft.

»Später. Ich habe auf etwas anderes Hunger.« Sie griff in seinen Schritt. »Und nicht nur ich, wie mir scheint.«

Das Mondlicht zeichnete Muster auf den Boden der Kammer, auf die Wolldecke und die beiden nackten Körper, die sich in Ekstase wanden, sich immer schneller bewegten. Stöhnen und kleine, spitze Schreie erfüllten den Raum, verließen ihn und wurden von der Stille des Kontors verschluckt.

Viel konnte die Handlaterne nicht gegen die Dunkelheit in dem mächtigen Bauwerk ausrichten. Sie zitterte, weil die Hand, die sie hielt, zitterte. Das Rüböl in der Laterne zischte in unregelmäßigen Abständen, es war das einzige Geräusch, das in der Grabesstille der Kirche Zu Unserer Lieben Frau zu hören war.

Das und das schwere Atmen Gebhard Baumgarts, der regungslos vor einem der Seitenaltäre stand.

Gebhard hob die Lampe höher. Verschwommen trat das Antlitz der Gottesmutter Maria aus den Schatten hervor. Der viele Wein, den er im Roten Hund in sich hineingeschüttet hatte, trübte Gebhards Blick. Er kniff die Augen zusammen, sah danach wieder etwas klarer.

Die Schutzmantelmadonna, wie die Bevölkerung Schwäbischwerds das Bild einst getauft hatte, zeigte eine gütige Maria, die fliehende Menschen unter ihrem langen, fließenden Mantel aufnahm. Sie barg die Menschen vor dem Zorn Gottes, der Pfeile auf die Erde schleuderte, weil sie seinen Sohn getötet hatten.

Immer schon war es dieses Bild gewesen, das Gebhard fasziniert hatte. Vor allem in den Augenblicken, da er seine Schwächen klar erkannte, war ihm, als ob das Bild Hoffnung in ihm nährte.

Hoffnung, dass auch er gerettet werden könnte.

Gerettet vor seiner Unfähigkeit, dem Kaufmannsstand Ehre zu machen, wie es Gebhards Vater getan hatte, und vor allem vor der Wut, dem allumfassenden Zorn, der ihn immer wieder überkam. Und den er im Wein zu ersäufen trachtete, wenn auch meist erfolglos.

Zorn, der sich wie eine schwarze Wolke in ihm aufbauschte, gegen alle, die Erfolg und Glück im Leben fanden, ob es sein verfluchter Schwager war oder die lutherischen Ketzer, welche die Stadt seit Jahrzehnten im Würgegriff hielten.

Die Stadt – und diese Kirche.

Gebhard schwenkte die Laterne von dem Wandgemälde weg und richtete sie in die fast stoffliche Finsternis, die ihn umgab. So prächtig war diese Kirche einst gewesen, auch wenn Gebhard vieles von der Pracht gar nicht mehr mit eigenen Augen gesehen hatte. Denn die wunderschönen Flügelaltäre mit dem heiligen Florian, dem heiligen Siegmund, dem heiligen Georg und vielen anderen waren schon vor Jahrzehnten von den Lutheranern geschlossen worden. Ihnen, den Ketzern, denen alle Heiligenverehrung, jedes Sakrament und sogar der Papst zuwider waren, war natürlich auch eine von Meisterhand gestaltete Kirche ein Dorn im Auge. Die vielen Altäre, Kapellen, Wandgemälde und Fresken, die bunt bemalten Spitzfenster und Statuen, alles einstmals so liebevoll von kundigen Händen zu einem großen Ganzen zusammengefügt, zur Ehre des Allmächtigen – sie lagen nun in Dunkelheit, eingeschnürt von dem *Wort*, denn nichts anderes ließen die Lutheraner gelten. Kein Schmuck, um Gott den Herrn zu würdigen, dafür stundenlange Predigten – zumindest Diakon Delzer, dem fanatischen Prediger, sagte man dies nach –, welche die Bibel dem Volk nahebringen sollten.

Gebhard rülpste. Der Geschmack von saurem Wein in seinem Mund brachte ihn wieder in die Wirklichkeit zurück. Im Wirtshaus war der Wein noch gut gewesen, am Anfang zumindest, aber nun, nach dem Disput mit dem Schwein von Hindenach, schmeckte Gebhard nur mehr

Demütigung. Alles stieg wieder vor seinen Augen auf: der Streit mit dem Stadtamman, der ihn seine Verachtung bei jeder Gelegenheit spüren ließ, der gramvolle Blick seiner Schwester, die kräftige Hand seines Schwagers, die ihn unerbittlich aus dem Gasthaus hinausgezerrt und in die winterliche Nacht gestoßen hatte. Die Bilder flossen zusammen, wieder auseinander und vereinigten sich schließlich zu einem einzigen Gedanken.

Verdammtes Ketzerpack. Gott wird euch strafen für das, was ihr mir, was ihr dieser Stadt und dem ganzen Reich antut!

Die Strafe würde kommen, da war sich Gebhard sicher. Und bis dahin würde er mit dem einzigen Mann, der ihm in dieser vermaledeiten Stadt so etwas wie ein Freund war, ausharren und trinken. Am besten gleich, um den widerlichen Geschmack aus seinem Mund zu vertreiben.

Langsam und ächzend stieg Gebhard die hölzernen Treppen hinauf, die zum Turm der Kirche führten. Dieser lag nördlich des Hauptschiffes und beherbergte die Glocken, darunter die große Pummerin und die Behausung von Hans von Jurgas, dem Türmer, und seiner Familie.

Von Jurgas war zwar Protestant, aber nur, weil sein Vater kurz vor seinem Tod übergetreten war. Im Herzen blieb er Katholik, was Gebhard gefiel. Vor allem aber war von Jurgas ein begnadeter Zecher, der am Wein zunehmend mehr Gefallen fand als an seinem hageren, scharfzüngigen Weib. Neben der Liebe zum Wein war das etwas, was Gebhard sehr gut nachvollziehen konnte.

Oft hatte er dem Türmer von seinem eigenen Weibe erzählt und voller Selbstmitleid geklagt, dass sie es war, die ihn im vergorenen Traubensaft Vergessen suchen ließ.

So sprach er zumindest und wusste doch, tief in seinem Inneren, dass er selbst schuld daran war. Denn obgleich Margarethe nie eine Schönheit gewesen war, so war sie doch eine lebhafte junge Frau gewesen, damals, als er sie geheiratet hatte. Den Tuchhandel hatte er von seinem Vater übernommen, der jedoch schon bald darauf am Fieber gestorben war. Leider hatte sich schnell gezeigt, dass Gebhard Baumgart das große Talent seines Vaters nicht geerbt hatte. Mit dem Niedergang des einstmals erfolgreichen Geschäfts des Vaters war auch der Niedergang des Sohnes in Zorn und Trunk einhergegangen. Überdies hatte keines der fünf Kinder, die Margarete geboren hatte, das zweite Lebensjahr erreicht, und so wurde das Haus Baumgart kalt und leer. Wo Liebe, Erfolg und fröhliche Kinderstimmen hätten walten sollen, herrschte Schwermut und Scheitern. Dies alles hatte Margarethes Brüste schlaff, ihr Gesicht hager und ihre Zunge spitz wie ein Rapier[2] werden lassen.

Dass er daran selbst großen Anteil hatte, gestand sich Gebhard Baumgart nur selten ein. Heute hatte er dazu keine Lust, heute würde er die Schwermut ersäufen, er würde –

War da etwas hinter ihm?

Schwerfällig drehte Gebhard sich um. Das Licht der Laterne riss jedoch nur mächtige Holzpfeiler und steinerne Verstrebungen aus der Dunkelheit, die den Turm und das Treppengerüst, ebenfalls aus Holz, stützten.

Er musste sich getäuscht haben. Wer sollte sonst hier oben auch unterwegs sein? Die Eimer mit der Notdurft

---

2 Stich- und Hiebwaffe.

würde eines der Kinder des Türmers erst morgen früh hinuntertragen, von Jurgas selbst war mit Sicherheit auf Wache und seine Familie in tiefem Schlaf.

Also weiter, weiter nach oben, dem Wein entgegen.

Gebhard brachte die nächsten Stufen hinter sich, dann zwängte er sich mühsam durch einen engen Durchgang, rutschte fast auf den glattgetretenen Stufen aus. Je weiter er hinaufstieg, desto stärker pfiff der Wind durch die Ritzen der Backsteine und fuhr Gebhard dermaßen in die Knochen, dass er die Zähne zusammenbiss. Es war ihm ein Rätsel, wie von Jurgas es dort oben aushielt. Sein Aussichtspunkt war jeder Witterung ausgesetzt, die Unterkunft der Familie winzig, bestand einzig aus einer Küche und einer Kammer mit zwei Betten, in denen der Türmer, sein Weib und die vier Kinder schliefen. Hätte Gebhard dieses Leben führen müssen, wäre er schon längst vom Turm gesprungen, am besten, wenn der gottverdammte Sattler und sein speichelleckender Stadtschreiber gerade unten vorbeigingen.

Wieder bog er um eine Ecke. Draußen heulte der Wind, trug einzelne Schneeflocken in den Turm und ließ sie von oben aus dem offenen Geläut in die Tiefe rieseln, an Gebhard vorbei.

Wieder vernahm er ein Geräusch hinter sich, aber diesmal achtete er nicht darauf, denn er hatte sich schon einmal getäuscht. Stufe um Stufe stieg er weiter hinauf, einem frischen Schluck Wein, Gesellschaft und dem Vergessen entgegen … Oh wie würde er heute vergessen, und –

Ein Summen, wie von einem Bienenschwarm. Ein Summen, in der Finsternis.

Schmerz.

Dann wurde das Summen zu einem anderen Geräusch, einem Knacksen, das Gebhard erst nicht zuordnen konnte. Er nahm alle Kraft zusammen und öffnete mühsam die Augen. Schmerz wogte durch ihn, durch die Augen, die Lider, den Kopf, den gesamten Körper. Alles um Gebhard herum war verschwommen, aber merkwürdig hell.

Hell?

Warum hell? Er war doch gerade erst im dunklen Turm gewesen, auf den Stiegen, und –

Das Knacksen wurde lauter, und auf einmal flossen die bisher unscharfen Bilder zusammen, und Gebhard Baumgart sah klar. Er sah Pfeiler und Verstrebungen über sich, auf denen Flammen tanzten. Sie schienen ihren Ausgangspunkt unmittelbar neben Gebhard zu haben, dort, wo seine zersplitterte Handlaterne lag.

Gedanken schossen ihm wirr durch den Kopf. Brannte es wegen ihm, hatten ihn der Wein und die Anstrengung des Aufstiegs übermannt? War er in Ohnmacht gefallen und hatte dabei die Laterne fallen lassen? Mühsam richtete er sich auf, trachtete danach, den Schmerz nicht zu beachten, der sich wie ein glühendes Spinnennetz von seinem Hinterkopf aus über seinen ganzen Kopf spannte.

Zitternd stützte er sich an der Wand ab. Er musste hinauf, zu von Jurgas und seiner Familie, und dann musste der Türmer die Stadt vor dem Feuer warnen.

Aber was würde danach geschehen?

Schlagartig wurde Gebhard klar, was es bedeuten würde, wenn herauskam, dass er für den Brand verantwortlich war – als Brandstifter hätte er sein Leben verwirkt, das seine und das seiner Frau.

Sein Blick irrte vom Feuer, das sich unerbittlich über ihm ausbreitete, hinunter in die Dunkelheit, die so still und tröstend vor ihm lag. Dann wieder zum Feuer. Bald würde es so groß sein, dass es den Türmer und seine Familie von jeder Flucht abgeschnitten haben würde.

Gebhard zögerte, dann holte er tief Luft, rief mit aller Kraft. »Hans! Feuer! *Feuer*!«

Schnell drehte er sich um und stolperte die Treppe hinunter, immer schneller, hinein in den Schutz der Dunkelheit.

Christoph Ackermann achtete darauf, seine Laterne gut sichtbar vor sich zu tragen. Er hatte keine Lust, von der Stadtwache peinliche Fragen gestellt zu bekommen. Also lieber Vorsicht walten lassen.

Er lächelte unwillkürlich, als er in den schmalen Durchgang schlüpfte, der zur Kapell-Gasse führte. Vorhin war die Laterne noch dunkel gewesen, als er Sibylla von der Kutsche zu ihrem Haus gebracht hatte. Dort hatten sie sich noch einmal leidenschaftlich geküsst, dann war Sibylla durch eine Nebenpforte des Hauses, aufgehalten von einer treuen, verschwiegenen Dienerin, im Inneren verschwunden. Von der Dienerin hatte sich Christoph mit einem Kienholzspan die Laterne anzünden lassen, dann hatte er die Kutsche zu den Stallungen gebracht und war von dort zu Fuß gegangen.

Er eilte am Roten Hund vorbei, der bis auf ein Fenster dunkel war. Das Fenster lag im ersten Stock, wo Santorio eine Stube bewohnte. Der Schnee hatte die Butzenscheiben des Fensters fast zur Gänze bedeckt, doch ein kleiner Schein drang heraus, flackernd und warm, wahrscheinlich von einer duftenden Kerze aus Bienenwachs. In ihrem Licht, da war sich Christoph sicher, saß der Wirt gerade bei einem Glas Wein, genoss die Wärme des Ofens und die Ruhe, die in seiner Gaststätte mittlerweile herrschte, und überschlug die Einnahmen, die der Abend gebracht hatte.

Christoph ließ das Wirtshaus hinter sich.

An der Ecke zum Unteren Markt, beim Haus des Stadtzolls, blieb er stehen. Fahl hob sich oben, unter dem Erkertürmchen, die Statue des Ritters von Zusum ab. Christoph leuchtete hinauf. Der Ritter hatte einst Kaiser Maximilian im Krieg gegen die Schweizer so tapfer gedient, dass der dankbare Maximilian ihm die Fahne des Reiches geschenkt hatte. Die trug der Ritter noch heute in seinen steinernen Händen. Und bis heute ging die Sage, dass der Ritter von Zusum Wächter des Schwabenlandes war. Wenn Gefahr drohte, hört man in stillen Nächten sein Seufzen, nicht wegen der Gefahr, sondern weil es ihm nicht mehr möglich war zu kämpfen.

Christoph nickte dem Ritter zu.

Wache weiter über uns, tapferer Ritter, und auch ein wenig über mich.

Plötzlich zerschmetterte ein ohrenbetäubendes Geräusch die nächtliche Stille. Es war nicht das Seufzen eines sagenhaften Ritters, es war Wirklichkeit.

Es war die Pummerin, die größte Glocke der Stadtpfarrkirche.

Und da die Pummerin alleine läutete, wusste Christoph sofort, was das bedeutete – Feuer, eine der größten Gefahren, die einer Stadt drohen konnte! Er blickte den Marktplatz hinauf und erstarrte.

Flammen schlugen aus dem oberen Drittel des Turmes.

Einen Augenblick später hetzte Christoph mit weitausholenden Schritten die Straße zur Kirche hinauf.

ꕤ

Hans von Jurgas war verzweifelt. Zwar hatte ihn der Ruf aus der Dunkelheit, wenn es ihn denn gegeben hatte, auf das Feuer aufmerksam gemacht, aber die Flammen hatten sich bereits ausgebreitet und leckten nicht weit unter dem Geläut gierig an Holzpfeilern und Stiegen. Nachdem der Türmer das gesehen hatte, hatte er Barbara zugebrüllt, die Kinder zu holen, und war zum Geläut gelaufen.

Während er nun am Seil der Pummerin zog und fast taub wurde von den wuchtigen Glockenschlägen, schoss ihm nur ein Bild durch den Kopf: sein Weib und seine Kinder, unten am Marktplatz in Sicherheit. Aber noch war es nicht so weit ...

Der Türmer ließ vom Glockenseil ab und hastete die Treppe hinab, wo seine Familie auf ihn wartete. Barbara trug Katharina, die Jüngste, auf dem Arm, Daniel, Moritz und Juliane klammerten sich an den Kittel ihrer Mutter. Die Kinder weinten und sahen den Vater mit schreckgeweiteten Augen an.

»Hans, was sollen wir tun?« Barbara bemühte sich, die Angst in ihrer Stimme zu verbergen, um die Kinder nicht noch mehr in Panik zu versetzen. Es gelang ihr nur bedingt.

»Na was schon, Weib? Hinunter, und zwar schnell!«

»Aber ist dazu denn noch genug Zeit?«

Das Glockenschlagen verklang, und in der Stille danach war das Prasseln der Flammen von unten deutlich zu hören.

Von Jurgas nahm Juliane in seine Arme. »Die Zeit borg ich mir vom Teufel! Kommt jetzt!«

Und so führte der Türmer seine Familie in den Abgrund hinab, den Flammen entgegen …

Während Christoph an seinem Haus vorbeihetzte, sah er Lorenz an der Tür auftauchen. Der alte Bartholomäus stand hinter ihm, noch im Nachtkittel.

»Vater?«, rief Lorenz bestürzt. »Was –«

»Hol den Feuerkübel, rasch! Ich laufe zur Kirche!«

In diesem Augenblick erklang ein Schrei aus dem Turm herab. Es war ohne Zweifel der einer Frau, in Todesangst.

»Tu, was ich dir sage!«, brüllte Christoph. »Ich versuche in den Turm zu gelangen.«

Aus dem Haus gegenüber kam Johannes herausgerannt. Er trug seinen ledernen Feuerkübel mit sich, wie es seine Pflicht als Bürger der Stadt war. Jeder Bürger verfügte über einen solchen Kübel, denn jeder war verpflichtet im Falle eines Brandes beim Löschen zu helfen. Dies war eine Pflicht, die im Gegensatz zu manch anderen nicht erst eingemahnt werde musste. Wenn es brannte, ging es um Leib und Leben von jedermann, und deshalb halfen alle mit.

»Christoph! Wo ist dein Kübel?« Johannes' Stimme, nicht weit hinter ihm. Christoph drehte sich im Laufen um. »Der Türmer sitzt in der Falle. Ich sehe, ob ich ihm helfen kann!«

Johannes nickte und bog mit seinen Leuten zum Stadtbrunnen ab, der am Platz unweit der Kirche lag. Hier holten die meisten Bürger das Wasser für ihr tägliches Leben, denn nur die wenigsten Häuser verfügten über einen eigenen Brunnen.

Auch aus den anderen Gebäuden strömten nun erschrockene Bürger, und wo der Mann einer Familie nicht da war und seine Söhne noch nicht alt genug, kam sein Weib und trug den Kübel.

»Hans! Das Feuer ist zu stark!«, schrie Barbara. Sie standen oberhalb der brennenden Stiege, die weinenden Kinder um die Eltern gedrängt. Der Rauch biss allen in den Augen, die Jüngsten husteten erbärmlich.

»Ich muss es versuchen«, gab Hans zurück. Und wenn es das einzig Richtige ist, was ich in meinem Leben tu, nach all dem Saufen und Huren, dachte er.

Rasch packte er den Kübel mit Wasser, den er mit heruntergetragen hatte, goss etwas davon über Daniel und Moritz, dann über die ebenfalls mitgebrachte Wolldecke.

»Ich bringe die Jungen zuerst durch das Feuer, sie können dann aus eigener Kraft nach unten. Verzage nicht, ich bin gleich zurück.«

»Hans –« Tränen liefen über Barbaras rußige Wange.

Mit einer überraschend sanften Bewegung wischte er die Tränen weg. »Ich werde euch retten. Ich verspreche es.«

Sie sah ihrem Mann in die Augen, und auf einmal sah sie den Mann, der er früher gewesen war, jung, stark und fröhlich, dem Teufel die Nase drehend. Und da glaubte sie ihm.

Hans von Jurgas packte die beiden Jungen, die sich sogleich an seinen Hals und Rücken klammerten, warf die nasse Decke über sie und eilte nach unten, durch die Flammen.

Christoph hatte den Eingang zum Turm erreicht, riss die Tür auf. Rauchschwaden drangen ihm entgegen, er konnte den Schein des Feuers sehen, das schreckliche Prasseln hören.

Er zögerte, aber nur kurz. Dann holte er tief Luft und lief die Treppe hinauf.

Beim Brunnen war Johannes dabei, die Feuerkette einzuteilen. Mensch um Mensch gab Eimer um Eimer weiter, die vollen zum Turm, die leeren zurück zum Brunnen. Keuchend sah Johannes, dass auch Gebhard gekommen war, totenblass, die strähnigen Haare schweißverklebt, die Augen wild umherirrend.

Ein Wunder, dass der Trunkenbold einen Kübel halten kann, dachte Johannes verächtlich.

Er sah viele der Ratsherren, sah aber auch, dass der ehrenwerte Herr Bürgermeister und sein Stadtschreiber fehlten.

Die feinen Geldsäcke, kam Johannes in den Sinn. Werden wieder einmal zu spät sein und dann jeden Ruhm, wenn es denn heute einen zu ernten gab, für sich beanspruchen.

Der Türmer trug Juliane, sein Weib die kleine Katharina. Mit Daniel und Moritz war alles gut gegangen, er hatte sie durch das Feuer gebracht, unterhalb der Flammen abgesetzt und sie ermahnt, den Turm so schnell wie möglich zu verlassen. Die beiden zögerten kurz, aber von Jurgas hatte sie hinuntergescheucht.

Jetzt duckten er und die drei anderen sich unter der Decke, liefen über die immer heftiger brennende Treppe hinab. Der Rauch wurde dichter, sodass von Jurgas nur mehr mit Mühe die Stufen sehen konnte.

Wir schaffen es, dachte der Türmer euphorisch, wir schaffen es tatsächlich –

Da geschah es.

Unter Barbara brach eine Stufe weg. Im letzten Moment konnte sie sich noch festhalten, aber dabei glitt ihr Katharina aus den Händen. Die Kleine fiel durch die Öffnung hindurch – und prallte gleich darauf auf einen der steinernen Strebepfeiler, der den Turm stützte.

Von Jurgas zog seine Frau aus der Öffnung, blickte zu seiner Tochter hinab, die sich instinktiv an den Pfeiler klammerte und jämmerlich weinte.

»Gut so, meine Schöne, lass nicht los!«, rief der Türmer. Er wandte sich Barbara zu. »Bring Juliane hinunter! Ich hole Katharina.«

»Aber –«

»Hinunter mit dir!« Die Stimme des Türmers überschlug sich. Barbara zögerte, ihr Blick irrte zwischen ihrem Mann und ihrer Jüngsten hin und her – dann tat sie, wie ihr befohlen.

Von Jurgas wendete sich der Öffnung zu, während um ihn herum die Flammen prasselten und er kaum noch Luft bekam. Die Öffnung war zu schmal für ihn, er passte nicht hindurch. Also streckte er Katharina seine Hand entgegen, so weit er konnte.

Aber er erreichte sie nicht.

Verzweiflung stieg in ihm auf, als er in die großen Augen seiner Tochter blickte, die ihn voller Angst, aber auch so voller Hoffnung ansah. Der Türmer fühlte Tränen in sich aufsteigen. »Ich komme, meine Schöne, ich –«

Da wurde er auf einmal zurückgerissen. Eine Gestalt war neben ihm aufgetaucht. Einen Herzschlag später glitt Christoph Ackermann auch schon durch die Öffnung, sprang auf den Pfeiler, nahm das weinende Kind und hielt es dem Türmer entgegen. Der packte seine Tochter, zog sie herauf und drückte sie an sich. Fühlte das Beben des Kindes, seine Liebe zu ihr.

»Wähnt Euch später im Glück, Herr Türmer.« Christoph streckte ihm die Hand von unten entgegen. Einen Augenblick später zog von Jurgas den anderen herauf.

Ein Eimer, voll, leer, immer wieder, zum Brunnen hinaus und in den Turm hinauf. Von Johannes dirigiert, vom unermüdlichen Lorenz angefeuert. Die beiden waren überall, ob draußen beim Brunnen oder drinnen im Turm. Agnes und Helene sowie die anderen Mitglieder der beiden Familien waren ebenfalls da, halfen wo sie konnten. Bewundernd sah Anna Lorenz' unermüdlichen Einsatz, der ihm bereits jetzt den Respekt wesentlich älterer und stärkerer Männer eintrug.

Johannes drängte sich an der Menschenkette vorbei, die vom Brunnen zum Turm reichte. Wo war Christoph?

Da sah er den Türmer heraustaumeln, seine Tochter in den Armen.

Und hinter ihm – eine Gestalt, die sich aus dem Rauch herausschälte.

Christoph.

»Du bist doch ein Narr, wie er in der Bibel steht«, stieß Johannes erleichtert aus.

»Wo wäre diese Welt ohne Narren«, gab Christoph zurück, um gleich darauf in einen Hustenanfall auszubrechen.

Die Morgenröte zog auf und strich mit eiskalten Fingern über die spitzgiebeligen Dächer der Stadt.

Schwer atmend, standen die Bürger von Schwäbischwerd vor dem nur noch schwach rauchenden Kirchturm, denn nach Stunden war es endlich gelungen, den Brand zu löschen. Müdigkeit und Erschöpfung waren in den Gesichtern der Männer und Frauen zu lesen, aber auch Erleichterung, die zweifache Gefahr abgewendet zu haben – weder war der Turm eingestürzt, noch hatte das Feuer auf umliegende Gebäude übergegriffen.

»Heidfeldt, das habt Ihr gut gemacht. Für einen Katholiken.« Wie es Johannes vorausgesehen hatte, war Wurm dann doch noch aufgetaucht und hatte wichtigtuerisch das Kommando übernommen, wobei das gar nicht mehr nötig war. Denn die von Johannes eingerichtete Feuerkette hatte ohne Fehl und Tadel funktioniert.

Die Niedertracht, die jetzt in den Worten des Sattlers durchklang, dazu Kunos schmieriges Lächeln, ließen in Johannes eine solche Wut entstehen, dass er sich abwenden musste, um dem feisten Wurm nicht ins Gesicht zu schlagen. Dann fühlte er Agnes' Hand, wie immer zur Vorsicht mahnend. Er sah Christoph, der bei Helene und seinen Kindern stand, sah den Türmer und dessen Familie, sah alle anderen Bürger, die gekommen waren, um mitzuhelfen und gegen die tödliche Bedrohung vorzugehen.

Und mit einem Male verflog die Wut und machte einem überwältigenden Glücksgefühl Platz, dem Glück, am Leben zu sein.

»Ihr könnt Euch mit einem Sitz im Rat bedanken, Herr Bürgermeister«, entgegnete Johannes müde und wischte sich den Ruß von der Stirn.

Wurm ging gar nicht erst auf Johannes' Bemerkung ein. Er wandte sich Christoph zu. »Und Ihr, Ackermann – ich wusste nicht, dass sich hinter dem glatten Gesicht jemand verbirgt, der Kinder aus einem Feuer rettet.«

»Ihr wisst vieles nicht, Bürgermeister. *Herr* Bürgermeister«, erwiderte Christoph, Kunos Einwand zuvorkommend.

»Zumindest weiß ich, dass es ein erheblicher Schaden ist, den das Feuer angerichtet hat«, meinte Wurm finster. »Auch wenn wir dem Allmächtigen danken müssen, dass das Feuer nicht auf die Kirche selbst und die Stadt übergegriffen hat.«

Hier musste Christoph dem Sattler recht geben. Ein großer Teil der Holzkonstruktion, der Stützpfeiler und Verstrebungen im Turm mussten erneuert werden. Dazu waren Teile des Mauerwerks von den herunterstürzenden Holzbalken beschädigt worden.

»Ich werde morgen eine Messe lesen, zum Dank für den Willen des Herrn, der uns geholfen hat, Sein Haus zu retten.« Die Stimme von Johannes Delzer, der neben dem Stadtpfarrer Konrad von Augsburg stand, zitterte vor Ehrerbietung. Der Stadtpfarrer nickte nur zu den Worten seines Diakons, ohne selbst etwas zu sagen. Alt und gebeugt, sich immer mehr in seiner Gelehrtenarbeit verlierend – er kommentierte derzeit die griechische Übersetzung der Bibel –, überließ er zunehmend dem Jüngeren das Wort.

»Wie wäre es mit einer Messe dafür, dass Katholiken und Lutheraner gemeinsam zusammengeholfen haben, die Stadt zu retten?« Leonard Hoermann, der Abt von Heilig-Kreuz, musterte die beiden lutherischen Glaubensmänner, seine sonst so ehrfurchtgebietende Stimme klang müde. Wie der Stadtpfarrer mit Delzer tat sich auch der Abt immer schwerer, sich gegen seinen charismatischen und feurig predigenden Prior Beck zu behaupten. Hoermanns größte Angst war es, dass die katholische Minderheit in Schwäbischwerd unterging. Er verfolgte jedoch einen Weg, der offene Konflikte und Provokationen vermeiden sollte. Das war etwas, was sein Prior nicht verstand. Hoermann warf Beck einen kurzen Seitenblick zu und sah dessen verbissenen Gesichtsausdruck. Wahrscheinlich würde er es auch nie verstehen, schoss es dem Abt durch den Kopf.

Die vier Männer Gottes standen sich gegenüber, nicht weit voneinander entfernt, aber es war unübersehbar, dass sich eine ganze Welt zwischen ihnen auftat. Eine Welt des Hasses, ein Himmel der Ignoranz, zumindest zwischen den beiden jüngeren.

Und die Menschen von Schwäbischwerd, zuvor noch in der Gefahr geeint, begannen sich langsam voneinander zu lösen und wieder zwei Seiten einzunehmen. Sie scharten sich hinter ihre Hirten und lauschten dem Wortwechsel.

Delzer lächelte kalt. »Geholfen hat allein der Allmächtige, wir Menschen sind nur schwache Werkzeuge im Sturm des Glaubens. Und der *wahre* Glaube hat heute obsiegt.«

Dann drehte sich der Prediger um und ging davon. Beck tat es ihm nach kurzem Zögern gleich. So gingen die beiden jungen Männer, während die beiden älteren, Pfarrer und Abt, blieben und einen hilflosen Blick wechselten. Dann machten sie sich ebenfalls auf den Weg zu ihren Gotteshäusern.

Wenig später begannen auch die Gläubigen von Schwäbischwerd sich langsam zu zerstreuen.

»Ihr Herren …«

Müde drehten sich Johannes und Christoph um.

»Ah, von Jurgas.« Der Kaufmann hatte genug. Er wollte nach dieser Nacht nur mehr nach Hause, in seine warme Stube.

»Kann ich Euch für einen Augenblick sprechen?« Der Türmer sah nicht Johannes, sondern Christoph nervös an. »Nur Euch.«

»Es gibt nichts, was mein Freund nicht wissen sollte«, erwiderte dieser. Für einen Augenblick blitzte Sibylla in seinen Gedanken auf.

Fast nichts.

»Bitte, Herr Ackermann – es ist wichtig.«

Christoph sah Johannes an. Der zuckte mit den Achseln, wandte sich ab und ging ein paar Schritte weiter, um sich am Brunnen das Gesicht zu waschen und einen Schluck Wasser zu trinken.

»Ich weiß nicht, wie ich es sagen soll …«, begann der Türmer.

»Was? Dass du wie immer gesoffen und deshalb den Brand viel zu spät bemerkt hast?« Christoph sah den anderen durchdringend an. Oder besser gesagt zu ihm auf, denn der bullige von Jurgas überragte Christoph um Haupteslänge.

»Das ist eine Lüge, Herr, und das wisst Ihr genau!«, wehrte sich der Türmer empört. »Ich versehe meinen Dienst sehr gewissenhaft, seit ich ihn angetreten habe. Kein Schiff oder Floß für den Zoll, kein Feuer, das mir je entgangen!«

Christoph blieb ruhig. »Willst du etwa bestreiten, dass du wie ein Loch säufst?«

»Ein jeder werfe den ersten Stein, Herr Ackermann. Und wer ist schon frei von Sünde?« Der Blick, den von Jurgas ihm jetzt zuwarf, war Christoph unangenehm, schien ihn zu durchdringen, bis auf den Grund seiner Seele.

»Worauf willst du hinaus, Türmer?«

»Ich –« Wieder zögerte der Mann sichtlich.

»Heraus damit. Ich will endlich in mein Bett!«

»Ich war heute noch mit Gebhard Baumgart im Wort.« Von Jurgas' Stimme war leise. »Er wollte kommen und mit mir trinken.«

»Und?« Christoph konnte seine Ungeduld kaum verhehlen. Johannes sah vom Brunnen her, die beiden Männer nachdenklich musternd.

»Er ist nicht gekommen. Aber mir schien, als hätte ich etwas gehört, kurz bevor ich das Feuer bemerkte. Eine Stimme, die vor dem Feuer warnte. Die Stimme –« Der Türmer holte tief Luft. »Die Stimme von Gebhard Baumgart.«

Christoph durchfuhr es siedend heiß. Er erinnerte sich an den gestrigen Abend im Roten Hund, an den Vorfall mit Gebhard. Konnte das sein? War Gebhard in seinem Zorn auf die Lutheraner in deren Kirche gegangen und hatte sie angezündet? Aber von Jurgas war sein Freund oder zumindest Zechkumpan, den hätte er nicht geopfert. Oder doch, in blindem, trunkenem Hass?

»Ihr habt mein Kind gerettet.« Die Stimme des Türmers drang durch Christophs Gedanken. »Damit stehe ich auf ewig in Eurer Schuld.«

»Und darum erzählst du auch mir von deinem Verdacht und nicht dem Amman?«

Von Jurgas nickte.

Christoph straffte sich. »Ich danke dir für deine Umsicht. Ich werde mit Gebhard sprechen und versuchen, die Sache aufzuklären.«

Ein Lächeln zog sich über das erschöpfte Gesicht des Türmers. »Ich bin mir sicher, dass Ihr das tun werdet.«

Von Jurgas drehte sich um und ging davon. Johannes näherte sich seinem Freund.

»Was wollte er?«

Christoph zuckte mit den Achseln. »Mir noch einmal dafür danken, dass ich seine Tochter gerettet habe.«

»Mehr nicht? Ihr scheint mir eher einen Disput ausgefochten zu haben.«

»Da täuschst du dich.«

»Offensichtlich ...« Johannes' Stimme ließ nicht erkennen, ob er seinem Freund glaubte. »Als ich beim Brunnen stand, habe ich darüber nachgedacht, dass es ein merkwürdiger Brand war. Er brach wohl an einer Stelle aus, an der er viel, aber nicht allzu viel Schaden anrichten konnte. Und wie konnte er überhaupt ausbrechen?«

»Was weiß ich.« Christoph war bemüht, sich nichts anmerken zu lassen. »Ein Funkenflug?«

»Von woher? Der Küche des Türmers? Niemals.«

Die beiden Männer sahen zu, wie sich die Morgendämmerung immer mehr ausbreitete.

Johannes streckte sich. »Aber Feuer bleibt wohl Feuer, egal wie es ausbricht. Wie wäre es mit einem guten Becher Wein? Meine Kehle schmeckt nur nach Ruß, den das Wasser nicht fortzuspülen vermag.«

»Ein wahres Wort. Doch leider habe ich noch etwas vor, das keinen Aufschub duldet.« Christoph klopfte seinem Freund auf die Schulter, dann ging er mit schnellen Schritten davon.

Gebhard Baumgart saß am Rand seiner Bettstatt. Übelkeit brandete durch seinen Körper, vom Kopf bis in die Zehen und wieder zurück. Ächzend beugte er sich zur Seite, zog die Schüssel für die Notdurft unter dem Bett hervor und übergab sich hinein. Endlich, als er schon gedacht hatte, es würde gar nicht mehr aufhören, schien sein Bauch ein Einsehen mit ihm zu haben. Gebhard würgte noch einmal, dann war es vorbei, zumindest für den Augenblick.

Er war allein in der Schlafkammer, wie so oft. Sein Weib war im Hinterhof und schimpfte das Gesinde aus, ihre Stimme drang bis in die Kammer herauf.

Gebhard streckte sich mühsam, dann stand er auf. Stechender Kopfschmerz peinigte ihn, aber er versuchte, ihn nicht über Gebühr zu beachten. Es würde nicht lange dauern, das wusste er aus Erfahrung. Über den Tag vergingen die Nachwirkungen des Weines, um spätestens am Nachmittag oder Abend in Durst überzugehen. Durst, den er erneut löschen würde. Ein ums andere Mal.

Er trat zum Fenster und blickte hinaus.

Es war ein kalter Tag, die Häuser wie mit spitzer Feder gezeichnet, jede Linie klar in der Morgenröte erkennbar. Alles schien wie immer – die Bürger, Handwerker und Tagelöhner auf der Straße, vielleicht etwas hektischer als sonst, ein Wagen mit Ochsen, beladen mit schwarz verkohlten Holzbalken …

Die Erinnerung an letzte Nacht überkam Gebhard Baumgart erneut, mit der Wucht eines Schwerthiebs. So deutlich, so überwältigend waren die Bilder, die auf ihn einprasselten, dass der Mann schier taumelte und den Kopf einzog.

Was hast du getan?

Aber er wusste es, wusste es nur zu genau. Er war in der Kirche gewesen, war in den Turm hinaufgestiegen, um mit von Jurgas zu trinken. Dann auf einmal Flammen, und seine Stimme, ein Ruf in der Dunkelheit, um den Türmer und seine Familie zu retten.

Zumindest das war gelungen. Aber die Schuld am Ausbruch des Feuers blieb.

Gebhard wandte sich vom Fenster ab und dem Spiegel zu, der gegenüber der Bettstatt an der Wand der Kammer hing. Es war allein dieser Spiegel, der dem Raum ein wenig Schmuck verlieh, denn Bett und Schrank, einst reich verziert, waren schäbig geworden, das Holz stumpf, die Verzierungen verblasst. Sie erschienen wie ein Abbild der Lieblosigkeit derer, die hier schliefen.

Dem Spiegel hatten die Jahre indes nichts anhaben können. Immer noch war das Glas klar geschliffen, glänzte der reich verzierte Rahmen aus Blattgold wie an dem Tag, an dem Agnes den Spiegel ihrem Bruder geschenkt hatte. Johannes Heidfeldt hatte ihn aus Venedig mitgebracht, es war ein sehr wertvolles Geschenk. Und wie würdig hatte sich Gebhard dieses Geschenks erwiesen? War der Mann, der ihm aus dem Spiegel entgegensah, der Mann mit den blutunterlaufenen Augen, dem unsauber gestutzten Bart und den strähnigen dunklen Haaren, ein Sünder, ein Brandstifter?

Schmerz begann von seinem Hinterkopf aus zu pulsieren. Der Schmerz war wahrscheinlich schon da gewesen, als Gebhard aufgestanden war, er bemerkte ihn jedoch erst jetzt, nachdem die Übelkeit nachgelassen hatte.

Er tastete zu seinem Hinterkopf. Der Mann im Spiegel tat es ihm gleich.

Fühlte eine verkrustete Stelle, die bei der leisesten Berührung sofort weh tat.

Er zog die Hand wieder zurück. Wieder tat der Mann im Spiegel es ihm gleich.

Nachdenklich betrachtete Gebhard seine Finger, an denen etwas Blut klebte. Er versuchte sich zu erinnern, rief sich alles, so gut er konnte, ins Gedächtnis. Er war hinaufgestiegen, die endlosen Stufen in der Finsternis, und dann war da auf einmal nichts mehr, dann das Feuer, und er, wie er hinaufrief und floh.

Oder war da noch mehr gewesen, etwas wie –

Plötzlich waren Stimmen außerhalb der Kammer zu hören, die rasch lauter wurden. Gebhard erstarrte. War es der Stadtamman? Hatten sie herausgefunden, was geschehen war, kamen sie ihn zu holen? Panik durchflutete ihn, aber sie führte nicht dazu, dass er etwas tat. Sie führte nur dazu, dass er erstarrte und einfach vor dem Spiegel stehen blieb.

Die Heiligenfiguren, die in den Rahmen geschnitzt waren, blickten ihn aus leblosen Augen an, auf ewig in Gold erstarrt.

Gebhard hörte Schritte, die die Stiegen heraufpolterten. Einen Augenblick später flog die Tür auf.

Christoph Ackermann kam herein.

Jetzt endlich wandte sich Gebhard vom Spiegel ab. »Wie könnt Ihr es wagen?«

»Halt dein Schandmaul, Gebhard Baumgart! Wo warst du gestern, nach dem Fest?«

»Du behauptest also, dass du nichts mit dem Brand zu tun hast? Dass du nicht im Turm warst, als das Feuer ausbrach?« Christoph hatte die Arme verschränkt und musterte Gebhard kalt.

»Warum hätte ich das tun sollen?« Gebhard bemühte sich, seiner Stimme einen festen Klang zu geben und das Zittern seiner Hände zu verbergen, indem er sie hinter dem Rücken verschränkte.

»Vielleicht, weil du nach dem Fest im Hund und dem, was vorgefallen war, noch das Bedürfnis hattest, weiter zu zechen? Mit deinem besten Trinkkumpan? Er hat mir jedenfalls erzählt, dass du noch zu ihm wolltest.«

Unwillkürlich biss sich Gebhard auf die Lippen. Er musste achtgeben, jedes falsche Wort konnte ihn in den Abgrund stürzen. Er wusste nicht, was Ackermann im Schilde führte, wusste aber, dass es nicht viel gab, was der Mann in der Hand haben konnte. Sonst wäre Gebhard bereits von der Stadtwache abgeführt worden.

Es war jedoch nicht einfach, seine Worte wohl zu wählen, wenn einem Übelkeit und Kopfschmerz in Wellen durch den Körper brandeten. »Es stimmt«, fuhr Gebhard fort, »ich hatte mit von Jurgas vor zwei Tagen gesprochen. Aber es war mir dann gestern doch zu viel des Weines. Ich ging hierher und rannte dann mit den anderen zum Brunnen, als die Glocke schlug.«

»Dann hast du deine Bürgerpflicht ja mehr als erfüllt.« Verachtung klang in Christophs Stimme durch.

Scham brandete durch Gebhards Körper und mischte sich mit der Übelkeit. Aber er riss sich zusammen. »Wie kommt Ihr überhaupt darauf, dass ich im Turm war?«

»Von Jurgas meinte, er hätte eine Stimme gehört. Ein warnender Ruf, kurz nachdem das Feuer ausgebrochen war.«

»Und das soll ich gewesen sein?« Gebhard mühte sich, die Verwunderung echt klingen zu lassen. »Er täuscht sich. Wahrscheinlich ist er eingeschlafen und trachtet so, sich herauszureden.« Wieder empfand er Scham, diesmal, weil er einen Freund, vielleicht den einzigen, den er in der Stadt hatte, so niederträchtig belastete.

Christoph beobachtete ihn scharf. Die beiden Männer schwiegen. Die Stille in der Kammer war erdrückend.

Schließlich räusperte sich Gebhard. »Wenn das alles ist, Ackermann …«

»Für den Augenblick. Aber ich behalte dich im Auge, und aus meiner Freundschaft zu Heidfeldt und Eurer Schwester, die so wohlwollend über all deine Fehler hinwegzusehen scheint, werde ich nichts sagen. Vorerst nicht.«

»Wie Ihr meint.«

Christoph ging zur Tür, öffnete sie. »Solltest du nicht längst unten in deinem Geschäft sein?«

»Das wäre ich, wenn Ihr mich nicht mit Eurem nutzlosen Geschwätz aufhalten würdet.«

Christoph stieß ein Lachen aus. »Du bist wahrlich eine Zierde für diese Stadt, Gebhard Baumgart. Trag besser die Schüssel mit dem Erbrochenen hinaus, sonst stehst du alsbald auch noch ohne Weib da.«

Krachend fiel die Tür hinter ihm zu.

Trotz des Brandes ging der Tag seinen gewohnten Gang in Schwäbischwerd. Natürlich wartete eine große Aufgabe auf die Stadt, denn der Turm musste wieder instand gesetzt werden. Doch auch das Tagwerk musste verrichtet werden, und so geschah es auch.

Johannes saß im Zuber, der fast die ganze Badestube ausfüllte, und wusch sich den Ruß vom Gesicht. Ausnahmsweise verwendete er ein Stück Seife, da die Reinigung mit ihr leichter vonstattenging, auch wenn der Stadtphysikus dringend davon abriet, da durch das Wasser die Haut weich wurde und durch die Seife die schützende Schicht verschwand – so war man anfälliger für den schwarzen Tod und alle anderen Krankheiten.

Er fühlte sich erschöpft, aber er konnte sich der Erschöpfung nicht hingeben. Ein Kaufmann durfte das nicht, niemals. Vor allem kein katholischer Kaufmann in einer lutherischen Stadt.

Agnes kam herein, setzte sich zu ihrem Mann an den Rand des hölzernen Zubers. Ihre Hand glitt liebevoll über seine nackte Brust.

»Du überraschst mich immer wieder, Johannes Heidfeldt. Wie du dich heute für unsere Stadt eingesetzt hast ...«

»Du meinst deine Stadt?« Im gleichen Augenblick, als er sie ausgesprochen hatte, bereute Johannes seine Bemerkung auch schon. Aber es war zu spät. Vielleicht war es die Erschöpfung, vielleicht auch die Bemerkung des Sattlers beim Brunnen. Er wusste es nicht, wusste nur, dass er einen Fehler gemacht hatte.

Agnes zog ihre Hand zurück, ihr Gesicht zeigte einen verletzten Ausdruck.

Als Johannes und Agnes sich verlobt hatten, hatte es viel niederträchtiges Gerede in der Stadt gegeben – wie gut sich Heidfeldt, der Fremde, in eine der angesehensten katholischen Familien eingeheiratet hatte. Dass sich dieser Heidfeldt auf dem Wege zu einem reichen Kaufmann befand und seiner neuen Familie und Schwäbischwerd damit sehr nützlich war, zählte nicht, zumindest am Anfang nicht. Johannes hatte das Gerede nicht beachtet, aber geschmerzt hatte es ihn doch. Und in manchen Augenblicken, so wie eben, brach es aus ihm heraus.

Er nahm die Hand seiner Gemahlin, küsste sie. »Verzeih. Es ist auch meine Stadt.«

Agnes umarmte ihn. »Und wenn dir schon der Bürgermeister nicht dankt, dann möchte ich es zumindest tun.« Sie küsste ihn innig.

Johannes erwiderte den Kuss, löste sich dann jedoch von Agnes und stand auf. Er stieg aus dem Zuber und trocknete sich schnell, fast gedankenlos ab. Ebenso schnell schlüpfte er in sein Gewand. »Ich muss ins Kontor. Es gibt vor Augsburg noch viel zu tun.« Seine Stimme hatte den abwesenden Klang, den Agnes mittlerweile gut kannte. Er war zwar hier bei ihr, aber seine Gedanken waren bereits bei seinem Geschäft.

Sein Geschäft, das euch alle ernährt. Also sei nicht undankbar.

Agnes wusste, dass die Stimme in ihrem Inneren recht hatte. Sie durfte sich nicht beschweren, durfte nicht den Zorn Gottes herausfordern. War ihr Gemahl nicht einer der erfolgreichsten Kaufleute weit und breit? Hatte sie ihm nicht vier Kinder geboren, die allesamt am Leben geblieben waren? Allein das zeigte, wie sehr der Allmächtige den Heidfeldts gewogen war, starben doch in jeder Familie erschreckend viele der kleinen Würmchen und erreichten oft gerade den Tag, an dem sie getauft wurden.

»Ich komme heute zeitig. Versprochen.«

»Lügner«, sagte Agnes, aber sie lächelte dabei. Und schon war Johannes aus der Badestube geeilt.

Agnes streckte ihre Hand in den Zuber und zeichnete gedankenverloren Muster in die Oberfläche des Wassers. Es war schon länger her, dass Johannes die Bettstatt mit ihr wie Mann und Frau geteilt hatte. Meist kam er spät, aß gut und reichlich und schlief bald darauf fast immer in der Stube ein, wenn sie alle beim Ofen saßen.

Wie es wohl Helene ging? Ob Christoph Ackermann zu Hause ähnlich verfuhr?

Irgendwie konnte sie sich das nicht vorstellen. Sie mochte Christoph, wer konnte ihn auch nicht mögen? So viel Kraft, so viel Lebensfreude, und dann sah er auch noch sehr gut aus. Hatte dieser Mann ebenfalls nur seine Geschäfte im Kopf oder auch den Körper seiner Gemahlin?

Bei den Gedanken, die in ihr aufstiegen, wurde Agnes

unwillkürlich rot. Sie nahm sich vor, Helene zu fragen, die für heute ihren Besuch angekündigt hatte.

Von unten tönte Lärm herauf. Balthasar und Sieglinde, diese verzogenen Gören, trieben Magdalena mit vereinten Kräften wieder einmal zur Weißglut. Es wurde Zeit, dass Balthasar aufs Gymnasium ging, die Elementarschule schien ihn in allem Unfug nur noch zu beflügeln. Agnes bezweifelte zwar, dass ihr Sohn für ein Gymnasium geeignet war, aber da ließ Johannes nicht mit sich reden. Ein Kaufmann muss mehr können als lesen, rechnen und schreiben, sagte er immer wieder. Dass diese Kenntnisse, die in der Elementarschule vermittelt wurden, für ihre Töchter anscheinend genügten – Mädchen besuchten keine der höheren Schulen –, schien Johannes nicht zu kümmern. Denn Mädchen führten ja auch kein Unternehmen.

Das Geschrei der Kinder wurde lauter, jetzt klang auch Weinen durch.

Agnes seufzte. Familie – das Wichtigste, der Hort allen Lebens. So hatte ihr Vater es immer gesagt, so ihre Mutter. So sah es Schwäbischwerd und wohl auch der Rest der Welt.

Sie seufzte erneut, dann stand sie auf und verließ die Badestube.

Helene blickte ihren Mann, der sich die Kleider anzog, die sie ihm gebracht hatte, nachdenklich an. Er hatte sich seltsam benommen, als er vorhin nach Hause gekommen war. Auf ihre Frage, wo er gewesen war, hatte er nur knapp mit »Musste mit Gebhard sprechen« geantwortet, dann war er in die Schlafkammer gegangen, um seine Kleidung zu wechseln. Seine eigene war voller Ruß und Brandflecken.

Sie fragte sich, ob sie ihm glauben sollte. Christoph hatte nie mit Gebhard zu tun und äußerte sich ihr gegenüber meist nur verächtlich über Johannes' Schwager. Sie selbst konnte ihm da nur zustimmen. Agnes tat ihr leid, denn Helene wusste, dass ihre Freundin ihren Bruder sehr liebte und immer noch an ihn glaubte. Dass er nur trank und den elterlichen Tuchhandel zugrunde richtete, schien sie zu übersehen oder doch zumindest übersehen zu wollen.

Christoph hatte sich fertig angezogen. Strümpfe, Pluderhose, Hemd, Wams, Rock, Mantel und dazu ein neuer Hut, den er aus Nürnberg mitgebracht hatte. Ein schneidiger Anblick, musste sie sich eingestehen, und doch – wer war der Mann dahinter? In letzter Zeit war sich Helene da nicht mehr so sicher.

»Wie gefalle ich dir, Weib?« Er grinste, und etwas musste sie sich doch eingestehen: Seine grünen Augen und seine Unbekümmertheit fuhren ihr immer noch ins Herz, so wie damals, als sie sich kennengelernt hatten.

Sie trat zu ihrem Mann und richtete ihm den Mantelkragen auf. »So ist es besser. Es ist eisig kalt da draußen.«

Er umarmte sie. »Du könntest mich doch wärmen?« Seine Hand streichelte über ihr Kleid, ertastete ihren Busen.

Warum hatte sie auf einmal mehr denn je das Gefühl, dass er ihr etwas vorspielte?

Sie löste sich von ihm. »In der Küche stehen Brot, Butter und Wein. Du musst hungrig sein nach dieser – Nacht.«

Warum hatte sie gezögert? War es, weil er nicht hier im Haus gewesen war, nach der Feier im Roten Hund? Er hatte noch im Kontor nach dem Rechten sehen wollen, hatte er ihr gesagt, das wäre nötig vor Augsburg. Und warum auch nicht – wer war sie, dass sie ihm vorschreiben wollte, wie er sein Geschäft zu führen hatte?

»Ich danke dir. Ich bin wahrlich hungrig.«

»Dann geh.« Helene deutete zur Tür. »Ich werde im Geschäft sein, während du im Kontor arbeitest.«

»Ich weiß nicht, was ich ohne dich machen würde. Manchmal habe ich das Gefühl, die Männer respektieren dich mehr als mich.«

Mit dieser Ansicht war Christoph nicht alleine. Viele Bürger Schwäbischwerds wunderten sich, dass Helene Ackermann, diese anmutige Frau, den rauen Fuhrgesellen, gerissenen Flößern und trinkfesten Schiffsleuten ihren Respekt abnötigte. Aber Helene, das hatte sich schon früh herausgestellt, verfügte über ein gutes Gespür für den Handel und wie man mit Menschen umging. Und sie war gern im Geschäft, anders als Agnes, die sich allein um Haus und Kinder kümmerte. Johannes hatte deshalb einen Mann in seine Dienste genommen, der für das Unternehmen sorgte, wenn er mit Christoph auf Reisen war.

»Sie respektieren mich, weil ich sie im Gegensatz zu dir unter den Tisch trinken kann.« Helene zwinkerte Christoph zu.

Der lachte lauthals. »Das wird es sein, Weib. Genau das wird es sein.«

Sie zögerte. »Christoph?«

»Ja?«

Sie nahm sich ein Herz, dieser Augenblick war so gut wie jeder andere. »Es ist doch«, sie stockte erneut, »alles gut zwischen uns?«

»Wie meinst du das? Sieh dich doch um – was haben

wir uns nicht aufgebaut, seit wir in diese Stadt gekommen sind?« Mit ausladender Geste deutete Christoph auf die reich ausgestattete Schlafkammer mit ihrem polierten Holzboden, dem Himmelbett, dem prächtig verzierten Schrank, den Bildern der niederländischen Meister und dem spitz zulaufenden Fenster mit seinen Butzenglasscheiben. »Das alles aus dem Nichts, oder zumindest aus dem, was wir hinter uns gelassen haben.«

Was wir hinter uns gelassen haben.

Die Worte schienen Helene wie eine dunkle Drohung im Raum zu schweben. Das, was sie hinter sich gelassen hatten, das, was nie mehr sein durfte.

Deutz.

Helene ließ die Erinnerung erst gar nicht aufkommen. »Du hast natürlich recht. Wir haben alles erreicht, was wir je wollten.«

»Und das ist noch nicht alles. Johannes und ich haben noch einige Pläne.« Wieder das jungenhafte Grinsen, etwas, das Lorenz nicht von seinem Vater geerbt hatte, dachte Helene. Dafür der quirlige Lucas, der seinem Vater in so vielem glich, während Lorenz und Philipp viel vom ruhigeren Gemüt ihrer Mutter hatten.

»Dann, mein lieber Ehemann, wünsche ich dir, dass alle deine Pläne aufgehen. Wie auch immer sie geartet sind.«

Unsicherheit blitzte in Christophs Gesicht auf, er wusste offenbar nicht, wie Helene ihre letzte Bemerkung gemeint hatte. Wenn sie ehrlich war, wusste sie es selbst nicht, sondern war nur einer Ahnung gefolgt.

Die beiden Eheleute verließen die Schlafkammer.

Anna Heidfeldt war glücklich. Trotz des schrecklichen Feuers hatte sie immer noch den Tanz im Roten Hund vor Augen, wie sie sich mit Lorenz gedreht hatte.

Sie sah sich um. Außer ihr war niemand in der Stube. Wieder dachte sie an Lorenz, an den Tanz, der mehr einem Rausch der Liebe geglichen hatte …

Langsam, fast ängstlich, fuhr ihre Hand unter das Unterkleid und berührte sie dort, wo Friederike, die Tochter des Goldschmieds, es ihr gezeigt hatte.

Süße, prickelnde Lust breitete sich von ihrer Leibesmitte aus. Anna atmete schneller, da hörte sie auf einmal Stimmen in der Diele. Blitzartig zog sie ihre Hand hervor, die Wangen flammend rot.

Sünde war es, was sie gerade getan hatte. Zumindest predigte das Prior Beck, den sie ob seines Glaubens, so unverrückbar wie ein Felsen, sehr bewunderte. Aber wie konnte etwas Sünde sein, das solche Wonnen bereitete?

Friederike hatte gemeint, das wäre noch nichts gegen das, wenn Mann und Frau im Ehebett zusammenlägen. Sie hatte eine ältere Schwester aus der ersten Ehe ihres Vaters, und diese war seit einem Jahr verheiratet und gab ihr bereitwillig Auskunft, was sie und ihr Gemahl trieben. Und Friederike hatte Anna ebenso bereitwillig all das weitererzählt.

Diese war zwar ob mancher der Dinge, die auf diese Weise an ihre Ohren drangen, etwas erschrocken, und doch freute sie sich darauf, sich mit Lorenz in Liebe zu vereinen. Der Herr hatte ihr den besten, zärtlichsten, hübschesten und klügsten Bräutigam geschickt – dieser Bräutigam würde auch in der Bettstatt der beste Mann für Anna sein.

»Lass mich los, du vorwitzige Hafenratte!«

Es war Magdalenas Stimme, die Anna aus ihren Tagträumen riss.

»Selber Ratte!« Balthasar, wer sonst.

»Gib es mir zurück!«

»Niemals! Fang, Sieglinde!«

Mehr denn je freute sich Anna, schon bald vermählt und aus dem Haus zu sein.

Christoph schenkte sich einen Becher ein, trank ihn in einem Zug aus. Er rülpste und schenkte nach.

Was hatte Helene vorhin gemeint?

Dann, mein lieber Ehemann, wünsche ich dir, dass alle deine Pläne aufgehen. Wie auch immer sie geartet sind.

Er war sich nicht sicher, ob da nicht etwas hinter ihren Worten gelegen hatte, eine Herausforderung, eine –

Ahnung?

Unmöglich.

Aber Helene war eine kluge Frau, vielleicht spürte sie, dass er jemand anderem mehr Gedanken schenkte, als er sollte. Er musste vorsichtig sein. Vielleicht war es besser, Sibylla nicht mehr so oft zu sehen?

Mit einem Male erinnerte er sich an Johannes' mahnende Worte: »Sei bloß auf der Hut. Verdirb es nicht.«

Wieder stellte er sich die Frage, die ein Bangen in seinem Herzen auslöste.

War das mit Sibylla nur eine Liebschaft, oder war es bereits mehr als das?

Er liebte seine Frau, hatte sie immer geliebt. So viel verband sie, so viel Mühsal und Glück, Freud und Leid. Aber das Leben hatte sie beide verändert. Wenn sie als Mann und Frau im Bett lagen, wenn sie sich liebten, spürte Christoph fast schmerzhaft, was anders geworden war. Der eheliche Beischlaf war zu etwas geworden, was sie taten, weil sie es tun mussten, weil die Ehe es von ihnen erwartete, aber ohne rechte Freude. Dazu unternahm Christoph viele Reisen. Helene führte in seiner Abwesenheit das Geschäft, und sie führte es gut. Die beiden Eheleute sprachen in der wenigen Zeit, die sie miteinander verbrachten, nicht viel miteinander, am wenigsten über das, was zunehmend zwischen ihnen stand. Früher hatten sie über alles gesprochen, nun aber nicht mehr.

Mit Sibylla war es anders. Anders als mit Helene, aber auch anders als mit den Liebchen, die Christoph sich auf seinen Reisen gönnte und die er in dem Augenblick vergessen hatte, wenn er den Beischlaf vollzogen hatte.

Wenn er mit Sibylla zusammen war, wogte Leidenschaft zwischen ihnen hin und her, ein erregendes Feuer, eine Hitze, die nicht eingedämmt werden konnte, einerlei wie oft sie sich liebten. Und wenn sie sich nach einem Stelldichein trennten, schien die Hitze eher angefacht als gelöscht.

Christoph gedachte der letzten Nacht im Kontor ... diese langen, roten Haare, diese Lippen, diese fleischigen und doch festen Brüste. Dazu Sibyllas Bereitschaft all das zu tun, was eine brave, gottesfürchtige Bürgersfrau nicht tun konnte oder wollte ... wie sie ihn mit kundigen Fingern liebkoste, mit unendlicher Geduld, bis er es nicht mehr aushielt, sie anflehte, ihn seine Lust vollenden zu lassen ... wie sie ihn dann mit Schalk in den Augen ansah und ihm den einen, *dunklen* Kuss, gab, wie ihn die Prediger nannten ...

Sibylla. Helene.

Und die Stimme von Johannes, wie eine Warnung.

Verdirb es nicht. Komm nicht vom Weg ab.

Als ob er noch weiter abkommen könnte.

Lorenz kam in die Küche, riss Christoph aus seinen Gedanken und setzte sich zu ihm. »Du hast heute Großes getan, Vater.«

Christoph zuckte mit den Achseln. »Ich hatte Glück.«

»Das Glück gehört zur Tüchtigkeit dazu.« Lorenz machte eine Pause. »Vater – wegen Augsburg –«

Christoph stand auf. »Du hast dich beim Brand ebenfalls gut bewährt. Ich habe deshalb beschlossen, dass du mit Johannes und mir nach Augsburg kommst. Es wird Zeit, dass du unsere Geschäftspartner kennenlernst.«

»Ich danke dir, Vater. Ich werde dir keine Schande bereiten.« Eine unbändige Freude sprach aus Lorenz' Blick, die Christophs Herz erwärmte und alle dunklen Gedanken vertrieb.

Derweilen ging auch alles andere in Schwäbischwerd seinen gewohnten Gang:

Bürgermeister Wurm saß im »Löwen« und ließ sich Braten und Wein schmecken. »Auf, du Narr!«, schrie er dem Wirt zu. »Noch mehr Wein!«

Erasmus Amling ging gemessenen Schrittes die Reihen seiner Bibliothek ab. Sein Blick fiel liebevoll auf die Reihen kostbar gebundener Schriften, Bücher und Folianten. Er zog eines heraus, den »Parzival« des Wolfgang von Eschenbach, und schlug es auf. Fast auswendig kannte er das Epos, und doch war er auch jetzt schon nach wenigen Zeilen auf ein Neues in den Abenteuern des Gralssuchers verloren.

Sibylla stand an der Tür und betrachtete ihren Gatten geringschätzig

Wenn du alle Lust und allen Eifer, den du deinen Büchern widmest, mir gewidmet hättest, würde ich dich nicht zum Hahnrei machen.

Sie drehte sich um und ließ ihren Mann bei seinen Schätzen zurück.

Im Kloster Heilig-Kreuz kniete Abt Hörmann vor einem der Seitenaltäre, ins Gebet versunken. Vom Hauptaltar erklangen die Gesänge des Chorals, den die Mönche gerade anstimmten.

Der Abt schloss die Augen und betete mit Inbrunst.

Herr, gib uns die Kraft, die Gräben zwischen uns zu überwinden.

Auch Prior Beck betete stumm in seiner Kammer. Der Raum war fast kahl – ein Bett, eine Truhe und ein niedriges Pult mit einer Bibel genügten dem Krieger Gottes. Denn als solcher betrachtete er sich.

Die Stille wurde vom rhythmischen Schlagen der Geißel jäh unterbrochen. Geißel auf Fleisch, sein sündiges Fleisch, das der Krieger Gottes geißelte, immer wieder.

Herr, gib mir die Kraft, die ketzerischen Lutheraner zu vernichten.

Prediger Georg Delzer stand im Turm der Stadtpfarrkirche, roch den Rauch, der immer noch schwer in der Luft lag, sah die geschwärzten Mauern und verkohlten Holzpfeiler. Voll unterdrückter Wut ließ er seine Hand über ihre spröde, geschwärzte Oberfläche gleiten.

Sakrileg. Das werden diese katholischen Hunde büßen.

So beteten, arbeiteten, aßen, stritten, kurz – lebten die Menschen in Schwäbischwerd, während ein eisiger Wind durch die Gassen fuhr und das schwache Licht der Wintersonne alles in ein trübes Licht tauchte.

Und während der Tag seinem Ende zuging, klopfte es an Johannes Heidfeldts Tür.

Schwäbischwerd, März A.D. 1606

Christoph Ackermann musste sich zusammennehmen, dem Mann vor ihm nicht die Nase zu Brei zu schlagen. Das Schlimme war, er wusste, dass er seiner Wut nicht nachgeben durfte. Und noch schlimmer war, dass der Mann vor ihm das ebenfalls wusste.

Dabei war es bis jetzt ein verheißungsvoller Tag gewesen. Zum ersten Mal in diesem Jahr lag eine Ahnung des Frühlings in der Luft, strahlte die Sonne von einem wolkenlosen Himmel. Wärmte sie auch nicht sehr stark, so war sie doch eine willkommene Abwechslung zu dem kraftlosen Gesell, der in den nicht enden wollenden, eiskalten Monaten des Winters am Himmel gehangen hatte. Christoph war heute in Begleitung von Lorenz kurz vor Mittag aus dem Kontor zum Hafen gegangen und hatte sich genüsslich von den Sonnenstrahlen das Gesicht wärmen lassen. Alles war bereit für Augsburg. Vielleicht konnte er dort in Ruhe über alles nachdenken, auch über Sibylla.

Am Hafen angekommen, hatte er mit Lorenz noch die Einmaster und Zillen[3] kontrolliert. Alle waren ausgebessert, sauber gescheuert und am hölzernen Steg vertäut.

---

3 Binnen-Lastkähne.

Sie würden morgen auslaufen, während er selbst, Johannes und einige ihrer Leute mit Pferden und Wagen reisen würden. Denn für die zu erwartenden Waren, die sie in Augsburg übernehmen würden, wurde alles gebraucht, was Christoph Ackermann an Transportmitteln zu bieten hatte.

Doch dann hatte Veit Pecherer, der die Zillen beaufsichtigte, damit begonnen, Forderungen zu stellen. Er hatte geklagt, dass sie sehr früh im Jahr unterwegs seien und die Flüsse und Strömungen aufgrund des Tauwetters und des damit einhergehenden Schmelzwassers sehr tückisch wären. Es erfordere großen Mut diese Herausforderungen zu meistern, und dieser Mut, so Veit Pecherer, müsse entlohnt werden.

»Nun, Herr Ackermann? Was sagt Ihr?« Pecherer grinste. Er entblößte dabei schwarze Stummel, wo einmal Zähne gewesen waren. Sein fast kahler Schädel, den niemals ein Hut bedeckte, glänzte speckig in der Sonne. Seine Leute standen hinter ihm.

Es war eine Situation, wie sie häufiger eintrat, und Christoph kam normalerweise gut mit ihr zurecht. Seine natürliche Autorität war in einem Maße vorhanden, dass die meisten Dispute mit seinen Leuten recht schnell beigelegt waren. Wo die Autorität nicht reichte, trat sein kaufmännisches Wesen auf den Plan, denn wer bei ihm viel leistete, wurde auch über Gebühr bezahlt. Mehr als bei anderen Transporteuren üblich war.

Bei Veit Pecherer war es schwerer. Er hatte sich in jüngster Zeit immer wieder einmal aufmüpfig gezeigt, aber Christoph hatte ihn noch jedes Mal bändigen können. Dass Pecherer jetzt, am Vortag der Abreise, die Konfrontation suchte, zeigte, dass er alles auf eine Karte setzen wollte. Er wollte den großen Christoph Ackermann einer Probe unterziehen. Sollte der Kaufmann nicht geben, was Pecherer wollte, würde dieser zum Schein zurückstecken, wohl über Nacht mit seinen Leuten verschwinden und einen anderen Herrn suchen – und auch finden. Denn so aufsässig der Mann auch war, es gab niemanden, der die Flüsse besser kannte als er, jede Gefahrenstelle in ihnen, ob Strömung oder verborgener, scharfkantiger Felsen.

Doch Christoph brauchte jeden Mann, denn so schnell würde er keinen Ersatz finden. Dem Schiffer indes kurzerhand mehr Lohn zu zahlen kam trotzdem nicht in Frage, denn das Beispiel würde Schule machen. Christoph mochte sich die unverschämten Forderungen nicht vorstellen, die ihn dann überschwemmen würden.

Was sollte er tun? Sollte er Pecherer zu Boden schlagen und es mit Einschüchterung der anderen versuchen? Noch während Christoph fieberhaft überlegte, kam Lorenz hinzu. »Vater, darf ich kurz etwas sagen?«

»Nur zu, mein Sohn«, erwiderte dieser mit düsterem Gesicht.

»Herr Pecherer«, begann Lorenz, »Ihr seid der beste Schiffer weit und breit.«

»Da habt Ihr wohl recht, junger Herr Ackermann.« Pecherer musterte Lorenz misstrauisch.

»Nun, Ihr wisst, wie wichtig die morgige Fahrt ist. Wenn sie gelingt, wenn alle Waren wohlbehalten wieder hierhergelangen, dann wird es ein erklecklicher Gewinn sein, den mein Vater erzielen wird. Und dann profitieren wir alle davon.«

»Worauf wollt Ihr hinaus?«

»Mein Vater wird sich in dem Fall sicher erkenntlich zeigen.« Lorenz blickte Christoph an, der ihm zunickte.

»Aber nur, wenn die Waren auch hierhergebracht werden. Andernfalls profitiert keiner von uns, und dann bekommt auch Ihr nichts. Und es würde mich interessieren, was die anderen Kaufleute zu Eurem Vorgehen sagen werden und ob sie wirklich mit Euch zusammenarbeiten wollen. Denn Ihr hättet Euch einmal gegen Euren Herrn aufgelehnt – und würdet das sicher auch ein zweites Mal tun.« Seine Stimme wurde leise. »Vielleicht steht Ihr, wenn Ihr heute geht, morgen schon in anderem Lohn – vielleicht auch nicht. Schlechte Kunde über Euch würde ich nur ungern verbreiten müssen. Wollt Ihr das Risiko eingehen?«

Pecherer starrte Lorenz an. Einen kurzen Moment lang sagte niemand ein Wort. Dann flackerte Pecherers Blick, und sein Gesicht nahm einen mürrischen Zug an. »Dreißig Kreuzer pro Zille und Mann mehr, wenn wir da sind?« Die Frage war an Vater und Sohn gerichtet.

Es war der Sohn, der antwortete. »Zehn Kreuzer. Für diese Fahrt. Die kommenden zum bereits vereinbarten Lohn.«

Pecherer zog vernehmlich den Rotz hoch, dann nickte er. Seine Männer begannen sich zu zerstreuen, er selbst machte auf der Stelle kehrt – nicht ohne Lorenz noch einmal einen bösen Blick zugeworfen zu haben – und verließ den Hafen. Wahrscheinlich um in einer Schenke zu trinken und später zu verbreiten, wie er es dem großen Christoph Ackermann gegeben hatte.

»Lorenz«, Christoph fasste seinen Sohn bei den Schultern, »das war in der Tat beeindruckend.«

»Ich habe nur gesagt, was gesagt werden musste, Vater.

Und ich hatte einen guten Lehrmeister.« Lorenz lächelte seinen Vater an.

»Du hast schon bei der Feier im Hund sehr klug gesprochen. Und heute wieder. Vielleicht sollte ich dir gleich die Führung unseres Geschäfts übertragen.« Christoph grinste.

»Wenn du mir unser Haus dazugibst – Anna und ich hätten nach der Hochzeit gerne etwas Platz für uns«, erwiderte Lorenz verschmitzt.

Christoph lachte auf. »Ihr bekommt eine eigene Stube bei uns, das mag für den Anfang genügen. Jetzt geh ins Kontor. Wir sehen uns am Abend zu Hause, du weißt, was heute für ein Tag ist.«

Lorenz nickte und eilte davon.

»Du hast *was*?«

Christoph stellte den Weinkrug ab, aus dem er sich und Johannes gerade frisch eingeschenkt hatte. Johannes hatte ihn vorhin am Hafen getroffen und darauf bestanden, dass sie in Santorios Wirtschaft gingen. Christoph war der Einladung nach kurzem Zögern gefolgt, denn einen Schluck Wein konnte er nach dem heutigen Tag gut brauchen. Außerdem war die Arbeit am Hafen getan, den Rest erledigte Lorenz im Kontor.

Johannes prostete seinem Freund zu und leerte die Hälfte des Bechers. »Du hast richtig gehört. Aber sprich etwas leiser.« Die Stube war zwar nur spärlich besucht, dennoch hatte Christophs offensichtliches Erstaunen für einige hochgezogene Augenbrauen gesorgt.

»Du hast wirklich das Manasser-Haus verkauft?« Das Anwesen hatte vor vielen Jahren der Familie Manasser gehört, einer einstmals angesehenen, aber dann zusehends in Verruf geratenen Sippe von Bildhauern. Zwei Töchter waren als Unholdinnen verbrannt worden, weil sie der Hexerei verfallen waren, und der Rest der Familie war eines Sommers innerhalb kürzester Zeit von den Blattern dahingerafft worden. Niemand hatte Interesse an dem Haus gezeigt, auch weil es sehr heruntergekommen war und weit weg vom Markt lag. Johannes hatte es schließlich gekauft, weil er nicht wusste, ob er irgendwann nicht noch mehr Lagerräume in der Stadt brauchen würde. Aber dann hatten er und Christoph die Kontore bauen lassen, und so verfiel das Manasser-Haus immer mehr.

Bis eines Abends ein Mann an Johannes' Tür klopfte und Interesse bekundete.

»Ja, ich habe es losschlagen können.« Die Stimme des Kaufmanns glich dem zufriedenen Schnurren eines Katers, der eben einen ganzen Topf Milch ausgeschlabbert hatte.

»Und welcher Tor hat es dir abgekauft?« Christoph nahm einen großen Schluck Wein. Die rubinrote Flüssigkeit rann ihm warm und voll die Kehle hinab, genau wie es ihm lieb war.

»Ein feiner Tor aus Bremen, wie mir der Mann sagte, der es für ihn erwarb. Der Bremer hat sich in der Stadt umgesehen, und genau dieses Haus wollte er.«

»Warum war er dann nicht selbst bei dir?«

»Er musste gestern abreisen.« Johannes schenkte sich wieder nach. »Sein Schreiber war befugt, heute den Handel abzuschließen.«

»Und dann hast du –«

»Ich habe erst abgelehnt. Dann wurde das Angebot verdoppelt. Dieses konnte ich nicht mehr ablehnen.«

Christoph stieß einen Pfiff aus. »Dann hast du wahrlich ein lukratives Geschäft gemacht.«

»Du hast es erfasst.« Johannes drehte sich zur Tür. »Francesco! Mehr Wein!«

Die beiden sahen zu, wie Santorio einen neuen Krug Wein brachte.

»Setz dich zu uns, Freund«, sagte Johannes freundschaftlich. »Trink mit uns, heute gilt's zu feiern.«

Der Wirt nahm neben den beiden Männern Platz und stieß mit ihnen an. Er nippte nur an seinem Becher, dann stellte er ihn wieder ab. »Es war mir, als hätte ich vorhin vernommen, dass Ihr ein Haus verkaufen konntet, Herr Heidfeldt?«

Johannes grinste. »Du hast scharfe Ohren, Herr Wirt. Sie haben dich nicht getrogen.«

»Interessant ...« Santorios Stimme klang nachdenklich.

»Was meinst du?« Johannes trank, wischte sich dann den Mund ab.

»Nun, man sollte glauben, dass jemand in diesen Zeiten nicht unbedingt in unser Städtchen ziehen will, oder? Vor allem nicht ein reicher Mann.«

Johannes schüttelte den Kopf. »Nicht jeder will in diesen steinernen Grüften, die sie Städte nennen, leben. Ich selbst bin nur dort, um Geschäfte zu machen, und immer aufs Neue froh, wenn ich wieder weg bin. Schwäbischwerd hat gerade die richtige Größe, dass man nicht nur eine Ameise unter vielen ist.«

»Ameisen ...«, meinte Santorio. »Da habt Ihr wohl recht.« Er stand auf, blieb aber noch am Tisch stehen. »Wisst Ihr, wie man Ameisen lockt?«, sagte er nach kurzem Zögern.

Johannes und Christoph sahen ihn verwundert an. »Worauf willst du hinaus, Santorio?«, fragte der Kaufmann.

»Ameisen fängt man mit Honig, süß und goldglänzend«, fuhr der Wirt fort. »Sie können, so fleißig und klug sie auch sind, nicht widerstehen. So wie wir Menschen der Verlockung des Goldes nicht widerstehen können.«

Johannes stellte seinen Becher mit einem Ruck ab, heftiger, als er gewollt hatte. »Du hast eine seltsame Art, mit deinen Gästen zu sprechen, Herr Wirt. Vor allem mit Gästen, die deinen Wein trinken, weil sie gerade ein gutes Geschäft gemacht haben.«

Santorio lächelte beruhigend. »Bitte vergesst, was ich gesagt habe. Ich bin nur ein törichter alter Mann. Nehmt den nächsten Krug als mein Geschenk an.«

Der Wirt entfernte sich von den beiden.

»Alt und töricht. Wem will er das weismachen? Der Bursche ist klüger als du und ich zusammen.« Johannes war missmutig, seine gute Laune verflogen.

»Vergiss ihn.« Christoph hob den Becher. »Trink, auf dein Geschäft und die morgige Reise nach Augsburg.«

Aber auch Christophs Fröhlichkeit war nur vorgetäuscht. Santorios Worte hallten in seinem Kopf wider, einer Mahnung gleich.

So wie wir Menschen der Verlockung nicht widerstehen können.

Des Goldes – oder der einer Frau …

Der Mann im Spiegel betastete seinen Hinterkopf. Wieder und wieder durchlebte er diese Nacht.

Er spürte die Kälte, als er die Stiegen hinaufstieg. Hörte den Wind, und –

Ein Geräusch, hinter sich.

Ein Geräusch, wie von verstohlenen Schritten.

War noch jemand im Turm gewesen? Jemand, der ihn niedergeschlagen und den Brand gelegt hatte?

Oder suchte er nur nach Ausreden für seine Tat? Eine Tat, die darin bestand, im Weinrausch bewusstlos geworden zu sein, die Laterne fallen gelassen zu haben und damit, wenn auch unbeabsichtigt, für die Ausbreitung des Feuers verantwortlich zu sein?

Nein, das konnte nicht sein. Gebhard wollte die Tage nicht mehr zählen, an denen er lallend und stocktrunken hierher in sein Haus getorkelt war. Aber er hatte es immer geschafft, war nie liegengeblieben wie viele andere in den Gasthäusern, die dann von den Knechten hinausgeworfen wurden und im Unrat ihren Rausch ausschliefen. Einen Rest Würde hatte er sich immer bewahrt.

Und der Türmer war es auch nicht gewesen. Denn mochte Gebhard Christoph Ackermann gegenüber anders gesprochen haben – er wusste, dass von Jurgas zwar ein Zecher vor dem Herrn war, seine Profession aber ernst nahm.

Also galt es herauszufinden, wer in dieser Nacht noch im Turm gewesen war.

Der Mann im Spiegel grinste finster.

Wenn jemand in dieser Nacht dort war, außer dir.

Das Grinsen verschwand. Dann verschwand auch der Mann im Spiegel.

ꕤ

Die Stube im Haus Heidfeldt gehörte zu den anheimelndsten der Stadt. Im Gegensatz zu manch anderen Stuben der wohlhabenden Bürger und Patrizier, die meinten, jeden Winkel ihres Hauses mit großartigem Prunk ausstatten zu müssen, strahlte die der Heidfeldts Freundlichkeit und Willkommen aus. Ein massiver Eichenboden und die dicken Glasfenster ließen die Wärme nicht entweichen, der Ofen war mannshoch und mit prächtigen blauen und weißen Kacheln aus Amsterdam versehen. Stühle und Bänke waren nicht über Gebühr verziert, sodass einem die Schnitzereien nicht ins Fleisch drückten, wenn man darauf saß. Der Tisch im Erker war aus rötlich glänzendem Kirschholz gefertigt und glänzte warm im Schein der Kerzen, die in ihren silbernen Haltern in der ganzen Stube verteilt waren.

Kurz – wo andere die Pracht dem Leben vorzogen und zwar ihrem Stand gemäß, aber unbequem wohnten, wohnte Johannes Heidfeldt mit seiner Familie und dem Gesinde so, dass sich das Leben lohnte.

An diesem Abend waren die Familien Heidfeldt und Ackermann, wie sie es seit einigen Jahren einmal im Monat taten, in Heidfeldts Stube zusammengekommen. Bei einem solchen Anlass tranken sie Wein, aßen Spezereien und lauschten den Geschichten, die Agnes erzählte. Meist waren es Geschichten aus der Vergangenheit der Stadt, aber auch Wundergeschichten, die schon Agnes' Großmutter ihr erzählt hatte. Denn sie hatte das Geschick ihrer Großmutter geerbt, jeden Zuhörer in ihren Bann zu ziehen.

Helene legte Nadel und Faden weg. Das Zierdeckchen, eines der vielen kleinen Dinge, die Lorenz und Anna nach der Heirat bekommen würden, war endlich fertig. Es hatte ein eher einfaches Blumenmuster, aber auch dafür hatte sie lange, viel zu lange gebraucht. Doch Christophs Geschäft, das Haus und die Familie schränkten ihre Zeit empfindlicher ein, als ihr lieb war.

Ihr Blick fiel auf Agnes, die ebenfalls an einem solchen Deckchen gearbeitet hatte. Es zeigte das Osterlamm, von Ranken umgeben. Es war eine wunderbare, komplizierte Arbeit, und Helene fühlte einen Stich von Eifersucht, kurz und schmerzhaft. Agnes war schön, noch keine fünfunddreißig Lenze, stand aber, obwohl Kaufmannsfrau, nicht im Geschäft wie Helene. Sie schien kein anderes Interesse als Haus und Familie zu haben. Warum, das fragte sich Helene schon länger. Andererseits: Wenn Johannes damit einverstanden war, dann hatte es wohl seine Ordnung. Und sie musste Agnes zugutehalten, dass diese immer sehr hilfsbereit war und eine gute Zuhörerin, wenn man eine solche brauchte.

Helene nahm einen Schluck gesüßten Wein aus dem Silberbecher. »Wo unsere Ehemänner wohl bleiben?«

Agnes lächelte. »Du kennst sie doch.«

»Ja, nur zu gut. Wahrscheinlich sitzen sie bei Francesco und lassen sich den Wein schmecken.«

Balthasar, der mit seinen kleinen Schwestern und Helenes Söhnen am Boden saß, blickte auf und öffnete den Mund. Agnes drohte ihm mit dem Finger. »Ein Wort über den Wirt, und du spürst die Rute.«

Balthasar grinste Lucas und Philipp an, sagte aber nichts und wandte sich ab. Die anderen kicherten gleich darauf. Helene war sich sicher, dass der kleine Schelm mit den Lippen stumm das Wort geformt hatte, das dem Wirt in der Stadt nachhing.

Helene genoss die friedvolle Stimmung, die in der Stube herrschte. Die Kinder spielten zusammen, Lorenz und Anna saßen in der Nische neben dem Ofen und hatten nur Augen für einander. Wieder einmal wurde Helene bewusst, wie sehr Anna Agnes glich. Mit ihren blonden Haaren und ihren blauen Augen war sie fast ein Abbild ihrer Mutter.

Diese beugte sich nun zu Helene. »Erlaube mir eine Frage …« Ihre Stimme war leise.

Helene sah ihre Freundin auffordernd an.

»Ein Mann und sein Weib – ist es in Ordnung, wenn …« Jetzt wurde Agnes rot. »… wenn sie nicht mehr so oft ihren ehelichen Pflichten nachkommen?«

Helene musste innerlich lächeln. Also stimmte auch im Hause Heidfeldt nicht alles. Doch sie schämte sich des Gefühls im gleichen Augenblick, in dem sie es verspürt hatte.

»Du weißt, wie unsere Männer sind«, flüsterte Helene. »Sie ernähren uns wohl, und gerade weil wir alle«, sie verbesserte sich, »außer dir natürlich –, aus einfachen Verhältnissen kommen, trachten die beiden nach Wohlstand. Und der hat seinen Preis.«

Agnes nickte. »Das weiß ich. Johannes spricht oft davon, dass er nie wieder tun will, wozu er früher gezwungen war. Auch wenn er bisher nur Andeutungen gemacht hat, wenn der Wein seine Zunge gelockert hat.«

Helene erstarrte.

Deutz. Johannes Heidfeldt, du Narr.

Aber wer wollte es ihm verdenken? Wem sonst würde ein Mann alles erzählen, wenn nicht seiner Gemahlin?

Sie bemühte sich, ihrer Stimme einen beruhigenden

Klang zu geben. »Mach dir keine Sorgen. Es ist nur natürlich, dass ein Mann, gerade wenn das Geschäft es verlangt, sich seinem Weibe nicht in der gebührenden Form zuwendet. Das gibt sich wieder, gerade bei einer so schönen Frau wie dir. Die Eifersucht quält mich jedes Mal, wenn ich dich sehe.«

Agnes schüttelte den Kopf, und als sie antwortete, war ihre Stimme sehr ruhig. »Eifersucht? Du bist doch auch eine wunderschöne, kluge Frau. Jeder Mann müsste sich glücklich schätzen, dich zum Weibe zu haben. Und wer es nicht tut, weiß eben nichts vom Glück.«

Helene war erstaunt. Die Worte der Jüngeren klangen fast so, als ob sie wüsste, dass zwischen ihr und Christoph etwas nicht stimmte. Hatte Agnes vielleicht doch mehr Interesse an dem, was außerhalb ihrer vier Wände vor sich ging? »Ich danke dir.«

Agnes legte die Stickerei beiseite. »Dann wollen wir hoffen, dass unsere Männer bald heimkommen und nicht vergessen haben, wo das Glück liegt. Sicher nicht am Boden eines Weinkrugs.«

Wie als Antwort polterten schwere Schritte die Stufen herauf, und einen Augenblick später traten Johannes und Christoph ein. »Gott zum Gruße, ihr Lieben«, tönte der Kaufmann, riss Agnes vom Stuhl und tanzte ein übermütiges Tänzchen mit ihr. Sie lachte, erfreut über seine gute Laune.

Christoph setzte sich zu Helene. »Er hat heute wahrlich ein gutes Geschäft gemacht.«

Nachdem die beiden Männer etwas gelassener geworden waren und auch ihre Kinder begrüßt hatten, stellte Agnes ihren Sessel zum Ofen. Die Kinder drängten sich zu ihren Füßen, die Magd Walburga brachte eine große silberne Platte mit Bratäpfeln und Krapfen, die mit Nüssen und Honig gefüllt waren.

»Welche Geschichte wird es heute sein, Mutter?«, fragte Balthasar ungeduldig.

Agnes legte ihre Stirn gespielt streng in Falten. »Habt ihr denn eine verdient?«

»O bitte«, krähte Sieglinde und spielte den Engel, der sie gewiss nicht war.

»Nun gut«, lächelte Agnes, »dann vernehmt, ihr hochwohlgeborenen Damen und Herren« – die Jungen kicherten – »die gar schreckliche Geschichte der Herzogin Maria von Mangoldstein.«

Helene fühlte, wie Christoph ihre Hand nahm. Draußen, vor dem Erkerfenster, strich der Wind ums Haus.

»Es war dereinst«, begann Agnes getragen, »vor vielen hundert Jahren, dass eine Burg sich in Schwäbischwerd gen Himmel erhob, wuchtig und voll kaltem Gestein. Mangoldstein hieß sie, und kalt war auch das Herz dessen, der sie beherrschte. Herzog Ludwig war sein Name, von allen ›Der Strenge‹ genannt. Dieser Herzog hatte eine sehr schöne Frau zur Gemahlin genommen, ihr Name war Maria.«

»Maria von Brabant. Davon hat der alte Lehrer in der Elementarschule auch einmal erzählt«, warf Balthasar wichtigtuerisch ein.

Anna zog ihrem Bruder mit der flachen Hand einen Hieb über den Kopf. »Bist du wohl ruhig, du Bengel? Wir wollen die Geschichte hören.« Die anderen grinsten. Balthasar verzog mürrisch das Gesicht, schwieg aber.

»Eines Tages weilte der Herzog im Rheinland«, fuhr Agnes fort, »und seine Gemahlin war in der Burg verblieben. Ein niederträchtiger Höfling, der vergeblich versucht hatte, die Gunst der Herzogin zu erlangen, ließ von einem Boten die Kunde ins Rheinland tragen, dass Maria die eheliche Treue gebrochen hatte. Wutentbrannt ritt der Herzog los, und in einer stürmischen Nacht preschte er in den Hof seiner Burg und eilte die Stiegen zum Gemach seines Weibes hinauf. Der Donner grollte, der Blitz erhellte das zornige Gesicht des Herzogs, erhellte auch das Schwert, das er in der Hand hielt.«

Agnes machte eine Pause. Alle hingen an ihren Lippen.

»Er stürmte in das Gemach und fand sein Weib, allein und in andächtiges Gebet versunken. Sie erschrak ob seines Wahns, beteuerte immer wieder ihre Unschuld. Allein – der Höfling hatte einen silbernen Dolch im Gemach versteckt, den der Herzog entdeckte. Von einem anderen, wie er brüllte, und noch in der gleichen Nacht ließ er seine Gemahlin zum Richtblock führen.«

Agnes schwieg. Im Ofen knackte ein Scheit. Alle fuhren zusammen, so gespannt hatten sie gelauscht.

»Viel ist nicht mehr zu sagen«, sagte Agnes mit trauriger Stimme. »Die Herzogin wurde enthauptet, der Herzog seines Lebens aber nicht mehr recht froh. Zwar zog er nach Rom und erhielt dort die Absolution vom Papst« – hier entfuhr Lorenz ein verächtliches Schnauben, was ihm einen Rippenstoß von Anna einbrachte –, »aber nur unter der Bedingung, ein Kloster in Schwäbischwerd zu gründen. Und welches Kloster ist das?« Sie beugte sich zu Sieglinde hinab.

»Heilig-Kreuz«, antwortete diese stolz.

»Ganz recht, Heilig-Kreuz. Und der Name kommt daher, dass dort auch die Teile des Heiligen Kreuzes ruhen, die ein früherer Herr von Mangoldstein aus dem fernen Konstantinopel mitgebracht hat und für die Kaiser Maximilian die berühmte Monstranz anfertigen ließ.«

»Ohne die und die zahlungskräftigen Wallfahrer das Kloster wohl mittellos wäre.« Spott klang in Johannes' Stimme durch.

Agnes lehnte sich in ihrem Stuhl zurück. »Dies ist nicht der Ort für Konflikte, mein lieber Gemahl. Dies ist ein Ort für Geschichten.«

»Und doch –«

Agnes' gestrenger Blick ließ Christoph verstummen.

Für einen kurzen Augenblick war die Stimmung gespannt, schien sich die Kluft zwischen Katholiken und Lutheranern auch hier, zwischen den befreundeten Familien, aufgetan zu haben.

»Und was geschah mit dem Höfling, der die Herzogin verraten hat?«

Der angespannte Augenblick verflog, und alle wandten sich erstaunt Philipp zu, der mit ruhiger Stimme gesprochen hatte.

Christoph lachte. »Wohlan, denn jede Geschichte muss ihren Abschluss haben!«

Agnes lächelte. »Als der Höfling den Tod der Herzogin mitangesehen hatte, überfiel ihn unendliche Trauer und grauenvoller Wahn. Er versuchte sich mit dem silbernen Dolch zu erstechen, fehlte aber. Verwirrt im Geiste, stammelnd von seiner Tat erzählend, verbrachte er die wenigen Jahre, die ihm noch blieben, im Siechenhaus.«

»Das ist nur gerecht«, sagte Philipp.

Christoph strubbelte ihm über den Kopf. »Mein Sohn. Bist du mit dem Ende der Geschichte zufrieden?«

Philipp nickte.

»Ich weiß nur eins – auch der Wein ist am Ende.« Johannes wandte sich zur Tür. »Bartholomäus, wo zum Teufel steckst du?«

Alle lachten.

Das Lachen aus dem Haus Heidfeldt klang hinaus in die Dunkelheit. Der Wind, der durch Straßen und Gassen fuhr, nahm es mit, trug es weiter nach Norden, hinfort über die gebrochenen Mauern der Ruine Mangoldstein, dorthin, wo Räder sich auf Schwäbischwerd zubewegten. Die Räder einer großen, schwarzen Kutsche.

Vor dem Nördlinger-Tor kamen die Räder schließlich zum Stillstand. Ein kurzer Wortwechsel der Wachen mit dem Kutscher, dann rollte die Kutsche in die Stadt hinein.

Beim Manasser-Anwesen blieb sie stehen.

Die Tür der schwarzen Kutsche schwang auf.

Ein Mann stieg heraus, in einen Umhang gehüllt, den eine weiße Halskrause zierte. Schnellen Schrittes und doch fast unhörbar, ging er auf das Haus zu. Einen Augenblick später war er im Inneren verschwunden.

»Fünftausend Gulden für die Instandsetzung des Kirchturms? Das ist ein Drittel dessen, was die Stadt per anno einnimmt! Wer soll das ausscheißen?« Wütend stapfte Bürgermeister Wurm im Versammlungsraum des Rathauses umher.

Der Zwölferrat hatte sich eingefunden, denn es galt den Wiederaufbau der Kirche zu besprechen. Der Rat bestand aus zwölf Männern aus den vornehmsten Familien sowie den einflussreichsten Kaufleuten und Zunftvertretern. Damit war er der eigentliche Kopf der Macht in Schwäbischwerd, denn der Äußere Rat, der siebzig Mitglieder zählte und sich aus den unbedeutenderen Familien rekrutierte, hatte nur auf dem Papier etwas zu sagen.

Die Männer saßen auf der großen halbrunden Holzbank, die allein die Hälfte des Raumes einnahm. Kuno saß etwas abseits an seinem Schreibpult. Das Feuer im Kamin knackte, trotz der frühen Stunde war es dämmrig im Raum.

Alle beobachteten ihren Bürgermeister. Der war offiziell nur noch einen Monat im Amt, nämlich das erste Jahresdrittel. Ihm folgte Augustin Schmid, ehemaliger Klostermetzger und Stadtamman, der die nächsten vier Monate des Jahres Bürgermeister sein würde, seinerseits gefolgt vom dritten Bürgermeister, Niklas Häpfer. Zu Beginn des neuen Jahres würde dann wieder Georg Wurm das Amt übernehmen. Doch die Abwechslung bestand nur auf dem Papier. Der Sattler beherrschte den Rat und auch die anderen Bürgermeister das volle Jahr über.

Jetzt blieb er stehen. »Steuern?« Die Frage war an niemand Besonderen im Raum gerichtet, aber Erasmus Amling fühlte sich bemüßigt zu antworten.

»Mit Verlaub, wir verfügen schon über vielerlei Privilegien. Marktrecht, Zollrecht, Stapelrecht, Getränkesteuer – hier wird nicht mehr viel zu machen sein.«

Der Sattler grunzte. »Dann werden die reichen Kaufleute dafür aufkommen müssen. Schließlich ist es ein wichtiges, gottgefälliges Werk.« Sein Blick fiel auf einen leeren Platz. »Wo ist Ackermann? Er ist einer der reichsten Männer der Stadt, er kann am meisten zahlen.«

»Er weilt in Augsburg, Herr. Mit Heidfeldt. Die beiden kehren wohl erst in den nächsten Wochen zurück.« Kunos Stimme klang gelangweilt.

»Was ist mit dem Reichsverweser?« Andreas Selzlin faltete die Hände über seinem ansehnlichen Wanst.

»Der gottverdammte Reichsverweser Fugger wird eher einmal in die Hölle und zurück spazieren, bevor er auch nur einen Gulden aus seinem Ketzerarsch zieht und ihn in den Aufbau einer lutherischen Kirche steckt.« Die Verachtung in Wurms Worten war unverkennbar. Ebenso seine Ungeduld, weil sie mit der Sache nicht vorankamen. Alle im Raum wussten, dass der Bürgermeister um die Mittagszeit im Löwen seine ersten fünf Becher getrunken haben wollte, und die Mittagszeit war bereits im Vergehen.

Verstohlen blickte Amling zu Kuno, der bereits einen Denkzettel von seinem schlecht gelaunten Herrn verpasst bekommen hatte, als er bei der Abschrift einen Fehler gemacht hatte. Sah der Stadtschreiber vielleicht deshalb so betont gelangweilt aus dem Fenster? Oder dachte er wieder einmal an die jungen Mädchen der Schule, die er früher unterrichtet hatte? Dazu gab es einiges an Gerüchten in der Stadt, die meisten amüsant, einige aber auch nicht.

Amling fühlte sich müde. Der Disput führte zu nichts, außer dazu, was offensichtlich war – sie brauchten Geld für den Wiederaufbau, keiner wollte dafür aufkommen, aber irgendjemand musste. Doch wer? Zwar florierte der Handel, aber die Stadt zahlte immer noch schwer aus früheren Schuldverpflichtungen gegenüber Bayern.

Mit einem Mal öffnete sich die Tür, und ein Bediensteter eilte herein. Er beugte sich zum Bürgermeister und flüsterte ihm etwas zu. Der starrte ihn ungläubig an, nickte dann aber. Der Bedienstete entfernte sich, so rasch wie er gekommen war.

»Da soll mich doch der Teufel holen«, murmelte Wurm halblaut vor sich hin.

Nun betrat ein großer, schlanker Mann den Raum, gekleidet nach der spanischen Mode: schwarz die Beinkleider, schwarz auch Weste und Mantel, weiß dagegen die steife Halskrause. Der Hut aus weichem, teurem Stoff.

»Ich darf Euch meinen Gruß entbieten, ehrwürdige Ratsherren, und danke für die Ehre, angehört zu werden. Mein Name ist Emanuel Suárez.« Eine schwungvolle Verbeugung folgte dieser Eröffnung, die er mit leichtem spanischen Akzent gesprochen hatte. Die dunklen Augen über der scharfgeschnittenen Nase blitzten ironisch, der graue Bart war sauber gestutzt, und die Schmisse auf den Wangen verliehen dem Mann trotz seines fortgeschrittenen Alters – er mochte an die fünfzig Lenze zählen – ein verwegenes Aussehen.

»Ein Mann aus dem katholischen Spanien also«, meinte Wurm betont beiläufig. »So seid denn willkommen im *lutherischen* Rat von Schwäbischwerd.« Der Spott in seiner Stimme war unüberhörbar

»Oh, es gibt Zeiten, da der Glaube sich dem Werk nachreihen muss«, meinte der Spanier in gleichmütigem Ton. »Natürlich nur in dem Maße, wie es sich ziemt.«

»Wie lautet Euer Geheiß, Herr Suárez?« Wurms Gesicht zeigte seinen Unwillen über den Unbekannten überdeutlich.

»Nun, ich habe mit Schrecken vernommen, dass der schöne Turm der Kirche Unserer Lieben Frau einem Feuer anheimfiel.«

»Ihr seid ein scharfer Beobachter, Herr Suárez«, ließ Kuno sich vernehmen.

Auch jetzt ging der Spanier nicht auf die Herausforderung ein. »Ich lebte bisher in Bremen, gedenke mich nun aber in Schwäbischwerd niederzulassen, da ich der großen Städte und des Treibens darin müde bin. Ich habe hier bereits ein Haus erworben, und –«

»Dazu habt Ihr kein Recht«, warf Selzlin ein. »Dafür müsstet Ihr Bürger dieser Stadt sein.«

»Bitte, so lasst mich fortfahren, dann kann ich Euch auch Auskunft geben.« Suárez blickte nicht einmal zu Selzlin, nur zu Bürgermeister Wurm, als ahnte er, dass nur dessen Wort zählte.

»So fahret fort.« Wurm machte eine gnädige Handbewegung. »Aber überbeansprucht weder meine Zeit noch die des Rates.«

Der Spanier lächelte. »Ich danke Euch. Seht, Ihr Herren – ich weiß, dass die Angehörigen meines Glaubens in lutherischen Städten nicht mehr allzu gerne gesehen sind. Aber Euer Städtchen hat es mir, wie ich vorhin schon erwähnt habe, angetan. Ich denke, dass ich ein guter, verantwortungsbewusster Bürger sein würde, und als solcher wäre es mein erster Schritt, etwas Wohltätiges für die Stadt zu tun. Ich denke da an –«

Er legte eine gekünstelte Pause ein.

»Ich denke da an die Hälfte der Summe, die vonnöten ist, um die Kirche wieder aufzubauen«, fuhr er fort. »Das müsste doch wahrlich genügen, mich als Bürger willkommen zu heißen?«

Einige der Ratsherren stießen geräuschvoll die Luft aus. Es war üblich, dass man für das Recht, Bürger einer Stadt zu sein, bezahlte. Aber das Angebot des Spaniers ging weit über das hinaus, was üblich war. Und es war nicht nur das, was so ungewöhnlich an dem Angebot war.

»Warum zum Teufel sollte ein Katholik für eine lutherische Kirche zahlen?« Der Bürgermeister sprach aus, was alle im Raum dachten.

»Wie ich vorhin gesagt habe – es gibt Zeiten, da das Geld über dem Werk stehen sollte. Ihr benötigt Unterstützung, und die bin ich Euch gerne bereit zu gewähren.«

Schweigen herrschte auf diese Antwort von Suárez. Wurm blickte den Spanier unschlüssig an. »Und sonst verlangt Ihr nichts?«, fragte er schließlich mit unverkennbarem Misstrauen in seiner Stimme. »Der Rat nimmt keine Katholiken auf, das wisst Ihr sicherlich. Und ein Gewerberecht würdet Ihr, wie alle Eure Glaubensgenossen, auch nicht erhalten.«

Suárez machte eine abwehrende Handbewegung. »Das ist nicht mein Begehr. Es genügt mir völlig, ein treuer Bürger dieser schönen Stadt zu sein.«

Wieder herrschte Schweigen im Raum. Wurm musterte den Spanier abschätzend. »Wir werden Euch unsere Antwort mitteilen. Wartet im Löwen auf mich. Es ist das erste Haus am Platz.«

»Liebend gern. Ich hörte auch, dass man im Roten Hund vorzüglich speist?«

Der Sattler schüttelte den Kopf. »Das habt Ihr falsch gehört, Herr Suárez.«

Der Spanier wollte eben den Raum verlassen, als Wurm ihn noch einmal ansprach. »Sagt, Herr Suárez, von wem habt Ihr Euer Haus erworben?«

»Es ist, so nennt man es wohl, das Manasser-Anwesen,

in vormaligem Besitze von Johannes Heidfeldt«, antwortete Suárez.

»Heidfeldt also ... da habt Ihr eine interessante Wahl getroffen.« Die Worte des Sattlers ließen nicht erkennen, ob er das Haus oder den Verkäufer meinte.

»Ich trachte immer danach, mein Leben interessant zu halten. Interessant und den Grundsätzen Gottes des Allmächtigen verpflichtet.«

Amling hätte schwören können, dass kaum wahrnehmbarer Spott in Suárez' Stimme lag, aber wahrscheinlich war es nur eine Täuschung. Eine Täuschung, ausgelöst von seinem spontanen Widerwillen gegen den Mann, seit dieser den Saal betreten hatte.

Der Spanier ging hinaus und schloss die Tür hinter sich.

Wurm blickte seine Ratsherren an. »Nun denn, was meint Ihr?«

Alle wussten, dass es eine rein formelle Frage war. Wenn der Bürgermeister vorgehabt hätte, das Angebot des Fremden nicht anzunehmen, dann hätte er ihn bereits hinauswerfen lassen. Aber das hatte er nicht – und er hatte ihn zum Löwen geschickt. Mit Sicherheit, um den Handel gebührend zu feiern.

Selzlin strich sich über seinen Bauch. »Mag er auch Spanier sein – sein Gold gilt hier so gut wie drüben.«

Der Bürgermeister nickte. »Der Ansicht bin ich auch. Und wer anderes im Sinn hat, möge nun sprechen und für die Summe, die der Stadt damit entgeht, selbst aufkommen.«

Niemand gab auch nur einen Mucks von sich.

Der Sattler wandte sich an Kuno. »Dann sei es mit heutigem Tage so. Halte fest, dass Emanuel Suárez das Recht verliehen wird, Bürger dieser Stadt zu sein. Und seine Verpflichtung, aus eigenem Willen für die Hälfte des Schadens an der Stadtpfarrkirche aufzukommen. Festgehalten am heutigen Tag« – Kuno schrieb eifrig mit – »im Jahre des Herrn 1606.«

Damit war die Ratssitzung beendet. Zielstrebig ging Wurm aus dem Raum, die anderen folgten ihm nach und nach.

Nur Amling blieb zurück. Wessen war er da gerade Zeuge geworden? Was war das für ein Mann, der, so spürte er ganz deutlich, sich an diesem Tage so schicksalshaft in das Leben der Stadt eingebracht hatte? Sollte er, Erasmus Amling, mit dem Rat in der nächsten Sitzung über seine Bedenken sprechen?

Gut, es war nur ein unbestimmtes Gefühl. Und er vermochte sich lebhaft vorzustellen, was der Bürgermeister und sein Schreiber von einem solchen Gefühl halten würden.

Vielleicht sah er auch nur Gespenster, wie ihm seine Frau immer wieder vorwarf, Geister, die aus seinen geliebten Büchern herausgeflogen kamen und ihn nun zum Narren hielten.

Amling seufzte. Sie mochte recht haben, seine Sibylla, oder aber auch nicht. Im Augenblick sah er sich daher außerstande, in irgendeiner Form einzugreifen.

Mit schwerer Seele verließ der alte Mann den Saal des Rates von Schwäbischwerd.

Augsburg, März A.D. 1606

Der Lärm am Perlachplatz, dem Zentrum der Reichsstadt Augsburg, war überwältigend. Es war Markttag, und um den Perlachturm – den großartigen Glockenturm, der zu den höchsten Bauwerken der Stadt gehörte – boten viele Läden ihre Waren feil. Ob zu essen oder zu trinken, sich zu kleiden oder zu schmücken, ob Beschwerde zu führen oder Streit zu schlichten – der Perlachplatz bot alles. Hier stand Rathaus neben Wirtshaus, Handwerkshaus neben Schlachthaus, im Gewimmel, im Lärm – in *seiner* Welt. Denn das war Johannes Heidfeldts Welt, und er fühlte sich wohl in ihr, während er auf den Glockenturm zuschritt. Zumal er für heute fast alles erreicht hatte und die Sonne und der Himmel den Frühling in sich trugen.

Augsburg, einst bedeutend und reich geworden durch die Fugger, war immer noch bedeutend, auch wenn Jakob, der mächtigste und reichste Fugger, schon seit über einhundert Jahren tot war. Hier war im Jahre des Herrn 1555 auf einem Reichstag der Religionsfriede zwischen Katholiken und Lutheranern beschlossen worden, mit den Worten »Cuius regio, eius religio[4].« Zwar fanden mittlerweile

---

4 Kurzform des Augsburger Reichs- und Religionsfriedens von 1555, die besagt, dass der Herrscher eines Landes berechtigt ist, die Religion für dessen Bewohner vorzugeben.

die Reichstage in Regensburg statt und der Religionsfriede war ein brüchiger, aber die Stadt war trotzdem überaus stolz auf sich und ihre Geschichte.

Selbstbewusst ging Johannes durch das Gewühl aus Händlern, Käufern, Handwerkern, Tagelöhnern und Bauern, aus adeligen Herren und feinen Bürgern, aus Gauklern und Bettlern. An diesem Tag hatte er nur noch einen Mann zu treffen, und auf den freute er sich. Er erreichte den Turm, umrundete ihn und bog in die Laube am Eck des Platzes ein. Dort, wo sich unter einem steinernen Bogen eines der angesehensten Geschäfte der Stadt befand.

Das von Piero Contarini, dem Venezianer.

Johannes betrat das Geschäft. Es war schmal, zog sich aber weit in das Gebäude hinein und schien kein Ende zu nehmen. Unzählige Lampen spendeten großzügig Licht und illuminierten Waren aller Art: wertvolle Stoffe und Kleider, Teppiche, Gewürze, Edelmetalle und jeden erdenklichen Zierrat. Stühle aus dunkelglänzendem Mahagoni, auf denen Könige gesessen hatten, mit Gold und Edelsteinen verzierte Kelche, aus denen Päpste getrunken hatten – bei Contarini fand jeder, was er suchte, so ging zumindest die Kunde weit über die Stadt hinaus.

»Gott zum Gruße, Signor Heidfeldt«, sagte Contarini beschwingt, als ihn einer seiner zahlreichen Handelsgehilfen auf Johannes aufmerksam machte.

»*Buongiorno,* Piero. Wie ist das Befinden von Venedig, der ›Durchlauchtigsten Dame‹?«

Contarini verzog sorgenvoll das Gesicht. »Was soll ich sagen? Ancona und Livorno sind Freihäfen, die uns den Handel wegnehmen. Zypern ist verloren, dazu *la guerra* gegen die Osmanen und *pirati*, die unsere Routen kapern – es ist das Ende der Welt, Madonna!« Er schlug ein Kreuzzeichen.

Johannes lachte. Er mochte Contarini, der ihm mit seinem Muranoglas und der feinsten Seide immer ein wichtiger und vor allem ehrlicher Geschäftspartner gewesen war. Und ein unterhaltsamer dazu, denn der Venezianer war ein unerschöpflicher Quell von Geschichten, meist anzüglicher Natur. Piero Contarini mochte klein an Gestalt sein, aber seine dunklen Augen und seine samtene Stimme spannen Kunden und vor allem Frauen in ein Netz, aus dem sie nur schwer ein Entkommen fanden. Im Falle der Frauen wollten diese es zumeist auch gar nicht. Eine Rose will in jedem Hafen gepflückt werden, pflegte Contarini anzudeuten, und Johannes war geneigt, ihm zu glauben.

»Wenn man Euch zuhört, Piero, so klingt es fast, als wäre Venedig nur mehr ein Krämerladen und nicht die Beherrscherin des Handels.«

»Glanz und Gloria vergangener Zeiten, Signor Heidfeldt. Längst vergangener Zeiten.« Aber das Lächeln des Venezianers strafte die Bedeutung seiner Worte Lügen.

Johannes sah sich um. »Habt Ihr meine Waren vorbereitet?«

Contarini nickte. »*Ecco* – Glas, Gold, Seide, Pfeffer, wie von Euch geordert. Gestapelt und verladebereit für Eure Zillen. Ich nehme an, Ihr überlasst das wie immer Signor Ackermann?«

»Ihr nehmt richtig an. Christoph ist mit seinem Sohn noch bei den Zollstationen.«

»*Si, la dogana*«, seufzte der Venezianer. »Ohne den Zoll wären wir Kaufleute um ein gutes Stück glücklicher.«

Johannes zuckte mit den Achseln. »Aber es wird ihn immer geben, und damit ist jedes weitere Klagen verschwendet.«

»Ihr wisst doch, was man sagt: Ein Venezianer, der nicht klagt, ist kein Venezianer, sondern ein sizilianischer *pirata*.«

Johannes lachte.

»Wie ergeht es Euch in Eurer Heimatstadt?«, fragte Contarini freundlich.

»Ich kann nicht klagen. Das Geschäft wächst, meine Familie ist gesund.« Nun schlug auch Johannes ein Kreuzzeichen.

»Ah, *la famiglia* … gebt gut auf sie acht, sie ist das Einzige, was zählt.«

»Wie geht es der Euren?«

»Acht Kinder und mein drittes Weib. Sie sind mein Quell und meine Lebenskraft.« Die Augen des Venezianers folgten einer fein gekleideten Bürgersfrau, die draußen vorbeiging. Die Leinenhaube konnte ihr volles schwarzes Haar kaum bändigen.

»Ihr seid ein Gaukler, Piero. Sagt mir lieber, was man an Neuem in der Stadt spricht.«

Contarinis Gesicht wurde ernst. »Nichts Gutes, Signor Heidfeldt, nichts Gutes. Gerüchte machen die Runde, die auch die Erfahrensten von uns, die wir von arabischen Basaren bis zu spanischen Kerkern alles gesehen haben, die Stirne runzeln lassen.«

Johannes verspürte ein ungutes Gefühl im Magen. »Fahrt fort.«

»Die Lage im Reich spitzt sich zu: Matthias, der Bruder Kaiser Rudolfs II., befindet sich in offenem Widerstand gegen den Kaiser, und der immer offener werdende Konflikt der *cattolici* und *luterani* droht das Reich unregierbar zu machen.«

»Das ist nun nicht gerade neu.«

»Man spricht davon, dass der Konflikt irgendwann womöglich zu etwas Schlimmeren werden könnte.« Contarini biss sich auf die Lippen. »*Una guerra* – zu einem Krieg.«

Johannes schüttelte den Kopf. »Lächerlich, Piero. Wir haben Frieden geschlossen. Hier, in dieser Stadt.«

Der Venezianer hob beide Hände. »Ich sage nur, was man sich zuflüstert.«

»Dann sind die Flüsterer Schwarzmaler, denen man am besten nicht zuhört.« Johannes deutete zum Eingang des Geschäfts. »Wollt Ihr mich zum Hafen begleiten? Dann können wir gemeinsam die vorbereiteten Waren kontrollieren.«

»*Si*, wenn Ihr es wünscht …« Contarini machte eine Handbewegung. Einen Augenblick später brachte ihm einer seiner Gehilfen seinen edlen Mantel, in den der Venezianer gewandt hineinglitt. Die beiden Männer verließen das Geschäft.

Es war ein harter Tag gewesen. Augsburg forderte den ganzen Mann, wie Christoph immer zu sagen pflegte. Und doch fühlte er sich wohl, preschte auf seinem Hengst durch das Land, Zollstation nach Zollstation hinter sich lassend.

Sein Sohn hielt mit, nicht nur zu Pferd. Lorenz entpuppte sich immer mehr als wahrer Sohn seines Vaters, auch wenn sich Christoph manchmal fragte, ob seinem

Sohn nicht etwas von dem Feuer fehlte, das man haben musste, um ein Unternehmen wie das seine zu führen.

Andererseits waren es Zeiten des Aufruhrs, in denen sie lebten, und da tat ein etwas kühlerer Kopf als der seine mit Sicherheit gut. Das hatte sich auch in den letzten Tagen mehr als einmal gezeigt: Genau wie mit Veit Pecherer hatte Lorenz mit einigen besonders widerspenstigen Zöllnern, die Christophs Fuhrleuten immer wieder Schwierigkeiten machten, eine gute Einigung erzielt, als Christoph sie schon längst in den Fluss hatte werfen wollen.

Sein Freund Johannes Heidfeldt konnte dem Herrn wahrlich danken für den geschäftstüchtigen Schwiegersohn, den er bald in der Familie begrüßen würde. Denn Johannes' eigener Sohn, Balthasar, war ein verzogener Rotzlöffel, auch wenn Christoph Johannes das nicht in dieser Offenheit gesagt hätte. Aber vielleicht würde sich Balthasar noch bessern, wenn er älter wurde.

»Vater?«

Der Ruf kam von hinten.

Christoph zügelte sein Pferd. »Was, mein Sohn?«

Lorenz schloss zu ihm auf. »Nicht so schnell. Mein Pferd ist müde.«

»Das Pferd – oder der Reiter?«

Lorenz lächelte, der Schein des aufgehenden Mondes fiel auf sein abgekämpftes Gesicht. »Beide.«

»Wir sind bald in Augsburg. Ein kleiner Obolus zur Öffnung der Torsperre, und dann kannst du dich ausruhen. Hast du dir redlich verdient.«

Der Stolz in Lorenz' Gesicht war unverkennbar. Er schnalzte mit der Zunge und trieb sein Pferd an, neben seinem Vater vorbei. Der lächelte breit und jagte dann hinter seinem Sohn her.

Johannes Heidfeldt schlenderte die Maximilianstraße entlang. Er hatte es nicht eilig. Die Prachtstraße würde ihn vom Hafen wieder ins Innere der Stadt führen, und dort würde er sich mit Christoph und Lorenz treffen. Er zog den Umhang enger um seine breite Gestalt, um der Kälte nicht allzu viele Schlupflöcher zu bieten.

Es war ein guter Tag gewesen, er hatte gute Geschäfte gemacht. Die kostbaren Waren warteten nur darauf, von Christoph und seinen Leuten nach Schwäbischwerd und in andere Städte gebracht zu werden. Einiges davon würden sie selbst mit Pferdewagen transportieren, der Rest folgte auf Zillen.

Johannes freute sich schon auf sein Zuhause, auf Agnes und die Kinder. Aber das war morgen. Heute galt es erst einmal, mit seinem Freund und seinem zukünftigen Schwiegersohn zu essen und zu trinken.

Er dachte an Lorenz. Er war ein wohlfeiler junger Mann und auch klug. Die kurze Rede, die er beim Verlobungsfest gehalten hatte, hatte immerhin dazu geführt, dass sich das Rudel wilder Hunde – oder besser gefräßiger Schweine – nicht zerfleischt hatte.

Johannes kam am Palast der Fugger vorbei. Jakob der Reiche, der mächtigste aller Fugger, hatte von hier aus die Welt des Handels beherrscht, und nicht nur das, wie man sich erzählte. War es nicht Jakob gewesen, der Karl V. das Kaisertum erkauft hatte? Johannes blieb stehen, hob die Laterne gegen die kostbar verzierten Fassaden und die unzähligen Fenster.

Niemand von uns wird es dir jemals gleichtun, Jakob Fugger.

Und wenn er ehrlich war, wollte er das auch gar nicht. Er liebte sein Geschäft, würde es weiter ausbauen, aber dann war es genug. Mit immer mehr Macht kamen auch immer mehr Neid und Gefahr. Dieser Gefahr wollte er sich und seine Familie nicht aussetzen. Er war einmal in Todesgefahr gewesen, vor vielen Jahren, und war um einen sehr hohen Preis entkommen. Es würde keinen solchen Preis mehr geben, das schwor er sich.

Gemächlich schlenderte Johannes weiter. Vor ihm tat sich erneut der nun nächtliche Perlachplatz auf, und eins der Wirthäuser namens Zum Goldenen Krug war sein Ziel.

»Wohlan denn, Vater.« Die Zunge schwer, die Augen schläfrig, sank Lorenz' Kopf immer weiter nach unten, bis er auf der schweren hölzernen Tischplatte ruhte. Einen Augenblick später schnarchte er leise vor sich hin. Das Geräusch wurde freilich vom Lärm, der in der Gaststube herrschte, verschluckt. Die Luft war zum Schneiden dick, es roch nach Braten, Bier und Wein, nach Tabakrauch und den Ausdünstungen aller, die den Tag hier ausklingen ließen.

»War wohl zu viel für den Jungspund.« Johannes deutete dem Wirt, mehr Bier zu bringen.

Christoph musterte seinen Freund. »Der Jungspund, wie du ihn nennst, hat in den letzten Tagen ordentlich mitgehalten.«

»Ich wollte dich nicht beleidigen.« Johannes machte eine beschwichtigende Handbewegung. »Du kannst sehr stolz auf deinen Sohn sein, und ich freue mich, ihn schon bald als Schwiegersohn willkommen zu heißen.«

Der Wirt, mürrisch und mager wie eine Feldmaus, brachte das Bier.

»Auf Heidfeldt und Ackermann.«

»Auf Heidfeldt und Ackermann!«

Die Krüge stießen aneinander.

»Auf die Familie, den einzigen Rückhalt, den wir haben«, fügte Christoph hinzu.

Johannes trank und stellte den Krug dann ruckartig ab. »Das ist ein guter Trinkspruch. Leider gilt er nie für die gesamte Familie. Zumindest in meinem Fall nicht.«

»Was meinst du?«

»Gebhard.« Johannes spie den Namen regelrecht aus. »Agnes liebt ihren Bruder, aber er macht nur Scherereien, treibt sich und sein Geschäft mit seiner Trunksucht in den Abgrund. Und du hast ihn auf dem Fest gehört – es hätte nicht viel gefehlt, und er wäre eingesperrt worden. Mit seinen herausfordernden Worten, ob im Suff oder bei Sinnen, bringt er uns alle in Gefahr.«

Mit »uns« meinte Johannes die Katholiken in Schwäbischwerd, das musste er nicht eigens aussprechen.

Christoph zögerte. Sollte er? Er hatte schon die letzten Tage mit sich gehadert, aber sein Freund hatte die Wahrheit verdient.

»Johannes –« Der Transporteur zögerte. »Der Türmer hat mir verraten, dass er Gebhard gehört hat, in der Nacht des Brandes.«

»Und?« Johannes zuckte mit den Schultern. »Die ganze Stadt war am Brunnen und beim Turm.«

»Er hat ihn im Turm gehört.« Wieder zögerte Christoph. Aber dann nahm er sich ein Herz. »*Bevor* der Turm angefangen hat zu brennen …«

Schweigen herrschte zwischen den beiden Männern.

»Vielleicht hat sich von Jurgas geirrt«, meint Johannes schließlich und trank einen ordentlichen Schluck.

»Das glaube ich nicht. Ich habe noch am Morgen nach dem Feuer mit Gebhard gesprochen und denke, dass der Türmer die Wahrheit gesagt hat.«

»Warum sollte Gebhard das tun?«

Christoph schüttelte ärgerlich den Kopf. »Du hast doch gerade gesagt, dass er ein Trunkenbold ist, der sich und alle um ihn herum ins Verderben reißt. Zorn, dazu der Wein – warum sollte er nicht das Sinnbild derer, die er so inbrünstig hasst, zu zerstören versuchen?«

Abwesend spielte Johannes mit dem Becher in seiner Hand. »Was will von Jurgas tun?«

»Er steht mir in der Schuld, auch wenn ich diese nie eintreiben würde. Ich habe sein Kind gerettet.«

Johannes nickte. »Dann wird er schweigen.«

Wieder Stille.

»Es wäre ein großer Schaden für alle Beteiligten, wenn herauskäme, dass ein Katholik eine lutherische Kirche angezündet hat.«

Johannes' Stimme war leise geworden.

Christoph betrachtete seinen schlafenden Sohn. »Ein Katholik aus einer Familie, die eines ihrer Mitglieder mit einem Lutheraner verheiraten will.«

Johannes klopfte mit den Knöcheln seiner geballten Faust auf die Tischplatte. »Zumal Agnes die Schande nicht verkraften würde.«

Christoph hielt die Gemahlin seines Freundes zwar für

härter im Nehmen, als dieser glaubte, behielt seine Meinung aber für sich.

»Ich denke, wir sollten vorerst schweigen. Was meinst du, Freund?« Johannes sah Christoph fest in die Augen.

Der grinste. »Vorerst, ja. Wir können nur hoffen, dass von Jurgas die Schnauze hält.«

»Darum kümmern wir uns, wenn wir wieder zurück sind. Eins nach dem anderen, wie es sich für uns kleine Kaufleute gehört.«

Die Krüge stießen zusammen.

»Eins nach dem anderen.«

Schwäbischwerd, März A.D. 1606

Mit bedächtigen Schritten trat Agnes Heidfeldt aus dem Portal der Klosterkirche Heilig-Kreuz in die Helligkeit des Tages hinaus. Der Schnee vor der Kirche, der sich hier, im Schatten des mächtigen Bauwerks, immer besonders hartnäckig hielt, war fast verschwunden. Der Himmel war bedeckt, ließ aber immer wieder die wärmende Sonne durch. Der Winter, der kalte Geselle, war wohl endgültig gegangen.

»Ich wünsche Euch den Segen des Allmächtigen, Agnes Heidfeldt. Tragt Seinen Glauben und Friede in Euer Haus.« Prior Beck stand vor dem Portal der Kirche und verabschiedete die Gläubigen. Seine Augen blitzten warm aus seinem hageren Gesicht, und seine Stimme klang milde, obwohl sie in der flammenden Predigt der heutigen Messe von den Lutheranern nur als »sektische Säue« gesprochen hatte.

»Ich danke Euch, Herr Prior.« Agnes neigte den Kopf.

»Und natürlich gebe ich auch dir und deiner bevorstehenden«, eine unmerkliche Pause, »*Verbindung* den Segen des Herrn.« Anna, die ihre Mutter zur Messe begleitet hatte, neigte ebenfalls ehrerbietig den Kopf, dann blickte sie den Prior mit strahlenden Augen an.

»Ihr seid zu gütig, Herr Prior.«

Beck lächelte, aber das Lächeln erreichte seine Augen nicht. »Nun, was könnte ich mir mehr wünschen, als dass der wahre Wille des Herrn in ein lutherisches Haus getragen wird? Ich bin mir sicher, dass du auf deinen Mann einwirken wirst, auf dass er den wahren Weg findet.«

Unsicherheit war auf Annas Gesicht zu sehen. »Nun, ich –«

»Gehabt Euch wohl.« Ohne ein weiteres Wort drehte Prior Beck sich um und verschwand im Dunkel der Kirche.

Die beiden Frauen gingen den Weg entlang, der vom Kloster wegführte. Sie hatten es nicht eilig. Sonnenstrahlen fielen durch die kahlen Äste der großen Kastanienbäume, die sich neben dem Weg in die Höhe streckten, und zeichneten fremdartige Muster auf den Boden.

Unvermittelt blieb Anna stehen. »Mutter, bin ich eine Sünderin?«

Das Erstaunen in Agnes' Gesicht hätte nicht größer sein können. »Wie kommst du denn darauf?«

»Verrate ich den wahren Glauben des Herrn, wenn ich einen – einen Lutheraner heirate? Auch wenn ich ihn liebe wie sonst nichts auf der Welt?«

Agnes sah ihre Tochter an, dann lächelte sie. »Ich denke, dass es die Liebe ist, die im Leben am meisten zählt.«

»Du meinst die Liebe zu Gott?«

»Prior Beck sieht es mit Sicherheit so.« Agnes ging langsam weiter. Ihre Tochter folgte ihr.

»Weißt du, Mutter …« Anna zögerte. »Wenn ich im Gebet versunken bin, mit dem Allmächtigen Zwiesprache halte, dann fühle ich mich eins mit ihm, geborgen, wie im Himmel. Aber wenn ich –« Wieder zögerte sie.

Agnes sah sie aufmunternd an.

»Wenn ich mit Lorenz zusammen bin«, fuhr Anna fort, »wenn ich nur in seiner Nähe bin, dann erlischt alles andere. Und wenn er mich in seinen Armen hält –«

»Dann seid nur du und er wichtig. Richtig?«

»Richtig, Mutter.« Anna holte tief Luft. »Bin ich eine Sünderin?«, wiederholte sie.

Die beiden hatten das Rote Tor erreicht, welches das Kloster vom übrigen Teil der Stadt abgrenzte. Vom nicht weit gelegenen Oberen Markt drang geschäftiger Lärm herauf.

»Die Liebe zu Gott ist heilig, Anna. Aber ebenso ist es in Gottes Sinne, dass zwei Menschen sich im Bund der Ehe vereinen. Und nur die Liebe dieses Bundes ist es, die neues Leben hervorbringt.« Agnes blieb stehen. »Ohne dieses neue Leben würde unser Prior irgendwann vor leeren Kirchbänken predigen. Ich denke also nicht, dass du eine Sünderin bist, wenn du einen Bund mit dem Mann eingehst, den du liebst.«

Anna sah ihre Mutter mit einigem Erstaunen an. Sie liebte sie innig, aber wenn sie ehrlich war, hatte sie nie viel darauf gegeben, was diese über die Welt dachte. Agnes sorgte hingebungsvoll für die Familie, aber es war der Vater, der für die wichtigen, großen Fragen zuständig war. Ob es das Unternehmen betraf oder die Herrschenden, ob es um Schwäbischwerd ging oder die Welt – Johannes Heidfeldt hatte auf alles eine Antwort. Zumindest solange der Wein seine Zunge nicht zu schwer machte.

Doch das, was ihre Mutter eben gesagt hatte, klang sehr abgeklärt, sehr wahr.

Agnes nickte, als ob sie die Gedanken ihrer Tochter

erraten hätte. »Ich weiß, was ihr alle von mir denkt. In gewisser Weise habt ihr recht – die Welt da draußen interessiert mich nicht in dem Maße wie meinen werten Gemahl. Aber das heißt nicht, dass ich blind bin.«

»Mutter, das habe ich nicht –«

»Versündige dich nicht in der Lüge, Kind.« Agnes hob den Finger.

Anna sah beschämt zu Boden.

Liebevoll legte die Mutter ihrer Tochter die Hand auf den Arm. »Anna, es ist eine schwierige Zeit für uns alle. Aber Johannes und ich, wie auch Christoph und Helene, sehen in eurer Vermählung eine neue Hoffnung. Die Gräben in der Stadt werden immer tiefer – vielleicht seid ihr die Brücke in eine bessere Zukunft. Und sei gewiss, dass ich immer für dich da sein werde, um dir beim Weg über diese Brücke zu helfen.«

Anna fühlte Tränen in sich aufsteigen, sie brachte kein Wort heraus.

Agnes umarmte ihre Tochter. »Meine schöne, kluge, mutige Anna. Ich werde für dich beten, jeden Tag.«

»Ich danke dir, Mutter.«

Die beiden Frauen lösten sich voneinander. Dann gingen sie den Oberen Markt hinunter, am Fuggerhaus vorbei, das immer noch leer stand. Seit Kurzem jedoch hieß es in der Stadt, dass Helene Fugger, die Frau des Reichsverwesers, schon bald hier wohnen würde, um an der nächsten Bittprozession teilzunehmen.

Rechts und links der Straße hörten Agnes und Anna aus den Handwerkshäusern emsiges Werken und das Geschimpfe der Meister mit ihren Gesellen, die jetzt, da es wärmer war, ihre Arbeit schon bald wieder ins Freie verlegen würden. Am Brunnen herrschte ebenso geschäftiges Treiben, denn fast unablässig holten Knechte und Mägde Wasser, nicht nur zum Trinken und Kochen, sondern auch um die großen Bürgerhäuser sauber zu halten. Mochten die Straßen und Gassen der Stadt vor Dreck, Unrat und Notdurft stinken – für die reicheren Bürger war die Reinheit ihrer Häuser von größter Wichtigkeit. Ebenso für die besseren Wirtshäuser, aus denen immer wieder die Mägde traten und Eimer voll Schmutzwasser und Notdurft auf die Straße kippten. Agnes und Anna konnten einem solchen Schwall nur mit Mühe ausweichen, aber es hätte nichts genützt, das Wort zu erheben. Die dicke Magd, die dafür verantwortlich war, war bereits wieder im Inneren des Löwen verschwunden.

Neben Mutter und Tochter reckte sich Unsere Liebe Frau in die Höhe, aus deren Turm Hämmern und Flüche zu hören waren, dem heiligen Ort so gar nicht angemessen. Die Gesellen der Zimmerleute und Schreiner trugen frische Holzbohlen zum Turm oder brachten ihren Meistern, die drinnen mit dem Aufbau des Holzgerüsts beschäftigt waren, die geforderten Werkzeuge.

»Fleißig sind sie, die Lutheraner«, meinte Agnes.

»Ja«, antwortete Anna uninteressiert.

Vor ihnen tauchten die beiden Häuser der Familien Heidfeldt und Ackermann auf. Helene stand vor ihrem Laden im ebenerdigen Geschoss, fast verdeckt von zwei Fuhrwagen. Zwei stämmige Fuhrknechte sprachen mit ihr. Dann nickten die beiden Männer, stiegen auf ihre Wagen und fuhren die Straße zurück, am Rathaus vorbei.

Agnes winkte Helene zu. Die winkte zurück und deutete ihnen, zu ihr zu kommen.

»Agnes. Anna.« Erfreut blickte Helene sie an. »Ihr wart in eurer Messe?«

Eurer Messe. Ein kleines Wort nur, aber Anna schien es wie eine Schlucht zwischen zwei Welten. Der von Lorenz – und der ihrer eigenen.

»Ja, ganz recht«, antwortete Agnes, wir –«

»Agnes. Aaa-gnes!«

Die drei Frauen sahen die Gestalt, die auf sie zu taumelte. Es war Gebhard Baumgart, barhäuptig und ohne Zweifel betrunken. Verzweiflung machte sich auf Agnes' Gesicht breit, während Annas und Helenes Mienen nur Verachtung zeigten.

Schwankend blieb Gebhard vor ihnen stehen. »Meine werteste Frau Schwester, ich bin entzückt.«

»Meinst du, das schickt sich zu dieser Stunde?«, fragte Agnes.

»Kann ja nicht jeder aus der hochhei … hoch …« Er brach ab und setzte erneut an. »Hochheiligen Messe kommen.«

Behutsam fasste Agnes ihn an der Schulter »Du gehst nun besser zu deinem Geschäft und deinem Eheweib. Ich muss nach Hause, Johannes kommt heute aus Augsburg zurück.«

»Johannes. Immer nur Johannes.« Mit einem Mal wurde Gebhards Stimme rührselig. »Und ich, dein Bruder, ich gelte dir nichts.«

Jetzt hatte Anna genug. »Ihr seid ein Trunkenbold und verprasst das Geld Eurer Familie. Schämt Ihr Euch nicht?«

Agnes schüttelte den Kopf. »Anna –«

»Nein, Mutter.« Annas Augen blitzten vor Zorn, sie baute sich vor ihrem Onkel auf. »Ich bin noch keine achtzehn Lenze, aber ich ehre Gott und meine Familie, helfe jeden Sonntag Almosen zu verteilen und werde einen guten Mann heiraten. Das Alter sollte einen doch reifer und nicht unnütz machen.«

Gebhards Gesicht lief rot an. Langsam beugte er sich zu Anna vor. Aus seiner ganzen Körperhaltung sprach solch eine Drohung, dass Helene sich bereits umdrehte und Tobias, den stärksten der drei Handelsgehilfen, rufen wollte.

Gebhards stinkender Atem ließ Anna die Luft anhalten. »Was erlaubst du dir, du kleine –«

»Aber, aber.« Ein großer, schlanker Mann, ganz in Schwarz gekleidet und mit einer weißen Halskrause, trat zu der Gruppe. »Wer wird denn an einem solchen Frühlingstag solchen Grimm verbreiten?«

Er verneigte sich vor den Frauen. »Emanuel Suárez, mein Name. Es ist wahrlich ein erhebender Anblick, solche Schönheit in dieser Stadt zu treffen.«

Anna kicherte verlegen. Agnes musterte den Spanier nachdenklich. »Mein Mann hat mir von Euch erzählt. Ihr habt das Manasser-Haus gekauft.«

»So ist es. Dann nehme ich an, ich spreche mit der Gemahlin von Johannes Heidfeldt. Und mit ihrer Tochter Anna – denn zweifellos hat die Mutter ihre Schönheit an die Tochter weitergegeben.«

Jetzt strahlten beide Frauen.

»Und mit wem habe ich noch die Ehre?« Suárez wandte sich Helene zu.

»Helene Ackermann. Ich –«

In diesem Augenblick wich Gebhard Baumgart, der den Spanier die ganze Zeit angestarrt hatte, einen Schritt zurück. »Ihr entschuldigt mich.« Seine Stimme klang nüchtern, jeder Zorn war daraus verschwunden. Er drehte sich um und ging fort, erst unsicher, dann mit zusehends festeren Schritten.

»Ihr habt eine erstaunliche Wirkung auf Betrunkene, Herr Suárez«, sagte Helene trocken. »Ihr solltet zu später Stunde in den Gasthäusern auftreten – die Weiber der Trunkenbolde würden es Euch scharenweise danken.«

Die dunklen Augen des Spaniers funkelten, sein Mund zuckte amüsiert. »Ich war mir dieser Gabe nicht bewusst, es ist aber immer erstaunlich, was sich im Laufe des Lebens offenbart.« Er verbeugte sich erneut. »Ich möchte Euch nicht von Eurem Tagwerk abhalten. Gehabt Euch wohl, wir werden uns sicher wiedersehen.«

Als der Spanier von dannen ging, sah er Gebhard am Unteren Markt um die Ecke biegen und verschwinden.

»Und wir beide wahrscheinlich schon sehr bald«, murmelte Emanuel Suárez.

Gebhard stand erneut vor dem Spiegel. Der Mann darin starrte erneut zurück. Die Geräusche, die von der Straße hereindrangen, die Worte und Rufe des Gesindes vom Hinterhof – alles wurde leise, wurde von nur einer Stimme überschattet.

Emanuel Suárez, mein Name.

Die Stimme … so ruhig, so schmeichelnd. Und doch vermeinte man eiserne Härte darin zu hören.

Der Mann im Spiegel tastete auf die Stelle an seinem Hinterkopf, wo immer noch Schorf war von der Wunde, die er sich in der Nacht des Brandes zugezogen hatte.

Und mit wem habe ich noch die Ehre?

Feuer. Dunkelheit. Ein Ächzen. Worte, wie Wind in der Finsternis.

Leg ihn hier hin.

Eine Stimme mit eiserner Härte. Dunkelheit. Und dann – das Prasseln von Feuer.

War das geschehen, in jener Nacht? War der Spanier dort gewesen? Ein Mann, der Gebhard vorhin, als er ihm gegenübergestanden hatte, allein durch seine Anwesenheit dermaßen große Angst eingejagt hatte, dass er einfach nur mehr wegwollte? Was konnte er gegen so jemanden ausrichten?

Der Mann im Spiegel wischte sich mit zitternden Händen über der Mund. Dann bewegten sich seine Lippen, denn seit Langem fühlte Gebhard Baumgart wieder einmal den Drang zu beten.

»Vater unser, der du bist im Himmel …«

Die jahrhundertealten Worte breiteten sich in der düsteren Kammer aus, aber sie konnten weder den Raum noch die Seele des Betenden erhellen.

Auf der Handelsstraße von Augsburg nach Schwäbischwerd, März A.D. 1606

Johannes und Christoph ritten langsam die schmale Straße entlang, die auf der linken Seite von einem dichten Wald gesäumt war. Ihre Männer fuhren nicht weit hinter ihnen, die Ware in Fässer und Kisten gefüllt und auf drei Wagen fest verzurrt. Die Straße war etwas schlammig vom morgendlichen Regen, aber sie kamen dennoch gut voran. Lorenz ritt neben den Fuhrleuten her.

Johannes starrte vor sich hin.

»Warum so schweigsam?« Christoph wusste, was seinen Freund beschäftigte. Aber er fragte trotzdem, denn er hatte gelernt, dass es manchmal am besten war, Dinge offen auszusprechen. Nicht nur im Geschäft, sondern auch in der Freundschaft.

»Die Sache mit Gebhard will mir nicht aus dem Kopf.«

»Familie.« Christoph zuckte gleichmütig mit den Schultern. »Man kann sie sich leider nicht aussuchen. Das besorgt der Allmächtige, um uns zu quälen.«

»Aber was sollen wir tun, wenn der Türmer nicht schweigt?« Johannes streckte sich kurz. »Was, wenn nicht –«

Ein Schuss knallte, direkt hinter ihnen.

Mit einem Mal schien sich die Zeit zu verlangsamen, ja nahezu stillzustehen.

Ein Fuhrknecht ließ die Zügel los und fiel leblos von einem der Wagen.

Gleichzeitig bäumten sich die beiden Pferde auf, die das vorderste Fuhrwerk zogen, und versuchten durchzugehen. Dabei kippte der Wagen um, schlug im schlammigen Erdreich auf und verlor einen Großteil seiner Ladung.

Die übrigen Tiere wieherten ebenfalls, konnten jedoch gerade noch von ihren Kutschern im Zaum gehalten werden.

Johannes und Christoph fuhren herum. Der Schuss musste aus dem Wald gekommen sein, denn auf der anderen Seite der Straße zog sich nur eine Wiese bis zum weit entfernten Fluss hinab.

»Deckung!«, brüllten Johannes und Christoph fast wie aus einem Munde. Mit einem Satz waren sie von ihren Pferden und hetzten zu einem umgefallenen Baumstamm, der am Rande des Weges lag.

Lorenz und die Männer in Heidfeldts und Ackermanns Diensten sprangen ebenfalls von Wagen und Karren und suchten Deckung hinter dem umgestürzten Wagen. Flüche und Rufe erklangen, während erneut Schüsse aus dem Wald peitschten. Diese trafen jedoch nicht die Männer, sondern die Zugtiere, welche laut schreiend einknickten oder tödlich verwundet zu Boden fielen. Nun war keiner der Wagen mehr fahrbar.

Unter Johannes' und Christophs Männern gab es nur wenige Bewaffnete, doch diese hatten mittlerweile zitternd ihre Musketen geladen und die Lunten entzündet.

»Feuert endlich!«, brüllte Christoph.

Die Männer gehorchten. Sie beugten sich kurz aus ihren Deckungen und schossen blindlings in den Wald. Dann zogen sie die Köpfe wieder ein.

Plötzlich war es totenstill.

Johannes und Christoph blickten sich unsicher an. Was zur Hölle wollte der Feind, und warum ließ er sich nicht blicken?

Vorsichtig lugten die beiden aus ihrer Deckung hervor. Was sie sahen, ließ sie vor Schreck erstarren: Ein gutes Dutzend Brandballen[5], die einen Funkenschweif hinter sich herzogen, wurden zwischen den Bäumen herausgeschleudert, trafen die Fuhrwerke und blieben auf ihnen liegen. Augenblicke später waren die Zündröhren der Ballen durchgebrannt, und der Brandsatz im Inneren, eine Mischung aus Salpeter und Schwefel, entzündete sich – und mit ihnen die Wagen.

Im Bruchteil eines Augenblicks breitete sich ein Flammenmeer auf den Ladeflächen aus, das die Pferde, die noch am Leben waren, in panische Angst versetzte. Sie wieherten, zerrten an ihren Geschirren und rissen sich schließlich mit aller Kraft daraus los, um in alle Himmelsrichtungen davonzustieben.

Als er die Pferde davongaloppieren und seine Waren in Flammen aufgehen sah, reckte Johannes seine Fäuste gegen die unsichtbaren Angreifer. »Ihr verdammten Säue!«, brüllte er verzweifelt. An ein Löschen der Feuer war nicht zu denken, auch weil es in der Nähe keinerlei Wasser gab, keinen Bach, keinen Teich, keinen Tümpel, und der Fluss war zu weit entfernt – der Feind hatte den Ort wohl über-

---

5 Handgroßes Wurfgeschoss, mit brennbaren Stoffen gefüllt.

legt gewählt. Rückwärts krochen die Männer von den brennenden Wagen weg, drückten sich zu Boden, denn nun schnitten auch wieder Schüsse aus dem Wald.

Der gewaltigen Nebelwolke aus Pulverdampf, die zwischen den Bäumen hervorquoll, folgte erneut eine drückende Stille.

Nach einer, wie es ihnen vorkam, endlosen Zeit wagten sich Johannes und Christoph schließlich vorsichtig aus ihrer Deckung.

Nichts geschah.

Christoph bedeutete den anderen zurückzubleiben, dann lief er zum Wald und presste sich hinter den erstbesten Baum.

Wieder ereignete sich nichts. Keine Rufe, keine Schüsse. Wer auch immer da so hinterhältig angegriffen hatte, war spurlos verschwunden.

Jetzt erhoben sich auch die übrigen Männer.

Langsam, mit gesenktem Kopf, ging Johannes Heidfeldt zu den brennenden Wagen, so nah heran, dass es ihm fast das Haar versengte. Ohnmächtig starrte er in das Flammenmeer.

Niemand sagte ein Wort. Nur das Prasseln des Feuers war zu hören. Ein Feuer, das Hab und Gut verzehrte, welches für ein Einkommen auf Monate gesorgt hätte.

Schwäbischwerd, März A.D. 1606

»Gib gut acht, auf dass im Kessel nichts anbrennt, Walburga.«

Die Magd nickte eifrig und beobachtete mit einer Hingabe, die eines Wachsoldaten würdig gewesen wäre, den Inhalt des großen Kupferkessels, der über dem Feuerbock des Herdes hing. Aus dem Kessel duftete es herrlich nach Rindfleisch und Kräutern.

Agnes lächelte Helene zu. »Sie ist eine wunderbare Magd, und ich hoffe, sie wird noch lange in diesem Haus bleiben. Nicht wahr, Walburga, es gefällt dir bei uns, und du trachtest nicht danach, dich in Bälde zu verloben?«

Die Magd schüttelte energisch den Kopf. »Da sei der Herr vor!«

Helene, die erst kürzlich beobachtet hatte, wie der starke Tobias der scheuen Walburga den schweren Wassereimer vom Brunnen heimgetragen hatte, dachte sich ihren Teil, schwieg aber.

Es war ruhig im Hause Heidfeldt. Als Helene ihre Freundin darauf ansprach, seufzte diese. »Magdalena und Balthasar sind in der Elementarschule, werden aber bald heimkommen. Sieglinde treibt sich mit dem Sohn des Schusters herum, weiß der Herr, was die beiden für einen Schabernack aushecken.«

Helene schwieg erneut. Agnes bemerkte den abwesenden Blick ihrer Freundin und beugte sich zu ihr. »Bedrückt dich etwas? Ich bin es nicht gewohnt, dich untertags zu sehen, wenn Christoph nicht hier ist. Was nicht bedeutet«, fügte sie hastig hinzu, »dass du nicht willkommen bist.«

»Agnes, hast du etwas von Johannes gehört?« Helene klang besorgt. »Die beiden hätten mit der Ware schon vor zwei Tagen hier sein müssen.«

»Nein, noch nichts.« Agnes verharrte kurz. »Machst du dir Sorgen?«

Helene zögerte. »Nun, Diebesgesindel treibt sich immer in den Wäldern herum. Wenn sie Beute wittern ...«

»Unsere Männer können sich wehren. Das haben sie noch immer.«

Helene konnte den Ton der anderen nicht deuten. War es Gottvertrauen, Gefühllosigkeit, oder verbarg sich dahinter die gleiche Sorge, die sie selbst quälte?

»Setz dich doch in die Stube. Ich bin gleich wieder zurück.« Agnes verließ die Küche.

Helene blieb jedoch und beobachtete Walburga, die hingebungsvoll im Kessel rührte. Es war eine große, reich ausgestattete Küche für glückliche Menschen, die alles hatten, was sie zum Leben brauchten.

Agnes schien den Reichtum, der sie umgab, für gegeben zu halten. Helene nahm nichts für gegeben. Sie war Armut und Tod entronnen, war dem Teufel von der Schippe gesprungen. Ein weiteres Mal, da war sich Helene sicher, würde sich der Gehörnte wohl nicht mit einem Verrat abspeisen lassen.

Deshalb war sie so interessiert an allem, am Leben wie am Geschäft. Denn alles, davon war Helene überzeugt, drehte sich in einem großen Rad, war Teil eines Ganzen. Ob nun die Herrschaft im Großen wie im Reich, oder die im Kleineren wie in der Stadt oder die im Kleinsten wie in der Familie – alles war wichtig, das eine trug zum anderen bei.

Christoph wusste, wie sie dachte, und achtete sie dafür. Oder zumindest verbarg er es gut, wenn es nicht so war.

Verbarg er noch mehr?

Wieder fühlte Helene Unsicherheit in sich aufkeimen. Ihr Gemahl war anders geworden, daran gab es keinen Zweifel. Früher hatte er nicht genug von ihrem Körper bekommen können – unersättlich wie ein Tier hatte er sie genommen, und Helene hatte sich ihm willig hingegeben. Nicht nur um Kinder zu gebären, wie der Allmächtige es wollte und ihnen dabei auch gnädig gewesen war, sondern auch der eigenen sündigen Lust wegen.

Mitunter hatte Helene sogar ein wenig Schuldbewusstsein verspürt, so gut war es gewesen. Aber Christoph hatte nur gelacht, als sie mit ihm darüber gesprochen hatte. Die Kirche mag von fast allem etwas verstehen, hatte er gesagt, aber über die Liebe zwischen Mann und Frau sollte sie uns nicht zu belehren versuchen.

Doch diese Lust ruhte seit Langem.

Es war jedoch nicht die Erschöpfung ihres Gemahls oder die Schwere des Bratens in seinem Bauch und die des Weins im Blut, wie es bei Johannes sein mochte. Helene spürte ganz deutlich, dass ein Wall zwischen ihr und Christoph stand, der immer höher wuchs. War es möglich, dass –

Nein.

Helene konnte, sie wollte den Gedanken, der in ihr aufstieg, nicht zu Ende denken. Nicht ihr Mann, nicht der

Mann, mit dem sie der Hölle entflohen war, um sich den Himmel aufzubauen. Es mochte, *musste*, an etwas anderem liegen. Das Geschäft, die Kinder – alles verlangte Kraft, so hatte sie es Agnes selbst vor einiger Zeit gesagt. Da floss die Kraft nicht mehr in die Lenden, sondern in das Unternehmen. Nun, sie würde sich eben mehr bemühen, seine Lenden an sich zu binden. Unwillkürlich straffte sie sich. Sie würde –

»Warum bist du nicht in der Stube?«

Helene schreckte aus ihren Gedanken auf. Agnes stand vor ihr, einen Korb mit kleinen, grün-roten Winteräpfeln in der Hand.

»Schlechte Gedanken. Bitte verzeih.« Helene zwang sich ein Lächeln ab.

Agnes stellte den Korb auf den Küchentisch. Sie nahm zwei Äpfel heraus und reichte einen ihrer Freundin. »Frauen sollten nicht nachdenken. Das hat mein Vater immer gepredigt.« Sie biss in den Apfel.

»Er hat dich zu nichts ermutigt?«

Agnes kaute eine Weile, dann schluckte sie den Bissen hinunter. »Nein, weil er mich für dumm hielt. Wie die meisten anderen auch.« Agnes machte eine abwartende Pause. »Du doch auch. Ein wenig, zumindest.«

Helene klappte der Mund auf. »Du irrst, ich würde nie –«

Ein Lächeln blühte auf dem Gesicht ihrer Freundin auf. »Lass es. Lügen ist Sünde, das habe ich auch meiner ältesten Tochter erst vor kurzem wieder in Erinnerung rufen müssen.«

»Agnes, ich halte dich nicht für dumm. Nur –« Helene zögerte.

»Was?«

»Nur scheinst du mir sehr wenig interessiert an allem, was um uns geschieht.«

Agnes verdrehte die Augen. »Wer ist klüger: Der, der allen zeigt, wie er ist, oder der, welcher verbirgt und doch diejenigen lenkt, die ihn umgeben?« Wieder biss sie krachend in den Apfel. Helene tat es ihr gleich. Der Apfel schmeckte wunderbar, saftig und süß-säuerlich.

Von unten waren auf einmal Schritte zu hören, schwer und schlurfend. Agnes' Augen leuchteten. »Das wird Johannes sein! Du hast dir also ganz umsonst Sorgen gemacht.«

Aber die Treppe herauf kam – Gebhard Baumgart.

»Also, was willst du?« Agnes' Stimme war betont ruhig. Sie stand ihrem Bruder in der Stube gegenüber. Helene hatte sie allein gelassen, nicht ohne anzudeuten, dass sie in Hörweite war, falls Agnes sie brauchen würde.

Gebhard, der zu Agnes' Unbehagen noch verwahrloster aussah als bei ihrer letzten Begegnung, rieb sich über den Mund. »Es tut mir so leid.«

»Was genau tut dir denn leid, Gebhard? Deine Trunksucht, deine Ehrlosigkeit, oder dass du meine Tochter, deine Nichte, vor aller Augen bedroht hast?«

Gebhard zuckte unter den Worten wie unter Peitschenschlägen zusammen, denn so hatte sie noch nie mit ihm gesprochen. »Ich bin mir meiner Fehler bewusst. Aber ich muss meine Schulden bezahlen. Drei Gulden genügen.«

»Wofür brauchst du die?«

»Ich ... ich habe gespielt und verloren. Aber wenn ich alles zurückgezahlt habe, werde ich mich bessern, das verspreche ich dir hoch und heilig.«

Agnes verschränkte die Arme. »Ich kann dir nicht helfen. Wende dich an Johannes.«

»An ... Bist du des Wahnsinns?« Gebhard rollte ungläubig mit den Augen. »Zwischen Männern schickt sich das nicht.«

»Aber bei Weibern hast du diese Bedenken nicht?«, entgegnete Agnes mit unverhohlenem Spott.

»Bitte, Schwester. Nur dieses eine Mal noch.«

Agnes sah ihren Bruder an. Die tiefen Falten in seinem Gesicht, der zu lange Bart, das verfilzte Haar. Ihr Bruder, so weit vom Weg abgekommen, und doch – ihr Bruder.

Ein Seufzen entrang sich ihren Lippen. »Also gut.« Sie verließ eilig die Stube.

Gebhard ging unruhig im Raum auf und ab.

Kurz darauf kam Agnes zurück, einen kleinen ledernen Beutel in der Hand. Sie drückte ihn ihrem Bruder in die Hand.

»Nimm und geh. Und gebe Gott, dass Johannes nichts davon erfährt, denn sonst –«

»Von was soll ich nichts erfahren?«

Beider Augen flogen zur Stubentür. Johannes Heidfeldt stand darin, müde und abgekämpft.

Der Kaufmann saß Gebhard gegenüber am Stubentisch. Der lederne Beutel lag zwischen ihnen. Die beiden Männer waren allein.

»Nun, Bursche«, richtete Johannes das Wort an den anderen. »Was hast du mir zu sagen? Außer dass du mein Weib, deine Schwester, wie ein Bettler um eine unerhörte Summe Gulden angehst?«

Gebhards Augen flackerten, er verschlang die Finger seiner Hände ineinander. »Bursche« war ein sehr ungehöriger Ausdruck des anderen, da er, Gebhard, älter war und aus der besseren Familie kam. Aber was sollte er machen?

»Nun, ich, ich –«

Johannes' Faust donnerte auf den Tisch. »Hör auf zu stottern und sprich! Ich bin angegriffen worden und habe meine ganze Ware verloren. Meine Geduld ist also mehr als am Ende.«

»Das tut mir leid, aber … Ich wusste nicht, an wen ich mich sonst wenden sollte.«

»Und da du keine Freunde hast, kommst du natürlich in mein Haus.«

»Agnes ist meine Schwester, und ich hoffte –«

»Du hofftest, sie hilft dir, so wie sie es immer tut … Ja, ich habe Kenntnis darüber, dass sie das in der Vergangenheit schon viel zu oft getan hat, oder was dachtest du?« Johannes machte eine Pause und musterte den Mann auf der anderen Seite des Tisches, der immer mehr in sich zusammensank. Als er fortfuhr, war seine Stimme gefährlich leise. »Ich weiß auch, dass du im Turm warst und das Feuer gelegt hast.«

Gebhard durchfuhr es siedend heiß. Mit einem Male wusste er, wie sich eine Maus vor einer Schlange vorkommen musste – klein, schwach, ohne Ausweg.

»Ich war das nicht. Bitte, du musst mir glauben. Es ist nur –«

»Spar dir jede Bitte.« Johannes winkte ab. »Und ab sofort auch jeden Besuch. Du bist in diesem Haus, in dieser Familie, nicht mehr willkommen.«

Gebhard wurde blass. »Du verstößt mich? Mich, der ich aus einer der alteingesessenen Familien der Stadt komme?«

»Dann folge deiner alteingesessenen Familie am besten ins Grab, denn dort richtest du wenigstens keinen Schaden mehr an. Und sei dankbar, dass ich wegen des Feuers das Maul halte.«

Gebhard schwieg. Mit einem Male grinste er gehässig. »Du hältst dein Maul doch nur deinetwegen. Wenn rauskäme, dass ich –«

Johannes fuhr mit dem Zeigefinger zu den Lippen. Gebhard verstummte. Auf leisen Sohlen schritt der Kaufmann zur Tür, riss sie auf –

Niemand war draußen.

»Ich dachte nur …« Johannes verzog den Mund, schloss die Tür wieder.

Gebhard stand auf. »Du kannst von mir denken, was du willst. Ich war im Turm, ja. Aber ich glaube, dass da noch jemand gewesen ist, in dieser Nacht. Und der war auch für das Feuer verantwortlich.« Er war selbst erstaunt über die Festigkeit in seiner Stimme.

Johannes' Gesichtsausdruck zeigte jedoch nur zu deutlich, dass er dem anderen nicht glaubte. »Und wofür brauchst du dann die drei Gulden?«

»Ich habe zu oft gespielt und zu oft verloren. Nun verlangt man, dass ich für meine Schulden einstehe, und das kann ich nicht. Nicht ohne Hilfe.«

Johannes überlegte. Gebhard starrte ihn an. Das Schweigen in der Stube wurde erdrückend.

Schließlich ging der Kaufmann wieder zum Tisch, ließ sich schwer auf den Stuhl fallen. Er nahm den Beutel, warf ihn Gebhard zu, der ihn auffing. »So gehe, und bezahle deine Schulden.«

Gebhards Augen leuchteten. »Ich danke dir, ich werde –«

»Spar dir jeden Dank«, unterbrach Johannes ihn grob. »Und übrigens irrst du, so wie du immer geirrt hast. Ich schweige nicht meinetwegen, sondern ihretwegen. Wenn offenbar würde, was du im Turm getan hast, würde große Schande auf unsere Familie fallen. Ich kann damit umgehen, aber deine Schwester hat das nicht verdient.«

Wortlos drehte Gebhard sich um und verließ den Raum. Johannes lehnte sich in seinem Stuhl zurück und schloss die Augen.

Die Nachricht vom Überfall verbreitete sich schnell in der Stadt. Besorgnis machte sich breit, denn Heidfeldt war nicht der Einzige, der Waren in die Stadt brachte. Man fand es zwar seltsam, dass die Angreifer nicht versucht hatten, die wertvolle Ladung an sich zu bringen, sondern verbrennen ließen. Aber wer konnte schon wissen, was in den Köpfen von gottlosen Strauchdieben vor sich ging?

Ackermann und Heidfeldt arbeiteten härter denn je zuvor, um den Verlust wettzumachen. Im gleichen Maße verbissen sich die Männer Gottes von Schwäbischwerd mehr denn je ineinander, Prior Beck predigte gegen die Lutheraner und Prediger Delzer gegen die Katholiken.

Vom Rathaus aus verstärkten Bürgermeister Wurm und Stadtschreiber Kuno den Würgegriff auf die Katholiken, nicht eingedenk, dass es längst ein Mandat des Kaisers gab, welches genau das untersagte.

Im Manasser-Haus begann Emanuel Suárez das Innere aufs Feinste zu gestalten. Es schien fast, als ob er es für jemanden vorbereitete.

Und an einem schönen, milden Sonntag bat Lorenz Ackermann seine Verlobte um einen Spaziergang.

»Bleibt nicht zu lange. In Bälde beginnt die Dämmerung.« Vor dem Tor des Hauses Heidfeldt blickte Agnes erst Lorenz, dann ihre Tochter durchdringend an und rückte ihr schließlich die Spange des Umhangs gerade.

»Seid unbesorgt. Ich bringe Euch Eure Tochter unversehrt wieder.« Lorenz lächelte beruhigend.

»Das hoffe ich doch. Wohin geht ihr?«

»Nur zum Oberen Markt, zum Fuggerhaus, da baut der Steinmetz an den Zinnen«, meinte Anna.

»Was will denn unser Reichsverweser? Sein Haus ist doch schon das höchste in Schwäbischwerd.« Agnes schüttelte den Kopf. »Will er gar bis zum Himmel bauen?«

»Wer weiß.« Anna zwinkerte Lorenz zu. »Dann gehen wir zur Klostergasse und dann an der Stadtmauer zurück.«

»Zur Mauer. Soso.« Agnes Gesicht war ausdruckslos.

Die beiden jungen Leute wechselten einen schnellen Blick.

»Mach dir keine Sorgen, Mutter«, sagte Anna dann. »Wir sind bald zurück.«

Das winzige Zögern, bevor Anna gesprochen hatte, verriet ihrer Mutter alles. Aber sie nahm es als gutes Zeichen – eine glatte Lüge hätte sie beunruhigt. Wusste doch jeder, dass die Stadtmauer mit ihren Fluchten und Nischen ein gutes Versteck für all jene war, die für einige wenige Augenblicke allein sein wollten.

Agnes war kurz versucht, Anna den Ausgang zu verbieten. Andererseits waren die beiden schon bald Mann und Frau, und man musste ihnen vertrauen. »Dann geht. Und achtet darauf, auch wirklich vor der Dämmerung zurückzukommen.«

Die beiden nickten eifrig und gingen los, wobei sie etwas Abstand zueinander hielten, wie es sich geziemte.

Agnes sah ihnen nach.

Auf einmal kam es ihr so vor, dass auch alle anderen auf der Straße das junge, in Bälde vermählte Paar anstarrten. Alle lächelten und neigten huldvoll den Kopf, wenn die beiden vorbeigingen, aber Agnes schienen die Gesichter auf einmal nur Masken zu sein – Masken für Missgunst und Hass. Der Hass gegen den Lutheraner Ackermann und die Katholikin Heidfeldt, die da so sorglos dahingingen und etwas verkörperten, das es nicht gab, nicht geben konnte.

Obwohl es ein ungewöhnlich warmer Tag war, fror Agnes auf einmal. Sie fragte sich, ob es für ein Zusammensein, ein Zusammenkommen beider Seiten nicht schon längst zu spät war.

Lorenz und Anna spazierten gemächlich die Stadtmauer entlang. Spatzen und Meisen zwitscherten, der übliche Lärm der Stadt – Arbeit, Fluchen, Geläute – schien hier etwas gedämpft. Bei einer der Nischen, in denen man den Augen der Wachen auf der Mauer entkommen konnte, blieb Anna plötzlich stehen und fasste Lorenz am Arm.

»Erinnerst du dich, als wir Kinder waren und hier Verstecken spielten?«

»Als wenn es gestern gewesen wäre.« Er sah sie liebevoll an.

»Wie uns einmal die Dämmerung überraschte und du

mir Schauergeschichten erzähltest, dass uns die Stadtwache ins Narrenhäusle sperren würde, wenn sie uns ohne Laterne erwischen würde?«

»Das war nur, um dir Angst einzujagen, damit ich dich beschützen konnte. Lorenz, der starke Mann.« Er lachte leise.

»Und ich wollte von dir beschützt werden.«

»Wirklich? Dafür hast du mir aber einen ordentlichen Hieb verpasst, als du erkanntest, dass ich nur gescherzt habe. Mein Arm war tagelang blau.« Er beugte sich näher zu ihr. »Da wusste ich mit einem Male, dass ich dich liebte. Du bist stark, Anna … und doch liebevoll.«

»Ich hoffe, dass unser beider Stärke und Liebe genügt …« Sie seufzte.

»Das wird es. Wir werden ein Zeichen setzen, mit uns wird es beginnen. Denn wir zeigen, dass es nicht immer der Glaube sein muss, der uns bestimmt.« Lorenz zog sie an sich, nahm ihr Gesicht in seine Hände. »Oder zumindest nicht die Kirche mit ihren vielen verqueren Vorschriften.«

Annas Atem ging schneller. Die Berührung war ungewohnt und doch so vertraut – und eigentlich voller Sünde. »Was würde wohl Prior Beck zu solchen Worten sagen?«

Lorenz grinste. »Das Gleiche wie Delzer. Sie würden mich als ungläubigen Thomas verbrennen lassen wollen.« Er griff in seinen Mantel. »Aber lass uns nicht von den Männern des Glaubens sprechen.« Er holte etwas heraus, das er in seiner Hand verbarg. »Anna«, sagte er und sah sie ernst an.

»Ja?«

»Ich sagte vorhin, dass ich dich immer schon geliebt habe. Das ist die Wahrheit, und ich werde dich immer lieben. Darum haben wir uns verlobt, und darum will ich dir nun auch mein Verlobungsgeschenk geben.«

Er öffnete seine Hand. Ein goldener Ring lag darin, der eine Fassung mit einem blutroten Stein trug.

Anna riss die Augen auf. »Er ist – er ist wunderschön!«

Lorenz lächelte. »Ich habe ihn in Augsburg gekauft.« Er nahm den Ring und steckte ihn an ihren Finger. »Trage ihn für immer, als Zeichen unserer Liebe.«

Überglücklich betrachtete Anna den Ring. Dann umarmte sie Lorenz inniglich.

Schließlich löste sie sich von ihm, sah ihm tief in die Augen – und schloss die ihren. Würde er …

Seine Lippen berührten die ihren, zum ersten Mal.

Anna spürte, wie ihr das Herz bis zum Halse schlug, ihr die Knie weich wurden und drohten, ihren Dienst zu versagen. Aber sie gab sich ihm bereitwillig hin, ließ sich fallen und auffangen zugleich, und vergaß schließlich, wo sie waren, wo sie sein würden … verloren einzig im Jetzt, in ihrer Liebe.

Später am Abend, als die Dämmerung über der Stadt aufzog, brachte Lorenz Ackermann seine Verlobte zu ihrem Haus. Und hier war es, im roten Licht der Dämmerung, dass sie die kleine Schatulle entdeckten, die vor der Türschwelle lag.

Die Frauen brachten die Kinder zu Bett, die Bediensteten schliefen bereits. Bis auf das Knacksen der letzten glosenden Scheite im Küchenofen war es still.

Johannes und Christoph saßen sich gegenüber. Zwischen ihnen auf dem Küchentisch stand nur ein Gegenstand: die hölzerne Schatulle, die Lorenz und Anna auf der Schwelle des Heidfeldt-Hauses gefunden hatten und die auf dem großen Tisch wie ein Fremdkörper wirkte, den man zur Schau stellte. Sie war einfach gefertigt, zwei eiserne Spangen hielten die Seitenwände zusammen. Ihr Deckel war geöffnet, im Inneren befand sich eine eiserne Schale mit Wasser.

Johannes schenkte Wein in einen Becher und gab ihn Christoph. Die beiden prosteten sich zu und tranken.

»Du glaubst also, dass es sich nur um einen schlechten Scherz handelt?«

»Was denn sonst?«, entgegnete Christoph und holte eine zweite Schatulle hervor, die ein Ebenbild der ersten war. Er stellte sie neben die andere.

»Da unser beider Familien eine bekommen haben, hängt es vielleicht mit der Hochzeit zusammen«, meinte Christoph. »Vielleicht will jemand auf diese Weise kundtun, was er von der Verbindung unserer Familien hält.«

»Und das mit zwei Holzschatullen und Schalen mit Wasser?«

Christoph leerte den Becher und stellte ihn ab. »Weiß ich, was jeder Wirrkopf in dieser Stadt denkt? Es ist ja nicht einmal eine Nachricht dabei.«

»Eine Botschaft von einem, der nicht des Lesens und Schreibens mächtig ist?«

»Und der wahrscheinlich davon überzeugt ist, dass diese Botschaft einschlägt wie ein Blitz.«

Die beiden Männer teilten ein abschätziges Grinsen.

»Jedenfalls«, sagte der Kaufmann und wischte sich den

Mund am Ärmel ab, »soll mich eine Schatulle heut Abend nicht davon abhalten, zu meinem Weib ins Bett zu schlüpfen.«

»Oder in dein Weib zu schlüpfen.«

Johannes hob den Zeigefinger, gleich einem Lehrer. »*Davon* sollte nichts auf Gottes Erden einen Mann abhalten.«

Wolken zogen über den Himmel und verschluckten immer wieder die schmale Sichel des Mondes.

Es war still am Unteren Markt, die Häuser waren dunkel. Nur hinter zwei Fenstern, eines am Hause Ackermann, eines am Haus der Heidfeldts, war flackerndes Kerzenlicht zu sehen.

Johannes Heidfeldt hatte die Augen geschlossen und stöhnte wohlig. Sein Weib war über ihm zugange, so wie er es am liebsten hatte: Sie ritt auf ihm, brachte ihn beinahe dazu, sich seiner Lust zu ergeben, hielt ihn dann doch gekonnt zurück, so lange, dass er es fast nicht mehr aushielt.

»Agnes, ich liebe dich«, stöhnte er und öffnete die Augen. Sah ihre herrlichen Brüste, ihr langes Haar, ihr Lächeln.

Sie warf den Kopf zurück und bewegte sich schneller.

»Komm zu mir.« Helene deutete neben sich auf die Bettstatt.

Christoph legte sich zu seiner nackten Gemahlin. Er küsste sie, sie erwiderte den Kuss. Dann legte er sich auf sie und drang in sie ein.

Bald begann er zu stöhnen. Helene schloss die Augen, bewegte sich unter ihm im Rhythmus seiner Lenden.

Dann, als sie immer heftiger keuchte, öffnete sie, warum wusste sie nicht, die Augen. Und sah, dass Christoph seine ebenfalls geöffnet hatte und blicklos in die Ferne starrte …

Agnes lag neben Johannes. Trotzdem spürte sie ihn immer noch in sich, spürte seine Leidenschaft und seine Hingabe. Es hatte gutgetan, sich der ehelichen Liebe endlich wieder hinzugeben. Ein Gefühl wohliger Zufriedenheit und tiefer Zuneigung zu ihrem Gemahl machte sich in ihr breit.

Trotzdem musste Agnes etwas ansprechen, das ihr am Herzen lag. Sie hatte bisher noch keine Gelegenheit gefunden, aber dieser Augenblick war so gut wie jeder andere.

»Johannes …«

Er drehte den Kopf zu ihr.

»Ich habe Sorge wegen Anna. Dass Prior Beck einen zu großen Einfluss auf sie hat.« Sie zögerte. »Du weißt, dass der Prior die Bittprozession anführen wird.«

»Was soll denn geschehen?«, entgegnete Johannes gleichmütig. »Ich glaube nicht, dass die Prozession überhaupt stattfinden wird. Ich selbst wäre darüber sehr froh, denn es würde die Gräben noch vertiefen und den Sattler noch mehr gegen uns aufhetzen.«

»Der Prior sagt, wir haben das Recht auf die Prozession.«

»Das mag wohl sein. Aber man muss nicht jedes Recht um jeden Preis durchsetzen.« Er schien kurz nachzudenken. »Doch was auch kommen mag, Anna wird nicht an der Prozession teilnehmen. Ich erlaube es ihr nicht, und Lorenz ist mit Sicherheit auf unserer Seite.«

»Wenn du das so sagst, dann erscheinen mir mit einem Male alle Probleme klein.« Agnes legte den Kopf auf seine Brust.

Johannes gähnte. »Dafür bin ich da, mein Herz.« Er strich ihr übers Haar.

»Schlaf jetzt, Liebster.«

Er folgte dem Befehl seiner Gemahlin fast umgehend. Doch sie selbst blieb wach, lauschte seinen ruhigen Atemzügen und dem Wind, der von draußen gegen das Fenster wehte.

Auch Christoph Ackermann schlief, und auch sein Weib war wach. Sie hatten kurz über die Hochzeit gesprochen, und natürlich noch einmal über die Schatulle, die Christoph als schlechten Scherz abgetan hatte, genauso wie sein Freund Johannes. Jeder weitere Gedanke sei verschwendet, hatte Christoph gesagt, und damit war die Angelegenheit für ihn erledigt.

Warum nur sah Helene das nicht so?

Warum hatte sie ein so schlechtes Gefühl bei dem Gedanken an diese Schatulle? Es war eine Ahnung, mehr nicht. Aber diese Ahnung genügte, dass sie nicht einschlafen konnte.

Und die starke, von vielen in der Stadt bewunderte Helene Ackermann spürte auf einmal, wie ihr Tränen in die Augen stiegen. Tränen, die von einem noch namenlosen Unheil kündeten, ein Unheil, das niemand, nicht sie, nicht ihr Gemahl, niemand in dieser Stadt würde aufhalten können …

Schwäbischwerd, April A.D. 1606

Hans Hochhauser, der Schreinermeister, stand vor dem Turm von Unserer Lieben Frau und blickte zufrieden hinauf. Die Arbeit ging gut vonstatten, schon bald würde der Aufgang in den Turm wieder mühelos möglich sein.

»Was meint Ihr? Wird die Kirche bis Mai fertig sein?« Bürgermeister Wurm, der in Begleitung von Stadtamman von Hindenach und Emanuel Suárez gekommen war, klang ungewohnt friedfertig.

Wahrscheinlich wieder einen ganzen Fasan gefressen und drei Krüge Wein gesoffen, dachte Hochhauser, der respektlose Gedanke war ihm jedoch nicht anzumerken. »Ich denke ja, Herr Bürgermeister.«

»Das wird den Familien der Brautleute gefallen.« Die Stimme des Spaniers war ruhig, mit einem Hauch von Amüsement.

Wurm spuckte geräuschvoll aus. »Verdammte Katholiken in einer lutherischen Kirche. So weit ist es gekommen.« Er grinste Suárez an. »Nehmt es mir nicht übel.«

Suárez neigte leicht den Kopf. »Ich bin gewohnt, nicht alles wörtlich zu nehmen.«

Der Sattler lachte. »Gewandt wie ein Fischotter. Ihr gefallt mir.«

Hans Hochhauser war weniger begeistert von Suárez,

der in letzter Zeit sehr oft mit dem Bürgermeister gesehen worden war. Er konnte nicht sagen, warum, denn das Benehmen des Spaniers war untadelig. Aber irgendetwas störte ihn an dem Mann. Andererseits – er hatte mit Suárez eigentlich nichts zu schaffen, also spielte es keine Rolle.

Die Männer sahen, wie Anna Heidfeldt auf der anderen Seite der Straße vorbeiging. Zielstrebig eilte sie auf das Rote Tor und die Klostergasse zu.

»Geht wieder zu ihrem Pfaffen, dem Prior.« Wurm schüttelte den Kopf. »Ich würde ihn am liebsten aus der Stadt prügeln lassen, aber sogar mir sind Grenzen gesetzt.«

Suárez blickte Anna Heidfeldt nach, ein unergründbares Lächeln auf den Lippen.

Gemessen schritt Anna an den Bänken der Klosterkirche vorbei nach vorne zum Hochaltar. So oft schon war sie in der Kirche gewesen, und doch beeindruckte sie Anna immer wieder aufs Neue. Die vielen Kapellen und Altäre, geweiht unter anderem der heiligen Katharina von Alexandrien, dem heiligen Blasius, dem Erzengel Michael und Johannes dem Täufer, waren prachtvoll verziert, mit Gold und in anderen leuchtenden Farben. Acht Kapellen waren es und siebzehn Altäre, Anna hatte sie selbst gezählt.

Dazu kamen die wuchtigen Säulen, welche die Kirchenschiffe stützten. Diese waren mit wunderbaren Fresken bemalt, die Geschichten aus der Bibel erzählten. Kerzen in kostbaren Haltern verbreiteten warmes Licht, und der Geruch von Weihrauch erschien einem unendlich sauber nach dem stinkenden Unrat, der die Straßen und Gassen bedeckte.

Anna fühlte sich geborgen im Hause Gottes. In Seiner Nähe.

Und doch klopfte ihr Herz heftig, denn heute musste sie sich Prior Beck anvertrauen. Und sie wusste nicht, wie er reagieren würde.

Der Prior stand mit dem Rücken zu ihr, vorne beim Hochaltar. Er war allein, die Mönche saßen wohl vor ihrem einfachen Mittagsmahl. Da immer noch Fastenzeit war, aß Prior Beck nicht zu Mittag, das wusste Anna. Deshalb war sie auch jetzt hierhergekommen.

Als Beck ihre Schritte hörte, wandte er sich um. Er hielt etwas in der Hand, das Anna als silbernes Medaillon erkannte. »Ich freue mich, dich zu sehen, Anna. Was hast du auf dem Herzen?«

Die junge Frau zögerte, aber nun gab es kein Zurück mehr. »Ich würde gerne mit Euch sprechen, Herr Prior.«

»Natürlich. Nur noch einen Augenblick Geduld.« Beck nahm das Medaillon und beugte sich vor zur Kaisermonstranz, die beim Hochaltar stand und das Kloster berühmt gemacht hatte.

Im Licht der wenigen Sonnenstrahlen, welche die bunt bemalten Spitzbogenfenster der Kirche durchließen, schien die Monstranz von selbst zu erstrahlen. Und wie jedes Mal schien es Anna auch jetzt, dass sie etwas Neues an der Reliquie entdeckte. Fast fünf Ellen hoch, aus vergoldetem Silber geschmiedet, hielt die Monstranz eingefasst in ihrer Mitte Splitter vom Kreuz des Erlösers. Die Splitter selbst waren in Form eines griechischen Doppelkreuzes angeordnet. Die Monstranz war mit Perlen und vielerlei Edelsteinen verziert, zahlreiche geschmiedete Figuren, Heilige und Kaiser gaben dem Doppelkreuz einen würdigen Rahmen.

Lukas aus Antwerpen, der beste Goldschmied seiner Zeit, hatte die Monstranz einst für Kaiser Maximilian angefertigt, und zahlreiche andere Kaiser waren vor ihr gekniet. Bischöfe und Kardinäle hatten vor ihr gebetet, aus allen Teilen des Reiches waren hohe und niedere Gläubige gekommen, um ihrer und dem Leiden des Erlösers zu gedenken. Anna verspürte eine tiefe Ehrfurcht vor der Reliquie und bekreuzigte sich spontan.

Der Prior hängte das Medaillon an seiner silbernen Kette an den rechten unteren Rand der Monstranz. Es war schlicht gehalten, hinter dem Glas war ein kleiner spitzer Dorn aus dunklem, fast schwarzem Holz erkennbar.

»Erlaubt Ihr mir die Frage, was es damit auf sich hat? Ich habe es noch nie gesehen«, fragte Anna neugierig

»Das wundert mich nicht.« Beck lächelte. »Es gehörte einst einem Stadtschreiber, der vor bald zweihundert Jahren in den Diensten Schwäbischwerds stand. Der Mann hieß Johannes Dürr und schien ein braver, gottesfürchtiger Mann zu sein, bis offenbar wurde, dass er Gelder der Stadt veruntreute. Es wurde Gericht über ihn gehalten, und er wurde zum Tod durch den Strang verurteilt.« Der Prior machte eine dramatische Pause. »Am Vorabend seiner Hinrichtung erfasste den unglücklichen Stadtschreiber tiefe Reue, und er bekannte alle Sünden, darunter auch diese: Er hatte einst einem braven Pilger dessen größte Kostbarkeit gestohlen, einen kleinen Behälter mit einem Dorn aus der Dornenkrone Christi. Dieser Dorn war dem Schreiber das Liebste und Teuerste auf der Welt.

Doch angesichts seines nahenden Todes vermachte er ihn dem Kloster und konnte hernach mit reinem Gewissen sterben. Der damalige Abt ließ den Dorn in ein Medaillon fassen und an der Monstranz anbringen, auf dass sie für immer Teil davon sei.« Beck zeigte an die Stelle, an der das Medaillon hing.

Anna betrachtete das kleine Medaillon fasziniert. So schlicht, aber was für eine Geschichte steckte dahinter. »Warum weiß das niemand mehr?«

»Die Monstranz wurde beschädigt, als während des Schmalkaldischen Krieges Soldaten in diese Kirche eindrangen, und das Medaillon wurde davon abgetrennt. Ein junger Mönch fand es, konnte nichts damit anfangen und brachte es in die Bibliothek. Dort ist es in einer vergessenen Lade verstaubt. Ich bin durch Zufall darauf gestoßen, habe alle Schriften in Heilig-Kreuz durchforscht, bis ich schließlich herausfand, was das Medaillon für eine Bedeutung hat. Und heute habe ich es wieder an seinen angestammten Platz gebracht.« Der Prior verharrte kurz, dann legte er Anna die Hand auf die Schulter. »Aber genug davon. Lass uns über das sprechen, wegen dem du gekommen bist.«

Anna straffte sich unwillkürlich. »Herr Prior, ich … ich habe mich mit meinem zukünftigen Gemahl getroffen.«

»Nun, daran ist noch nichts Verwerfliches.« Die Stimme des Priors klang amüsiert.

»Wir haben einen Spaziergang gemacht, und dann –« Sie sah Beck nun direkt an. Der zog die Braue nach oben.

»Dann haben wir uns geküsst.« Nun war es heraus. Das, was Anna die letzten Tage so beschäftigt hatte, diese Zerrissenheit, die über ihr lag: die Liebe zu Gott, die Liebe zu ihrem Bräutigam.

Beck legte die Stirn in Falten. »Ich weiß wohl um die Kraft der Liebe und der Versuchung, die einen jeden Sterblichen vom Weg zu Gott abzubringen vermag.« Er räusperte sich. »Natürlich habe ich diese Erfahrung nicht selbst gemacht, aber die Menschen sind schwach, das sehe ich jeden Tag aufs Neue.«

»Auch ich bin schwach.« Anna neigte den Kopf.

Der Prior nickte ernst. »Und deshalb musst du diese Schwäche bekämpfen. Die Gemeinschaft mit deinem Mann ist etwas Heiliges, das du nicht entweihen darfst. Erst wenn Gott der Herr euch Seinen Segen gegeben hat, dürft ihr eurer Liebe Ausdruck verleihen. Hast du mich verstanden?«

Anna blickte in die funkelnden, dunklen Augen, die das asketische Gesicht beherrschten. »Das habe ich, Herr Prior.«

Beck faltete die Hände. »Versprichst du mir hier, vor unserem Gott, in Seinem Hause, dass du dich nicht mehr versündigen wirst?«

»Ich verspreche es.« Anna faltete ebenfalls die Hände.

»Dann wird Gott dir diese Sünde verzeihen.«

Anna fühlte tiefe Dankbarkeit in sich aufsteigen, Dankbarkeit gegenüber dem Allmächtigen und Seiner Gnade, Dankbarkeit gegenüber dem Prior für sein Verständnis. In diesem Augenblick fühlte sie sich ihm so nah wie nie zuvor.

»Bei der Prozession kannst du deine Sünde bereuen und den Herrn um Beistand bitten«, meinte Beck. »Wenn das dein freier Wille ist.«

»Das werde ich, Herr Prior. Das werde ich mit ganzem Herzen.«, sprach Anna Heidfeldt inbrünstig.

Johannes stand im ebenerdig liegenden Geschoss seines Hauses und überwachte die Waren, die eben von einem Fuhrmann zu ihm gebracht worden waren. Einiges an Seide für die Ratsherren, dazu Gold für die schweren Uhrgehäuse, die gerade sehr gefragt waren bei denen, die es sich leisten konnten. Johannes konnte darüber nur den Kopf schütteln. Die Sonnenuhr, die den Lederer Torturm zierte, genügte seiner Meinung nach völlig. Denn die Uhrgehäuse bargen zwar komplizierte Mechaniken, die aber allesamt nicht funktionierten. Johannes richtete sich jedoch auch hier wie immer nach den Launen der Käufer, die ihm gutes Geld brachten.

Anna trat jetzt zu ihm, gefolgt von Agnes.

Unwillig drehte Johannes sich um. Er hatte noch viel zu erledigen, der Tag war bereits fortgeschritten, und im Kontor und am Hafen musste er auch noch nach dem Rechten sehen.

»Johannes –«, begann Agnes, wurde jedoch abrupt von ihrer Tochter unterbrochen.

»Ich würde gern an der nächsten Prozession teilnehmen, Vater. Am Markustag!«

Johannes musterte Anna aus zusammengekniffenen Augen. »Am Markustag, soso. Hast du vergessen, was geschehen ist?«

Die Bittprozession wurde jedes Jahr durchgeführt, um von Gott gutes Gedeihen der Felder und Flure zu erbitten, aber im Jahr zuvor hatte es einen heftigen Streit gegeben. Beck und seine Getreuen waren mit ausgerollten Fahnen aus dem Kloster gekommen und hatten diese über das Rote Tor hinausgetragen, bis zum Fuggerhaus. Erst dann hatten sie die Fahnen gesenkt und waren weitergezogen. Aber schon diese wenigen Schritte vom Roten Tor zum Fuggerhaus waren den Lutheranern, die außerhalb des Klosters keine katholischen Fahnen duldeten, zu viel gewesen. Augustin Schmid, der damalige Stadtamman, hatte Beck und seinen Abt Hoermann am Abend zuvor gewarnt, die Fahnen über das Rote Tor hinaus zu erheben. Doch der Prior hatte die Warnung nicht beachtet, da er sich im Recht fühlte. Die Prozession war gestört worden, Schimpf, Schmähungen und sogar einige Steine waren auf die Teilnehmer des Bittgangs herniedergegangen. Abt Hoermann hatte sich daraufhin beim Augsburger Bischof, einem glühenden Jesuiten, beschwert, der sogleich beim Kaiser interveniert hatte. Vom Kaiserhof in Prag erging dann auch umgehend ein Mandat an Schwäbischwerd, in dem der Rat angehalten wurde, die Katholiken nicht an der Ausübung ihres Glaubens zu hindern. Aber das Mandat war Wurm, Schmid und den anderen einerlei, im Gegenteil: Sie hatten ihre Schikanen gegenüber den Katholiken in der Stadt verstärkt.

»Nichts habe ich vergessen«, sagte Anna. »Aber wir haben den Kaiser hinter uns. Und der Allmächtige wird meinen Bittgang mit Wohlgefallen sehen.« Ihre Wangen glühten vor Eifer.

»Wenn du auf den Kaiser und das Prager Mandat anspielst: Man sieht ja jeden Tag, wie sehr sich der Bauernknopf im Rathaus daran hält.« Anna musste bei dem Schimpfnamen, den manche den Bürgermeister hießen, weil er von einem einfachen Bauern aus Zirgesheim abstammte, unwillkürlich schmunzeln. Doch Johannes ging nicht darauf ein. »Aber ich nehme an, derlei Missachtung ist deinem hochverehrten Herrn Prior einerlei.« Johannes' Stimme machte deutlich, was er von Beck hielt.

»Sprich nicht so von ihm, Vater«, entgegnete Anna empört. »Er ist ein wahrer Kämpfer Gottes.«

»Diesen Kampf wird er ohne dich führen. Du gehst nicht mit am Markustag.«

»Aber Vater –«

»Zolle mir gefälligst Gehorsam!«, schrie Johannes. Es reichte ihm. Er hatte genug um die Ohren, er brauchte nicht noch Aufruhr im eigenen Haus. »Du wirst nicht teilnehmen!«

Anna wurde rot vor Zorn. Sie drehte sich um und lief ins Haus hinein, an Walburga vorbei, die das Ganze beobachtet hatte.

»Und was habt Ihr nun vor am Markustag?« Abt Hoermann nahm den weißen Chorrock, den ihm Beck reichte, und zog ihn über den Talar. In der Sakristei war es ruhig, aus dem Kirchenraum nebenan waren Gespräche zu hören, unterbrochen von geräuschvollem Husten. Die Gläubigen erwarteten die Abendmesse, die heute wieder einmal Hoermann selbst abhalten würde. Oft, vielleicht zu oft in der letzten Zeit, hatte der Abt sie seinem Prior überlassen. Aber heute würden den Gläubigen gemäßigtere Worte wieder einmal guttun.

»Wir werden die Prozession durchführen, und wir werden sie mit Fahnen und unter reger Teilnahme durchführen.« Becks Stimme verriet die Erregung, die in ihm herrschte. Er spürte aus seiner tiefsten Seele, dass es diesmal ein besonderer Bittgang werden würde, zum Wohle des Herrn und bereit, das Maul der Lutheraner zu stopfen.

»Ich werde nicht teilnehmen.« Der Abt strich sich den Chorrock glatt. »Und ich muss Euch noch einmal sagen, dass ich Euer Vorhaben für sehr gefährlich halte, trotz des kaiserlichen Mandats, das uns schützt.«

Beck schüttelte mit Vehemenz den Kopf. »Wir dürfen nicht noch weiter unter das Joch der Lutheraner kommen, Euer Ehrwürden.«

Der Abt seufzte, er war erschöpft. So viele Jahre des Hasses, des Unverständnisses, auf beiden Seiten, wie er sich eingestehen musste. Zwar war sein Prior ein Kämpfer, wie ihn der Herr in diesen Zeiten brauchte, und dieser Kämpfer hatte recht: Sie mussten diese Prozession abhalten, als Zeichen des katholischen Glaubens und der Macht des Kaisers. Aber jeder Kampf prägt den Menschen, der ihn führt, und Hoermann fragte sich, wie viel Güte in Beck verblieben war. Güte, die neben dem Schwert ebenso vonnöten war, um den Kampf sinnvoll zu führen.

»Ich nehme an, Ihr haltet die Fahnen hoch bis zum Fuggerhaus?«

»Ja, Euer Ehrwürden.« Beck nickte eifrig.

Hoermann überlegte kurz. »Und wer wird teilnehmen?«

»Nun, einige jüngere Mönche aus unserem Kloster, dazu die Gemahlin des Reichsverwesers mit einigen fuggerischen Beamten. Der Notar Schrall aus Dillingen wird ebenfalls anwesend sein, wenn es gilt, unerhörte Vorfälle zu bezeugen.« Beck machte eine dramatische Pause. »Die wenigen verbliebenen redlichen Katholiken unserer Stadt … und Anna Heidfeldt, wie sie mir persönlich bekundet hatte.«

»Anna Heidfeldt?« Der Abt zog die Augenbrauen nach oben. »Haltet Ihr das für klug?«

»Sie ist die Tochter des reichsten katholischen Kaufmanns von Schwäbischwerd. Damit zeigen wir, dass die Katholiken der Stadt geschlossen hinter Heilig-Kreuz stehen. Und der Sattler und seine sektischen Säue werden sehen, dass wir niemals untergehen werden.«

»Keine Fahnen? Das hat der Rat beschlossen?«

Es war der 21. April im Jahr des Herrn 1606. Dunkle Regenwolken hingen am Himmel über Schwäbischwerd. Abt Hoermann sah aus dem Fenster in das Dämmerlicht des Tages hinaus.

»So ist es.« Die weiche Stimme von Emanuel Suárez füllte den großen Raum, den der Abt von Heilig-Kreuz bewohnte.

»Das dürfen sie nicht«, ereiferte sich Beck. »Der Kaiser hat in seinem Mandat anderes verkündet. Wir dürfen in der Ausübung unserer Religion nicht behindert werden!«

»So ist es«, bekräftigte der Spanier. »Und wenn Ihr mich fragt: Tut, was Euer Herz und Glaube Euch befiehlt.«

Der Abt betrachtete Suárez nachdenklich. »Ich habe gehört, dass Ihr gut mit dem Bürgermeister steht. Dies ist beachtlich – als Katholik.«

»Ich muss in diesen Zeiten Dinge tun, die meiner Überzeugung entgegenstehen, seid versichert. Doch je mehr ich mit dem Rat zu tun hatte, desto mehr spürte ich, dass ich Euch sagen muss, was sie beabsichtigen. Denn im Herzen werde ich immer dem wahren Glauben angehören, auch wenn ich gezwungen bin mir Dinge anzuhören – über mich, Euch, unsere Glaubensbrüder –, die mich nur mit Mühe meine Wut zügeln lassen.« Ehrliche Empörung klang aus der Stimme des Spaniers.

»Bitte verzeiht.« Hoermann neigte freundschaftlich den Kopf. »Ich habe Euch unrecht getan. Und ich bin Euch dankbar, dass Ihr mir die Absichten des Rates mitgeteilt habt.«

»Der Stadtamman wird sie Euch ebenfalls in Bälde verkünden«, meinte Suárez.

»Das wird er wohl.«

»Vielleicht, Euer Ehrwürden –«, der Spanier zögerte.

Der Abt blickte ihn auffordernd an. »Sprecht!«

»Vielleicht solltet Ihr ihn nicht empfangen. Lasst ihm antworten, dass Ihr bettlägerig seid. So gehen die Euren reinen Gewissens in die Prozession und können ihr Recht durchsetzen.«

»Wird sich der Rat das gefallen lassen?« Die Zweifel in Hoermanns Gesicht waren deutlich zu sehen.

»Sie müssen. Ich werde noch einmal mit dem Bürgermeister sprechen und ihm begreiflich zu machen versuchen, dass sie den Bittgang nicht behelligen sollen.«

Spontan trat Beck ein paar Schritte vor und schüttelte Suárez die Hand. »Ihr seid wahrlich ein Streiter für den wahren Glauben. Habt Dank! Und wenn wir irgendetwas für Euch tun können –«

»Der Sieg des wahren Glaubens ist Belohnung genug für mich, Herr Prior.« Der Spanier lächelte, aber wie so oft erreichte das Lächeln seine Augen nicht.

»Sie ziehen mit den Fahnen, missachten uns und unsere Weisung! Da soll doch –«

»Ihr solltet Eure Stimme zügeln, Herr Bürgermeister«,

unterbrach Suárez den anderen mit sanfter Stimme. »Ihr wisst doch, dass die Wände Ohren haben, sogar in Euren geheiligten Hallen.«

Der Sattler musterte den Spanier zornig. Sie standen sich im leeren Versammlungsraum des Rathauses gegenüber. »Was ratet Ihr mir dann, wenn Ihr schon so klug seid, Herr Suárez?«

»Nun, etwas Besseres kann Euch doch gar nicht passieren«, entgegnete dieser. »Überlegt doch: Mit ihrem Handeln spielen sie uns glatt in die Hände, und Ihr könnt ihnen darob den Denkzettel verpassen, den sie verdienen.«

»Und wie? Sollen wir sie gleich beim Fuggerhaus abfangen und ihre Fahnen in die Scheiße treten?«

»Im Gegenteil ...«, entgegnete Suárez ruhig.

Dann begann er auf den Sattler einzusprechen. Der hörte zu, und je länger der Spanier sprach, desto breiter und bösartiger wurde das Grinsen auf des Bürgermeisters Gesicht.

Schwäbischwerd, 25. April A.D. 1606

Um sechs Uhr morgens setzte sich die Prozession in Bewegung.

Stadtamman von Hindenach betrachtete den Bittgang und die Teilnehmer aus schmalen Augen. Die Prozession zog durch das Rote Tor, die Fahnen hoch erhoben. Es waren viele Fahnen, aber die drei kunstvoll verzierten Kreuzfahnen des Klosters waren am deutlichsten zu erkennen. Blutrot leuchteten die Kreuze auf goldenem Brokat, reckten sich selbstbewusst in die Höhe. Gebete durchdrangen die Stille des Morgens.

Von Hindenach spuckte aus. Die verdammten Katholiken wollten es einfach nicht lernen. Nun, heute würden sie es lernen müssen.

Tags zuvor war der Stadtamman in Heilig-Kreuz gewesen, um das Mandat der Stadt zu überbringen. Der Abt hatte sich jedoch entschuldigen lassen, er sei bettlägerig. Von Hindenach wusste, dass das nur eine Ausrede gewesen war, aber zumindest hatte Hoermann den Anstand, heute nicht teilzunehmen.

Teil nahmen der verfluchte Beck, Mönche, das Weib des Reichsverwesers – eine stolze Italienerin, bei deren Anblick im Stadtamman gar unheilige Gedanken aufstiegen –, ein paar Beamte und einige Katholiken aus Schwäbischwerd. Die Magd am Ende der Prozession kam von Hindenach ebenfalls bekannt vor, aber bevor er genauer hinsehen konnte, war die Prozession auch schon an ihm vorbei. Begleitet wurde sie von Schmährufen derer, die bereits auf den Straßen ihr Tagwerk begannen. Aber mehr geschah nicht.

Noch nicht.

Von Hindenach grinste und ging in Richtung Rathaus davon.

Anna hatte sich bemüht, in dem Gewand, das Walburga ihr geliehen hatte, regelrecht zu verschwinden. Die Magd hatte den Disput zwischen Anna und dem Vater mitangehört und ihr danach angeboten, in einem ihrer eigenen Gewänder an dem Bittgang teilzunehmen. Anna war hocherfreut und konnte der jungen Magd gar nicht genug danken. Bescheiden lächelnd hatte Walburga abgewehrt und gemeint, dass man den wahren Glauben mit ganzem Herzen verteidigen müsse.

Und so war es dazu gekommen, dass Anna Heidfeldt gegen den Willen ihres Vaters mit den anderen Gläubigen an der Prozession teilnahm. Als sie am Haus Heidfeldt vorbei waren, nahm Anna die Haube ab und hob stolz ihren Kopf. Die Gläubigen zogen weiter über den Unteren Markt, dann über das Donau-Tor hinaus in den beginnenden Tag hinein. Es war ein Tag, da war sich Anna sicher, der zum Ruhme Gottes und der Katholiken von Schwäbischwerd beitragen würde.

»Wo ist Anna?«, fragte Agnes Walburga, die in der Küche das Frühstück zubereitete.

»Sie sagte mir, dass sie etwas mit dem Vorsteher des Spitals zu besprechen hätte.« Walburga sah ihre Herrin nicht an, als sie sprach. »Wegen den Kranken und der Verteilung der Almosen.«

»So früh?« Agnes schüttelte den Kopf. Das sah Anna nicht ähnlich.

»Mehr hat sie mir nicht gesagt.« Die Magd zuckte mit den Achseln.

»Nun gut, sie wird wissen, was sie tut.« Agnes begann, das Brot in dicke Scheiben zu schneiden, wie Johannes es mochte. Aber ein Gefühl der Beunruhigung blieb.

Christoph blickte aus dem Fenster und brummte etwas vor sich hin, während Helene noch schläfrig im Bett lag und versuchte die bösen Träume loszuwerden, die sie wieder geplagt hatten.

»Was hast du?«

Er schüttelte den Kopf. »Der Prior will es nicht einsehen. Wir haben den größten Katholikenfresser weit und breit als Bürgermeister, aber Beck zieht singend und betend durch die Stadt, als ob der Papst selbst Bürgermeister wär.«

Helene setzte sich auf. »Agnes hat mir erzählt, dass Anna auch teilnehmen wollte. Aber Johannes hat es ihr verboten.«

»Da hat er recht getan. Nicht auffallen, das ist in dieser Stadt, in diesen Zeiten besser.« Er begann sich anzuziehen. »Ich nehme Lorenz heute den ganzen Tag mit ins Kontor. Wer weiß, ob der Junge noch lange einen Kopf dafür hat. Die Hochzeit ist in wenigen Wochen, und dann werden wir ihn gar nicht mehr aus dem ehelichen Bett bekommen.«

Sybilla lag in ihrem Gemach und beobachtete, wie die Sonnenstrahlen durchs Fenster auf die Bettdecke fielen. Sie war allein, denn Erasmus war in seiner Bibliothek und anschließend den ganzen Tag im Rathaus.

Sie verspürte keine Lust aufzustehen, einfach weil sie es nicht musste. Das Gesinde wusste, was es zu tun hatte, und die beiden Söhne aus Erasmus' erster Ehe waren längst außer Haus. Sie hatten studiert und lehrten in Bamberg und Altdorf.

Sibylla selbst hatte ihrem ersten Mann keine lebenden Kinder geboren, und Erasmus war zu alt und hatte nur Interesse an seinen Wälzern.

Sie schnaufte verächtlich. Wie konnte man nur Bücher lieben, aber nicht das Fleisch?

Wie ganz anders war da Christoph Ackermann. Bei dem Gedanken an ihren Geliebten wurde ihr ganz warm, auch wenn er sich in der letzten Zeit etwas von ihr zurückgezogen hatte. Sie gab der Wärme und ihren Gedanken nach, berührte sich zwischen den Beinen und begann leise zu stöhnen.

Später am Tag betrat Bürgermeister Wurm in bester Laune das Ratszimmer. »Nun denn, die Herren – lasst uns den Tag mit Arbeit verbringen, denn am Nachmittag gibt es ein Spektakel zu bewundern, von dem man noch lange sprechen wird!« Der Sattler zwinkerte Kuno verschwörerisch zu.

Erasmus Amling wunderte sich über die gute Laune des Sattlers. War die Prozession nicht eine bewusste Schmähung der Lutheraner? Was hatte Wurm vor? Er beobachtete den Bürgermeister und seinen Stadtschreiber und versuchte die Besorgnis, die in ihm aufstieg, nicht zu beachten.

Es gelang ihm nicht.

℘ ℘

Anna war müde. Den ganzen Tag waren sie die Straße entlanggezogen. Am Weg nach Auchsesheim hatte noch die Sonne geschienen, und es hatte tiefe Frömmigkeit und Glück bei den Betenden geherrscht, vor allem als sich immer mehr Bauern aus der Umgebung angeschlossen hatten. Aus vielerlei Mündern war zum Lobe des Herrn gebetet worden, und es schien Anna, als drängen die Gebete bis in den Himmel vor.

Prior Beck hatte ihre Verkleidung natürlich sofort durchschaut, als sie sich beim Kloster versammelt hatten. Er hatte sie kurz zur Seite genommen, sie für ihren Mut gelobt und dann geraten, die Haube der Magd aufzulassen, bis sie ihr Elternhaus passiert hatten. Dann konnte sie die Haube abnehmen und sich auf dem Rückweg, wenn sie triumphal über den Unteren und Oberen Markt zogen, offen und stolz als Vertreterin des wahren Glaubens zeigen.

In Auchsesheim hatte der Prior eine Messe gelesen, dann hatten sie sich auf den Rückweg gemacht. Wolken waren aufgezogen, und es hatte angefangen zu regnen. Die Bittgänger hatten sich dadurch jedoch nicht entmutigen lassen, sondern zogen betend weiter.

Jetzt, der Tag neigte sich bald dem Ende zu, tauchte die Stadt wieder vor ihnen auf. Mit kräftiger Stimme, der ein ganzer Tag Gebet und Gesang anscheinend nichts hatte anhaben können, stimmte Prior Beck einen neuen Rosenkranz an. Seine Gläubigen wiederholten das Vorgebet, wenn auch nicht ganz so gehaltvoll wie der Prior. Trotzdem waren alle, auch Anna, erfüllt von dem Bewusstsein, an einem besonderen Tag dabei gewesen zu sein, zur Ehre des Erlösers.

Sie zogen über die Brücke zum Donau-Tor.

Dorthin, wo eine Rotte Bewaffneter stand.

»Was ist Euer Begehr, Herr von Hindenach?« Prior Beck zeigte sich gänzlich unbeeindruckt von den Bewaffneten, obwohl sie Lanzen und schwere Hopfenstangen trugen.

»Alle, die nicht Bürger dieser Stadt sind, werden nicht hereingelassen.« Von Hindenachs Stimme klang ebenso unbeeindruckt.

»Aber diese Gläubigen sind mit uns gezogen und sind geladen, im Kloster mit uns die Abendmesse zu besuchen.«

»Die können sie besuchen, wo sie wollen, aber nicht in dieser Stadt.« Der Stadtamman stand wie eine Mauer, die Bewaffneten hinter sich. Anna erkannte einige von ihnen, vor allem Karl Mair, der von allen Salzmändl genannt wurde, ein Bär von einem Mann. Er hielt eine Hopfenstange in der Hand, sein grobes, vom Wein gerötetes Gesicht strahlte Bösartigkeit aus.

»Von Hindenach, muss das wirklich sein?« Beck senkte die Stimme. »Wir haben ein Recht auf unsere Prozession, wir haben den Kaiser hinter uns.«

Der Stadtamman schüttelte den Kopf. »Ihr hättet Eure Fahnen nie außerhalb des Roten Tores erheben dürfen. Damit habt Ihr jedes Recht verwirkt, so hat es der Rat beschlossen.«

»Der Rat missachtet also die Weisung des Kaisers?« Das war Notar Schrall, der sich erstmalig einbrachte.

Von Hindenach hob die Hände. »Der Rat hat seine Entscheidung getroffen. Und nun schickt jeden Stadtfremden fort. Ich sage es nicht noch einmal.«

Für einen Moment herrschte Ratlosigkeit bei den Teilnehmern der Prozession. Dann wandte sich Beck an seine Gläubigen. »Brüder, ihr habt dem Herrn heute ein großes Werk getan. Doch besser ist es, wir trennen uns nun, und ihr kehrt in eure Dörfer zurück.« Er schlug ein segnendes Kreuzzeichen über die Bauern, die sich ebenfalls bekreuzigten und dann gehorsam, aber sichtlich verärgert, über die Brücke zurücktrotteten.

Ulrich von Hindenach trat zur Seite und machte eine einladende Geste zum Tor. »Ihr habt recht getan, Herr Prior. Tretet ein.«

Beck zögerte kurz. Anna kam es so vor, als ob der Augenblick ewig dauerte, als ob alles, die Prozession, die Bewaffneten, die Stadt, ja das Schicksal selbst den Atem anhalten würden. Der Regen wurde stärker und trommelte auf die Oberfläche des Flusses.

Dann setzte sich der Prior von Heilig-Kreuz in Bewegung. Und seine Gläubigen folgten ihm in die Stadt hinein.

Als Erstes fiel Anna auf, dass die Gasse vor ihnen vollständig leer war. Das war seltsam, denn ansonsten wimmelte es hier immer von Menschen. Heute jedoch war niemand zu sehen. Anna fühlte mit einem Male Angst in sich aufsteigen.

Dann fiel das Donau-Tor hinter der Prozession zu. Und wie ein Echo wurde weiter vorne im gleichen Augenblick das Tor am anderen Ende der Gasse verschlossen. Die Bittgänger saßen in der Falle.

»Was soll das?« Beck musterte die Bewaffneten, die ihn und seine Gläubigen nun einkreisten, mit strengem Blick. Vom Stadtamman war nichts mehr zu sehen. Der Prior wirkte immer noch völlig ruhig, beseelt von seiner Aufgabe, den wahren Glauben – und mit ihm die Fahnen des Klosters – hochzuhalten.

Karl Mair grinste hämisch und klopfte sich mit der Hopfenstange in die Handfläche.

Die jungen Mönche, die die Kreuzfahnen des Klosters trugen, wichen unwillkürlich vor den Bewaffneten zurück.

Dann durchbrachen die Worte der Gräfin Helene Fugger, Gemahlin des kaiserlichen Reichsverwesers, die spannungeladene Stille. »Prior Beck, sagt dem Gesindel endlich, dass es Platz machen soll!«

Und die Hölle brach über die Bittprozession herein.

Gnadenlos ging die Meute auf die Bittgänger los, trieb sie auseinander. Stangen und Schaufeln, Hiebe und Faustschläge prasselten auf Beck und die seinen ein. Schreie erklangen, aber vergeblich. Niemand konnte oder wollte hören, wie die Bittgänger von Heilig-Kreuz zu Boden geprügelt wurden.

Obwohl Anna ihr Leben lang die Ungerechtigkeiten miterlebt hatte, die den Katholiken in der lutherischen Stadt Schwäbischwerd widerfahren waren, so hatten die Lutheraner eine gewisse Grenze doch nie überschritten. Heute taten sie es.

Schon bald strömte Blut von Gesichtern, und Anna bekam einen wuchtigen Hieb auf die Schläfe. Greller

Schmerz fuhr ihr durch und durch. Sie fiel auf den Rücken, alles verschwamm vor ihren Augen. Undeutlich sah sie, wie die prächtigen Fahnen des Klosters zerrissen in den Dreck fielen, sah Karl Mair, der drauf herumtrampelte und kostbares Goldornament tief in Unrat und Schlamm drückte. Sie sah, wie die Gräfin und Beck sich in den Zimmerhof flüchteten, verfolgt von einigen grölenden Männern. Sie sah es, konnte aber immer noch nicht glauben, dass das alles wirklich geschah.

Herr, steh mir bei. Erlöse mich von diesem Wahn, diesem –

Auf einmal spürte sie, wie sie hochgerissen wurde. Lorenz stand vor ihr und sah sie voller Schrecken an. »Anna? Bist du verletzt?«

Sie brachte kein Wort hervor, so groß war die Erleichterung, ihn hier zu sehen. Lorenz nahm sie in die Arme und drückte sie kurz. Dann zog er sie in den Zimmerhof hinein, wohin schon Beck und die Gräfin geflohen waren. Vorne war ein offener Durchgang zu sehen.

Anna wandte sich noch einmal um, sah die Verletzten am Boden liegen, sah die Angreifer johlend über ihnen. Fühlte mit einem Male unbändigen Zorn in sich aufsteigen.

Dann zog Lorenz sie fort.

Bürgermeister Wurm hatte den brutalen Angriff auf die Prozession von der Stadtmauer aus beobachtet. Neben ihm, im Schatten, stand Suárez, sorgfältig darauf bedacht, außer Sicht zu sein. Der Sattler hob seinen Weinbecher »So lasst uns anstoßen auf diesen denkwürdigen Tag. Von nun an werden die Papstküsser nicht mehr aufmucken. Auf Schwäbischwerd!«

Auf Schwäbischwerd – und seinen Untergang, dachte der Spanier und stieß mit dem Sattler an.

Zwei Tage waren seit der verhängnisvollen Prozession vergangen. Wie eine dunkle Sturmwolke lagen seither Hass und Angst über der Stadt. Zwar hatte es wie durch ein Wunder keine Toten bei dem Angriff auf den Bittgang gegeben, aber es war Blut geflossen und Knochen waren gebrochen.

Aber was am Schlimmsten war: Die Ehre der mächtigsten Konfession im Heiligen Römischen Reich war buchstäblich durch den Dreck gezogen worden.

Die Katholiken von Schwäbischwerd waren wütend, auch wenn es manche unter ihnen gab, die mit dem provokanten Vorgehen von Prior Beck noch nie einverstanden gewesen waren. Aber der hinterhältige Überfall einigte alle. Abt Hoermann schrieb einen zornigen Bericht an den Bischof von Augsburg, beglaubigt durch Notar Schrall und die Gemahlin des Reichsverwesers Fugger. Der tobte, als er erfuhr, dass sein Weib gezwungen gewesen war, schmählich durch von Schlamm und Notdurft verschmutzte Gassen zu flüchten wie eine gemeine Diebin, und legte seinerseits Protest beim Kaiserhof ein. Mit dem »Kreuz- und Fahnengefecht«, wie der Vorfall schon bald genannt wurde, war die Saat des großen Krieges gesät.

Die Lutheraner von Schwäbischwerd ahnten davon nichts. Wie die Katholiken waren sie im Zorn vereint. Zwar waren nicht alle mit dem brutalen Vorgehen einverstanden, aber allein dass Beck und die Seinen es erneut gewagt hatten, mit hocherhobenen Fahnen aus dem Roten Tor zu ziehen, ließ alle Bedenken fahren. Mehr denn je waren die Lutheraner, vom Bürger bis zum Ratsherren, überzeugt, dass man die Katholiken unter das Joch zu spannen hatte, da sie unbelehrbar waren. Der Denkzettel – da es keine Toten bei dem Vorfall gegeben hatte, wurde er von den Lutheranern als solcher betrachtet – erschien ihnen als nur gerecht für den aufmüpfigen Beck und seine Jünger.

Die Sturmwolke lag auch über einer Freundschaft, die lange gewährt hatte und einst dafür bestimmt schien, ewig zu dauern.

»Was hatte sie überhaupt bei dieser verdammten Prozession zu suchen?« Christophs Gesicht war gerötet vor Wut. Die beiden Familien hatten sich bei Heidfeldts in der Stube getroffen, aber heute würde es kein Geschichtenabend werden. Heute musste angesprochen werden, was zwischen ihnen lag.

»Mäßige deine Worte!« Johannes war seinerseits zornig. »Natürlich hatte ich es ihr verboten.«

Als Lorenz Anna ins Haus gebracht hatte, waren Johannes und Agnes tief erschüttert gewesen, dann erleichtert, dass sie nur eine Prellung an der Schläfe davongetragen hatte. Später, als die Eltern erfuhren, wie ihre Tochter überhaupt zu ihrer Verletzung gekommen war, hatte Zorn sie übermannt, vor allem Johannes. Wutentbrannt hatte er die heulende Walburga, die die Teilnahme Annas an der Prozession ermöglicht hatte, aus dem Haus geworfen. Dann hatte er getobt und Anna in ihre Kammer gesperrt. Er war der Herr des Hauses, er stand mit seiner Ehre für seine Familie ein, und dafür erwartete er Respekt. Und den hatte ihm seine Tochter nicht erwiesen, mehr noch: Sie hatte sich über sein Verbot hinweggesetzt und sich in Gefahr gebracht. Sich und alle anderen Katholiken von Schwäbischwerd.

Agnes hatte ihn schließlich besänftigen können, und nun wuchs in der Familie Heidfeldt die Wut auf die eigentlichen Urheber des Übels – auf die Lutheraner, welche die Prozession überfallen hatten. Und auf alle anderen, die hinter den Übeltätern standen.

»Du hast es verboten? Dann warst du ja nicht sehr erfolgreich, mein Freund.« Christoph stemmte die Fäuste in die Seiten.

Johannes und Christoph standen sich gegenüber. Anna, die an der Wand saß, betrachtete die beiden. Sie schämte sich, dass sie der Grund für einen so ernsten Disput war. Und doch – tief in ihrem Inneren war sie davon überzeugt, das Richtige getan zu haben. Denn was war falsch daran, mit einer Prozession die Fürsprache des Allmächtigen zu erflehen? Dass der Bittgang ein so schmähliches und brutales Ende gefunden hatte, war allein die Schuld der Lutheraner. Anna beschloss jedoch, ihre Ansicht für sich zu behalten. Es herrschte genug Zwietracht, in der Stadt und in dieser Stube.

Die kleineren Kinder waren nicht im Raum, man hatte ihnen gesagt, dass keine Geschichte erzählt werden würde, sondern es vielmehr galt, ernste Dinge zu besprechen. Unter wütendem Protest hatten sie sich in den Hinterhof zurückgezogen und spielten dort lautstark. Was genau, konnten die Erwachsenen in der Stube nicht hören, aber es kümmerte sie auch nicht.

Agnes und Helene tauschten einen Blick. »Ihr solltet euch beide beruhigen«, sagte Helene in besänftigendem Tonfall. »Natürlich ist es ungehörig, was geschehen ist. Aber unsere Familien waren immer in Freundschaft vereint, trotz unseres verschiedenen Glaubens. Wollen wir das jetzt aufs Spiel setzen, wo uns schon bald eine Hochzeit noch tiefer vereinen wird?«

»Es stellt sich die Frage, ob es überhaupt eine Hochzeit geben wird«, rief Johannes zornig aus.

»Vater!« Anna war entsetzt. »Was –«

»Meine Tochter wird von euch verdammten Lutheranern in den Dreck geworfen, und zu solchen Männern soll ich meinen Segen geben?«

»Was erlaubst du dir, Heidfeldt?« Christoph brüllte nun ebenfalls. »Willst du etwa –«

»Es waren Lutheraner, die über den Bittgang hergefallen sind.« Agnes' Stimme ließ sie alle verstummen. »Und es war ein Lutheraner, der Anna gerettet hat. Weil er sie liebt.« Sie ging zu Lorenz, nahm seine Hand. »Ich habe dir noch nicht einmal dafür gedankt, was du für meine Tochter an diesem Tag getan hast. Niemand von uns hat das, wegen all dem Hass, der die Stadt und damit auch unsere Familien beherrscht. Aber du lässt dich nur von deiner Liebe zu Anna leiten, und das ist der rechte Weg.«

Lorenz war verlegen. »Ich bitte Euch. Es war meine Pflicht.«

Johannes war neben seine Frau getreten. »Mein Weib hat recht. Ich danke dir für deine mutige Tat. Wer weiß, was ohne dich geschehen wäre.«

Immer noch war Lorenz verlegen. »Was ich getan habe, hätte jeder Bräutigam für seine Braut getan. Seid versichert, dass ich Anna auch weiterhin wie mein Leben schützen werde. Und wenn es gar nicht anders geht«, er zwinkerte Anna zu, »verriegle ich beim nächsten Bittgang höchstpersönlich die Tür.«

Christoph klopfte seinem Sohn auf die Schulter. »Wohl gesprochen.«

Die Freunde blickten sich erschöpft an. Mit einem Male war jeder Zorn aus dem Raum gewichen, und nur mehr Einverständnis herrschte, wie es immer gewesen war.

Einverständnis, das auf einmal von wütendem Weinen durchbrochen war.

Dann stürmten die Kinder in die Stube. »Mutter, Vater«, plärrte Sieglinde, »Lucas und Philipp haben Balthasar verprügelt, und ich habe auch eins auf die Nase bekommen.«

»Was soll das? Was habt ihr getan?«, herrschte Christoph seine Söhne an, die von draußen in die Stube lugten. »Kommt sofort herein, ihr Halunken!«

Die beiden taten, was ihr Vater befohlen hatte. Hinter ihnen schlurfte Balthasar herein, mit einem geröteten Auge. Agnes wollte ihn in die Arme nehmen, aber der wehrte sie trotzig ab.

»Nun?« Helene blickte zornig auf ihre Söhne herab. »Was habt ihr zu sagen?«

Die scharrten unschlüssig mit den Füßen. Dann hob Lucas schließlich seine Stimme. »Wir haben Schandprozession gespielt, und da ist es eben hoch hergegangen.«

»Schandprozession?«, wiederholten die Erwachsenen wie aus einem Munde.

»Ja«, warf jetzt auch Balthasar ein. »Und ich hätte den verdammten Lutheraner auch am Boden gehabt, wenn sein feiger Bruder nicht dazugekommen wäre.«

»Geht hinaus!«, befahl Helene. »Ich spreche später mit euch!« Widerwillig gingen die beiden kleinen Übeltäter.

»So weit ist es also gekommen«, sprach Helene weiter. »Dieser Ungeist hat bereits die Kleinsten befallen. Und deshalb ist diese Hochzeit so wichtig. Wenn wir vereint sind, wenn wir vereint nach außen auftreten, dann bewirken wir vielleicht etwas. Ansonsten wird diese Stadt noch mehr gespalten.«

Agnes nickte Helene zu. »Nichts und niemand wird das Band unserer Freundschaft durchtrennen. Nicht der Mensch und nicht der Glaube.«

Lorenz legte unter dem Tisch seine Hand auf die von Annas. Sie lächelte ihn an, wenn auch mit etwas Angst im Herzen, ob ihre Mutter recht behalten würde.

Schwäbischwerd, Mai A.D. 1606

Wurms Gesicht war gerötet vom Wein, denn es ging bereits in die vierte Stunde nach Mittag. »Und nun? Wie werden wir weiter mit den verdammten Katholiken verfahren?« Er sah die Ratsherren, die vor ihm saßen, durchdringend an. Sie wichen seinem Blick aus, bis auf Christoph Ackermann.

Christophs schlimmste Befürchtungen hatten sich bestätigt. Der Sattler und die Seinen verspürten nicht die geringste Reue über das, was geschehen war, im Gegenteil: Wurm und Kuno wurden immer dreister. Der Abt von Heilig-Kreuz hatte eine Einladung zu einem einfachen Mahl ausgesprochen, um über alles in Ruhe zu reden. Der Sattler hatte die Einladung mit der Begründung ausgeschlagen, dass eine neue Weinladung aus Tyrol eingetroffen war, und die galt es im Löwen zu schmecken. Und bis auf wenige Männer, die ihre Meinung aber nicht laut äußerten, stand der Rat hinter Wurm und seinem Vorgehen.

»Unsere Bürger haben ihre Meinung in aller Klarheit kundgetan.« Kunos Stimme war kalt. »Sollte das den Katholiken nicht passen, können sie ja gehen.«

»Ist das nicht sehr unvorsichtig?«, meinte Christoph. »Ihr wisst um die Meinung des Kaisers. Die Katholiken in Schwäbischwerd genießen Seinen Schutz.«

»Man hat gesehen, was dieser Schutz wert ist. So viel wie Dreck auf einer zerrissenen Fahne.« Der Sattler grinste. »Der Kaiser ist in Prag, wir sind hier.«

Christoph reichte es. »Wollt Ihr wirklich, dass Kaufleute wie Johannes Heidfeldt die Stadt verlassen und sich anderswo niederlassen? Ihr wisst, wie wichtig er für die Stadt ist.«

»So wichtig scheint ihm die Stadt nicht zu sein, wenn er seine Tochter an einer solchen Prozession teilnehmen lässt.« Wurm musterte Christoph unwillig. »Wollt Ihr immer noch an dieser unsinnigen Hochzeit festhalten?«

Christoph stand auf. »Diese Hochzeit ist nicht unsinnig, sondern genau das, was diese Stadt braucht. Warum nicht weiter nebeneinander leben und voneinander profitieren?«

»Woher wollt Ihr wissen, was diese Stadt braucht? Ihr stammt nicht aus Schwäbischwerd, genauso wenig wie Euer papstküssender Freund.« Kunos Mund war nur mehr ein kaum wahrnehmbarer Strich, die Verachtung in seinen Worten unverhohlen.

»Diese Freundschaft war bisher stark genug, jede Herausforderung zu meistern. Das wird sie auch weiterhin tun, zum Wohle der Stadt.« Christoph wandte sich an Wurm, seine Stimme nahm einen beschwörenden Klang an. »Aber wenn Ihr, Herr Bürgermeister, weiter so verfahrt, ist jede Freundschaft zwischen Lutheranern und Katholiken nicht mehr möglich, und damit nichts mehr. Gebt wenigstens ein kleines Zeichen. Lasst die Rädelsführer, die hinter dem Angriff auf die Prozession stecken, verhaften und bestrafen. Das wäre den Katholiken und dem Kaiser genug, da bin ich mir sicher.«

Wurm starrte ihn ungläubig an. Dann wandte er sich

an den Rat. »Ist noch jemand der Meinung von Herrn Ackermann, dass wir einige der Unseren vor Gericht stellen sollen, nur weil sie gegen eine bewusste Provokation vorgegangen sind?«

Niemand antwortete.

Der Sattler nickte befriedigt. »Dann halte fest, Kuno: Da die Katholiken mit dem Fahnengang ein Mandat der Stadt bewusst missachtet haben, sind sie für alle nachfolgenden Ereignisse, die Prozession betreffend, selbst verantwortlich. Der Rat beschließt am heutigen Tag, dass keiner der Bürger, die gerechterweise gegen die Prozession eingeschritten sind, zu belangen ist.«

Christoph empfand mit einem Male tiefe Mutlosigkeit. Nichts, gar nichts würde sich ändern, im Gegenteil, alles würde schlimmer werden.

Sein Blick schwenkte durch den Raum, in dem er schon oft gesessen hatte. Dann zur Tür, die einen Spalt offen war.

Er traute seinen Augen nicht.

Sibylla lächelte ihm durch einen Spalt der Tür zu. Dann war sie verschwunden.

Christoph räusperte sich kurz. »Ihr entschuldigt mich, werte Herren.«

Die anderen sahen ihm verwundert nach, als er den Raum verließ.

Christoph ging aus dem Saal. Es war ein düsterer Tag, nur wenige Lampen erhellten den Korridor des Ratshauses.

Wo war Sibylla?

»Komm.« Ein Flüstern.

Er sah zur Seite. Eine Tür hatte sich in der Täfelung der Wand aufgetan. Er trat hindurch.

»Wo sind wir hier?« Christoph sah sich verwundert um. Es war ein kleiner Raum, mit einem Steinboden und einer wurmstichigen Bank an der Wand. Ansonsten war der Raum leer.

Sibylla hatte die Tür wieder geschlossen. Licht fiel durch einen winzigen Spalt oberhalb der kaum sichtbaren Tür, aber nur sehr wenig. Christoph erahnte Sibylla mehr, als er sie sah.

»Das ist der Vorteil eines alten Bücherwurms als Gemahl.« Sibyllas Stimme klang bitter. »Man erfährt so einiges, was andere nicht oder nicht mehr wissen. Dies ist eine Kammer, die sich die Ratsherren während des Schmalkaldischen Krieges gebaut haben. Damit sie ihren ratsherrschaftlichen Arsch in Sicherheit bringen konnten, während die Landsknechte draußen alles in Stücke gehauen haben.«

»Du bist eine erstaunliche Frau, Sibylla.« Er strich ihr in der Dunkelheit über ihr langes Haar.

»Eine erstaunliche Frau ... und eine einsame Frau. Wir haben uns schon lange nicht mehr gesehen. Bin ich dir nicht mehr gut genug?« Wieder war ihre Stimme bitter.

»Nein, das ist es nicht. Jeder kann sich glücklich schätzen, dich zu kennen ... oder zu lieben.« Er streichelte ihre Wange. Sie nahm seine Hand, küsste sie.

»Was ist es dann?«

»Es ist Helene, es ist meine Familie. Das, was mit Anna geschehen ist, scheint mir fast wie ein Zeichen – unsere Familien brauchen mich jetzt. Mehr denn je.«

»Das ist sehr löblich. Du bist ein guter Mann, ein ehrenvoller Mann.«

Christoph spürte ihren heißen Atem an seiner Wange,

wich aber ihren verheißungsvollen Lippen aus, die ihn küssen wollten.

Sibylla stutzte für einen Augenblick. Dann glitt ihre Hand über sein Wams, unter sein Hemd, weiter hinab.

Warum war er wie erstarrt? Warum hielt er sie nicht zurück?

Ihre Hand, warm und zärtlich, umfasste sein Glied.

»Aber ich brauche dich auch. Mehr denn je.«

Christoph hörte ein Rascheln, sie kniete sich vor ihn hin. Er wollte Sibylla sagen, dass er das nicht wollte, dass er ihre Liebschaft beenden wollte, dass er hier nicht hergehöre.

Aber kein Wort kam über seine Lippen. Und als er Sibylla dort unten spürte, ihren Mund, ihre Zunge, da vergaß Christoph Ackermann sich und die Welt.

In dem Augenblick, als die Würfel fielen, in einer der Stuben im Roten Hund, wusste Gebhard Baumgart, dass sein Schicksal besiegelt war. Karl Mair sah ihn höhnisch an – ausgerechnet der Lump, der die Kreuzfahne bei der Prozession zerrissen hatte. Und gegen den heute zu spielen Gebhard dumm genug gewesen war.

»Und jetzt, Baumgart? Was willst du jetzt machen?«

Gebhard fuhr sich nervös über den Mund. Ja, was sollte er machen? Er hatte kein Gold mehr, und niemand in der Stadt würde ihm etwas leihen. Die Juden waren schon lange aus Schwäbischwerd vertrieben worden, sonst hätte er sich bei ihnen etwas borgen können, gegen gottlose Zinsen natürlich.

Eine Faust knallte vor ihm auf den Tisch. »Antworte, du Hund!«

Gebhard straffte sich. »Wen nennst du hier Hund?« Aber es war nur ein schwächliches Aufbegehren, um wenigstens den letzten Rest von Würde zu wahren. Und Mair und seine Zechkumpanen, drei an der Zahl, und einer roher als der andere, wussten es auch.

»Meine Herren ...« Die Männer hatten Santorio nicht kommen hören. »Gibt es denn Schwierigkeiten?«

»Nichts, was dich angeht.« Mair grinste. »Oder steht dieser Verlierer auch bei dir in der Schuld?«

Der Wirt betrachtete die Männer ruhig. »Die Familie Baumgart ist noch nie in meiner Schuld gestanden. Und selbst wenn es so wäre, bin ich mir sicher, dass jede Schuld sofort beglichen wird, wenn es möglich ist.«

Gebhard fühlte Dankbarkeit in sich aufsteigen. Wenigstens gab es noch einen Menschen in der Stadt, der ihn nicht wie Unrat behandelte. Denn im Haus von Johannes Heidfeldt war Gebhard unerwünscht, und seit dem Feuer hatte er es zudem nicht fertiggebracht, dem Türmer unter die Augen zu treten. Er fürchtete den Vorwurf seines einstigen Freundes, und er wusste, dass von Jurgas ihm nicht glauben würde, dass noch jemand im Turm gewesen war.

Mair zwinkerte seinen Freunden zu. »Du hast ja ein Gottvertrauen ...«

Santorios Gesichtszüge wurden hart. »Es steht euch frei zu kommen, wie es euch beliebt. Aber niemand beleidigt mich in meinem Haus.«

»Du bist doch Katholik, oder?« Mair ging nicht auf den Einwand des Wirtes ein.

Santorio nickte fragend.

»Ich wusste gar nicht, dass die Katholiken Hunde ficken – oder woher kommt sonst der Name deines Gasthauses, alter Sodomit?«

Totenstille in der Stube.

Jetzt betraten Hans und Valentin, die beiden Helfer Santorios, die Stube. Gebhard erkannte, dass sich auch hier im Hund, binnen Augenblicken jener Graben aufgetan hatte, der die Stadt und das Reich beherrschte. Katholiken und Lutheraner, unversöhnlich gegenüber.

Doch Santorio war nicht auf Streit aus. Er hob die Hände. »Warum vergessen wir nicht, was gesagt wurde? Ich bringe noch einen Krug Wein, den wir zusammen trinken können.«

Mair spuckte aus. »Deinen Wein kannst du dir in deinen Arsch stecken, Hundeschänder.«

Und schon fielen sie übereinander her.

Gebhard fühlte ein kühles Tuch auf seiner Stirn.

Er öffnete die Augen, merkte, dass er auf einer Bank in der Stube lag, immer noch im Wirtshaus.

Santorio beugte sich über ihn. »Ihr habt einen dicken Schädel, Herr Baumgart. Der Krug, mit dem Euch Mair niedergeschlagen hat, ist glatt zersprungen.«

Gebhard stöhnte und fasste sich an seinen Kopf. »So dick fühlt er sich im Augenblick gar nicht an.«

»Dann ist es ja gut.«

Gebhard richtete sich auf. »Was ist geschehen?«

Santorio zuckte mit den Achseln. »Was überall geschieht. Aber heute konnte ich mich wehren.«

»Mair?«

»Wir haben ihn und seine Freunde«, der Wirt räusperte sich, »unseres Hauses verwiesen. Hans und Valentin haben schon mit tobsüchtigen Fuhrleuten und blutgierigen Landsknechten zu tun gehabt, da sind das Salzmändl und die Seinen keine Herausforderung.« Er lächelte, aber es lag Traurigkeit in seinem Lächeln.

»Ich danke Euch, Santorio«, sagte Gebhard aufrichtig. »Ihr habt mir beigestanden, und das habe ich schon lange nicht mehr erfahren in dieser Stadt.«

Der Wirt blickte Gebhard nachdenklich an. »Ihr seid kein schlechter Mensch, Gebhard Baumgart. Vielleicht kein starker, aber auch kein schlechter. Ich habe in meinem Leben viele schlechte Menschen getroffen – Ihr gehört nicht dazu.« Er stand auf. »Ruht Euch aus, und dann geht am besten nach Hause zu den Euren. Ihr seid Teil einer angesehenen Familie – erweist Euch ihrer als würdig.«

Langsam trottete Gebhard durch die dämmrigen Gassen. Der Kopf tat ihm weh, und er hätte jetzt gerne einen großen Becher Wein getrunken. Doch Santorio hatte ihn sanft, aber bestimmt aus dem Wirtshaus geleitet, nachdem es ihm wieder besser gegangen war.

Ihr seid Teil einer angesehenen Familie – erweist Euch ihrer als würdig.

Der Mann hatte leicht reden. Keine Schulden und vor allem keine Tat, die auf sein Gewissen drückte, auch wenn er sie nicht begangen hatte.

Nur glaubten ihm die, welche davon wussten, nicht.

Gebhard war mit einem Male wieder in der Nacht, in der Dunkelheit des Turms. Die Erinnerung war so beklemmend, dass er schier taumelte. Alles schien sich drohend über ihn zu beugen: die Häuser mit ihren Spitzgiebeln, die Fenster wie Augen, die Tore wie Münder. Das Atmen fiel ihm schwer, er bog in eine kleine Gasse ab und lehnte sich gegen die Mauer. Er schloss die Augen.

»Ihr scheint mir nicht recht wohl zu sein, Herr Baumgart?«

Eine Stimme, neben ihm. Ruhig und amüsiert. *Die* Stimme.

Gebhard ging es durch Mark und Bein. Er öffnete die Augen und sah Emanuel Suárez vor sich stehen. War wieder im Turm, hörte ein Scharren. Fühlte, wie er über den hölzernen Boden gezogen wurde. Vernahm die Stimme. Die Stimme von Suárez.

Bring ihn hierher. Leg die Lampe daneben.

Der Spanier musste in jener Nacht im Turm gewesen sein, davon war Gebhard plötzlich mehr denn je überzeugt. Hatte er diesen gar selbst angezündet? Aber warum? Was versprach sich der Mann davon?

Suárez nickte, als könnte er lesen, was in Gebhards Kopf vor sich ging. »Schon als ich Euch damals traf, bei den Frauen, als Ihr Eure Nichte anbrülltet, da wusste ich, dass Ihr Euch erinnert habt. Ihr saht mich an, als wäre ich der Leibhaftige.« Er trat näher an Gebhard heran, dieser wich unwillkürlich zurück. »Nur nützt Euch das nichts. Schließlich wart Ihr in der Kirche, das könnt Ihr nicht leugnen. Mich hingegen hat niemand gesehen.«

»Was – was bezweckt Ihr damit?«, stammelte Gebhard.

Der Spanier hob süffisant die Braue. »Ihr würdet das nicht verstehen. Sagen wir, dass es mir gut in meine Pläne passte. Das mag genügen.« Er beugte sich ganz nahe zu

Gebhard. »Und Ihr werdet schweigen.« Seine Stimme wurde hart, als er Gebhard einen Beutel in die Hand drückte. »Damit begleicht Eure Schulden. Und dann verhaltet Euch ruhig. Wenn Ihr redet, wird Euch niemand glauben. Und seid versichert: Einen Tag nachdem Ihr geredet habt, wird man Euch finden, in Eurer jämmerlichen Kammer in Eurem jämmerlichen Haus, von einem Querbalken baumelnd. Ihr werdet als Selbstmörder in einem Fass in der Donau versenkt, während Euer Weib als Unholdin verbrannt wird. Dafür kann ich, dafür werde ich sorgen.«

Gebhard wurden die Knie weich. »Margarethe? Das würdet Ihr nicht wagen.«

»Oh, und wie ich es wage. Euer Weib ist mir so einerlei wie Ihr, wie jeder Mensch hier in der Stadt. Denn alles, was mein Vorhaben gefährdet, wird beseitigt, so wie die Scheiße, die ihr alle auf die Straßen und in den Fluss kippt.«

Suárez hob die Hand, Gebhard duckte sich unwillkürlich. Aber der Spanier tätschelte ihm nur leicht die Wange. »Haben wir uns nun verstanden, Gebhard Baumgart?«

»Ja«, antwortete der fast unhörbar.

»Gut«, nickte der Spanier wohlgefällig. »Dann wünsche ich Euch noch einen schönen Tag.«

Mit diesen Worten entfernte sich Emanuel Suárez, bog um die Ecke und verschwand.

Gebhard ließ sich langsam zu Boden sinken. Wenn er nicht den ledernen Beutel in der Hand hielte, wäre er sich nicht sicher gewesen, ob er nicht alles nur geträumt hatte.

Aber es war geschehen. Der Spanier war für den Brand verantwortlich, und er hatte etwas mit Schwäbischwerd vor. Es war nichts Gutes, das wusste Gebhard, und er überlegte, was er tun sollte.

Er öffnete den Beutel. Der Inhalt würde für die Schulden, die er bei Mair hatte, reichen – und für Wein ebenfalls.

Gebhard leckte sich die Lippen. Ein Schluck guter Wein würde ihn alles klarer sehen lassen.

Er stand auf und ging mühsam durch die Gasse, dem Wein und dem Vergessen entgegen.

»So gebt euch nun das Versprechen.« Prediger Delzer trat einen Schritt von den beiden Brautleuten zurück.

Lorenz wandte sich seiner Braut zu. Anna sah in dem dunkelroten, reichverzierten Kleid so schön aus, dass es ihm schier den Atem raubte. Ihr blondes Haar war mit goldenen und silbernen Nadeln kunstvoll aufgesteckt, ihre blauen Augen strahlten. Mochte sie tief im Inneren vielleicht etwas traurig sein, weil sie nicht in ihrer geliebten Klosterkirche heiratete, sondern in einer lutherischen, so ließ sie sich nichts anmerken.

Hinter seiner Braut sah Lorenz die Kirchenbänke. Unsere Liebe Frau war an diesem schönen Tag im Mai nur zur Hälfte voll. Vorne saßen die Familien der Brautleute, die Bürgermeister, die Ratsherren und andere wichtige Bürger der Stadt. Trotz einer gewissen Spannung spiegelten die Gesichter der Familien Heidfeldt und Ackermann Freude wider, die Freude, dass der Tag endlich gekommen war, die Bande enger zu knüpfen.

Die Gesichter der anderen Männer und Frauen in der Kirche waren nicht zu lesen.

Es war Absicht, dass die Zahl der Geladenen nicht allzu groß war. Lorenz und Anna hatten mit ihren Familien beschlossen, die Hochzeit aufgrund der Stimmung in der Stadt schlicht zu halten. Die Geladenen waren mit Bedacht ausgesucht, Abt Hoermann und Prior Beck würden im Einverständnis fernbleiben. Den Gästen war bereits mitgeteilt worden, dass man auf eine dreitägige, ausschweifende Feier, wie sie in den letzten Jahren bei den wohlhabenden Familien üblich geworden war, verzichten werde. Sowohl Heidfeldts als auch Ackermanns wussten, dass es schon bei gewöhnlichen Hochzeiten aufgrund der tagelangen Zecherei oftmals zu Streit und Ausschreitungen kam, die nicht selten vor Gericht endeten. Diese Gefahr wollten sie, gerade bei einer Hochzeit wie der von Lorenz und Anna, schon im Vorfeld vermeiden. Eine schlichte Zeremonie in der Kirche, ein fröhlicher Abend im Tanzhaus mochte in diesen Zeiten genügen.

Lorenz hoffte, dass alles so ablaufen würde wie geplant. Dass nichts diesen Tag der Freude stören und er nach dem Fest endlich mit seiner Anna vereint sein würde.

Er blickte ihr ins Gesicht und räusperte sich förmlich. »Anna, ich verspreche dir meine ganze Liebe und unverbrüchliche Treue, meine vollkommene Freundschaft und mein immerwährendes Vertrauen, in unserem Bund, als Mann und Frau.«

Anna lächelte. »Johannes, ich verspreche dir meine ganze Liebe und unverbrüchliche Treue, meine vollkommene Freundschaft und immerwährendes Vertrauen, in unserem Bund, als Mann und Frau.«

Delzer trat wieder zu ihnen und hob beide Hände. »So segne euch nun der Herr, euch und euren Bund. Was hier geschlossen, im Angesicht des Allmächtigen, wird kein Mensch mehr trennen.«

Anna hatte Tränen in den Augen. Lorenz wischte ihr zart über die Wange, dann bot er ihr seinen Arm.

»Wollt Ihr mich begleiten, Frau Ackermann?«

Liebevoll nahm sie seinen Arm. »Das will ich, Herr Ackermann.«

Die beiden Brautleute verließen den Altar, schritten die Stufen hinab und in ihr neues Leben.

Vor der Kirche wartete die versammelte Hochzeitsgesellschaft. Auf den sonst gewohnten Gang des frisch vermählten Paares durch die Stadt wurde ebenfalls verzichtet. »Ich glaube nicht, dass die Lutheraner große Lust haben, wieder Katholiken durch die Straßen marschieren zu sehen«, hatte Johannes kürzlich trocken vermerkt, und die anderen hatten ihm beigepflichtet.

Delzer wandte sich an die Gesellschaft. »Heute ist ein großer Tag für Schwäbischwerd! Die Kirche zu Unserer Lieben Frau ist wieder instand gesetzt« – er machte eine große Geste zum Turm, der erst gestern fertig geworden war – »und zwei junge Menschen haben sich zum ewigen Bund entschlossen. Lobet unseren Herrn!«

Jeder wusste, was mit »unseren« Herrn gemeint war. Dennoch beschlossen die Katholiken, es auf sich beruhen zu lassen.

Auf einmal bog eine Kutsche auf den Platz vor der Kirche ein, hielt an. Aus dem Wageninneren entstieg Emanuel Suárez. Er drehte sich gewandt um und half einer Frau heraus, in Schwarz gekleidet, mit einem Schleier, der ihr Gesicht vollständig verbarg.

Suárez und die Frau schritten zum Brautpaar, das die beiden erstaunt musterte. Auch die Hochzeitsgesellschaft konnte sich nicht erklären, was da vor sich ging, machte dem Spanier und der Frau aber Platz.

Suárez zog höflich den Hut. »Ich darf euch zu eurer Vermählung gratulieren und Glück wünschen. Dies wünscht euch auch meine Schwester«, er blickte zu der Frau an seiner Seite, »die von nun an in meinem Haus wohnen wird. Sie ist noch in Trauer und hat ein Schweigegelöbnis abgelegt, um ihren Mann zu ehren.«

»Nun, wir danken Euch und Eurer Schwester von ganzem Herzen.« Lorenz war immer noch verwundert – was genau wollte der Spanier?

Die Frau in Schwarz neigte den Kopf, erst zu Lorenz, dann zu Anna. Ihr Gesicht war nicht zu erkennen, aber Anna kam es vor, als ob dunkle Augen sie durchdringend musterten.

Suárez lächelte. »Wir möchten euch, als Zeichen unseres ehrlichen Willens, den wir der Stadt gegenüber schon deutlich zum Ausdruck gebracht haben«, sein Blick schweifte kurz ab zum Turm der Kirche, »ein Geschenk für eure Ehe überreichen.« Er klatschte in die Hände, ein Diener brachte ihm etwas aus der Kutsche.

Es war eine längliche, schmale Kassette aus Holz. Der Spanier nahm sie dem Diener aus der Hand und überreichte sie Lorenz. »Öffnet sie, wenn Ihr heute nach Hause kommt. Und habt Glück und Freude daran.«

»Wir danken Euch von ganzem Herzen.« Es war Anna, die gesprochen hatte. »Und es würde uns freuen, wenn Ihr mit uns feiern würdet.«

Suárez schüttelte den Kopf. »Meine Schwester ist

müde, sie ist den ganzen Tag gereist. Und sie befindet sich, wie ich erwähnte, in Trauer. Es ziemt sich nicht, diese zu unterbrechen, wie glücklich der Anlass auch sein mag. Wir danken daher für euer Verständnis.«

Die beiden stiegen in die Kutsche und fuhren davon, die Hochzeitsgesellschaft sah sich fragend an.

»Ein seltsamer Bursche«, ließ Wurm sich schließlich vernehmen. »Aber ein großzügiger. Genau das, was wir brauchen in dieser Stadt, denn der Wille der Kaufleute hat ja bei manchem Werk ein Ende.«

Lorenz wusste, dass der Sattler auf den Turm der Kirche anspielte, aber er tat das einzig Richtige nach dieser Herausforderung: Er beachtete sie nicht und machte stattdessen an alle eine einladende Handbewegung zum Tanzhaus. »So lasst uns diesen Tag feiern, wie es ihm gebührt. Begleitet uns zu Speis und Trank, zu Musik und Tanz!«

Er und Anna gingen voraus, die Hochzeitsgesellschaft folgte ihnen.

»Santorio hat sich selbst übertroffen.« Christoph grinste Johannes an. Der Wirt hatte sich bereit erklärt, für das Hochzeitsmahl im Tanzhaus zu sorgen. Die Tische und Bänke im ersten Stock des Hauses bogen sich vor Essen, es gab feinstes Kalbfleisch, Fasane, Rebhühner, Hasen, Karpfen, Krebse, dazu Brot und Käse, Kuchen und anderes süßes Backwerk, Wein und Branntwein. Die Stadtmusikanten spielten, die Stimmung war gelöst.

»Das hat er wohl«, pflichtete ihm Johannes bei. »Und unsere Kinder scheinen ihr Glück gefunden zu haben.« Er sah zum Brautpaar, das ihn aber nicht beachtete, sondern nur Augen füreinander hatte.

»Auf Heidfeldt und Ackermann!« Christoph hob seinen Weinbecher.

»Auf Heidfeldt und Ackermann!« Johannes stieß mit ihm an.

Agnes und Helene warfen sich lächelnd einen Blick zu. Heute war wahrlich ein Freudentag. Heute saßen die Konfessionen gemeinsam an einem Tisch.

Die Frischvermählten schienen in ihrer eigenen Welt. Sie aßen, tanzten, strahlten sich an, und etwas von ihrer Freude ging auch auf die Anwesenden über, auf die meisten zumindest.

Als das Brautpaar am Abend den Tisch verließ, um nach Hause zu gehen, klatschten alle und wünschten Glück. Und waren amüsiert darüber, wie überaus eilig es die beiden hatten, aus dem Festsaal zu kommen.

Lorenz konnte sein Glück kaum fassen. Die Hochzeit war genauso gewesen, wie er sie erhofft hatte, es hatte keinerlei Zwistigkeiten gegeben, und nun war er endlich mit Anna vereint.

In der neu gestalteten zusätzlichen Stube im Hause Ackermann verbreitete der Ofen wohlige Wärme. Christoph hatte den Raum für seinen Sohn und seine Schwiegertochter großzügig einrichten lassen. Der Boden war aus Eichenholz gefertigt und roch noch so frisch, als wären die Bohlen gerade erst geschnitten worden. Das Himmelbett war mit Damast, die Kacheln des Ofens mit verspielten Mustern verziert. Silberne Pokale standen auf einer schweren Truhe, der Schrank selbst war von einem Meister aus Augsburg gezimmert und mit Blumenmustern versehen worden. Im Licht der Kerzen schimmerte das Holz rötlich.

Lorenz küsste Anna, die jetzt die weiße Haube abnahm. Die verheirateten Frauen hatten sie ihr nach der Zeremonie übergeben, damit wurde verdeutlicht, dass Anna nun ein Eheweib war.

»Wollen wir sehen, was uns der Spanier geschenkt hat?«

Anna zögerte kurz, sie wusste nicht warum. Aber dann nickte sie. »Natürlich. Das sind wir ihm und seiner Schwester schuldig.«

Lorenz öffnete die hölzerne Kassette, Anna und er hielten den Atem an. In der Kassette lag eine prächtig gearbeitete, feingliedrige Halskette aus Gold, die einzelnen Glieder kunstfertig ineinander verschlungen.

»Oh Lorenz, sie ist wunderschön.«

Er legte sie Anna um, sie berührte die Kette beinahe andächtig.

Die beiden küssten sich. »Ich werde dem Spanier danken. Morgen. Denn jetzt gehören wir nur uns.«

Er zögerte für einen Augenblick, dann entkleidete er sich. Anna tat es ihm gleich, legte sich schüchtern auf das Himmelbett. So lag sie vor Lorenz, die Haare lang und blond, honigglänzend im Schein der Kerzen. Die Augen, blau und verheißungsvoll. Die weißen Arme, die kleinen, festen Brüste, das einladende Lächeln – alles wirkte wie ein Abbild dessen, was er sich immer von einer Frau erträumt hatte.

»Ich liebe dich, Anna. Für immer.« Er küsste sie, strich ihr über die seidigen Haare.

Sie erwiderte den Kuss. »Ich liebe dich, Lorenz. Für immer.«

Er küsste sie wieder, voller Leidenschaft, auf den Mund, ihren Hals, ihre Brüste.

Wellen nie gekannter Lust stiegen in Anna auf, und willig gab sie sich ihrem Gemahl hin.

Die Becher im Tanzhaus stießen zusammen. Johannes, Agnes, Christoph und Helene tranken sich zu, wieder und wieder, im Glück vereint.

»Auf unsere Kinder!«

Christophs Blick fiel dabei auf Sibylla, die etwas weiter hinten bei ihrem Mann saß. Sie hob den Becher, trank ihm mit einem vieldeutigen Lächeln zu.

Als der Mond hoch über Schwäbischwerd stand und die Feier schließlich endete, gingen auch die Eltern des Brautpaares nach Hause. Alle waren beseelt von Freude über diesen wundervollen Tag.

Vor ihren Häusern trennten sie sich. Die Türen öffneten sich und schlossen sich wieder.

Und dann, beim Stiegenaufgang, der ins Gemach der Familie führte, sahen Heidfeldts und Ackermanns jeweils erneut eine Schatulle stehen …

Das Innere des mächtigen Doms lag im Zwielicht eines kalten, grauen Septembermorgens.

Das Innere des Beichtstuhls war noch dunkler, so wie das Gemüt des Mannes, der darin demütig kniete. Über ihm, im vergitterten Fenster der Trennwand, war ein schemenhafter Umriss zu erkennen. Es war der Beichtvater, Johannes Pistorius, das Gesicht sorgenvoll verzogen, was der Beichtende jedoch nicht sehen konnte.

»Was soll ich tun, Pistorius? Es mag nur eine Stadt sein, aber es ist eine freie Reichsstadt. Wenn ich ihren Widerstand dulde, werden sich andere ein Beispiel daran nehmen, und dann wird aus einer einzelnen Flamme ein Flächenbrand. Also muss ich diese Flamme ersticken.«

»An welchen Schritt habt Ihr gedacht?«

»Es widerstrebt mir, das Schwert über eine Reichsstadt fallen zu lassen, aber es scheint mir nichts anderes übrig zu bleiben.«

»Ihr sprecht von der Reichsacht?[6]«

Der Kniende schlug ein Kreuzzeichen, erhob sich ächzend und setzte sich auf die schmale Sitzbank, die in die Wand eingelassen war.

»Was sonst bleibt zu tun?« Müde kratzte er sich an seinem vollen, roten Bart.

»Nun, oftmals reicht die Androhung des Äußersten, um genau dieses zu vermeiden.«

---

6 Vom König bzw. vom Kaiser verhängte Ächtung, die den Verlust jeglicher Rechte bedeutet.

»Wir haben mit dem Magistrat und seinen Ratsherren schon oft, zu oft korrespondiert. Wir haben sie gebeten, ermahnt, gedroht … und was ist dabei herausgekommen? Sie haben eine friedliche Bittprozession überfallen, diese Ketzer. Nein, der Drohungen ist genug getan.« Er machte eine Pause. »Ich könnte Herzog Maximilian die Acht vollstrecken lassen. Er hat mir mehrmals versichert, dass er das Schwert ohne zu zögern für den wahren Glauben erheben würde, und ich vertraue ihm.«

Pistorius' Gesicht überzog ein finsteres Lächeln, das im Dunkel verborgen blieb. »Das ist fürwahr das edelste Ansinnen, das es auf Gottes Erden gibt. Aber –« Er zögerte.

»Ja? Sprecht!«

»Mir deucht, dass es dem Herzog eher um sein Bayern als um den wahren Glauben geht. Um sein Bayern und die Vermehrung seines Reichtums.«

Der andere schwieg. Stille ergriff den Beichtstuhl.

»Ihr seid ein kluger Mann, Johannes Pistorius. Und ein guter Menschenkenner.« Er stand auf. »So werde ich zum letzten Mal in allerschärfster Form Protest einlegen lassen. Die Stadt hat noch eine Chance – aber gnade ihr der Herr, wenn sie diese nicht wahrnimmt.«

»Ihr habt wohl entschieden, wie immer, Eure Majestät.«

Rudolf II., Kaiser des Heiligen Römischen Reichs Deutscher Nation, öffnete die Tür und verließ den Beichtstuhl.

Schwäbischwerd, September A.D. 1606

Johannes saß im Roten Hund an einem Tisch und wartete auf Christoph. Sie hatten sich die ganze Woche kaum gesehen und mussten dringend die nächste Reise besprechen, die sie nach Bayern führen würde.

Seine Gedanken schweiften zurück zu dem, was in letzter Zeit geschehen war. Seit der Hochzeit waren erst wenige Monate vergangen, aber in der Stadt hatte sich nichts verändert, im Gegenteil: Immer wieder kam es zu kleineren oder größeren Auseinandersetzungen zwischen den beiden Glaubensgruppen. Zumeist war es so, dass die Katholiken alle Provokationen hinnahmen, ja hinnehmen mussten. Denn Bürgermeister Wurm, dessen Tätigkeit gemäß den Gesetzen von Schwäbischwerd zwar ruhte – im Augenblick regierte Augustin Schmid –, der aber auftrat wie immer und gar nicht zu verbergen trachtete, wer die Stadt leitete, wich keine Handbreit von seinem Weg ab. Den Lutheranern wurde in fast allen Angelegenheiten Recht zugesprochen, auch wenn sie klar im Unrecht waren.

Hie und da entluden sich diese Spannungen dann in Gehässigkeiten. So hatte jemand vor kurzem Christophs Haustür mit Notdurft beschmiert. Dies zeigte klar, dass das Vorhaben der beiden Familien, zur Versöhnung beizutragen, erfolglos geblieben war. Im Gegenteil: Beiden Seiten galten die Familien zunehmend als Verräter, je mehr sich die Stimmung aufheizte.

Johannes seufzte und nahm einen Schluck Wein. Wenigstens waren Lorenz und Anna glücklich. Natürlich gab es auch Zank zwischen den beiden, aber das war nur natürlich. Sie waren jung, manchmal dickköpfig und gehörten zudem verschiedenen Konfessionen an. Trotzdem strahlten sie eine Liebe und Vertrautheit aus, welche die beiden Häuser förmlich zu erwärmen schien. Dazu war Lorenz sehr fleißig, er wollte sich offensichtlich immer mehr in das Geschäft seines Vaters einbringen. Johannes verstand seinen Wunsch sehr gut. Der Junge strebte nach einem eigenen Haus, denn das Haus Ackermann war ein harmonisches, aber auch sehr volles Haus, und die Jungvermählten konnten kaum für sich sein.

Wie so oft schweiften Johannes' Gedanken zur Hochzeit zurück. Was für ein glücklicher Tag war das gewesen! Die Vermählung, die Feier – für einen Augenblick schienen alle dunklen Wolken über der Stadt vertrieben worden zu sein.

Bis sie die Schatullen gefunden hatten.

Schatullen, wieder mit einer Schale Wasser gefüllt, diesmal jedoch war es Weihwasser. Die Familienoberhäupter waren übereingekommen, dem jungen Ehepaar nichts davon zu sagen, nichts sollte diesen Tag trüben. Und es war wahrscheinlich auch nichts von Bedeutung, nur ein gehässiger Streich, um Verunsicherung und einen Keil zwischen die beiden frisch vereinigten Familien zu treiben. Die Familienoberhäupter beunruhigte auch nicht so sehr der Inhalt der Schatullen, sondern die Tatsache, dass jemand sie nicht vor, sondern im Haus hinterlassen hatte. Andererseits standen die Häuser der Kaufleute tagsüber immer offen, weil im ebenerdigen Geschoss Handel getrieben wurde. Es war also ein Leichtes, sich bei Einbruch der Dämmerung im Hof zu verbergen, die Schatulle abzulegen und dann aus dem Haus zu schlüpfen.

Nachdem aber seitdem keine neuen Schatullen aufgetaucht waren, hatten sie beschlossen, der Sache keine weitere Beachtung zu schenken.

»Kann ich Euch noch Wein bringen, Herr Heidfeldt?« Die Worte des Wirtes rissen Johannes aus seinen Gedanken.

»Gerne, Francesco.«

Santorio blieb am Tisch stehen. »Ihr seht nachdenklich aus. Beunruhigt Euch Augsburg?«

Gerüchte waren seit Kurzem in der Stadt zu hören. Der Augsburger Bischof hatte sich zum wiederholten Male beim Kaiser in Prag beschwert. Er hatte ihm berichtet, wie Schwäbischwerd mit seinen Katholiken umging, und es hieß, der Kaiser habe erbost mit der Reichsacht und damit dem Verlust aller Privilegien für die Stadt gedroht. Weiter hieß es, Herzog Maximilian von Bayern warte nur darauf, die Reichsacht für seinen Kaiser zu vollstrecken.

»Nun, ich denke, dass der Rat schon einlenken wird, wenn etwas an den Gerüchten dran ist. Sogar ein Mann wie der Sattler wird nicht riskieren, dass die Acht über Schwäbischwerd ausgesprochen wird.«

»Ich hoffe es, Herr Heidfeldt.« Santorio klang mit einem Male besorgt. »Ich habe schon einmal gesehen, was der Glaube in einer Stadt zerstören kann.«

Johannes war erstaunt. Der Wirt sprach nie über das,

was er vor seiner Ankunft in Schwäbischwerd erlebt hatte. Nur Johannes und Christoph hatte er einmal davon erzählt, vor vielen Jahren. Dies war ein schwacher Moment Santorios gewesen, er hatte mit den beiden Männern getrunken, und der Wein hatte ihm die Zunge gelöst. Er beschwor sie danach, niemandem davon zu erzählen, und Johannes und Christoph hatten ihm den Gefallen gerne getan. Schließlich war der Wirt der Einzige, der ihnen immer Unterstützung gewährt hatte.

Wenn Santorio hier und jetzt gegenüber Johannes seine Vergangenheit erwähnte, mussten ihn die Ereignisse seit der Bittprozession zutiefst beunruhigen.

»Francesco – das, was dir widerfahren ist, wird sich nicht wiederholen. Nicht in Schwäbischwerd.«

»Ich bete, dass Ihr recht habt«, meinte der Wirt. »Die Vergangenheit sollte man am besten hinter sich lassen, sie begraben. Wahrscheinlich ist dieser Kopf einfach zu alt und zu ängstlich geworden.« Er tippte sich an die Schläfe. Dann stand er auf, nickte Johannes zu und verließ die Stube.

Nachdenklich blickte Johannes ihm hinterher. Die Worte des Wirtes hatten irgendetwas in ihm ausgelöst.

Die Vergangenheit sollte man am besten hinter sich lassen, sie begraben.

Das war es. Vergangenheit. Warum dachte er jetzt daran, warum dachte er wieder an die Schatulle mit dem Weihwasser?

Immer noch war sein Blick auf die offene Stubentür gerichtet.

Ein Mann schritt vorbei.

Im ersten Augenblick dachte Johannes, er hätte geträumt. Dann traf es ihn wie ein Blitz, und er saß da wie erstarrt. Sein Blut schien zu Eis zu gefrieren.

Der Mann da draußen – das war die Vergangenheit.

Christoph wollte gerade das Wirtshaus betreten, als Johannes aus dem Inneren kommend auf ihn prallte.

»He! Einen Becher Wein wirst du mir doch gönnen.« Christophs Grinsen verschwand, als er das Gesicht seines Freundes sah: bleich, die Augen aufgerissen, Schweiß auf der Stirn.

»Wie ist dir denn? Man könnte denken, du hast einen Geist gesehen.«

»Schlimmer, mein Freund.« Der Blick von Johannes irrte durch die Kapell-Gasse, dann zeigte er nach vorne Richtung Lederer-Tor. »Da! Dem Mann da müssen wir hinterher!«

Christoph sah eine gedrungene Gestalt, die gemächlich auf das Tor zuschlenderte. Von hinten sah es aus, als ob sie die Tracht eines Soldaten trug.

Johannes war bereits losgehastet. Christoph folgte ihm nach kurzem Zögern.

»Bist du dir sicher?« Christoph verspürte nun die gleiche Angst wie sein Freund.

»Ganz sicher.« Johannes war todernst. »Das Gesicht vergesse ich nie mehr. Daniel ist sein Name, er hat mich damals in Deutz zum Kommandanten geführt, diesem Doctor. Daniel und sein Spießgeselle Jaspa.«

Beide Männer wussten, was das bedeutete. Hier in Schwäbischwerd waren Johannes Heidfeldt und Christoph Ackermann geachtete Kaufleute, die reichsten Männer der Stadt. Aber der Soldat da vorne kannte sie als Verräter. Und dass der Mann hier war, bedrohte womöglich ihr ganzes Leben, alles, wofür sie so hart gearbeitet hatten.

Es bedeutete aber auch etwas anderes. Es konnte unmöglich ein Zufall sein, und wahrscheinlich wollte der Mann nur eines: Gold für sein Schweigen.

»Er ist zum Stadttor hinaus.« Johannes' Stimme war panisch.

»Ganz ruhig. Wir passen ihn danach ab.«

Die Handwerker und Bauern, die die Gasse bevölkerten, warfen den beiden vorbeieilenden Kaufleuten verwunderte Blicke zu, aber Johannes und Christoph kümmerten sich nicht darum. Nur eines kümmerte sie – den Mann zur Rede zu stellen.

Sie liefen durch das Tor, die Wachen behelligten sie nicht. Dann sahen sie den Gedrungenen wieder. Augenblicke später hatten sie ihn eingeholt, bauten sich vor ihm auf.

Der wich einen Schritt zurück, musterte die beiden Männer argwöhnisch. Sein Gesicht war erstaunlicherweise fast unverändert, das Alter hatte nur wenige Narben und Falten darin hinterlassen.

»Passt doch auf, Ihr Herren.«

Er wollte vorbeigehen, aber Johannes und Christoph versperrten ihm den Weg. »Kann ich Euch behilflich sein?«

»Hör auf, uns etwas vorzuspielen. Wir wissen, warum du hier bist, Daniel.« Johannes' Stimme klang rau und gehetzt, er war außer Atem vom Laufen.

Der Gedrungene betrachtete ihn nachdenklich. Schließlich schien ihm die Erkenntnis zu dämmern. »Ich habe in der Stadt gehört, dass ein reicher Kaufmann mit Namen

Johannes Heidfeldt hier lebt. Ich dachte nicht, dass Ihr es wirklich seid. Aber nun habt Ihr meine Zweifel beseitigt.« Er grinste. »Es scheint Euch ja gut ergangen zu sein, seit Ihr Eure Heimatstadt verraten habt«, sagte er mit Blick auf Johannes' stattlichen Wanst.

Dessen Gesicht lief rot an. Er machte einen Schritt auf den Gedrungenen zu. »Was wir taten –«

Der Mann warf seinen Mantel zur Seite und entblößte einen großen Dolch und eine Pistole, die an seinem Gürtel hingen.

»– tatet Ihr aus bestem Wissen und Gewissen. Oh, wie viel Blut ist wegen bestem Wissen und Gewissen schon geflossen.« Daniel schüttelte tadelnd den Kopf. »Gibt es einen Ort, wo wir ungestört reden können?«

»Mein Kontor ist nicht weit.« Johannes bemühte sich, Ruhe zu bewahren, obwohl ihm alle möglichen Gedanken wirr durch den Kopf rasten.

»Ihr geht voran«, befahl der Gedrungene.

Es dämmerte bereits, als sie das Kontor betraten. Johannes und Christoph waren darauf bedacht, dass nicht zu viele Handelsgehilfen sie mit dem Soldaten sahen, aber ihre Sorge war unbegründet. Die Männer waren allesamt in ihr Tagwerk vertieft.

Die drei erreichten die hintere Kammer, wo nur Johannes Zutritt hatte. Sie traten ein.

»Gar hübsch habt Ihr es hier.« Daniel sah sich wohlgefällig um, musterte die schwere hölzernen Einrichtung, den eingeölten, glänzenden Boden, die geschnitzte Decke, den wuchtigen Tisch, an dem Johannes schrieb und rechnete.

Johannes öffnete einen Schrank, der neben dem Tisch stand, und holte eine Flasche Wein und drei Becher heraus. Er schenkte allen ein.

Daniel hob den Becher. »Auf alles, was war. Und sein wird.« Er leerte den Becher in einem Zug. Johannes schenkte ihm nach.

»Ihr seid also aus rein zufälliger Fügung hier?« Christoph mühte sich, den Unglauben in seiner Stimme zu verbergen.

»Ihr seid nicht der Mittelpunkt allen Schicksals, meine Herren.« Der Mann trank gierig. »Ich bin hier, um mich mit Kameraden einschiffen zu lassen, zum Kampf gegen die Türken. Dieses Handwerk kann äußerst einträglich sein.« Er hielt Johannes den Becher hin, der noch mal einschenkte. Daniel trank, dann lächelte er hintergründig. »Wisst Ihr was? Wenn Ihr mich nicht gestellt hättet, hätte ich Euch gar nicht bemerkt. Die Musterung ist vorbei, in zwei Tagen legt unser Schiff ab. Ich wollte mir nur diese Stadt ansehen, den Kopf freitrinken und eine letzte Nacht im Schoß einer Dirne verbringen. Und was geschieht? Ihr steht auf einmal vor mir.«

Johannes und Christoph sahen sich an. Sprach der Mann die Wahrheit? Wenn ja, waren sie die größten Dummköpfe, die der Herrgott auf seinem Acker hatte wandern lassen.

»Du hast also nicht –« Johannes zögerte. »Du hast keine Schatullen vor unsere Häuser gelegt?«

»Was für Schatullen? Warum sollte ich so etwas tun?« Das Erstaunen des anderen klang ehrlich.

Von draußen waren Schritte zu hören, Murmeln, dann das Schlagen des Eingangstores. Die Handelsgehilfen mussten das Kontor verlassen haben. Es war inzwischen dunkel geworden, nur mehr das Licht der Kerzen erhellte den Raum.

Daniel stellte den Becher ab. »Nun, ich muss weiter. Eure Gesellschaft ist zwar sehr erquicklich, aber meine Zeit währt nicht ewig. Zahlt mich aus, dann bin ich aus Eurem Leben wieder verschwunden.«

Das war natürlich zu erwarten gewesen. Johannes und Christoph wechselten einen Blick, dann nickte Christoph dem anderen zu. Johannes seufzte innerlich. Er wusste, dass sie in der Hand des Mannes waren, und zwar für immer. Aber sie konnten nichts dagegen tun, außer zu bezahlen.

Johannes ging zum Tisch. Er öffnete eine der Laden, warf einen dicken ledernen Beutel auf den Tisch. Daniels Augen leuchteten auf.

Ein dumpfer Schlag.

Die Augen erloschen.

Christoph stand wie erstarrt und sah seine Hand an, die den schmiedeeisernen Schürhaken hielt. Von der Hand fiel sein Blick langsam auf den Mann, der am Boden lag und von dessen Hinterkopf sich rasch eine dunkle Blutlache ausbreitete.

»Was zur – bist du von Sinnen?« Entsetzt musterte Johannes den Toten, dann seinen Freund.

»Glaubst du denn, dass diese Ratte sich fürwahr eingeschifft hätte?« Christoph bemühte sich, seiner Stimme einen festen Klang zu geben. »Nun, da er ein Auskommen im Überfluss vor Augen gehabt hätte, ohne dafür kämpfen zu müssen? O nein. Er hätte sich hier in der Nähe eingenistet, vielleicht sogar in dieser Stadt, und sich an uns gemästet wie ein Blutegel.«

»Das weißt du doch gar nicht!«

»Da hast du womöglich recht«, entgegnete Christoph betont ruhig. »Aber ich war es nicht, der Daniel verfolgen wollte. Ich war es nicht, der ihn zur Rede stellte, statt auszukundschaften, was sein Begehr in der Stadt war.«

»Nein, das warst du nicht. Denn für einen respektablen Ratsherren wäre eine Anschuldigung ja nicht so misslich wie für einen papstküssenden Katholiken wie mich.« Johannes schlug mit der Faust auf den Schreibtisch. »Ist es nicht so?«

Christoph schwieg.

Die beiden Männer standen sich stumm gegenüber, der Tote lag zwischen ihnen.

Schließlich wischte der Transporteur den blutigen Schürhaken am Mantel des Gedrungenen ab. »Hast ja recht. So haben wir nun beide Blut an den Händen. Du damals, als du ihn und seine Kameraden in die Stadt geführt hast. Ich heute.«

Wieder herrschte Schweigen im Raum.

»Also, was machen wir mit ihm?«, fragte Johannes endlich.

Das Licht des Mondes fiel auf das Ufer der Donau und ließ die Wellenkämme silbrig glitzern. Zwei Männer stießen ein Fass hinein, sahen zu, wie es von der Strömung erfasst wurde und weiter stromabwärts trieb. Sie hatten zuvor kleine Löcher hineingebohrt, damit das Wasser eindringen und alsbald keine Spur mehr von dem Toten im Inneren übrig bleiben würde. Und selbst wenn – ein Toter in einem Fass kündete im ganzen Reich davon, dass sich der Unglückliche selbst das Leben genommen hatte. Eine solch sündige Seele wollte niemand auf einem Friedhof begraben wissen, sondern in die Ferne schicken, auf dass das Unheil, das demjenigen widerfahren war, nicht auf die eigene Stadt übergehen möge.

»Haben wir das Richtige getan?« Johannes' Stimme war sehr leise.

»Für uns und unsere Lieben auf jeden Fall«, meinte Christoph grimmig. »Der Allmächtige mag uns nach unserem Tode richten, aber das ist noch weit hin.« Er bekreuzigte sich. »Und bis es so weit ist, haben wir eine Gefahr aus dem Weg geschafft, die unser Leben bedroht hat.«

Johannes nickte, auch wenn es ihn einiges an Überwindung kostete, die Geschehnisse so zu sehen. Er hatte wie ein Narr gehandelt, aus dem Bauch heraus und ohne Verstand. Und er hatte Glück gehabt, dass ihm sein Freund zur Seite gestanden hatte. Auch wenn es keiner der beiden Männer ausgesprochen hatte, so wusste Johannes doch, dass er von nun an in Christophs Schuld stand. Und diese Leibschuld galt es irgendwann zu begleichen.

Das Fass war kaum mehr zu sehen, trieb zur Biegung des Flusses. Die beiden Männer wandten sich ab und kehrten in ihre Stadt zurück.

Schwäbischwerd, Dezember A.D. 1606

Magdalena Heidfeldt war wütend.

Sie hasste Sieglinde und Balthasar, die sich beide gegen sie verschworen hatten. Sie hasste ihre Mutter, die immer recht zu haben schien, hasste ihren Vater, der immer zur Mutter hielt. Sie hasste einfach alles an diesem Tag.

Der Geruch der Holzfeuer mischte sich mit dem von süßem Backwerk. Weihnachten war nicht mehr fern, wenigstens etwas, auf das sie sich freuen konnte.

Obgleich erst sechs Jahre alt, ließ sie sich durch das Gewimmel der Straßen treiben, als wäre sie erwachsen. Sie wollte das kurze Gefühl der Freiheit noch etwas genießen, bevor sie nach Hause musste. Die Dämmerung kam bereits sehr früh.

Magdalena bog in eine Seitenstraße südlich des Unteren Marktes ein. Sie schlenderte weiter, bis sie ein Haus erreichte. Es fiel ihr sofort auf, kein Fenster war erleuchtet, im Gegensatz zu den anderen Häusern, die es umgaben. Das musste das Haus des Spaniers sein, der mit seiner Schwester hier lebte. Aber niemand wusste Genaueres über die beiden, am allerwenigsten die Kinder, die daraufhin natürlich allesamt merkwürdige Geschichten über das verhexte Haus und die beiden Fremden erfanden und sich erzählten.

Flackerte da nicht doch ein Licht heraus, aus dem Fenster neben dem Eingangstor, versteckt, verborgen?

Neugierde packte Magdalena. Sie näherte sich dem Haus, die Tür war nur angelehnt. Sie öffnete sie, ging ein paar Schritte hinein. Und weiter hinten, im Hof, in den Schatten –

Magdalena erstarrte. Nicht weit vor ihr schälte sich eine Gestalt aus der Dunkelheit, der weiße Kragen war deutlich zu erkennen. Das war mit Sicherheit der Spanier, Magdalena hatte ihn schon mehrmals gesehen.

Vor ihm stand die Frau mit dem Schleier, seine Schwester. Sie hielt eine Handlaterne, die Quelle des Lichts, das Magdalena von außen gesehen hatte.

Die Frau hob den Schleier.

Unwillkürlich hielt das Mädchen den Atem an. Würde sie nun das Gesicht der Frau sehen? Damit hätte sie allen anderen in der Stadt etwas voraus. Aber die Frau stand mit dem Rücken zu ihr. Gleich darauf sah sie zur Seite, Magdalena konnte ihren weißen Hals und einen großen Leberfleck darauf erkennen.

Der Spanier beugte sich zu ihr hinunter. Und dann – Magdalena glaubte ihren Augen nicht zu trauen –, dann küssten sich die beiden.

Aber sie waren doch Bruder und Schwester? Das war Blutschande, gegen alle Gebote des Allmächtigen.

Angeekelt und fasziniert zugleich sah Magdalena, wie die Zunge des Spaniers den Hals seiner Schwester entlangglitt wie die einer Schlange. Auch den Leberfleck küsste der Mann jetzt zart.

Das Mädchen widerte das Treiben der beiden an. Liebe musste unschuldig und gottesfürchtig sein, mit Händehalten, einem züchtigen Kuss auf die Wange und dem Geruch süßer Kekse im Hintergrund.

Leise drehte Magdalena sich um und wollte gehen. Dabei stieß sie gegen den Türstock.

Die beiden Gestalten vor ihr erstarrten und lösten sich augenblicklich voneinander.

Magdalena rannte aus der Tür, auf die Gasse und weiter. Bis Emanuel Suárez herauskam, war das Mädchen längst verschwunden.

Der Spanier sah sich um, aber niemand war zu sehen. Sein Gesichtsausdruck war finster, als er sich wieder in sein Haus begab. Gleich darauf fiel die Eingangstür krachend zu.

Schwäbischwerd, Januar A.D. 1607

Reihum starrte Bürgermeister Georg Wurm in die Gesichter der anderen Ratsherren und las darin eine Mischung aus Anspannung und Duckmäusertum. Er wusste, dass er sie dort hatte, wo er sie haben wollte – er würde aussprechen, was viele von ihnen dachten, jedoch ob Mangel an Courage nicht in der Lage waren auszusprechen. Mit Ausnahme von Christoph Ackermann natürlich, der ihn zornig anblickte. Aber der war Wurm einerlei.

»Und so meine ich«, fuhr der Sattler mit polternder Stimme fort, »dass unsere Antwort an den ehrwürdigen kaiserlichen Gerichtshof nur wie folgt lauten kann!«

Wurm sah zum Stadtschreiber, der beflissen die Feder ins Tintenfässchen tauchte. »Wir, die Freie Reichsstadt Schwäbischwerd, können ob der haltlosen Anschuldigungen, die uns der kaiserliche Erlass ohne jeden Beweis zur Last legt, nur annehmen, dass ebendieser Erlass nur durch Erschleichung erwirkt worden sei. So halten wir ausdrücklich fest: Nicht der Magistrat ist schuld an besagtem Aufruhr bei der Bittprozession, sondern der Pöbel, der sich trotz größter Anstrengungen unseres Stadtammans nicht hat zügeln lassen!«

Ein Augenblick der Stille verging. Dann klatschten die

Herren des Zwölferrats ihre Zustimmung, einer nach dem anderen.

Alle bis auf Christoph Ackermann.

Während sich Wurm im Geklatsche suhlte, wandte sich der Transporteur ab. Eine solche Antwort an den kaiserlichen Gerichtshof, auch wenn ihr ein Quäntchen Wahrheit zugrunde lag, war sowohl im Ton als auch in der Formulierung ein einziger Affront. Diese Antwort würde weder die Lage in der Stadt beruhigen noch zur Stärkung ihres Ansehens im Reich beitragen. Schwäbischwerd würde als aufrührerischer Haufen angesehen, der versuchte, dem katholischen Kaiser die trotzige lutherische Stirn zu bieten – und dies würde, nein *konnte* Er sich nicht gefallen lassen.

Nun legte auch Stadtschreiber Kuno die Feder zur Seite und stimmte begeistert in das Klatschen mit ein.

Wut kochte in Christoph hoch, während er die Lämmer des Zwölferrats betrachtete, wie sie ihrem Wolf Beifall zollten. Und wer hatte Wurm den Weg mit einer, zugegeben, wohlfeil formulierten Rede geebnet? Christophs Blick fiel auf Erasmus Amling. Ein durch und durch mürrischer Mensch, der jedoch wegen seines hohen Alters von über siebzig Lenzen im Rat hoch angesehen war. Seine Stimme hatte Gewicht. Und dieses Gewicht war nun das Boot, in dem sie alle saßen, das in den Stromschnellen der politischen Querelen nicht zur Ruhe kam, sondern es zum Kentern brachte. Amlings Gewicht und Wurms Dummheit.

Demonstrativ stand Christoph Ackermann auf und verließ den Ratssaal.

Mit einem lauten Schrei kam Christoph in Sibylla, entlud sich in einem Augenblick, der auch eine Ewigkeit hätte sein können, entlud all seinen Zorn, der sich während der letzten Stunden in der Ratssitzung in ihm aufgestaut hatte. Zorn auf den Rat, befeuert von der Rede von Sibyllas Gemahl.

Verschwitzt und außer Atem glitt Christophs Blick von Sibyllas wallendem rotem Haar über ihren Rücken, den ein edel besticktes Korsett umschlossen hielt, zu dem hochgerafften Rock, der sich vor seinem Bauch türmte. Nun war ihm leichter, auch wenn er ein nicht unerhebliches Risiko eingegangen war, am helllichten Tag das Haus einer Bürgerin zu betreten, von der jeder wusste, dass ihr Ehemann an der Ratssitzung teilnahm.

Und wenn schon … dann warst du eben nur schnell hier, um irgendwelche Schulden zu begleichen.

Schon der Gedanke an eine solch fadenscheinige Ausrede verursachte Christoph Kopfschmerzen. Aber er schüttelte sie ab, als sich Sibylla ihm zuwandte.

»Ich freue mich auch, dich zu sehen. Ich hatte schon gedacht, du hättest mich vergessen«, raunte sie. »Wirst du auf deine alten Tage doch noch wagemutig?«

Christoph wischte sich über das schweißnasse Gesicht. »Ob nachts im Kontor, ob am Tag im Rathaus oder hier – das hat nichts mehr mit Wagemut zu tun. Wahnsinn würde es eher treffen.«

»Dann sind wir eben im Wahnsinn vereint.« Sibylla drehte sich um und küsste ihn sanft. »Ich nehme an, die Ratssitzung dauert noch an?«

»Ja«, antwortete er, »und vermutlich wird sie in der Goldenen Krone fortgesetzt.« Christoph deutete eine Trinkbewegung an.

Sibylla trat einige Schritte zurück, bis sie an den Esstisch stieß. Mit einem Hüpfer setzte sie sich darauf, raffte ihren Rock über die Knie und setzte ein schelmisches Grinsen auf.

»Dann sieh zu, dass ich meinen Gemahl ebenso gelöst empfangen kann, wie du nachher zu deinem Weib gehst.«

Die Sonne schien vom wolkenlosen Winterhimmel und ließ den Schnee und die Eiszapfen, die von Dächern und Zunftzeichen hingen, wie Diamanten funkeln.

Johannes passierte das Tanzhaus und blickte zu seiner Rechten auf den Brunnen, den eine prächtige steinerne Merkurstatue schmückte. Dieses Symbol des Handels hatten er und Christoph vor vielen Jahren der Stadt geschenkt – die Statue und das rauschende Einweihungsfest, von dem viele Bürger noch heute in weinseliger Stunde schwärmten. Der Kaufmann lächelte verschmitzt bei dem Gedanken daran und wie damals noch alles in der Stadt im Lot war. Er steckte seine Hände in die Taschen seines rotbraunen Lodenmantels und ließ sich seine gute Laune weder von den bösen Blicken noch von den bewusst verweigerten Grußgesten seiner lutherischen Mitbürger trüben, die ihm entgegenkamen oder vor ihren Läden standen.

Denn Johannes' Glücksgefühl gründete in etwas anderem: Der Türmer hatte vor kurzem die Ankunft eines Schiffes angeblasen, und dies konnte nur bedeuten, dass Christophs Zille und auf dieser Johannes' Waren angekommen waren. Es war höchste Zeit, denn seine Lager mussten dringend mit Salz, Zucker und Zitronat aufgestockt werden. Die Schmieden erwarteten Eisen und

Kohlen, und auch eine Lieferung Theriak wurde von den Apothekern ersehnt. Und wie immer, wenn neue Ware eintraf, jubilierte Johannes innerlich wie ein Kind in Erwartung eines Geschenks.

Der Kaufmann schritt gerade durch das Lederer-Tor, als ihm einer der jungen Fährknechte entgegengelaufen kam und außer Atem vor ihm stehen blieb.

»Die Ladung, Herr ...«, japste der Knecht. »Oh weh ... Die ganze Ladung ...«

Johannes legte dem nach Luft ringenden Mann väterlich die Hand auf die Schulter. »Ganz ruhig. Was ist geschehen?«

Der Knecht wagte es nicht, den Kopf zu heben. »Man hat ... man hat uns der ganzen Ladung beraubt, Herr.«

Alles Schöne dieses Wintertags war für Johannes schlagartig verflogen. Er spürte, wie es ihm kalt den Rücken hinunterlief. »Was sagst du?«

Doch bevor der Mann antworten konnte, lief sein Herr los. Er eilte an den wenigen Häusern der Vorstadt vorbei und auf die Anlegestelle zu, wo tatsächlich seine Zille angeleint lag – ohne ein einziges Fass oder eine Kiste darauf, so viel konnte Johannes bereits erkennen. Er kam zu den anderen Fährknechten, die ihn schuldbewusst und demütig erwarteten.

»Was genau ist passiert?« Johannes stemmte die Hände in die Hüften.

»Eine halbe Tagesreise von hier, Herr«, begann einer der Knechte und trat dabei einen knappen Schritt nach vorn. »Sie hatten Seile über die Donau gezurrt, aber ehe wir sie durchschneiden konnten, warfen sie Enterhaken aus und zogen uns an Land. Bewaffnet waren sie, und –«

»Wer sind ›sie‹?«

»Räuber, Strauchdiebe. Sie waren vermummt, Herr. Sie luden die Güter auf Pferdewägen und machten sich auf dem Treidelweg stromaufwärts davon. Aber –«

»Aber was?« Johannes schrie fast, seine Geduld war am Ende.

Der Fährknecht richtete sich auf, streckte seinen Rücken durch. »Wir konnten einen von ihnen festhalten. So einen jungen Spund.«

Immerhin, dachte Johannes. Wenn das Ganze ein abgekartetes Spiel war, dann konnte man so vielleicht zu den Hintermännern gelangen. Ob diese die Gleichen waren, die ihn und Christoph im letzten Jahr auf dem Rückweg von Augsburg überfallen hatten? »Ich werde zusehen, dass Herr Ackermann umgehend davon erfährt, immerhin ist er für die sichere Ankunft der Ladung verantwortlich. Ihr jedoch habt eure Sache gut gemacht.«

Die Knechte zeigten ein Grinsen ob des Lobes, das sich für sie vielleicht in einem zusätzlichen Obolus auszahlen würde.

»Und wo ist dieser junge Spund nun?«, fuhr Johannes fort.

»Die Stadtwache hat ihn gleich ins Loch mitgenommen.«

Der Kaufmann wandte den Blick gen Westen. Er wusste, dass der Lochwirt, wie der Kerkermeister genannt wurde, Katholiken gegenüber nicht gerade wohlgesonnen war.

Und wenn schon.

Johannes ließ die Fährknechte hinter sich und marschierte aufs Rathaus zu, in dessen Kellergewölben sich der Kerker befand. Sollte er den Strauchdieb in die Finger bekommen, musste er nur aufpassen, dass er ihn nicht augenblicklich in der Luft zerriss.

»Der verfluchte Lochwirt hat mich den Kerl nicht einmal sehen lassen!« Johannes war außer sich. Wütend schritt er in der Schreibstube seines Geschäftspartners und Freundes auf und ab. »Dieser lutherische Hundsfott!«

Christoph, der auf seinem Stuhl Platz genommen hatte und sich die Schimpftiraden des anderen bis gerade eben mit stoischer Ruhe angehört hatte, hob abwehrend die Hände. »Vorsicht, mein Freund. Du beleidigst nun nicht nur einen Beamten der Stadt, sondern auch mich, meine Familie und meinen Glauben.«

»Ach was, du weißt doch genau, wie ich es meine!« Johannes wandte sich Christoph zu. »Und genau genommen, mein *Freund*, solltest auch du dir den Kopf zermartern, was das für Folgen für uns hat. Ich habe schon letztes Jahr eine Ladung verloren, deren Verlust ich nur einigermaßen wettmachen konnte. Und nun sind schon wieder Waren von mir geraubt worden.« Er machte eine Pause. »Waren, für die du als Transporteur haftest!«

Christoph sprang auf. »Das war höhere Gewalt! Dafür kannst du mich nicht zur Verantwortung ziehen!«

»Kann ich nicht?« Johannes starrte den anderen zornig an. »Und was, wenn ich es doch tue?«

»Ach ja?«, entgegnete Christoph nun wutentbrannt. »Dann wünsche ich dir viel Erfolg, hier in Schwäbischwerd, einer Stadt voller lutherischer Hundsfötter!«

Christoph wusste in dem Augenblick, als er die Worte gesprochen hatte, dass er zu weit gegangen war. Ein derart ungleiches Kräftemessen hatte sein Freund nicht verdient. Wie schlimm war es gekommen, wie sehr hatte der andauernd schwelende Konflikt zwischen den Konfessionen in der Stadt sie beide geprägt, dass sie sich so an die Kehle gingen?

»Mein Gott, du weißt doch auch, was ich meine«, versuchte Christoph die Situation zu beruhigen. »Und sei gewiss – ich leide mit dir und deinem Verlust.« Er machte einen Schritt nach vorne, fasste Johannes an den Schultern. »Wenn wir beide nicht mehr zusammenhalten, wer dann?«

Johannes funkelte ihn an. Dann ging sein Atem langsamer, die Vernunft gewann allmählich wieder die Oberhand. »Hast ja recht«, brummte er und schüttelte die Hände seines Freundes ab.

Christoph schenkte aus einer Karaffe, die auf einer Kommode stand, zwei Gläser Rotwein aus und überreichte eines davon seinem Freund. Die beiden Männer prosteten sich stumm zu und tranken sie aus.

»Ich nehme an, du hast im Loch einen ähnlichen Radau geschlagen wie hier?«

Johannes zuckte mit den Schultern. »Kannst du dir wohl denken.«

Christoph überlegte kurz. »Ich sage, wir gehen morgen früh gemeinsam dort hin. Wollen doch mal sehen, ob der Lochwirt einem Ratsherrn etwas auszuschlagen wagt.«

Johannes nickte und hielt seinem Gegenüber das leere Glas entgegen. »Darauf kannst du gleich noch mal nachschenken.«

Der Morgen graute mit dichten eisigen Nebelschwaden, die das Läuten der Kirchenglocken von Unserer Lieben

Frau schwach und fern klingen ließen. Den beiden Männern, die vom Oberen zum Unteren Markt stapften, fiel dies jedoch nicht auf. Der Weg war beschwerlich, denn die Pflastersteine waren ob der Witterung spiegelglatt. Außerdem waren die beiden in Gedanken vertieft, wie der Lochwirt reagieren würde, wenn sie die Befragung des Gefangenen forderten. Christoph wusste, dass Johannes eine solche Befragung auch mit seinen Fäusten durchführen würde. Er hoffte nur, dass der Gefangene etwas zu erzählen hatte.

Kurze Zeit später waren Christoph und Johannes am Rathaus angekommen, das in seinen Kellern das Stadtgefängnis beherbergte. Die beiden Männer tauschten einen entschlossenen Blick, dann betraten sie das Gebäude.

»Natürlich könnt Ihr ihn sehen, werter Herr Rat«, sagte der Mann so undeutlich, als hätte er den Mund voll breiigem Brot, und entblößte seine zahnlosen Kiefer mit einem schiefen Grinsen. Er war ein kleiner, grobschlächtiger Kerl mit einer unnatürlich fahl wirkenden Hautfarbe, seines Zeichens Lochwirt, der Wärter des Kerkers. »Nur sprechen könnt Ihr ihn wohl kaum.«

»Hab's dir ja gesagt«, knurrte Johannes.

Christoph wiegelte ab. »Und warum soll ich den Gefangenen nicht sprechen können?«

»Seht, bei meinem Rundgang, den ich vor Anbruch eines jeden Tages pflichtbewusst tätige, war mir aufgefallen, dass der Gefangene nicht auf seiner Pritsche lag – sondern so an einem Deckenbalken baumelte.« Der Lochwirt mimte die letzte Haltung eines Gehängten.

Johannes konnte nicht glauben, was er da hörte. »Er … hat sich das Leben genommen?«

Der Wärter nickte. »Mit dem Seil, das seine Hosen zusammengebunden hielt.«

»Du hast es ihm nicht abgenommen?« Christoph musterte den Mann streng.

Der hob die Hände. »Herr, wie konnte ich ahnen, dass er vorhatte, dermaßen schändlich aus dem Leben zu scheiden?«

Hilflos sahen sich der Kaufmann und der Transporteur an. Damit hatten sie nicht im Entferntesten gerechnet.

»Hatte er etwas bei sich?«, fragte Christoph.

Der Wärter schüttelte den Kopf.

»Wo ist er jetzt?«

»Er baumelt noch«, nuschelte der Wärter. »Will warten, dass ihn sich der Stadtphysikus ansieht. Nicht dass es später heißt, ich hätte meine Hände im Spiel gehabt, Gott bewahre.«

Er bekreuzigte sich drei Mal. »Und dann geht's ab für ihn ins Fass.«

Christoph nickte wissend. Ab ins Fass, so wie sie sich des Gedrungenen entledigt hatten, dachte er und sah vor seinem geistigen Auge, wie seine Hand mit dem Schürhaken durch die Luft sauste. Hörte den dumpfen Schlag, mit dem er dem Erpresser den Schädel spaltete. Und wie das Fass davontrieb.

Jetzt haben wir beide Blut an den Händen.

Dem Transporteur fuhr ein Schauer über den Rücken. Er war gerade im Begriff zu gehen, da wandte sich Johannes noch einmal an den Lochwirt. »Hatte der Gefangene von irgendjemandem Besuch erhalten?«

Der schüttelte mit gesenktem Blick den Kopf.

»Denk nach.«

Nun sah der Wächter Johannes in die Augen. »Nein, Herr, ich versichere es Euch.«

Wortlos verließen Johannes und Christoph den Kerker. Sie sahen nicht mehr, wie der Wärter nur Augenblicke später einen wertvollen Silbertaler hervorholte und ihn mit einer Liebe und Hingabe betrachtete, wie es sonst nur eine Mutter mit ihrem Kinde tat.

Die Stimmung im Roten Hund war ausgelassen. Zwei Spielleute mit Fiedel und Flöte stimmten immer wieder neue, fröhliche Melodien an, das Gelächter der Gäste schallte von einem Winkel der Gaststube zum anderen, und Francesco Santorio und seine Schankweiber kamen den Rufen nach noch mehr Wein kaum nach. Aber der Wirt beschwerte sich nicht, denn er wusste, dass das Münzsäckchen am Ende des Tages prall gefüllt sein würde.

Als Santorio jedoch an dem kleinen Tisch in der Ecke vorbeikam, an dem Johannes und Christoph saßen, blieb er stehen. »Meine Herren, wie seht Ihr denn drein? Schlimme Kunde?«

Der Kaufmann und der Transporteur hoben leicht die Köpfe, aber der niedergeschlagene Ausdruck in ihren Gesichtern änderte sich nicht.

»Sagt bloß, es ist jemand gestorben?«, hakte der Wirt mehr im Scherz als ernst gemeint nach.

»Das kannst du wohl sagen«, brummte Johannes.

»Keine Sorge«, ergänzte Christoph, als er den Schrecken in Santorios Gesicht sah. »Niemand aus der Familie. Nicht mal ein Freund.«

»Der Tod eines Menschen ist immer eine Tragödie«, meinte der Wirt.

»Ja … In diesem Fall besonders für uns«, raunte Johannes. Einen Augenblick später brachen er und Christoph in schallendes Gelächter aus.

Santorio entfernte sich kopfschüttelnd. »Ich bringe Euch noch eine Runde.«

Als sich ihr Gelächter wieder gelegt hatte, wurde der Transporteur ernst. »Wir müssen es einsehen. Im Augenblick haben wir keine Möglichkeit dahinterzukommen, ob uns jemand vorsätzlich schaden will oder ob die beiden Überfälle nur ein unangenehmer Zufall waren. In beiden Fällen müssen wir« – er brach ab und überlegte kurz – »muss *ich* Gegenmaßnahmen ergreifen.«

Johannes nickte. »Woran hast du gedacht?«

»Ich werde noch mehr Männer mitschicken, die ihr Handwerk verstehen, wenn's drauf ankommt.«

»Söldner?«

»Gut bezahlte Waffenknechte wären geeigneter. Die verstehen es im Gegensatz zu Söldnern auch, nicht überall aufzufallen.«

Johannes kannte die Frage, noch bevor Christoph sie stellen konnte, und sagte: »Ich kenne da jemanden in Nürnberg. Der kann dir die Leute vermitteln.«

»Sehr gut«, nickte Christoph. »Sollte es, was der Allmächtige verhindere, wieder zu einem Überfall kommen, gebe ich Order, dass man mir die Gefangenen aushändigt, ohne dass der Stadtamman überhaupt Wind davon bekommt.«

»Dann solltest du sie besser außerhalb der Stadtmauern festhalten«, schlug Johannes vor. »In der alten Mühle, zum Beispiel.«

»Zum Beispiel«, wiederholte Christoph und erhob sein

Glas. »Auf dass es ein gutes Jahr für uns und unsere Familien werde.«

»Darauf trinken wir«, sagte Johannes, leerte sein Glas und wandte sich der Schank zu. »Francesco! Leg einen Zahn zu!«

Die Burg Tre Kronor ragte trutzig zwischen den Häusern der Stadt hervor. Die riesigen Tore waren weit geöffnet, um den schier endlosen Zug von Reitern und Wagen aufzunehmen, der ihr zuströmte. Der König war aus Uppsala zurückgekehrt, wo seine Herrschaft hochoffiziell besiegelt worden war.

Im Schatzkammergewölbe tief unter der Burg stand ein junger Mann und überwachte mit scharfem Blick die Rückführung der Reichsregalien, die der König nach Uppsala hatte mitnehmen lassen. Diese Regalien waren das äußere Zeichen der Macht und für die Verleihung der Königswürde unabdingbar.

Streng ausgesuchte Diener öffneten die mit Samt ausgeschlagenen Truhen und legten die Regalien hinein. Als sie fertig waren, entließ sie der Mann mit einer kurzen Handbewegung. Die Diener eilten hinaus, denn es war nicht ratsam, sich den Weisungen des Mannes zu widersetzen, auch wenn er erst jung an Jahren war. Das wusste mittlerweile der ganze Hof.

Der letzte schloss die Tür hinter sich. Stille kehrte ein.

Der Mann nahm die Handlaterne und schritt zu den noch offenen Truhen. Sein Blick glitt über die herrlichen, unschätzbar wertvollen Regalien, über die mit Diamanten verzierte Erikskrone, das Zepter mit dem Saphir an der Spitze, die goldenen, mit Perlen besetzen Reichsäpfel und das Reichsschwert mit seiner vergoldeten Klinge, in die Szenen aus der Bibel eingeätzt waren.

Er beugte sich über eine der Truhen und nahm das Schwert heraus.

Hob es in die Höhe, dass die Klinge im Licht der Laterne blitzte.

Der Mann lächelte und ließ das Schwert durch die Luft sausen. Wie leicht lag es in seiner Hand, wie leicht schien es, sich die Welt damit untertan zu machen? Und ihr nach hartem, unbarmherzigem Kampf den Frieden zu bringen, seinen Frieden?

Nun, die Zeit würde kommen.

Gustav Adolf, Sohn König Karls IX. von Schweden, legte das Schwert in die Truhe zurück, schloss den Deckel und schritt entschlossen aus dem Raum.

O ja, seine Zeit würde kommen.

Schwäbischwerd, März A.D. 1607

Die Strahlen der Sonne waren ungewöhnlich kräftig für einen Märztag und wohl mit ein Grund, dass der Wochenmarkt besonders belebt und zahlreich besucht war. Überall boten Bäuerinnen ihre Waren feil und priesen Butter, Geflügel, Fisch und Flachs lautstark an. Agnes und Helene schlenderten ungeachtet der vielen Menschen gemütlich vom Oberen zum Unteren Markt.

Beim Stand einer Fischersfrau blieb Agnes stehen. Sie nahm eine zuckende Brachse in die Hand, begutachtete die Farbe von Kiemen und Augen sowie den Zustand der Schuppen.

»Fangfrisch, wie immer?«

»Ganz recht, Frau Heidfeldt. Mein Gemahl hat sie und alles, was Ihr hier seht, heut Morgen erst aus der Wörnitz gefischt. Grundeln und Krebse hat mein Herr Sohn aus dem Kaibach.« Die Frau zeigte auf mehrere Eimer zu ihren Füßen, in denen die genannten Tiere ihres Verkaufs harrten.

Agnes nickte zufrieden. Sie gab die Brachse der Frau zurück, die sie in einen mit Wasser gefüllten Bottich fallen ließ. »Ich nehme ein halbes Dutzend Brachsen und ebenso viele Rußnasen.«

Die Fischersfrau strahlte. »Sehr gern, Frau Heidfeldt.

Wie immer lasse ich Euren Einkauf in Euer Haus bringen?«

»Wo du auch entlohnt wirst. Ja, danke, Elsbeth.«

Helene und Agnes schlenderten weiter. Helene beugte sich verschwörerisch zu ihrer Freundin. »Willst du wissen, was mir meine Näherin erzählt hat, die ihre Verwandtschaft in Augsburg besucht hat?«

Agnes blickte Helene neugierig an.

Die sah sich um, als hätte sie Angst, in dem turbulenten Menschengemenge belauscht zu werden. Dann flüsterte sie: »Unsere Kaiserliche Majestät soll den bayerischen Herzog Maximilian damit beauftragt haben, die, so hat sie's mir wortwörtlich gesagt, ›aufrührerischen Anführer des rebellierenden Volkes‹ im Zaum zu halten, damit die diesjährige Bittprozession friedlich verläuft.«

Agnes sah Helene an, als verstünde sie kein Wort.

»Rebellierendes Volk«, wiederholte Helene. »Das sollen *wir* sein!«

Die Kaufmannsfrau lachte hell auf. »Die feinen Herren sollten sich die Mühe machen und persönlich hierherkommen. Dann würden sie erkennen, dass hier niemand rebelliert.«

»Das meine ich ebenso«, pflichtete ihr Helene bei und fügte leise hinzu: »Bis auf die paar Katholiken halt.«

Agnes' Miene verfinsterte sich. »Du meinst jetzt nicht meine Anna, oder?«

Helene erkannte, dass sie sich ungeschickt ausgedrückt hatte. Nicht dass sie mit dem, was letztes Jahr bei der Prozession geschehen war, einverstanden gewesen wäre. Zwar hatten die Katholiken der Androhung des Stadtrates getrotzt, doch konnte Helene die Gewalt, die ihre Glaubensgenossen gegenüber den Katholiken angewendet hatten, niemals gutheißen. Und sie dankte dem Herrn heute noch, dass ihrer Schwiegertochter nichts geschehen war.

Aber sie wollte jetzt keinen Disput mit ihrer Freundin ob einer Frage führen, für die es keine Lösung gab. Entweder man war Lutheraner, oder man hatte eben die Zeichen der Zeit noch nicht erkannt, ganz einfach.

»Natürlich meine ich nicht Anna. Das weißt du doch.«

Agnes gab sich besänftigt. »Aber soll das heißen, dass der Herzog höchstselbst nach Schwäbischwerd kommt?«

Helene zuckte mit den Schultern. »Schon möglich.«

»Und was will er dann hier tun?«

»Was weiß ich«, entgegnete Helene und lächelte dann hintergründig. »Vielleicht will er sich ja zum wahren Glauben bekehren lassen.«

Schwäbischwerd, April A.D. 1607

Alexander von Haslang war nie ein Freund vieler Worte gewesen. An seinen Taten solle ein Mann gemessen werde, das hatte ihm sein Vater stets schlagkräftig eingebläut, und so hatte er auch Karriere gemacht. Zuerst als Reitersoldat und Regensburger Stadtobrist, dann als von Herzog Maximilian persönlich eingesetzter Leiter seines neugebildeten Kriegsrates. Als Pfleger von Altmannstein und Abensberg hatte er sich ebenfalls einen respektablen Namen gemacht, spätestens, als er die Familie Pappenheimer, ihres Zeichens Landfahrer, der Hexerei im Bund mit dem Teufel überführen und seinem Herzog für die Eindämmung des Gesetzesbruchs als Exempel übergeben konnte. Vor knapp sieben Jahren war diese liederliche Familie dann nach einer vielfachen peinlichen Befragung auf die ihr zustehende Weise hingerichtet worden.

Ein Leben unzähliger Erfolge, konnte Alexander von Haslang rückblickend konstatieren. Und seine Reise als herzoglich-bayerischer Gesandter, der in einer Kutsche Richtung einer rebellierenden Reichsstadt saß, sollte ein ebensolcher Erfolg werden, das hatte er sich geschworen.

Ihm gegenüber saß Otto Forstenheuser, ein Jurist und Mitglied des Hofrates in München, der selbst schon den Herzog beim Kreistag in Regensburg vertreten hatte. In

Fragen zur Auslegung der Gesetze duldete er keinen Widerspruch und war, obwohl Jurist, wie von Haslang ebenfalls kein Freund vieler Worte.

So waren die beiden Delegierten mit ihrer jeweils sechsköpfigen Dienerschaft mehrzeitlich schweigend ihrem Ziel entgegengereist. Eine willkommene Abwechslung zum ständigen Geschwätze am Hofe, wie von Haslang empfand. Außerdem war er davon überzeugt, dass sich ihr Auftrag einfach gestalten würde, denn welcher Narr, ob Bauer oder Bürger, widersetzte sich schon einem kaiserlichen Befehl?

Von Haslang kratzte sich die wulstige Nase, die sein Gesicht beherrschte, dann den gepflegten, wenn auch schon ergrauten Bart. Er blickte zu seinem Gegenüber. »Was meint Ihr? Werden es die Schwäbischwerder Schreihälse wagen, sich aufzulehnen?«

Otto Forstenheuser strich sich über den prall gefüllten Wanst, der mit unzähligen Krügen Bier und feinsten Speisen teuer erkauft war. »Spielt die Maus mit dem Löwen? Vielleicht, wenn sie besonders dreist ist. Aber wenn, dann nur sehr kurz«, entgegnete er mit sonorer Stimme. »Wenn der Stadtrat nicht nur aus schwachsinnigen Bauerntölpeln besteht, wird er unterzeichnen, was man ihm vorlegt.«

Die beiden Herren teilten ein verbindendes Lächeln. Sie blickten aus den Fenstern der Kutsche auf den breiten Fluss, den sie gerade auf einer eichenen Brücke überquerten. Es war die Donaubrücke, die zur Freien Reichsstadt Schwäbischwerd führte.

Im Saal des Ratshauses war es so still, dass man eine Nadel hätte fallen hören können. Keiner der zwölf Ratsherren wagte es, sich auch nur zu räuspern. Alle starrten die beiden Männer an, die heute um ein Uhr mittags in der Stadt angekommen waren und nun dem Rat gegenüberstanden – Alexander von Haslang und Otto Forstenheuser.

Von Haslang hob ein Schriftstück in die Höhe, als würde er eine Trophäe präsentieren. »Dies, werte Herren des Rates zu Schwäbischwerd, ist das Schreiben Seiner Kaiserlichen Majestät des Heiligen Römischen Reiches Rudolf II., König von Böhmen, König von Ungarn und Erzherzog von Österreich, gerichtet an die Bürgermeister und den Rat zu Schwäbischwerd. Hierin erteilt Seine Heilige Kaiserliche Majestät dem hochgeborenen Maximilian, Pfalzgraf vom Rhein, Herzog von Ober- und Niederbayern, die Kommission und Gewalt, in Seinem Namen und an Seiner statt darauf zu achten, dass den Katholiken geistlichen und weltlichen Standes in Schwäbischwerd weder in noch außerhalb der Stadt Beschwer oder Gewalttat zugefügt werden soll, sondern sie vielmehr in ihrem Gottesdienst geschützt werden sollen.«

Wieder beherrschte absolute Stille den Saal. Von Haslang hob ein weiteres Schriftstück in die Höhe, dessen unteren Rand ein Siegel zierte. »Und dies ist die Urkunde des Kommissionsauftrages, der uns in Eure Stadt führt.«

Mit einem Schlag machte sich Unruhe im Saal breit. Empörung, Unverständnis und Schmähungen wurden gemurmelt und halblaut ausgestoßen, bis sich schließlich Neubürgermeister Georg Wurm erhob und an die Delegierten wandte. »Werte Kommissare des Herzogs von Bayern. Ich darf mich den Ratsherren anschließen und fragen, was wir uns wohl zuschulden haben kommen lassen, um Seiner geliebten Heiligen Majestät derart von

Bedeutung zu sein? Wir sind uns keiner Missetaten bewusst.«

Nun ergriff Otto Forstenheuser das Wort. »Keiner Missetaten bewusst? Werte Herren, ich darf Eure Erinnerung ein wenig auffrischen. Seit dem schmachvollen Ausklang der Bittprozession am Markustag letzten Jahres habt Ihr nichts unversucht gelassen, Repressalien gegen katholische Bürger zu verankern oder entgegen der Gepflogenheiten die gegenseitige Wertschätzung zu untergraben. Oder ist es nicht richtig, dass Ihr dem Bischof von Regensburg diesen Februar gänzlich die Begrüßung verweigert habt? Oder dass sich zum traditionellen Fastenküchleinessen im Kloster der Benediktiner keiner der Ratsherren eingefunden hat?«

»Aber das waren doch Nichtigkeiten«, entgegnete Wurm. »Das könnt Ihr doch nicht –«

»Ich bitte Euch.« Forstenheuser brachte den Bürgermeister mit einer einzigen Geste zum Verstummen. »Was für den einen eine Kleinigkeit, ja eine Nichtigkeit sein mag, das ist für den anderen wie ein Schlag ins Gesicht. Und damit es eben nicht zu einem weiteren Schlag ins Gesicht kommt, haben der Delegierte Alexander von Haslang und meine Wenigkeit die Freude dafür zu sorgen, dass die anstehende Bittprozession nach Auchsesheim durch Euer schönes Schwäbischwerd ohne jeglichen Tumult verläuft.« Seine Stimme wurde lauter. »Daher verlangen wir kraft unseres Amtes und der uns übertragenen Gewalt eine kategorische Erklärung des Rates von Schwäbischwerd, dass dieser bedingungslos dem kaiserlichen Befehl gehorchen wird. Und ich mache Euch darauf aufmerksam, dass diesbezüglich bereits Vorladungen und Weisungen vorliegen.«

»Meine Herren«, sagte Wurm mit merklich unruhiger Stimme, »genau genommen wissen wir weder etwas über eine kaiserliche Vorladung noch von Weisungen oder etwaigen Kommissionen, die an den Herzog von Bayern übertragen worden wären.«

Von Haslang und Forstenheuser tauschten einen angewiderten Blick. Dann nickte Forstenheuser seinem Kollegen zu. Dieser holte ein anderes Schriftstück hervor.

»Ach nein? Dieses Edikt, betitelt mit ›Das ungewohnte Kreuzgehen‹, hängt dieser Tage an einer Vielzahl von Kreuzungen. Darin wird ein Beschluss Eures Rates kundgetan, der, grob zusammengefasst, den Abt von Heilig-Kreuz auffordert, bei der Bittprozession die Fahnen eingewickelt zu lassen, da er sonst für die daraus entstandenen Konsequenzen zu haften habe. Und dieses Edikt, so hat man uns berichtet, hängt bereits seit mehreren Tagen an vielen der belebteren Straßenkreuzungen.« Von Haslang richtete den Zeigefinger auf Wurm. »Wenn Ihr also nichts von Weisungen und Vorladungen gehört habt, wozu die Mühe auf sich nehmen und via Edikt die Verantwortung eines neuerlichen Tumults auf den Abt abwälzen?«

Wurm sah verunsichert aus. Er war es weder gewohnt, dass man dermaßen entschieden mit ihm sprach, noch konnte er der schnell vorgetragenen Argumentationskette des Kommissars so recht folgen. Schweigend setzte er sich. Er wusste auch nicht, was er hätte entgegnen können.

Dafür erhob sich Augustin Schmid, einer der beiden Altbürgermeister. »Dieses vermeintliche Edikt kann wohl auch ein übereifriger Bürger verfasst und verbreitet haben.«

Zustimmendes Gemurmel im Saal.

»Ich sage Euch«, fuhr Schmid fort, »Ihr kennt die stolzen Bürger von Schwäbischwerd nicht. Wenn der Volkszorn erst einmal entfacht ist, können selbst wir Ratsherren ihn nicht mehr bändigen.« Gestenreich stimmten die anderen Ratsherren ihm zu. »Ich meine es nur gut. Selbst für die Sicherheit der Herren Kommissare könnten wir dann nicht mehr bürgen. Eine Schande, aber so ist es.«

Von Haslang spürte, wie ihm die Wut über eine so unverhohlene Drohung den Hals zuschnürte. Aber er war von seinem Herzog bewusst ohne Waffen gesandt worden, denn die brauchte man nicht, um Ansprüche vorzutragen und still zu beobachten. Auch wenn von Haslang, statt zu reden, seinem Gegenüber am liebsten mit einem schnellen Ruck das Genick gebrochen hätte. Trotzdem fuhr er mit besonders sanfter Stimme fort. »Wohlan, werte Herren, das kaiserliche Schreiben und die Kommissionsurkunde sind nun hier und für jedermann einsehbar. Wir haben ebenfalls kundgetan, was Seine Heilige Majestät von der Reichsstadt Schwäbischwerd und jedem Einzelnen von Euch fordert. Daher werden wir uns in unsere Unterkunft zurückziehen und Eurer tatkräftigen Unterstützung sowie der seit bereits knapp fünf Monaten überfälligen Verlautbarung an die Bürgerschaft harren.«

Von Haslang und Forstenheuser verließen den Rat.

Als die beiden Delegierten vor das Rathaus traten, warf von Haslang noch einen Blick nach oben Richtung Ratssaal. »Ihr hattet unrecht, werter Herr Kollege«, meinte er. »Die Maus spielt nicht mit dem Löwen. Die Maus versucht ihn zu fressen.«

Seitdem die Kunde durch die Stadt getragen worden war,

dass der Kaiser zwei Kommissionäre geschickt habe, welche die lutherischen Bürger bei der Ausübung ihres Rechts auf Verteidigung ihres Glaubens beschneiden wollten, heizte sich die Stimmung immer mehr auf. Besonders in den Trinkstuben wurde eher lauthals skandiert als in Ruhe diskutiert, und der Rote Hund blieb davon nicht verschont.

Christoph, Johannes und Lorenz saßen um einen Tisch.

»Cuius regio, eius religio«, sagte Johannes. »Wes der Fürst, des der Glaub. Was ist daran so schwer zu verstehen?«

»Es geht doch nicht um freie Religionsausübung«, meinte Lorenz. »Herrgott, sogar euer katholisches Kloster liegt friedlich innerhalb unserer Stadtmauer. Jeder Katholik darf dort die Messe feiern. Es geht darum, die andere Konfession nicht über Gebühr zu provozieren.«

»Und das Ausrollen von Fahnen ist also eine solche Provokation?«

»Natürlich ist sie das. Es ist eine Zurschaustellung überholter Werte und Vorstellungen und die Demonstration, dass man sich den anderen gegenüber erhaben fühlt.«

»Lorenz, bitte.« Christoph legte seine Hand auf die Schulter seines Sohnes. »Bei aller Jugend, aber du glaubst doch solchen Brandreden nicht? Es geht nicht um eine Demonstration der Katholiken gegen uns Lutheraner. Es geht dem Stadtrat um die Unterdrückung, Einschüchterung und Zurückdrängung des katholischen Einflussbereichs und damit des Papstes und des Kaisers. Ganz einfach.«

»Und recht so. Die Kuttenbrunzer wollen doch nur missionieren.«

Johannes raufte sich seine kurzen braunen Haare. »Lieber Herr Schwiegersohn, wenn es nur einer wehenden Fahne bedarf, um Andersgläubige zu bekehren, dann hätten wir uns sämtliche Kriege der letzten sechshundert Jahre sparen können. Die Muselmanen? Fahne hoch, bekehrt. Die Juden? Fahne hoch, bekehrt.«

»Lass gut sein«, lachte Christoph auf und wandte sich an Lorenz. »Wenn du klüger als die anderen sein willst, dann versuche hinter ihre Taten zu sehen. Versuche ihre Beweggründe zu erkennen. Dann kannst du nämlich das Übel an der Wurzel packen und nicht bloß seine immer wiederkehrenden Auswirkungen bekämpfen.«

Lorenz wusste, dass er sich zu sehr hineingesteigert hatte, und nahm still seinen Becher Wein.

»So ist es recht«, meinte Christoph und erhob ebenfalls seinen Becher. »Wenn die Leute mehr zusammen saufen und weniger gegeneinander raufen würden, dann wär die Welt schon ein schönerer Ort.«

»Hört, hört!«, prostete Johannes und stieß mit den anderen am Tisch an.

»Ihr könnt Euren Herren Folgendes ausrichten!«, schallte es plötzlich von der anderen Seite der Gaststube lauthals her.

Die drei wandten sich dem Geschrei zu.

»Wer sitzt dort?«, fragte Lorenz.

»Einige aus der Dienerschaft der beiden Kommissäre«, erklärte Christoph.

»Was machen die im Hund? War ihnen der Schwarze Bär oder der Goldene Löwe etwa zu fein?« Johannes reckte den Kopf und sah nun, wie Sebastian Schenk, seines Zunftzeichens Goldschmied, so abrupt aufstand, dass sein Stuhl lautstark zu Boden kippte. Schwankend baute er sich vor der bayerischen Dienerschaft auf, die ihn erschrocken musterte.

»Wir Schwäbischwerder Bürger«, lallte Schenk mit erheblichem Zungenschlag, »werden uns weder um Seine Kaiserliche Majestät noch um Euren Bayernherzog scheren!« Er sah in die Runde. »Hab ich recht?« Lautes Gejohle war die Antwort. »Wir Schwäbischwerder Bürger«, fuhr er fort, »werden die beiden, so sie es denn wagen zu kommen, von der Stadtmauer baumeln lassen und ihre lästerlichen katholischen Zungen mit Spindeln durchbohren!«

Christoph, Johannes und Lorenz sahen sich an. Dies war eine ungeheure Schmähung. Zwar kam sie aus dem Mund eines Betrunkenen, aber sie fand die frenetische Zustimmung der ganzen Stube, und nicht alle darin hatten dem Wein so zugesprochen wie Schenk.

Die vier Männer aus der Dienerschaft standen auf, Angst, aber auch Zorn im Gesicht. Doch bevor etwas passieren konnte, kam Santorio herbeigeeilt und flüsterte einem aus der Dienerschaft etwas zu. Dieser nickte, dann gab er seinen drei Kameraden einen Wink. Geschlossen gingen sie aus dem Gasthaus. Dem Wirt und seinen Knechten gelang es, die hitzköpfigsten seiner Gäste zurückzuhalten, damit diese nicht der Dienerschaft nacheilten und ein nicht wiedergutzumachendes Unglück verursachten.

Nach kurzer Zeit und dem Versprechen Santorios einer Runde aufs Haus beruhigten sich die Gäste wieder und suchten ihre Zerstreuung im Wein.

Schließlich setzte sich der Wirt an den Tisch zu Christoph, Johannes und Lorenz. In seinen Augen loderte unverhohlene Angst.

»Das hast du gut gemacht, Francesco!«, sagte Christoph und schob ihm einen Becher Wein zu.

»Ich habe so etwas schon einmal erlebt«, meinte Santorio und trank seinen Wein mit zitternder Hand in einem Zug aus. »Und damals schon hat es kein gutes Ende genommen.«

Ungeachtet der Gewitterwolken hatte sich die gesamte Bürgerschaft mit Ausnahme derer, die Wachdienst schieben oder unabwendbaren Geschäften nachkommen mussten, vor dem Rathaus versammelt. Sogar aus dem Ried und der Berger Vorstadt waren die Leute gekommen, um zu hören, was es denn so Wichtiges zu verkünden gab. Inmitten der Menschen standen auch geschlossen die Familien Heidfeldt und Ackermann, nebst Kindern, Dienerschaft und Knechten.

Anna reckte den Kopf, um sich einen Überblick zu verschaffen – der gesamte Untere Markt war dicht bevölkert, sogar in der Spital-Gasse zu ihrer Rechten hinunter bis zum Inneren Rieder-Tor und in der Kapell-Gasse bis zum Deutschorden-Haus harrten die Leute der Ankündigung. Dabei glich die Stimmung mehr einem Volksfest als einem offiziellen Akt des Magistrats.

Einem Volksfest oder einem Pulverfass, kam Anna in den Sinn, als die ersten Rufe nach Gerechtigkeit für den einzig wahren Glauben laut wurden.

Schließlich traten Bürgermeister Wurm und Stadtschreiber Kuno aus dem Haupttor des Rathauses und blieben am Geländer des mannshohen Stufenaufgangs stehen, sodass sie von jedermann gesehen werden konnten.

Wurm hob die Hände, und langsam verebbten Geschwafel und Gelächter. Doch anstatt selbst das Wort zu ergreifen, richtete er die Aufmerksamkeit auf Stadtschreiber Kuno, der mit hochrotem Kopf und einem Schriftstück in der Hand vortrat.

Kuno räusperte sich über Gebühr. Dann begann er der Bürgerschaft zu verkünden, was dem Magistrat bereits am 23. Dezember des Jahres zuvor angeordnet worden war. Nämlich, dass der Kaiser es nicht hinnehmen werde, dass entgegen dem Religionsfrieden die Katholiken in Schwäbischwerd weiterhin schikaniert, diffamiert und ausgegrenzt würden. Dass es nicht hinnehmbar sei, dass eine friedliche Bittprozession angegriffen und den Teilnehmern Gewalt angetan werde. Dass sich bei der morgen stattfindenden Prozession der Volkszorn im Zaume zu halten und für freies Geleit aller Teilnehmer zu sorgen habe. Und dass die kleinste Missachtung Seine Heilige Majestät zu einer einzigen Handlung zwingen würde – und zwar die Reichsacht über Schwäbischwerd und all seine Bürger zu verhängen, vollzogen durch Herzog Maximilian von Bayern.

Als Kunos Worte verhallt waren, war es für einen Augenblick so still, dass man sogar die gerade stattfindende Wachablöse beim Lederer-Tor hören konnte.

Dann brach der Tumult los.

Die Bürger begannen Richtung Stufenaufgang zu drängen. Fäuste wurden in die Luft gereckt, und jeder, so schien es, der irgendetwas zu werfen in die Hände bekam, warf dieses in Richtung Georg Kuno.

Der stürzte nach hinten durch das Tor, durch das auch

Wurm in dem Augenblick entschwunden war, als er nach den ersten Worten des Stadtschreibers die Reaktionen in den Gesichtern seiner Bürger lesen konnte.

»Der Kaiser will uns eine Maulbirne umschnallen!«, brüllte ein Mann und stürmte an den Ackermanns vorbei.

»Derlei Geschmiere lässt sich für zwanzig Batzen überall erkaufen!«, schrie ein anderer und folgte dem ersten.

Helene und Agnes, die nicht mit einem solchen Aufruhr gerechnet hatten, packten ihre Kinder an den Händen und zerrten sie an den Rand in Sicherheit. Johannes, Christoph und die Knechte schützten sie dabei, soweit es notwendig war.

Kurze Zeit später standen nur noch Lorenz und Anna im Getümmel, das sich jedoch schnell hin zum Rathaus verlagerte.

»Was zur Hölle ist nur mit den Leuten los?«, fragte Lorenz mehr sich selbst als seine Frau.

»Na was schon?«, antwortete diese und legte dabei schützend ihre Hände auf ihren merklich dicker gewordenen Bauch. »Die Lutheraner wollen uns auch noch das letzte Stück Freiheit rauben, das wir in dieser Stadt besitzen. Obwohl wir gerade gehört haben, dass wir im Recht sind.«

Lorenz sah sie unwillig an. »Das glaubst du?«

Anna zeigte keine Regung.

»Prior Beck hat wieder mal eine seiner Predigten gehalten, stimmt's?«

Anna schwieg immer noch, aber an ihren aufeinandergepressten Lippen erkannte er, dass er recht hatte.

»Hat dir nicht gereicht, was letztes Jahr passiert ist?« Lorenz rüttelte Anna sanft an der Schulter.

»Das war doch nur ein Kratzer«, sagte sie harsch und schüttelte seine Hand ab. »Ich erwarte ein Kind, aber ich bin nicht aus Zucker.«

Lorenz erkannte, dass er so nicht weiterkam. Und das musste er auch nicht, denn die Zeit spielte für ihn. »Lass uns nach Hause gehen. Morgen um diese Zeit kräht schon kein Hahn mehr danach.«

»Ganz recht«, sagte Anna und begann den Unteren Markt hinaufzugehen. »Denn morgen um diese Zeit sind wir bereits in Auchsesheim.«

Lorenz blieb die Luft weg. »Was? Du willst morgen *wieder* mitgehen?« Er lief seiner Angetrauten hinterher. »Bist du nun völlig töricht?« Er fasste sie am Arm und riss sie zu sich. »Schau dir diese Narren doch an.« Lorenz deutete auf die aufgebrachten Bürger, die das Rathaus mit Schmutz bewarfen. »Was glaubst du, werden die morgen tun, wenn der starrköpfige Herr Prior seine ach so heiligen Fahnen entrollt? Die werden ihn in der Luft zerreißen. Und jeden, der mit ihm marschiert!«

»Das wird nicht geschehen. Sie werden nicht wagen, den Kaiser herauszufordern. Sie werden nicht wagen, dass die Acht über die Stadt gesprochen wird.«

»Denkst du, dass irgendeiner dieser wankelmütigen Narren dies auch so verstanden, ja gar eine Vorstellung davon hat, was es bedeuten würde, wäre über Schwäbischwerd erst einmal der Stab gebrochen und die Reichsacht verhängt? Wir wären im gesamten Reich geächtet. Vogelfrei. Jeder könnte, ohne eine Strafe befürchten zu müssen, mit uns verfahren, wie es ihm beliebt. Niemand würde mehr mit uns Handel treiben, uns Schutz gewähren oder sich mit uns verbünden.« Lorenz zeigte eindringlich auf die tobende Menge. »Der Pöbel hat nicht einmal richtig zugehört. Sonst würden sie nicht Kuno ans Leder wollen, sondern müssten sich selbst bei der Nase nehmen. Herrgott noch mal, Anna!« Er machte eine kurze Pause, dann fügte er leiser hinzu: »Denk doch nicht immer nur an dich! Denk an uns, an unser Kind«, sagte er mit der sanftesten Stimme, die ihm seine Aufgewühltheit gestattete.

»Glaubst du, das tu ich nicht?« Anna traten Tränen in die Augen, die sie sogleich trotzig wegwischte. »Jeden Augenblick denke ich an euch beide, an unsere Familie. Wie sehr ich euch liebe. Aber ich bin immer noch Katholikin, und das werde ich immer sein. Und wenn Katholikin sein heißt, einmal, nur einmal im Jahr an einer Bittprozession teilzunehmen und unseren Glauben zu verteidigen, dann werde ich das machen.«

Lorenz blickte sie finster an. Sie hatten seit ihrer Hochzeit immer wieder einmal Dispute geführt, zumeist über ihre Konfessionen. Aber nie in diesem Ausmaß, nie so ernst, dass Anna sich ihm, ihrem Gemahl widersetzte. Er war traurig, dass es so weit gekommen war, und gleichzeitig wild entschlossen, Anna mit allem, was nötig war, an der Teilnahme beim Bittgang zu hindern.

Aber das musste sie ja nicht wissen.

»Wenn es dein Wille ist, werden wir darüber sprechen. Zu Hause«, sagte er mit einem Lächeln und bot ihr seine Hand. Sie sah ihn misstrauisch an, aber dann lächelte auch sie und ließ sich von ihm über den Marktplatz führen.

Schwäbischwerd, 25. April A.D. 1607

Die Morgendämmerung am Tag des heiligen Markus kündigte sich mit einem kaum wahrnehmbaren silbernen Streifen am Horizont an. Ihm folgte ein Lichtschein, der nach und nach die Finsternis vertreiben würde, wenn nicht im Herzen der Menschen, so doch am Firmament.

Die Reichsstadt Schwäbischwerd schlief noch tief und fest. Nichts zeugte mehr vom Aufruhr des Vortages.

Plötzlich wurde in einem der Bürgerhäuser eine Lampe angezündet, dann in einem weiteren. Die Zunfthäuser folgten.

Als die Turmuhr der Kirche Zu Unserer Lieben Frau fünf Uhr schlug, waren die Ratsherren sowie die Zunftmeister bereits auf dem Weg ins Rathaus.

Alexander von Haslang blickte durch das kleine Fenster seiner Unterkunft zum gestirnten Himmel hinauf, während er nackt in den Nachttopf pisste. Dann ging er zu der blechernen Schüssel, die auf einer Kommode stand, und wusch sich Hals, Oberkörper und Schritt. Während er sich ankleidete, kreisten seine Gedanken nur um eines: Was würde heute geschehen? Die gut gemeinte Vorstellung, die er bis zu seiner Ankunft in dieser Stadt hatte, wonach Bürgermeister und Rat dem Befehl des Kaisers nachkommen würden, hatte er spätestens nach den gestrigen Tumulten zu Grabe getragen. Daher gab es für von Haslang nur zwei Möglichkeiten: Die eine war, dass die Katholiken die Prozession absagten und sich dem Drängen der Lutheraner fügten. Dies würde jedoch bedeuten, dass der Kaiser aller Wahrscheinlichkeit nach die Reichsacht über die Stadt verhängte. Die andere Möglichkeit war, dass die Bittprozession trotzdem stattfand und dass es diesmal nicht bei ein paar zerbrochenen Stangen, zerfetzten Fahnen und blauen Augen bliebe. In diesem Fall müsste der Kaiser ebenfalls die Reichsacht verhängen, da sich die Stadt seinem ausdrücklichen Befehl widersetzt hatte. So oder so, das hatte von Haslang im Gespür, würde der heutige Tag kein guter werden – zumindest nicht für diese rebellische Stadt.

Er kämmte sich den Bart zurecht, strich sich drei Mal über die Halbglatze, dann verließ er seine Stube.

Als von Haslang den Innenhof des Gasthauses betrat, kam ihm Otto Forstenheuser schon entgegen. Die beiden Männer begrüßten sich, wie jeden Morgen, mit einem stummen Handschlag, dann schritten sie zur Tat.

Anna Ackermann wälzte sich im Bett und griff auf die Seite – wo war Lorenz? Sie öffnete die Augen und bemerkte, dass sie allein war. Ihr Gemahl musste bereits aufgestanden sein. Anna blinzelte zum Fenster und stellte überrascht fest, dass der Tag angebrochen war.

Die Prozession.

In aller Eile stand sie auf, zog sich an und wusch sich. Nachdem sie sich flüchtig mit dem Hornkamm durch die blonden Haare gefahren war, schritt sie zur Tür und wollte –

Die Tür ließ sich nicht öffnen.

Anna verstand nicht. Vielleicht hatte sich der Rahmen verzogen, und –

Unsinn. Er hat dich eingesperrt.

Das konnte Anna nicht glauben. Das *wollte* sie nicht glauben.

Warum nicht? Du weißt doch, was er von diesem Bittgang hält.

Deshalb war Lorenz gestern Abend auch so ruhig geblieben und hatte nichts mehr gesagt. Anna kam sich mit einem Male dumm vor, wie hatte sie sich nur so leicht täuschen lassen können? Lorenz würde alles tun, um sie an einer Teilnahme zu hindern, und wenn das bedeutete, dass er seine Gemahlin einsperren musste, dann war er dazu offenbar bereit.

So fest sie konnte rüttelte die junge Frau an der Klinke. Nichts. Anna spürte unbändigen Zorn in sich aufsteigen. Wie konnte er es wagen? Es war schmerzlich genug, dass sie ihr gemeinsames Kind nach lutherischer Glaubenslehre aufziehen musste, aber das hatte sie aus Liebe zu Lorenz akzeptiert. Doch nun würde man ihr auch noch verbieten, an der einen Prozession teilzunehmen, die wirklich von Bedeutung war – so zumindest hatte Prior Beck es jüngst formuliert.

Mit Sicherheit nicht!

Anna sah sich in der Kammer um. Womit konnte sie die Tür aufbrechen? Ihr Blick glitt vom Bett mit Baldachin über die venezianische Truhe mit ihren figural geschnitzten Darstellungen zum Kabinettkasten aus Nussholz und blieb schließlich am Säulenschrank hängen, den ihr Lorenz aus Frankreich hatte bringen lassen. Aber nirgends würde sie auch nur annähernd etwas finden, womit sie das Schloss aufbrechen könnte. Auch würde sie keiner der Bediensteten befreien, dafür hatte Lorenz mit Sicherheit gesorgt.

Das Schlagen der Glocken der Stadtpfarrkirche ließ Anna zum Fenster blicken. Plötzlich wusste sie, was sie tun würde.

Sie öffnete den Fensterflügel und blickte in den Innenhof: Knapp drei Fuß unter ihr gab es einen Mauersims, von wo aus man auf das kleine Vordach springen könnte und von dort weiter über die gestapelten Fässer bis zum hinteren Tor. Und von dort in die Freiheit.

Ein abgründiges Lächeln breitete sich über Annas Gesicht aus.

Der Gottesdienst in der Kirche zu Heilig-Kreuz war spärlich besucht. Abt Leonhard Hoermann ließ sich trotzdem nicht davon abhalten, lautstark und voller Innbrunst das Evangelium zu verkünden.

Prior Beck stand in vorderster Reihe. Hinter ihm scharten sich gut zwei Dutzend Gläubige, die seinem Aufruf zur heutigen Bittprozession nachgekommen waren. In einigen Fuß Abstand dahinter standen die beiden Kommissionäre von Haslang und Forstenheuser, die Hände zum Gebet gefaltet. Weit hinten, im Schatten der Martinskapelle, hielten sich der Lodenhändler Ulrich Pronner und der Zuckerbäcker Michael Lochmair auf. Ihre Hände waren zwar ebenfalls zum Gebet gefaltet, doch ihre unsteten, angespannten Blicke verrieten, dass sie nicht nur des Betens wegen gekommen waren.

»Sie werden sich nicht fügen«, berichtete Christoph seiner Frau.

Ungläubig schüttelte Helene den Kopf. »Trotz der Drohung des Kaisers?«

»Es ist, als wollte man einen Schwachsinnigen davon abhalten, vom Turm zu springen. Und der einem entgegnet, dass ja wohl nichts passieren würde, solange er sich einfach nur im freien Fall befindet«, meinte Christoph. »Also springt er.«

»Wer ist schwachsinnig, Mutter?«, wollte Lucas wissen, der mit ernster Miene neben seinem Zwillingsbruder in der Tür stand.

»Die ganze verdammte Stadt«, stieß Christoph hervor und verstummte sogleich, als er den strafenden Blick seiner Gemahlin bemerkte.

»Niemand ist schwachsinnig«, sagte Helene mit sanfter Stimme zu ihren Söhnen. »Na los, lauft in die Küche und lasst euch von Bartholomäus jeder eine Handvoll Comfits[7] geben.«

Die Gesichter der beiden Brüder erstrahlten. Dann stürmten sie laut krakeelend aus der Stube.

»Was wird nun aus den Kommissionären?«

Christoph kratzte sich den kurzen Vollbart. »Auch das weiß ich nicht, mein Schatz. Alles was ich weiß, ist, dass der Rat die Kommissionäre hinhalten, die Bürger beruhigen und das Ganze irgendwie aussitzen will. Hohenschilt und Mair haben ordentlich Stimmung gegen die Bayern gemacht. Es ist unglaublich. Dabei müsste der Sattler nur eine einzige Erklärung abgeben.«

---

7 Mit Zucker überzogene Früchte oder Samen.

»Und die Katholiken mit ihren Fahnen durch die Stadt ziehen lassen?«, fragte Helene.

»Ja und? Das Ganze dauert nicht mal eine Stunde. Die Kommissionäre würden abziehen, dem Herzog und dem Kaiser berichten, und alles wäre vom Tisch. Aber nein. Zumindest hat der Rat Kircher, Kratzer, Hindenach und Freymann in die Zunftstuben geschickt, um die Zünfte auf die Linie des Rats einzuschwören. Die werden sich ganz bestimmt fügen.«

Der säuerliche Ausdruck auf Christophs Gesicht machte deutlich, wie sehr er seinen eigenen Worten Glauben schenkte.

Helene gab ihrem Mann einen Kuss. »Es wird schon alles gut werden.«

»Dein Wort in Gottes Ohr«, raunte Christoph und verließ die Nähstube.

Helene seufzte, dann ging sie zum Fenster. Sie öffnete die beiden Flügel, stützte die Arme auf die Fensterbank und sah hinaus.

Unten am Marktplatz wurden einige wenige Karren gezogen, ein knappes Dutzend Bürger und Knechte gingen ihrer Arbeit nach. Helenes Blick wanderte den Unteren Markt entlang und blieb am Rathaus hängen, dessen Fassade von den gestrigen Krawallen noch beschmutzt war.

Dann sah sie, wie Schreiber Georg Kuno und Stadtadvokat Dr. Asenheimer das Rathaus verließen und mit sichtlich sorgenvollen Mienen den Markt hinaufgehetzt kamen. Die beiden passierten das Haus der Ackermanns und setzten ihren Weg über den Oberen Markt Richtung Rotes Tor fort.

Langsam, aber stetig kamen immer mehr Menschen auf den Platz, standen in kleinen Gruppen zusammen, debattierten und gestikulierten. Auch öffneten immer mehr Bürger ihre Fenster und verfolgten das Treiben neugierig.

Ein unheilvolles Gefühl bemächtigte sich Helene.

»Ist die Ratssitzung schon zu Ende?«, ertönte Agnes' Stimme.

Helene sah zum gegenüberliegenden Haus, wo ihre Freundin ebenfalls neugierig aus dem Fenster schaute.

»Ja!«, antwortete sie.

Nun sah Helene, wie die ersten Loderer[8] ihr Zunfthaus verließen, und hörte, wie diese lautstark die Kunde unter den Bürgern verbreiteten, wie man mit den beiden Kommissären umzugehen gedachte.

Bayerische Hofknechte haben in unserer Reichsstadt nichts verloren!

Ihnen folgten die Krämer.

Kuno und Asenheimer sind Mamelucken[9]!

Dann kamen die Weber, die Barbiere und Bader und alle anderen Zünfte, bis schließlich der gesamte Obere und Untere Markt von Menschen wimmelte und von Geschrei widerhallte.

Helene sah auf die gegenüberliegende Häuserzeile zu Agnes und bemerkte die Angst im Gesicht ihrer Freundin. Sie schloss das Fenster und rief ihre Kinder zu sich, während draußen die Schreie und Schmährufe immer lauter wurden.

---

8 Lodenmacher.

9 Schmähbegriff für orientalische Völker.

»Anna!« Erfreut reckte Prior Beck die Arme gen Himmel, als er die älteste Tochter der Familie Heidfeldt angelaufen kommen sah. »Du hast die Mühsal also doch auf dich genommen. Was für eine schöne Überraschung!«

»Es war keine Mühe«, log Anna, bemüht, nicht außer Atem zu wirken.

»Und Gottes neuer Erdenbürger scheint mir auch munter zu gedeihen«, sagte der Prior mit Blick auf Annas wohlgewölbten Bauch.

»Das tut er, Herr Prior.«

Ulrich Pronner nahm eine der ausgerollten Kreuzfahnen, die an der Mauer der Kirche Heilig-Kreuz lehnte, und stellte die Fahnenstange beinahe militärisch neben sich ab. »Wir sind bereit!«

Der Lodenhändler war einer der schärfsten Kritiker des lutherischen Rats der Stadt, und Anna mochte ihn nicht besonders. Er gehörte zu jenen Menschen, die immer alles schlechtredeten.

An seine Seite trat Michael Lochmair, ein fanatischer Eiferer des katholischen Glaubens, ebenfalls mit einer ausgerollten Fahne in der Hand.

Diese beiden Männer sollen also hinter Prior Beck schreiten, dachte Anna mit leichtem Schaudern. Diese beiden Männer, die ihr Mundwerk ebenso wenig im Zaum halten konnten wie ihre Fäuste. Aber der Prior, der den beiden gerade dankend die Hände auf die Schultern legte, schien ihnen zu vertrauen.

»Wir können es nur noch einmal wiederholen«, sagte von Haslang, der mit seinem Amtskollegen vor dem Prior und den anderen stand. »Man hat uns entsandt, um zu beobachten. Nicht, um einzugreifen.«

Beck nickte. »Ihr werdet sehen. Die Sektierer werden es nicht wagen, uns auch nur ein Haar zu krümmen.«

In diesem Moment kamen Georg Kuno und Balthasar Asenheimer herbeigeeilt.

»Ich flehe euch an!«, rief Kuno schon von weitem. »Haltet ein und bereitet dem Wahnsinn ein Ende!«

»Was soll das bedeuten?«, entgegnete Prior Beck in scharfem Ton.

»Der Pöbel probt den Aufstand.« Asenheimer wischte sich den Schweiß von der Stirn. »Der Rat hat versucht, Zünfte und Bürger zu beruhigen. Hat alles getan, damit ihr eure Prozession abhalten könnt. Selbst der Magistrat versichert, sich binnen sechs Wochen öffentlich zu erklären. Aber –«

Asenheimer brach ab und hielt sich die Hand ans Ohr. Lärm drang über die Mauer, die Kirche und Kloster umgab. Langsam schwoll das Getöse aus Rufen und Metall, das aufeinandergeschlagen wurde, immer mehr an.

»Ihr hört es selbst. Jetzt da hinauszugehen wäre Wahnsinn!«

»Wir wollen also den Streitern dieser gottlosen Sekte nicht die Stirn bieten, sondern mit eingezogenen Schwänzen erst gar nicht antreten?« Die Stimme schallte zwischen den Anhängern des Bittgangs hervor, die sich rund um die beiden Fahnenträger scharten. »Ich sage, wir gehen mit erhobenem Haupte voran.«

»Ihr wisst nicht, wovon ihr sprecht«, sagte Kuno zornig und schritt durch die Anhängerschaft, die sich teilte und den Blick auf Michael Lochmair frei gab, der gerade gesprochen hatte.

»Oh doch, ich weiß, wovon ich spreche«, entgegnete

der Zuckerbäcker ruhig. »Noch kein Krieg wurde gewonnen, wenn man nicht bereit war, in die Schlacht zu ziehen.«

»So ist es!«, rief Pronner und reckte die Faust in die Höhe.

»Dann geht Ihr doch voran«, schleuderte Kuno dem Zuckerbäcker entgegen.

»Das werde ich mit Vertrauen in Gott auch freimütig tun. Natürlich sofern es des Priors Wunsch ist.«

»Es ist nicht des Priors Wunsch«, sprach nun Leonhard Hoermann, der hinzugetreten war, »und als Abt von Heilig-Kreuz ist es auch nicht der meine.«

Lochmair beugte demütig den Kopf.

Der Abt von Heilig-Kreuz sah in die Gesichter der Umstehenden. Er sah das Feuer in den Augen der Fahnenträger. Die Angst der Ratsdelegierten. Die Verbissenheit seines Priors. Und die Unsicherheit von Anna.

»›Durch Weisheit wird ein Haus gebaut und durch Verstand erhalten.‹ So steht es in der Bibel«, fuhr er fort. »Und so wenig an Verstand der Pöbel vor dem Roten Tor sein Eigen nennen kann, so töricht wäre es von uns, die Warnungen zu ignorieren. Wir können heute mit den Fäusten kämpfen oder morgen mit Verstand obsiegen. Denn die beiden Kommissäre werden Herzog Maximilian berichten, dass man uns unter Androhung von Gewalt daran gehindert hat, die traditionelle Bittprozession nach Auchsesheim abzuhalten. Habe ich recht?«

Otto Forstenheuser nickte. »Voll und ganz, hochwürdigster Herr Abt. Und der Herzog wird die Kunde Seiner Heiligen Majestät zutragen.«

»Ihr werdet sehen«, bekräftigte der Abt. »Nächstes Jahr um diese Zeit können wir mit so vielen wehenden Fahnen durch die Stadt ziehen, wie wir wollen. Und diese Häretiker werden es nicht einmal wagen, ihre Nasen aus den Häusern zu stecken.«

Dann wandte er sich zu Anna. »Und du, liebes Kind, solltest in deinem Zustand derlei Aufregung gänzlich meiden.« Dann machte ihr der Abt ein Kreuzzeichen auf die Stirn. »Ich kann mir auch nicht vorstellen, dass dein Gemahl damit einverstanden ist, dass du euer ungeborenes Kind in Gefahr bringst.«

Anna wurde rot und senkte den Kopf.

»Wo ist Anna?« Lorenz stand Entsetzen in den Augen.

»Anna?«, wiederholte Helene gedankenverloren, während sie das hölzerne Schaukelpferd vor und zurück wippte, auf dem ihre beiden Zwillingssöhne vergnügt saßen. Sie waren zwar längst zu groß für das Spielzeug, liebten es aber immer noch abgöttisch. »Ich habe sie heute noch nicht gesehen. Warum?«

»Sie ist nicht in der Schlafstube!«

»Dann ist sie vielleicht –«

»Ich hatte sie dort eingesperrt.«

»Du hast *was*?«

»Ich hatte Angst dass …« Lorenz stützte sich am Türrahmen ab. »… dass sie die Prozession begleiten will.«

Helene erstarrte. »Um Gottes willen, wie –« Dann fasste sie sich wieder. »Worauf wartest du noch? Lauf zum Kloster!«

Lorenz stürzte zur Tür hinaus.

Als sich das Rote Tor, das die Stadt vom Kloster trennte, öffnete, war die davor lauernde Menschenmenge bereit, den verhassten Andersgläubigen ein für alle Mal zu zeigen, wer in Schwäbischwerd das Sagen hatte. Doch zur Verwunderung aller kamen nicht der Prozessionszug mit entrollten Fahnen heraus, sondern die beiden herzoglich-bayerischen Kommissäre, und hinter ihnen die Tochter einer der wohlhabendsten Familien der Stadt, gefolgt von Stadtschreiber und Stadtadvokaten. Kein Abt, kein Prior, keine Fahnen. Nichts und niemand, auf den sich der Zorn hätte ableiten lassen.

Schlagartig machte sich Enttäuschung breit.

»Wurm hat die Prozession unterbunden!«, schrie eine Frau.

»Das ist alles die Schuld des Sattlers!«, schrie eine andere.

Genauso schnell, wie die Enttäuschung aufgekommen war, entfachte sich nun erneut der Zorn der Bürger.

»Den holen wir uns!«

Träge, einem Vogelschwarm gleich, bewegte sich der Pöbel wieder den Markt hinab Richtung Rathaus.

»Wo ist der Amman?«, fragte Forstenheuser mehr sich selbst.

»Jedenfalls nicht hier. Diese Stadt ist wie ein Wespennest«, fügte von Haslang hinzu und wandte sich an Kuno. »Hat der Magistrat irgendetwas unter seiner Kontrolle?«

Kuno schwieg und senkte den Blick.

»Ich wette nicht mal seine Eier«, sagte Forstenheuser und lachte laut auf. Auch von Haslang konnte sich ein Grinsen nicht verkneifen.

Dann wurde er schlagartig ernst. »Ihr werdet von uns hören«, sagte er zu Asenheimer und Kuno, und die Drohung in seinen Worten war unüberhörbar.

Die beiden Kommissäre machten sich zu ihrer Herberge auf. Nach kurzem Zögern gingen auch Kuno und Asenheimer ihrer Wege.

Anna blieb allein zurück. Sie war zutiefst erschüttert, denn als sie eben der tobenden Menge gegenüberstand, war ihr erstmals bewusst geworden, wie gefährlich das Ganze für sie hätte werden können.

Für sie und ihr Kind.

Langsam schritt sie zum Roten Tor und ließ das Kloster hinter sich.

Anna ging an der Stadtpfarrkirche vorbei und winkte zum Türmer hinauf, der zurückwinkte. Erleichterung breitete sich in ihr aus. Erleichterung, dass es zu keinem Zusammenstoß mit ihren Mitbürgern gekommen war. Erleichterung, dass sie nicht um ihr Leben und das ihres Kindes fürchten musste. Und Erleichterung, dass sie, wie der Abt es gesagt hatte, die Prozession im nächsten Jahr unbehelligt und völlig frei würden abhalten können.

Sie passierte das Tanzhaus, aus dessen Toren gerade eine lutherische Hochzeitsgesellschaft strömte, deren Gäste bereits sichtlich dem Wein zugesprochen hatten.

Sebastian Schenk stellte sich schwankend vor die Gesellschaft. »Kommt mit mir! Wir besetzen die Stadttore und das Zeughaus, damit wir uns der bayerischen Galgenschwengel erwehren können!«

Ein begeistertes Johlen antwortete ihm. Die Gesellschaft setzte sich in Bewegung.

Anna beschleunigte ihren Schritt, um Abstand zwischen sich und die Betrunkenen zu bringen. Die Dummheit von Schenk und den anderen verursachte ihr Kopfschmerzen.

In was für eine Welt würde sie ihr Kind nur hineingebären, fragte sie sich. Dann sah sie ihren Ehemann aus dem Elternhaus stürzen und auf sie zulaufen.

Anna winkte ihm mit einem Lächeln zu.

Einen Augenblick später wurde sie von hinten derb gestoßen und schlug mit dem Kopf am Sockel des Stadtbrunnens auf.

»Holt den Stadtphysikus!«, schrie Lorenz, als er ins Haus polterte.

Helenes erschrockener Blick galt erst ihrem Sohn, dann ihrer Schwiegertochter, die wie eine leblose Puppe in seinen Armen lag. Ihr blondes Haar war blutrot gefärbt.

Helene sprang von der Bank auf und rannte aus dem Haus.

Sachte legte Lorenz Anna auf den Boden. »Hol mir eine Schüssel mit Wasser und ein paar saubere Tücher!«, rief er Bartholomäus zu, der eben aufgetaucht war.

Der alte Küchenknecht machte auf der Stelle kehrt und tat, wie ihm geheißen.

Lorenz wischte Anna die Haare aus der blutüberströmten Stirn und strich ihr über die Wangen. »Wach auf, meine Süße«, flüsterte er immer wieder kaum hörbar. »Wach doch bitte auf.«

Der Küchenknecht kam in die Stube gelaufen, bemüht, nicht das ganze Wasser bereits auf dem Weg auszuschütten. Er stellte die Schüssel neben Annas Kopf und reichte Lorenz ein Leinentuch. Der machte es nass und wischte seiner Frau das Gesicht sauber.

»Herr, das –« Bartholomäus deutete auf Annas Kleid, das bis zum Hals hochgeschlossen war.

Lorenz verstand. Mit einem kräftigen Ruck riss er es auf, hoffte, dass die Verletzte dadurch leichter Luft bekam.

»Wo zur Hölle bleibt der Physikus?«

Nach einer gefühlten Ewigkeit kam Helene mit dem Stadtphysikus wieder, der sich schnell ein Bild verschaffte.

Lorenz kniete.

Bartholomäus stand daneben.

Anna lag noch immer regungslos am Boden. Die Blutung auf ihrer Stirn war gestillt. Aber unter ihrem Becken breitete sich langsam eine Blutlache aus.

Einen Tag und eine Nacht hatte Anna noch im Bette gelegen, sich im Fieber hin und her geworfen und Unverständliches geraunt. Prior Beck hatte mit den Angehörigen gebetet, Weihwasser gesprengt und eine Sterbekerze angezündet. Schließlich hörte Anna auf zu raunen.

Entsetzliche Stille beherrschte nun die Stube.

Wie im Traum löschte Lorenz die Sterbekerze.

Wie im Traum entzündete er ein Öllicht.

Und wie im Traum öffnete er alle Fenster der Stube, damit Annas Seele leichter entweichen konnte.

Eine Leichenfrau, die Anna waschen und anziehen sollte, lehnte der junge Mann ab, da er dies als seine Aufgabe betrachtete.

Dann begann der schier endlose Ritus der Totenwache – drei Tage und drei Nächte lang –, wobei sich Lorenz mit seinem Vater abwechselte.

Erst danach herrschte absolute Gewissheit – Anna würde nie mehr aufwachen. Mit wächserner Haut lag sie da, die Augen geschlossen, einen Ausdruck merkwürdiger Verzückung um die Mundwinkel.

Während Lorenz neben ihr kniete und betete, begann die Sterbeglocke der Stadtpfarrkirche herzensschwer zu läuten.

Die darauffolgenden Tage und Nächte kamen Lorenz vor, als hätte ihn das Leben in die Vorhölle gestoßen, einen Ort, an dem man zwar nicht zur Bestrafung verdammt, aber doch vom Himmel ausgeschlossen war. Die Zeit schien so zäh zu verrinnen wie Harz, das aus der Wunde einer Baumrinde tropfte. Sagen und Tun hatten keinerlei Bedeutung. Es gab nur ebenmäßiges, freudloses Dahinleben.

Seine Eltern waren ebenfalls in tiefer Trauer, auch wenn sie sich bemühten, ihm eine Stütze zu sein. Agnes, seine Schwiegermutter, hatte er nur kurz besuchen können – zu tief hatte ihm ihr Weinen und Wehklagen seine eigene Kehle zugeschnürt und seine Brust zentnerschwer belastet.

Dann war jener Tag gekommen, den er mehr fürchtete als alle anderen.

Der Tag des Abschieds.

Die Glocken des Benediktinerklosters Heilig-Kreuz setzten ein und wurden alsbald von den Glocken der Stadtpfarrkirche begleitet. Schließlich hatte auch noch die große Glocke im Turm, die Pummerin, mit schweren Schlägen in das Geläut mit eingestimmt. Es war, als wollte Schwäbischwerd vom Jüngsten Gericht künden.

Nur ein kleiner Teil der Bürgerschaft der Stadt hatte

sich schwarz herausgeputzt und stand für den Leichenzug Spalier, vom Rathaus bis zum Roten Tor und weiter bis zur Kirche Heilig-Kreuz. Nur ein kleiner Teil deshalb, weil die meisten Lutheraner entweder die Eheschließung mit einer Katholikin nicht guthießen oder umgekehrt. Im Stillen aber war die gesamte Stadt erschüttert ob der Tragik von Annas Dahinscheiden.

Der Zug wurde vom Mesner angeführt, gleichauf gefolgt von Abt Hoermann und Pfarrer Kircher, denen wiederum Prior Beck und Diakon Delzer folgten. Dann schritten die Trauerfamilien dahin, hinter ihnen die wichtigsten Bürger der Stadt.

Welch seltsame Ironie, dachte Lorenz, dass die verbitterten Verfechter der beiden Konfessionen vorneweg so einträchtig nebeneinanderher schritten, gerade so, als hätten die letzten Wochen und Monate nie stattgefunden.

Der Glaube trennt uns, der Tod vereint uns.

Diese Worte hatte der Abt vorhin zu ihm gesprochen. Es klang, als wolle er sich entschuldigen. Aber zu entschuldigen gab es für Lorenz nichts. Wie auch immer man versucht war, die Ereignisse zu deuten – ob als Schicksal, Prüfung oder schlicht Gottes Wille –, er war es nun, der seine Frau zu Grabe tragen musste und mit ihr das ungeborene Kind. Dem Stadtphysikus war es unmöglich gewesen, die Blutungen zu stoppen, die unerklärlicherweise so plötzlich aufgetreten waren. Und so hatte Lorenz nur dabei zusehen können, wie das Leben nach und nach aus seiner geliebten Anna geflossen war, und damit auch die Freude auf all das, was einem die Jahre eines gemeinsamen Lebens noch hätten bescheren können.

Auf einem kleinen katholischen Friedhof außerhalb der Stadt versammelte sich die Trauergemeinde. Mit bebenden Lippen klammerte sich Agnes an ihren Mann, der seine Tränen kaum zurückhalten konnte. Helene und Christoph standen neben ihnen, die Köpfe gesenkt, den Blick ungläubig auf das Loch in Gottes Acker gerichtet.

»Der Herr ist nahe denen, die zerbrochenen Herzens sind, und hilft jenen, die ein zerschlagenes Gemüt haben.« Abt Hoermann sprach den Psalm mit volltönender, getragener Stimme.

Gebhard Baumgart stand mit seiner Frau Margarete etwas abseits der anderen, nicht, weil er nicht um seine Nichte trauerte, sondern weil er niemandem einen Grund liefern wollte, an einem Tag wie diesem einen Streit vom Zaun zu brechen.

An diesem Morgen war er besonders früh aufgestanden, hatte sich gründlich gewaschen und das, obwohl seine letzte Wäsche erst zwei Wochen her war. Penibel hatte er sich den Vollbart gestutzt und die nassen Haare sorgfältig über die fliehende Stirn gekämmt. Dann war er in frische Kleidung geschlüpft und hatte in der Stube eine Pfeife geschmaucht, in Gedanken bei seiner toten Nichte.

Und bei den verdammten Lutheranern, die an ihrem Tod schuld waren.

Als Gebhard mit seiner Frau schließlich das Haus verlassen hatte, war sie erstaunt, wie sicher sein Schritt war, wie klar sein Blick. Kein Wunder – seit Eintreffen der erschütternden Nachricht von Annas Tod hatte er keinen einzigen Tropfen getrunken.

Allerdings musste er zugeben, dass er dafür in den Tagen davor zu keinem Zeitpunkt wirklich nüchtern gewesen war, aber weshalb auch? Die Bürger in Schwäbischwerd hatten sich aufgelehnt, hatten die beiden bayerischen Kommissäre aus der Stadt getrieben und danach das Rathaus belagert, in dem Wurm, Härpfer und die anderen Geldsäcke gefangen waren. Bei dem Gedanken daran musste Gebhard schmunzeln. Es war ja nicht bei diesem Tag geblieben. Drei Tage lang herrschte in der Stadt eine Stimmung aus unbändiger Euphorie und grenzenloser Wut, auch wenn am Ende niemand mehr so recht wusste, gegen wen man eigentlich die Faust erhoben hatte. Dennoch hatte sich ein jeder bewaffnet, als ginge es darum, Leib und Leben zu verteidigen. Dass man bei derlei Umtriebigkeiten besser mit dem Strom schwamm, hatten zwei Bürger erfahren müssen, die meinten, ohne jegliche Waffe mitkrakeelen zu müssen – die Schläge und Tritte, die sie hatten einstecken müssen, waren ihnen aber gewiss eine Lehre.

Bei den Gedanken an den Aufruhr wurde Gebhards Grinsen noch breiter, bis ihn auf einmal seine Frau in die Seite rempelte und mit finsterem Blick strafte. Das Lächeln auf seinem Gesicht erlosch schlagartig.

Ein Sarg wurde in ein Grab gesenkt, und der Abt sprach von Vergebung und dem ewigen Leben.

Gebhard gedachte wieder seiner Nichte Anna, die er doch kaum gekannt hatte. Und er dachte an den Wein, den er ihr zu Ehren nach der Messe trinken würde, bis die Rathausglocke mit ihrem Läuten jedem Trinker den Weg ins Heim und zum Weibe befahl.

Aber diesen Weg würde er heute mit Sicherheit nicht nüchtern begehen.

»Der Herr ist nahe denen, die zerbrochenen Herzens sind, und hilft jenen, die ein zerschlagenes Gemüt haben.«

Lucas Ackermann stand am Rande der Trauergesellschaft und hielt artig den Blick gesenkt, so wie es alle anderen taten. Doch die Worte des Abts verstand der Junge in ihrer Tragweite nicht. Er wusste, was der Tod bedeutete – Anna würde nie wieder unter ihnen wandeln, nie wieder konnte man mit ihr lachen oder spielen, Streiche aushecken oder streiten. Mit seinen sieben Lenzen hatte Lucas schon mehr als ein Dutzend seiner Freunde nicht wiederkommen sehen, und die Worte »Memento mori[10]« waren für ihn daher nicht nur leere Hülsen, an die ihn sein Vater und der Lehrer immer wieder erinnerten.

Ein Sarg wurde in ein Grab gesenkt, und der Abt sprach von Vergebung und dem ewigen Leben – als Lucas jemand am Hemdsärmel zupfte. Er sah hinter sich und erblickte Magdalena Heidfeldt, die ihm mit einem Zucken ihres Kopfes zu verstehen gab, wohin er blicken solle. Doch als der Junge dies tat, erkannte er nichts weiter als einen Mann und eine Frau in dunkler Trauerkleidung, die im hinteren Teil der Gesellschaft standen. Lucas wusste, wer die beiden waren, das wusste in der Stadt mittlerweile jedes Kind: ein spanischer Edelmann und seine Schwester, eine Witwe, die nur mit Schleier auf die Straße ging. Der Junge drehte sich wieder Magdalena zu.

»Willst du wissen, was die beiden machen?«, flüsterte sie ihm ins Ohr.

Er nickte.

---

10 Lateinisch für ›Sei dir der Sterblichkeit bewusst‹.

»Später«, meinte Magdalena und versicherte sich, dass ihre Mutter nicht bemerkt hatte, dass sie schwätzte.

Nachdem der Abt die letzten Worte gesprochen hatte und sich die Trauergemeinschaft aufmachte, nach Heilig-Kreuz in die Messe zu gehen, schnappte Magdalena Lucas an der Hand und zog ihn hinter sich her. Bei einem großen, verwitterten Grabstein, der ein wenig außer Sichtweite der anderen lag, hielt sie an.

»Was ist?«, fragte Lucas. »Bist du nicht traurig, dass deine Schwester nicht mehr da ist?«

»Wohl. Und auch nicht, denn sie ist nun beim lieben Gott, versprach mir Mutter.«

»Was wolltest du mir vorhin sagen?«

»Ich hab die beiden gesehen«, sagte Magdalena noch immer im Flüsterton. »Den schwarzen Mann und die schwarze Frau.«

»Ich auch«, entgegnete Lucas, ebenfalls flüsternd. »Gerade eben.«

»Das mein ich aber nicht. Es ist mir gerade eben wieder eingefallen. Ich hab die beiden gesehen, wie sie, du weißt schon was, gemacht haben.«

Lucas runzelte die Stirn. Er konnte sich beim besten Willen nicht vorstellen, was –

Da drückte Magdalena ihm einen Kuss auf den Mund.

Lucas stand völlig verdattert da. Hatte sie ihn gerade –

»Das haben die beiden nicht gemacht«, brach es aus ihm heraus.

»Hab's aber gesehen, damals vor Heiligabend. Sie hat ihn auf den Mund geküsst, so wie ich dich gerade. Nur viel länger.«

»Das ist gelogen.«

Magdalena stemmte die Hände in die Hüften. »Ist es nicht! Ich hab sie gesehen, und sie hat einen großen braunen Fleck am Hals, so groß wie meine Hand.«

»Dann schwör es.«

Das Mädchen legte die rechte Hand aufs Herz. »Ich schwöre, dass ich die Wahrheit gesagt habe, beim Leben von Mutter und beim Leben von Vater. Und vor Gott dem Allmächtigen.«

Lucas kannte den Schwur. Ihn sprach niemand leichtfertig aus, geschweige denn, wenn es nicht stimmte, was man beschwor.

»Das machen Bruder und Schwester aber nicht«, sagte der Junge zögerlich.

»Sie haben's aber getan. Vater sagt, der Mann kommt aus Spanien. Vielleicht tun es die Leute dort?«

Lucas zuckte mit den Schultern. Darauf wusste er auch nichts zu sagen.

»Lucas! Magdalena!«, schallte die Stimme von Agnes Heidfeldt über den Friedhof.

Magdalena wollte gerade zu ihrer Mutter laufen, da hielt Lucas sie zurück. »Zeigst du mir vielleicht noch einmal, was die beiden gemacht haben?« Er grinste von einem Ohr zum anderen.

»Vielleicht«, entgegnete Magdalena und lief davon.

»Der Herr ist nahe denen, die zerbrochenen Herzens sind, und hilft jenen, die ein zerschlagenes Gemüt haben.«

Ein Sarg wurde in ein Grab gesenkt, und der Abt sprach von Vergebung und dem ewigen Leben. Er hielt die Leichenabdankung und würde später in Heilig-Kreuz einen Trauergottesdienst abhalten. Das kann er ruhig, dachte Lorenz, aber ohne mich. Eher würde er sich ins Herz stechen und in einem Fass die Donau hinabtreiben, als einer katholischen Messe beizuwohnen.

Lorenz war nur wichtig, dass seine Frau so beerdigt wurde, wie sie gelebt hatte – als Katholikin. Es war ihm einerlei, dass ihn manche Lutheraner deshalb mit Kopfschütteln und Blicken verurteilten. Nicht einerlei war ihm jedoch, dass die Schuldigen ihr Leben weiterhin genießen konnten, allen voran dieser gottverdammte Prior Beck. Denn war nicht er es gewesen, der Anna mit seinen Hasspredigten dazu angestiftet hatte, an diesem Tag der Bittprozession beizuwohnen? Waren es nicht Lochmair und Pronner, die die zu Recht verbotenen entrollten Fahnen bereits in Händen hielten und bereit waren loszumarschieren, ja sogar in den Krieg zu ziehen? Sie alle hatten Schuld am Tod von Anna, und mit ihnen jeder Anhänger der verdammten römischen Abgötterei.

Lorenz ballte die Fäuste.

Selbst die angeblich besten Freunde der Familie, die Heidfeldts. Hätten sie ihre Tochter im richtigen Glauben erzogen, wäre all dies nie geschehen. Aber dafür würden sie büßen, das schwor der Witwer bei seinem Leben und blickte in die Gesichter all derer, die um ihn herumstanden.

Sie alle würden dafür büßen.

»Mutter! Vater! Kommt schnell her!« Balthasar Heidfeldt stand vor dem Tisch in der Stube und starrte gebannt auf die Schatulle, die darauf lag.

Es war früh am Morgen, noch nicht einmal die Küchenknechte waren aufgestanden, um den Herd anzuheizen. Schlaftrunken kamen Johannes und Agnes die Treppen heruntergestapft, hinter ihnen stakste Magdalena, die Sieglinde an der Hand hielt.

Die gesamte Familie stellte sich rund um den Tisch und starrte auf die Schatulle, die wie die beiden ersten mit Eisen beschlagen war.

»Was ist es diesmal?«, flüsterte Agnes ihrem Mann zu und schob instinktiv Magdalena und Sieglinde schützend hinter sich.

Balthasar blickte hinterhältig zu seiner jüngeren Schwester. »Ich wette, der abgeschnittene Kopf einer Katze«, sagte er und verzerrte sein Gesicht zu einer Fratze.

Johannes gab ihm augenblicklich eine Ohrfeige. »Hör auf, deiner Schwester Angst einzujagen.«

Der Junge rieb sich die Wange, während ihm seine Schwester, von den Eltern unbemerkt, die Zunge zeigte.

»In der ersten Schatulle war eine Schale mit Wasser«, sagte Johannes. »In der nächsten eine mit Weihwasser. Und hier ...« Er fasste mit den Händen den Deckel an beiden Seiten und drückte ihn vorsichtig auf. Sobald er erkannte, was im Inneren war, hielt er einen Moment inne. Wenn es etwas Grausames beherbergt hätte, hätte er seine Familie fortgeschickt, aber –

»Ich verstehe es erneut nicht«, sage er und öffnete den Deckel ganz.

Agnes sah hinein, während sich die Mädchen hinter ihr versteckten. Balthasar stellte sich auf die Zehenspitzen und schob den Kopf nach vorn. »Eine Schale mit Blut?« Die Enttäuschung in der Stimme des Jungen war unüberhörbar.

Tatsächlich stand inmitten der mit weißem Silberbrokat ausgekleideten Schatulle eine kleine Glasschüssel, die randvoll mit einer roten Flüssigkeit war.

Johannes tauchte Zeige- und Mittelfinger in die Schale, zog sie wieder heraus und roch daran. »Ja. Blut.«

»Wer vermag uns so etwas in die Stube zu legen?« Agnes' Stimme zitterte.

»Ob die Ackermanns auch wieder eine bekommen haben?«

Balthasar reckte den Arm in die Höhe. »Ich lauf hinüber und –«

»Du bleibst schön hier.« Der erhobene Zeigefinger seines Vaters ließ den Jungen verstummen. »Bring die Mädchen in eure Kammer, und gib gut auf sie acht!«

Als Balthasar seine Schwester anblickte, war jeglicher Spott aus Magdalenas Augen verflogen. Der Junge nickte. Er trottete los, gab ihr und Sieglinde je eine Hand und führte sie aus der Stube.

Agnes schmiegte sich an die Leibesfülle ihres Mannes. »Wenn ich ehrlich bin, habe ich Angst.«

»Das brauchst du nicht«, entgegnete Johannes und gab ihr einen Kuss auf das Haupt. »Aber seltsam ist es schon. Bis eben hielt ich es noch für einen dummen Streich von jemand, der uns an der Nase herumführen will. Doch eine Schale mit Blut?«

Johannes löste sich von seiner Frau und ging Richtung Stubentür.

»Wo willst du hin?«

»Zu Christoph.«

Agnes schüttelte sorgenvoll den Kopf. »Hältst du das für eine gute Idee? Wir haben seit der Beerdigung nicht mehr miteinander gesprochen.« Sie sprach nicht aus, dass es vor allem an Lorenz lag, dass sich die Familien nicht mehr trafen. Der Junge strahlte seit Annas Tod unverhohlenen Hass aus, gegen die Welt und alle, die seiner Meinung nach an Annas Tod schuld waren.

Natürlich hatten auch Johannes und Agnes, neben ihrer bodenlosen Trauer über den Verlust, Zorn verspürt. Zorn, dass es ein Lutheraner gewesen war, der Anna gestoßen und damit zu ihrem Tod beigetragen hatte. Aber der Zorn war langsam gewichen, denn die beiden wussten, dass man nicht alle für die Tat eines Einzelnen verantwortlich machen konnte. Agnes zumindest hatte dies so für sich beschlossen. Bei Johannes war sie sich nicht so sicher.

»Dann sollten wir das ändern und das Schweigen beenden.« Johannes machte Anstalten, die Stube zu verlassen. »Wir *müssen* es ändern, vor allem, wenn sie auch eine Schale bekommen haben!«

»Warte«, unterbrach ihn seine Frau und hielt ihn am Arm fest. »Wenn du schon gehst, dann wasche dich. Du hast ja noch Blut an den Händen.«

Der kleine Friedhof außerhalb der Stadt war menschenleer, bis auf zwei Gestalten, die vor unterschiedlichen Gräbern standen. Lorenz, noch immer ganz in Schwarz gekleidet, blickte kurz zu der jungen Frau, die mit gefalteten Händen und gesenktem Haupt dastand, stumm und unbeweglich. Der frühsommerliche Wind zerrte an ihrem kunstvoll geschneiderten blauen Kleid, dessen Stehkragen den Hals gänzlich umschloss und in einer weißen Halskrause mündete, und an ihrem steifen Hütchen, das fremdartig geschnitten und ebenfalls von blauer Farbe war.

Schließlich wandte sich Lorenz Annas Grab zu und las still das Epitaph, wie an jedem einzelnen Tage zuvor.

Complaceat tibi, Domine, uti eripias me
Ad adiuvandum me respice
Anna Ackermann
Peragravit tunc super sidus

Lass Dir gefallen, Herr, mich hinwegzureißen
Bedenke doch, mir zu helfen
Anna Ackermann
Da wanderte sie hinweg, über die Sterne hinaus

Lorenz faltete die Hände, schloss die Augen und begann zu beten. Er flehte den Herrn an, Annas Seele und der ihres ungeborenen Kindes gnädig zu sein. Er flehte den Herrn an, seine Lieben in Sein Reich aufzunehmen, sie von Sorgen zu befreien und von Schmerzen zu erlösen. Und er drohte dem Teufel, sollte dieser Anna auch nur ein Haar krümmen.

Lorenz gedachte ihres unbeschwerten Lachens, ihrer Fröhlichkeit, ihrer Herzenswärme.

Und wusste, dass er all das nie wieder erfahren würde.

Sein Herz schlug schneller, seine Kehle schnürte sich zu.

Nie wieder …

Herr, reiße auch mich hinfort, am besten noch in diesem Augenblick. Ich flehe dich an.

Aber nichts geschah, wie auch an keinem einzelnen Tage zuvor.

Mit einem dreimaligen »Vater Unser« schloss Lorenz sein Gedenken ab.

Dann blickte er um sich. Der Himmel über ihm war noch stürmischer geworden. Die andere Gestalt war gegangen. Dafür stand Pater Prior Beck unweit von ihm, er schien geduldig auf ihn gewartet zu haben.

»Der junge Herr Ackermann«, sagte er und trat an den Trauernden heran. »Wisst Ihr, es vergeht nicht ein Gebet, in das ich unsere liebe Anna nicht miteinschließe.«

»Ich danke Euch«, sagte Lorenz und meinte es auch so.

»Und Ihr wisst, dass ich auch für Euch immer ein offenes Ohr haben werde.« Beck trat nah an ihn heran, legte ihm die Hand auf die Schulter und sah ihm in die Augen. »Es ist nie zu spät, sich vom Irrglauben abzuwenden, mein Sohn.«

Lorenz dachte für einen Augenblick, er hätte sich verhört. Was erdreistete sich dieser Papstküsser? Er war es doch, der Anna dazu verführt hatte, an jenem Tag an der unsäglichen Prozession teilzunehmen. Trotzdem legte er nun ebenfalls dem Pater die Hand auf die Schulter und lächelte ihn an. »Der Tag, an dem ich vor der römischen Abgötterei einen Kniefall mache, wird jener Tag sein, an dem die Hölle zufriert.«

»Sosehr ich mir auch den Kopf zermartere, ich komme einfach nicht dahinter, wer uns mit diesen Schatullen zum Narren hält«, sagte Christoph, während er mit Johannes die Kapell-Gasse hinunterging. Es hatte gutgetan, den Freund heute wieder zu treffen. Auch wenn sich Christoph gewünscht hätte, dass es ein anderer Anlass gewesen wäre. »Unsere Geschäftspartner scheiden aus, das wäre ihrem Geldsäckchen kaum zuträglich. Ich habe auch eine

Liste von all jenen erstellt, die uns in all den Jahren hintergangen haben, die versucht haben uns zu übervorteilen oder sonst auf eine Weise anzuschwärzen.«

»Muss eine lange Liste sein«, meinte Johannes trocken.

Die beiden grinsten sich kurz zu. Für einen Augenblick schien alles wie früher, schien alles vergessen, was geschehen war.

»Ich bin aber auch hieraus nicht klüger geworden«, fuhr Christoph fort. »Auch ehemalige Freunde, scheinbar lang vergessene Weggefährten ... nichts und niemand.«

»Wenn uns jemand eine Botschaft schicken will, und nichts anderes kann dies sein, dann soll er es verdammt nochmal klar und deutlich tun!«, meinte Johannes.

Christoph nickte. »Ein Mann, ein Wort. Womöglich fehlen demjenigen ja die Eier dazu.«

»Womöglich.«

»Zum Glück haben wir unsere noch. Ich zumindest.« Christoph grinste schief und zwinkerte Johannes zu. »Und bei dir? Wenn du auf deinen stattlichen Wanst hinunterblickst, dann –«

»Beim letzten Mal pissen war noch alles dran, ich danke ob der Nachfrage.«

Wieder teilten die beiden Männer einen Augenblick der Heiterkeit. Wieder schien alles wie früher.

Dann wurde Christoph ernst. »Wie geht es dir und Agnes eigentlich?«

Johannes räusperte sich. »Wir kommen zurecht.« Er schwieg und atmete dann tief durch. »Weißt du, wenn sie klein sind, ist man es eher gewöhnt, dass sie sterben könnten. Ein Fieber, ein Husten, eine Entzündung ... Aber wenn sie erst einmal fünfzehn Lenze und mehr am Buckel haben, dann meint man, sie würden zumindest so alt und töricht werden, wie man selbst gerade ist.« Seine Stimme war immer leiser geworden, er schluckte.

Christoph legte seinem Freund die Hand auf die Schulter. »Ich weiß. Ich weiß.«

Schweigend gingen die beiden weiter.

»Wie geht Lorenz damit um?«, fragte Johannes schließlich.

»Sehr still und in sich gekehrt. Manchmal weiß ich nicht, ob der Junge betet oder hasst. Er ist ein anderer, zumindest im Augenblick.«

Johannes nickte. »Er macht die ganze Welt für Annas Tod verantwortlich. Ich verstehe das, und seine Trauer verstehe ich auch. Aber vielleicht kannst du ihm in einem geeigneten Augenblick zu verstehen geben, dass ich und meine Familie die Allerletzten sind, die er hassen sollte.«

»Das werde ich, mein Freund. Das werde ich.«

Der Kaufmann und der Transporteur erreichten den Eingang zum Roten Hund und blieben stehen.

»Ich werde bei Francesco einen Wein trinken«, sagte Johannes und meinte es wie eine Einladung.

»Ich muss zum Hafen. Eine meiner Zillen muss getreidelt werden.«

»Für wen fährst du?« Johannes gab sich erstaunt.

»Die Goldschmiede haben bei mir –«

»Du fährst nun für die Goldschmiede?« Johannes' Stimme wurde schärfer. »Der Zunftherr wollte doch nie etwas mit uns zu tun haben.«

»Will er auch nicht«, sagte Christoph und fügte leise hinzu. »Mit *uns* will er nicht.«

Johannes hob die Braue, trat einen Schritt von seinem

Freund zurück. »Ich verstehe. Womöglich sollte ich mich auch nach neuen Geschäftspartnern umsehen? Die Leute scheinen meinen Laden regelrecht zu meiden, vor allem seit Annas Tod.«

»Du meinst wohl eher seit der Bittprozession?« Nun wurde auch Christoph lauter.

»Die nicht stattgefunden hat, weil ihr sie verboten habt!« Johannes geriet in Rage.

»Das war doch nur zu eurem Wohlergehen!«

»Dann ist's ja gut, dass ihr euch so um unser Wohlergehen sorgt. Dann will ich sogleich zu Anna gehen und mich nach *ihrem* Wohlergehen erkundigen!«

Die beiden Männer funkelten sich an. So schnell war der Streit ausgebrochen, so tiefe Wunden hatte er offenbart. Beide wussten, dass sie zu weit gegangen waren, aber beiden war es ebenso unmöglich, einen Schritt zurück zu machen.

»Wisst Ihr was, Herr Kaufmann? Leckt mich am Arsch!« Christoph machte kehrt und stapfte Richtung Donau-Tor.

»Ach ja, Herr Transporteur?«, rief ihm Johannes hinterher. »Leckt auch Ihr mich am Arsch!«

Christoph war nach getanem Tagwerk auf dem Weg nach Hause noch in die Stadtpfarrkirche gegangen, durch das menschenleere Kirchenschiff geschritten und stand nun in der Kapelle der Dreifaltigkeit. Es war eine der schönsten Kapellen in der Kirche, der angesehene Patrizier Leonhard Vetter hatte sie einst errichten lassen.

Der Transporteur hatte plötzlich den Drang verspürt, mit seinen Gedanken näher an Gott sein zu wollen, und stand nun da, die Hände gefaltet, das Haupt gebeugt. Er gedachte Anna, die eine klaffende Lücke in seinem Herzen hinterlassen hatte, und betete für sie und sein Enkelkind, das mit ihr gestorben war.

Auch wenn man sich damit trösten konnte, dass die Wege des Herrn unergründlich waren und am Ende alles einen Sinn ergab, so tauchte doch hie und da die Frage auf, wie dieser göttliche Plan wohl beschaffen sei. Eine Frage, auf die es jedoch niemals eine Antwort geben würde, zumindest nicht in diesem Leben, dessen war sich Christoph bewusst.

Er schloss seine Familie ins Gebet mit ein, vor allem Lorenz, und er erbat, dass die Geschäfte wieder besser laufen mögen als gerade eben.

»Eine kluge Entscheidung, die Ihr da getroffen habt.«

Die Stimme neben Christoph ließ diesen erschrocken zusammenzucken. Bürgermeister Wurm hatte sich völlig unbemerkt neben ihn gestellt.

»Und auf welche Entscheidung spielt Ihr an?«, fragte er Wurm unwillig.

»Nun, die Entscheidung, nach so vielen Jahren endlich mit diesem Götzenanbeter zu brechen. Ihr hättet schon viel früher mehr Geschäfte mit den unsrigen machen können.«

Auch wenn Christoph auf Johannes im Moment nicht gut zu sprechen war, so widerte es ihn doch an, von Wurm ein Lob dafür ausgesprochen zu bekommen. »Kommt Zeit, kommt Rat«, sagte er knapp, ohne den Mann neben sich anzusehen.

»Auch Euer Sohn ist so besser dran«, sprach der Bürgermeister leise. »Wisst Ihr, ich glaube ja nicht, dass es einem Kinde gedeihlich ist, wenn ein Elternteil dem falschen Glauben zugetan ist. Wie ergeht es ihm übrigens in seiner Trauer?«

Christoph fühlte, wie alles in ihm geradezu danach schrie, den Mann neben sich gehörig zu verprügeln, ungeachtet dessen Standes oder des geheiligten Ortes. Aber er riss sich zusammen. »Lorenz ist ein starker Mann. Er wird darüber hinwegkommen und im Glauben gestärkt daraus hervorgehen.«

»Diakon Delzer sieht das nicht ganz so«, meinte Wurm. »Erst neulich hat er beklagt, dass Euer Sohn seltener zur Messe geht. Und schon gar nicht zur Beichte.«

»Sollte der Herr Diakon derlei Ansinnen, wenn überhaupt, nicht eher an jenen richten, den es betrifft?«

»Fürwahr«, gab sich der Bürgermeister beinahe belustigt. »Aber Ihr wisst ja, wie man im inneren Kreis so spricht.«

Keine Antwort.

»Oder nein«, fuhr er fort. »Ihr wisst es noch nicht. Aber seid gewiss: Wenn Ihr Euch weiterhin nicht mit einem wie diesem Heidfeldt abgebt, dann werdet auch Ihr sehr bald zur Loge gehören.«

Christoph schnaubte. Natürlich hegte er ein gewisses Interesse, in diese Loge, den einflussreichsten Kreis innerhalb des Zwölferrates, aufgenommen zu werden, das hatte er schon immer. Aber der Preis dafür schien ihm doch ein wenig hoch.

»Ach ja«, meinte Wurm, als er schon im Begriff war zu gehen. »Erasmus Amling gehört auch diesem innersten Kreise an. Der alte Knabe hat ein Glück, ein so hübsches

Weib sein Eigen nennen zu können.« Wurm klopfte Christoph auf die Schulter. »Aber wie man hört, kennt Ihr sie ja ganz gut.«

Der Bürgermeister verließ die Kirche ebenso leise, wie er gekommen war, was angesichts seiner Leibesfülle an ein Wunder grenzte.

Christoph sah zu Boden, atmete bewusst tief ein und aus, bis seine Wut allmählich verflogen war. Erst dann merkte er, dass er mit der rechten Hand den Griff seines Dolches umklammert hielt.

so cs

Francesco Santorio hatte einen Krug voll Wein und zwei Becher aus Ton in der Hand. Er schlurfte durch seine Wirtsstube, nickte dem einen und anderen Gast zu, der ihn grüßte, und setzte sich schließlich zu dem jungen Mann, der alleine auf einer Bank in einer Ecke saß.

»Oh, welch seltener Gast.« Der Wirt befüllte die beiden Becher und reichte einen davon Lorenz. »Auf Euer Wohl, junger Herr Ackermann.«

Lorenz zögerte. Dann nahm er den Becher, trank und schwieg.

Santorio musterte ihn. Er überlegte kurz, ob er nicht lieber wieder seiner Arbeit nachgehen sollte, gab sich dann aber einen Ruck. »Ihr trinkt wohl nicht gern mit einem Katholiken?«

»Ich mache gar nichts gern mit einem Katholiken«, entgegnete Lorenz scheinbar ruhig, ballte aber unter dem Tisch die Faust.

»Was mit Eurer Anna geschehen ist«, begann Santorio

erneut mit Bedacht, »ist eine verdammte Tragödie. Es tut mir so leid. Auch ich habe ein Weib und zwei Kinder verloren, ich kenne also deinen Schmerz.«

»Wie kommt es, dass einem ein jeder erzählt, was auch ihm Schlimmes widerfahren ist, wenn er Worte des Trostes spenden will? Als ob diese vermeintliche Verbrüderung im Schmerz das eigene Leid zu lindern vermag.« Lorenz spuckte zu Boden.

»Ihr habt recht, verzeiht«, gab sich Santorio nachsichtig. »Nun, da Ihr es ansprecht, erinnere ich mich, damals ebenso empfunden zu haben wie Ihr.«

Diese Worte schienen Lorenz ein wenig zu besänftigen.

»Doch oftmals können die, denen man die Schuld zuweist, nichts für das, was einem selbst widerfahren ist«, meinte der Wirt.

Lorenz antwortete nicht, sein Blick ging ins Leere.

Die beiden Männer schwiegen.

»Wisst Ihr eigentlich, warum mein Wirtshaus Zum Roten Hund heißt?« Santorios Stimme war leise.

Lorenz schüttelte den Kopf.

»Dann will ich es Euch erzählen, weil ich darauf vertraue, dass Ihr darüber Stillschweigen bewahrt, so wie es Euer Vater getan hat.«

Der junge Mann sah dem Wirt in die Augen und nickte knapp.

Santorio beugte sich näher zu Lorenz. »Ihr kennt mich als Francesco Santorio aus dem Piemont, jeder in Schwäbischwerd tut das. Aber eigentlich heiße ich François Bellay und komme aus dem schönen Königreich Frankreich, genauer gesagt aus Paris. Ich habe dort eine kleine Gastwirtschaft betrieben, und dort wie auch hier gab es andauernd Streit zwischen den Katholiken und den Hugenotten[11]. Genau wie hier klagten mal die einen über eine unrechtmäßige Behandlung oder Übervorteilung, dann wieder die anderen. Das Ganze hat sich aber über lange Zeit hochgeschaukelt, und es wurde so lange gezündelt, bis in der Nacht vom 23. auf den 24. August im Jahr des Herrn 1572, also noch vor Eurer Geburt, das Pulverfass der Konfessionen explodiert ist. Wisst Ihr, was in dieser Nacht beim *Massacre de la Saint-Barthélemy*, also in der Bartholomäusnacht, geschah?«

Santorio schenkte sich und Lorenz Wein nach. Der junge Mann hörte mittlerweile interessiert zu.

»In dieser einen Nacht und mit schweigender Zustimmung des Königs wurden die Führer der Hugenotten und Tausende ihrer Anhänger ermordet. Einfach so.« Der Wirt schnippte mit den Fingern. »Nur weil sie ein und dieselbe Schrift anders auslegten. Es war eine verdammte Tragödie.« Er brach ab, schloss für einen Augenblick die Augen. Als er sie wieder öffnete, waren sie in die Ferne gerichtet. »In jener Nacht hatte ich meine Gastwirtschaft bereits geschlossen, da klopfte es plötzlich an die Tür.« Santorio imitierte das Pochen, indem er drei Mal mit der Hand auf den Tisch klopfte. »Ich hatte höllische Angst, das kannst du mir glauben. Immerhin schallten von draußen seit geraumer Zeit gellende Schreie und wütendes Gebrüll. Das Klopfen hörte jedoch nicht auf, im Gegenteil, es wurde immer stärker. Also hab ich mir ein Herz gefasst. Durch ein Guckloch blickte ich hinaus, sah, wer da wie von Sinnen an meine Tür hämmerte – es waren ein

11 Bezeichnung für französische Lutheraner (Protestanten).

Dutzend Weiber, Kinder und Alte. Was hätte ich tun sollen? Ich war Katholik. Die da draußen waren es bestimmt nicht. Hätte ich sie einfach ihrem Schicksal, oder besser gesagt, dem unbändigen Zorn ihrer Schlächter überlassen sollen? Oder darauf hoffen, dass Gott ihnen zu Hilfe eilt?«

Lorenz starrte den Wirt gebannt an.

»Also habe ich mir ein Herz gefasst«, fuhr dieser fort, »und hab die Hugenotten zu mir hereingelassen. Mehr noch – ich habe sie im Weinkeller versteckt, sollte man mich kontrollieren.«

Santorio leerte seinen Becher und schenkte sich nach. »Ich bin dann im Dunkeln dagesessen und habe auf die Tür gestarrt, habe gehofft und gebetet, dass niemand mein Haus stürmt. Und plötzlich, als die Schreie langsam verklangen und einem grausamen Wehklagen Platz machten, da hörte ich es. Ein leises Kratzen an der Tür. Ein Scharren, wie es ein Mensch nicht tun könnte. Ich habe erneut vorsichtig die Tür geöffnet, und da stand dieses Wesen – große Augen, die Ohren angelegt, das Fell ganz rot. Und mit seinen Pfoten stand es im Blut, das die Gasse hinabfloss, als hätte es stark geregnet.«

Der Wirt seufzte. »Also habe ich den Hund auch noch zu mir hereingelassen. Chienrouge, wie ich ihn getauft habe, ist bis zu seinem Tod nicht mehr von meiner Seite gewichen. Meine Gastwirtschaft habe ich verloren, weil mich wenig später jemand angezeigt hat. Ich habe also von heute auf morgen flüchten müssen, mit nicht viel mehr, als ich am Leibe trug. Und natürlich mit Chienrouge. Aber wisst Ihr, woher ich die Gulden hatte, um hier ein neues Leben zu beginnen und den Roten Hund zu eröffnen?«

Lorenz schüttelte den Kopf.

»Von den Familien, denen ich in jener Nacht das Leben gerettet hatte. Sie gehörten einem anderen Glauben an, aber das spielte keine Rolle, nicht für mich, als ich für sie da war, und nicht für sie, als sie mir halfen.«

Der Wirt wischte sich den Wein aus dem Oberlippenbart. »Was ich damit sagen will, junger Herr Ackermann, ist, dass oft die, von denen wir es am wenigsten erwarten, jene sind, die einem in der Not helfen. Und nur eines ist gewiss in dieser Welt: Blinder Hass führt uns alle nicht ins Himmelreich, sondern ist der Weg in die ewige Verdammnis.«

»Wohl gesprochen«, sagte Lorenz. »Ich danke Euch für Eure offenen Worte, Herr Wirt.« Er hob seinen Becher zum Anstoßen. Santorio lächelte und wollte es ihm gleichtun, da stürmte Johannes Georg, ein Goldschmied, in die Gaststube.

»Habt ihr schon gehört, was heute geschehen ist?«, rief er lauthals. »Sie haben Schenck und Eckl verhaftet!«

Ungläubige Rufe folgten, die Gäste wurden unruhig.

»Ich will mal lieber Hans und Valentin Bescheid sagen. Nicht dass das hier drinnen wieder außer Rand und Band gerät«, sagte Santorio, stand auf und ließ Lorenz alleine.

»Die werten Ratsherren haben es verfügt«, fuhr Georg fort, »wahrscheinlich auf Geheiß der beiden abgöttischen Kommissionäre!« Er machte einen ungelenken Knicks. »Und so macht Schwäbischwerd seinen ersten Kniefall vor dem Bayernherzog!«

Der Goldschmied zog eine Grimasse und deutete mit Hand und Zunge Fellatio an. Gelächter und weitere Unmutsäußerungen und Buhrufe waren die Folge.

»Ich weiß mit Verlaub gar nicht, was daran so überraschend sein soll«, gab Gebhard mit lallender Zunge zum Besten und erhob sich aus dem dunklen Winkel, in dem er den ganzen Tag über gesoffen hatte. »All das, was nun über euch hereinbricht, habt ihr doch nur euch selbst zuzuschreiben! Ihr scheißt auf den Religionsfrieden. Ihr scheißt auf den Kaiser. Und nun scheißt der Kaiser auf euch. Drei Mal dürft ihr raten, wer den größeren Haufen macht!«

Gebhard taumelte nach vorn, fing sich und taumelte wieder rückwärts, als ihn Santorio an der Weste packte und festhielt. »Ihr habt genug für heute. Geht, und schlaft Euren Rausch aus!«

Der Trunkenbold riss sich los und blickte in die Gesichter der Gäste, die ihn voller Groll anstarrten. Er streckte den Zeigefinger aus und drehte sich, als wolle er jeden einzelnen markieren. »Ihr seid doch alle Hunde! Denn wer die Zurschaustellung des Gekreuzigten verbietet, vergrößert nur *Sein* Leid, so wie es die Juden getan haben!«

Grenzenlose Wut ergriff Lorenz, auf den Katholiken und seine Schmähworte. Er sprang von seiner Bank auf, schnellte zu Gebhard und streckte ihn mit einem einzigen Schlag zu Boden. Er verharrte einen Augenblick, als grölende Zustimmung aufbrandete. Dann kniete er sich über den Betrunkenen und begann dessen Gesicht mit Schlägen einzudecken.

Die Zustimmung wurde immer lauter, ebbte jedoch ab, je länger Lorenz auf den Regungslosen einschlug.

Schließlich packte Valentin, der eben in die Stube gekommen war, den jungen Mann am Kragen und zog ihn von Gebhard weg. Lorenz, blind in seiner Raserei, wollte gerade auf den Knecht einschlagen, da trat Santorio zu ihm und legte ihm die Hand auf die Wange. »Junge, hast du mir denn nicht zugehört?«

Lorenz sah sich um. Er blickte von seinen blutigen Knöcheln auf den röchelnden Gebhard, dessen Gesicht wie eine einzige offene Wunde aussah. Dann wieder auf seine blutigen Hände. Der junge Mann schluckte krampfhaft, schien erst jetzt wieder zur Besinnung zu kommen. Langsam, mit unsicherem Schritt, verließ er die Stube.

Der Wirt sah Lorenz traurig nach, dann wandte er sich den Gästen zu. »Vier von euch schaffen den Verletzten zum Stadtphysikus. Sofort!«

Während hinter Santorio die Leute taten, wie ihnen geheißen, begab sich dieser zur Schank und trank einen Becher Wein in einem Zug leer.

Er wusste, was Lorenz' Problem war. Der junge Mann *hatte* ihm zugehört.

Er hatte ihn nur nicht verstanden.

Johannes ging durch das Nördlinger-Tor, ließ den mit Fialen[12] und anderen Verzierungen reich geschmückten Turm und die Stadtmauer, die an ihn anschloss, hinter sich und marschierte die einzige Straße entlang, die durch die Berger Vorstadt nach Norden führte. Seine Augen fixierten das weitläufige Gehöft zu seiner Rechten, in dem ein gutes Dutzend Wägen und Karren unterstanden und

12 Aus Stein gemeißelte Türmchen.

dessen Lagerräume mit einer Vielzahl von Ersatzrädern, Töpfen mit Schmiere, Seilen, ja sogar Booten vollgeräumt waren – die Lagerstätte der Ackermanns.

Dabei war ihm einerlei, dass die Kinder, die seinen forschen Gang hörten und sein gerötetes Gesicht sahen, erschrocken vor ihm wegliefen, und dass der eine oder andere Bürger darauf bedacht war, nur ja keinen Blickkontakt herzustellen.

Johannes bog in die Einfahrt, über deren Bogen aus karminroten Ziegeln der schmiedeeiserne Buchtstabe *A* prangte, schritt über den weitläufigen Innenhof, in dem geschäftiges Treiben aus Fuhrknechten, Stalljungen, Kutschern und Pferden herrschte. Er hielt auf sein Ziel zu, das er bereits in dem Augenblick ausgemacht hatte, als ihm seine Frau die betrübliche Nachricht verkündet hatte.

Sein Ziel war Lorenz Ackermann.

Der wies gerade zwei Knechte ein, die eine schwere Kiste mit einem Flaschenzug auf ein Fuhrwerk abluden.

Johannes baute sich hinter ihm auf und tippte ihm auf die Schulter.

Der junge Mann drehte sich um und erschrak, als er das schweißnasse und mittlerweile krebsrote Gesicht des Kaufmanns erblickte.

Der presste ein gezwungenes Lächeln hervor. »Kann ich dich für einen Augenblick sprechen?«

»Vater ist nicht da, ich –«

»Ich möchte ja auch zu dir. Unter vier Augen, wenn's recht ist.«

Lorenz gab seinen Knechten ein Zeichen, dass er kurz wegmusste. Dann ging er voran in Richtung der Schreibstube, ohne sich ein einziges Mal zu seinem ehemaligen

Schwiegervater umzudrehen. Als sie die Stube erreicht hatten, schloss er die Tür hinter sich.

»Ich möchte Euch –«

Johannes packte Lorenz am Kragen, riss ihn in die Höhe und drückte ihn nach hinten, bis er mit dem Rücken gegen die getäfelte Wand prallte. »Ich sage dir jetzt etwas, Jungchen. Als Vater trauere ich genauso über Annas Tod wie du. Zusätzlich muss ich mich jeden Tag mehr mit den Unverschämtheiten auseinandersetzen, die mir manche deiner Glaubensbrüder entgegenwerfen. Ich habe Sorgen um die Zukunft meiner Familie, und manchmal brennt es beim Pissen, als wären Nägel in mir, die rauswollten. Was ich also überhaupt nicht brauchen kann, ist jede weitere Sorge, und schon gar nicht, wenn irgendjemand gegen ein Mitglied meiner Familie, und möge es noch so versoffen und charakterschwach sein, seine Faust erhebt! Hast du das verstanden?«

Johannes ließ Lorenz los, der verdattert auf den Beinen stand. »Aber –«

Der Kaufmann packte die rechte Hand seines Gegenübers und hielt sie in die Höhe. Die blutverkrusteten Knöchel waren unübersehbar. »Oder willst du mir weismachen, die hast du dir bei der Selbstbefleckung zugezogen?«

Lorenz schwieg beschämt.

»Herrgott, Lorenz, ich habe dich immer wie einen Sohn gemocht. Aber wenn wir alle so mit unserer Trauer umgehen wie du, dann ist Schwäbischwerd bald dem Erdboden gleichgemacht.« Johannes beruhigte sich langsam. »Und bevor du fragst: Gebhard wird es überleben, aber dein Verdienst ist das nicht. Ich erwarte eine Entschuldigung, und die wirst du in Gegenwart von Agnes kundtun, er ist ja schließlich ihr Bruder. Und solltest du das nächste Mal deine Faust gegen jemand aus meiner Familie erheben, dann bin ich es, dem du Rechenschaft darüber ablegen wirst.«

In dem Moment wurde die Tür aufgerissen, und Christoph kam herein. »Johannes? Was willst du hier?«

Der wandte sich von Lorenz ab. »Nichts, wir sind uns schon einig. Eine Familienangelegenheit. Soll dich und deinen Herrn Sohn aber nicht von den Geschäften mit den Goldsäcken abhalten.«

Christoph blickte Johannes verständnislos an, der machte jedoch nur eine verächtliche Geste und verließ die Stube.

Der Transporteur wandte sich seinem Sohn zu. »Was war hier los?«

Ein fünfmaliges, rhythmisches Klopfen. Das Zeichen. Christoph schmunzelte. Er strich sich über den Scheitel, dann über Bart und Wangen, zog sich Hemd und Wams zurecht. Alles war an seinem Platz. Er blickte zur Tür.

»Tretet ein!«

Die Tür öffnete sich mit einem Quietschen, und Sibylla kam in den Raum. »Herr Ackermann«, sagte sie mit überlauter Stimme, »mein Mann schickt mich. Es geht um die Lieferungen für die Goldschmiede.«

Christoph gab ihr mit einem Kopfschütteln zu verstehen, dass sie das Theater nicht aufrechtzuerhalten hatte. »Es ist niemand mehr hier. Weil alle so fleißig und strebsam waren, habe ich sie früher nach Hause geschickt.«

Sibylla schloss die Tür, verriegelte das Schloss und kam auf den Transporteur zu. »Schade eigentlich. Ich hatte mir solche Mühe bei dem Schauspiel gegeben.«

»Das weiß ich«, entgegnete Christoph und stand auf. Er zog die Frau zu sich, roch an ihren Haaren und ihrer Haut, an dem süßlich-fruchtigen Duft, mit dem sie sich immer parfümierte.

»Ist schon einige Zeit her«, raunte sie, während sie ihm den Nacken massierte. »Ich dachte schon, du hättest endgültig keinen Gefallen mehr an mir.«

»Sei nicht albern«, flüsterte Christoph. »Es bedarf schon eines gewaltigen Narrens, der dich nicht begehrt.«

Sibylla kicherte. »Oder eines Sodomiten wie Santorio.«

»Ist er doch nicht. Santorio ist ein ehrenhafter, gutherziger Mann.«

»Klingt so, als wolltest du ihn mir anpreisen.«

Christoph sah Sibylla in die Augen. »Du hast mich durchschaut. Aber bevor du mich für Santorio für immer verlässt, möchte ich dich noch um einen Gefallen bitten.« Er schnürte sich die Hose auf.

Ihr Blick wanderte nach unten. Sie grinste und begab sich auf die Knie.

Christoph sah auf Sibylla hinab. Es war jener Anblick, der ihn immer sehr erregt hatte. Ihre roten, wallenden Haare, die sich vor- und zurückbewegten, die Geräusche, die sie dabei machte. Aber heute ...

Sein Blick wanderte zum Fenster, hinaus in die Dämmerung. Er versuchte sich einen besonders prickelnden Moment vorzustellen. Aber alles, woran er denken konnte, war der Streit mit Johannes und das dummdreiste Verhalten seines Sohnes, das eines Mannes in seiner Stellung gänzlich unwürdig war. Lorenz hatte sich wie ein gemeiner Knecht verhalten. Insofern hatte er Glück gehabt, dass Johannes' heutiger Besuch so friedlich verlaufen war. Wären die Verhältnisse umgekehrt, er hätte sich vermutlich nicht so sehr im Zaume gehalten. Aber Johannes war eben –

»Wo bist du denn mit deinen Gedanken?« Sibylla sah zu ihm hinauf. »Sicher nicht hier, das ist offensichtlich.«

»Ich bitte dich um Verzeihung, ich …« Christoph trat einen Schritt zurück, zog sich die Hose hoch und half seiner Geliebten auf die Beine. »Es ist nur … Mein Sohn hat den Bruder von Agnes Heidfeldt mit den Fäusten traktiert und dabei wohl schwerer verletzt.«

Aber das ist nicht der Grund. Der Grund ist, dass diese miese Kröte von Bürgermeister angedeutet hat, er wüsste über uns beide Bescheid.

Sibylla wischte sich trotzig über den Mund. »Na und? Wie man hört, seid ihr und die Heidfeldts nicht mehr befreundet. Außerdem hat sich Baumgart, dieser Katholikensaufbold, ja auch einiges zuschulden kommen lassen.«

Christoph trat einen Schritt von Sibylla weg. »Dieser ›Katholikensaufbold‹ ist trotz allem ein Mitglied einer Familie, die einen schweren Verlust erlitten hat. Nur weil es momentan in der Stadt nicht gerade förderlich ist, wenn man diesem Glauben anhängt, heißt das noch lange nicht, dass das schlechte Menschen sind.«

»Oh, da trägt wohl einer einen Jesuiten im Herzen«, gab Sibylla erbost zurück. »Meine Seele, wenn ich das geahnt hätte.«

»Was wäre dann geschehen? *Was?*«

Sibylla sagte nichts, schlug stattdessen die Arme vor ihrer bebenden Brust zusammen und funkelte Christoph wuterfüllt an.

Der schnürte sich die Hose wieder zu. »Wenn ich also

ein heimlicher Katholik bin, und du meinen Schwanz lutschst, dann sag mir: Zu was macht *dich* das?«

Sibylla blieb buchstäblich der Mund offen. »Du niederträchtiger Emporkömmling«, stieß sie schließlich hervor. »Fahr doch zur Hölle!« Dann drehte sie sich um, riss den Riegel aus dem Schloss und stürmte hinaus.

Christoph blickte ihr nach.

Dieser gottverdammte Johannes. Und der gottverdammte Wurm mit dazu!

Dann schlug er mit der Faust donnernd auf seinen Schreibtisch. Eine Mischung aus Wehmut und Schuldgefühlen bemächtigte sich seiner, die langsam einer Erkenntnis Platz machte: Diese Liaison war zu Ende, endgültig. Wenn Christoph ehrlich war, war er sich nicht sicher, ob er den heutigen Streit nicht bewusst herbeigeführt hatte. Immer wieder hatte er gezweifelt, hatte tief in seinem Inneren gewusst, dass er diese Liebschaft beenden musste, die seine Ehe mit Helene gefährdete. Vielleicht war das Maß jetzt voll gewesen. So viel war geschehen in der letzten Zeit, so viel Leid. Anna war tot, Lorenz ein anderer Mensch geworden. Die Freundschaft zu den Heidfeldts gab es nicht mehr, und in der Stadt drohte der Aufruhr. Nicht zuletzt die Verhaftung von Schenck und Eckl hatte Unruhe unter den Bürgern ausgelöst, denn viele stellten sich die Frage: Wer würde noch eingesperrt werden? Jede Familie hatte Angehörige, die sich in der Öffentlichkeit mehr oder weniger gegen die Prozession im Allgemeinen und die Katholiken im Besonderen hervorgetan hatten. Wer würde wen anschwärzen, um seine eigene Haut zu retten?

Christoph atmete tief durch. Ja, er musste sich eingestehen, er hatte die drallen Formen von Sibylla geliebt, ihre schamlose Art und ihre Neigung zu fordern, was sie begehrte. Und er hatte sich bei ihr, auf ihr und in ihr immer wohl gefühlt. Aber alles hatte nun einmal ein Ende, dachte der Transporteur, und hier und jetzt, in diesen Zeiten gab es nur einen, der ihn mit ganzer Kraft brauchte – seine Familie. Und genau dahin machte er sich sogleich auf.

Den Schlag ins Gesicht hatte Lorenz nicht kommen sehen. Niemand am Tisch hatte ihn kommen sehen. Und niemand traute sich ein Wort zu sagen. Lucas und Philipp hielten das Haupt gesenkt, Helene blickte ihren Mann fragend an.

Lorenz rieb sich Wange und Nase. Seine Augen waren glasig ob des Schmerzes. »Womit hab ich das verdient?«, wollte er wissen.

»Du weißt verdammt gut, womit«, sagte Christoph. Er war vor wenigen Augenblicken in die Stube hereingestürmt, zum Tisch gegangen, an dem die Familie ihr Abendbrot einnahm, und hatte mit der Hand ausgeholt.

»Dann will ich es wissen«, sagte Helene bestimmt.

Christoph lächelte ihr finster zu. »Das wird dir Lorenz von Herzen gerne beichten, hab ich recht, werter Herr Sohn? Aber nach dem Essen.«

Lorenz nickte eingeschüchtert.

»Ich freue mich trotzdem, dass du schon hier bist«, meinte Helene trocken mit Blick auf die gerötete Wange ihres Sohnes. »Aber hast du nicht kundgetan, dass du bis spät in der Nacht über deinen Büchern sitzen müsstest?«

Christoph zögerte kurz, dann gab er seiner Frau einen Kuss auf die Stirn. »Hat sich schneller erledigt als gedacht.

Ich denke, dass ich auch in Zukunft zeitiger bei euch sein kann.«

Etwas in seiner Stimme brachte in Helene eine Saite zum Klingen. Sie wusste nicht warum, aber sie hatte das Gefühl, dass sich etwas geändert hatte. Und zwar zum Guten. Aber vielleicht war es auch nur eine Täuschung, die sie glauben wollte. Man würde sehen, wie sich ihr Gemahl ihr gegenüber in der kommenden Zeit verhielt.

Sie wollte gerade aufstehen, um für Christoph ebenfalls Löffel und Teller zu bringen, aber er hielt sie sanft zurück.

»Lass nur. Bartholomäus! Ich esse heute hier zu Tisch!« Dann legte er den halblangen Mantel ab, rutschte zu seinen Zwillingssöhnen auf die Bank und knöpfte sich das rostbraune Wams auf. »Das heißt, wenn ihr nichts dagegen habt, dass euer Vater euch die ganze Suppe weglöffelt.«

Die beiden Jungen grinsten einträchtig und schüttelten ihre blonden Köpfe.

»Ich lerne schon das Addieren, Vater«, begann Lucas. »Darf ich daher morgen zu Magdalena zum Spielen gehen?«

Christoph und Helene tauschten einen Blick.

»Das ist im Augenblick keine gute Idee, mein Sohn.«

Lucas' Blick verfinsterte sich.

»Aber wenn Johannes von seinem hohen Ross heruntergestiegen ist, darfst du auch wieder zum Spielen hinüber«, sagte Christoph.

»Wie hoch ist das Ross, dass er davon nicht steigen kann?«, murmelte Lucas und verschränkte trotzig die Arme.

Christoph lächelte und zerzauste ihm väterlich das Haar.

Bartholomäus kam mit Teller und Gabel und reichte sie Christoph. Dann stellte er seinem Herrn einen Becher mit Rotwein hin und füllte die große Schüssel, die in der Mitte des Tisches stand, mit Tellerfleisch mit Meerrettich auf.

»Guten Appetit wünsche ich, Herr Ackermann«, sagte der Küchenknecht und verließ die Stube wieder.

Der Vater sog genussvoll den herzhaften Duft des Rindfleisches ein, dann hob er seinen Becher. Die anderen am Tisch, auch Lucas und Philipp, taten es ihm gleich.

»Auf die Familie«, sagte Christoph Ackermann, trank einen Schluck und hatte beim Blick in die Runde das Gefühl, dass die Welt zumindest hier noch im Lot war.

Das kühle Licht des Mondes fiel durch das kleine Fenster auf die Bettstatt, auf der zwei Leiber lagen, schwer atmend, die Haut glitzernd vom Schweiß.

»Du verstehst es ja doch noch, mir den Kopf zu verdrehen«, raunte Helene. Sie wischte sich über das Gesicht und rollte sich zu ihrem Gemahl. »Es wäre schön, wenn bis zum nächsten Mal Kopfverdrehen nicht so viel Zeit ins Land zieht.« Sie gab ihm einen Kuss.

»Ich dachte, du wärst ... also, dir wäre es ...« Christoph überlegte, dann grinste er. »So wollen wir beide zusehen, dass es nicht dazu kommt.«

Sie küssten und lösten sich wieder voneinander.

Helene strich ihrem Gemahl über die Stirn. »Warum die Sorgenfalten?«

»Ich runzle meine Stirn doch nicht.«

»Das musst du auch nicht. Oder meinst du, ich kenne meinen Mann nicht?«

»Ach, es ist der Streit mit Johannes ob der Goldschmiede. Ich habe schon erhebliche Mehrkosten wegen der Wachen, die ich seit dem letzten Überfall immer beistellen muss. Was kann ich denn dafür, wenn er nicht mehr so viele Waren zukauft? Soll ich die damit verbundene Einbuße etwa auch mittragen?«

»Unsinn. Johannes hat es bestimmt nicht so gemeint.« Sie machte eine kurze Pause. »Und du doch auch nicht, oder?«

»Nein«, sagte Christoph zögerlich. »Aber es ist gerade nicht von Vorteil, wenn man mit einem wie ihm Geschäfte macht.«

»Zwanzig Jahre Freundschaft, und während der ganzen Zeit hat es nicht einen von euch gejuckt, ob der eine auf Latein und der andere auf Deutsch die Predigt hört. Und nun tut es das auf einmal?« Helene streichelte ihrem Mann über den Bauch.

»Mir ist das doch scheißegal«, sagte der und meinte es so. »Selbst wenn die Heidfeldts einen Götzen anbeten oder von mir aus einen siebenarmigen Leuchter. Solange sie uns in Frieden leben lassen –«

»Siehst du, und ihnen geht's vermutlich ebenso. Und du musst zugeben, dass der Stadtrat alles in seiner Macht Stehende getan hat, um ein friedliches Nebeneinander zu verhindern.«

Christoph brummte seine Zustimmung.

»Die Heidfeldts waren sogar einverstanden, dass unser Enkelkind lutherisch aufgezogen werden würde. Frage nicht, was die feinen Herren im Rat getan hätten, wenn's andersrum gewesen wäre.«

»Über das müssen wir nicht mehr streiten, denn zu

einem Enkelkind ist es nicht gekommen. Und mein Sohn ist seitdem nicht mehr derselbe«, flüsterte Christoph mit belegter Stimme.

»Ja.« Wieder streichelte Helene Christoph. »Wir alle sind nicht mehr dieselben, seit Anna von uns gegangen ist. Aber sosehr wir ihm helfen wollen, mit diesem Schmerz muss er alleine fertigwerden.«

»Und genau das, fürchte ich, kann er nicht.« Der Transporteur seufzte. »Mir ist, als würde Lorenz von Tag zu Tag engstirniger durchs Leben laufen.«

»Ich habe alles versucht, aber er hört nicht auf mich. Geh du mit ihm etwas trinken, und rede mit ihm. Du bist sein Vater. Auf dich wird er hören.«

Christoph überlegte kurz, dann nickte er. »Ich will's versuchen.«

Helene fuhr mit der Hand von Christophs Bauch zwischen seine Beine. »Ach ja? So gestatte mir auch noch etwas zu versuchen.«

Mit einem Schwung kam sie auf ihrem Mann zu sitzen. »Und kein Wort der Klage«, flüsterte sie, während sie ihr Becken rhythmisch vor- und zurückschob. »Immerhin hast du damit angefangen.«

Mit dem Einsetzen der Dämmerung hatte die Glocke des Rathauses geschlagen, und die Bürger kehrten, wie es ihnen vorgeschrieben war, aus den Wirtshäusern oder wo sie sonst noch umtriebig waren, in ihre Häuser zurück. Kurze Zeit später waren die Straßen und Gassen Schwäbischwerds wie ausgestorben. Hans von Jurgas sah von seinem Turm aus nach dem Rechten, die Wachen auf der Stadtmauer zogen ihre Runden.

Einzig eine korpulente Gestalt machte sich vom Rathaus aus über den Unteren und Oberen Markt Richtung des Fugger'schen Pfleghauses auf, eine Lampe mit Rapsöl vor sich hertragend. Außer Atem bog sie in die Pfleg-Gasse ein und hielt vor einem schmalen Durchschlupf zwischen zwei Häusern, der gerade breit genug für einen Mann war. Die Gestalt warf einen prüfenden Blick auf die Gasse und die Fenster der umliegenden Häuser – Bürgermeister Wurm wollte sichergehen, dass ihn niemand beobachtete. Dann löschte er die Lampe und verschwand wie ein Schatten in dem Häuserspalt.

»Was ist es diesmal?« Wurm machte einen gehetzten Eindruck.

Emanuel Suárez sah den Bürgermeister an, während er mit einem kleinen Dolch seelenruhig einen Apfel schälte. »Ich verstehe Eure Aufregung nicht«, stellte er fest und blickte zu Kuno, der bereits vor Wurm zu ihm in die Stube im verlassenen Hinterhof gekommen war. »Warum soll der Herr Bürgermeister nicht nach Anbruch der Nacht in seiner Stadt unterwegs sein?«

»Nun, das kann ich Euch verraten: Seit den Tumulten ist alles und jeder verdächtig, der sich außerhalb der Norm bewegt – sei es ein Weib, das mehr außer Haus als drinnen ist, ein Bauer, der lieber den Papstküssern seine Waren feilbietet als den Lutheranern, oder eben ein Bürgermeister, der durch die Nacht schleicht, als wollte er irgendwelche Mordbuben treffen.«

In Kunos Gesicht machte sich Entsetzen ob der unterschwelligen Anschuldigung breit, aber Suárez lächelte überlegen.

»Zunächst fasse ich es als Kompliment auf, in meinem Alter noch als ›Bube‹ tituliert zu werden. Und dann möchte ich Euch doch nochmals ins Gedächtnis rufen, dass auch ich so ein ›Papstküsser‹ bin. Und Ihr wisst, wozu manch einer im Namen des Glaubens fähig ist, wenn er das Gefühl hat, geschmäht zu werden.«

Der Spanier fixierte den Bürgermeister mit eisernem Blick, der nun einsah, dass er, seit er hier war, nichts als Beleidigungen ausgesprochen hatte. Der Spanier war ihm seit seiner Ankunft in der Stadt immer von Nutzen gewesen, das durfte er nicht leichtfertig verderben.

»Ihr habt ja recht«, gab er sich reuig. »Natürlich hatte ich nicht von Euch gesprochen. Ihr habt bewiesen, dass Ihr ein Wohltäter seid, der unserer Stadt und nicht dem Bayernherzog oder dem Kaiser zugetan ist. Verzeiht meine ungeschickte Wortwahl.« Und um die Wogen vollends zu glätten, fügte er noch hinzu: »Ich bin eben doch nur ein Sattler.«

»Natürlich seid Ihr das.« Suárez lächelte wieder, und mit ihm Kuno.

Nun standen die drei Männer in der kargen, engen Stube, die nur von einer flackernden Kerze erhellt wurde, und schwiegen sich an. Kuno wagte nicht das Wort zu erheben, und der Spanier schien keine Eile zu haben. Er ließ die letzten Reste der Schale des Apfels zu Boden fallen, dann schnitt er sich ein Stück ab, schob es sich in den Mund und zerkaute es mit Genuss.

Wurm spürte, wie Zorn in ihm aufstieg. Er mochte ja der einfache Sohn eines Kleinbauern aus Zirgesheim sein, er hatte auch nur den Beruf eines Sattlers gelernt und nicht irgendein Gymnasium oder eine Universität besucht, aber er war immerhin der Bürgermeister einer Reichsstadt, verdammt noch mal! Und der Mann ihm gegenüber führte sich auf wie ein arroganter Pfau. Doch was konnte er tun? Im Augenblick verschaffte ihm dieser Pfau durch seine Informationen einen Vorteil den anderen Ratsherren gegenüber, und diesen Vorteil aufgrund von persönlichen Animositäten zu verspielen wäre mehr als töricht. Also atmete Wurm tief durch, reckte seinen Kopf in die Höhe – womit er immer noch um einen Kopf kleiner als Suárez war – und räusperte sich geräuschvoll. »Also, da Ihr mich habt herbitten lassen: Womit kann ich Euch dienen?«

»Oh, ich denke, das habt Ihr bereits«, entgegnete Suárez und aß ein weiteres Stück Apfel. »Wie ich hörte, laufen die Geschäfte für die Heidfeldts sehr schlecht.«

Wurm nickte. Er selbst hatte dazu beigetragen, indem er das Gerücht verbreiten ließ, der katholische Kaufmann würde mit einem Teil seines Gewinns den Bayernherzog unterstützen.

»Und mir kam ebenfalls zu Ohren, dass die Goldschmiede sich der Dienste der Ackermanns versichert haben.«

Wieder nickte Wurm. Auch wenn er nicht verstanden hatte, warum er den besten Freunden der Familie Heidfeldt das Geschäft mit den Goldschmieden hatte zuschanzen sollen.

»Gut«, meinte Suárez nachdenklich und schluckte das Zerkaute. »Seht zu, dass dieser Transporteur gänzlich mit Aufträgen aus der Stadt ausgelastet ist. Und wenn ich es sage«, er machte eine kurze Pause. »Erst, wenn ich es Euch sage, dann entzieht Ihr ihm alles wieder. Von heute auf morgen.«

»Aber«, warf nun Kuno ein, »damit würden wir bestehende Verträge brechen.«

Suárez blickte den Stadtschreiber an, der sofort erkannte, dass dem Spanier nichts gleichgültiger sein könnte.

»Ich werde mein Bestes versuchen«, verpflichtete sich Wurm. »Und Ihr habt für mich dafür im Gegenzug ...?«

»Quid pro quo, natürlich.« Suárez aß den letzten Bissen Apfel, kaute eine schiere Ewigkeit darauf herum, bis er schließlich fortfuhr. »Dass Ihr die beiden Rädelsführer, äh ...«

»Sebastian Schenck und Erasmus Eckl, Herr«, warf Kuno gehorsam ein.

»Ja, dass Ihr die beiden exemplarisch habt verhaften lassen, hat Herzog Maximilian gnädig gestimmt, wie ich es Euch versichert hatte. Und dass der Rat das von Euch initiierte demütige Schreiben bezüglich der Unschuld vieler Bürger an den Tumulten verfassen und Seiner Kaiserlichen Majestät hat zukommen lassen, hat ebenfalls dazu beigetragen, die Wogen zu glätten. Aber nicht nur das. Der Kaiser ließ darob auch die Veröffentlichung der Achterklärung aufschieben.«

Wurm und Kuno tauschten einen euphorischen Blick.

»Des Weiteren ließ Seine Majestät einen Erlass aufsetzen: Sollte Schwäbischwerd die beiden Rädelsführer den Richtern übergeben sowie die Namen weiterer Schuldiger, sofern bekannt, kundtun, und all das in einem schriftlichen und mit offiziellem Stadtsiegel bekräftigten Versprechen abgeben, dann wäre all das, was sich die Reichsstadt hat zuschulden kommen lassen, getilgt.«

»Wir sollen Schenck und Eckl an die bayerischen Richter ausliefern?«, stieß Kuno ungläubig aus.

Der Spanier nickte. »Zwei Mann für die viertausend Einwohner von Schwäbischwerd und die Aussetzung der Acht scheinen mir ein überaus mildes Bauernopfer zu sein.«

»Der Rat würde dem ja zustimmen«, überlegte Wurm. »Aber der Pöbel …«

»Dann tragt endlich Sorge dafür, dass der Hund wieder mit dem Schwanz wedelt und nicht umgekehrt!«, unterbrach ihn Suárez ungehalten. »Letztes Jahr habt Ihr diese Stadt gelenkt, aber heute scheint Euch niemand mehr zu gehorchen.« Dass er selbst es gewesen war, der die Eskalation der Bittprozession im letzten Jahr herbeigeführt hatte und damit den Grundstein für die augenblicklichen Nöte des Bürgermeisters gelegt hatte, erwähnte der Spanier natürlich nicht.

Wurm wurde mulmig bei dem Gedanken daran, wie die Bürger der Stadt die Forderung des Kaisers auffassen würden. Zu lebhaft war ihm noch im Gedächtnis, wie er sich letztens drei Tage im Rathaus hatte verschanzen müssen, um nicht dem Volkszorn ausgeliefert zu sein. Vielleicht wäre es möglich, sich der Unterstützung anderer lutherischer Städte aus der Umgebung zu versichern? Dann hätte Schwäbischwerd natürlich einen anderen Stand am Verhandlungstisch …

»Wie viel Zeit bleibt uns?«, meinte der Sattler.

»Ich schätze, dass die beiden Delegierten des Herzogs Anfang September eintreffen werden, um Euch und dem Rat das kaiserliche Reskript[13] zu verkünden.«

---

13 Amtliche Verfügung, Erlass.

»Und Ihr seid sicher, dass es nicht noch weitere Forderungen beinhaltet?«

»Ihr zweifelt meine Informanten an?« Suárez zog eine Braue nach oben.

»Keineswegs«, gab Wurm eilig zurück, ohne es so zu meinen. »Ich frage ja nur, um gegen alles gewappnet zu sein.«

»So wappnet Euch«, sagte der Spanier und klopfte dem Bürgermeister väterlich auf die Schulter. »Ihr werdet bestimmt das Richtige tun. Meine Herren.«

Damit verließ Suárez die beiden Männer.

Kuno senkte den Blick, starrte auf die Apfelschalen am Boden und wartete auf eine Anweisung, wie er es immer tat.

Diese neuen Informationen, dachte Wurm, so sie denn stimmten, schienen für ihn und Schwäbischwerd günstig zu sein. Dennoch verspürte er leise Zweifel gegenüber dem Spanier, und er war sich mit einem Male unsicher, ob er der souverän agierende Bürgermeister war, als der er sich sah, oder doch nur der Bauernknopf, als den ihn böse Zungen schalten.

Für einen sommerlichen Sonntagmorgen war es ausgesprochen kühl. Schwere Wolken hingen südlich der Stadt über der Donauebene, auf der sich zahlreiche Obst- und Gemüsegärten aneinanderreihten. Hin und wieder fielen vereinzelte Regentropfen vom Himmel.

Viele Bauern aus der Umgebung hatten sich zum Gottesdienst nach Heilig-Kreuz aufgemacht, und da Kloster und Kirche innerhalb der Stadtmauern lagen, mussten sie hoffen, dass die lutherischen Wachen sie an einem der Stadttore einließen und nicht wie bei einem Spießrutenlauf zum nächsten schickten.

Die wenigen Katholiken der Stadt schlossen sich ebenfalls an, der heiligen Messe beizuwohnen, auch wenn sie mit keinen derartigen Schikanen zu rechnen hatten wie ihre Glaubensleute aus dem Umland.

Vor Beginn der Messe sammelten sich die Gläubigen vor der Kirche, mutmaßten, was Prior Beck heute predigen würde, oder teilten Klatsch und Tratsch der vergangenen Tage.

»Ich gehe mit den Kindern schon hinein«, sagte Agnes zu ihrem Mann und strich Magdalena und Balthasar über die Köpfe. »Drinnen ist es zwar nicht wärmer, aber zumindest geht kein Wind.«

»Ich komme mit.« Johannes war gerade im Begriff, die Kirche zu betreten, als ihn von hinten eine Hand zurückhielt.

»Herr Heidfeldt, auf ein Wort, wenn Ihr gestattet?«

Johannes wandte sich um. Emanuel Suárez stand ihm gegenüber.

»Natürlich«, entgegnete der Kaufmann. »Was ist Euer Begehr?«

»Mir ist zu Ohren gekommen, dass Euch die Bürger dieser Stadt übervorteilen?«

Johannes räusperte sich. »Nun, die Geschäfte könnten besser laufen, das ist wohl wahr.«

Suárez nickte, als hätte er nichts anderes erwartet. »Ich hätte da womöglich einen Handel, der äußerst gewinnbringend sein könnte. Dafür benötige ich aber jemanden, der nicht nur mit Kauf und Verkauf im Generellen vertraut ist, sondern, wie soll ich sagen, auch die richtige Konfession hat.«

Johannes' Gesichtsausdruck verriet sein Interesse.

Der Spanier deutete auf den kleinen Klostergarten, der nördlich der Kirche verlief. »Dort können wir in Ruhe sprechen.«

Die beiden Männer schlenderten unter mächtigen Linden einen schmalen Weg entlang.

»Wir haben noch ein paar Minuten, bevor Beck seine Zuneigung für die Lutheraner predigt«, begann Suárez trocken. »Wie Ihr sicherlich wisst, wird in dieser Kirche eine Kreuzreliquie aufbewahrt, eine Tafel mit einem Splitter vom Kreuze Jesus.«

Johannes nickte. »Die Kaisermonstranz, ja. Jeder in der Stadt weiß das. Worauf wollt Ihr hinaus?« Irgendetwas gefiel ihm an dem anderen nicht, er hatte plötzlich das unbestimmte Gefühl, Teil einer Konspiration zu sein.

»Es geht gar nicht um besagte Monstranz«, wiegelte der Spanier ab. »Aber um andere heilige Reliquien, denn seht: So wie man hier seit knapp sechshundert Jahren Kraft aus der Kreuzreliquie schöpft, so ersehnt man anderorts ebenfalls einen zusätzlichen göttlichen Beistand. Gerade in solch unruhigen Zeiten wie diesen.«

Suárez versicherte sich mit einer kurzen Pause der uneingeschränkten Aufmerksamkeit seines Gegenübers und fuhr dann mit noch leiserer Stimme fort. »Ich hätte die Möglichkeit, für den Bischof von Augsburg und andere Würdenträger mehrere Reliquien aus dem Heiligen Land ›überbringen‹ zu lassen. Ein Reliquiar des Arms des heiligen Markus und des heiligen Georgs. Ein Reliquiar des Zahns des heiligen Lukas. Sogar ein Reliquiar mit einer Phiole des Blutes Christi. Allein die Behälter aus vergoldeter Bronze und Kupfer mit ihren filigranen Verzierungen machen diese Gegenstände äußerst wertvoll. Aber die Reliquien, die in ihnen ruhen, machen sie erst unbezahlbar.«

Johannes ließ den Vorschlag des spanischen Edelmannes auf sich wirken. Immerhin war die erste geschäftliche Beziehung mit ihm – der Verkauf des Manasser-Hauses – äußerst gewinnbringend für ihn verlaufen. Doch warum kam der Spanier gerade auf ihn zu? Warum gerade jetzt? Auf der anderen Seite wusste Johannes auch, dass niemand sonst in der Stadt das Geschick, geschweige denn das Vermögen hätte, um ein derartiges Unternehmen zu finanzieren. Ganz abgesehen davon, dass diese Art von Verehrung von den Lutheranern kategorisch abgelehnt wurde.

»Wo seht Ihr meinen Beitrag in dieser Unternehmung?«, fragte Johannes direkt, wie er es gern bei Geschäften tat.

»Ich brauche jemand mit Handelsbeziehungen nach Augsburg, nach Nürnberg und München, nach –«

»Venedig?« Das Gesicht Piero Contarinis erschien vor Johannes' geistigem Auge.

Nun breitete sich ein Lächeln auf dem Gesicht des Spaniers aus. »Das wäre sogar vortrefflich! Und ich brauche jemanden, der sich finanziell daran beteiligt und dementsprechend auch anteilig am Gewinn beteiligt ist, der, das darf ich Euch versichern, ein Vielfaches des Einsatzes ausmachen wird.« Suárez sah Johannes geradewegs in die Augen. »Was sagt Ihr?«

»Ich bin Eurem Vorschlag nicht abgeneigt«, gab sich Johannes selbstbewusster, als er sich fühlte. »Aber Ihr werdet verstehen, dass Ihr mir in Schriftform präsentieren müsst, was Ihr mir soeben mündlich zugesichert habt.«

»Nichts anderes habe ich erwartet.«

»Dann erwarte ich Euer Angebot.«

Der Spanier streckte die Hand aus. Johannes ergriff sie.

»Auf gute Geschäfte.«

»Auf gute Geschäfte.«

Nach der Messe stand Suárez' Schwester, das Antlitz wie immer mit einem Schleier verhüllt, neben dem Spanier. Vor ihnen erhob sich das alle anderen Bürgerhäuser überragende Pfleghaus, das Anton Fugger als Gegenpol zum Rathaus, das am anderen Ende des Marktes stand, errichten ließ.

»Glaubst du, Fugger hat das Gebäude bewusst wie eine Trutzburg aussehen lassen?«, fragte sie halb sich selbst, den Blick auf die mächtigen Zinnengiebel gerichtet.

»Ich denke, als Reichspfleger hat Fugger es immer verstanden, den Bürgern zu zeigen, welchen Stand er im Land, bei Kaiser und Klerus hat. Und daran sollte sich jeder, der etwas erreichen will, ein Beispiel nehmen.« Suárez sah ebenfalls gen Himmel.

»Man kann aber nichts erreichen, wenn man seine Ziele nicht verfolgt.«

Suárez kannte den Tonfall in der Stimme der Frau nur zu gut. »Was möchtest du damit andeuten?«

»Andeuten möchte ich gar nichts. Aber glaubst du, dass du unsere Ziele am besten verfolgst, wenn du dem Stadtrat empfiehlst den Kaiser demütig anzuflehen, die Reichsacht nicht zu verhängen? Oder indem du mit diesem Heidfeldt vor der Messe tuschelst?«

Der Spanier musste schmunzeln und sprach bewusst leise weiter. »Zuweilen ist der vermeintlich direkte Weg nicht jener, der auch zum Ziel führt. Manchmal muss man eben ein Gambit spielen.« Er sah die Frau an und fügte hinzu: »Wenn man beim Schach eine Figur opfert, um daraus einen Zugvorteil zu erlangen.«

»Ich weiß, was ein Gambit ist«, zischte diese, hatte sich jedoch sofort wieder unter Kontrolle, als ein Bürgerpaar, das ebenfalls von der Messe kam, die beiden grüßte.

»Der Rat ersehnt die Gnade des Kaisers, der gibt sich geduldig. Er will wohl kaum, dass sich ein Konfessionsstreit in einer kleinen Stadt aufs ganze Reich ausbreitet. Er ist das Fass, das ruht, und die Unverschämtheiten der Schwäbischwerder sind der sprichwörtliche Tropfen, der dasselbige zum Überlaufen bringen wird. Indem Wurm den Stadtrat in dem Glauben lässt, dass er nur das Beste für die Bürger im Sinn hat, wird er ebendiese gegen den Magistrat aufbringen. Wenn erst einmal der Pöbel regiert, wird der Kaiser gezwungen sein zu handeln.«

»Und du kannst sogar nachweislich behaupten, die Ratsherren immer nur nach bestem Wissen und Gewissen beraten zu haben.«

Suárez lächelte zufrieden.

»Und das Gespräch mit Heidfeldt?«

Erneut das Lächeln.

»Ein Gambit also«, sagte die Frau leise. »Aber was wollen wir opfern?«

Suárez sah sich um, blickte von einem Ende des Marktes zum anderen. »Na das alles.«

Der Blick von der Wörnitzbrücke auf das Ried hatte etwas Besänftigendes. Vielleicht lag es daran, dass die Wörnitz die Insel von beiden Seiten umfloss und sie so wirken ließ, als widerstünde sie dem Fluss des Stroms. Vielleicht lag es daran, dass sich dort hinter der niedrigen Mauer nur schiefwinkelige kleine Häuser mit spitzen Giebeln aneinanderreihten, in denen hauptsächlich Fischer und Gerber wohnten. Oder dass dort in den verwinkelten Sackgassen nichts vom hektischen Treiben zu spüren war, das den Marktplatz der Stadt beherrschte. Wie auch immer, Christoph Ackermann genoss es, am Rand der Brücke zu stehen und seinen Gedanken freien Lauf zu lassen.

Die letzten Wochen hatten es gut gemeint mit ihm. Der Transport für die Goldschmiede blühte auf, Lucas und Philipp lernten emsig, und Lorenz gab sich offener, gelegentlich sogar einsichtig. Dazu liebten er und Helene sich so häufig und intensiv wie schon seit Jahren nicht mehr.

Wenn da nicht der Streit mit Johannes wäre, der Christoph mehr zu schaffen machte, als er sich eingestehen wollte. Daher hatte der Transporteur, auch auf Drängen seiner Frau, dem Kaufmann ein Treffen vorgeschlagen, um zu sehen, wie nah man sich noch war. Oder wie weit man sich bereits voneinander entfernt hatte.

Es war, und das hatte sich Christoph eingestehen müssen, auch die Stimmung in der Stadt, die dazu beitrug, dass man all jene, die nicht zur Gänze mit den eigenen Vorstellungen übereinstimmten, in ein schiefes Licht rückte. Er hatte mitangesehen, wie andere katholische Familien, die noch bis vor kurzem gänzlich in das tägliche Leben der Stadt eingebunden waren, sogar auf dem Wochenmarkt schlecht behandelt, manchmal sogar ausgegrenzt wurden. Wie man ihnen Waren vorenthielt, sie nachrangig bediente oder sogar versuchte ihnen für ein und dasselbe mehr zu berechnen – etwas, was unter hohen Strafen verboten war. Aber wo wollte man klagen, wenn Magistrat und Amman auf diesem Auge blind waren?

Dann nimm dir ein Beispiel daran und folge nicht ebenso blind.

Christoph seufzte. Wenn das nur so leicht wäre.

Am gegenüberliegenden Ufer des Rieds entleerte gerade ein Knecht einen Karren voll Unrat des städtischen Schlachthauses, das sich am östlichsten Punkt der Insel befand. Langsam trieben die Überreste des Schlachtviehs an der Wasseroberfläche näher, ehe sie unter der Brücke verschwanden.

»Gott zum Gruße«, schallte es von weitem.

Christoph sah von der Wasseroberfläche auf nach rechts, wo Johannes gerade aus dem Donau-Tor kam und mit einem Lächeln auf ihn zuschritt. Der Transporteur hob die Hand zum Gruß und war ob der guten Laune des anderen ein wenig verwundert.

Johannes gesellte sich neben ihn und holte tief Luft. »Was für ein herrlicher Anblick, nicht wahr?«

Christoph nickte. Dann schwiegen die beiden. Jeder schien darauf zu warten, dass der andere ansprach, was unsichtbar zwischen ihnen stand.

»Deshalb habe ich aber nicht um ein Treffen gebeten«, meinte Christoph schließlich.

»Kam mir schon in den Sinn.«

Die beiden schwiegen erneut. Nur das Plätschern des Flusses und das Ächzen der Brücke, wenn ein Karren darüberfuhr, unterbrachen die Stille.

Schließlich gab sich Christoph einen Ruck. »Hör zu, es tut mir leid, dass ich Anna bei unserem letzten Disput ins Spiel gebracht habe. Ich weiß, dass niemand mehr um sie trauert als du und dein Weib.«

Johannes seufzte. »Auch ich habe Dinge gesagt, die ich nicht so meinte … Und es freut mich, dass du die ausbleibenden Umsätze von mir mit den Goldsäcken ausgleichen kannst.«

»Meinst du das ernst?« Christoph musterte den anderen unschlüssig.

»Ja.« Johannes hielt ihm die Hand hin. »Lass uns vergessen, was hinter uns liegt, und wieder nach vorne blicken.«

Nach einem kurzen Moment nahm Christoph das Angebot an. Die beiden Männer grinsten, der Transporteur schlug dem Kaufmann auf die Schulter. »Ich danke dir auch, dass du mir die Geschäfte mit den Goldsäcken nicht mehr übel nimmst.«

»Wir alle müssen tun, was wir tun müssen«, entgegnete Johannes. »Du wie ich.«

»Dann stimmt es also?« Christoph wusste mit einem Male, warum sein Freund so gut gelaunt gewesen war, als er zu ihm gekommen war. Sein Gesicht wurde ernst.

»Stimmt was?«

»Du machst Geschäfte mit Emanuel Suárez?«

Johannes senkte den Kopf und sah in den Fluss unter ihnen, als wäre er verlegen. »Und wenn es so wäre?«

»Dann freue ich mich natürlich für dich. Alles, was

ich sage, ist: Sei vorsichtig. Wir kennen diesen Mann nicht.«

»Ich lerne ihn ja gerade kennen, weil ich mit ihm Geschäfte mache.«

»Bist du nicht der Meinung, dass irgendetwas mit ihm nicht stimmt? Oder an ihm?«

Johannes warf Christoph einen fragenden Blick zu. »Weil er ein Katholik ist?«

»Ich bitte dich, das hat mich noch nie gekümmert. Geschäft ist Geschäft, das weißt du.«

Johannes nickte zustimmend.

»Nein«, fuhr Christoph fort, »ich glaube, dass dieser Spanier nicht einfach zufällig nach Schwäbischwerd gekommen ist. Denk doch mal nach ...«

»Was meinst du?« Der Kaufmann zog ein fragendes Gesicht.

Christoph verschränkte die Arme vor der Brust. »Würdest du als Fremder aus einem katholischen Land wie Spanien ins Heilige Römische Reich ziehen, nur um dich in Schwäbischwerd niederzulassen? Einer Reichsstadt, wo Katholiken keine Bürgerrechte mehr verliehen bekommen? Wo Eltern ihre Kinder lutherisch aufziehen müssen? Warum nicht nach Augsburg? Oder München?«

Johannes stieß einen resignierten Laut aus. »Ich weiß es verdammt noch mal nicht. Warum machen die Menschen überhaupt, was sie tun? Wenn man das immer hinterfragen könnte, würde man viel Unheil abwenden können. Aber sie tun es eben.«

Darauf wusste nun Christoph keine Entgegnung.

»Ich hoffe, du hast nicht zu viel investiert«, sagte er schließlich und meinte es als Frage.

Johannes verzog das Gesicht, als hätte er eine bitter schmeckende Arznei eingenommen. Das war Antwort genug.

»Dann wünsche ich dir, dass alles gut geht.«

»Das wünsche ich mir auch«, sagte Johannes, nun mit einem Kloß im Hals.

»Und wenn nicht, komm zu mir. Meine Tür steht dir immer offen – Freund.«

Die beiden Männer umarmten sich herzlich.

Hinter ihnen ratterte eine Kutsche mit bayerischem Wappen vorbei, die von zwei stattlichen Mohrenkopfschimmeln gezogen wurde. Die Kutsche nahm ihren Weg durch das Donau-Tor in die Stadt hinein …

Erstaunt sah Johannes sich um. Emanuel Suárez hatte das heruntergekommene Haus, das er ihm verkauft hatte, zu einem ansehnlichen Wohnsitz ausbauen lassen. Und die Schreibstube, in welcher der Kaufmann gerade auf den Hausherrn wartete, brauchte den Vergleich mit seiner eigenen nicht scheuen. Edle Wandvertäfelungen aus Tannenholz, die mit Marketerien[14] verziert und durch Pilaster geteilt waren, kleideten die Stube aus, in deren Mitte ein wuchtiger Schreibtisch seinen Platz behauptete. In einer Ecke stand ein Globus der *Fratelli Sanuto*, wie die bronzene Plakette verriet. Hinter dem Schreibtisch an der Wand hing ein großes Gemälde, das mehrere Karavellen[15] zeigte,

14 Intarsien, Einlegearbeiten.

15 Schnelles Segelschiff mit zwei bis vier Masten.

auf denen eine Feuersbrunst wütete, und einige Männer, die wie Schatten am Strand davorstanden und das Inferno tatenlos mitansehen mussten.

»Cortés' Geniestreich«, sagte Suárez, der soeben die Stube betreten hatte und Johannes' Interesse an dem Gemälde bemerkte. »Verzeiht, dass ich Euch habe warten lassen.«

Johannes winkte ab und begrüßte den Spanier mit Handschlag.

»Ihr kennt die Begebenheit?«

Der Kaufmann schüttelte den Kopf.

»Hernán Cortés war einer der berühmtesten *Conquistadores* aus meiner Heimat«, begann der Spanier. »Im Jahre des Herrn 1519 segelte er mit siebenhundert Mann auf elf Schiffen entlang der unbekannten Küsten der Neuen Welt, um Eldorado, das Goldland zu finden. Nach seiner Landung lief Cortés jedoch Gefahr, dass ein Teil seiner Mannschaft an seiner Entschlossenheit zweifelte und lieber den sicheren Weg zurück über das Meer antreten würde, als das unbekannte Land vor ihnen zu erobern.« Suárez lächelte stolz. »Also ließ Cortés seine eigenen Schiffe in Flammen setzen und löste so zwei Probleme mit einem Streich: Erstens hatten seine Männer nun keinen anderen Weg mehr als den, den ihr Herr ihnen vorgab. Und zweitens würde keiner von ihnen jemals wieder seine Entschlossenheit anzweifeln.«

Johannes gab sich beeindruckt. »Ein bemerkenswerter Mann. Aber was, wenn Cortés das Goldland nicht gefunden hätte?«

»Wenn er das Gold nicht gefunden hätte, wäre er zumindest bei dem Versuch es zu finden gestorben.« Suárez bot dem Kaufmann einen Sessel an und setzte sich selbst. »Aber genug von den Erfolgen anderer Männer. Ihr habt mich um ein umfassendes Angebot gebeten, ich habe es aufsetzen lassen.«

Suárez legte Johannes mehrere beschriebene Papierseiten vor. »Investition, Gewinn und Risiko teilen wir zu gleichen Teilen.«

»Wann können wir mit der Lieferung rechnen?«

»Ich schätze diesen Herbst.«

Johannes las die Seiten, während Suárez eine Flasche mit rötlicher Flüssigkeit aus einer Truhe nahm, diese in zwei kleine kristallene Gläser goss und dann geduldig wartete.

Schließlich hob Johannes den Kopf. Er schien einen Augenblick lang unsicher, sagte dann jedoch: »Ich bin einverstanden.«

Der Kaufmann tunkte die Feder, die auf dem Schreibtisch lag, in das Tintenfässchen und unterschrieb mit großzügigen Handbewegungen die Ausfertigungen des Vertrages.

Suárez reichte ihm mit einem Lächeln das Glas, nahm das andere und erhob es. »Pacharán, ein Likör aus Alta Navarra. Auf die Entschlossenheit.«

»Auf die Entschlossenheit.«

Schwäbischwerd, September A.D. 1607

Alexander von Haslang und Otto Forstenheuser hatten damit gerechnet, dass der Magistrat von Schwäbischwerd sie, wenn schon nicht erfreut, so doch zumindest standesgemäß empfangen würde. Schließlich ging es um nicht mehr oder weniger, ob die Stadt ihren Hals aus der Schlinge der Ächtung ziehen wollte oder nicht. Und da Seine Kaiserliche Majestät sich gnädig zeigte und statt eines Heeres erneut die beiden Delegierten schickte, hofften die beiden, dass dieses Zeichen verstanden würde.

Doch die beiden herzoglich-bayerischen Gesandten waren nicht etwa, wie es Sitte war, im Rathaus von den hohen Herren des Magistrats willkommen geheißen und angehört worden – der Rat kam zu ihnen. In ihre Herberge. Alle zwölf Ratsherren. Und die drei Bürgermeister.

Als von Haslang und Forstenheuser dieses ungewöhnliche, beinahe absurd wirkende Schauspiel hinterfragten, hieß es, man wolle den Pöbel nicht scheu machen. Die beiden Gesandten hatten sich daraufhin ungläubig angeblickt. Der Magistrat von Schwäbischwerd fürchtete also seine Bürger? Warum sorgte der Stadtamman nicht für Recht und Ordnung?

Aus Forstenheusers juristischer Sicht war die Sachlage gänzlich unverständlich, da die Bürger den Rat ja bestellt hatten, um ihre Anliegen zu vertreten. Aber sie verhielten sich wie eine Schafherde, die sich gegen den Schäfer auflehnte, weil der ihre Schlachtung verhindern wollte.

Auch von Haslang fehlte jedes Verständnis, und er als Soldat hätte mit der Meute sowieso am liebsten kurzen Prozess gemacht.

Doch dazu waren die beiden nicht gesandt worden.

So ließen sie es über sich ergehen, dass man ihnen wieder scheußlich schmeckenden Wein aus Tyrol auftrug, anstatt, wie es sich bei Besuch aus Bayern geziemte, vollmundiges Bier.

So ließen sie es über sich ergehen, dass sie den Ratsherren das kaiserliche Reskript in diesen beengten Räumlichkeiten vortragen mussten.

Und so ließen sie es ebenfalls über sich ergehen, dass die Ratsherren, welche offensichtlich über den Inhalt des Reskripts bereits im Bilde waren, sich eine unbestimmte Zeit für Beratungen ausbaten.

»Heute ist der siebte Tag«, polterte Forstenheuser in der Schreibstube, die sie sich im ersten Stock der Herberge für ihre Zwecke hatten einrichten lassen. »Der siebte! Dass die feinen Ratsherren bei unserer Ankunft womöglich überfordert oder nicht gleich beschlussfähig waren, das könnte ich ja noch verstehen. Aber das war am 4. September!«

»Ich pflichte Euch bei, lieber Kollege«, sagte von Haslang ruhig, aber bestimmt. »Ich fürchte jedoch, dass es weniger in ihrer Absicht liegt, uns oder, Gott bewahre, Seine Kaiserliche Majestät zu brüskieren. Ich vermute schlichtweg, dass sich der Rat, einfach ausgedrückt, in die

Hosen scheißt, seinen Bürgern zu verkünden, dass man sich dem kaiserlichen Reskript und damit dem pflichtschuldigen Gehorsam fügen müsse. Oder warum hat man den abgeordneten Richtern vor zwei Tagen zwar die beiden Rädelsführer der Verschwörung ausgehändigt, aber dies erst klammheimlich um Mitternacht? Ich frage Euch, Forstenheuser: Wer tut so etwas um diese Uhrzeit? Das Einzige, was man um diese Uhrzeit tun sollte, ist seinen gerechten Schlaf zu nehmen oder ein Weib.«

Der Jurist lachte kehlig auf.

»Und dieses ewige Herumgejammere«, fuhr von Haslang fort, »dass man doch bitte für eine ›maßvolle Handhabung‹ bei der Bestrafung der Schuldigen sorgen solle. Hätten sich diese in ihren Handlungen maßvoll verhalten, dann wären sie nicht angeklagt.«

Forstenheuser nickte zustimmend.

Plötzlich erklang von draußen ein fernes Gewirr von Stimmen und schwoll schnell an.

Forstenheuser öffnete die kleinen Fenster der Herberge und sah in die Sonnenwirth-Gasse hinab. Unten hatten sich gut drei Dutzend Männer und Frauen versammelt, skandierten Beschimpfungen und reckten die Fäuste in die Höhe. Als sie den Delegierten am Fernster erblickten, schrien sie noch lauter.

»Wisst Ihr was, werter Kollege?« Forstenheuser wandte sich mit einem bitteren Lächeln wieder von Haslang zu. »Ich glaube, der Rat hat den Pöbel soeben informiert.«

Lorenz Ackermann kam gerade die Bäcker-Gasse entlang, als er den Tumult hörte. Aufgeregte Stimmen, Rufe, das Schlagen von Metall.

Eine junge Frau eilte an ihm vorbei. »Habt Ihr Kenntnis davon, was dort geschieht?«, rief er ihr nach.

Sie blieb stehen, wandte sich um. Nun erkannte Lorenz sie wieder – es war jene Frau, die wie er neulich am Friedhof getrauert hatte. Und die damals eben jenes unpassend blaue Hütchen getragen hatte wie nun auch.

»Hast du's nicht gehört?«, fragte sie mit französischem Akzent. »Der Rat kriecht erneut dem Bayernkönig in den Arsch und will die Gefangenen ausliefern!«

Lorenz war überrascht über ihre grobe, direkte Ausdrucksweise, nicht jedoch über den Inhalt ihrer Worte.

»Komm doch mit!«, rief die Frau und lief in Richtung des Tumults.

Der junge Mann ballte die Fäuste. Vergessen waren die letzten Wochen der inneren Einkehr. Vergessen waren die Gespräche mit seinem Vater. Nicht vergessen war einzig die Dreistigkeit, mit der Prior Beck versucht hatte, ihn am Grabe seiner Frau dazu zu verleiten, seine Konfession zu verraten. Seine Konfession, die heute vom Rat und dem Kaiser bedroht wurde!

Lorenz lief los.

Als er bei der Herberge der beiden bayerischen Gesandten ankam, waren die Fenster zu deren Stube bereits wieder geschlossen. Die allgemeine Aufregung war groß, zu den Aufwiegelungsversuchen mancher, man möge die beiden Delegierten an ihren hochwohlgeborenen Hälsen aus dem Hause zerren und zur Warnung an den Bayernherzog vom Donau-Tor herabbaumeln lassen, konnte sich dann doch niemand hinreißen lassen.

Aber das Schreien der Schmähvrufe, das Hin- und Herwogen der Menge, die mittlerweile auf über hundert

Menschen angewachsen war, das Gefühl gemeinsamer Stärke, derer man sich gegenseitig versicherte – all das bewirkte in Lorenz eine nie gekannte Empfindung von Euphorie und Kraft, von Zuversicht und Unverwundbarkeit. Jetzt, in diesem Augenblick, waren sich die Bürger einig, es mit jedem aufnehmen zu können, der die Chuzpe hatte, sich gegen ihre geliebte Reichsstadt zu stellen.

»Kein Kniefall vor den Bayern!«, rief Lorenz mit gestreckter Faust. Die Menge grölte ihre Zustimmung.

»Kein Kniefall vor des Teufels Ungeziefer!« Noch lautere Zustimmung.

»Lasst uns den Ratsherren zeigen, wessen Diener sie sind!« Kaum hatte Lorenz diese Worte gerufen, wunderte er sich selbst darüber. Sein Vater war doch Teil des Zwölferrates, und –

»Wir sind niemandes Diener!«, rief die Frau mit dem Hütchen neben Lorenz und lachte ihn an wie im Rausch.

»Wir sind freie Reichsbürger!«, stieß Lorenz ins gleiche Horn. »Freiheit für Eckl! Freiheit für Schenck!«

Damit setzte sich die Menge Richtung Rathaus in Bewegung und wiederholte dabei gebetsmühlenartig seine letzten Worte.

»Freiheit für Eckl! Freiheit für Schenck!«

Als Lorenz mit der aufgebrachten Menge zum Rathaus kam, hatte sich dort bereits eine noch größere Anzahl an Menschen versammelt, die, wie schon fünf Monate zuvor, lautstark gegen den Stadtrat und insbesondere gegen Schreiber Georg Kuno skandierten.

»Was hat sich Kuno denn zuschulden kommen lassen?«, wollte Lorenz von Diakon Delzer wissen, nachdem er diesen erspäht und sich zu ihm durchgeschlagen hatte.

»Na was wohl? Der gute Herr Stadtschreiber hat heute um Mitternacht klammheimlich mit den Mitgliedern des Stadtgerichts Schenck und Eckl vor dem Donau-Tor den Richtern ausgeliefert. *Das* hat er gemacht, der Hund!« Delzer spuckte auf den Boden. »Man kann einen Esel lange hinter einer Karotte herlaufen lassen, aber irgendwann muss man sie ihm geben, sonst wird er bockig und tritt aus. Und unseren Bürgern immer wieder zu versichern, dass man sich dem Kaiser gegenüber unnachgiebig zeigen wird, nur um dann diesen delegierten Laufburschen etwas anderes zu versprechen …« Delzer schüttelte den Kopf. »Es ist nur natürlich, dass dann so etwas geschieht wie das hier!«

»Da habt Ihr wohl recht, Herr Diakon«, sagte Lorenz und sah, dass große Tonkrüge voll Wein herumgereicht wurden.

Plötzlich stieß ihn jemand unsanft in den Rücken. Lorenz drehte sich um und sah, dass es die Frau mit dem Hütchen war, die gestolpert war, während sie ungestüm Wein aus einem Krug trank, als wäre es Wasser.

»Pardon Monsieur«, rief sie aus, dann erkannte sie Lorenz. »Ah, du bist es. Sag, wie heißt du?«

Der war erneut überrascht über die direkte Art der jungen Frau, die sich überhaupt nicht schickte. Und sie besonders reizvoll wirken ließ.

»Lorenz Ackermann.« Er deutete eine ironische Verbeugung an.

»Louise Croÿ.«

»Ihr – *du* bist nicht von hier, hab ich recht?«

Louise schüttelte den Kopf. »Sully-sur-Loire.«

Lorenz sah sie fragend an.

»Eine kleine Stadt im Herzen von Frankreich.«

»Ein weiter Weg, aber –«

Nun begannen die Menschen sich dichter zu drängen und noch lauter den Kopf von Kuno zu fordern. Die Menge wogte wie Wasser in einem Kanal von einer Seite des Unteren Marktes zur anderen.

Louise wurde von der Bewegung ergriffen und fühlte sich sichtlich unwohl. »Ich wohne im Goldenen Löwen«, rief sie Lorenz zu, der ebenfalls versuchte, sich gegen die Massen zu stemmen. »Besuch mich, wenn dir der Sinn nach mehr Fragen steht!«, rief sie und setzte ein süßes Lächeln auf.

»So etwas würde sich hier wohl kaum schicken«, sagte Lorenz und hoffte auf eine Entgegnung.

»Ich bin aber nicht von hier«, rief sie ihm zu und drängte sich Richtung Oberer Markt, wo sich die Menge lichtete.

Lorenz sah ihr so lange nach, bis er sie nicht mehr ausmachen konnte.

»Obacht, junger Herr Ackermann«, mahnte Delzer, der nun wieder neben Lorenz stand. »Man kann nicht über glühende Kohlen laufen, ohne sich die Füße zu verbrennen.«

Während Lorenz noch über den Sinn von Delzers Spruch nachdachte, stürmten vier Männer die Stufen zum Rathaus hinauf und versuchten, das Tor einzudrücken.

Die Kutsche mit dem bayerischen Wappen rumpelte durch die enge, gepflasterte Juden-Gasse. Der Kutscher, der die beiden Noriker[16] antrieb, die die Kutsche zogen, war offenbar bemüht, die Stadt und den aufgebrachten Pöbel möglichst schnell hinter sich zu lassen, und nahm den Umweg über das Nördlinger-Tor.

»Die Unangreifbarkeit von Delegierten scheint den Hitzköpfen in dieser Stadt wohl gänzlich unbekannt«, ereiferte sich Forstenheuser im Inneren der Kutsche. »Um Leib und Leben muss man gar fürchten!«

»Seine Majestät wird das ganz und gar nicht gutheißen«, stellte von Haslang zufrieden fest, der Forstenheuser gegenübersaß.

Als die Kutsche in die Bäcker-Gasse einbog, zog sie an einem Mann vorbei, der mit einer Muskete in der Hand an der Ecke stand.

»Habt Ihr das gesehen?« Forstenheuser streckte den Kopf aus dem Fenster und nahm dann wieder ungläubig Platz. »Der Pöbel bewaffnet sich und stellt Posten auf.«

Die Kutsche verlangsamte ihre Fahrt, bog nach rechts zum Nördlinger-Tor ein und gab seinen Insassen den Blick auf den überdachten Wehrgang der Stadtmauer frei. Auch hier patrouillierten Männer in der Kleidung ihrer Zunft mit geschulterten Waffen.

Forstenheuser deutete nach draußen. »Was habe ich Euch gesagt? Sogar die Stadtwache hat man abgelöst!« Er machte eine kurze Pause, dann platzte es aus ihm heraus. »Ja wundert Euch das alles nicht?«

Von Haslang setzt ein mildes Lächeln auf. »Nein, denn über die Dummheit des Menschen habe ich schon vor

---

16 Kräftige, ausdauernde Pferderasse.

vielen Jahren aufgehört mich zu wundern. Die Klugen lernen aus den Fehlern anderer, die Dummen aus den eigenen, und die ganz Dummen lernen es nie. Ich sage Euch, wie ich eine dermaßen aufmüpfige Stadt zur Räson bringen würde. Mit Kanonen beschießen, mit Androhung auf Aushungern die Tore öffnen lassen, die Rädelsführer am Marktplatz aufknüpfen. Damit würden es die Klugen lernen. Und aus jeder dritten Familie das älteste Kind mit dazu an den Galgen. Dann würden es auch die Dummen lernen.«

Die Kutsche passierte das Vortor in der Mauer der Berger-Vorstadt, ließ damit Schwäbischwerd und den Tumult hinter sich und trug die Kunde über die Vorfälle in der Reichsstadt direkt zum bayerischen Herzog Maximilian.

»Lüge mich nicht an!« Christoph war außer sich. Lorenz stand ihm trotzig gegenüber. Die beiden Männer warteten am Hafen auf die Zille, die der Türmer angeblasen hatte.

»Ich habe gehört, dass du bei der Meute warst, die letzte Woche vor dem Rathaus Kunos Kopf gefordert hat!«

»Und ich schäme mich nicht dafür«, gab Lorenz zurück. »Außerdem ist niemandes Kopf gerollt.«

»Das ist ja wohl kaum dein Verdienst«, sagte Christoph zornig. »Abgesehen davon haben wir noch immer nicht alle Forderungen erfüllt, die Seine Majestät befohlen hat!«

Lorenz erinnerte sich, wie er Anna beschworen hatte, was die Acht für sie alle hieße … Aber das war damals, in einem anderen Leben. Nun war ihm alles einerlei. Er machte eine lapidare Handbewegung. »Und wenn schon.«

Christoph war, als hätte er einen Schlag ins Gesicht bekommen. »Wie bitte? Bist du dir eigentlich bewusst, dass wir nach Verhängung der Reichsacht alle innerhalb unserer Stadtmauer bleiben müssen? Doch bis auf die Rüben auf unseren Äckern und das wenige aus unseren Gärten werden wir nichts zu fressen haben, denn Handel darf man mit uns auch keinen treiben. Und gewöhn dich schon mal daran, nur noch Wasser zu saufen, denn der Wein kommt ja aus Württemberg und Tyrol, nur dann eben nicht mehr. Denkt eigentlich irgendeiner von euch Hitzköpfen nach, bevor er lautstark den Kaiser herausfordert?«

»Der Kaiser wird es nicht wagen, über unsere freie Reichsstadt die Acht zu verhängen, sonst hätte er es doch schon längst getan! Und die Scharade mit den Delegierten ist bloßes Säbelrasseln.«

Christoph konnte sich nur mit Müh und Not beherrschen. »Dann bete, dass aus dem Säbelrasseln kein Geschützdonner wird. Wenn doch, hat unsere ach so freie Reichsstadt ganz schlechte Karten, denn unsere Wehranlagen würden einem Beschuss kaum standhalten.«

»Ich –«

»Schluss jetzt! Ich war der Überzeugung, ich hätte dich klüger erzogen!« Christoph wischte mit der Hand durch die Luft, als wollte er eine lästige Fliege vertreiben. »Geh mir aus den Augen!«

Lorenz wollte noch was entgegnen, besann sich dann doch eines Besseren und marschierte davon.

»Herr, Eure Zille!« Die Stimme eines Fährknechts.

Christoph wandte sich um und sah das Boot mit dem niedrigen hüttenähnlichen Aufbau mittschiffs auf sich zukommen. Das Deck schien verdächtig ruhig. Er kniff die Augen zusammen, wollte erkennen, was dort geschah, aber er vermochte es nicht.

Als die Zille am Steg, der aus mehreren Baumstämmen bestand, die miteinander vertäut waren, anlandete, konnte Christoph nur zwei Mann ausmachen – einen an jedem Ruderbaum. Eine drückende Vorahnung machte sich in ihm breit. Wo war die restliche Mannschaft?

Die Knechte tauten die Zille noch fest, da legte der Transporteur bereits eine Planke auf die Reling und ging an Deck. Die zwei Männer, die die Ruderbäume bedient hatten, standen nun vor dem Aufbau, die Köpfe gesenkt, als wären sie entsetzlich müde.

Wo zur Hölle ist die verdammte Mannschaft?

Christoph ging zu einem der Ruderknechte. »Thomas, was ist hier los?«

Keine Antwort.

Der Transporteur blickte zu dem anderen Knecht. »Martin?« Auch der machte keine Anstalten sich zu äußern.

»Herrgott noch mal, spuckt's schon aus!«

Jetzt hoben die beiden Männer die Köpfe, öffneten weit die Münder – und Christoph sah, dass den beiden die Zungen herausgeschnitten worden waren! Vor Schreck machte er unwillkürlich einen Schritt zurück und bekreuzigte sich. »Allmächtiger! Wer hat euch das angetan?«

Die beiden Knechte schüttelten ermattet die Häupter. Ihre Augen waren rot und geschwollen, und erst jetzt bemerkte Christoph das viele getrocknete Blut auf ihren Kitteln. »Macht euch sofort auf ins Spital! Für die Kosten der Arzneien komme ich auf.« Er griff in seine Taschen, holte ein paar Münzen heraus und drückte sie Thomas in die zitternden Hände. »Hat sonst noch wer überlebt?«

Thomas deutete ein Nein an.

»Und die Fracht?«

Erneut ein Nein.

»Schnell, ab mit euch ins Spital!«

Die beiden Knechte taumelten davon, wurden vom Ufer weg von anderen gestützt. Gott weiß, was sie für Schmerzen haben, dachte sich Christoph. Dann wurde ihm langsam gewahr, was das Ganze für ihn bedeutete: Die Ladung dieser Zille war eine Ladung für die Goldschmiede – und er hatte diese im Voraus bezahlt.

Christophs Mund fühlte sich mit einem Male trocken und klebrig an. Er schritt zu dem Aufbau, in dem gewöhnlich die Ladung verstaut und so vor Wind und Wetter geschützt lagerte, dann trat er hinein.

Eine Kiste stand inmitten der Fläche, die bis auf einen eisernen Geißfuß[17], der danebenlag, gähnend leer war.

Jemand möchte, dass du die Kiste öffnest.

Christoph zögerte, aber was hatte er für eine Wahl? Schließlich ging er zu der Kiste, nahm den Geißfuß und stemmte den Deckel auf.

Der Inhalt raubte ihm den Atem.

Nach dem Streit mit seinem Vater hätte sich Lorenz am liebsten betrunken oder geprügelt, vielleicht sogar beides und in dieser Reihenfolge. Aber er wählte einen anderen Weg, und der führte ihn an Annas Grab. Dort stand er nun seit geraumer Zeit, hatte seinen Gebetsritus absol-

---

17 Brechstange.

viert und gerade beendet, als ihn ein Räuspern herumfahren ließ.

»Ich hatte gehofft, du kämst mich besuchen.« Es war Louise, deren Haut in den Strahlen der frühherbstlichen Sonne noch weißer wirkte als sonst.

»Ich … ich hatte dir doch gesagt, dass sich das nicht ziemt. Noch schneller als üble Nachrede hat man einen schlechten Ruf.«

»Ich bin nicht mehr lange hier, was kümmert mich da mein Ruf«

Lorenz pflichtete ihr mit einem Schulterzucken bei. Und wenn er ganz ehrlich gewesen wäre, dann ging es ihm nicht nur um ihren Ruf, sondern hauptsächlich um den seinen.

Louise sah auf das Grab, dann auf Lorenz. »Das tut mir aufrichtig leid.«

Der nickte dankend, sagte aber nichts.

»Auch mein Gemahl ist verstorben. Letztes Jahr. Gerade stand er noch mitten im Leben, dann bekam er Fieber, und dann war es auch schon vorbei. Nicht mal eine Woche hat es gedauert. Als würde der Herrgott einfach das Lebenslicht ausblasen.«

Lorenz blickte zu dem Grab hinüber, an dem Louise das letzte Mal gestanden hatte. »Dein Mann liegt hier?«

Sie lächelte. »Natürlich nicht. Hier liegt *Aïeul.* Mein Großvater.«

»Ein weiter Weg von Frankreich, nur um das Grab deines Großvaters zu besuchen.«

»Mir war es eben wichtig.«

Lorenz sah genauer zu dem Grab hin. »Hans Kentle war dein Großvater? Ich habe ihn gut gekannt. Ein weiser

Mann, der auch im Stadtrat sehr angesehen war. Aber er starb schon vor vier Jahren.«

»Und jetzt habe ich die Zeit gefunden, seinem Grab die letzte Ehre zu erweisen. Ein, zwei Erinnerungen habe ich noch im Kopf, wie ich ihn mit *Maman* einmal besuchen konnte.«

Die beiden teilten ein Lächeln, dann die Stille.

Schließlich stützte Louise die Hände auf die Hüften. »Aber zu meiner Herberge geleiten darfst du mich schon, oder schickt sich das auch nicht?«

Lorenz' Lächeln verbreiterte sich. Sie neckte ihn, und das gefiel ihm, auch wenn er schlagartig ein schlechtes Gewissen Anna gegenüber hatte.

Aber sie lenkt dich doch nur von deiner Trauer ab, sie ersetzt Anna nicht.

Mit einer galanten Handbewegung deutete er ihr den Weg.

Christoph starrte immer noch in die Kiste. Die Sinne begannen ihm zu schwinden, er musste sich in ihrem Rand festhalten, um nicht umzufallen. Er hatte herausgefunden, wo die restliche Besatzung war.

Besser gesagt ihre abgeschnittenen Köpfe.

Er blickte noch einmal in die Kiste, wollte sich vergewissern, dass er nicht einer Sinnestäuschung erlegen war – aber die weit aufgerissenen, regungslosen Augen, die ihm entgegenstarrten, belehrten ihn eines Besseren. Die und der beißende Gestank, der ihm aus der Kiste entgegenströmte.

Wie ein Betrunkener torkelte Christoph aus dem Aufbau, sah suchend umher. »Wache? Wache!«

Die Glocken der Stadtkirche Zu Unserer Lieben Frau kündeten von den tragischen Neuigkeiten.

Mit ausdruckslosem Blick saß Christoph an Deck und starrte in die Ferne, aufs andere Donauufer hinüber. Er nahm kaum den Stadtamman wahr, der sofort herbeigeeilt war, um sich selbst ein Bild von der Lage machen zu können. Er sah kaum die sechs Frauen, die vor der Zille standen und bitterlich um ihre Männer weinten. Selbst Johannes bemerkte er kaum, der sich schon vor geraumer Zeit zu ihm gesetzt und bis jetzt geschwiegen hatte.

»Es ist einfach unvorstellbar«, sagte der schließlich und beendete damit die Stille. »Diese armen Seelen. Wo waren die Wachen, die du mitgesandt hast?«

»Ich weiß es noch nicht«, antwortete Christoph und fand wieder zu sich. »Ich fürchte, man hat alle Männer vom Boot geholt und an Ort und Stelle hingerichtet.«

»Und nur die Köpfe jener mitgeschickt, die in Schwäbischwerd Familie haben.«

Der Transporteur nickte. »Als Zeichen.«

»Oder als Warnung, was mit jenen passiert, die für dich arbeiten.«

»Mir ist, als hätte sich die ganze Welt gegen uns verschworen. Was geschieht hier, Johannes?«

Der konnte nur mit Schweigen antworten.

»Schon etwas von deinem Geschäft mit dem Spanier gehört?«, fuhr Christoph fort.

Der Kaufmann seufzte. »Nein, noch nicht. Die Güter müssen noch unterwegs sein.« Er stand auf. »Komm.«

»Wohin?«

»In den Hund, einen saufen.«

Lorenz und Louise schlenderten nebeneinander durch die Hintere Gasse auf die Stadtpfarrkirche zu, die gerade zu läuten begonnen hatte.

»Was ist los?«, wollte sie wissen.

»Irgendwas dürfte wieder passiert sein. Feuer ist es keines, vermutlich ein Unfall«, antwortete Lorenz. Er schien mit sich zu ringen, dann fasste er sich ein Herz. »Darf ich dich etwas fragen?«

»Natürlich«, antwortete sie. »Und genau genommen hast du mich mit deiner Frage, ob du mich etwas fragen darfst, ja bereits etwas gefragt.«

»Ein kluges Frauenzimmer«, lachte Lorenz. »Aber ich wollte von dir wissen, warum eine so kluge Frau aus Frankreich bei einem Tumult der Bürger dieser Stadt mithetzt.«

»Warum? Weil auch wir Franzosen uns nicht gern sagen lassen, wie wir zu leben haben. Erst recht nicht von den verfluchten Katholiken. Ich verstehe die Menschen hier.«

»Ich dachte, du wärst auch –«

»Weil Großvater auf dem katholischen Friedhof ruht? Nein, ich bin lutherisch aufgewachsen.«

»Wie ich«, meinte Lorenz. »Wie lange bleibst du hier?«

»Noch ein paar Wochen. Weihnachten möchte ich wieder daheim sein.«

»In Sully-sur-Loire.«

»Ein Mann, der auch zuhören kann«, meinte Louise augenzwinkernd. »Das findet man selten.«

Kühler Wind fuhr durch den Wald am Schellenberg, dessen Blätter in allen Farben des Herbstes erstrahlten. Die losen nahm er mit, trieb sie vor sich her, riss sie in die Höhe und ließ sie schließlich auf die Stadt herabrieseln, die am Fuße des Berges ruhte und in der emsiges Feilschen den wöchentlichen Markt beherrschte.

Agnes und Helene begutachteten die herbstliche Ernte und genossen Kostproben von Birnen, Aprikosen und Quitten.

»Nicht dass ich das Ganze jemals gutheißen könnte«, sagte Agnes, »aber – der Allmächtige verzeihe mir – manchmal habe ich mir selbst gewünscht, ich könnte meinem Bruder, du weißt schon.« Sie deutete mit der Hand einen kleinen Schlag an. »Auch wenn es nicht im Sinne Gottes ist«, fügte sie hastig hinzu.

Ein Lächeln blitzte in Helenes Gesicht auf. Wieder etwas, was sie der anderen nicht zugetraut hätte. Immer schien die Freundin besorgt um ihren Bruder gewesen zu sein und nachsichtig mit ihm, selbst als alle anderen Gebhard längst aufgegeben hatten. Doch offenbar war auch die zurückhaltende Agnes Heidfeldt zu unchristlichen Gefühlen fähig. »Aber er ist bereits genesen, oder?«

»Ja. Genesen und wieder ganz der Alte. Nur in den Weinstuben unterwegs und nicht im Geschäft, zum Leidwesen von Margarete.« Unwillig schüttelte Agnes den Kopf.

»Das tut mir leid.« Helene zögerte kurz. »Hat Lorenz sich schon bei dir entschuldigt?«, fragte sie dann.

Agnes nickte. »Er klang aufrichtig.«

»Dann ist es ja gut.«

»Und wie geht es euch?« Agnes machte eine Pause. »Dir und Christoph?«

»Uns beiden geht es gut«, sagte Helene, und das stimmte auch. Christoph war in der letzten Zeit, trotz allem, was geschah, sehr liebevoll mit ihr umgegangen. »Aber für das Unternehmen Ackermann gab es schon bessere Zeiten.«

»Ich weiß. Die Kiste mit den Köpfen.« Agnes bekreuzigte sich. »Einfach nur schrecklich. Die armen Frauen.«

»Christoph meinte, er werde für alle Kosten geradestehen. Begräbnis, Gräber. Sogar einen Teil des Leibgedings[18] bezahlte er den Weibern aus.«

»Dein Mann hat eben ein großes Herz.«

»Und ein leeres Säckel.«

Agnes sah ihre Freundin erschrocken an.

»Keine Sorge«, wiegelte Helene ab. »Zum Glück gibt es ja noch das Bündnis mit der Zunft der Goldschmiede.«

»Ich hoffe, Johannes' Geschäfte gehen auch bald wieder besser. Er und dieser schauerliche Reliquienhandel. Das ist keine Art, ehrbar sein Geld zu mehren.« Agnes bekreuzigte sich erneut. »Ich vermisse die Zeiten, in denen unsere Männer gemeinsam an einem Strang zum Wohle aller gezogen haben.«

»Das wird schon wieder«, beruhigte Helene ihre Freundin und ein wenig auch sich selbst. »Du wirst sehen, alles wird gut.«

»Nichts wird gut!«, schnaubte Wurm und schlug mit der Faust auf den Tisch, dass die Weingläser erzitterten. »Gar nichts wird gut!«

---

18 Rente

Georg Kuno, der Stadtschreiber, blickte betreten um sich. Aber keiner der anderen Gäste im Goldenen Löwen schien sich für die Stimmungslage des Sattlers zu interessieren.

»Da meint man, man hätte die Ratten aus dem Haus getrieben, und was geschieht? Sie laden einen in Rain vor!«

»Mit allem Respekt«, sagte Kuno leise, aber mit Nachdruck. »Ihr werdet doch nicht die Delegierten des Herzogs, der von Seiner Kaiserlichen Majestät beauftragt wurde, als ›Ratten‹ bezeichnen?« Dann fügte er kaum hörbar hinzu. »Zumindest nicht dort, wo Euch jeder hören kann?«

Wurm winkte verächtlich ab. Die dicken Backen im Gesicht schon rot vom Wein, winkte er dem Wirt. »Bring uns noch einen Krug.«

Der gehorchte.

»Die verfluchte Prozession ist vorbei, die Bürger haben sich beruhigt. Ja selbst deinen Kopf fordert niemand mehr.« Wurm blickte Kuno verächtlich an. Der hatte sogleich ein mulmiges Gefühl im Magen, als er wieder daran dachte, wie ihm der Pöbel an Leib und Leben wollte. Zum Glück war der Ruf nach seinem Kopf aber so schnell wieder verklungen, wie er aufgekommen war.

»Was will Seine Majestät denn von uns?«, erregte sich Wurm erneut.

»*Uns* hat er ja nicht geladen«, entgegnete der Stadtschreiber. »Die Vertreter der Stände hat man nach Rain geladen.«

Der Wirt brachte den Krug. Wurm nahm ihn wortlos entgegen, schenkte sich ein, trank das Glas mit einem Zug aus und schenkte sich erneut ein. Erst danach füllte er auch Kunos Glas.

»Anscheinend hat man erkannt, dass der Stadtrat ein wenig, naja, zahnlos ist.«

Wurm verzog das Gesicht, als ob ihm Kunos Worte einerlei wären. »Der spanische Götzenanbeter hat gesagt, dass man in Rain nur jene Forderungen wiederholen werde, welche die beiden *Delegierten* bei ihrem letzten Besuch schon gestellt haben. Rädelsführer übergeben und Dekrete befolgen.« Die letzten Worte spie der Bürgermeister förmlich aus. »Warum sich die Standesvertreter dafür aber die sechseinhalb Meilen bis Rain quälen müssen, ist mir ein Rätsel. Es ist doch bereits alles gesagt.«

»Ja«, antwortete Kuno schnippisch. »Nur noch nicht von allen.«

Wurm blickte von seinem Weinglas auf, als er eine junge Frau mit einem roten Hütchen auf dem Kopf erspähte, die durch die Gaststube ging.

»Mademoiselle!«, rief er mit Zungenschlag auf eine unangenehm joviale Weise. »Auf ein Wort, wenn Ihr gestattet.«

Kuno sah betreten zur Seite, als Louise näher trat.

»Ihr seid nun schon seit geraumer Zeit in unserer schönen Stadt, und wir hatten noch nicht einmal das Vergnügen, uns vorgestellt zu werden.«

Louise gab sich steif. »Ich wusste nicht, dass man in Schwäbischwerd erst beim Bürgermeister vorstellig werden muss, wenn man eine Herberge bewohnt.«

Wurm setzte ein verschmitztes Lächeln auf.

»Zumal Ihr ja gerade nicht der Neubürgermeister seid, oder bin ich da falsch informiert?«

Kuno konnte sich ein Grinsen nicht verkneifen.

Wurm rang nach Luft. »Altbürgermeister, wenn Ihr es

genau nehmen wollt. Erst wenn das neue Jahr anbricht, dann –«

»Die Politik der Männer langweilt mich im Allgemeinen«, unterbrach ihn Louise. »Wenn Ihr also sonst nichts habt, das für mich von Interesse ist, dann will ich mich nun in den oberen Teil der Herberge zurückziehen, den ich in seiner Gesamtheit bis zu Neujahr bereits bezahlt habe, sollte dies für Euch von Interesse sein.«

Louise machte auf dem Absatz kehrt und ließ die beiden Männer zurück. Bürgermeister und Stadtschreiber waren sprachlos.

»Ein dermaßen dreistes Weibsbild ist mir noch nie untergekommen«, brachte Kuno irgendwann hervor.

Wurm nahm einen kräftigen Schluck, dann nickte er. »Mir auch nicht. Gefällt mir.«

Schwäbischwerd, Oktober A.D. 1607

Die Messen waren vorbei, die Glocken verklungen. Es regnete in Strömen, in manchen der Gassen lief das Wasser knöchelhoch die Pflastersteine hinab. Doch in Francesco Santorios Gasthaus war es trocken, und so gab es kaum einen Platz, der nicht besetzt war.

»Bemerkst du auch die Blicke, die sie uns zuwerfen, oder verliere ich schön langsam meinen Verstand?«

Christoph sah von den Karnöffel-Spielkarten auf, die er in seiner Rechten hielt, blickte um sich. »Nein, du irrst dich nicht. Aber was kümmert es die Eiche, wenn sich der Eber an ihr reibt?«

Johannes lachte auf und spielte einen König aus. »Ein wahres Wort, mein Freund.«

»Sind deine Reliquien«, das letzte Wort flüsterte Christoph, »schon eingetroffen?« Er stach Johannes' Karte.

Der verzog das Gesicht. »Nein, noch immer nicht. Suárez beteuert, es könne nun nicht mehr lange dauern.«

Der Transporteur schnalzte mit der Zunge und spielte eine weitere Karte. »Wenn *er* das sagt.«

»Mal mir jetzt bloß nicht den Teufel an die Wand!« Der Kaufmann gab eine Herz-Acht zu.

»Du weißt doch, dass wir Lutheraner nichts mit Bildern am Hut haben«, stichelte Christoph zurück.

»Ist ja gut. Ich will einfach nur, dass die Geschäfte wieder besser werden, das ist alles. Für dich und für mich.«

»Amen.« Christoph spielte als letzte Karte einen Landsknecht aus, die höchste Karte im Spiel. »Und hier der Karnöffel. Du weißt ja, wie man sagt: Glück im Spiel, Geld für die Liebe.«

Johannes grinste. »Dummer Hund.«

Der plötzlich einsetzende Regen raubte der farbenprächtigen herbstlichen Landschaft alle Farbtöne und tauchte sie in ein bläuliches Grau.

Lorenz und Louise, die durch die Wiesen und Felder südlich der Stadt spaziert waren, hatten gerade noch Unterschlupf in einem alten Stadel gefunden, dessen windschiefes Dach einigermaßen Schutz vor den Regenmassen bot. Und da die eine Wand des Unterschlupfs bereits in sich zusammengebrochen war, konnten die beiden in die nasskalte Landschaft hinausblicken und dabei Blitze auf ihrem Weg vom Himmel zur Erde beobachten.

»Fünfundzwanzig waren es bisher«, sagte Louise beeindruckt.

»Ein spätes Sommergewitter.« Lorenz wischte sich übers Gesicht, das von der hohen Feuchtigkeit in der Luft ganz nass war.

Die junge Französin warf einen Blick auf Lorenz' Trauerkleidung. »Wie lange hast du noch vor, Schwarz zu tragen?«

»Zumindest bis Ende des Jahres. Ist das zu kurz, was glaubst du?«

»Kommt darauf an.«, sagte Louise achselzuckend. »Manche Weiber tragen sie ihr ganzes Leben lang.«

»Wie lange hast du um deinen Mann getrauert?«

Ihre Miene wurde ernst. »Du setzt Trauer mit Kleidung gleich? Ich kann dir sagen, wie lange ich Schwarz getragen habe: Genau bis nach der Beerdigung. Dann habe ich mein Kleid in einer Truhe verwahrt, wo es heute noch liegt. Trotzdem ist seither nicht ein Tag vergangen, an dem ich nicht getrauert habe.«

»Das verstehe ich«, sagte Lorenz und bemerkte nicht Louise' zweifelnden Blick. Er wusste, dass es scheinheilig von ihm war, andere so zu beurteilen, wie es für ihn selbst gerade passend war. Vor jedem Zubettgehen betete er für Anna, und er betete ebenfalls dafür, ein Zeichen zu erhalten, ob manche Gedanken, die er hatte, und manche Gefühle, die er hegte, rechtens seien. Gedanken, wie ein Leben mit einer anderen Frau für ihn aussehen könnte, und Gefühle, die er dieser Frau entgegenbringen würde. Und ob all dies im Widerspruch zu seiner noch immer bestehenden Liebe für seine Anna stünde.

Aber er hatte kein Zeichen erhalten.

Nur die Gewissheit, dass die Leere in ihm, die seit ihrem Dahinscheiden immer größer wurde, sich in Wut und Zorn äußerte. Und diese beiden Gefühle wiederum wurden erst seit Kurzem langsam von einem anderen Gefühl ersetzt – der Freude, wenn er Louise traf, auch wenn sie nur einige wenige Sätze in der Woche wechselten.

»Ich verstehe dich wirklich«, bekräftigte er.

Louise musterte ihn nachdenklich. »Was ist für dich das Schlimmste daran, dass deine Anna tot ist?«

Lorenz überlegte kurz, während draußen der Regen noch einmal stärker wurde. »Das Schlimmste ist, dass alles nur mehr war und nichts mehr sein wird. Nichts

Neues kommt in meinem Leben mehr hinzu, zumindest nicht mit ihr.« Er machte eine kurze Pause. »Klingt, als ob ich nur an mich selbst denke, oder?«

Sie schüttelte den Kopf. »Ich weiß sehr gut, was du meinst.«

Mit einem Mal hörte der Regen so abrupt auf, wie er angefangen hatte.

»Wir können wieder in die Stadt zurück. Und weil du als ältester Sohn der angesehenen Familie Ackermann ja immer den Anstand wahren musst«, sagte Louise und neigte den Kopf, als würde sie Mitleid erhaschen wollen, »darfst du mir ausnahmsweise hier einen Kuss auf die Wange geben.«

Lorenz zögerte, aber Louise hielt ihm bereits die Wange hin.

Der junge Mann setzte gerade zum Küssen an, als sie ihren Kopf drehte und der Kuss ihren Mund traf. Louise löste sich später von Lorenz, als es nötig gewesen wäre, und stützte entrüstet die Hände auf die Hüften. »Herr Ackermann, was erlaubt Ihr Euch? Wo bleibt Euer Anstand?«

Völlig überrumpelt und fassungslos suchte Lorenz nach Worten.

Da packte sie seinen Kopf, gab ihm noch einen Kuss auf den Mund und eilte zur Scheune hinaus. »Komm, sonst fangen die Leute noch an zu reden!«

Lorenz grinste breit.

Dann lief er dem unverschämten Frauenzimmer hinterher.

Langsam kamen feuchtkalte Nebelschwaden auf. Die Sonnenuhr am Lederer-Turm schwieg aufgrund der noch immer tiefhängenden Wolken, aber das entfernte Läuten der Glocken der Pfarrkirche kündete davon, dass es drei Uhr nachmittags war.

Doch obgleich sich der Tag noch lange nicht dem Ende zuneigen würde, waren sehr wenige Bürger auf der Straße vor der Stadt unterwegs. So empfand es zumindest Lorenz, der mit Louise gerade den Galgen an der Hinrichtungsstätte vor dem Tor passierte.

Besonders auffällig war, dass kein Karren, keine Kutsche oder sonst irgendein Gefährt durch den Torturm gerattert kam. Es war, als hätte das Leben in der Stadt aufgehört zu existieren.

Die Zugbrücke des Lederer-Turms war vom Regen noch glitschig, sodass Lorenz besonders darauf bedacht war, Louise aufzufangen, sollte sie ausrutschen. Knapp vor dem großen Tor und seinem hochgezogenen Fallgitter passierte ihr dieses Missgeschick auch, doch Lorenz war zur Stelle.

Überrascht und gleichzeitig dankbar sah sie ihm in die Augen, und wollte gerade –

»Junger Herr Ackermann!«, schallte es, und Lorenz sah zu dem Rufer. Es war eine der beiden Wachen am Turm. »Habt Ihr es schon vernommen?«

Lorenz kam näher und erkannte Lienhard Schrater, einen alten Bekannten seines Vaters.

»Die Vertreter der Zünfte sind aus Rain zurück. Und mit ihnen –« Die Wache zog ein freudestrahlendes Gesicht. »Und mit ihnen die beiden bayerischen Delegierten.«

Lorenz zuckte mit den Schultern. »Das heißt, es ist alles, wie es schon zuvor war. Woher die plötzliche Begeisterung?«

»Versteht Ihr nicht? Herzog Maximilian hat klein beigegeben, weil der Kaiser klein beigegeben hat. Der Kaiser! Das heißt, wir haben *Ihn* in der Tasche und können Ihm, stellvertretend den beiden Kommissären, unsere Bedingungen für die Beilegung des lästigen Prozessionsstreits diktieren!« Lienhard klopfte Lorenz auf die Schulter, dann machte er mit einer großen Geste den Weg durch das Tor frei. »Tretet ein, und feiert mit, so wie es heute ganz Schwäbischwerd tut!«

Lorenz und Louise tauschten einen fragenden Blick, dann schritten die beiden durch das Tor.

Der Anblick, der sich Lorenz und Louise bot, spottete jeder Beschreibung: Inmitten der Kapell-Gasse standen krakeelend und feiernd die Bürger. Aus jedem Wirtshaus schallten Musik, Gelächter und Gegröle. Vereinzelt torkelte ein Betrunkener heraus, setzte sich in den Rinnstein oder kehrte gleich beim nächsten Gasthaus wieder ein. Auch Frauen gaben sich der Trunkenheit hin, standen keck mit Männern auf der Straße, die Kleider unsittlich weit aufgeknöpft oder die weißen Hauben so verrutscht am Haupt, dass schon die Haare hervorkamen. Es schien, als hätte es Sitte und Anstand, Benimm und Moral nie gegeben. Und weder der Stadtamman noch die Stadtpolizei schienen etwas dagegen zu unternehmen.

»Ist das tatsächlich ein Grund, so frivol zu feiern?« Louise sah sich hilfesuchend um.

»Lass es uns herausfinden.« Lorenz' Blick fiel auf das wohlbekannte Schild aus getriebenem Blech in Form eines Hundes.

»Komm mit.«

Im Inneren das Hundes war es so laut und stickig, dass Lorenz meinte, er hätte die Schwelle in eine andere, furchteinflößende Welt überschritten. Aber gleich nachdem er den getäfelten Gang entlanggegangen war, hatten sich seine Augen an das Dämmerlicht gewöhnt und seine Ohren vermochten die Kakophonie aus Stimmen und Gesang, Musik und Gelächter auseinanderzuhalten.

Er zwängte sich zwischen den dicht gedrängten Tischen und Bänken hindurch, immer weiter nach hinten. Eine Magd gab Lorenz im Vorbeigehen einen Klaps auf den Hintern und winkte ihm schamlos hinterher. Einem Zunftherrn, der das Gleiche bei Louise versuchen wollte, konnte diese gerade noch ausweichen.

»Was machen wir hier?« Louise' Stimme deutete zum ersten Mal an, dass sie sich unsicher fühlte.

Aber bevor Lorenz ihr eine Antwort geben konnte, hatte er bereits entdeckt, wonach er gesucht hatte. Er hob die Hand zum Gruß und ging mit Louise an einen Tisch im hinteren Bereich der Gaststube.

Christoph und Johannes sahen die Frau an Lorenz' Seite erstaunt an. Dann deutete Christoph auf ihren Tisch. »Lorenz, setz dich zu uns! Und deine Begleitung natürlich ebenso.«

»Vater. Herr Heidfeldt. Das ist Louise Croÿ aus Frankreich. Sie ist hier, um dem Grab ihres Großvaters die Ehre zu erweisen.«

»Hans Kentle, so hieß mein Großvater«, sagte Louise beinahe entschuldigend und setzte sich neben Lorenz auf die Bank.

»Der alte Hans, tatsächlich«, meinte Johannes und lächelte, als würde er den Mann vor sich sehen.

»War ein kluger Kopf im Stadtrat«, sagte Christoph und packte die Karnöffel-Karten weg. »Wie hat er immer gesagt? ›Der Pöbel ist ein mehrköpfiges Ungeheuer, das deshalb aber nicht zwingend mehr Verstand besitzt.‹«

Die vier lachten.

»Und wie lange wollt Ihr dem Grab die letzte Ehre erweisen? Ihr seid ja nun schon eine ganze Weile hier, wie man munkelt.« Johannes beugte sich interessiert vor.

Louise lehnte sich auf der Bank zurück. »Solange ich eben will.«

Christoph grinste, aber es lag Düsterkeit darin. »Dann hoffen wir, dass Ihr noch ein wenig bleibt, um der bodenlosen Dummheit unserer Stadt beizuwohnen.«

Santorio stellte in Eile zwei weitere Becher auf den Tisch, Johannes schenkte ein.

Sie stießen an und tranken.

»Dann ist es also wahr? Wir werden den Kommissären unsere Bedingungen für einen Frieden mit dem Kaiser diktieren?«, fragte Lorenz.

»Ganz recht«, pflichtete ihm Christoph bei. »Unsere Zünfte sind aus Rain zurück, denn dort wollten sie einfach nicht die geforderten Zusagen an den Kaiser machen, im Gegenteil. Schließlich haben sie die Bayern gar überzeugt, dass man hier in Schwäbischwerd schneller eine Zustimmung der gesamten Bürgerschaft und des Größeren Rates erreichen würde als von der Ferne aus.«

»So haben die Herren Delegierten, die erst vor kurzem um Leib und Leben fürchtend aus der Stadt geflohen waren, heute im Schutze der Klostermauern von Heilig-Kreuz Quartier bezogen und zwar in der Erwartung, dass diesmal alles anders wird«, führte Johannes trocken fort.

»Also ja, Lorenz: Ihr werdet den Kommissären eure Bedingungen für einen Frieden mit dem Kaiser diktieren. Und morgen sitzen gebratene Tauben auf allen Dächern, und es wird nur mehr Wein vom Himmel regnen.«

Christoph lachte schallend auf, während sich sein Sohn vorgeführt wie ein Esel vorkam. »Apropos Wein … Francesco –!«

Der Wirt machte am Tisch halt. Schweiß tropfte ihm vom hochroten Kopf, sein Körpergeruch war stechender als sonst.

»Bist du auf all das vorbereitet?«, fragte ihn Johannes mit Blick auf die ausgelassene Gesellschaft.

»Ganz ehrlich, ich weiß es nicht. Wir dürfen ja nur zwei Fässer im eigenen Keller lagern, wie der Ratsherr sicherlich weiß.« Die letzten Worte galten Christoph.

»Weil ihr sonst die Weinsteuer umgeht und das Gesöff verpanscht«, kündete dieser mit einem Augenzwinkern. »Im Tanzhaus lagern die restlichen Fässer gut.«

»Beim Essen muss ich nachsehen, wie es um die Küche steht, genauer gesagt um den Koch. Der trinkt in der letzten Zeit auch lieber, als dass er sich rechtmäßig verdingt.«

»Zieh ihm die Hammelbeine lang! Und dann bring uns doch ein schönes gebratenes Rindfleisch mit Speckknödel und Kraut«, sagte Johannes mit einem kurzen Blick auf seinen stattlichen Wanst. »Und zwei Dutzend Herrgottsbscheißerle[19]. Immerhin haben wir einen Gast aus Frankreich!«

Santorio warf Louise einen überraschten Blick zu, dann eilte er davon. Die anderen vier stießen erneut an.

---

19 Maultaschen

Christoph lehnte sich zurück und beobachtete das bunte Treiben. Anders als sonst ging es im Roten Hund heute so rau zu wie in den anderen Kaschemmen in der Kapell-Gasse. Offenbar konnte oder wollte Santorio dem nicht Einhalt gebieten, und so gaben sich Männer wie Frauen völlig ungehemmt dem Wein, dem Branntwein und dem Schnaps hin, hatten ihre Hände und Münder selten dort, wo es der Anstand gebot, und mischten sich über alle Alters-, ja sogar Standesgrenzen hinweg.

Sodom und Gomorrha kamen dem Transporteur in den Sinn, so mag es dort wohl auch angefangen haben. Er wollte zwar nicht glauben, dass es mit Schwäbischwerd ein ähnliches Ende nehmen würde, trotzdem war er davon überzeugt, dass ein böses Erwachen bevorstand. Ein Blick zu Johannes bestärkte ihn in seinen Bedenken, denn diesem schien Ähnliches durch den Kopf zu gehen.

Die biblischen Städte Sodom und Gomorrha endeten im Feuerzorn Gottes. Welche Strafe Er wohl für diese Stadt vorgesehen hatte?

Ein weiterer kalter Oktobermorgen war angebrochen. In den Straßen lagen Tonscherben, und die letzten Trunkenbolde rappelten sich auf, um nach Hause zu stolpern. Die Sperrstunde, die sonst dafür Sorge trug, dass alle Wirtshäuser gleichzeitig schlossen, war gestern Nacht ausgesetzt worden. Oder es wollte sie eben niemand zur Kenntnis nehmen. Selbst manche der Wachen auf der Stadtmauer hatte noch Schwierigkeiten, einen geradlinigen Kontrollgang zu absolvieren.

Die ungewöhnliche Stille der Dämmerung, die über der Stadt lag, wurde einzig von drei Männern durchbrochen, die wild gestikulierend vor dem Roten Tor standen.

»Der Rat ist – was?« Von Haslang sah ungläubig zu seinem Amtskollegen Otto Forstenheuser. »Wiederholt das noch einmal. Aber diesmal so laut, dass man Euch auch versteht.«

Stadtschreiber Kuno räusperte sich. »Die Herren des Rates von Schwäbischwerd sehen sich außerstande, mit den Herren Kommissionären Gespräche zu führen, da ein Großteil von ihnen vom gestrigen Abend noch betäubt und die Mehrheit der Bürger berauscht ist. Und so bittet man, die Verhandlungen auf morgen früh zu verschieben.«

Forstenheuser ging vor dem Tor auf und ab. »Das ist eine Ungeheuerlichkeit! Gestern hat man uns geschlagene zwei Stunden lang den Zugang zur Stadt verwehrt. Die ganze Nacht über hat man uns von der Stadtmauer aus, die das Kloster umfasst, verhöhnt, verspottet und der Lächerlichkeit preisgegeben. Und nun sollen wir auf diese Herren warten, nur weil sie keinerlei Kontrolle über sich haben? Über sich, über den Magistrat und die ganze gottverdammte Stadt!« Forstenheuser fixierte Kuno. »Und dann schickt man uns auch noch so einen Hanswurst!«

Kuno straffte seinen Rock und reckte die spitze Nase in die Höhe. »Ich verbitte mir derlei Beflegelungen! Sonst werde ich –«

Nun platzte von Haslang der Kragen. Er packte Kuno an dessen Rock und drückte ihn gegen die Stadtmauer. »Sonst werdet Ihr was? Na? Euch beim Herzog beschweren? Oder gar beim Kaiser? Nur zu!«

Er ließ den Stadtschreiber wieder los, der sich hilfesuchend umblickte.

»Und glaubt ja nicht, dass uns nicht die Kunde zugetragen wurde, dass die Ratsherren von Schwäbischwerd mit benachbarten Städten und Fürsten Pläne bezüglich Hilfe und Beistand geschmiedet haben. Sie sind vermutlich auch noch so töricht, derlei Versprechungen zu glauben. Wer soll es sein? Stuttgart, Nördlingen, Ulm?«

Von Haslang wischte Kuno provozierend über die Schultern, als wollte er ihm Haarschuppen wegfegen. »Eines kann ich Euch jedoch versprechen, werter Herr Stadtschreiber: Wenn wir uns das nächste Mal sehen, werdet Ihr Euch wünschen, Ihr hättet Eier in der Hose, denn dann werdet Ihr sie brauchen.«

Johannes saß in der Schreibstube von Emanuel Suárez und war kreidebleich im Gesicht, was jedoch nicht am übermäßigen Weingenuss vom Vortag lag.

»Ich kann daran auch nichts ändern«, sagte dieser mit todernster Miene und fixierte dabei den Kaufmann mit seinen stechenden Augen. »Das ist alles, was ich weiß.«

Dann reichte er Johannes die Depesche. Der las sie, immer und immer wieder, als glaubte er, etwas überlesen zu haben, das den Sinn des Schreibens ins Gegenteil und damit zu seinen Gunsten umkehren könnte.

Raubrittertum … Überfall … Werk von Muselmanen … Gottes Zorn …

»Es ist ebenso mein Schaden wie der Eure, mein teurer Freund«, sagte der Spanier tonlos.

»Aber als Auftraggeber haftet Ihr dafür.« Johannes legte die Depesche auf den Schreibtisch.

»Das wohl«, gab Suárez zu. »Ich hafte für den Umfang meiner Beteiligung, also für fünfzig Prozent. Ich habe demnach die gleiche Summe verloren wie Ihr.«

Johannes war, als schwänden ihm die Sinne. Alles, was er in dieses Geschäft investiert hatte, war weg. Und zu diesem überwältigenden Gefühl des Verlustes gesellte sich ein weiteres, beinahe noch unangenehmeres Gefühl – Wut. Wut auf sich selbst, dass er ein solch riskantes Geschäft überhaupt eingegangen war. Dass er mehr den Gewinn im Auge gehabt hatte denn die Vernunft, die von vornherein ein Nein geboten hatte.

Aber die Versuchung war einfach zu groß gewesen.

Die Versuchung, einen überdurchschnittlich hohen Gewinn zu erzielen, aber auch die Versuchung, es den lutherischen Geizhälsen dieser Stadt so richtig zu zeigen.

»Ihr habt mein Wort«, fuhr Suárez fort, »dass ich alles in Bewegung setzen werde, um die Schuldigen zu finden, damit sie ihrer gerechten Strafe zugeführt werden. Vielleicht kann ich ja sogar das Diebesgut dingfest machen lassen, auch wenn ich mich diesbezüglich keinen Hirngespinsten hingeben möchte.«

Johannes tröstete das Versprechen des Spaniers nicht im Geringsten. Aber was sollte dieser, sofern er die Wahrheit sprach, auch anderes tun? Was würde er selbst in so einer Lage tun?

Suárez beugte sich hinter seinem Schreibtisch zu Boden und holte etwas hervor, das säulenförmig war, eine Elle hoch, und mit einem schwarzen Seidentuch verhüllt. Er stellte es vor Johannes auf den Tisch, dann zog er das

Tuch weg. Zum Vorschein kam ein lebensgroßer, vom Ellbogen bis zu den Fingerspitzen aus Silber gefertigter Arm, der auf einem fein ziselierten goldenen Podest stand und in dessen Innenseite ein Glasfenster eingearbeitet war, jedoch ohne Inhalt.

»Um Euch zu beweisen, dass dies nicht mein erstes Geschäft dieser Art gewesen ist. Das Reliquiar des Arms des heiligen Lukas. Besser gesagt dessen Gefäß, wenn Ihr so wollt, denn die Reliquie selbst fehlt, wie Ihr unschwer erkennen könnt.«

Johannes nahm die Nachbildung, die überraschend schwer war, und begutachtete sie von allen Seiten. Höchste handwerkliche Kunst, gepaart mit den edelsten Materialien.

»Behaltet sie als Zeichen meiner Aufrichtigkeit«, sagte Suárez.

Johannes sah sein Gegenüber an. Der stand vor Cortés' Bild, den Kopf eingebettet in die brennenden Schiffe. Es wirkte, als entstiege der Spanier gerade der Feuerhölle.

Was er wohl in Wahrheit bewundert: Cortés' ›Entschlossenheit‹ oder das Inferno?

Der Kaufmann wusste Suárez einfach nicht einzuschätzen.

Das Einzige, was Johannes wusste, war, dass er für ein kleines Vermögen einen silbernen Arm erstanden hatte.

Agnes saß am Stubentisch und weinte. Johannes hatte seine Hand auf die ihre gelegt. Sieglinde, Magdalena und Balthasar saßen mit betroffenen Gesichtern daneben, auch wenn sie noch nicht ganz verstanden, was denn alle so traurig machte. In der Mitte des Tischs stand der silberne Arm.

Aber Johannes war es immer wichtig gewesen, die ganze Familie in seine Geschäfte mit einzubeziehen. Nicht, wenn es um Entscheidungen ging, sondern um Wissen. Denn würde ihm, was Gott behüten mochte, ein zu früher Tod ereilen, müssten die anderen das Unternehmen weiterführen.

»Alles ist weg?« Agnes wischte sich die geröteten Augen.

»Alles, was ich in dieses eine Geschäft investiert habe, ja«, sagte Johannes betont ruhig. »Alles bis auf diesen Arm, der zumindest einen kleinen Wert darstellt.« Er zeigte auf das silberne Reliquiar.

»Und da war wirklich mal der Knochen von einem Heiligen drin?« Balthasar vermochte seine Begeisterung kaum zu zügeln.

»Ja«, antwortete Johannes geduldig. »Aber darum geht es jetzt nicht.«

Agnes sah ihrem Mann in die Augen. »Müssen wir das Haus verkaufen?«

Der schüttelte den Kopf. »Nein, noch nicht. Aber in den nächsten Wochen sollte sich der eine oder andere Handel auftun, sonst wird es ein karges Weihnachtsfest.«

»Das macht nichts. Ich habe in letzter Zeit sowieso wenig Hunger«, gab Magdalena zum Besten. Es war offensichtlich, dass das nicht stimmte und dass das Mädchen nur helfen wollte. Johannes strich ihr liebevoll über die braunen Haare.

»Ich werde mich heut Nacht im Kontor über die Bücher setzen und prüfen, wo wir noch Verbindlichkeiten haben und wer uns Geld schuldet«, sagte er dann mit einem Seufzer. »Es wird nur momentan schwer sein, gerichtlich gegen einen lutherischen Schuldner vorzugehen.«

»Das kann sich aber doch ändern. Wenn Seiner Kaiserlichen Majestät die Geduld abhandenkommt, könnten wir Katholiken davon profitieren.« Agnes räusperte sich. »Oder etwa nicht?«

Johannes sah seine Frau an, als erkenne er sie nicht wieder. »Seit wann interessierst du dich für Politik? Und seit wann bist du darin so bewandert?«

Sie zuckte mit den Schultern. »Die anderen Frauen der Ratsherren tratschen eben gern, man muss nur zuhören können und sich dann eine Meinung bilden.«

Johannes gab ihr einen Kuss auf die Wange. »Du hast natürlich völlig recht. Sollte sich der Bayernherzog Schwäbischwerd einverleiben, und das – so Gott will – ohne Kampf, dann würde hier kein Stein auf dem anderen bleiben, im Gegenteil. Die Fehlgeleiteten würden ihre öffentlichen Ämter verlieren –«

»Du würdest in den Stadtrat bestellt …«

Johannes drückte die Hand seiner Frau. »Vergiss nicht, dass es dann den Lutheranern so geht wie uns seit jeher. Also auch den Ackermanns.«

Agnes antwortete nicht. Zum ersten Mal sah Johannes eine Härte im Gesicht seiner Gemahlin, die er so noch nie wahrgenommen hatte. Aber es war auch noch nie so ernst, noch nie war die Familie in solcher Bedrängnis gewesen.

»Wir wollen das Kind nicht mit dem Bade ausschütten«, fuhr er fort. »Im Augenblick zählt nur das, was uns gewiss ist.«

Dann sah Johannes Heidfeldt sein Weib und seine drei Kinder so entschlossen an, wie er nur konnte. »Wir werden das schaffen, ihr werdet sehen: Morgen sieht die Welt schon wieder anders aus.«

Der Tag hatte noch nicht gewagt anzubrechen, als drei Gestalten, die Öllampen vor sich hertrugen, vor dem Lederer-Tor darauf warteten, aus der Stadt gelassen zu werden. Die Torwache selbst machte einen verschlafenen und mürrischen Eindruck, doch als Lienhard Schrater sah, wer auf Durchlass drängte, öffnete er so schnell er konnte.

Die drei Gestalten huschten weiter durch die Berger Vorstadt und verschafften sich schließlich Zutritt zum Kontor der Heidfeldts.

Mit einem lauten Poltern wurde die Tür zu Johannes' Schreibstube aufgerissen, der über seinen Büchern eingeschlafen war und nun mit einem Schrecken in die Höhe fuhr, als würde der Teufel persönlich erscheinen.

»Was zur –« Johannes wischte sich den Schlaf aus den Augen, kniff sie zusammen. Waren das – »Agnes? Christoph? Helene? Was wollt ihr denn hier?« Er blickte aus dem kleinen Fenster, dessen Kristallglas noch pechschwarz von der Nacht war. »Es ist noch nicht einmal Morgen.«

»Das hat unseren Unbekannten nicht davon abgehalten«, sagte Christoph wütend und stellte eine Schatulle mit lautem Tusch auf Johannes' Schreibtisch. Der sah aus, als traue er seinen Augen nicht.

»Nein …« Der Kaufmann blickte in die Gesichter der

anderen, die eine Mischung aus Wut und Verzweiflung zeigten. Dann klappte er die Schatulle zögerlich auf.

Er legte seine Stirn in Falten, griff hinein – und holte eine einzelne silberne Münze hervor.

Schweigen herrschte in der Schreibstube.

Johannes begutachtete das Geldstück. Eine Seite zierte ein reich geschmücktes, behelmtes Wappen, umrandet von den Worten »MONE.NOV.ARG.TVICI«. Auf der anderen war der schreitende, heilige Petrus zu sehen, in der rechten Hand einen Schlüssel, im linken Arm ein aufgeklapptes Buch, dazu ein kreisförmig angeordneter Name.

»SALENTIN.EL.EC.COLONIA«, flüsterte Johannes.

»Salentin von Isenburg«, sagte Christoph mit belegter Stimme. »Der ehemalige Erzbischof und Kurfürst von Köln.«

Johannes verstand nicht.

»Sieh dir das Jahr an.«

Der Kaufmann wischte mit dem Daumen über die Münze, links und rechts von Petrus standen jeweils zwei Zahlen: 15 und 68.

»Das ist ein Reichstaler«, sagte Helene. »Ein Reichstaler aus Deutz.«

Johannes erstarrte und ließ die Münze fallen.

Agnes, Christoph und Helene hatten auf Stühlen rund um Johannes' Schreibtisch Platz genommen und sahen diesen schweigend an. Nachdem er sich von dem Schrecken erholt hatte, hatte er die Münze vom Boden aufgehoben und hielt sie nun wie eine heilige Hostie in die Höhe.

»Das kann nicht sein«, murmelte der Kaufmann immer

wieder, als wolle er sich selbst davon überzeugen, und: »Das ist unmöglich.«

»Das hatte ich anfangs auch gedacht«, sagte Helene. »Aber dann hat für mich alles einen Sinn ergeben. Denk nach. In der ersten Schale war Wasser.«

»Und?«

»Wie hieß das Passierwort in Deutz?«

»Wasserschanz«, murmelte Johannes.

»Und in der zweiten Schatulle?«

»Weihwasser. Ein Symbol für den Glauben.«

Helene nickte. »In der dritten war Blut und nun eine Münze aus Deutzer Prägung. Noch klarer wäre nur ein an uns verfasster Brief.«

Johannes, Helene und Christoph warfen sich einen vielsagenden Blick zu.

»Ich verstehe das nicht«, sagte Agnes mit zitternder Stimme und sah ihren Mann an. »Was ist damals in Deutz geschehen?«

Die drei anderen schwiegen.

»Du hast mir erzählt, ihr wäret die Einzigen gewesen, die aus der belagerten Stadt entkommen sind.«

»Und das ist die Wahrheit«, sprach Johannes widerwillig.

»Du verschweigst mir doch etwas«, flüsterte Agnes. »Johannes, sind wir in Gefahr? Ist unsere Familie –«

Johannes schlug mit der Faust auf den Schreibtisch, sodass die anderen drei zusammenzuckten. »Niemand ist in Gefahr! Ich kann meine Familie beschützen, solltest du das gerade anzweifeln!«

Agnes wand den Kopf hin und her, als wolle sie etwas Offensichtliches abstreiten. Tränen schossen ihr in die

Augen. »Ich zweifle gar nichts an. Aber ihr habt alle etwas vergessen.« Sie machte eine Pause, holte tief Luft. »Die dritte Schatulle.« Sie blickte zu ihrem Gemahl. »Weißt du noch, was ich zu dir gesagt habe, als du das Haus verlassen wolltest?«

Johannes legte die Stirn in Falten, aber er konnte sich nicht daran erinnern.

»Ich sagte zu dir«, Agnes liefen Tränen die Wangen hinab, »du hast ja noch Blut an den Händen.«

Dann schlug sie die Hände vor dem Gesicht zusammen und begann bitterlich zu weinen. Helene nahm sie in die Arme.

Christoph bedeutete seinem Freund mit dem Kopf, er solle sich um seine Frau kümmern. Helene löste sich von Agnes, dann verließ sie mit Christoph die Schreibstube.

Johannes hatte seiner Frau aus dem Stuhl aufgeholfen und war mit ihr zu der Bank gegangen, die an die Wandvertäfelung gebaut war. Dort hatte er sich mit ihr hingesetzt und geduldig gewartet, bis sich Agnes wieder beruhigt hatte.

Dann erzählte er ihr alles.

Er erzählte ihr davon, wie Christoph, Helene, er selbst und seine damalige, sechzehnjährige Frau Dorothea, die ein Kind von ihm erwartete, in der belagerten Stadt Deutz gefangen waren. Welch große Angst sie ausgestanden hatten, dass die Stadt gestürmt und sie der Willkür der Soldaten ausgesetzt gewesen wären.

Er erzählte davon, wie er den tollkühnen Plan gefasst hatte, seine Freunde zu retten, und er sich in das feindliche Lager des Doctor Peutherich bringen ließ. Wie es ihm schließlich gelang, den Doctor von seinem Plan zu überzeugen, es ihm gelang, sich und eine Handvoll Söldner in Deutz einzuschleusen und schließlich mit seinen Freunden und seiner Frau zu flüchten. Wie überglücklich sie waren – bis Dorothea kurz darauf bei der Geburt ihrer Tochter Maria gestorben war.

Und er erzählte davon, wie Christoph die Schlagplatten gestohlen hatte, dank derer sie unamtliche Münzen herstellen und so den Grundstein für ihr Vermögen hatten schaffen können. Der Grundstein, ohne den sie sich niemals in Schwäbischwerd hätten ansiedeln können und ohne den Agnes' Vater niemals die Zustimmung zur Heirat mit ihm gegeben hätte.

Agnes sah Johannes wieder mit großen fragenden Augen an. »Das alles weiß ich bereits. Und das mit den Schlagplatten hast du mir ebenfalls schon einmal weintrunken erzählt. Es war mir damals einerlei, und das ist es mir auch heute. Ich liebe dich.« Sie nahm sein rundliches Gesicht in die Hände. »Was du mir nicht erzählt hast, war, was es mit dem Blut auf sich hat.«

Johannes schluckte.

So lange vergessen und doch wie heute ...

Dann gab er sich sichtlich einen Ruck.

»Wir waren entkommen. Wir hatten einen Plan, wie wir unsere Zukunft meistern wollten. Und keiner von uns blickte zurück. Und das meine ich wörtlich. Keiner von uns blickte auf Deutz zurück, das wenig später ein Meer aus Flammen werden sollte. Peutherich hat nicht Wort gehalten. Seine Soldaten haben das kleine Städtchen nicht verschont. Sie haben es gestürmt, angezündet und sich aufs Grausamste an der Bevölkerung vergangen.« Johannes reckte seine beiden Hände in die Luft. »Ich habe sie hineingelassen. Das Blut der Toten klebt an meinen Händen.« Der Kaufmann musste schlucken, um seine Tränen zu unterdrücken.

Agnes nahm die Hände ihres Gemahls und drückte sie nach unten. »Aber du hast es doch nur getan, um dein Weib und deine Freunde zu retten. Und weil man dir versichert hatte, dass man ehrenhaft mit den Besiegten umgehen würde.«

»Trotzdem habe ich Schuld auf mich geladen. Wir alle drei. Und diese Schuld gilt es irgendwann zu begleichen.«

Agnes schüttelte den Kopf. »Du bist ein angesehener Bürger. Du kümmerst dich um die Menschen, die für dich arbeiten. Du liebst deine Kinder und bist deinem Weibe treu.« Sie gab ihm einen Kuss auf den Mund. »Du hast keine Schuld mehr zu begleichen.«

Johannes gab ihr ebenfalls einen Kuss, blickte dann auf die Münze, die am Schreibtisch lag. »Ich fürchte, dass da jemand anderer Meinung ist.«

Die Küche im ersten Stock der Ackermanns war nur mit wenigen Kerzen beleuchtet. Im Ofen glomm noch ein Glutrest, der ein rötliches Licht auf die gefliesten Wände und den mit Ziegeln gepflasterten Boden warf. Auf den Bänken an der Wand saßen sich Christoph und Helene sowie Johannes und Agnes gegenüber, von flackernden Schatten umhüllt.

Draußen war es schon finster. Beide Familien hatten sich bewusst für diese Tageszeit und diesen Ort entschieden, denn im Erdgeschoß konnte jeder durch die Fenster ins Innere blicken, und man wollte vermeiden, dass ihre Zusammenkunft Stoff für Gerüchte oder Vermutungen geben könnte. Denn wer nichts zu verbergen hatte, der könne sich ja auch in der Öffentlichkeit treffen und schwatzen, so der Volksmund.

»Der dumme Jacob?«, schlug Johannes vor.

Christoph schnaubte. »Der soll sich so einen Plan ausgedacht haben? Warum haben wir ihn wohl alle so geheißen?«

»Der schmale Michl?« Helene sah in die Runde. »Er war immerhin älter als wir.«

»Ja, und schon damals nur Haut und Knochen«, meinte ihr Gemahl. »Der hat sicher keinen weiteren Winter überlebt.«

Helene pflichtete ihm mit einem Schulterzucken bei. »Aber wer würde dann all die Jahre warten, um uns nach und nach Rätsel aufzugeben?«

»Jemand, der mit uns spielen will«, sagte Johannes überzeugt. »Jemand, der es nicht eilig hat. Und der ganz und gar von Sinnen sein muss.«

»Was ist mit diesem Spanier?«, warf Agnes ein. »Der ist zumindest neu in unserer Stadt.«

»Das wohl«, antwortete Johannes. »Aber ich denke, er ist der, der er vorgibt zu sein. Ein wohlhabender Adeliger aus Spanien. Wenn Suárez uns etwas anhaben wollte, dann würde er wohl einfach ein paar Mordbuben dafür bezahlen, uns alle aus der Welt zu schaffen, ganz einfach. Er ist eben mit seiner Schwester hier, um Geschäfte zu machen. Wer weiß, ob er im nächsten Jahr überhaupt noch hier wohnt.«

»Auch wieder wahr«, sagte Agnes resignierend. »Es muss ja nicht unbedingt jemand aus Schwäbischwerd sein.

Vielleicht wohnt der Mann im Umland, kommt immer nur in die Stadt, um bei uns einzudringen und seine Schatullen hierzulassen.«

Darauf wusste niemand etwas zu entgegnen.

»Ich denke, das Beste wird sein, wir halten die Augen nach jedem offen, der uns verdächtig erscheint«, sagte Christoph bestimmt. »Oder wenn etwas anders ist als sonst.« Er sah Johannes an. »Das gilt auch für neue Handelspartner. Ich werde morgen zu Wolff Ferg von den Goldschmieden gehen und ihn fragen, warum sie mir den Vertrag angetragen haben.«

Johannes nickte. »Konntest du schon etwas über den Überfall auf deine Zille herausfinden?«

Christoph schüttelte den Kopf. »Thomas und Martin sind, gleich nachdem sie eine Arznei im Spital erhalten hatten, Hals über Kopf aus der Stadt geflohen. Seither hat sie niemand mehr gesehen, nicht mal ihre Weiber. Wir lassen uns dennoch nicht unterkriegen, einverstanden?«

Alle vier nickten. Die beiden Männer reichten sich die Hände.

Plötzlich waren Schritte vor der Tür zur Küche zu hören, die sich schnell entfernten.

Christoph stand auf und sah hinaus. Aber in der dunklen Diele war niemand zu sehen.

Christoph Ackermann empfand es immer erhebend, wenn er sich im Zunftsaal der Goldschmiede befand. Die Wände waren edel vertäfelt, die Fensterpfeiler und Säulen ein Zeugnis vom Können der Steinmetze, und an der Kassettendecke prangte eine Vielzahl von meisterhaft geschnitzten Rosetten, die groteske Figuren der Schedel'schen Weltchronik darstellten.

An der langgezogenen Wand stand ein grüner, reliefverzierter Kachelofen, so hoch wie zwei Mann.

Christoph strich mit den Fingern über die Ofenkacheln, von denen sich keine zwei zu gleichen schienen, als Wolff Ferg den Zunftsaal betrat. Wie immer bewegte er sich trotz seines Alters wieselflink.

»Herr Ackermann«, stieß er mit heiserer, aber kräftiger Stimme aus, »was verschafft mir die Ehre?«

»Die Ehre ist ganz auf meiner Seite, Meister Ferg«, entgegnete Christoph. »Ich komme mit einer Bitte zu Euch. Oder besser gesagt mit einer Frage.«

Der Zunftmeister hob neugierig die buschigen Augenbrauen.

»Versteht mich nicht falsch«, begann Christoph, »ich möchte nicht den Eindruck erwecken, dass ich unsere Geschäfte nicht zu schätzen weiß, gerade in Zeiten wie diesen. Doch habe ich mich gefragt, was denn wohl den Ausschlag gegeben hat, mich nach all den Jahren mit den Lieferungen für Eure Zunft zu betrauen?«

Ferg machte zunächst ein verwundertes Gesicht, dann ein nachdenkliches, und schließlich ein freundliches. »Euer Ansehen, wenn Ihr es genau wissen wollt.«

»Mein – aber ich lebe hier schon knapp zwei Jahrzehnte. So gut wie jeder Bürger kennt mich, und so gut wie jeder weiß, dass ich ein zuverlässiger Partner bin. Ich stehe immer zu meinem Wort. Diesbezüglich hat sich also im letzten Jahr nichts geändert, weder zum Guten noch zum Schlechten.«

Der Goldschmied kratzte sich mit seinen feingliedrigen Fingern die Wange. »Das ist wohl wahr. Manches Mal gehört im Leben eben ein Quäntchen Glück dazu.«

Nun war es Christoph, der die Brauen hob.

»Der bisherige Mann unseres Vertrauens«, flüsterte Ferg und hob die Hand vor den Mund, »hatte in Ulm ein bedauerliches Missgeschick. Er soll gestolpert sein, und ein Fuhrwerk ist ihm –« Der Goldschmied zog eine unsichtbare Linie vor seinem Hals.

»Oh«, brachte der Transporteur hervor. Des einen Freud, des andern Leid, dachte er bei sich und wunderte sich über die seltsamen Pfade, auf denen man im Berufsleben so wandelte.

»Nun denn, so danke ich Euch für Eure Ehrlichkeit«, sagte er schließlich.

Erneut verzog Ferg das Gesicht, aber diesmal, als ob es ihm höchst unangenehm sei. »Wenn ich Euch schon sehe, Herr Ackermann«, begann er und schien mit sich zu ringen, ob er fortfahren sollte. Er tat es. »Die Zunftmitglieder werden morgen abstimmen. Denn wie Ihr sagtet, im letzten Jahr hat sich bei Euch nichts geändert, weder zum Guten noch zum Schlechten. In den letzten Monaten jedoch schon.«

Christoph gefiel der Tonfall seines Gegenübers gar nicht.

»Ihr seht, der scheußliche Überfall auf Eure Zille. Die vielen Toten. Und die verlorene Fracht –«

»Wofür ich geradestehe«, warf der Transporteur ein.

»Ich weiß, ich weiß. Aber manche aus der Zunft vertreten die Meinung, dass Ihr vielleicht doch nicht der Richtige seid.«

»Ich werde sie gern eines Besseren belehren«, entgegnete Christoph mit schärferer Stimme als beabsichtigt.

»Wenn ich ›manche‹ sage, meine ich die meisten.«

Christoph schluckte.

»So leid es mir tut – man wird Euch das Geschäft wieder entziehen.« Ferg zuckte mit den knöchernen Schultern.

Dem Transporteur blieb schier die Luft weg. Er sah dem Zunftmeister in die Augen, aber er wusste, dass dieser seinen Worten nichts mehr hinzuzufügen hatte.

Bürgermeister Wurm wollte gerade den Goldenen Löwen betreten, als ihm Lorenz daraus entgegenkam.

»Gott zum Gruße, junger Herr Ackermann«, schmetterte Wurm ihm jovial entgegen.

Der gab sich zurückhaltend. Nach unzähligen Schilderungen seines Vaters konnte er den Mann ebenso wenig leiden wie dieser. »Herr Bürgermeister.« Mit Blick auf Georg Kuno, der wie ein Mündel hinter Wurm stand: »Herr Stadtschreiber.«

»Ihr kommt nicht zufällig gerade von der jungen Frau aus Frankreich?«, gab sich Wurm neugierig. »Wie war doch gleich ihr Name?«

»Louise Croÿ«, sagte Kuno, der die Scharade seines Herrn genervt mitspielte.

»Richtig.« Ein raubtierhaftes Grinsen breitete sich auf Wurms Gesicht aus.

»Nein«, antwortete Lorenz und fragte sich, was sich ein Mann wie Wurm von einer Frau wie Louise erhoffen mochte. »Sie ist schon seit Längerem verreist.«

Der Sattler zog eine gespielt gleichgültige Miene.

»Warum?«, stieß Lorenz nach. »Hat sie sich bei Euch nicht abgemeldet?«

Wurm schnaubte brüskiert. »Werdet nicht unverschämt, Ackermann. Ich werde ja wohl noch fragen dürfen. Wenn sie das nächste Mal in der Stadt ist, teilt ihr doch mit, dass ich sie zu sehen wünsche.«

Lorenz war der Mann so zuwider, dass er einfach nur wortlos nickte.

Wurm fixierte ihn. »Und vergesst dabei nicht, in der Zwischenzeit um Eure tote Frau und Euer totes Kind zu trauern.«

Kuno senkte pikiert den Kopf.

Lorenz hielt dem Blick seines Gegenübers stand. Er wusste, dass dieser nur einen Vorwand suchte, um seinem Vater wieder eins auszuwischen. Aber diesen Vorwand würde er ihm nicht liefern. »Ich danke für die freundliche Erinnerung an meine Pflichten als Witwer. Gern werde ich Euren Wunsch an Frau Croÿ herantragen. So grüßt mir auch die Eure Frau.«

Mit diesen Worten ließ er den Bürgermeister und den Stadtschreiber stehen und ging seiner Wege.

»Der gleiche Wichtigtuer wie sein Vater«, schnaubte Wurm. »Schlimmer noch – er besitzt die schamlose Frechheit der Jugend.«

Kuno schwieg.

Wurm war gerade im Begriff Richtung Rathaus aufzubrechen, als ihm Christoph entgegenkam. »Wenn man vom Teufel spricht … Herr Ackermann, seid gegrüßt!«

Der Transporteur machte einen säuerlichen Eindruck und schien sich nur widerwillig aufhalten zu lassen. »Was kann ich für Euch tun, Herr Bürgermeister?«

»Ihr für mich? Gar nichts, trotzdem danke. Nein, ich wollte etwas für Euch tun. Anschließend an unser Gespräch in der Kapelle wollte ich forcieren, dass Ihr in die Loge aufgenommen werdet.« Wurm seufzte pathetisch. »Aber Ihr wolltet ja nicht auf meine wohlwollenden Worte hören.«

Christoph zog die Brauen hoch. Nach dem höchst unerfreulichen Gespräch mit dem Goldschmied war das Geschwafel dieses Bauernknopfs das Letzte, was er brauchte.

»Die Kunde geht, dass Ihr Euch mit Heidfeldt ausgesöhnt habt, ja sogar in Erwägung zieht, wieder Geschäfte mit ihm zu machen.«

»Und wenn dem so wäre?«

»Die Loge hat Euer Ansinnen auf Beitritt ablehnend beurteilt. Ich habe mein Möglichstes versucht, aber ...« Wurm setzte eine mitleidsvolle Miene auf.

»Schwäbischwerd kann sich glücklich schätzen, einen wie Euch zu haben«, sagte Christoph. »Aber seid versichert, dass ich mich für Euren Einsatz erkenntlich zeigen werde.« Dann drehte er sich um und ließ Wurm und Kuno ebenfalls stehen.

»Ihr habt vorgeschlagen, dass Ackermann in die Loge aufgenommen wird?«, gab sich der Stadtschreiber höchst erstaunt.

»Was? Nein, sei nicht töricht. Ehe würde ich der römischen Abgötterei zusprechen, als diesem Emporkömmling unter die Arme zu greifen.« Wurm lächelte süßlich. »Aber manchmal muss man die Leute einfach darauf hinweisen, wo ihr Platz ist. So wie man es mit Hunden macht.«

Schwäbischwerd, November A.D. 1607

Die Kälte, die ins Land zog, bettete die Donauebene jeden Morgen mit einer eisigen Decke aus Bodennebel zu. Sie ließ die kahlen Bäume und Sträucher wie mit Zuckerkristallen umhüllt im Licht des Sonnenaufgangs glitzern und die Dächer der Häuser und Hütten wie mit Mehl angestaubt erwachen.

Die morgendliche Kälte kroch auch in die Stuben und weiter in die Menschen, die sich tiefer in ihre Bettstatt verkrochen, aber schon bald ihrem Handwerk und ihren sonstigen gewohnten Tätigkeiten nachgehen würden.

Der Winter stand vor der Tür, und die ganze Welt erschien wie ein Uhrwerk, das immer langsamer wurde.

Mit drei kraftvollen Trompetenstößen wurde die Lethargie zerschmettert, in der sich Schwäbischwerd an jenem eiskalten Morgen befand. Drei Trompetenstöße, die einen Herold ankündeten, der hoch zu Ross auf den Platz vor das Rathaus geritten kam. Sein hellgelber Wappenrock aus Seide, auf dem brustgroß der doppelköpfige Reichsadler prangte, der reich geschmückte Schild vor sich und über sich eine prächtige Krone, ließ keinen Zweifel darüber aufkommen, in wessen Auftrag er hier war: Er war der Herold Seiner Kaiserlichen Majestät.

Überrascht ob des Signals strömten die Bürger neugierig zum Platz. Auch Rat und Bürgermeister, die sich gerade auf dem Weg zu einer Versammlung befunden hatten, kamen herbei, während des Herolds Knechte Mandate an die Türen des Rathauses und des Tanzhauses nagelten.

»Warum wurde ich nicht vorab in Kenntnis gesetzt?«, flüsterte Wurm Kuno zu. Der Stadtschreiber sah ratlos zu Boden und schwieg.

»Bürger von Schwäbischwerd!«, begann der Herold mit kräftiger, befehlsgewohnter Stimme. »Auf Anordnung Seiner Kaiserlichen Majestät des Heiligen Römischen Reiches Rudolf II., König von Böhmen, König von Ungarn und Erzherzog von Österreich, ist mit sofortiger Wirkung allen Bürgern der Freien Reichsstadt Schwäbischwerd, die katholischen Glaubens sind, das Bürgerrecht zu verleihen!«

Ein Raunen ging durch die Menschenmenge, die schnell größer wurde.

»Ich glaub, ich höre nicht recht«, sagte Wurm und schüttelte verständnislos den Kopf. »Nehmen Seine Forderungen denn nie ein Ende?«

»Auch ist der nächste Sitz im Zwölferrat der Stadt«, fuhr der Herold fort, »mit einem Bürger katholischen Glaubens zu besetzen!«

»Vorher küsst der Papst meine Füße«, sagte Wurm leise genug, dass der Herold ihn nicht hören konnte, aber laut genug, dass ihn die anderen Ratsherren verstanden. Zustimmendes Schulterklopfen und Nicken stärkten dem Bürgermeister den Rücken.

»Des Weiteren wird der große und der kleine Rat von Schwäbischwerd aufgefordert, der Einladung des Herzogs von Bayern gehorsam und geschlossen nachzukommen und sich in drei Tagen, am sechsten November, in Rain einzufinden! Ein Zuwiderhandeln auch nur einer dieser Forderungen hat die sofortige und endgültige Ausrufung der Reichsacht zur Folge, zu der Herzog Maximilian von Seiner Kaiserlichen Majestät befugt wurde!«

Weitere drei Trompetenstöße verkündeten das Ende der Proklamation.

Ohne eine Reaktion der Bürger oder Standesvertreter abzuwarten, ritt der kaiserliche Herold los, in Richtung des Lederer-Tors. Sein Trompeter und die Knechte folgten ihm.

Wurm sah in die Gesichter seiner Bürger, sah Zweifel, Unverständnis und Angst – hatte man nicht gerade eben noch gefeiert, dass man sich den kaiserlichen Dekreten nicht unterwerfen wolle? Hatte die Bürgerschaft nicht wie ein Mann zusammengestanden, um den unrechtmäßigen Forderungen zu trotzen? Davon war nun nichts mehr zu spüren.

Statt wütender Schmährufe zerstreute sich die Menge leise, als wolle man kein Aufsehen erregen. Die Bürger kehrten einfach in ihre Wohn- und Zunfthäuser zurück.

»Das habt Ihr nicht kommen sehen, Herr Bürgermeister?« Erasmus Amling sah Wurm mit einer Mischung aus Enttäuschung und Zorn an. Dann humpelte er den anderen Ratsherren hinterher.

Wurm stieß ein Knurren aus und wandte sich an Kuno. »Ich wünsche unseren Freund zu sehen. Am vertrauten Treffpunkt, pünktlich in einer Stunde.«

Kuno zögerte einen Moment lang.

Der Bürgermeister gab seinem Stadtschreiber einen

Stoß. »Wird's bald, oder muss ich den Pöbel erst wieder daran erinnern, dass du es warst, der die beiden Gefangenen den Richtern übergeben hat?«

Der Stadtschreiber erbleichte und eilte davon.

Wurm holte Amling ein, der sich, gestützt auf seinen Stock, die Treppe im Rathaus hinaufmühte, und klopfte ihm auf die Schulter. »Und Ihr solltet nicht vergessen, dass Ihr und der gesamte Rat jede Entscheidung mitgetragen habt.«

Christoph und Johannes standen am Hafen und sahen dabei zu, wie eine Zille fertig gemacht wurde, um sie stromaufwärts zu treideln.

»Ich kann nicht verstehen, warum auf einmal alle überrascht sind, dass der Herzog Nägel mit Köpfen macht«, meinte Johannes.

»Ja, Nägel mit unseren Köpfen.«

Der Kaufmann sah seinen Freund überrascht an. »Du und dein Rat habt euch doch wie ein störrischer Maulesel gebärdet. Und nun seid ihr überrascht, dass ihr die Peitsche bekommt? Herrgott noch mal, ist es denn so schwer, einige wenige Zugeständnisse zu machen? Schwäbischwerd bleibt ja dennoch lutherische Reichsstadt.«

»Du weißt, dass ich von Anfang an gegen die Auflehnung gegen den Kaiser war.«

Johannes klopfte seinem Freund auf die Schulter. »Natürlich, verzeih. Wofür werdet ihr in Rain plädieren?«

Christoph schnaubte. »Ich habe nicht vergessen, von welchem Stand ich komme. Ich weiß, wann es besser ist, das Knie zu beugen, als die Stirn zu bieten. Aber ob das die hochwohlgeborenen Herren der beiden Räte auch wissen, wage ich zu bezweifeln. Ich werde auf alle Fälle versuchen so viele wie möglich umzustimmen.«

Johannes nickte und zog sich ob der Kälte den Mantel enger. »Wird wohl die letzte Zille sein, die du dieses Jahr treideln lässt.«

»Dieses Jahr oder überhaupt«, entgegnete Christoph bitter. »Die Goldschmiede –«

»Ich habe es gehört. Eine echte Schande.«

Die beiden beobachteten, wie sich die Zille, an Seile getäut und von Pferden gezogen, langsam gegen den Strom in Bewegung setzte.

»Pflegst du eigentlich noch Beziehungen zum herzoglichen Hof in München?«, fragte Christoph zögernd.

»Selten, aber doch. Warum?«, gab sich Johannes erstaunt.

»Wurm versucht mich zusehends einzuschüchtern.«

»Wegen Sibylla?«

Christoph schwieg betreten. Dann sagte er: »Ja. Aber er spricht auch gegen Lorenz. Meinte zu ihm, er solle sich mehr seiner Trauer widmen als der Französin.«

»Nun, ich kann nicht sagen, dass ich da anderer Meinung bin«, brummte Johannes.

»Ach ja? Er soll übrigens auch gerüchtweise verbreitet haben, dass du mit deinem Gewinn den Bayernherzog unterstützt. Dies dürfte der Grund dafür sein, dass dir die Kundschaft fernbleibt.«

Ein grollendes Schnauben des Kaufmanns. Dann sah er seinen Freund herausfordernd an. »Worauf willst du eigentlich hinaus?«

Christophs Blick blieb unverändert in der Ferne haften. »Ich meine nur … sollte man in Rain nach möglichen

Rädelsführern suchen, wüsste man bereits von einem Bauernknopf, der seines Amtes nicht würdig ist.«

Der Kaufmann atmete tief durch und überlegte. »Ich fürchte, meine Beziehungen nach München würden das nicht tragen. Ein Pech.«

»Ja«, pflichtete Christoph bei. »Ein wahres Pech.«

Die beiden Männer schwiegen erneut.

»Weißt du noch, mit welcher Freude wir den Jahresbeginn begangen haben«, sprach Johannes mehr zu sich selbst. »Und was ist davon geblieben? Wir sind beinahe wieder da angekommen, wo wir vor zwei Jahrzehnten begonnen haben.«

Christoph rang sich ein Lächeln ab. »So schlimm ist es nicht. Und so weit wird es auch nicht kommen. Du wirst sehen, die Vernunft wird obsiegen.«

Die beiden Freunde stießen gleichzeitig ein Seufzen aus.

So verweilten sie stumm, noch lange nachdem die Zille hinter der Biegung der Wörnitz verschwunden war.

»Wie konntet Ihr mir das vorenthalten?« Wurm schritt in der Stube wie ein in die Enge getriebenes Tier auf und ab und schnaubte vor Wut.

»Ich kann Euch nichts vorenthalten, wovon ich selbst keine Kenntnis habe«, sagte Suárez, warf einen Blick auf den Stadtschreiber, der im Schatten in einer Ecke stand, und schälte seelenruhig seinen Apfel zu Ende.

»Habe ich mich nicht immer an das gehalten, was Ihr mir geraten habt?«

»Und hat es Euer Ansehen und Euren Einfluss im Rat und bei den Zünften nicht gestärkt?« Der Spanier schob sich ein Stück in den Mund.

»Fürwahr«, gab Wurm zu. »Aber nun stehen wir mit dem Rücken zur Wand. Wir können in Rain nichts anderes tun als klein beigeben.«

»Wenn Ihr meint«, sagte der andere kauend.

Wurm blieb wie angewurzelt stehen. Dann drehte er sich langsam zu Suárez um, machte einen Schritt auf ihn zu und blieb unangenehm nahe vor ihm stehen. »Genau das meine ich.« Dann schlug er ihm mit solcher Wucht den Apfel aus der Hand, dass dieser an der Wand zerbarst. »Und wenn Ihr das nächste Mal vorhabt, während unseres Treffens an irgendetwas herumzukauen, dann braucht Ihr erst gar nicht zu kommen!«

Wurm machte auf der Stelle kehrt und verließ die düstere Stube. Kuno folgte ihm unterwürfig wie ein Hund mit eingekniffenem Schwanz.

Mit lautem Schlag fiel die Tür ins Schloss.

Stille erfüllte den Raum. Dann verriet das Knarren der Dielen Schritte, die in einer finsteren Kammer ihren Anfang nahmen und langsam von hinten auf den Spanier zukamen.

»Er ist so weit«, sagte eine Frauenstimme.

Suárez nickte bedächtig. »Das ist er in der Tat. Ist es nicht erbaulich, wie schnell der Dumme sich zu etwas entschließt, das er im Augenblick zuvor noch kategorisch abgelehnt hat?«

»Du hast deine Karten richtig ausgespielt, das gefällt mir«, sagte die Frau, schob ihren schwarzen Schleier nach hinten und griff dem Spanier von hinten in den Schritt. »Und du weißt, was ich tue, wenn mir etwas gefällt.«

Suárez grinste und öffnete seine Gürtelschnalle.

Rain, November A.D. 1607

Ein Schwarm Krähen zog krächzend seine Kreise über dem Rathaus der kleinen Stadt Rain, die seit 1372 ein Sitz des herzoglich-bayerischen Landgerichts war. Das stattliche Gebäude des Rathauses, dessen dreistöckige Fassade kunstvoll bemalt war und dessen Ostgiebel in einem Turm auslief, beherbergte im Erdgeschoss die Brot- und Fleischbank, einen Kerker für geringere Vergehen sowie das »Narrenhäusl«. In den oberen Stockwerken befanden sich der Ratssaal, die Rüstkammer und der Tanzsaal.

In Letzterem hatten gerade unter lautem Getöse über einhundert Männer Platz genommen. Rain wurde dabei durch Georg Schönkind, einen der beiden Bürgermeister, sowie den Stadtschreiber Georg Strobel repräsentiert. Schwäbischwerd durch den geschlossen angetretenen kleinen und großen Rat, die Bürgermeister Wurm und Schmid sowie Stadtamman Hindenach. Das herzoglich-bayerische Landgericht durch die Kommissäre Alexander von Haslang und Otto Forstenheuser, durch mehrere Doktoren des Rechts sowie, über allen stehend, den bayerischen Herzog Maximilian, der in der Mitte seiner Vertrauten saß und dessen Stellung allein schon durch seinen Stuhl repräsentiert wurde, der größer und prunkvoller war als alle anderen im Saal.

Aus Maximilians Augen blickte Entschlossenheit, sein dichter, dunkelbrauner Henriquatre-Bart ließ keine Vermutung zu, ob der Herzog mürrisch oder belustigt war. Seine gestrengen Gesichtszüge gaben jedoch zu verstehen, dass man einem Mann gegenüberstand, der es gewohnt war, dass ihm widerspruchslos gehorcht wurde. Dies hatte sogar sein Vater am eigenen Leib erfahren, als er ihm zugunsten vor zehn Jahren hatte abdanken müssen.

Christoph besah sich die übrige Runde, die vollständig aus Männern bestand, die rein äußerlich den Eindruck erweckten, mit staatlicher Räson ausschließlich das Beste für Volk und Vaterland im Sinne zu haben.

Wie einen Kleider täuschen können, dachte der Transporteur, denn würde Wurm in der Kleidung seiner Profession als Sattler hier sitzen, würde man ihn wohl augenblicklich hinausschleifen und so manch anderes Mitglied des Rates gleich mit dazu. Denn sie alle wollten nur das eine: sich vor allen anderen behaupten. Was das Beste für das Volk war, das kam frühestens danach.

Immerhin hatte Christoph auf der halbtägigen Reise hierher ein paar persönliche Worte mit Wurm wechseln können, der ihm – sehr zu seiner Überraschung – zugesichert hatte, sich dafür einzusetzen, den lästigen Dissens mit Herzog und Kaiser ein für alle Mal zu beenden, koste es, was es wolle. Woher der plötzliche Sinneswandel kam, war Christoph zwar ein Rätsel, aber nichtsdestotrotz: Nun musste der Sattler seinen Worten nur mehr Taten folgen lassen.

Auch den anderen Ratsherren schien es ein Bedürfnis zu sein, die Konfessionsstreitigkeiten endgültig zu regeln oder regeln zu lassen. Christoph musterte den prunkvoll ausgestatteten Saal und atmete dabei tief durch.

Was konnte schon schiefgehen?

Plötzlich wurden die bereits geschlossenen Flügeltüren aufgerissen. Ein Dutzend Wachen kam hereinmarschiert und baute sich bedrohlich vor der Delegation aus Schwäbischwerd auf.

Otto Forstenheuser erhob sich, den Blick auf die überraschte Delegation aus der Reichsstadt gerichtet. »Bürgermeister Georg Wurm, Bürgermeister Augustin Schmid, Stadtamman Ulrich Hindenach. Jedem Einzelnen von Euch wird vorgeworfen, in unterschiedlicher Schwere und mit unterschiedlichen Taten beziehungsweise Unterlassungen, den im Heiligen Reich aufgerichteten Religions- und Landfrieden gefrevelt zu haben, sowie Seiner Majestät kaiserliche Person öffentlich mit Hochmut und Spott entgegengetreten zu sein. Weiteres habt Ihr die Katholiken vorsätzlich und mit bösem Willen daran gehindert, ihrer Religionsausübung frei nachkommen zu können, ja gar im Sinne gehabt, die katholische Religion in Eurer Stadt mit Stumpf und Stängel auszurotten.«

Wurm und Schmid liefen rot an. Hindenach wollte aufspringen, wurde aber von den Ratsherren an seiner Seite davon abgehalten.

»Bis zur Klärung werdet Ihr auf Befehl Seiner Exzellenz des Herzogs Maximilian und unter Autorisierung durch Seine Kaiserliche Majestät nach München eskortiert und im Falkenturm eingekerkert. Dort werden durch Gottes Gnaden und unter peinlicher Befragung die gegen Euch erhobenen Vorwürfe auf ihren Wahrheitsgehalt hin geprüft.«

Peinliche Befragung. Georg Wurm, eben noch rot vor Zorn, war augenblicklich blass geworden, auch die beiden Mitangeklagten standen da wie vom Blitz getroffen. Alle drei hatten nur eine vage Vorstellung davon, welche Schmerzen sie erwarteten. Diese jedoch genügte schon, um jeglichen Widerstand zu unterbinden.

Auf einen Wink von Forstenheuser ergriffen die Wachen die drei Angeklagten und geleiteten diese aus dem Saal. Hinter ihnen fielen die Flügeltüren wieder in ihre Schlösser.

Keiner der Ratsherren von Schwäbischwerd wagte es, auch nur die kleinste Bewegung zu machen. Es war, als wären sie alle zu Salzsäulen erstarrt.

Forstenheuser setzte sich und teilte einen zufriedenen Blick mit von Haslang, der, seinem selbstgefälligen Gesichtsausdruck nach zu urteilen, das Schauspiel genossen hatte.

Christoph drehte den Kopf in Richtung des Herzogs. Doch der schien wenig Interesse am eben Geschehenen zu zeigen. Er vermittelte sogar den Eindruck, dass ihn das Ganze langweilte.

»Ich fürchte, meine Beziehungen nach München würden das nicht tragen.«

Johannes, du gerissener Hund, dachte Christoph. Das Durchgreifen des Herzogs auf einer solch hohen Ebene war ein warnendes Signal an alle Anwesenden. Dass gerade Wurm abgeführt worden war, zauberte ein unmerkliches Lächeln auf das Gesicht des Transporteurs.

Als ein anderer Doktor des Rechts aufstand, um Zweck und Ziel der Zusammenkunft zu erörtern, löste sich die Anspannung der Ratsherren ein wenig. Doch in ihren unsicheren Blicken las Christoph, dass sie sich kaum zu einem Beschluss durchringen würden.

Das Einzige, was Christoph mit Sicherheit wusste, war, dass der Reichsstadt und damit ihren Bürgern die Zeit endgültig davonlief.

Schwäbischwerd, November A.D. 1607

»Eine Kerze genügt«, sagte Agnes zu Balthasar, der im Begriff war, die restlichen fünf Kerzen des Leuchters anzuzünden. »Lauf nach oben, und spiel mit Magdalena und Lucas«, sagte sie, und der Junge tat, wie ihm geheißen.

»So schlimm ist es schon um euch bestellt?« Helene sah ihre Freundin mit sorgenvoller Miene an.

Agnes schüttelte den Kopf. »Noch nicht. Aber ich will lieber früher den Gürtel enger schnallen, bevor, du weißt schon, die Hose zu Boden rutscht.«

»Nun, da hat Johannes ja noch ein wenig Zeit, wenn ich mir das zu sagen erlauben darf.« Helene zwinkerte Agnes zu.

Die beiden Frauen lachten und nippten dann aus kristallenen Gläschen Bärwurzschnaps.

»Vielleicht muss bald die ganze Stadt das tun«, meinte Helene, wieder ernst. »Ich habe ein ganz schlechtes Gefühl wegen der Vorladung in Rain.«

»Ich bin mir sicher, Christoph wird sein Möglichstes unternehmen, damit sich alles zum Guten wendet«, gab sich Agnes überzeugt. »Sogar Wurm soll sich diesbezüglich bereits geläutert gezeigt haben.«

»Wer sagt das?«

»Sibylla Amling. Du weißt schon, die junge Frau des

alten, griesgrämigen Ratsherrn. Er hat es ihr berichtet.« Agnes zog scherzhaft eine Fratze. »Sie hat mich jüngst angesprochen, hat auch gefragt, wie es dir und den Jungen geht. Eine sehr nette Frau, wie es scheint.«

Helene lächelte unverbindlich. Christoph hatte sie in der Vergangenheit ein oder zwei Mal erwähnt, bei der Hochzeit war sie auch gewesen, aber sie hatte noch nie mit ihr gesprochen.

»Mach dir also keine Sorgen«, bekräftigte Agnes und fügte halb im Scherz hinzu: »Was können wir schon tun? Wegziehen?«

»Wir wären trotzdem immer noch Bürger von Schwäbischwerd, und damit wären wir auch anderswo geächtet.«

Agnes nickte nachdenklich und trank einen kleinen Schluck Schnaps.

Helene tat es ihr gleich, dann ergriff sie die Hände ihrer Freundin. »Wenn wir nur zusammenhalten, dann wird alles gut. Du weißt ja, was wir schon alles durchgestanden haben.«

Agnes nickte erneut und sah der anderen in die Augen. »Ich habe versucht in Erfahrung zu bringen, ob es in der Stadt jemanden gibt, der mit euch und Deutz in Verbindung stehen könnte. Ich habe sogar meinen Bruder ausgehorcht, der erfährt ja beim Saufen oft mehr als die Herren des Magistrats. Aber auch er weiß von nichts.«

»Das werden wir schon noch herausfinden«, meinte Helene und sah Richtung Treppe. »Es ist so still dort oben. Ich glaub, ich gehe lieber einmal nachsehen, was Lucas und Magdalena treiben.«

Während Helene nach oben ging, schenkte sich Agnes noch einen Schnaps nach. Sie wollte einfach daran glauben, dass sich alles zum Guten wenden würde. Die Frage, die sich stellte, war nur aus wessen Sicht.

Eine schlichte Kutsche stand vor der Herberge Goldener Löwe. Dahinter wurde von Knechten ein Wagen mit einigen großen, eisenbeschlagenen Truhen beladen.

»Wo warst du die letzten Wochen?« Lorenz sah Louise misstrauisch in die Augen.

»Ich hatte Geschäftliches in Monheim und Wemding zu erledigen, und es dauerte alles länger als erwartet«, antwortete Louise. Dass sie noch in weiteren Städten zu tun hatte, verschwieg sie.

»Und nun reist du ab? Was wurde aus ›Ich bleibe mindestens bis ins neue Jahr‹?«, gab sich Lorenz unüberhörbar enttäuscht.

Louise lächelte sanft. »So leid es mir tut, es wird mir hier einfach zu gefährlich. Ich fürchte, bald werden katholische Söldner einmarschieren.«

Lorenz sah die junge Frau ungläubig an. »Das wird nie geschehen. Wir sind eine freie –«

»Eine freie Reichsstadt«, beendete sie seinen Satz. »Ich weiß, ich weiß. Aber nur weil man eine Sache oft genug wiederholt, wird sie noch lange nicht wahr. Das haben die *Huguenot* bei uns auch erfahren müssen, und ich bete, dass euch ihr Schicksal erspart bleibt.«

»*Madame, nous sommes prêts*[20]«, sagte der Kutscher und hielt die Wagentür auf.

---

20 Madam, wir sind bereit.

Louise strich Lorenz über die Wange, dann gab sie ihm einen schnellen Kuss auf den Mund. »*Au revoir*, Lorenz Ackermann.«

Der brachte kaum ein Lächeln hervor.

Louise ließ sich ins Wageninnere helfen und die Türe schließen. Der Kutscher kletterte auf den Bock.

»Du weißt, wo du mich findest, wenn du das willst«, sagte sie aus dem Fenster gebeugt.

»Sully-sur-Loire«, brachte Lorenz heraus und spürte, wie ihm die Kehle eng und das Herz schwer wurde.

Louise zwinkerte ihm zu. Dann gab der Kutscher den beiden Haflingern, die vor den Wagen gespannt waren, die Zügel.

Während der Wagen davonfuhr, war Lorenz, als verliere er erneut einen Menschen, der ihm viel bedeutete. Und erneut blieb er allein zurück. Allein mit sich und seinem Zorn, der sich sogleich wieder in ihm auszubreiten begann, da jede Freude fehlte, die ihn hätte zügeln können.

Die ersten Schneeflocken stoben vom Himmel, tanzten durch die Luft und wirbelten im Spiel des Windes lustig umher.

Eine dieser Schneeflocken taumelte zur Erde hinab, scheinbar schwerelos und doch zielgerichtet, und landete schließlich auf der Wange eines Mannes, wo sie schnell wieder zu dem wurde, was sie eigentlich war: ein Wassertropfen, der für eine kurze Zeit etwas anderes hatte sein dürfen.

Alexander von Haslang wischte sich den Tropfen vom

Gesicht, ohne den Blick von dem abzuwenden, worauf er seit knapp einer Stunde starrte: Eine Stadt, die ebenfalls geglaubt hatte, etwas anderes sein zu können, als sie war – eine Ansammlung von Häusern, umgeben von einer Stadtmauer und ihren zweiundvierzig Türmen, ausgestattet mit reichlich Privilegien, die sich schlaue Männer über Jahrhunderte verdient hatten. Und von denen jene, die nun die Stadt mit Leichtsinn und Torheit regierten, geglaubt hatten, sie wären sich dieser so sicher wie das Amen im Gebet.

Die Überdachung des Wehrganges war weiß vom Raureif, ebenso die hohen Dächer der Bürgerhäuser und der Stadtpfarrkirche, die die Mauer überragten.

Die Stadttore waren geschlossen.

Von Haslang blickte hinter sich: Die Gefolgschaft aus knapp drei Dutzend Reitern verharrte, so wie er, regungslos. Sie hatten sich nicht aus der Ruhe bringen lassen, als die schwere Pummerin der Stadtpfarrkirche geläutet hatte, als wäre ein Brand ausgebrochen. Die Reiter trotzten auch der Kälte, die unter die Kleidung zu kriechen begann und Fleisch und Knochen in ihren eisigen Würgegriff nahm.

Irgendwann hatte die Pummerin aufgehört zu läuten, und immer mehr Menschen begannen sich auf den Wehrgängen und den Türmen der Stadtmauer zu drängen. Vor das Donau-Tor hatte allerdings kein Repräsentant zu treten gewagt, wie auch sonst niemand die Stadt verlassen hatte.

Der kaiserliche Herold im gelben Wappenrock, der vor von Haslang auf seinem Ross saß, hatte bereits zwei Mal die Trompeten blasen lassen und das Volk jenseits der Mauer in den jeweiligen Pausen zur Entsendung eines Sprechers aufgefordert.

Geschehen war nichts.

Erneut ließ der Herold aufblasen, erneut forderte er lautstark die Vertreter der Reichsstadt auf, sich zu zeigen – nichts.

Der Herold wandte sich an die herzoglichen Kommissare. Forstenheuser nickte ab, von Haslang tat es ihm gleich. Ein breites Lächeln zeichnete sich im Gesicht des altgedienten ehemaligen Reitersoldaten ab. Nun würde der Stadt widerfahren, was sie sich redlich verdient hatte.

Von Haslang wies die Ordonanz an, jene fünf Bürger, die von der Donaubrücke aus das Spektakulum verfolgten, aufzugreifen und vor den Herold zu schleppen. Ihnen wurde nun die Ehre zuteil, die Schicksalsbotschaft in die Stadt zu bringen.

Nach nochmaligem Trompetenschall verlas der Herold den Bürgern feierlich den kaiserlichen Achtbrief. Damit erklärte er die Stadtgemeinde zu Feinden des Heiligen Römischen Reiches und sprach Acht und Bann über sie und ihre Bürger aus. Schließlich zerbrach er mit beiden Händen jenen Stab, der die Dekretionsgewalt[21] symbolisierte, und machte damit das Gesprochene rechtsgültig, gleich so, wie es sonst nur ein Richter über dem Haupt eines zum Tode Verurteilten tat.

Ein abschließender Trompetenschall besiegelte die Verkündung, während ein Reiter in halsbrecherischem Tempo über die Wörnitzbrücke ritt, das Dekret an die Flügeltür des Donau-Tores schlug und wieder zur Delegation zurückeilte.

Es ist vollbracht.

---

21 Autorität zur Rechtsprechung.

Von Haslang atmete zutiefst zufrieden auf. Diesmal gab es kein Herauswinden, kein Hinhalten, kein Sichzurückziehen. Und er musste nicht schon wieder den scheußlichen Wein dieser Stadt trinken, auch wenn er sich eingestand, dass er noch nie ein Freund des vergorenen Traubensafts gewesen war, ungeachtet der Verkostungsstätte.

Die Acht war gesprochen, und Schwäbischwerd hatte offensichtlich nicht einmal den Anstand, das Urteil erhobenen Hauptes entgegenzunehmen.

Von Haslang gab den anderen ein Zeichen. Der Tross kehrte um und ließ die Stadt hinter sich.

Die Acht war gesprochen, und damit hatte der Kaiser Schwäbischwerd das Stadtrecht mit all seinen Privilegien aberkannt. Damit waren die Bürger weder ihres Lebens sicher noch ihres Hab und Gutes. Niemand im Reich durfte einem Geächteten zur Seite stehen, mit ihm Handel treiben oder ihn gar verstecken oder beschützen, ohne sich mitschuldig zu machen.

Alexander von Haslang blickte noch einmal zurück. Er wusste, dass er nicht zum letzten Mal hier gewesen war. Aber beim nächsten Mal würde ein ganzes Heer hinter ihm stehen.

Die Acht war gesprochen – und damit das Todesurteil über Schwäbischwerd.

ꟸ ꟹ

Lucas Ackermann sah seinen Vater mit großen Augen an, seinen Bruder Philipp hinter sich. »Und wie lange muss der Herr Bürgermeister im Turm bleiben?«

»So lange, bis geklärt ist, ob er dessen schuldig ist, was man ihm vorwirft.«

»Und woher will man wissen, ob er die Wahrheit sagt?«

Christoph schob den Kopf nach vorn, sodass sein Gesicht vom Schein der Kerze unheimlich von unten beleuchtet wurde. »Unter der peinlichen Befragung sagt ein jeder die Wahrheit.«

Die beiden Jungen verzogen schmerzverzerrt die Gesichter. Von der hochnotpeinlichen Befragung hatten sie schon gehört.

»Manchmal genügt es aber auch, wenn man dem Angeklagten nur die Instrumente zeigt, mit denen man ihn befragen wird.«

»Also ich sage immer die Wahrheit«, stellte Philipp fest und zog geräuschvoll den Rotz hoch.

Christoph hob eine Augenbraue. »Ist das so?«

Die beiden Jungen nickten eifrig.

»Nun, das werden wir ja sehen, wenn ich euch das nächste Mal frage, wer die letzten Comfits verspeist hat.« Er musste schmunzeln. »Und jetzt ab mit euch, Bettzeit ist.«

Lucas und Philipp liefen aus der Stube und trampelten lautstark die Treppe nach oben.

»Ich verstehe trotzdem immer noch nicht, warum sie Georg Wurm verhaftet haben«, sagte Helene, die am anderen Ende der Bank saß und stickte. »Dann hätten sie gleich ganz Schwäbischwerd verhaften können.«

Christoph schwieg. In dieses Geheimnis wollte er seine Frau erst einweihen, nachdem er Rücksprache mit Johannes gehalten hatte. Daher zuckte er unbeteiligt mit den Schultern und nahm einen Schluck Wein aus dem Zinnbecher vor sich. »Vielleicht wollte Maximilian ein Exempel statuieren?«

Er lehnte sich zurück, schloss für einen Moment die Augen.

Du und Johannes – ihr habt ein Exempel statuiert, nicht der Bayernherzog.

Dann hörte er es – das rhythmische, marschierende Stampfen draußen auf der Straße, das langsam anschwoll, das Haus passierte und schließlich wieder leiser wurde. Das rhythmische Stampfen von Männern, die in Windeseile zu Soldaten ausgebildet werden sollten …

Von ohnmächtigem Unglauben begleitet, hatte sich die Neuigkeit wie ein Lauffeuer in Schwäbischwerd herumgesprochen – die Drohung des Kaisers, die seit über einem Jahr wie eine dunkle Wolke über der Stadt hing und von der manche geglaubt hatten, dass sie einfach wieder fortziehen würde, war mit der Verlesung des Achtbriefes nun rechtens. Was das für jeden Einzelnen bedeutete, darüber war man sich jedoch nicht einig. Mancher sah die Acht als Chance, dem Kaiser die Stirn zu bieten und am Ende noch mehr Privilegien für die Lutheraner zu erreichen. Andere wiederholten gebetsmühlenartig, dass man nur das tun müsse, wodurch man sich auch bisher ausgezeichnet hatte – stilles Aussitzen. Dann würde der Kaiser seine Meinung schon noch ändern. Und wieder andere wollten verbündete Städte zu einem gemeinsamen Vorgehen bewegen, denn der katholische Kaiser fürchtete sicherlich, dass der Funken der lutherischen Selbstbestimmung auf das ganze Heilige Reich überspringen könnte und so zu einem gefährlichen Flächenbrand wurde. Auch wenn niemand wirklich glaubte, dass es so weit kommen würde.

Denn am Ende musste einfach die Vernunft obsiegen und das Reich einen.

In einem waren sich jedoch alle einig: Mit eisigem Hauch stand der Winter vor der Tür, und Herzog Maximilian würde sich, wenn überhaupt, erst im Frühjahr dazu aufraffen, mit Kriegskunst gegen die Stadt vorzugehen. Und bis dahin hatte die Stadt genügend Zeit, sich gegen eine Belagerung zu wappnen.

So wurde bereits am Tag nach der Proklamation damit begonnen, Türme und Mauern rund um die Stadt zu inspizieren und einen Plan zu erstellen, wo was ausgebessert werden musste. Die Errichtung einer Brust- und Schutzwehr wurde ebenfalls in Auftrag gegeben. Die Häuser östlich des Lederer-Tors sollten geräumt und abgerissen werden, damit sie Belagerern keinen Schutz bieten konnten. Auch beschloss der Magistrat, dass das Gefüge der Donaubrücke gelockert werden sollte, damit der anrückende Feind seine schweren Geschütze nicht zu nahe an der Stadt in Stellung bringen konnte. Aus der Umgebung sollte die Jahresernte eingefahren werden, damit man nicht ausgehungert werden konnte. Und neunhundert Einwohner wurden zum Waffendienst gemustert, damit sie sich an die Befolgung von Kommandos gewöhnten und diese im Kampfe nicht verweigerten.

Diese Männer waren es, die vor dem Haus Ackermann das rhythmische Stampfen verursachten.

Christoph strich sich nachdenklich über den gestutzten Vollbart. Die ganze Stadt glich einem Bienennest, in das man gestochen hatte, und nun versuchten alle Bienen emsig den entstandenen Schaden auszubessern und gleichzeitig den Aggressor abzuwehren. Bei manchen Bewohnern herrschte gar Hochstimmung ob des bevorstehenden Kampfes.

Und das alles nur, weil diese verdammten Narren noch nie eine Belagerung erlebt haben.

Der Blick des Transporteurs fiel auf jenen leeren Platz am Tisch, an dem früher immer Lorenz gesessen hatte. Auch dieser hatte sich begeistert zur Waffe gemeldet.

»Ich vermisse unseren Jungen so sehr«, meinte Helene zu ihrem Gemahl.

»Er weiß eben nicht, was es bedeutet, wenn eine Stadt belagert wird und, Gott behüte, fällt.«

»So weit wird es nicht kommen.« Helene legte das Stickzeug beiseite. »Du wirst sehen, wenn erst einmal der Winter da ist, dann –«

»Ja, wenn. Aber vielleicht lässt sich der Winter dieses Jahr Zeit. Es war nicht erst einmal, dass es erst kurz vor Heiligabend zu schneien begonnen hatte, und –«

»Mutter! Vater!« Lucas stand aufgeregt in der Tür. »Die ersten Schneeflocken fallen vom Himmel!«

Schwäbischwerd, Dezember A.D. 1607

Dick vermummt stand Hans von Jurgas auf der Balustrade des Turms der Stadtpfarrkirche und starrte in die nächtliche Landschaft, die sich unter einer dicken Schneedecke verbarg. Seit es vor wenigen Wochen zu schneien begonnen hatte, gab es kaum einen Tag, an dem nicht die weiße Pracht aus den Wolken gefallen war. Damit einhergehend war es schneidend kalt geworden, und wie jedes Jahr quälte sich der Türmer mit der gleichen Frage: Warum konnte er kein Kerzenzieher sein, kein Schmied oder Buchbinder? Warum hatte der Herrgott für ihn ein Leben in Nässe und Kälte vorgesehen? Gut, mit einem Kürschner hätte er ob des Gestanks nicht tauschen wollen, und als Priester hätte er zu viel mit anderen Menschen sprechen müssen, das lag ihm nicht. Aber hier oben am Turm war der Wind so beißend, dass von Jurgas' Wangen und Nase über die Jahre rot und grobporig geworden waren, seine Haut schuppig und jeder Atemzug in seiner Brust rasselnd.

Wenigstens war in neun Tagen bereits Heiligabend, und wenn das neue Jahr erst einmal herangebrochen war, wäre es bald wieder März, und die Kälte würde von Jurgas' liebster Jahreszeit weichen, dem Frühling.

Ein Räuspern riss den Türmer aus seinen Gedanken und ließ ihn herumfahren.

Gebhard Baumgart stand im Türspalt hinter ihm. Noch halb von der schweren Mauer verdeckt, lächelte er zögerlich. Dann hob er die Hand, in der er einen Trinkschlauch hielt.

»Ich – ich dachte, du bräuchtest etwas zum Aufwärmen, Hans.«

»Gebhard?« Von Jurgas spuckte über die Balustrade. »Du hast vielleicht Mut. Nach über einem Jahr kommst du hier angeschissen, als wenn nichts gewesen wäre.«

»Ich hatte mit dem Feuer nichts zu tun«, meinte Gebhard ruhig. »Ich schwöre es bei was du willst.«

»Und warum kommst du damit ausgerechnet jetzt zu mir?«

»Ist bald Heiligabend … ich weiß auch nicht. Ich denke, ich versuche etwas zu ändern. Mich zu ändern. Damit das alte Jahr nicht so schamvoll ausklingt, wie es begonnen hat.«

»Mhm.« Der Türmer musterte den Mann ihm gegenüber mit kritischem Blick. Gebhards Gesicht war aufgedunsen, der Bart stoppelig und stellenweise bereits weiß. Er atmete schnell und hektisch, unter seiner Nasenspitze hing bereits ein vereister Tropfen.

Von Jurgas seufzte. Dann ergriff er den Trinkschlauch. »Das heißt dann wohl, du säufst auch nichts mehr?«

Entsetzt riss Gebhard die Augen auf. »Gott behüte, nein!«

Jetzt zierte ein breites Grinsen des Türmers Gesicht. »Gut. Sonst hättest du dich auch gleich wieder von meinem Turm verziehen können.«

Nun musste auch Gebhard grinsen. »Ich sag dir, Hand aufs Herz, ich habe unsere Abende hier oben vermisst.

Vor allem die Stille. In den Wirtshäusern ist es bisweilen unerträglich laut.«

»Und voller Leute, die einen am Arsche lecken können, ich weiß.« Der Türmer nahm einen großen Schluck herb schmeckenden Weines, dann reichte er den Schlauch seinem alten Freund. Er sah auf die mit samtenem Weiß überzogenen Felder hinaus, die im Licht des Mondes bläulich funkelten.

»So kalt es hier im Winter ist, so ruhig ist es auch. Keine Schiffe mehr, die angekündigt werden wollen, kein Feuer, das gemeldet werden will.« Bei dem Wort »Feuer« schlug er schnell ein Kreuzzeichen.

Gebhard setzte den Trinkschlauch ab und erstarrte in der Bewegung, als hätte er einen Geist gesehen. Dann hob er den Finger und deutete gen Osten. »Sag mir, dass du das auch siehst, Hans.«

Der Türmer folgte dem Fingerzeig und sah, was Gebhard sah: den Schein von Hunderten von Windlichtern und Fackeln, die sich im nahegelegenen Rain über die Lechbrücke bewegten.

Aber dies war keine heilige Prozession. Dies war ein Aufmarsch.

Und das konnte nur heißen, dass Herzog Maximilian trotz des schneidenden Winters ein Heer aufgestellt hatte und sich bereit machte, gegen Schwäbischwerd zu ziehen.

In der Nacht, in der Kälte, im Schnee.

Die beiden Männer am Turm wussten, was das bedeutete: Da angesichts des Wetters ein Heer die Stadt nicht wochen- oder gar monatelang belagern konnte, war Maximilian offenbar davon überzeugt, die Stadt kampflos nehmen zu können – oder im direkten Sturm.

Noch in der Nacht hatte von Jurgas das Brandhorn geblasen, hatte die Stadt unter sich geweckt, um sie von der drohenden Gefahr in Kenntnis zu setzen. Doch die Aufregung unter den Bürgern hatte sich schnell wieder gelegt, denn die Lichter waren mittlerweile verschwunden, und so taten sie viele als Irrlichter oder gar als Hirngespinst des weinliebenden Türmers ab.

Doch kaum war der Tag angebrochen, ließ Hans von Jurgas die Glockenschläge der Pummerin über die Stadt schallen – dröhnend und markerschütternd, gefolgt von einem wabernden Echo, das schicksalsschwer bis in die letzte kleine Gasse drang. Überall hielt man inne. Alles, was man bis gerade eben verrichtet hatte, war nun bedeutungslos. Die Pummerin war alleine geschlagen worden, und nun war jedem Bürger bewusst, dass größtes Unheil für die Stadt und seine Bewohner drohte.

Von Jurgas trat wieder auf die Balustrade und sah, wie am Markt unter ihm die Bürger hektisch zusammenliefen, manche wild gestikulierend, andere aufgeregt rufend.

Wenig später kam Ulrich Groß zu von Jurgas auf den Turm. Bis vor wenigen Tagen war er noch einer der Apotheker der Stadt gewesen, gestern aber wegen Wurms Verhaftung vom Magistrat eilig zum neuen Bürgermeister gewählt worden. Eine Berufung, die ihn gleichermaßen mit Stolz und Ehrfurcht in solch schweren Zeiten erfüllte, wie er umgehend hatte verbreiten lassen.

»Was um Himmels willen kündet Ihr?«, rief er dem Türmer zu und versuchte wieder zu Atem zu kommen. »Erneut Irrlichter in der Ferne?«

Von Jurgas zeigte stumm in die karge Winterlandschaft, wo im Süden jenseits der weitläufigen Felder und jenseits der Flüsse Lech und Acha Hunderte Reiter auf dem Weg Richtung Schwäbischwerd waren.

»Der Himmel steh uns bei!« Groß klappte erschrocken der Mund auf. »Der verdammte Bayernherzog wagt es also tatsächlich. Welcher Narr beginnt denn eine Belagerung im tiefen Winter?«

Von Jurgas zuckte mit den Schultern.

»Nur einer, der einer Hilfe von außen zuvorkommen will«, beantwortete sich der neue Bürgermeister die Frage selbst. »Keine der zugesicherten Hilfstruppen aus Nördlingen, Ulm und Stuttgart hat sich bei uns blicken lassen, keine einzige! Die nehmen wohl auch an, dass bis ins Frühjahr nichts geschehen wird.« Groß schlug mit der Faust auf die steinerne Balustrade.

Wieder zuckte von Jurgas mit den Schultern. Derlei strategisches Kauderwelsch war ihm schlicht zu hoch.

»Was ist mit den Fußtruppen?«

Der Türmer deutete in Richtung Genderkingen und Oberndorf, wo sich seit gestern ein riesiges Heerlager erstreckte. Dort schien es allerdings keine Truppenbewegungen zu geben. Dennoch stieß der neue Bürgermeister ein tiefes Seufzen aus. »Dann wollen wir uns bereit machen. Der Feind wird sich nicht lange bitten lassen. Gott mit uns.«

Die Straße war einigermaßen vom Schnee befreit, doch in den Spurrillen, die Karren und Fuhrwerke hinterließen, hatte sich Eis gesammelt. Alexander von Haslang kümmerte das nicht. Er ritt hoch zu Ross, und selbst der schneidende Wind, der immer wieder eisige Schneeflocken von den Feldern peitschte, konnte das Lächeln aus dem Gesicht des Feldmarschalls nicht vertreiben. Im Gegenteil. Je näher er der Stadt kam, die ihn, seinen Herzog und den Kaiser so armselig verspottet hatte, desto fröhlicher wurde ihm zumute, denn er wusste, wer ihm folgte: ein beachtliches Heer, das Herzog Maximilian in Windeseile hatte ausheben lassen und das nun bereit war, seine Aufgabe zu erfüllen.

Zwanzig Fähnlein Fußvolk, in zwei Regimenter geteilt, bestehend aus fünftausend ausgewählten Untertanen sowie eintausend angeworbenen Knechten. Fünf Reiterkompagnien zu knapp fünfhundert Mann. Die Leibgarde des Herzogs. Fünfhunderteinundachtzig Pferde zogen Fuhrwerke und Artillerie, darunter zwölf schwere Geschütze und zwei Böller, einen Wagen mit Petarden[22] und Sprengwerk sowie Sturmbrücken, Sturmleitern und Schanzzeug, gefolgt vom restlichen Tross. Zu guter Letzt trieb man sechsundsechzig Flöße den eisigen Lech hinauf, beladen mit Bauholz und Verpflegung.

Alles in allem ein siebentausend Mann starkes Heer, das einer Stadt von viertausend Reichsbürgern gegenüberstand, die von allen ihren vermeintlichen Verbündeten trotz großspuriger Zusicherungen im Stich gelassen worden waren – dafür hatte von Haslang im Vorfeld gesorgt. Und nicht nur das: Er hatte die Nachbarstädte auch angewiesen, weder Frauen noch Kindern aus Schwäbischwerd

22 Explosivwaffe zum Aufsprengen von Toren.

Unterschlupf zu gewähren, andernfalls würde sie das gleiche Schicksal ereilen wie die abtrünnige Reichsstadt.

Natürlich hatte er auch die Order seines Herzogs, im Falle der Einsicht Milde und Güte walten zu lassen, und natürlich würde er sich diesem Befehl fügen müssen. Und doch hoffte von Haslang innerlich, dass sich die Stadt genauso töricht verhalten würde wie in den letzten Monaten. Nur ungern hätte er die schweren Mörser unverrichteter Dinge wieder abziehen lassen.

Seine Reiter hatte er bis an das Ufer der Donau vorrücken lassen, er selbst machte sich nun gemeinsam mit Oberst Engelbert von Bönighuß und dem Rat Theodor Viepeck von Haimbhausen auf, die ihm befohlene Prozedur einzuleiten. Zu dritt ritten sie ihre Rösser vor das äußere Donau-Tor und warteten, bis der Trompeter zu ihnen aufgeschlossen hatte.

Der blies drei Signale. Dann sah von Haslang zum Torwächter hoch und erhob die Stimme.

»Im Namen Seiner Heiligen Kaiserlichen Majestät fordert der hochgeborene Maximilian, Pfalzgraf vom Rhein, Herzog von Ober- und Niederbayern, die seit dem zwölften November dieses Jahres unter Acht stehende Reichsstadt Schwäbischwerd auf, ebendiese zum Wohle seiner Bürger kampflos in Seine Verfügungsgewalt zu übergeben! Weiters hat die Stadt die Waffen zu strecken und sich einer Besatzung auf unbestimmte Zeit hinzugeben!«

Es vergingen einige Augenblicke der Stille.

Dass man von Haslang vom Pferd schoss, erwartete dieser in keinem Moment, denn dies wäre einer Kriegserklärung gleichgekommen. Es gab für die Schwäbischwerder nur eine wirkliche Alternative zur Belagerung, und das war das Beugen des Knies vor dem Kaiser. Davor allerdings hatte sich die Stadt bisher ja geziert wie eine Jungfrau vor der ersten Nacht. Es würde interessant sein zu beobachten, sinnierte von Haslang amüsiert, ob die Jungfrau ihre Meinung änderte und doch noch freiwillig die Beine breit machte.

Das metallische Klacken einer Entriegelung riss von Haslang aus seinen Gedanken und richtete seine Sinne wieder auf das Stadttor.

Die dort eingelassene Tür öffnete sich behäbig. Eine Ratsdeputation, bestehend aus sieben Mann, trat heraus, in schwere dunkle Mäntel gehüllt und von einem Mann angeführt, den von Haslang nicht kannte.

Der Mann verneigte sich vor den drei Reitern.

»Seid gegrüßt, Herr von Haslang! Mein Name ist Ulrich Groß, und ich vertrete als neuer Bürgermeister den Magistrat sowie in weiterer Folge das Ansinnen aller Bürger von Schwäbischwerd. Wir haben fürwahr mit Euch gerechnet, nur nicht so bald.«

Von Haslang konnte sich ein Grinsen nicht verkneifen. Zumindest war der Kerl ehrlich, dachte er sich, und nicht so ein widerlicher Speichellecker wie dieser Wurm.

»Da Ihr wisst, mit welchem Ansinnen ich als Feldmarschall heute vor Euch trete, gehe ich davon aus, dass Ihr Euch Eurer Verantwortung bewusst seid«, sagte von Haslang. »Und daher räume ich Euch auch eine Bedenkzeit ein, der Forderung Seiner Heiligen Majestät nachzukommen.«

Groß nickte wohlwollend. »Ich danke Euch, Herr Feldmarschall. Vier Wochen würde ich für die Findung einer Entscheidung erbeten.«

Der Feldmarschall nickte ebenfalls wohlwollend. »Eine Viertelstunde dürfte jedoch genügen.«

In den Gesichtern der Ratsdelegierten war blankes Entsetzen zu lesen.

»Eine … Viertelstunde?«, stammelte Groß.

»Für Euer Verständnis«, fuhr von Haslang mit ernster Miene fort. »Wie Ihr bereits gesagt habt, hattet Ihr mit unserer Ankunft gerechnet. Somit werdet Ihr, verantwortungsvolle Herren des Rates zu Schwäbischwerd, die Ihr nun mal seid, mit Sicherheit alle Möglichkeiten bereits vorab abgewogen und besprochen haben, denn derer Vielzahl sind es nicht. Wozu also wieder vier Wochen ins Land ziehen lassen? Oder wollt Ihr für die Verpflegung der Heerschar von Soldaten und Knechten aufkommen?«

Groß fehlten die Worte.

»Eine Viertelstunde.« Von Haslang machte eine Handbewegung, als wollte er eine lästige Fliege verscheuchen. »So sputet Euch!«

Die Ratsdeputation sah sich sprachlos an. Dann eilte sie wieder in die Stadt zurück. Hinter ihnen fiel das Tor schwer ins Schloss.

Theodor Viepeck von Haimbhausen neigte sich zu von Haslang. »Haltet Ihr es für klug, die Ratsherren derart zu pressen?«

»Glaubt mir«, entgegnete von Haslang gelassen, »ob eine Viertelstunde, vier Wochen oder vierzig Tage – in dieser Stadt kann man sich zu Entscheidungen einfach nicht durchringen. Ihr werdet sehen.«

Geduldig beobachtete von Haslang die Turmuhr der Stadtpfarrkirche, deren Zeiger davon kündeten, dass bereits eine halbe Stunde vergangen war, seit die Ratsdeputation mit den Forderungen konfrontiert worden war. Er hob die Hand, wissend, dass dies das Signal dafür war, dass sechshundert Mann bis an die Donaubrücke vorrücken würden. Dann nickte er Bönighuß zu, der davonritt, um mit zweihundertfünfzig Reitern in Nordheim in Stellung zu gehen.

Der Feldmarschall wusste aber auch, dass er am heutigen Tage nicht mehr viel ausrichten konnte, da die Artillerie und der Rest des Heeres erst gegen Abend eintreffen würden. Doch er hatte ein Zeichen gesetzt. Morgen früh würde er, wie es ihm leider befohlen war, einen letzten Versuch unternehmen, die Stadt kampflos in Empfang zu nehmen. Vielleicht würden die Herren des Rates wieder zu betrunken sein, um ihn zu treffen? Nun, dachte von Haslang grimmig, dann würde sie eben der Geschützdonner nüchtern werden lassen.

»Herr Ackermann!«

Die Worte, mehr gezischt als gesprochen, ließen den Transporteur vor Schreck zusammenzucken.

»Komm her!« Die Stimme einer Frau, aus einem Winkel der Pfleg-Gasse.

Christoph hatte gerade sein Kontor abgeschlossen, sich bei seinen Knechten für die treue Zusammenarbeit bedankt und ihnen versichert, dass sie bei ihm wieder willkommen waren, sofern sie alle die nächste Zeit überstehen würden. Dann hatte er sich auf den Weg nach Hause begeben.

»Mach schon, Herrgott!« Erneut die Stimme.

Der Transporteur konnte die Gestalt nicht erkennen, die sich im Dunkel versteckt hielt, aber er hatte eine böse Vorahnung. Trotzdem tat er, wie ihm geheißen, nicht ohne sich vorher zu vergewissern, dass ihn niemand beobachtete.

Er trat in die schmale Schlucht, die zwei Häuser bildeten und die gerade einmal breit genug für einen Mann war. Sollte man ihm hier nach dem Leben trachten, hätte er wohl kaum eine Chance zu entkommen, dessen war er gewiss.

»Zeig dich«, forderte er mit Nachdruck.

»Hast du Angst vor mir?« Nun war die Stimme sanft, und Christoph kannte diesen Tonfall nur zu gut – Sibylla Amling, seine ehemalige Geliebte.

»Was willst du?«

Ein Seufzen. Dann trat die Frau an ihn heran, zögerlich und energisch zugleich. »Es ist wohl nichts so gekommen, wie wir es erwartet hatten, oder?«

Christoph zog die Brauen eng. »Meinst du uns, oder –«

»Uns, die Stadt, unser Leben. Wer weiß, was die Teufel vor den Stadttoren reiten wird, haben sie sich erst einmal Zutritt verschafft. Erasmus ist jedenfalls überzeugt davon, dass es ihnen gelingen wird.« Sie stockte, dann: »Ich möchte so nicht auseinandergehen.«

Sie legte ihre Hand auf seine Brust.

»Das … möchte ich auch nicht«, sagte er und meinte es so. »Ich … bereue, was ich dich genannt habe. Bitte entschuldige.«

»Ich bereue meine Worte auch. Und ich danke dir für die aufregende Zeit, die ich mit dir verbringen durfte.«

»Ich dir auch«, entgegnete Christoph kaum hörbar.

Sibylla stellte sich auf die Zehenspitzen und küsste Christoph auf den Mund, sanft und innig zugleich, begehrlich und doch voller Unschuld.

Dann ließ sie ab von ihm.

»Und nun geh zu deiner Familie, sie braucht dich.«

Er strich ihr die roten Locken aus dem Gesicht.

Vielleicht zum letzten Mal in diesem Leben.

Ein Hauch von Wehmut ergriff Christoph. Einen Augenblick lang verharrte er noch mit der Hand auf ihrer Wange, dann wandte er sich ab und ließ Sibylla in dem Winkel zurück.

Lienhard Schrater beobachtete, wie sich eine Frau aus einer der vielen Häuserwinkel drängte und sich schnellen Schrittes in Richtung des Oberen Marktes entfernte. Aber er konnte nicht genau erkennen, wer sie war, und es kümmerte ihn auch nicht. Er hatte eine andere Aufgabe zu erfüllen.

Mit den anderen Torwächtern war er gerade dabei, das Nördlinger-Tor zu schließen, als ihn eine Stimme Einhalt gebieten ließ.

»Wartet noch!«

Der Stadtpfarrer Johannes Delzer bog um die Ecke und marschierte hastig auf das Tor zu, begleitet von seinen beiden Diakonen, seinem Vorgänger Konrad von Augsburg und einer Gefolgschaft von knapp zweihundert Bürgern.

»Wohin zu solch später Stunde?« Schrater stellte sich mitten ins Tor. Er betrachtete die Gruppe, von denen die meisten Bündel um die Schultern geworfen hatten, und wusste sogleich, was ihre Absicht war.

Delzer machte vor der Wache halt, bemüht, nicht außer Atem zu wirken. »Des Teufels Ungeziefer lauert vor unserer Stadt. Was, meint Ihr, wird Euch allen morgen widerfahren?«

Schrater runzelte die Stirn. Wurde er gerade Zeuge, dass der lutherische Pfarrer feige die Flucht ergriff, statt seiner Gemeinde in der schwersten Stunde beizustehen?

»Solltet Ihr nicht –«

Delzer machte einen Schritt auf den Wachmann zu. »Ich geleite die Herde der Einsichtigen zu ihrem Wohle aus der Stadt. Und Euch sei geraten, Euch uns anzuschließen oder den Weg freizumachen. Einem Mann Gottes den Weg zu versperren kommt einer Sünde gleich!«

Schrater verharrte einen Augenblick. »Wenn Ihr meint, Euer Heil in der Flucht suchen zu müssen, so möchte ich dem nicht entgegenstehen. Doch seid gewiss, dass man sich an Euren Namen noch in hundert Jahren entsinnen wird, Herr *Pfarrer.*«

Mit diesen Worten trat der Wächter zur Seite und gab den Weg frei.

Delzer maß ihn mit hasserfülltem Blick. Dann schritt er weiter, durch das Tor hindurch, und seine Herde folgte ihm stumm und mit gesenkten Häuptern.

Christoph und Helene saßen mit Lucas und Philipp um den Tisch, nahmen sich an den Händen und schlossen die Augen.

»Herr, gib, dass morgen ein Zeichen Deiner Güte und Weisheit aufflamme, dass Einsicht über Torheit obsiegt, Einigkeit über Spaltung und Milde über Zorn.« Christoph überlegte kurz, dann fuhr er leise und sanft fort. »Gib, dass wir verstehen, dass Hass nur zu noch mehr Hass, Krieg nur zu noch mehr Krieg und Tod nur zu noch mehr Tod führt. Dass nur die Liebe zu Dir und füreinander uns den Weg in Dein Paradies zeigt, und dass wir die Pfade, auf denen du uns führst, so verschlungen und vermeintlich irreführend sie auch scheinen, nicht verlassen, sondern uns Deiner Güte immer bewusst sein mögen. Amen.«

Die anderen am Tisch stimmten mit einem Amen zu und lösten ihre Hände.

»Wann kommt Lorenz heim?« Lucas sah seinen Vater mit erwartungsvoller Miene an.

»Das weiß ich nicht. Dein Bruder hat sich der Stadtwache verschrieben und tut dort seine Pflicht.«

Diese Antwort schien dem Jungen zu genügen, was Christoph beruhigte. Doch der verzweifelte Blick, den ihm Helene gleich darauf zuwarf, ließ dieses Gefühl zerspringen wie eine Tonschale, die am Boden zerschellte.

»Es wird alles gut, du wirst sehen. Lorenz kann auf sich aufpassen.« Christoph ergriff die Hand seiner Frau, drückte sie mit so viel Zuversicht, wie er sich abringen konnte. Wie gern hätte er seinen eigenen Worten Glauben geschenkt.

Nachdem die Stadttore geschlossen worden waren, wurde es totenstill in der Stadt. Schwache Lichter drangen durch das ein oder andere Fenster und zeugten davon, dass in jenen Häusern die Familien beisammensaßen, bangten, beteten oder einfach nur dem morgigen Tag entgegenharrten.

Jene, deren Angehörige bereits schliefen oder die auf sich allein gestellt waren, hatten in den wenigen Wirtshäusern, die entgegen der Sitte noch geöffnet waren, Zuflucht und Zerstreuung im Wein gesucht.

Auch der Rote Hund war noch geöffnet.

»Morgen wollen wir den Anhängern der römischen Abgötterei zeigen, mit wem sie sich besser nicht angelegt hätten!« Karl Mair, der im Jahre zuvor die Fahne des Klosters Heilig-Kreuz zerrissen hatte, hob seinen mit Wein gefüllten Becher.

Die inbrünstig gegrölte Zustimmung der anderen Zecher ließ die Trinkstube erzittern.

»Malta hat sich vor vierzig Jahren mit zehntausend Mann gegen vierzigtausend Osmanen gestemmt!« Melchior Maurer stand laut polternd auf. »Und in Marienburg hielt der Deutsche Orden einer Übermacht von einem zu sieben Mann stand! Da werden wir uns doch nicht einem papstküssenden Bayernherzog beugen, hab ich recht?«

Wieder ohrenbetäubendes Gejohle, wieder das Zusammenstoßen von Bechern.

Francesco Santorio bahnte sich einen Weg durch seine Gäste, und auch die Aussicht auf reiche Zeche ließ das schneidende Gefühl in seinem Bauch nicht verebben. Ein Gefühl, das ihm immer das Gleiche sagte.

Flieh, solange du noch kannst.

Vor einem besonders laut grölenden Gast machte der Wirt überrascht Halt. »Junger Herr Ackermann? Was in Gottes Namen macht Ihr hier unter solch – solch *Wahnsinnigen*?« Das letzte Wort wagte er nur zu flüstern.

Lorenz grinste Santorio mit vom Wein gerötetem Gesicht an. »Na was schon? Heute sind wir im Gelage vereint, und ab morgen in der Verteidigung unserer freien Stadt!«

»Weiß Euer Vater –«

»Ich bin mein eigener Herr, hast du das immer noch nicht verstanden?« Lorenz war sichtlich bemüht, seine Worte klar zu artikulieren, was ihm aber nicht gelang. »Wie viele auch vor der Stadt lagern möchten, sie werden alle jämmerlich erfrieren. Der verdammte Bayernherzog hat die Rechnung ohne den Wirt gemacht, und der heißt Winter.«

Santorio beugte sich zu Lorenz. »Nein, mein Herr, der Wirt heißt Dummheit, und mit ihm wird die Rechnung aufgehen.«

Der junge Mann sah sein Gegenüber mit glasigen Augen an, und für einen Augenblick verdrängte erschreckende Erkenntnis die Trunkenheit. Dann war der Augenblick verflogen. »Was weiß ein alter Sodomit schon?«

Santorio war, als hätte man ihm ins Gesicht geschlagen. Maßlose Enttäuschung machte sich in ihm breit. »Aber Euch den Wein zu bringen, dafür ist der alte Sodomit gut genug?«

Lorenz knallte einen Gulden auf den Tisch, dass der darauf ausgeschüttete Wein spritzte. »Ganz recht. Aber hurtig!«

Agnes hatte schon längst einschlafen wollen, doch es war ihr nicht gelungen. Und das unregelmäßige Ein- und Ausatmen neben ihr verriet, dass es ihrem Gemahl ebenso ging. Schließlich drehte sie sich zur Seite und schob ihm den Herzschützer[23] hoch. Johannes zuckte zusammen.

23 Alte gebräuchliche Bezeichnung für Nachthemd.

»Ich weiß, meine Hände sind kalt.«

Er hielt sie fest. »Und wage es nicht, sie wegzuziehen.«

Sie lächelte für einen Augenblick in der Dunkelheit, dann wurde ihr Gesicht starr. »Ich habe Angst.«

»Das brauchst du nicht, du –« Er hielt inne. »Ich habe auch Angst. Aber du wirst sehen, es wird sich alles zum Guten wenden.«

»Hör mir jetzt gut zu.« Agnes begann zu zittern. »Wenn sie die Stadt stürmen, möchte ich, dass du mich und die Mädchen gehen lässt.«

Erst verstand Johannes nicht. Dann schossen ihm Tränen in die Augen.

»Du weißt, wie ich das meine?«

Der Kaufmann nickte und brachte nur ein krächzendes »Ja« hervor.

»Ich liebe Euch, Herr Heidfeldt«, sagte sie und wälzte sich auf seinen stattlichen Wanst.

»Ich liebe Euch auch, Frau Heidfeldt.«

Sie begannen sich zu küssen, erst sanft, dann inniglich. Seine Hand fuhr ihre Seite hinab, strich über ihren Rücken und packte ihr Hinterteil. Agnes stöhnte auf.

Mit lautem Knall wurde die Tür aufgerissen.

»Vater, dürfen wir heute bei euch schlafen?«

Wie vom Blitz getroffen, setzten sich die beiden Eheleute auf, starrten auf Sieglinde, Magdalena und Balthasar, die aneinandergedrängt auf der Schwelle standen.

»Wir fürchten uns.«

Johannes wollte gerade etwas entgegnen, da küsste ihn Agnes zart auf die Stirn. Er seufzte.

»Natürlich dürft ihr das«, sagte er schließlich.

Die Kinder sprangen ins Bett, aber nicht voller Freude

wie in vergangenen Zeiten, sondern von der gleichen schrecklichen Vorahnung geplagt wie ihre Eltern.

Johannes blieb noch lange wach, bis er sicher war, dass jeder seiner Lieben eingeschlafen war. Er hörte sie leise atmen und schnarchen – unwissend, ob dies die letzte Nacht war, die sie gemeinsam verbringen durften.

Die aufgehende Sonne schnitt sich durch den gefrierenden Morgennebel. Mensch und Tier begingen langsam den neuen Tag.

Nicht so Alexander von Haslang. Er war in Nordheim, wo er Quartier bezogen hatte, bereits lange vor Tagesanbruch aufgestanden, hatte sich gewaschen und gepflegt. Die Schale mit Honig gesüßtem, warmem Brei hatte ihm gemundet, dann war er zu seinem Pferd gegangen und hatte es sorgfältig gestriegelt. Auch wenn er wusste, dass dies eigentlich die Aufgabe der Stalljungen war, so wusste er auch, dass man nur durch Fürsorge eine Beziehung zu einem Tier aufbauen konnte, und dies geschah eben mit der Bürste, nicht mit den Sporen.

Nun saß er wieder auf seinem Ross, hinter sich die Donaubrücke, und erblickte die Stadtmauer und die spitzgiebeligen Häuser dahinter, aus deren Schornsteinen dicker Rauch quoll – und in denen seiner Meinung nach die wohl einfältigsten Bürger im Reich lebten.

Er streckte den Rücken durch und roch bereits förmlich das schneidende Pulver, das mit ohrenbetäubender Kraft die schweren Kugeln gegen die Mauern schleudern würde, so lange, bis das Ziegelwerk aus Backsteinen nachgab und eine Bresche freilegte. Und er wusste, was folgen würde, worüber er jede Befehlsgewalt abgeben musste: die Erstürmung der Stadt, das heillose Durcheinander von wütenden Soldaten, schreienden Weibern, weinenden Kindern und von Männern, die beteten, sie hätten anders gehandelt, bevor ein Säbel sie durchbohrte, eine Kugel sie durchlöcherte oder ihnen einfach ein Messer die Kehle durchschnitt.

Auf dem anderen Ufer der Donau standen bereits zweihundert Soldaten symbolisch Spalier. Neben der Donaubrücke waren Knechte mit Eifer dabei, eine Brücke aus Schiffen zu errichten, über die die schweren Geschütze auf das Ried gekarrt werden konnten – man hatte bemerkt, dass die Schwäbischwerder das Gefüge der Donaubrücke gelockert und sie damit ihrer Tragfähigkeit beraubt hatten.

Alles verlief nach Plan.

Die Turmuhr der Kirche Zu Unserer Lieben Frau begann zu schlagen.

Einmal.

Zweimal.

Dreimal.

Viermal.

Fünfmal.

Sechsmal.

Siebenmal.

Dann war es wieder still.

Plötzlich öffnete sich mit einem Knarren die kleine Tür im Stadttor.

Von Haslangs Miene verfinsterte sich. Welchen Bären würde man ihm diesmal versuchen aufzubinden? Trunkenheit vorschützen? Rebellion? Eine Marienerscheinung?

Ulrich Groß sowie die anderen Herren der gestrigen Ratsdeputation kamen heraus, langsam, als könnte jeder Schritt den Sturz in eine Mördergrube bedeuten. Und obwohl sie bemüht waren, stolz auszusehen, wirkten sie doch nur wie ein kleines Häufchen Elend.

Die Deputation machte vor von Haslangs Ross halt, aus dessen Nüstern der Atem dampfte. Dann wandte sich der Bürgermeister um, nahm von einem der Ratsherren hinter sich etwas in Empfang und wandte sich wieder dem Feldmarschall zu.

In einer symbolischen Geste hielt Groß nun ein scharlachrotes Kissen mit güldener Borte in die Höhe, auf dem zwei große, vergoldete Schlüssel lagen.

Von Haslang zog überrascht die Brauen in die Höhe.

»So nehmet die Schlüssel unserer Stadt entgegen«, sprach der Bürgermeister in einem Ton wie bei einer Grabesrede. »Auf dass größeres Unheil vermieden werde.«

»Ach, Ihr beugt tatsächlich das Knie?« Der Feldmarschall lehnte sich im Sattel zurück und schien auf etwas zu warten.

Groß wirkte verunsichert. Dann erniedrigte er sich, wie von ihm verlangt, beugte das eine und fiel auf das andere Knie in den Schnee.

Von Haslang neigte den Kopf. »So sei es. Ihr fügt Euch also endlich dem Willen Seiner Kaiserlichen Majestät. Ich gratuliere – eine wahrlich teuer erstandene Einsicht.«

»Man hat uns versprochen«, fuhr Groß fort, »dass wir nicht an der Ausübung unseres Glaubens gehindert würden?«

»Oh, da habt Ihr richtig gehört. Ich darf Euch aber eines verraten.« Von Haslang hielt inne, als er bemerkte, dass Groß seinem Blick auswich. »Seht mich gefälligst an!«

Groß hob den Kopf, als hätte er eine Ohrfeige bekommen.

»Es ging niemals darum, Euch Euren Glauben zu untersagen. Der Reichs- und Religionsfriede von Augsburg aus dem Jahre des Herrn 1555 hat dies ein für alle Mal besiegelt, wie Ihr wissen solltet. Nein, es ging immer nur darum, dass *Ihr* Euren katholischen Mitbürgern das Recht auf freie Ausübung ihres Glaubens untersagt habt.«

Der Bürgermeister schwieg betreten wie ein Schuljunge, der gerade erklärt bekommen hatte, dass eins plus eins doch nicht drei ist, niemals war und auch nie sein würde.

»Und jetzt auf, die Tore!«

Ulrich Groß und die anderen Ratsherren traten zur Seite, während die Stadttore knarrend aufgestoßen wurden und Alexander von Haslang voller Stolz in die Stadt ritt. Zwei seiner Reiterabteilungen und zweihundert Fußsoldaten folgten ihm.

»Sie haben sich gebeugt!« Agnes Heidfeldts Stimme überschlug sich vor Freude, als sie die Soldaten sah, die wortlos und in ordentlicher Manier vom Unteren zum Oberen Markt Richtung des Roten Tores marschierten. »Der Magistrat ist also doch zur Besinnung gekommen!«

Johannes trat neben seine Frau ans Fenster und blickte auf die Besatzer hinab. »Ja. Es scheint, als sei gerade noch ein sinnloses Blutvergießen abgewendet worden.«

»Aber nicht nur das«, rief Agnes verzückt und drückte

ihrem Mann einen Kuss auf die Wange. »Weißt du nicht, was das noch bedeutet?«

Der Kaufmann warf seinem Weib einen fragenden Blick zu.

»Überleg doch! Schwäbischwerd wird wieder vom wahren Glauben erfüllt werden, *unserem* Glauben. Es gibt nur noch einundzwanzig katholische Familien in der Stadt, und wen wird der Herzog mit den wichtigen Aufgaben betrauen?«

Johannes nickte, auch wenn ihn Agnes' Berechnung überraschte.

»Du wirst endlich einer der Ratsherren!«

»Gut möglich.«

»Und unser Geschäft wird wieder florieren. Jetzt sind es die verdammten Lutheraner, die um etwas bitten müssen.«

Johannes gab seiner Frau einen Kuss auf den Mund, in der Hoffnung, dass dies ihren Eifer dämpfen würde. Aber das Funkeln in ihren blauen Augen verriet das Gegenteil.

»Sieglinde! Magdalena! Balthasar! Kommt, wir gehen zum Roten Tor!«

Mit diesen Worten lief Agnes aus der Stube.

Der Kaufmann blieb. Obgleich seine Frau wohl mit allem, was sie sagte, recht behalten würde, war ihm mulmig zumute, denn er wusste, was nun auf alle anderen in der Stadt zukommen würde.

Sein Blick fiel auf das gegenüberliegende Haus der Familie Ackermann.

Und dies war kein Grund zu frohlocken …

»Kinder, hinauf mit euch in den Speicher!« Helene fuchtelte mit den Händen, als würde sie Gänse zusammentreiben. Lachend liefen Lucas und Philipp die Treppe hinauf, als wäre es ein neues Spiel, das ihre Mutter mit ihnen spielte.

Helene wandte sich an Lorenz. »Kommst du?«

»Nein«, sagte dieser tonlos. »Ich bleibe hier bei Vater. Bleibt ihr mit den Mägden oben, bis wir euch holen.«

Helene warf erst ihrem Sohn, dann ihrem Gemahl einen unsicheren Blick zu, dann folgte sie ihren Jungen ins Dachgeschoss.

»Meinst du, sie werden sich an uns allen vergehen?« Immer noch wirkte Lorenz wie jemand, der gerade aus tiefem Schlaf erwacht war und noch nicht klar denken konnte.

»Nein«, antwortete Christoph, ohne den Blick von den Soldaten zu nehmen, die durch die Stadt marschierten. »So, wie sie sich verhalten, gehe ich davon aus, dass sie strikte Order erhalten haben, Recht und Ordnung aufrechtzuerhalten und diese nicht zu beugen. Der Kaiser hat mit der Exekution der Reichsacht bereits einen Schritt weiter getan, als er wollte. Eine lutherische Stadt zu schänden oder gar zu schleifen würde im ganzen Reich für Aufstände sorgen.«

Lorenz seufzte. »Er ist wohl ein weiser Mann.«

Der Transporteur nickte. Dann schlug er seinem Sohn mit solcher Kraft ins Gesicht, dass dieser zu Boden fiel. »Und was hast du vorzuweisen? Schließt dich jenen an, die laut krakeelend einer Belagerung standhalten wollen? Die sich für den offenen Konflikt mit dem Kaiser, diesem ›weisen Mann‹ aussprechen?«

»Vater, ich –«

»Was glaubst du, würde nun geschehen, wenn die

Soldaten nicht ordnungsgemäß durch Schwäbischwerd marschierten, sondern plündernd, brandschatzend und vergewaltigend?«

Lorenz wagte nicht, sich zu rühren, die Augen weit aufgerissen.

»Was glaubst du, würde nun gerade mit deiner Mutter geschehen, nachdem du irgendwo verwundet oder zerfetzt auf der Stadtmauer liegst und ich mich hier auf dem Boden ausblute nach dem irrigen Versuch, das halbe Dutzend Männer zurückzuhalten, die gerade unser Haus gestürmt haben? Was würde deine Mutter in den nächsten Tagen alles erleiden müssen?«

Christophs Blick wurde nun ebenso verzweifelt wie der seines Sohnes, dem bereits Tränen über die Wangen liefen. Dann packte der Kaufmann Lorenz, riss ihn an sich und drückte ihn, als müsste er fürchten, ihn im nächsten Augenblick zu verlieren.

So blieben Vater und Sohn umschlungen stehen.

Mit einem breiten Lächeln, das ihre Augen zu schmalen Schlitzen werden ließ, wandte sich die Frau vom Fenster ab und zog wieder den Schleier vors Gesicht. »Hörst du das?« Sie hielt inne, um das Hallen der marschierenden Schritte zu genießen.

Emanuel Suárez nickte zufrieden.

»Alles hat sich so entwickelt, wie wir es wollten.«

»Wie du es wolltest, *Schwester*«, entgegnete der Spanier.

»Sei nicht albern«, sagte die Frau und schmiegte sich an den Edelmann. »Es war vielleicht mein Traum. Aber erst deine Umsicht hat ihn wahr werden lassen.«

Er nahm ihr den Hut mit dem Schleier vom Kopf und

strich durch die glatten roten Haare. »Man kann dir einfach nicht widersprechen.«

Sie setzte einen gespielten Schmollmund auf. »Bürgermeister Wurm einkerkern zu lassen wäre jedoch nicht vonnöten gewesen. Dem würde hier doch auch seine gerechte Strafe widerfahren.«

Suárez stutzte. »Ich habe mit Wurms Verhaftung nicht das Geringste zu tun. Bei Gott.«

»Ach«, meinte die Frau nachdenklich. Sie schwieg für einen Augenblick, verwarf aber gleich wieder jeglichen schlechten Gedanken. »Manchmal ist eben den Tüchtigen das Glück hold. Manch andere werden alles verlieren.« Sie begann sich das Mieder aufzuknöpfen. »Aber du wirst mit Sicherheit in den neuen Stadtrat berufen werden. Ein Mann mit Ansehen, ein Mann mit Einfluss.« Sie fasste ihm in den Schritt. »Ein Mann mit Standfestigkeit.«

Dann packte sie seinen Kopf und küsste ihn so wild auf den Mund, als würde ihr Leben davon abhängen.

»Hier, schlag das draußen an die Tür«, befahl Francesco Santorio Elsbeth, einem seiner Schankweiber, und drückte ihr ein großes, hölzernes Kreuz mit dem Corpus des Erlösers in die Hand.

»Soldaten sind Männer, und Männer haben Durst. Und die werden den Teufel tun, einem Lutheraner die Taschen mit ihrer Zeche zu füllen statt einem gottesfürchtigen Katholiken wie mir.«

Elsbeth lief eifrig hinaus, Santorio wandte sich an seinen Knecht. »Valentin, schnapp dir noch drei Mann und eile zum Tanzhaus. Dann rollt ihr drei meiner Fässer aus dem Weinkeller. Und sollte euch der Visierer[24] aufhalten wollen, dann sagt ihm, er könne den neuen Herren der Stadt erklären, warum ihre Männer nichts zum Saufen bekommen.«

Wortlos eilte Valentin davon.

Der Wirt setzte sich an einen Tisch in der leeren Stube und tippte unruhig mit den Fingern auf die Platte. Das Schlimmste schien ausgeblieben zu sein, der Sturm auf die Stadt abgeblasen. Nun musste er nur noch darauf achten, dass die Soldaten ihre Zeche bezahlten und ihm nicht alles kurz und klein schlugen. Dann, so sann Santorio vor sich hin, stünde einer ordentlichen Bereicherung seinerseits nichts mehr im Wege.

Er hielt mit dem Tippen inne. Warum zur Hölle war er dann nur so fahrig?

Zunächst kündete die Turmuhr Zu Unserer Lieben Frau von der elften Stunde des Tages. Dann läutete die Pummerin erneut Sturm, diesmal jedoch nicht, um von Gefahr zu künden, sondern damit sich alle Bewohner am Marktplatz einfänden, was diese auch taten.

Dicht gedrängt standen sie nebeneinander, darauf bedacht, einen gehörigen Abstand zu den Soldaten zu halten, die aufgereiht am Rande des langgezogenen Marktplatzes wachten. Alle Blicke waren auf das Rathaus gerichtet, auf dessen vorgelagerte Treppe nun ein Mann mit wulstiger Nase und ergrautem Bart stieg.

---

24 Beamter, der Flüssigkeitsmengen in Fässern überprüft.

Trompetenstöße. Dann wandte sich der Mann an die Bevölkerung.

»Bürger von Schwäbischwerd! So höret gut, was ich euch zu künden habe, denn ich werde es kein weiteres Mal wiederholen!«

Ein Raunen in der Menge, gefolgt von absoluter Stille.

»Ich, Alexander von Haslang, Feldmarschall des Exekutionsheeres seiner herzoglichen Majestät, habe die Weisung, die Bürger von Schwäbischwerd über Folgendes in Kenntnis zu setzen: Heute um sieben Uhr früh hat der Magistrat die Schlüssel zur Stadt über- und damit seinen Führungsanspruch abgegeben! Er und alle Bediensteten der Stadt sind mit sofortiger Wirkung ihrer Ämter enthoben. Das Rathaus ist versiegelt und wird scharf bewacht. Alle Privilegien der Stadt sowie alle städtischen Freiheiten sind ab sofort auf meine Person übergegangen. Es herrscht mit sofortiger Wirkung eine allgemeine Ausgangssperre ab Anbruch der Dunkelheit.«

Von Haslang hielt kurz inne, um seinen Worten Gewicht zu schenken.

»Auch fordere ich die Zünfte der Stadt auf, mir bis Sonnabend ein Verzeichnis zu erstellen, aus dem unmissverständlich zu ersehen ist, welche ihrer Mitglieder die Flucht ergriffen und damit ihren Anspruch auf Hab und Gut verwirkt haben. Dies gilt auch für all jene unter euch, die mit dem Gedanken liebäugeln, Schwäbischwerd doch noch hinter sich zu lassen. Als Geächtete seid ihr Freiwild, und euer Besitz hier in der Stadt wird unwiderruflich konfisziert. Weiters ist meinen Soldaten ausschließlich in lutherischen Familien Quartier zu gewähren, ein Soldat pro Haus. Sie sind entweder mit Schlafstelle, Holz, Licht, Öl,

Salz sowie Essig zu versorgen oder mit vier Gulden wöchentlich zu entgelten. Diejenigen, die keine Quartiersoldaten aufnehmen müssen, haben ein Logementgeld zu bezahlen, das ebenfalls wöchentlich zu entrichten ist. Dafür habe ich die strikte Weisung erteilt, dass jedwedes Vergehen seitens der Soldaten strengstmöglich geahndet wird. Ihr müsst also weder um euer Hab und Gut noch um die Unversehrtheit von Leib und Leben fürchten!«

Wieder machte von Haslang eine Pause, denn er konnte in einigen Gesichtern lesen, dass die Fülle an Ankündigungen das Verständnis des einen oder anderen bereits überstieg.

»Auch fordere ich alle bewehrten Bürger auf, bis zur Schließung der Stadttore am heutigen Tage all ihre Waffen ins Tanzhaus zu tragen und dort zu übergeben. Ich werde stichprobenartige Hausdurchsuchungen anordnen, um Sorge zu tragen, dass alle gewissenhaft ihrer Pflicht nachkommen. Jeder, der danach noch mit einer Waffe oder einem zur Wehr fähigen Gegenstand angetroffen wird, wird unnachsichtig bestraft! Alle meine Weisungen lasse ich auch an die Stadttore schlagen, sodass keiner vorschützen kann, er habe etwas nicht gehört oder falsch verstanden! Geht nun, auf dass unser Zusammenleben ein Gedeihliches sein werde, und geht mit Gottes Segen!«

Langsam und verunsichert zerstreute sich die Menge, bald war kaum noch ein Bürger auf dem Markt zu sehen.

Wie die Lämmer, dachte von Haslang. Einfältig ziehen sie von dannen, einzig gewahr, der heutigen Schlachtung entronnen zu sein, aber in völliger Unwissenheit, wie trüb sich ihr künftiges Leben gestalten würde.

In diesem Moment begannen Knechte Holzbalken und

Zimmermannszeug auf den Markt zu tragen, und alsbald hallte schwungvolles Hämmern durch die Straßen der Stadt.

Von Haslang hatte befohlen, drei Galgen zu errichten.

Das Geklapper von Hufen auf dem gepflasterten Platz hallte ohrenbetäubend durch die vormittägliche Stadt. Sechs Schimmel zogen eine prunkvolle Kutsche über den Markt, vorbei an der Stadtpfarrkirche, am Fugger'schen Pfleghaus und durch das Rote Tor, das weit offen stand. Erst vor der Kirche Heilig-Kreuz zog der Kutscher an den Zügeln und ließ die Pferde zum Stillstand kommen.

Sogleich begannen Glocken so fröhlich zu läuten, als kündeten sie von der Ankunft des Heilands persönlich. Prior Georg Beck kam herbeigeeilt, gefolgt von Abt Leonhard Hoermann. Erst als dieser sich neben seinem Prior eingefunden hatte, öffnete der Kutscher die Wagentüren.

Aus dem Inneren der Kabine stiegen fünf Männer. Vier von ihnen waren in gewöhnliche schwarze Priesterroben gekleidet, über die sie dunkelgrüne Umhänge aus Filz gezogen hatten. Ein Mann, den eine Tonsur schmückte, trug eine grobfasrige braune Kutte, die mit einem weißen Strick um die Leibesmitte zusammengeschnürt war, darüber eine Kukulle[25]. Es waren vier Prediger der Gemeinschaft Jesu[26] sowie ein Mönch der Franziskaner – und ihrem bestimmten Auftreten nach zu urteilen war sich

25 Überwurf mit Kapuze.

26 Heute: Jesuiten.

jeder von ihnen seiner mächtigen Stellung mehr als bewusst.

Der Abt trat einen Schritt nach vorn, ein herzliches Lächeln im Gesicht. »Gott zum Gruße! Ich bin Bruder Leonhard, der Abt dieses Klosters, und dies ist mein Prior, Bruder Georg Beck.« Der faltete fromm die Hände. »Man hatte mich über eure Ankunft bereits unterrichtet, und ich bin frohgemut, dass ihr unversehrt angekommen seid. Willkommen Pater Georg, Pater Karl, Pater Bartholomäus, Pater Eliseus.« Der Abt wandte sich an den Franziskanermönch. »Und Ihr seid?«

»Bruder Bernhardin », antwortete dieser mit rauer und gleichzeitig sanfter Stimme.

Der Prior klatschte in die Hände. »Wohlan! Mir deucht, ihr seid bereits über die Ereignisse der letzten Tage unterrichtet, und wie ihr erahnen könnt, ist unsere einst blühende Stadt in einem jämmerlichen Zustand. Was den Handel betrifft, aber vor allem, was den Glauben betrifft. Feig wie Muselmanen haben gestern Nacht gar die lutherischen Prediger die Flucht ergriffen und über zweihundert dem Irrglauben verfallene Tölpel mit sich gerissen!«

Der Abt versuchte mit einer Handbewegung, Beck zu besänftigen, aber die Flamme des Aufbruchs loderte deutlich erkennbar in dessen Augen.

»Sie besaßen offenbar nicht nur zur Wortbrüchigkeit geeignete Zungen, sondern auch zur Flucht geübte Füße.« Beck lachte auf, und auch die neu angekommenen Prediger mussten ob der blumigen Schmähung lachen. »Ich will damit nur sagen: Den Häretikern in dieser Stadt kommen ihre Hirten abhanden, und umso wichtiger ist es, dass ihr nun hier seid, liebe Brüder!«

»Wir danken für den herzlichen Empfang«, sprach nun Karl Roth, seines Zeichens Superior. »Mögen Gottes Wege auch manchmal unergründlich sein, aber Sein Fingerzeig auf diese Stadt war unübersehbar. Ich pflichte euch ebenfalls bei, dass hier viel Arbeit auf uns wartet, und so lasset uns gleich damit beginnen. Bruder Georg und ich werden den Pfarrhof beziehen, die anderen in der Stadt ein Quartier. Danach freuen wir uns, die entweihten Gotteshäuser in Augenschein nehmen zu dürfen.«

Der Abt nickte seinem Prior zu.

»Es wird mir eine Freude sein, sie für euch«, Beck blickte gen Himmel, »und Ihn zu öffnen. Wenn ihr also so –« Sein Blick blieb am Roten Tor hängen.

Ein hochgewachsener Mann kam soeben hindurchgeschritten, schwarz gekleidet, mit Glatze, gräulichem Vollbart und Schmissen an den Wangen.

»Wenn man vom … Herr Suárez!« Der Prior winkte dem Mann zu, der ohne Hast näher kam.

»Werte Mitbrüder, darf ich euch einen Gönner dieser Stadt und feurigen Verfechter des einen Glaubens vorstellen: Emanuel Suárez.«

Der Spanier begrüßte die Gesandtschaft mit einer eleganten Verbeugung. »Zu viel des Lobes, lieber Prior.«

Der winkte ab. »Im Gegenteil. Dieser Mann trug maßgeblich dazu bei, dass unsere Stadtpfarrkirche Zu Unserer Lieben Frau nach jenem unsäglichen Brand wieder in ihrem alten Glanz erstrahlt, ja vielmehr nun darauf wartet, dass der Irrglaube aus ihr vertrieben wird.«

Georg Schrettel runzelte die Stirn. »Ihr als redlicher Katholik habt dafür bezahlt, dass eine lutherische Kirche wiederaufgebaut wird?«

Der Spanier setzte ein Lächeln auf, als wolle er einem Kind erklären, warum man sich besser nicht zu nah ans Feuer wagt. »Dies mag auf den ersten Blick ungewöhnlich scheinen, fürwahr. Aber bevor sie diese gottlose Sekte in Beschlag genommen hat, diente die Kirche doch als Hause Gottes. Und als solches würde es auch irgendwann wieder erblühen, dessen war ich gewiss. Warum also nicht handeln, bevor es zu spät ist, und auf Gott vertrauen, dass sich alles fügen wird?«

Der Superior klopfte dem Spanier auf die Schulter. »Ein ehrenhaftes Wort. Ich freue mich, dass diese Stadt Leute wie Euch noch nicht vertreiben konnte.«

Suárez erwiderte die freundschaftliche Geste. »Wo denkt Ihr hin? Es gibt hier wahrlich noch viel zu tun.«

Mit donnernden Faustschlägen verlangte wenig später der Profos[27], der unter direkter Weisung von Haslangs handelte, Einlass in eine Vielzahl der Bürgerhäuser. Da sich seit der Errichtung der Galgen am Vortag kaum ein Bürger auf die Straße gewagt hatte, manche sogar den ganzen Tag über die Fensterläden geschlossen hielten, als könnten sie damit der Besatzung entrinnen, versetzten nun die hallenden Klopfzeichen die Leute in Angst und Schrecken.

Seit er am frühen Nachmittag unterwegs war, ließ der Profos, ein altgedienter Kämpfer mit teigiger Haut und stechendem Blick, unnachgiebig vermeintliche Rädelsführer verhaften – ein Ratsmitglied und sechs weitere Bürger hatte er bereits in den Kerker werfen lassen, zwei davon

---

27 Militärbeamter zur Strafvollstreckung.

waren für alle Bürger sichtbar in Fußfesseln über den Markt abgeführt worden.

Christoph und Helene saßen auf der Bank in der Küche und lauschten den pochenden Schlägen von draußen.

»Werden sie dich auch holen?« Sie flüsterte die Worte mehr, als sie sie sprach.

»Liebes, ich habe mir nichts zuschulden kommen lassen«, antwortete Christoph mit mehr Überzeugung, als er empfand.

»Aber was wird nun aus uns? Aus unserer Stadt?«

Der Transporteur kratzte sich nachdenklich am Vollbart. »Diese Narren im Rat werden nun jene Arznei zu schmecken bekommen, die sie seit Jahren den Katholiken verabreichen.« Er stöhnte. »Wie oft habe ich versucht, Wurm und seine Speichellecker davon zu überzeugen, dass ein Miteinander dem Gegeneinander immer vorzuziehen ist?«

»Was willst du von einem Sattler erwarten?« Kaum hatte Helene die Worte ausgesprochen, erkannte sie, wie hohl sie klangen – kamen sie und ihr Gemahl nicht aus noch ärmeren Verhältnissen? Hatte sie ihren Kindern nicht immer wieder gepredigt, dass die Herkunft eines Menschen und der Stand bei der Geburt weder Recht noch Entschuldigung für sein Handeln sind?

Christoph strich ihr liebevoll über die Wange. »Wir werden nun den Gürtel enger schnallen müssen, als uns lieb ist.«

Helene nickte tapfer.

»Aber ich werde alles in meiner Macht Stehende tun, damit wir nicht dort enden, von wo wir gekommen sind.«

Der Transporteur küsste sein Weib, dann drückte er sie an sich und hielt sie inniglich fest. »Alles wird gut.«

»Lass Johannes erkunden, wie die Lage ist«, schlug Helene im Flüsterton vor. »Einem Lutheraner wird man kaum etwas berichten, einem Katholiken sehr wohl.«

Christoph blickte zur Turmuhr der Stadtpfarrkirche empor. Noch eine halbe Stunde, dann würde sie fünf Uhr abends schlagen und die Ausgangssperre träte in Kraft. Die Nacht würde sich über die Stadt legen und von nun an allumfassend sein, denn es war verboten worden, in den Häusern Licht zu machen – Soldaten und Katholiken ausgenommen.

Nur zwei Patrouillen waren auf dem Markt unterwegs. Der Rest der Stadt schien so ausgestorben, als hätte eine plötzliche Pestepidemie jedwedes Leben ausgelöscht.

Christoph Ackermann spürte eine innere Unruhe aufkommen. Wo zur Hölle blieb Johannes? Sie hatten vereinbart, sich in aller Öffentlichkeit zu treffen, denn so konnte man ihnen nicht nachsagen, sie hätten etwas zu verheimlichen oder wären konspirativ tätig. Aber Christoph wartete nun bereits eine gefühlte Ewigkeit in der Kälte, schritt immer wieder eine Runde um den Brunnen am Markt, um sich aufzuwärmen.

Schließlich eilte der Kaufmann herbei, außer Atem und mit einem Ausdruck im Gesicht, der nichts Gutes verhieß.

»Wie schlimm ist es?«, schoss es aus dem Transporteur heraus, noch ehe er die Hand des anderen geschüttelt hatte.

»Es liegt vieles im Argen«, meinte Johannes laut genug,

um nicht des Flüsterns bezichtigt werden zu können, aber leise genug, dass sie nicht belauscht werden konnten. »Zagelmaier, Maurer, Hohenschilt und Scheppich liegen eingekerkert in Ketten. Und rate mal, wer noch?«

Christoph zuckte mit den Schultern.

»Unser geschätzter Stadtschreiber Georg Kuno. Das Rathaus ist unzugänglich, dort will man wohl unbehelligt Akten und Urkunden begutachten, vermutlich um dem Rat mögliche Rechtsverstöße nachweisen zu können. Vier Pater der Societas Jesu sind heute angekommen, das heißt, dass der Bayernherzog zwar den Religionsfrieden achten wird, Schwäbischwerd jedoch die längste Zeit lutherisch gewesen ist.«

Christoph nickte besorgt. »Davon bin ich ausgegangen. Was noch?«

»Gut die Hälfte der Bürger, die gestern mit Delzer so feige geflohen waren, sind wieder zurückgekehrt. Vermutlich weil ihnen gewahr wurde, dass sie im Reich nach wie vor rechtlos sind und außerdem ihr in der Stadt zurückgelassenes Hab und Gut konfisziert werden würde.«

»Was sagt man über diesen Feldmarschall?«

»Alexander von Haslang? Der nimmt seine Weisung todernst, was einerseits gut ist, denn das bedeutet, dass er seinen Soldaten keinerlei Übergriffe durchgehen lassen wird. Andererseits –« Johannes zögerte. Nun fühlte er sich doch bemüßigt zu flüstern. »Du kennst doch Hans Geiger?«

Christoph nickte. Er hatte schon oft höfliche Worte mit dem lutherischen Kantor gewechselt.

»Der konnte es nicht abwarten und ließ heute Nachmittag sein Kind in Heilig-Kreuz taufen. Natürlich katholisch. Von Haslang soll der Taufpate sein, und als solcher soll er Geiger gemahnt haben, das Kind auch ja katholisch zu erziehen, sonst … sonst würde er wiederkommen, es in ein Geschütz laden und über die Stadtmauer schießen.«

Die beiden Männer sahen sich einen Augenblick stumm an. Dann mussten sie ob der schieren Rohheit der Drohung schallend loslachen.

Sonnenlicht fiel in sanften Bahnen durch die bemalten Glasfenster der Kirche Zu Unserer Lieben Frau, umschmeichelte die achteckigen Pfeiler und warf bunte Muster auf Bänke und Seitenaltäre. Mit einem hallenden Knarren öffnete sich das Tor zum Hauptschiff, ehe es in seiner Bewegung erstarrte und vier Männern den Weg ins Innere der heiligen Stätte freigab.

Prior Beck trat als Erster ein. Er bekreuzigte sich und ließ seinen Blick ehrfürchtig über die wunderschön gearbeiteten Fresken auf Wänden und Gewölben gleiten, ehe er am Bildnis der Schutzmantelmadonna hängenblieb. Trotz seiner dreißig Lenze hatte er die Stadtpfarrkirche noch nie betreten, denn sie war vor fünfzig Jahren lutherisch geweiht worden. Tief atmete er die schneidend kalte Luft im Gotteshaus ein und wusste mit einem Male, dass endlich alles so war, wie es sein sollte – der einzig wahre Glaube würde in dieser heiligen Stätte wieder Einzug halten. Sein Blick schweifte weiter und fiel auf einen der prächtigen Flügelaltäre, die ebenfalls seit fünfzig Jahren geschlossen waren, da die Häretiker Bildnisse verschmähten.

Er schritt auf den Altar zu, gefolgt von Alexander von Haslang und den beiden Patres der Gemeinschaft Jesu, Georg Schrettel und Karl Roth.

»Wohlan«, sagte von Haslang in befehlsgewohnter Manier.

Ehrfürchtig, beinahe ängstlich, griff Beck einen der geschlossenen Flügel des Altars, zog daran und schwang ihn mit überraschender Leichtigkeit auf. Dann den zweiten Flügel. Ein farbenprächtiges Gemälde offenbarte sich, das den heiligen Florian als römischen Legionär mit Fahne und Wasserkübel zeigte, daneben die beiden Märtyrer-Brüder Crispinus und Crispinianus, erkennbar durch Schwert, Palme und Mühlstein.

»Fünfzig Jahre«, murmelte Beck und bekreuzigte sich. »Wie kann man so etwas Wunderbares nur fünfzig Jahre lang verbergen?«

»Indem man einer verfluchten gottlosen Sekte angehört!« Von Haslangs Worte schallten durch die Kirche, als wollten sie den letzten lutherischen Geist vertreiben, der sich womöglich noch in einem dunklen Winkel verborgen hielt.

»Ihr seid Euch aber dessen bewusst, dass allein mit dem Öffnen des Altars diese Kirche noch nicht wieder katholisch ist? Dafür brauchen wir regelmäßige Messen und vor allem viele Gläubige«, mahnte Pater Roth.

Der Feldmarschall wandte sich dem Mann des Glaubens zu, die Lippen zu einem schmalen Lächeln zusammengepresst. »Womöglich seid Ihr dessen ungewiss, aber die Kunst der Kriegsführung ist in allen Belangen des Lebens hilfreich, lieber Pater. Und kein Krieg wurde mit einer einzigen Schlacht gewonnen. Es ist vielmehr die

Wirkung von kleinen Scharmützeln, die dem großen Ganzen zum Siege verhilft.«

Roth neigte den Kopf, aber es war offensichtlich, dass er nicht verstand, worauf von Haslang hinauswollte.

Der rang sich erneut ein schmallippiges Lächeln ab und fuhr fort. »Zunächst einmal gilt es die hiesigen vom Glauben abgefallenen Bürger davon abzuhalten, diese Kirche weiterhin zu nutzen, ohne damit den Religionsfrieden zu stören. Den Grundstein dafür haben bereits der Stadtpfarrer und seine beiden Diakone gelegt, da sie ja geflüchtet sind. Die Schafe haben also keinen Hirten mehr, und daher schlage ich vor, ihnen das Recht auf freie Ausübung ihres Glaubens zwar zu gewähren, aber eben nicht hier, sondern in den benachbarten Städtchen wie Zirgesheim oder Berg. Bei der Gelegenheit könnte man gar Spenden für die Rekatholisierung dieser Kirche einbringen, indem man allen Lutheranern vorschreibt, die Stadt zwar zur Glaubensausübung verlassen zu dürfen, dass sie dafür aber einen Passzettel benötigen. Und der kostet eben eine Kleinigkeit.«

»Ich verstehe ... Und sie sind ja nicht gezwungen, sie könnten ja auch zum katholischen Glauben konvertieren«, ergänzte Beck zögerlich.

»Ganz recht. Als Nächstes müssen wir dafür sorgen, den Kaiser nicht zu verärgern. Wie Ihr wisst, ist er darauf bedacht, die Lage im Reich nicht eskalieren zu lassen und die verdammten Ketzer nicht über Gebühr herauszufordern. Es könnte ein schlechtes Licht auf uns werfen, wenn er erfährt, dass wir die größte lutherische Kirche in der Stadt den Katholiken zusprechen.« Er hob den Finger, wie ein Schulmeister. »Aber wir haben ja schon beschlossen, dass die Lutheraner von Schwäbischwerd durch die Flucht ihres obersten Hirten das Recht auf diese Kirche verwirkt haben. Und nun«, er machte eine kurze, wirkungsvolle Pause, »nun müssen wir den Kaiser nur noch davon überzeugen, dass ein reger Bedarf an der Kirche herrscht. Und zwar durch meine gottesfürchtigen Soldaten, denen es nicht zuzumuten ist, in die abgelegene Kapelle von St. Veit oder gar in die Kirche von Heilig-Kreuz zu pilgern, nur um an der heiligen Messe teilzunehmen und die Kommunion zu empfangen.«

Pater Roth räusperte sich geräuschvoll. »Bei allem Respekt, Feldmarschall. Heilig-Kreuz und St. Veit sind nur wenige Schritte von hier entfernt. Den Markt hinunter zum Roten Tor, und schon ist man –«

»Ihr wisst das«, unterbrach von Haslang. »Und ich weiß das auch. Aber der Kaiser weiß es eben nicht.«

Prior Beck hielt den Atem an. Ihm war, als wäre er gerade Zeuge einer Offenbarung geworden. »Ich könnte auch Herzog Maximilian ersuchen, nach Prag zu schreiben und darum zu bitten, fürs Erste nur gelegentlichen Predigten der lieben Mitbrüder der Gemeinschaft Jesu in Unserer Lieben Frau zuzustimmen. Somit würde nicht das Gefühl aufkommen, man wolle den Glauben mit dem Schwerte lehren.«

Von Haslang klopfte Beck auf die Schulter. »Ich sehe, Ihr habt mich verstanden.« Er wandte sich zu den Kirchenbänken um, an deren Lehnen die Wappen der einflussreichsten lutherischen Familien der Stadt prangten.

»Und nun lasst diese heuchlerischen Platzzeichen entfernen. Die Kirche ist schließlich ein Platz für jedermann!«

Aus dem Haus der Heidfeldts drang flackerndes Kerzenlicht in die Nacht, aber die gegenüberliegende Stube der Familie Ackermann war so dunkel, dass man kaum die Hand vor Augen sehen konnte. Trotzdem saßen Christoph, Helene und ihre drei Söhne rund um den Tisch und löffelten Hirsebrei, in den ein wenig Honig gerührt und Brotkrumen eingebrockt waren, und unterhielten sich, als wäre ihr Leben wie immer.

»Und einer der Soldaten hatte ein Gesicht, das voller kleiner Narben war«, ereiferte sich Lucas.

»Der Mann hatte als Kind wohl die Pocken«, erklärte Helene ruhig. »Er kann sich froh schätzen, noch am Leben zu sein.«

»Und ein anderer hat auf seiner Wange einen riesigen braunen Fleck gehabt, der ausgesehen hat wie ein verdorrter Pilz im Wald.« Philipp verzog angewidert das Gesicht.

»Ein Leberfleck«, meinte Christoph. »Der kann selbst noch im Mannesalter größer werden.«

Jetzt verzog auch Lucas das Gesicht. Da fiel ihm plötzlich ein, was Magdalena ihm bei Annas Beerdigung erzählt hatte.

Sie hat ihn auf den Mund geküsst. Ich hab sie gesehen, und sie hat einen großen braunen Fleck am Hals, so groß wie meine Hand.

»Ich weiß, wer noch so einen großen Leberfleck hat! Magdalena hat es mir erzählt«, gab er zum Besten.

Helene fuhr ihm durch das strohblonde Haar. »Und wer mag das sein?«

»Magdalena hat gesagt, sie hat beobachtet, wie –«

Faustschläge donnerten gegen die Eingangstür.

Alle im Raum erstarrten.

Helene warf Christoph einen Blick zu. Trotz der Dunkelheit konnte er die Furcht in ihren Augen sehen.

Er holte tief Luft, dann erhob er sich und stieg die Treppe zum Erdgeschoss hinab.

Schloss die schwere eisenbeschlagene Tür auf.

Öffnete sie.

»Christoph Ackermann?« Ihm gegenüber stand der Profos, eine Laterne in der Hand. Hinter sich vier Soldaten.

»Der bin ich«, sagte der Transporteur mit fester Stimme.

Der Strafvollstrecker drang mit selbstbewussten Schritten ins Haus, während zwei Soldaten die Treppe hinaufstürmten und die anderen beiden den Eingang verstellten.

»Christoph Ackermann. Ihr seid hiermit wegen frecher Schmähsucht und als Rädelsführer einer Rebellion gegen Seine Heilige Majestät verhaftet! Eure Gemahlin Helene ist als Unholdin angeklagt!«

Das Schreien und Weinen von Lucas und Philipp drang von oben herab. Dann wurde Helene von den Soldaten die Stufen mehr hinabgestoßen als geführt. Ihr Gesicht war angsterfüllt, sie zitterte am ganzen Leib.

»Ich bin redliches Mitglied des Rates der Stadt Schwäbischwerd, gehöre der Zunft der –«

»Das dürft Ihr alles demjenigen gegenüber vorbringen, der Euch anklagen wird«, unterbrach ihn der Profos scharf und wandte sich an seine Helfer. »Abführen!«

Je zwei Soldaten zerrten Christoph und Helene aus dem Haus und in Richtung Rathaus, in dem auch das Stadtgefängnis untergebracht war.

Kurz bevor sie das Ende des Unteren Marktes erreicht hatten, wurden sie in einen Innenhof gedrängt, in dem ein Mann auf sie wartete, der sie wie ein Stück Vieh musterte.

»Ihr?« Christophs Worte hallten durch den nächtlichen Hof.

Der Mann nickte dem Profos zu. »Das sind sie«, sprach er mit spanischem Akzent.

»Was zur Hölle habt Ihr damit zu schaffen, Suárez?«, entfuhr es dem Gefangenen.

Sein Gegenüber setzte eine mitleidige Miene auf. »Ob Ihr es mir glaubt oder nicht – gar nichts. Ich befolge selbst nur eine Order.«

»Ihr lügt!« Christoph spuckte zu Boden.

Der Spanier trat nah an den Transporteur heran. »Wenn Ihr das glaubt, dann habt Ihr ein schlechteres Urteilsvermögen, als ich Euch zugestanden habe. Und so braucht es Euch ja nicht zu kümmern, dass ich hiermit versichere, dass Ihr alles verlieren werdet. Ich werde Euch all Eures Hab und Gutes enteignen lassen, werde mir Euer Kontor einverleiben und alles, was dazugehört. Das Einzige, was Euch noch quälen wird, ist die Frage, ob Ihr erst hingerichtet werdet, *nachdem* Euer Weib als Unholdin verbrannt wurde, oder ob sie miterleben muss, wie Ihr am Richtblock endet.«

Christoph stockte der Atem. Er konnte nicht glauben, was er hörte, konnte nicht fassen, was ihm und seiner Gemahlin soeben widerfuhr.

»So sagt mir noch einmal ins Gesicht«, meinte Suárez süffisant. »Nach all dem, was ich Euch gerade versprochen habe – glaubt Ihr immer noch, dass ich lüge?«

Keine Antwort.

Suárez blickte zum Profos: »Waltet Eures Amtes.«

Der gab den Soldaten ein Zeichen. Diese stießen Christoph und Helene wieder Richtung des Kerkers.

Augenblicke später war der spanische Edelmann im Schatten der Nacht verschwunden.

Die Turmuhr schlug die zweite Stunde an. Der Wind hatte aufgefrischt. Heulend stob er über die spitzgiebeligen Dächer, entriss ihnen den kristallenen Schnee in staubenden Wolken und peitschte ihn über die gepflasterten Straßen, bis er endlich in den Winkeln und Ecken der Häuser zur Ruhe kam.

Nicht einmal die nächtliche Patrouille wagte es, durch das dichte Gestöber zu marschieren. Sie hatte sich in Kotzen[28] aus grobem Wollzeug gehüllt und in einen windgeschützten Winkel zurückgezogen.

Lautlos wurde eine Tür geöffnet, lautlos wieder geschlossen.

Drei Gestalten, eine größere, zwei kleinere, huschten flink wie Wiesel über den Marktplatz, von einer Seite zur anderen, wo sie sogleich vom gegenüberliegenden Hauseingang verschluckt wurden.

Agnes Heidfeldt nahm die Söhne der Ackermanns in Empfang, legte den beiden Jungen je eine wollene Decke um Kopf und Schultern und drückte sie an sich.

Johannes begrüßte Lorenz, umarmte ihn wie einen Freund, den er lange nicht mehr gesehen hatte.

---

28 Überwurf ohne Ärmel.

Den Heidfeldts war die Verhaftung von Christoph und Helene nicht entgangen. Ohnmächtig hatten sie vom Stubenfenster aus mitansehen müssen, wie ihre Freunde wie gemeine Halunken abgeführt worden waren. Und jeder, der zum Markt hin aus dem Fenster gesehen hatte, war ebenfalls Zeuge davon geworden – es war nicht nur eine Vollstreckung, es war eine Warnung an alle.

Daraufhin hatte Johannes gewartet, bis er Lorenz im Haus gegenüber sah, hatte mit der Lampe auf sich aufmerksam gemacht und zuerst auf die Turmuhr gedeutet und dann zwei Finger hochgehalten – und gehofft, dass der junge Mann verstanden hatte, was er ihm mitteilen wollte.

Er hatte, denn sie waren hier.

Johannes brachte Lorenz und die beiden Knaben nach oben, ließ sie sich an den geheizten Kachelofen setzen und aufwärmen. Die Stube war dunkel, denn obwohl ihm als Katholik gestattet war, Licht zu entzünden, verzichtete Johannes in der heutigen Nacht auf das Privileg. Ein jeder hätte von gegenüber in die Stube blicken können, und dies galt es unter allen Umständen zu vermeiden.

»Ich bin mindestens genauso erschüttert wie ihr«, begann der Kaufmann, woraufhin Lucas und Philipp zu schluchzen begannen. Agnes setzte sich zwischen die beiden und drückte die Knaben erneut an sich, während sie die wohltuende Wärme des Ofens im Rücken spürte.

»Und ich verspreche euch, dass ich herausfinden werde, wer dieses Unrecht angeordnet hat«, fuhr Johannes fort. »Aber im Augenblick ist das Wichtigste, dass ihr drei in Sicherheit seid.«

Lorenz lächelte dankbar. »Gleich morgen früh werde

ich beim neuen Herrn von Schwäbischwerd vorstellig werden, und dann –«

»Nichts ›und dann‹!«, unterbrach ihn Johannes scharf. »Ich kann mir vorstellen, wie dir zumute ist, aber das Blatt hat sich gewendet. Als Lutheraner hast du keinerlei Rechte mehr, zumindest nicht in absehbarer Zeit. Glaubst du, dass ich mein Anliegen selbst vorgetragen habe, wenn ich in der Vergangenheit etwas vom Stadtrat wollte?« Der Kaufmann schüttelte den Kopf. »Ich habe deinen Vater vorgeschickt. Und ja, natürlich will ein Mann die Dinge selbst in die Hand nehmen, aber ein weiser Mann erkennt, wessen er sich bedienen muss, um sein Ansinnen zu erreichen. Und du wirst dich nun meiner bedienen, hast du verstanden?«

Lorenz nickte aufrichtig.

»Gut. Während ich ab morgen versuchen werde die Anklage, wie schmählich sie auch sein mag, zu entkräften, werdet ihr beide euch« – Johannes sah Lucas und Philipp an, – »bei uns im Obergeschoss verstecken. Helene wird euch zeigen, wo ihr hindürft und was ihr unter allen Umständen zu unterlassen habt. Und ihr werdet folgsam und artig sein, verstanden?«

Die beiden Jungen nickten ebenfalls, eingeschüchtert und müde.

»Was kann ich also tun?« Lorenz streckte die Arme durch.

»Auch du musst dich verstecken, aber nicht hier. Wenn man nach dir suchen sollte, dann wird man sicher bei uns anfangen. Und sollte man dann Lucas und Philipp bei uns entdecken, so werde ich einfach behaupten, die Obsorge über die beiden unmündigen Knaben zu haben. Die wird mir so schnell niemand absprechen, dessen bin ich mir gewiss. Aber du, Lorenz, bist ein Mann.«

»Wo soll ich dann Zuflucht suchen?«

Stille. Dann das Knacken von Knöcheln aus der Dunkelheit der Stube, dort wo eine Bank stand.

»Du kommst zu mir.«

Lorenz fuhr herum. War das nicht die Stimme von –

Gebhard Baumgart, Agnes' Bruder, schälte sich aus der Finsternis. Jener Mann, den Lorenz beinahe zu Tode geprügelt hatte. Der für gewöhnlich stank, als hätte er in einem Weinbottich geschlafen – und dort seine Notdurft verrichtet ... jener Mann wollte *ihm* helfen?

»Ich werde der Letzte sein, bei dem man dich vermuten wird«, sagte Gebhard, jedoch ohne spöttisch zu klingen. Und ohne zu lallen. »Ganz recht, ich bin nüchtern und weiß, was ich tue.«

»Aber ... warum tust du es?«

Der Säufer sah zu seiner Schwester, die ihn anlächelte. »Ihretwegen.« Er sah zu Johannes. »Seinetwegen.« Zu Lorenz. »Und wegen dir. Du bist immer noch Familie.«

Lorenz merkte, wie ihm mit einem Schlag alles zu viel wurde. Annas Tod. Die Verhaftung seiner Eltern. Die Todesangst vor dem, was die Belagerung der Stadt ihm abverlangt hätte, und die Erkenntnis über sein törichtes Handeln.

Er verlor die Beherrschung, umarmte Gebhard und begann aus tiefster Seele heraus zu schluchzen.

Es stank nach Moder und Fäulnis, nach Schweiß und Ausscheidungen, aber das wäre zu ertragen gewesen. Doch die Luft im Kerker war so kalt, dass jeder Atemzug wie mit einem Messer durch die Lungen schnitt. An den Wänden hatten sich lange Bahnen aus Eis gebildet, die vom Wasser stammten, das durch das feuchte Mauerwerk seinen Weg gesucht und gefunden hatte. Zumindest der Boden bestand aus dicken Holzbohlen, sodass die Kälte aus dem Erdreich nicht zu stark nach oben kriechen konnte.

Auf einer hölzernen Pritsche hatte sich Helene an Christoph gekauert, der sie, selbst zitternd, so gut er konnte umschlungen hielt und ihre Tränen trocknete.

»Wir werden hier unten sterben«, wiederholte sie immer und immer wieder und zerrte an den schweren Fußeisen, die sie mit einer Kette an die Wand fesselte. Irgendwann ereilte sie doch der Schlaf und befreite sie so zumindest für wenige Stunden aus ihrem Verlies.

Christoph jedoch konnte kein Auge zutun. Wie Feuerteufel rasten ihm immer wieder die gleichen Gedanken durch den Kopf…

Warum hatte es der Spanier ausgerechnet jetzt auf sie abgesehen?

Was meinte er, als er davon gesprochen hatte, dass auch er nur einer Order folge?

Aber es war Christoph unmöglich gewesen, auch nur den geringsten Ansatz einer Antwort zu finden.

Er wusste, was es bedeutete, hier im »Loch« zu sitzen, wie die Schwäbischwerder das Rathausgefängnis nannten. Besuche würden ihm verweigert werden, zumindest bis zur Anklageerhebung, und die konnte noch Wochen, wenn nicht gar Monate entfernt sein. Die irrwitzige Idee, aus dem Kerker auszubrechen, kam erst gar nicht auf, denn die sechs mal sechs Fuß große Zelle, in die sie gesperrt worden waren, bestand aus dickem Mauerwerk – immerhin ruhte darauf das gesamte Rathaus. Und der einzige Ausgang war durch eine schwere Eichentür mit ehernen Beschlägen verschlossen.

Vor der Pritsche, auf der sie lagen, stand ein Eimer, der für die Verrichtung der Notdurft vorgesehen war, und das Brett daneben diente dazu, dass man es auf den Eimer legte und so einen Tisch für die Einnahme der kargen Mahlzeiten hatte.

Natürlich musste Christoph für Kost und Logis selbst aufkommen, auch für eine Arznei oder einen Bader, sollten er oder Helene dessen bedürfen. Er konnte nur hoffen, dass er sich aufgrund seines Standes und seines Vermögens mehr erkaufen konnte, als dies einem Mittellosen möglich wäre.

Ihr werdet alles verlieren.

Suárez' Worte. Keine Drohung, ein Versprechen.

Alles verlieren.

Schließlich sackte auch Christoph in einen bodenlosen, unruhigen Schlaf.

℘ ℘

Te Deum laudamus. Te Dominum confitemur.

Te aeternum patrem omnis terra veneratur.

Die Worte des ambrosianischen Lobgesanges, den Christen bereits seit dem vierten Jahrhundert anstimmten, hallten ehrfurchtgebietend durch die Schiffe der Stadtpfarrkirche. Diese war bis in den letzten Winkel mit gottesfürchtigen Menschen gefüllt, und selbst vor der Kirche stand noch eine kaum zu zählende Menge an Gläubigen. Sie alle waren der Aufforderung Pater Schrettels von der Gemeinschaft Jesu gefolgt, an der feierlichen Prozession am Tag des Apostels Thomas teilzunehmen, die von der Klosterkirche Heilig-Kreuz zu Unserer Lieben Frau geführt hatte.

Tibi omnes Angeli, tibi caeli et universae potestates.

Tibi cherubim et seraphim incessabili voce proclamant.

Der Pater selbst hatte die Prozession angeführt, gefolgt von seinen Ordensbrüdern, einigen Benediktinermönchen und den Franziskanern sowie bayerischen Offizieren. Alle Soldaten, die nicht Wache zu stehen hatten, hatten sich eingereiht, und auch eine Vielzahl an Bauern aus der Umgebung.

Während in der Kirche der Gesang die Herrlichkeit Gottes pries, wurden mit den erbeuteten Kanonen von den Stadtmauern aus in regelmäßigen Abständen Ehrensalute geschossen, auf dass bis weit ins Landesinnere jedermann wusste, dass Herzog Maximilian mit Seiner Gnade obsiegt hatte.

Sanctus.

Sanctus.

Der erste Kanonenschlag riss Helene aus ihrem Dämmerschlaf und ließ sie verwirrt um sich blicken. Aber Christoph legte ihr die Hand aufs Haupt und drückte sie an seine Brust.

»Eine Ehrenkanonade, nichts weiter. Manche der Herren haben etwas zu feiern, wie es scheint.«

Sie presste die rissigen Lippen aufeinander. »Lucas. Philipp.«

»Wir haben doch schlaue Knaben. Lorenz wird sich um sie kümmern, vermutlich mit der Hilfe von Johannes und Agnes.«

»Meinst du?«

»Würden wir nicht das Gleiche für unsere Freunde tun?«

Christophs Worte beruhigten Helene ein wenig. Sie griff von der Pritsche nach vorn, wollte ertasten, ob ein Krug auf dem Brett stand.

»Sie haben uns noch immer nichts gebracht, Liebes. Aber keine Sorge, verhungern oder verdursten dürfen sie uns nicht lassen.« Er verharrte kurz. »Da kommt jemand.«

Christoph setzte sich auf. Helene strich sich ohne nachzudenken die Haare zurück, als wäre es vonnöten, einen guten Eindruck zu machen.

Tatsächlich hielten die Schritte vor ihrer Zellentür.

Das Rasseln eines Schlüsselbundes.

Das Knacken des Schlosses.

Dann wurde die Türe aufgestoßen. Augenblicke später kam der Lochwirt herein, eine große hölzerne Platte in den Händen, auf der eine Vielzahl von köstlich duftenden Speisen stand, dampfend heiß. Er stellte die Platte auf den Eimer mit dem Brett, dann reichte ihm ein Knecht einen großen Zinnkrug mit Wein sowie zwei Becher aus Ton, die er ebenfalls auf die Platte stellte. Zum Schluss noch zwei Lampen, die ein warmes flackerndes Licht verbreiteten.

Wortlos drehte er sich um und verließ die Zelle, ohne die Türe zu schließen.

Helene und Christoph tauschten einen kurzen, unsicheren Blick.

»Was soll's. Gelegenheiten muss man nutzen.« Christoph füllte die beiden Becher randvoll mit Wein, reichte einen davon seiner Gemahlin. Die beiden leerten ihre Becher zeitgleich, und beiden war, als hätten sie seit einer Ewigkeit nicht mehr so etwas Wohlschmeckendes genossen.

Der Transporteur goss nach, wieder leerten sie ihre Becher. Als sie absetzten, standen auf einmal zwei Männer in der Tür, die Arme hinter den Rücken verschränkt. Und hinter ihnen ward noch eine Gestalt sichtbar, mit einer schwarzen Kapuze, das Haupt gesenkt.

Christoph wischte sich über den Mund.

»So sagt, wem verdanken wir dieses Festmahl? Emanuel Suárez seid Ihr ja wohl nicht.«

Die beiden Männer machten einen Schritt zur Seite. Die Gestalt mit der Kapuze hob langsam den Kopf, ergriff die Kapuze zu beiden Seiten –

»Nein, der bin ich nicht«, sprach die Stimme einer Frau.

– und warf die Kapuze nach hinten.

Helene und Christoph starrten zur Tür, als würde darin ein Geist stehen. Der Geist einer Frau, von den Jahren geprägt, vom Leben gezeichnet. Ein Geist, dessen Erscheinung so unglaublich war wie die von Maria von Nazareth, der Mutter Jesu. Ein Geist, der einen handgroßen braunen Flecken am Hals trug.

»Das … kann nicht sein«, stammelte Helene.

»*Was* kann nicht sein? Oder sollte ich besser fragen: Was *darf* nicht sein, *Schwester*?«

»Und Jesus sagte zu ihm: ›Weil du mich gesehen hast, glaubst du. Selig sind, die nicht sehen und doch glauben!‹«

Pater Schrettel sah von der Kanzel auf die Gemeinschaft herab, sah die Hoffnung in den Augen der Menschen, sah den Wunsch darin, Gott noch näher zu sein.

»Es zeugt von allergrößter Güte, dass der Heiland seinem Apostel Thomas diese wunderbare Glaubenserfahrung schenkte. Denn im Augenblick des größten Zweifels, einem Augenblick, den wir alle schon erlebt haben, darf er die Wunden sehen. Darf er die Wunden betasten. Wer mit seinen Augen bezeugen kann, wer mit seinen Händen bekräftigen kann, der ist von jedem Zweifel erlöst. Er wird auf ewig glauben. Doch ihr, meine Gemeinde, ihr habt noch Größeres vollbracht – ihr habt geglaubt, ohne zu tasten. Ihr habt geglaubt, ohne zu sehen. Und doch ist euch die Gnade des Allmächtigen widerfahren, euch und eurer Stadt, und hat jene vertrieben, die euch so lange in Knechtschaft hielten. Und so sprach der Herr: ›Selig sind, die nicht sehen und doch glauben.‹«

»Teresa.«

Der ausgesprochene Name war ein Flüstern in die Finsternis, ein Hauch in die Ewigkeit. Wie ein magisches Wort, seit Langem vergessen und doch allgegenwärtig.

»Teresa.« Helene strömten Tränen über die Wangen. »Teresa«, wiederholte sie wieder und immer wieder.

Schließlich machte die Frau in der Tür einen Schritt nach vorn. Die Lampen in der Zelle tauchten ihr Gesicht in warmes Licht und ließ sie gütig und hasserfüllt zugleich erscheinen.

»Dass du es noch wagst, mich anzusprechen, nach allem, was du mir angetan hast.« Teresas Stimme war leise und bar jeden Gefühls.

Helene wollte aufspringen, aber die Fußfessel hielt sie zurück.

»Wie fühlt es sich an, nicht fortkommen zu können? In einem Moment eine Patrizierfrau, im nächsten eine Unholdin, die ihres Prozesses harrt.«

Teresa sah zu Christoph, der ebenfalls kein Wort herausbrachte, und wieder zurück zu Helene.

»In einem Moment noch eine Nonne, die ihr Leben dem Heiland hingegeben hat«, fuhr sie fort. »Im nächsten ein Stück Weib, dessen sich Soldaten bedienen, wie es ihnen beliebt, wann es ihnen beliebt und so oft es ihnen beliebt.«

»Ich wusste doch nicht –«

»*Was* wusstest du nicht?« Teresa spuckte die Wörter nun förmlich aus. »Was zur Hölle hast du nicht gewusst? Alles, wonach dir stand, war doch, dich mit diesem Taugenichts aus Deutz zu schleichen. Und hinter dir die Sintflut zu lassen.«

Helenes Stimme wurde immer verzweifelter. »Das ist nicht wahr, ich schwöre dir. Ich war beim Kloster. Ich habe versucht, zu dir zu kommen, aber man hat mich nicht gelassen. Ich wollte doch so sehr, dass du mit uns mitkommst. Bitte …«

»Fürwahr eine angenehme Geschichte, die du dir über all die Jahre zurechtgezimmert hast. Aber hast du eine Ahnung, wie es uns ergangen ist, als sie die Stadt gestürmt haben? Als sie plündernd und brandschatzend durch die Straßen liefen, Männer und Jungen abstachen, sich an Weibern und Mädchen vergingen? Und weißt du, was noch reizvoller für diese Bestien war, als Weiber und Mädchen? Die Schwestern unseres Ordens, denn wir waren ja die Unbefleckten.«

Helene grub ihr Gesicht in die Hände und schüttelte den Kopf, als könnte sie damit die grausamen Bilder, die Teresa heraufbeschwor, wegwischen.

»Wir dachten, du wärst gestorben«, schluchzte sie.

»Oh«, meinte Teresa stoisch. »Nun, das bin ich auch. Wieder und immer wieder, bis man schließlich von mir abließ, weil wohl selbst Landsknechte irgendwann keine Lust mehr hatten, sich an dem blutenden und grün und blau verprügelten Etwas, zu dem ich verkommen war, zu vergehen.«

»Ich bitte dich, vergib mir. Bitte.« Helene wurde von Weinkrämpfen geschüttelt. Christoph legte den Arm um sie, versuchte sie zu beruhigen.

»Teresa – was können wir tun?«, fragte der Transporteur mit belegter Stimme.

»Esst. Trinkt. Und dann …« Teresa machte eine flüchtige Handbewegung. »Dann hofft auf einen gnädigen Tod am Ende eures Leidenswegs. Denn der blieb mir leider versagt.«

Teresa zog sich wieder die Kapuze ins Gesicht. »Lebe wohl, große Schwester.« Sie wandte sich ab, die Tür der Zelle fiel ins Schloss.

Es war wieder still im Loch.

Nur das Schluchzen und Wehklagen von Helene Ackermann hallte durch die kalten Gänge, auch noch, als die Salutschüsse zu Seiner Herrlichkeit schon lange verklungen waren.

Alexander von Haslang lehnte sich in seinem Stuhl zurück

und verschränkte die Hände über seiner Brust, während er seinen Adjutanten fixierte. Außer den beiden Männern war niemand in dem großen Ratssaal anwesend.

»Weiter!«, befahl er dem jungen Mann, der sichtlich um Korrektheit bemüht war.

»Sämtliche Metzen[29], die mit dem Tross mitgezogen waren, haben laut Eurer Anweisung sowohl Stadt als auch Lager wieder verlassen. Jene wenigen Soldaten, die sich nicht von ihren Metzen trennen wollten, wurden aus dem Sold entlassen, außer sie versprachen, ihre Liebschaft zu ehelichen.«

Von Haslang machte eine gelangweilte Miene.

»Des Weiteren hat Statthalter Oberstleutnant Hund heute alle Bürger zum Rathaus gebeten und sie dazu aufgefordert, wieder ihrem Handwerk nachzugehen.«

»Damit ist dem Stillstand wohl ein Ende gesetzt. Ausgezeichnet.«

»Wenngleich –« Der Adjutant zögerte, dann fuhr er ergeben fort. »Da morgen der Heilige Abend ist, wird es wohl bis nach den Feiertagen dauern, dass –«

»Haltet Ihr mich für einfältig, Meusslin?«

Der junge Mann schüttelte energisch den Kopf.

»Gut. Denn ich würde es zutiefst bereuen, den Gefallen, den ich Eurem Herrn Vater mit Eurer Indienstnahme erwiesen habe, wieder rückgängig machen zu müssen.«

Der Adjutant blickte beschämt zu Boden.

»Ach, nun reißt Euch zusammen! Blick geradeaus! Scham schickt sich für kleine Mädchen und Dirnen, nicht für Soldaten!«

---

29 Altertümlich für Hure.

Meusslin tat, wie ihm geheißen. »Die Reiterei wird morgen nach München zurückkehren«, fuhr er fort. »Und obgleich wir diese Stadt nicht belagert haben, werden die Getreidevorräte allmählich knapp. Unsere vierhundert Soldaten wollen verpflegt werden.«

Von Haslang überlegte. Man konnte einer Bevölkerung viel aufbürden, aber wenn sie zu wenig zu essen hatte, verlor man schnell die Kontrolle über sie, das wusste er. »So verbreitet die Kunde, dass die Bürger ab sofort Getreide vom Stadtkasten kaufen können. Die Hälfte der Kosten haben sie sofort zu bezahlen, die andere Hälfte erst zu Unser Lieben Frauen Lichtweihe[30]. Das sollte selbst die Hitzköpfigsten unter ihnen gnädig stimmen. Sonst noch was, Meusslin?«

Der Adjutant nickte knapp. »Herr Johannes Heidfeldt wünscht Euch zu sprechen.«

»Heidfeldt? Ist das diese Kaufmannssippe?«

»Jawohl.«

»Katholiken?«

»Jawohl.«

Von Haslang seufzte. Auch wenn er keinen Eifer verspürte, sich nach einem langen Tag wie diesem die Wünsche oder Probleme irgendeines Bürgers anzuhören, so wollte er sich auch nicht mit den wenigen Familien, die in dieser Stadt noch dem wahren Glauben angehörten, schlecht stellen. »Dann herein mit ihm.«

Der Adjutant verbeugte sich, eilte hinaus und bat den Wartenden herein.

Der Feldmarschall beäugte den Mann, der mit festen

30 Mariä Lichtmess.

Schritten auf ihn zukam. Auch wenn es ihm ob seiner Leibesfülle offensichtlich an Disziplin mangelte, so versprühte er doch ein gewinnendes Charisma.

»Johannes Heidfeldt«, stellte sich der Mann mit einem bestimmenden Tenor und einer angedeuteten Verbeugung vor.

»Alexander von Haslang. Was ist Euer Begehr?«

»Ich bin nicht meinetwegen hier«, sagte Johannes. »Ich komme, um für einen Freund von mir vorzusprechen. Für ihn und sein Weib.«

Von Haslang hob neugierig die Brauen.

»Es geht um Christoph Ackermann. Man hat ihn vor drei Tagen verhaftet und ins Loch werfen lassen.«

Der Feldmarschall zuckte mit den Schultern. »Dafür ist der Profos zuständig, und der handelt nach Recht und Gesetz.«

Johannes rang sich ein zustimmendes Lächeln ab. »Allein, es ist weder in Erfahrung zu bringen, was ihm vorgeworfen wird, noch wann gegen ihn prozessiert wird. Der Mann hat sich nichts zuschulden kommen lassen, mein Wort darauf.«

Von Haslang spürte, wie ihn die Müdigkeit zu übermannen drohte. Zu viel der Worte, zu wenig der Taten in den letzten Tagen. »Herr Heidfeldt, ich habe auf derlei Belange keinen Einfluss. Aber ich bin mir sicher, dass Euch Gelegenheit gegeben wird, hochoffiziell für Euren werten Freund zu sprechen. Bis dahin werdet Ihr Euch wohl gedulden müssen.«

»Aber –«

»Ich wünsche Euch für morgen einen gesegneten Heiligabend. Ordonanz!«

Die Türen zum Ratssaal wurden aufgerissen, und zwei Soldaten postierten sich am Eingang.

Johannes seufzte. Er schien zu verstehen, dass er hier auf verlorenem Posten kämpfte. »Das Gleiche wünsche ich Euch auch«, sagte er, drehte sich um und verließ den Saal.

Einen Moment lang schloss von Haslang die Augen. *Dirnen. Getreide. Gefangene Freunde.* Hätte er doch nur den Befehl zum Angriff geben können, dann wären ihm derlei Belanglosigkeiten erspart geblieben.

Der Mann schritt rastlos hin und her. Eisiger Regen fiel vom Himmel, der wohl bald in Schnee übergehen würde. Aber der Mann spürte die Kälte nicht, spürte nur die Aufregung in seinen Eingeweiden. Ob er bekommen würde, was er sich so sehnlich wünschte?

Das kleine Tor, das in die Mauer der Burgstadt eingelassen war, öffnete sich quietschend. Ein mageres Männchen in einem schwarzen Umhang lugte heraus und musterte den Mann blinzelnd.

»Nun?«, stieß dieser ungeduldig hervor.

Das Männchen verzog missbilligend den Mund, zog dann eine dünne, in Leder eingeschlagene Rolle hervor. Der andere strahlte und ergriff die Rolle hastig. »Richtet dem Hofmathematikus meinen allerverbindlichsten Dank aus, und –«

Noch während er sprach, wurde das Tor zugeschlagen und verriegelt.

In seiner Unterkunft stand der Mann reglos vor dem wuchtigen Tisch aus Eichenholz und starrte auf die Rolle, die auf dem Tisch lag. Immer noch war sie in das Leder eingeschlagen.

Er hatte es geschafft. Ein Horoskop des Hofastronomen Johannes Kepler. Sein Horoskop. Was würde es ihm über seine Zukunft verraten?

Der Mann strich sich über den Mund, dann über den sorgsam gestutzten Spitzbart. Er zögerte – dann nahm er die Rolle, schlug das Leder zurück. Ein engbeschriebenes Blatt Papier kam zum Vorschein.

Die Augen des Mannes flogen förmlich über die gestochen scharfe Handschrift.

Beim Lesen trat ein Lächeln auf das Gesicht des Mannes, das mit Fortdauer der Lektüre immer breiter wurde.

»… ein wachendes, aufgemuntertes, emsiges, unruhiges Gemüt … allerhand Neuerungen begierig, dem gemeines menschliches Wesen und Händel nicht gefallen, sondern der nach neuen, unversuchten oder doch sonst seltsamen Mitteln trachte, doch viel mehr in Gedanken habe, als er äußerlich sehen und spüren lassen … gefährliche Feinde erscheinen ihm, doch er wird sie besiegen …«

Unwillkürlich ballte der Mann die Faust. Das, was er verspürt hatte, seit er alt genug war, eine Waffe zu tragen, es hatte sich mit diesem Horoskop bewahrheitet.

Er war für Großes geschaffen.

Und er würde es vollbringen.

Der Mann wandte sich dem Fenster zu, das einen Blick über Prag bot. Weit hinten hob sich der Hradschin mit der Burg schemenhaft aus den wirbelnden Schneeflocken. Die Burg, in die sich der wankelmütige Kaiser zurückgezogen hatte.

Er würde Kaiser und Burg verteidigen, gegen alle Feinde, wie es das Horoskop voraussagte. Wenn es zum Krieg kommen sollte, war er bereit, ihn zu führen, denn er hatte im Geheimen bereits Strategien entwickelt, über die sich die Gegner des Reiches noch wundern würden.

Albrecht Wenzel Eusebius von Waldstein, genannt Wallenstein, zog die Augen zu Schlitzen zusammen.

Und wie sie sich wundern würden.

Donauwörth, Februar A.D. 1608

Das neue Jahr des Herrn war ins Land gezogen. Wochen vergingen, in denen es noch kälter wurde als zuvor. Der bleigraue Himmel verbarg die Sonne, nichts brachte auch nur einen Hauch von Wärme in die Stadt. Der Schnee, der wie ein Leichentuch über allem lag und die verwinkelten Dächer, Straßen und Gassen bedeckte, war gefroren.

An einen so kalten Winter konnten sich nicht einmal die ältesten Einwohner erinnern. Vielen Lutheranern erschien die Kälte jedoch wie ein weiteres Zeichen des Niedergangs. Schwäbischwerd war gefallen, der lutherische Glaube war gefallen, sogar der Name der Stadt war den Bewohnern genommen worden. Fortan hieß die Stadt Donauwörth, so hatten es die neuen Herren verfügt, denn nichts sollte mehr an die Schwaben erinnern – ein weiteres Zeichen dafür, dass Bayerns Herzog Maximilian sich die Stadt mit Mann und Maus einzuverleiben gedachte.

Eine eiskalte Schneedecke, die alles Leben unter sich begrub, schien dem ganzen Unheil daher mehr als angemessen.

Die Messe in der Stadtpfarrkirche war zu Ende, die Gläubigen strömten aus dem Hause Gottes. Prior Beck hatte den heutigen Gottesdienst zusammen mit den Jesuiten abgehalten, dementsprechend hetzerisch war gegen die Lutheraner gepredigt worden.

In Gedanken versunken, ging Johannes neben Agnes die Straße entlang, bemüht, auf dem vereisten Kopfsteinpflaster nicht auszurutschen. Und bemüht, den bayerischen Wachsoldaten, die patrouillierten, nicht in den Weg zu kommen oder sie in irgendeiner Weise zu behindern. Denn die Soldaten konnten auch gegenüber Katholiken ruppig werden.

Agnes hielt die kleine Sieglinde an der Hand. Magdalena und Balthasar liefen voraus, ihr Atem hing wie glitzernder Nebel in der Luft, der sich von einem Augenblick zum anderen wieder auflöste.

Johannes zog seinen Mantel enger, aber der Frost drang mühelos durch jede Ritze seiner Kleidung. Wie kalt mochte es wohl erst im Kerker des Rathauses sein?

Er wollte gar nicht daran denken. Auch wenn Johannes mittlerweile, wie Agnes es vorausgesagt hatte, Ratsherr geworden war, durfte er das Verlies, in dem Christoph und Helene, Stadtschreiber Kuno und noch einige andere eingesperrt waren, nicht betreten. Und allzu offensichtlich durfte er auch sein Interesse daran nicht zeigen. In diesen Zeiten tat man in Schwäbischwerd – wie alle anderen Bewohner der Stadt benutzte Johannes den neuen Namen der Stadt nur, wenn er mit offiziellen Stellen zu tun hatte – besser daran, sein Mitleid mit Lutheranern nicht offen kundzutun.

Aber es brannte ihm förmlich unter den Fingernägeln, er musste etwas unternehmen. Er konnte seine Freunde nicht im Stich lassen, nicht jetzt, wo sie ihn am meisten brauchten.

»Woran denkst du? An Christoph und Helene?«

Aus seinen Gedanken gerissen, sah Johannes sein Weib an. Wie immer wusste Agnes nur zu genau, was in ihm vorging. »Seit Wochen sind sie im Loch gefangen. Ich weiß nicht einmal, ob sie krank sind, gesund, tot … ich weiß gar nichts.«

»Wären sie tot, hättest du es erfahren, denn dann hätte sich der Lochwirt zu verantworten. Finde einen Weg. Schließlich bist du nun Ratsherr.« Agnes zog Sieglinde, die ausgerutscht war, wieder in die Höhe. »Da muss es doch eine Möglichkeit geben.«

»Wenn es denn so wäre. Aber die Bayern lassen nicht mit sich reden. Nicht, wenn es um ›Ketzer‹ geht.«

»Dass es so weit kommen würde, hätte ich nicht gedacht«, sagte Agnes leise.

Johannes wusste genau, was sie meinte. Natürlich hatten sie selbst nie so unter der Knute der Lutheraner gelitten wie andere katholische Familien in Schwäbischwerd, einfach schon deshalb, weil es ihnen gelungen war, ein gewisses Vermögen anzuhäufen und damit Ansehen zu erwerben. Und sie waren immer mit einer lutherischen Familie befreundet gewesen und hatten darum einen zu einseitigen Blick vermeiden können. Trotzdem saß auch bei den Heidfeldts die Wut ob der jahrelangen Missachtung ihres Glaubens tief, ob ihrer Demütigung durch Leute wie den Sattler, Kuno und Delzer.

Nun hatten sie Genugtuung, nun war Johannes Ratsherr, nun regierten die Katholiken die Stadt – aber zu welchem Preis?

Das neue Donauwörth war schutzlos. Alle Geschütze waren von den Stadtmauern geholt und mit den übrigen Waffen aus dem Zeughaus Richtung München abtransportiert worden. Die bayerischen Besatzungssoldaten gingen mit der Bevölkerung nicht zimperlich um, wurden gegen die Lutheraner bei der kleinsten Unstimmigkeit massiv handgreiflich, trotz von Haslangs vollmundigen Versprechungen bei seinem Einzug. Einquartiert waren die Soldaten ausschließlich bei lutherischen Familien, welche für ihren Unterhalt zu sorgen hatten.

Sämtliche lutherischen Schulmeister waren ausnahmslos entlassen worden. Dazu durften die Lutheraner keine Messen mehr in der Stadt abhalten, sondern mussten dafür nach Berg oder Zirgesheim pilgern und dann auch noch dafür bezahlen, wie es der Feldmarschall vorgeschlagen hatte. Kurz – auch wenn die Lutheraner jetzt jene Art von Unterdrückung erfuhren, die sie selbst jahrelang ausgeübt hatten, so vollzog sich diese durch die Bayern in einem Ausmaß, das niemand erwartet hatte, einerlei welchem Glauben er anhing.

In den vergangenen Wochen waren nicht wenige Einwohner bereits zum katholischen Glauben übergetreten, vor allem die Wirte, Bäcker und Metzger. Denn diese benötigten die bayerische Kundschaft am allermeisten, wenn sie überleben wollten, und so handelten sie nach dem Leitspruch, der das Reich beherrschte und wohl auch noch lange beherrschen würde.

Cuius regio, eius religio.

»Ich frage mich –«, begann Johannes zögerlich.

Agnes sah ihn aufmerksam an.

»Vielleicht sollte ich mit Suárez sprechen. Er hat Einfluss bei den neuen Herren der Stadt, und es scheint mir, dass er uns gewogen ist. Zumindest hat er im letzten Jahr versucht mit mir den Reliquienhandel auf die Beine zu stellen. Dass es schiefging, ist ihm, im Nachhinein gesehen, nicht anzulasten.«

»So scheint es.«

Es lag ein gewisser Ton in Agnes' Stimme, den Johannes nicht deuten konnte. »Du bist nicht meiner Meinung?«

»Ich weiß auch nicht.« Agnes hob die Schultern, senkte sie wieder. »Ich dachte mir nur letztens, als ich ihn in der Messe sah, dass sich die Dinge so anders entwickelt haben, seit er in der Stadt ist. Er und seine Schwester, die man kaum zu Gesicht bekommt. Denk doch: der Brand der Stadtpfarrkirche, der Angriff auf die Bittprozession, die Reichsacht …«

Johannes räusperte sich. »Natürlich – Suárez steckt hinter allem. Hinter den jahrelangen Missachtungen, den unfähigen Ratsherren, der Acht, ja vielleicht sogar hinter der Aufspaltung in Katholizismus und Luthertum?«

»Sei nicht albern, Johannes. Ich habe einfach ein schlechtes Gefühl bei ihm, das ist alles. Und das wollte ich dir gegenüber zumindest einmal erwähnt wissen.«

Johannes machte eine abwehrende Handbewegung. »Gefühl hat im Geschäft und beim Herrschen nichts verloren. Da geht es um den Tatbestand.«

»Wenn du meinst …« Agnes ließ Sieglinde los, denn das Haus der Familie war nur mehr wenige Schritte entfernt. Balthasar und Magdalena waren bereits im Inneren verschwunden, Sieglinde folgte ihnen laut lachend.

»Ja, das meine ich«, bekräftigte Johannes. »Und deshalb werde ich Herrn Suárez einen Besuch abstatten.«

Agnes strich ihm über die Wange. »Dann hoffe ich, dass du etwas erreichst.« Sie betrat nun ebenfalls das Haus.

Johannes bemerkte, dass im ersten Geschoss eines der Fenster aufschwang. Seine drei Kinder winkten ihm zu. Er winkte zurück. »Macht das Fenster zu, sonst bekommen wir die Kälte gar nicht aus dem Haus!«, rief er hinauf. Die drei Köpfe verschwanden, das Fenster wurde geschlossen.

Seine drei Kinder.

Bis vor kurzem waren es noch vier gewesen.

Anna.

Johannes fühlte einen tiefen, scharfen Schmerz, von dem er wusste, dass er nie vergehen würde. Er wandte sich abrupt ab und entfernte sich mit schnellen Schritten von seinem Haus. Gleich darauf verschwand er in der nächsten Gasse.

»Johannes Heidfeldt. Was kann ich für Euch tun?«

Der Kaufmann empfand leichtes Unbehagen, ja sogar Ärger, als er den Spanier erblickte – hinter jenem Schreibtisch, von dem aus bis vor kurzem noch sein ältester Freund die Geschicke des Ackermann-Kontors geleitet hatte. Denn gleich nach Christoph und Helenes Verhaftung waren Emanuel Suárez die Geschäfte des Transporteurs übertragen worden. Es hieß, die Bayern seien daran interessiert, dass das Transportwesen in der schwer geprüften Stadt trotz der Reichsacht nicht gänzlich zum Erliegen kam.

Aber als Johannes den Spanier so selbstverständlich hinter dem Schreibtisch sitzen sah, dachte er an die Worte seines Weibes und fragte sich, ob sie nicht recht hatte. Ein Fremder im Herzen eines Geschäfts, das er selbst nicht aufgebaut hatte – war das nicht ein Sinnbild all dessen, was in der Stadt falsch lief?

Dann schüttelte er das Gefühl ab. Wie er selbst gesagt hatte: Gefühle hatten hier keinen Platz, nur der Tatbestand. Und den erhoffte er nun zu schaffen.

»Wie ich sehe, habt Ihr Euch schon häuslich eingerichtet, Herr Suárez.«

Der Spanier sah ihn prüfend an. Dann stand er auf, ging zu einem Kästchen und holte eine Flasche und zwei kleine Kristallgläser heraus. Johannes hoffte, dass es nicht schon wieder dieser fürchterlich süße Likör war, den Suárez ihm schon einmal kredenzt hatte.

Der Spanier schenkte beide Gläser voll und gab Johannes eines davon. »Auf Euer Wohl, Herr Heidfeldt.«

Sie stießen an und tranken.

Natürlich war es der Likör.

Suárez stellte sein Glas ab. Er machte einen Schritt Richtung Wand auf das Gemälde zu, das dort hing. Es zeigte brennende Karavellen und Männer, die tatenlos zusehen mussten, wie ihr einziger Weg zurück in die Heimat verbrannte. Noch vor kurzem hatte es im Manasser-Haus gehangen und nicht im Kontor seines Freundes, dachte Johannes bitter. Wie hatte der Spanier das Bild genannt? *Cortés' Geniestreich*, das war es gewesen.

»Ihr scheint sehr an diesem Gemälde zu hängen.« Johannes schloss die Augen und stürzte den Rest des Likörs in einem Schluck hinunter. Obwohl es ihn innerlich schüttelte, verzog er keine Miene. Dann stellte er sein Glas neben das von Suárez.

»Es inspiriert mich«, meinte der Spanier »Und da ich nun in dieser Stube so viel Zeit verbringe, scheint mir hier der bessere Platz dafür zu sein als in meinem Haus.« Suárez verharrte kurz, dann blickte er Johannes direkt an. »Es muss seltsam auf Euch wirken, mich hier zu sehen, wo noch vor kurzem Euer Freund zugegen war.«

Johannes versuchte sich nichts anmerken zu lassen. Es war fast so, als hätte der Spanier seine Gedanken gelesen.

»Aber seid gewiss«, fuhr Suárez fort, »dass es für Euren Freund besser ist, dass ich hier bin und nicht irgendein rachsüchtiger Bürger dieser Stadt, der Christoph Ackermann und alles, wofür er steht, hasst. Ein solcher Mann würde dieses Unternehmen vielleicht leichtfertig in den Untergang treiben. Ich hingegen habe Interesse daran, dass es weiterbesteht. Und ich habe ebenso großes Interesse daran, Geschäfte zu machen, vor allem mit Euch.«

»Ich danke Euch sehr, Herr Suárez. Und ich bin ebenso dankbar für die – Umsicht, mit der Ihr das Unternehmen leitet.« Johannes zögerte. »Wisst Ihr denn, wie es um die Ackermanns steht?«

Der Spanier sah ihn leicht belustigt an. »Freundschaft ist doch etwas Seltsames. Wie die Liebe ist sie Schwankungen unterworfen, wie ein Schiff im Sturm, und doch unsinkbar, sofern alle nach dem gleichen Kurs steuern.«

Suárez stand nun dicht vor dem Bild, vor den brennenden Karavellen. Die Flammen umloderten seinen Kopf und ließen den Mann wirken, als stiege er aus dem Feuer der Hölle empor.

»Ich weiß, dass es schwer für Euch ist, Herr Heidfeldt. Aber der Wind hat sich gedreht. Ihr und Euer Freund habt einen unterschiedlichen Kurs eingeschlagen. Daher solltet

Ihr diese Freundschaft vergessen, denn sie wird nicht mehr lange bestehen.«

Johannes fühlte sich auf einmal, als hätte er einen Klumpen Blei verschluckt. »Was – was wollt Ihr damit sagen?«

»In weniger als einer Woche werden Christoph Ackermann und sein Weib nach München abtransportiert. In den Falkenturm, wie ich glaube vernommen zu haben, zur hochnotpeinlichen Befragung. Und dann –« Suárez ließ den Satz in der Luft hängen.

Aber er musste nicht weitersprechen. Johannes wusste, was München für die beiden bedeuten würde.

Der Spanier trat zu ihm, legte ihm die Hand auf die Schulter. »Lasst die Vergangenheit hinter Euch, geschätzter Freund, denn die Familie Ackermann ist Vergangenheit. Lebt im Jetzt und setzt mit mir die Segel zu neuen Ufern. Einen besseren Rat kann ich Euch nicht geben.« Er zog die Hand zurück. »Und nun entschuldigt mich. Ich habe mich meinen Geschäften zu widmen.«

Johannes war gegangen. Emanuel Suárez saß hinter dem Tisch, schrieb in einem der Kassenbücher.

Die Tür öffnete und schloss sich wieder. »Was wollte er?«

»Wissen, wie es seinen Ketzerfreunden geht«, antwortete der Spanier, ohne seinen Blick zu heben. »Was sonst?«

»Hast du ihn beruhigen können?«

»Ich habe ihm die Wahrheit gesagt. Er wird damit leben lernen.«

»Gut.« Teresa trat ans Fenster und strich sich über das lange Haar. »Denn er soll leben, soll sich in Sicherheit wiegen – um schließlich unterzugehen, wie sein Freund.«

Stumm starrte sie aus dem Fenster. Das Kratzen der Feder im Kassenbuch war das einzige Geräusch im Raum. Es legte sich über den Anblick der Landschaft draußen. Legte sich über den Schnee, über das vereiste Holz der Wagen im Hof.

Kratzen.

Es wurde zu Schreien, zu flehenden Hilferufen. Rufen aus der Vergangenheit, aus Deutz …

Wurde zu Schmerz.

Unwillkürlich fasste sich Teresa Jarre an die Leibesmitte und presste die Lippen zusammen.

Untergang, für Ackermann und Heidfeldt. Damit hätte sie ihr Lebensziel erreicht, alles, was ihr Anstoß und Auftrieb zugleich war.

Und dann? Was kommt dann?

Sie unterdrückte den Gedanken, drehte sich um und verließ den Raum.

»Die Familie Ackermann ist Vergangenheit. Das hat er gesagt.« Alle starrten Johannes an. Lorenz, Lucas und Philipp, auch Gebhard, der mit Lorenz gekommen war.

»Dann sollten wir Vater und Mutter befreien, und zwar so schnell wie möglich.« Lorenz' Stimme klang wie ein Befehl.

Johannes schüttelte den Kopf. »Nein, zumindest nicht du. Das ist meine Aufgabe. Ich kann mich frei und ohne Verdacht in der Stadt bewegen, du nicht. Und glaub mir – ich werde alles für deine Eltern tun, was ich vermag. Das schwöre ich vor dem Allmächtigen, im Namen der Freundschaft unserer Familien.« Und weil ich eine Leibschuld zu begleichen habe, kam dem Kaufmann in den Sinn.

Ernst sah er den ältesten Sohn der Ackermanns an. »Dir jedoch kommt eine andere Aufgabe zu.«

»Und welche?« Lorenz verschränkte unwillig die Arme.

»Die *Familie* Ackermann ist Vergangenheit, sagte Suárez. Damit meinte er euch alle, da bin ich mir sicher. Jeden Augenblick könnten bayerische Soldaten kommen und euch holen, auf dass ihr das gleiche Schicksal erleidet wie eure Eltern. Deshalb ist es von höchster Dringlichkeit, dass ihr die Stadt verlasst.« Er machte eine kurze Pause. »Reist zur Verwandtschaft eurer Mutter nach Prag. Adam und Magdalena Giese, wenn ich mich recht entsinne?«

Lorenz nickte.

Der Kaufmann sah zu Lucas und Philipp. »Bring deine Brüder außer Gefahr, Lorenz. Wir werden uns um deine Eltern kümmern.«

Der junge Mann blickte ihn wortlos an und knetete dabei seine Lippen. Alle sahen, wie er mit sich rang. Was sie nicht wussten, war, dass Lorenz vor allem das beiseiteschieben musste, was ihn seit Louise' Abreise angetrieben hatte: sein Hass auf alle, die Annas Tod zu verantworten hatten. Unter ihnen war jedoch auch jene Familie, die ihm und seinen beiden Brüdern gerade das Leben retten wollte …

Oftmals sind die, von denen wir es am wenigsten erwarten, jene, die einem in der Not helfen.

Die Worte von Francesco Santorio, vor einer gefühlten Ewigkeit an ihn gerichtet.

»Es wäre im Sinne deiner Eltern«, sagte Agnes schließlich sanft. »Sie würden wollen, dass du deine Brüder beschützt.«

Wieder schwieg Lorenz. Schließlich seufzte er. »Also gut, ich gehe.«

»Natürlich wirst du gehen. Aber nicht allein.« Gebhards Stimme war fest. »Ich bringe euch sicher aus der Stadt, denn ihr werdet einen Katholiken an eurer Seite gebrauchen.«

»Das ist nicht nötig«, wehrte Lorenz ab, »wir –«

»O doch, und wie das vonnöten ist, junger Herr Ackermann! Ich habe eine Menge wiedergutzumachen. Und das Geringste ist es, Freunden«, seine Stimme wurde leise, »und der Familie zu helfen.«

Agnes blickte ihren Bruder dankbar an. Tiefe Liebe lag in ihren Augen.

»So sei es denn«, beschloss Johannes. »Macht euch bereit, ihr brecht morgen früh auf. Wir dürfen keine Zeit verlieren.«

Der Tag war gerade erst heraufgedämmert, eisig kalt wie immer. Bewusst hatte Johannes die Zeit knapp vor der Wachablöse gewählt, denn die Posten waren mit Sicherheit müde und völlig durchgefroren. Gebhard würde den drei Ackermanns Geleit geben und sie aus der Stadt schleusen. Am Nördlinger-Tor waren nur bayerische Soldaten zugange, wie man hörte, also würden sie es dort versuchen. Ein Wachsoldat aus Schwäbischwerd hätte vielleicht Verdacht geschöpft, einen stadtbekannten katholischen Trunkenbold mit drei lutherischen Jungen zu sehen, aber die Bayern wussten darüber ja nicht Bescheid.

Agnes packte den Fliehenden, die fast nichts bei sich trugen, um kein Aufsehen zu erregen, in der Küche ein großes Bündel mit Essen. Dann umarmte sie die beiden Buben, die Tränen in den Augen hatten. »Seid stark und gehorcht eurem Bruder. Eure Eltern werden schon bald nachkommen.« Lucas und Philipp nickten und waren sichtlich bemüht, Haltung zu wahren.

Jetzt drückte Agnes Lorenz an sich. »Der Herr möge euch Seinen Schutz gewähren.«

Und einmal – einmal widersprach der Lutheraner Lorenz Ackermann nicht. Er schien zu wissen, dass sie jeden frommen Wunsch brauchen würden, auch wenn er von einer Katholikin ausgesprochen wurde.

Agnes löste sich von ihm. »Ihr seid die Zukunft, das Leben. Bring dieses Leben weg von dieser Stadt, und achte darauf, dass es woanders gedeihen kann.«

Johannes schüttelte Lorenz die Hand, dann gab er ihm einen kleinen ledernen Beutel, der überraschend schwer war. Der junge Mann blickte kurz hinein, sah die Silbermünzen. »Das – das kann ich nicht annehmen.«

»Du kannst und du wirst.« Johannes' Gesichtsausdruck ließ erkennen, dass er nicht mit sich würde reden lassen.

Auch die Kinder verabschiedeten sich voneinander. Balthasar schlug den Zwillingen auf den Rücken und gab sich wie ein Erwachsener, auch wenn ihm dies niemand abnahm. Dann ging die kleine Magdalena auf Lucas zu. »Bis bald.« Ihre Stimme klang unbeschwert, doch es war nur allzu deutlich, wie ungern sie sich von ihrem besten Gefährten trennte.

»Ich pass schon auf meine Brüder auf«, grinste dieser frech. Aber wie Magdalenas Unbeschwertheit wirkte auch sein Scherz mehr als gezwungen.

Magdalena umarmte Lucas, dann gab sie ihm einen dicken Kuss auf den Mund.

Mit einem Male war es still in der Küche.

»Magdalena! Was soll das?« Agnes blickte ihre Tochter ungläubig an.

»Aber Lucas und ich sind doch wie Bruder und Schwester«, entgegnete Magdalena rechthaberisch.

»Eben.« Agnes runzelte die Stirn. »Was du getan hast, ziemt sich nicht zwischen Geschwistern.«

»Aber der Spanier hat das bei seiner Schwester auch getan. Und Spanier sind galant und wissen, was sich ziemt. Hat uns zumindest der Herr Schulmeister erzählt.« Lucas versuchte, seiner Freundin beizustehen.

Wieder herrschte Stille in der Stube.

»Der Spanier hat seine Schwester so geküsst?«, sagte Johannes endlich. »Wo habt ihr das gesehen?«

Nun erzählte Magdalena, was sie damals im Manasser-Haus beobachtet hatte.

Wie sich die beiden leidenschaftlich geküsst hatten. Wie seine Zunge ihren Hals hinabgeglitten war.

Agnes und Johannes wechselten einen ernsten Blick.

»Nun, wie auch immer – ihr beiden seid keine Spanier, und in unserem Hause ziemt sich das jedenfalls nicht, merk dir das! So, ihr müsst nun gehen.« Noch einmal drückte Johannes Lorenz die Hand. »Wie mein Weib sagt, ihr seid das Leben. Und ihr seid unsere Familie, ganz gleich ob Anna«, er hielt kurz inne, »ob Anna lebt oder im Himmel ist.«

Jetzt hatte auch Lorenz Tränen in den Augen. »Wir werden uns wiedersehen.« Dann wandte er sich um, nahm Lucas und Philipp an der Hand. Er nickte Gebhard zu, und sie gingen aus der Küche.

Magdalena fing an zu schluchzen und lief die Treppe ins obere Geschoss hinauf.

Unten verklangen Schritte, die Tür fiel zu. Dann hatten die letzten freien Angehörigen der Familie Ackermann das Haus verlassen.

Später, nachdem es Agnes gelungen war, Magdalena etwas zu trösten, besprachen sich die Eheleute in der Stube.

»Was in Gottes Namen sollte das vorhin bedeuten?« Agnes blickte Johannes fragend an.

Johannes kratzte sich den Bart. »Dass du mit deinem Gefühl, was den Spanier betrifft, wohl recht hattest.«

Agnes nickte. »Umso mehr müssen wir Christoph und Helene so schnell wie möglich aus dem Loch holen. Aber wie?«

Die beiden schwiegen.

»Eine Begnadigung durch Herzog Maximilian?«, sprach Agnes mehr zu sich selbst. »Doch warum sollte dieser Lutheraner begnadigen?« Sie überlegte. »Der Transport, mit dem sie nach München gebracht werden, könnte überfallen werden.«

»Aber beide könnten dabei den Tod finden«, entgegnete Johannes, ebenfalls mehr zu sich selbst. »Nein.«

»Hast du nicht Verbindungen nach München?«

Der Kaufmann runzelte die Stirn. »Natürlich. Aber einerseits habe ich von ihnen eben erst einen Gefallen erbeten, und andererseits stellt sich wieder die Frage: Wer will Lutheranern helfen?«

»Aber wir *müssen* ihnen doch beistehen. Es kann doch hier nicht enden.« Agnes ergriff die Hand ihres Gemahls, drückte sie, während ihr Tränen über die Wangen liefen.

Der antwortete nicht, starrte aus dem Fenster. »Es gibt eine Möglichkeit«, sagte er schließlich, ohne den Blick abzuwenden. »Aber dazu benötige ich die Hilfe eines ganz bestimmten Menschen. Und ich bin mir nicht sicher, ob er mir beistehen wird …«

Das Rathaus ruhte im fahlen Licht des Mondes. Vor dem Tor patrouillierte ein bayerischer Wachposten. Ein starker, böiger Wind wehte so eisig, dass der Wachposten immer wieder die Hände aneinanderschlagen musste, damit sie ihm nicht erfroren.

Im Kellergeschoss kauerten Christoph und Helene Ackermann Arm in Arm in ihrer Zelle und versuchten sich verzweifelt etwas Wärme und Hoffnung zu spenden.

Auf dem Gang vor den Zellen saß der Lochwirt an einem grob gezimmerten Tisch. Schmatzend verzehrte er sein Mahl, das aus breiig gekochtem Rindfleisch, eingelegten Bohnen und einem Humpen Bier bestand. An das bittere Getränk hatte er sich noch nicht richtig gewöhnt, aber nachdem es die neuen Herren der Stadt dem Wein vorzogen, trank es auch der Wächter. Hie und da hielt er inne, sein Blick fuhr über die verschlossenen Türen der Zellen. Er lauschte der Stille und ließ seine Zunge schlangengleich über seine Zahnstummel gleiten. Dann widmete er sich wieder dem Essen.

Die oberen Räume des Rathauses waren verlassen. Der Versammlungsraum, in dem der Rat tagte, war im Halbdunkel versunken.

Auch im Gang außerhalb des Versammlungsraumes

regte sich nichts. Durch eines der schmalen, kleinen Fenster fiel das Mondlicht herein, konnte die Dunkelheit aber kaum erhellen.

Alles war ruhig.

Bis sich, ganz langsam, eine Vertäfelung in der Wand des Ganges öffnete …

Johannes spähte in den Gang hinaus und horchte. Dann drehte er sich um und gab der Frau, die sich mit ihm in dem verborgenen Raum versteckt hatte, einen Wink. Einen Augenblick später glitten die beiden aus dem Versteck heraus. Vorsichtig schloss Johannes die Wandvertäfelung wieder.

»Ich habe das Meine getan. Nun liegt es an Euch, Johannes Heidfeldt.« Sibylla hatte sich ganz nah zu ihm gebeugt, er spürte ihren heißen Atem an seinem Ohr. Johannes war sich ihrer Gegenwart überdeutlich bewusst: ihr Duft, ihre Stimme, das unmerkliche Streifen ihrer üppigen Brüste an seinem Arm, die Haarsträhne, die widerspenstig unter der Haube hervorragte und von wallendem rotem Haar kündete … Trotz der Gefahr, in der sie beide schwebten, waren Johannes' Gedanken für einen Augenblick nicht unbedingt dort, wo sie sein sollten.

Nicht, dass er Christophs Liebschaft mit Sibylla je gutgeheißen hätte. Aber hier, in dieser Nacht und allein mit ihr, verstand Johannes auf einmal, was seinen Freund an dieser Frau angezogen hatte. Sie strahlte eine Leidenschaft aus wie nur wenige Frauen, und dazu war sie offenbar bereit, jedes Wagnis einzugehen, wenn es sein musste.

Er bemühte sich, diese Gedanken wieder abzuschütteln.

Hier und jetzt zählte nur, dass Sibylla Amling von dem verborgenen Raum gewusst hatte und damit von der einzigen Möglichkeit, Christoph und Helene zu helfen.

Johannes hatte Christophs Erzählung an jenem trunkenen Abend, als er sein Erlebnis mit Sibylla im Rathaus zum Besten gegeben hatte, lange vergessen gehabt. Aber als er mit Agnes in der Stube über Hilfe für ihre Freunde gesprochen hatte, war die Erinnerung wieder aufgeflammt, wie ein Signalfeuer in finsterster Nacht.

»Verlasst Euch drauf, ich werde mein Möglichstes tun«, flüsterte der Kaufmann nun ebenso leise zurück.

»Das ist zu wenig«, zischte sie. »Gebt alles. Sonst sind wir tot!«

Johannes nickte, überrascht ob ihrer Entschlossenheit. Dann schritt er vorsichtig den Gang entlang, Sibylla folgte ihm.

Sie hatten nicht viel Zeit, genauer gesagt fast gar keine mehr. Johannes betete, dass Gebhard, Lorenz und die Zwillinge derweil gut vorankamen. Aber wie vorhin schüttelte er die Gedanken ab, konzentrierte sich einzig auf das, was vor ihm lag – die Befreiung seiner Freunde. Wenn ihm das heute nicht gelang, würden Christoph und Helene am morgigen Tage fortgebracht werden, und Johannes wusste, dass dies das Ende bedeutete. Helene würde als Unholdin durch die Hände ihrer Peiniger sterben, und Christoph würde als ketzerischer Aufständischer hingerichtet werden. Damit würde eine Freundschaft in Blut und Feuer enden, deren Beginn in Blut und Feuer geschmiedet worden war, damals in Deutz – und das konnte, das durfte nicht sein.

So leise es ihm sein korpulenter Leibesumfang gestattete, bewegte sich Johannes über den hölzernen Boden des Ganges. Bei jedem Schritt knarrte es verräterisch. Zum ersten Mal in seinem Leben verfluchte Johannes Heidfeldt seinen Wanst, der doch der Stolz seiner Zunft war. Aber der schwere Körper des Kaufmannes drückte stark, zu stark, auf die alten Dielenbretter.

Leise, leise, immer weiter …

Ein Knarren, nicht weit vor ihm. Dort, wo der Gang ums Eck verlief.

Johannes erstarrte. Er spürte, dass Sibylla dicht hinter ihm stand und sich auch nicht bewegte.

Wieder das Knarren. Vorsichtig, lauernd.

Dann verstummte es. Wer auch immer da vorne hinter der Biegung stand, war stehen geblieben. Lauschte wahrscheinlich in die Dunkelheit hinein, nicht sicher, ob er etwas gehört hatte.

Johannes und Sibylla rührten sich nicht, wagten kaum zu atmen.

Dann setzte das Knarren wieder ein. Die Schritte kamen näher …

Christoph strich Helene sanft über das strähnige Haar. Sie ergriff seine Hand und drückte sie leicht.

»Es wird gut werden. Alles wird gut.« Christoph nahm ihre Finger, küsste sanft die schmutzigen und von der Kälte rissigen Spitzen. Glaubte er, was er sagte? Helene wusste es nicht, wahrscheinlich wusste er es nicht einmal selbst.

»Wie kann es gut werden? Die Stadt ist gefallen, wir haben alles verloren. Und meine Schwester wird nicht ruhen, bis wir tot sind.«

»Vielleicht können wir noch einmal mit ihr sprechen? Ihr alles erklären, dass wir an Deutz keine Schuld tragen. Herrgott noch mal, man hat uns damals versprochen, dass der Bevölkerung freies Geleit gewährt wird!«, entfuhr es Christoph lauter als beabsichtigt. »Wir hatten keine Ahnung!«

»Für Teresa und die anderen spielte das aber keine Rolle. Für sie gab es nur Schmerz. Und daran sind wir schuld und werden es immer sein.« Helenes Stimme klang bitter. »Für dich und Johannes war es ein Leichtes, alles abzuschütteln und neu anzufangen. Für mich nicht. Ich trage die Schuld von Deutz in mir, seit damals. Und ich kann verstehen, was Teresa empfindet.«

Christoph nahm Helenes Gesicht in beide Hände und blickte sie beschwörend an. »Sei es, wie es sei, wir können das nicht mehr ändern.«

Helene hörte seine Worte, aber sie blieben fern, drangen nicht zu ihr durch.

»Und bedenke – unsere Kinder! Wer soll sich denn um die Rabauken kümmern? O nein, wir können gar nicht sterben, dazu haben wir noch viel zu viel zu tun.« Christoph gab ihr einen Kuss auf die Stirn.

Bei dem Gedanken an ihre Söhne verspürte Helene einen Kloß im Hals. Sie sah ihre Gesichter vor sich, hörte ihre Stimmen und empfand eine Sehnsucht, dass es sie fast zerriss.

Tränen rannen ihr über die Wangen.

»Nicht, Helene. Wir brauchen jede Stärke, die wir aufbringen können. Dieses Loch hier wird uns noch wie das Paradies vorkommen, wenn sie uns erst einmal herausholen und zu befragen beginnen. Dann heißt es leben oder sterben, wahrscheinlich sterben. Aber bis dahin dürfen wir die Hoffnung nicht aufgeben.«

Seine Worte waren brutal, doch Helene wusste, dass ihr Gemahl mit Absicht so sprach. Sie durften sich nicht gehen lassen, mussten stark sein.

Stark für alles, was kam.

Aber was würde denn kommen? Sie waren im Kerker, die Stadt besetzt, dem Glauben anheimgefallen, den sie ihr Leben lang abgelehnt hatten. Niemand konnte sie retten, niemand würde sich für sie einsetzen, bis auf Johannes. Aber auch der würde keinen Weg in das Loch finden, sonst hätte er es schon getan.

Helene ließ das Haupt sinken und barg es an der Schulter ihres Gemahls. Sie verbiss sich die Tränen, die wieder in ihr aufstiegen. Sie musste stark sein, so wie Christoph.

Hätte sie den Kopf gehoben, hätte sie bemerkt, dass die Augen ihres Gemahls ebenso nass waren.

Johannes wagte immer noch kaum zu atmen. Wer auch immer da vorne war, musste etwas gehört haben. Dann hatte er wohl beschlossen, dass er sich getäuscht hatte, und kam nun näher. Jeden Augenblick würde er um die Ecke biegen und sie beide bemerken.

Der Kaufmann sah sich um – vor und hinter ihm der Gang, einige Bilder an der Wand, ein Fenster. Nichts, was Deckung bieten könnte. Der geheime Raum war bereits zu weit entfernt.

Die Schritte wurden lauter und lauter.

Er spürte, wie sich Sibyllas Hand um seinen Arm krampfte. Dachte an ihre Worte.

Gebt alles. Sonst sind wir tot.

Schweiß rann Johannes über Gesicht und Rücken. Er tastete zum Griff seines Dolches.

Einen Augenblick später lief er so schnell er konnte auf die Ecke zu.

Der Lochwirt verharrte, den Humpen Bier in der Hand.

War da etwas gewesen? Es hatte wie ein Schrei geklungen, ganz weit entfernt.

Als er nichts weiter hörte, schüttelte er den Kopf und trank das Bier in kleinen Schlucken, wobei er das Gesicht verzog.

Das Gewöhnen würde nicht einfach sein. Nicht an die neuen Herren und schon gar nicht an ihr Gesöff.

Johannes beugte sich über den Mann, der bewusstlos am Boden lag. Er hatte ihm den Griff des Dolches gegen die Schläfe geschmettert, sodass der andere umgefallen war wie ein Sack Mehl. Nicht ohne zuvor einen Schrei auszustoßen, für den ihn Johannes am liebsten nachträglich erdolcht hätte.

»Das ist Jacob Keym«, flüsterte Sibylla. »Er ist für die Räume des Hauses verantwortlich. Weiß der Allmächtige, was er um diese Zeit hier wollte.«

Johannes bedeutete ihr, still zu sein.

Sie lauschten, aber alles blieb ruhig. Offenbar war der Schrei ungehört geblieben.

Der Kaufmann richtete sich auf. Sie mussten den Mann verstecken. Es war zwar nicht sehr wahrscheinlich, dass sich noch jemand hier oben aufhielt, aber Johannes war nicht gewillt, auch nur das kleinste Risiko einzugehen. Ihr Vorhaben war auch so schon gefährlich genug.

Sein Blick fiel in den Gang, dahin, woher sie gekommen waren.

Helene war eingeschlafen. Christoph hörte ihren ruhigen Atem und spürte das sachte Heben und Senken ihrer Brüste an seinem Oberkörper.

War es nicht eine grausame Ironie des Schicksals, dass gerade jetzt, als er wieder zu seiner Frau, zu seiner Familie gefunden hatte, ebendieses Schicksal ihn von den Seinen fortriss? So viel hatte er mit Helene erlebt, so viele Fehler hatte er gemacht, so schwach war er gewesen, unzählige Male. Doch seit Kurzem war er wieder mit ihr vereint, liebte sie mehr als je zuvor.

Und nun schien alles aus zu sein. Schwäbischwerd war untergegangen und hatte die Familie mit in den Abgrund gerissen. Aber noch gab er die Hoffnung nicht auf, und wenn er nur sein Weib retten konnte. Er würde Suárez alles anbieten, was dieser wollte. Alles.

Für Helene. Meine Liebe, mein Leben.

Er küsste sie zart auf den Scheitel.

Da zerschmetterte auf einmal ein Krachen die Dunkelheit.

Stille.

Dann wurde der Riegel der Zellentür aufgeschoben. Helene schrak hoch und schnappte nach Luft. Christoph drückte sie fester an sich.

Quietschend schwang die Tür auf.

Der Wärter stand da, die kleine Handlaterne beleuchtete unheimlich sein Gesicht.

»Holen sie uns nun ab?« Helenes Worte, kaum mehr als ein Flüstern.

Christoph hielt den Atem an.

Der Wärter trat beiseite. Und hinter ihm erschien – Johannes Heidfeldt …

ꕥ

Emanuel Suárez fuhr hoch. Er hatte lange über den Büchern gesessen und dann den Entschluss gefasst, eine Pause zu machen. Müde hatte er sich ein Gläschen Pacharán eingeschenkt und sich neben das Kaminfeuer gesetzt. Er hatte noch nicht ausgetrunken, da war er auch schon eingenickt.

Aber es war kein erquickender Schlaf gewesen. Ein Traum hatte ihn gequält, voller beunruhigender, ineinanderfließender Bilder, in denen er mit dem Verhängnis, dem Tod kämpfte …

Suárez rieb sich die Augen.

Was sollte ein solch wirrer Traum bedeuten?

Er griff auf das Tischchen, das neben seinem Stuhl stand, nahm das Glas mit dem restlichen Likör. Nippte daran und schmeckte für einen Augenblick die Wärme, die Farben eines Landes, das einmal seines gewesen war … vor langer Zeit.

Er trank es aus. So viel war seitdem geschehen.

Teresa, die Jahre des Planens, des Säens, des Wartens, bis die Ernte eingebracht werden konnte. Und eingebracht worden war sie, beim Allmächtigen. Der Erfolg hatte seine kühnsten Erwartungen übertroffen.

Und doch – in seinem Traum war alles anders gewesen. Auch wenn die Erinnerung daran mit jedem Augenblick mehr verflog, so blieb doch der Eindruck eines Unheils, eines unabänderlichen, gnadenlosen Schicksals, das ihn zu verschlingen drohte.

Fast gewaltsam schüttelte Suárez seine düsteren Gedanken ab. Jetzt war nicht die Zeit zu zweifeln, denn alles war nach Plan verlaufen. Die Ackermanns waren vernichtet, auch ihre Kinder würden den Weg der Eltern gehen. Die Heidfeldts mochten sich im Augenblick in Sicherheit wiegen, aber er und Teresa würden auch hier für die Vollendung ihrer Rache sorgen.

Und Schwäbischwerd, Brutstätte der Ketzer und des Widerstandes gegen Seine Heiligkeit, den Kaiser und Papst, war untergegangen und als Donauwörth neu geboren worden.

Der Spanier stand auf und schritt zum Fenster. In einiger Entfernung waren die Stadtmauern zu erkennen.

Auf einmal stieg wieder ein Bild in ihm auf, ein Bild aus seinem Traum. Der Tod, der unbarmherzige Schnitter, der seine kalten Finger nach ihm ausstreckte, ihn des Lebens beraubte.

Emanuel Suárez verdrängte das Bild. Er setzte sich an den Tisch, schlug erneut das Kassenbuch auf und begann mit der Feder darin zu schreiben.

Die Wiedersehensfreude im Kerker währte nur kurz, denn sie hatten schlicht keine Zeit dafür.

»Wenn ihr leben wollt, solltet ihr eure Herzensangelegenheiten auf später verschieben«, sagte der Lochwirt trocken. Es war der gleiche Wärter, der im letzten Jahr einen der Halunken, die Johannes' Transport überfallen hatten, in seiner Zelle erhängt vorgefunden hatte. Johannes hatte immer Zweifel gehegt, ob damals alles mit rechten Dingen zugegangen war, und jetzt, nachdem sich der Wärter ohne großen Widerstand mit einem Beutel Gulden hatte bestechen lassen, war der Zweifel zur Gewissheit geworden. Aber das spielte im Augenblick keine Rolle.

Sibylla sprach kaum ein Wort. Während Johannes seine Freunde abwechselnd umarmt hatte, flogen ihre Blicke zwischen Christoph und seinem Weib hin und her. Sogar nach ihrem kurzem Gespräch mit Christoph in der Gasse hatte Sibylla noch etwas Hoffnung in ihrem Herzen verborgen, aber nun musste sie sich die Wahrheit eingestehen: Es war vorbei, für immer.

Als Helene sich ihr zuwandte, schien sie zu erstarren.

»Ihr seid die Gemahlin von Erasmus Amling«, stellte Christophs Gemahlin fest.

Sibylla räusperte sich. »Die bin ich. Und eine treue Lutheranerin, wie Ihr. Ich werde es nicht zulassen, dass Unschuldigen dermaßen Unrecht geschieht.«

»Ohne Sibylla und ihre Kenntnis von dem verborgenen Raum hätten wir euch niemals befreien können«, warf Johannes ein. Er beobachtete Christoph dabei, aber das Gesicht seines Freundes blieb ausdruckslos.

»Wo ist dieser Raum?«, fragte Helene verwundert.

»Dafür ist jetzt nicht die Zeit«, unterbrach Christoph. »Ihr habt den Lochwirt gehört, wir müssen gehen.«

»Hört auf Euren Freund, und folgt mir«, lispelte dieser. Und schon war er aus der Zelle geeilt.

Die vier gehorchten. Beim Hinausgehen warf Helene erst Sibylla, dann ihrem Mann einen rätselhaften Blick zu.

Nachdem sie über die Gänge und Treppen nach oben geeilt waren, blieb der Wärter nahe des großen Eingangstors stehen.

»Was ist?«, flüsterte Johannes.

»Nun, ich bin nicht der Einzige, der hier Wache hält«, grinste der Wärter. »Unglücklicherweise ist der, der da draußen seine Runden geht, dem Golde nicht so untertan wie ich. Ein bayerischer Hund vor dem Herrn, fürwahr. Wenn Ihr nicht ein volles Fass Bier dabeihabt, sieht es schlecht aus.«

»Was also sollen wir machen?« Helene fühlte mit einem Male wieder Verzweiflung in sich aufsteigen wie im Verlies.

»Ich wüsste da schon etwas.« Die Stimme des Wärters hatte etwas Boshaftes.

Christoph konnte nicht anders, er packte den anderen am Kragen. »Nun sag schon, Bursche!«

»Wenn Ihr mich nicht sofort loslasst, endet Ihr in München, wo Ihr eh hingehört«, erwiderte der Lochwirt ungerührt.

Helene nahm den Arm ihres Mannes herunter und sah den Wärter beschwörend an. »Bitte, sprich.«

»Ihr habt mich nur bezahlt, dass ich Euch aus der Zelle lasse. Wenn ich Euch helfen soll, von hier zu entkommen, dann müsst Ihr mehr bezahlen, auch für mein Schweigen – denn ich bezweifle, ob der ehemalige Ratsherr Amling so erbaut wäre, wenn er wüsste, was sein Weib tief in der Nacht so treibt.«

»Hüte deine Zunge, du Hund!« Sibylla blitzte ihn an.

»Sonst was?« Der Wärter blickte sie fast mitleidig an.

»Schluss jetzt!« Johannes griff in seine Manteltasche,

zog einige Münzen heraus und gab sie dem Mann. »Mehr habe ich nicht hier. Genügt dir das?«

Der Wärter zählte die Münzen. »Fürs Erste – ja.«

Johannes und Christoph wechselten einen Blick. Wieder jemand, der ihr Leben mit seinem Wissen bedrohte. Der Letzte war in einem Fass in der Donau geendet. Man würde sehen, welchen Weg dieser hier gehen würde.

Alle vier sahen den Wärter gespannt an. »Und nun?«, sprach Christoph die Frage aus.

»Und nun«, fuhr der Lochwirt fort, »werde ich den Kameraden dort draußen herrufen, damit ihr ihn niederschlagen könnt. Dann schlagt ihr mich ebenfalls nieder. Ich werde behaupten, dass zwei Männer, die Gesichter vermummt, bei den Zellen aufgetaucht sind und mich gezwungen haben, erst die Gefangenen freizulassen und dann hier heroben meinen ehrenwerten bayerischen Kameraden in die Falle zu locken. Wie die beiden Männer überhaupt ins Rathaus eindringen konnten, darüber mögen sich andere den Kopf zerbrechen.«

Johannes blickte den Mann mit widerwilliger Bewunderung an. »Beim Allmächtigen, du bist der gerissenste Knecht, der mir je untergekommen ist. Du würdest einen guten Kaufmann abgeben.«

»Man muss sehen, wo man bleibt, in diesen Zeiten. Und nun tretet zurück.«

Der Lochwirt öffnete leise die Tür. Draußen war die Silhouette eines Mannes zu sehen. »He. He, Augustin!«, rief der Wächter.

Der Posten drehte sich um und erkannte seinen Kameraden. »Was willst du denn? Ist dir zu warm in deinem Loch da unten? Wir können gerne tauschen.«

»Tauschen geht mir zu weit. Aber ich dachte mir, dass du vielleicht Lust auf einen wärmenden Schluck hast?« Der Wärter schwenkte eine Flasche, die er von unten mitgebracht hatte.

Sogar bis in den dunklen Gang herein schien das Blitzen der Augen des Mannes zu dringen. »Da schau her! Bist ja doch zu was gut.«

Er kam schnell näher und trat ein. »Dann lass uns –«

Christophs Arm fuhr herab. Der Mann stürzte zu Boden, Johannes fing ihn im Fall auf und zog ihn vollständig ins Innere des Rathauses.

Das Ganze hatte nur wenige Augenblicke gedauert, niemand hatte etwas gemerkt. Der Untere Markt lag verlassen im Mondlicht da.

»Und nun müsst ihr das Gleiche mit mir machen.« Der Wärter verzog das Gesicht.

»Mit Vergnügen, Herr Lochwirt«, erwiderte Johannes.

Emanuel Suárez war außerstande, seine innere Unruhe abzuschütteln. Er konnte sich nicht auf die Bücher konzentrieren, und auch der Pacharán schmeckte ihm nicht mehr. Vielleicht war es an der Zeit nach Hause zu gehen, zu Teresa?

Stumm saß er in Ackermanns Sessel, hinter Ackermanns Tisch. Er stellte sich vor, wie oft der Transporteur hier gesessen hatte, im Herz seines Unternehmens.

Ein Unternehmen, das auf Verrat aufgebaut war.

Und wenn man es sich recht überlegte, war es eigentlich unglaublich, welchen Aufstieg Ackermann und Heidfeldt seit ihrer Ankunft in Schwäbischwerd genommen hatten. Tagelöhner in einer fremden Stadt, mit so gut wie keinen eigenen Mitteln …

Wie hatten die beiden das angestellt? Sie mochten fähige Männer sein, kein Zweifel, aber ihr Erfolg war etwas, das man, gerade wenn man die Herkunft der beiden Freunde bedachte, nicht recht erklären konnte. Die Bücher, die der Spanier in den letzten Tagen durchgesehen hatte, legten ein beredtes Zeugnis von diesem Erfolg ab.

Irgendwann, so war er gewiss, war auch Christoph Ackermann dagesessen und hatte nachgedacht. Nachgedacht, wie er und sein Freund es zu Reichtum bringen konnten.

Stumm sah Suárez um sich. Ließ seinen Blick durch den Raum gleiten, wie der Transporteur viele Male vor ihm. Sah den Kamin, das Feuer, die dunkle Holzvertäfelung …

War da etwas auf der Vertäfelung?

Der Spanier kniff die Augen zusammen, dann stand er auf. Er ergriff einen Halter mit einer Kerze und schritt zu der Stelle, die ihm aufgefallen war. Hielt die Kerze hin.

Tatsächlich – dieser Teil des Holzes war unmerklich heller als die anderen. Er war etwas abgenutzter, so als ob jemand sehr oft seine Finger daraufgelegt hatte.

Aber warum sollte dieser Jemand das tun?

Prüfend ließ Emanuel Suárez seine Hand über das Holz gleiten. Dann pochte er dagegen. Es klang eindeutig hohl. Der Spanier stellte die Kerze ab und tastete über die Stelle. Am oberen Rand fand er einen kleinen Haken, den er drehte. Nun konnte er mühelos einen Teil der Vertäfelung lösen und herausnehmen.

Er stellte das Holzteil auf den Boden. Sah in die Öffnung hinein. Sah das in Filz eingeschlagene Bündel.

Er nahm es heraus, schlug es auf. Vor ihm lagen Schlagplatten aus Eisen.

»Sieh an, sieh an«, sagte Emanuel Suárez, und ein Lächeln erblühte auf seinem Gesicht …

Sie hatten die beiden bewusstlosen Wachposten hinunter in die Zelle von Christoph und Helene geschafft. Der Mann, den Johannes niedergeschlagen und dann in den verborgenen Raum eingesperrt hatte, würde ebenfalls noch längere Zeit ohne Besinnung bleiben. Es war so weit.

Vorsichtig spähte Johannes in die Dunkelheit hinaus. Der Platz vor dem Rathaus war menschenleer, er konnte auch keine Patrouillen erkennen. »Keiner da. Die Wachen scheinen ihre Pflicht heute nicht sehr ernst zu nehmen.«

»Vielleicht gibt es in Bayern keine so kalten Nächte.« Sibyllas Stimme triefte vor Spott.

Helene hatte mittlerweile beschlossen, dass sie Erasmus Amlings Weib nicht mochte. Sie konnte nicht sagen warum, es war nur ein Gefühl. Trotz Sibyllas Mut, trotz ihrer scheinbaren Bereitschaft, unschuldigen Glaubensgenossen zu helfen, verspürte Helene eine wachsende Abneigung gegenüber der anderen.

Und noch etwas lag ihr auf der Seele. Etwas, das sie Christoph jetzt gleich sagen musste. Etwas, das sie tun musste, bevor sie die Stadt endgültig verlassen würden. Sie wusste nicht, wie er reagieren würde, sondern konnte nur hoffen, dass er ihr vertraute.

»Nun, ich denke, die Zeit des Abschieds ist gekommen.« Sibylla zog die Haube enger um ihre Haare.

»Sibylla, es ist gefährlich, alleine in den Straßen unterwegs zu sein, vor allem für eine Frau.« Christophs Stimme verriet seine Sorge.

Anstelle einer Antwort öffnete Sibylla die Tür eine Handbreit und winkte einmal kurz. Aus einer Seitengasse des Unteren Marktes kam ein Lichtzeichen, offenbar von einer Handlaterne.

»Glaubt Ihr wirklich, ich hätte keine Vorkehrungen getroffen?« Wieder lag Spott in Sibyllas Stimme. »Mein Diener wartet auf mich, seit ich das Rathaus betreten habe.«

»Ihr scheint nichts dem Zufall zu überlassen«, meinte Johannes voller Hochachtung.

»Wie schon der Lochwirt sagte: Man muss sehen, wo man in diesen Zeiten bleibt.« Sibylla lächelte, aber es lag keine Wärme darin. »Ich werde jetzt gehen, und ich wünsche Euch alles Glück. Ihr könnt es brauchen.«

»Ich danke Euch, Sibylla.« Helene drückte der anderen die Hand. »Ohne Euch würden wir einem dunklen Schicksal entgegengehen.«

Sibylla nickte nur. Dann wandte sie sich Christoph zu. »Gebt gut auf Eure Gemahlin acht, Christoph Ackermann. Sie ist etwas Besonderes, und dieses Besondere muss man trachten zu halten.«

Christoph senkte kurz den Blick und drückte Sibylla förmlich die Hand. »Ich danke Euch«, sagte er leise.

Und für einen Augenblick, wie eine Flamme aus einem Bündel Reisig, schoss in Helene die Erkenntnis empor, und genauso schnell erstickte sie die Flamme wieder. Nicht hier, nicht heute, nie. Was war, war vergangen. Was kam, zählte.

»Und wir, Johannes Heidfeldt, werden uns auch weiterhin sehen. Vorausgesetzt mein Gemahl und ich bleiben in der Stadt.« Sibylla machte eine lapidare Handbewegung. »Aber wer weiß das schon.«

»Ich werde für Euch tun, was in meiner Macht steht«, sagte Johannes und meinte es so.

»Ein Katholik mit Macht in Schwäbischwerd. Was sind das nur für Zeiten.« Sibylla raffte ihr Kleid. »Nun denn, Ackermanns und Heidfeldts … gehabt Euch wohl.«

Einen Augenblick später eilte sie über die Straße und bog in die Seitengasse ein.

Helene war froh darüber. Sie war froh, dass sie diese Frau nie wiedersehen würde.

Nicht hier, nicht heute, nie. Was war, war vergangen. Was kommt, zählt.

»Was für eine Frau«, sagte Johannes.

Christoph sagte nichts.

»Tun wir es ihr gleich und verschwinden von hier«, fuhr Johannes fort. »Ihr müsst noch heute Nacht aus der Stadt.«

Dies war der Augenblick, als Helene Ackermann ihren Mann beim Arm ergriff und aussprach, was ihr so schwer am Herzen lag.

Und was sie als Nächstes zu tun gedachte.

ᘐᘏ

Teresa Jarre saß im Manasser-Haus, das Emanuel Suárez für sie eingerichtet hatte.

Niemand sonst war in der reich ausgestatteten Stube, mit ihren kostbaren Bildern und der edlen Wandvertäfelung. Nur die Frau, die wie immer Schwarz trug.

Der Ofen war heiß und schien fast zu glühen, aber Teresa spürte die Wärme nicht. Das war seit Deutz so – immer war sie von Kälte erfüllt, nie schien der Schmerz zu vergehen.

Seit die Soldaten über das Kloster hergefallen waren. Seit der Körper der jungen Nonne nur noch aus Schmerz und Schande zu bestehen schien. Ein Mann, der nächste, wieder der nächste. Alle, in ihr, lachend, grölend, höhnend.

Teresas Hand fuhr zu ihrer Leibesmitte. Dann, wie ertappt, zog sie die Hand zurück.

Liegen gelassen hatten sie sie, wie ein Stück verdorbenes Fleisch. Und schuld daran war nur eine. Ihre Schwester. Ihr eigen Leib und Blut.

Das Einzige, was den Schmerz und die Kälte in Teresas Körper und in ihrer Seele etwas lindern konnte, waren Hass und die Aussicht auf Rache. Rache gegen Helene, die nur ihr eigenes Wohl vor Augen gehabt hatte und dieses Wohl hier, in Schwäbischwerd, als reiche Frau eines Unternehmers im Kreise einer gesunden Familie gefunden hatte.

Die ihr Glück gefunden hatte – was Teresa selbst verwehrt geblieben war.

Natürlich hatte es für sie ein Leben nach Deutz gegeben. Erst war Emanuel gekommen und hatte sie gesund gepflegt. Dann hatte sie Cornelius Jarre geehelicht, der nicht wusste, dass er eine geschändete, abtrünnige Nonne zur Frau nahm. Er war ein lauterer Mann gewesen und hatte den Anstand besessen, schon nach wenigen Jahren an der Wassersucht zu sterben und ihr ein ordentliches Vermögen zu hinterlassen. Ein Vermögen, das es ihr ermöglicht hatte, mit ihrem spanischen Retter einen Plan zu schmieden und sich auf die Suche nach ihrer Schwester und deren Gemahl zu begeben.

Als sie die beiden nach vielen Jahren gefunden hatten, hatte Teresa bewusst abgewartet. Wie die Spinne ihr Netz knüpft, so hatte sie mit Emanuel Verbindungen zu einflussreichen Leuten gesponnen. Unendliche Geduld hatte sie bewiesen, hatte ihren Plan weiter verfeinert, bis die Zeit reif war.

Und dann war alles so geschehen, wie Teresa Jarre es gewollt hatte.

Und jetzt?

Ihre Finger spielten mit dem kleinen, goldenen Becher, der den Pacharán enthielt. Er hatte ihr nie geschmeckt, aber Emanuel zuliebe hatte sie ihn getrunken und sich irgendwann an beide gewöhnt, an den Mann und seinen Likör, so wie man sich an eine schlechte Eigenschaft gewöhnt.

Und jetzt?

Jetzt schien alles im Lot. Die Rache war vollzogen, Helene im Kerker, nebst ihrem Gemahl. Nur noch der Tod wartete auf die beiden, und er würde ebenfalls über die Heidfeldts kommen, auch wenn die beiden zweitrangig waren. Wie hieß es seit jeher? Blut ist dicker als Wasser. Wenn das Blut der Ackermanns geronnen war, dann erst würde das ihrer Freunde fließen.

Und trotzdem fühlte sie nun, in diesem Augenblick des Triumphs, eine Leere in sich. Sie verstand nicht, warum. Hatte sie doch mehr als alles andere auf den Zeitpunkt hin gefiebert, sich an Helenes Gesicht, ihrem Entsetzen, ihrer Erkenntnis zu weiden. Teresas Herz hatte wie wild geschlagen, als das ihrer Schwester zerbrochen war, als ihre bittenden Rufe durch die Gänge geschallt waren, wahrscheinlich noch, nachdem sie selbst den Kerker längst verlassen hatte.

Die Freude war jedoch so schnell verflossen wie eine Träne im Regen – und Leere hatte Einzug gehalten.

Teresas Finger krampften sich um den Becher. Nun, die Leere würde vergehen und die Rache schon bald wieder süß schmecken.

Draußen am Gang waren verstohlene Schritte zu hören, die vor der Tür endeten.

Teresa, in Gedanken versunken, hatte die Schritte kaum wahrgenommen. Wahrscheinlich war es Mechthild, ihre alte, fast taube Dienerin, die noch einmal nach ihrer Herrin sehen wollte.

»Teresa.«

Eine Stimme, ein Flüstern nur. *Ihre* Stimme.

Teresa sah auf. Helene stand vor ihr.

Langsam, ganz langsam, erhob sich Teresa Jarre …

Christoph und Johannes hielten sich im Erdgeschoss des Manasser-Hauses, im Durchgang zum Hinterhof, verborgen.

Der Kaufmann war wütend gewesen, nachdem Helene den beiden Männern eröffnet hatte, was sie zu tun gedachte. Warum hatte er sein Leben aufs Spiel gesetzt? Nur damit Helene sich dieser Hexe stellte, die sie ohne Zweifel sofort wieder in den Kerker werfen lassen würde?

Aber Helene war ruhig geblieben. Eindringlich hatte sie

ihre Gründe dargelegt, warum sie nicht gehen würde, nicht gehen *konnte*, ohne Teresa noch einmal gesehen zu haben.

Als sie geendet hatte, musterte Christoph seine Frau eindringlich. Er erkannte die lebenslange Schuld in Helenes Augen und verstand. Stumm hatte er sein Einverständnis gegeben, und Johannes hatte sich wohl oder übel nach ihm gerichtet.

»Wenigstens habe ich noch keine Rufe nach Wachen gehört«, flüsterte Johannes seinem Freund zu.

»Dazu wird es nicht kommen«, entgegnete Christoph ebenso leise und zog den verschlissenen Mantel, der immer noch nach Kerker und Unrat roch, enger um sich. »Helene weiß, was sie tut.«

»Das hoffe ich für dich, mein Freund. Und für uns alle.«

Im Kontor hatte sich Emanuel Suárez seinem Fund mit Hingabe gewidmet. Jetzt schlug er die Druckplatten wieder in das Filztuch und verließ den Raum.

Teresa würde sich mit Sicherheit sehr dafür interessieren.

Wie ein dunkler Racheengel hatte sich Teresa aus dem Sessel erhoben. Schwarz das Gewand, rot die Haare, totenblass das Gesicht. Und die Augen – grün, wie die ihrer Schwester, aber blitzend vor Hass, ohne jede Güte.

»Du.«

Nur ein Wort, das sie Helene entgegenschleuderte – doch eine solche Verachtung lag darin, dass Helene unwillkürlich einen Schritt zurückwich. Aber dann straffte sie sich wieder, hielt dem Blick ihrer Schwester stand.

»Ja, Teresa. Ich.«

»Wie … warum bist du gekommen?«

Helene holte tief Luft. Sie wusste, dass alles an einem seidenen Faden hing, konnte nur hoffen, dass sich tief im Inneren dieses geschundenen Menschen noch die verbarg, die sie vor all dem Unglück gewesen war.

»Teresa«, Helene brach ab, schluckte. »Teresa, es tut mir alles so unendlich leid.«

»Leid?« Die andere schüttelte ungläubig den Kopf. »Es tut dir *leid*? Und um mir das zu sagen, kommst du her?« Teresa trat einen Schritt näher. »Du bist aus dem Kerker ausgebrochen, weißt, dass dir der Tod droht. Und doch bist du hier. Warum?«

Noch einen Schritt näher.

»Oder bist du nur gekommen, um zu vollenden, was die Männer in Deutz nicht geschafft haben? Willst du dich meiner endgültig entledigen und dir, wie schon einmal, woanders ein neues Leben aufbauen?«

Obgleich ihre Schwester furchtbare Dinge getan hatte, blickte Helene ihr mit allem, was sie für sie empfinden konnte, mit allem Mitleid, mit aller Güte, die sie aufbringen konnte, in die Augen. »Nein, Teresa, ich will nur eins: Ich will dir sagen, was geschehen ist, will versuchen dir meine Sicht der Dinge zu verdeutlichen. So wichtig ist mir das, so wichtig bist du mir, dass ich hierhergekommen bin, anstatt zu fliehen, so lange ich noch konnte.« Helene breitete die Arme aus. »Ich bin in deiner Hand. Wenn du mich anhören willst – tue es. Wenn nicht – rufe deine Diener.«

Teresa starrte sie an. Helene hielt dem Blick stand. Totenstille beherrschte die Stube.

Durchbrochen, nach einer schieren Ewigkeit, von zwei Worten.

»So sprich.«

Christoph und Johannes hörten die Schritte gleichzeitig. Es waren mehrere Männer, draußen in der Gasse. Sie schienen keine Eile zu haben, und doch kamen sie bedrohlich näher.

»In jener Nacht lief ich zu dir«, begann Helene. »Ich tat alles, was ich vermochte, um dich aus dem Kloster zu holen. Aber es gelang mir nicht. Die Torwache ließ mich einfach nicht durch.«

Teresa lachte kurz auf. »Das ehrt dich, Schwester. Und dann? Dann bist du geflohen und hast mich zurückgelassen, damit du und dein Gemahl euer jämmerliches Leben retten konntet.«

»Wir wussten doch nicht, was geschehen würde«, sagte Helene beschwörend. »Wir hatten niemals Böses im Sinn, im Gegenteil. Aber der Fluchttunnel ist über uns zusammengebrochen. Ich war mit Christoph und Dorothea in der Stadt gefangen, und sie erwartete auch noch ein Kind. Nur Johannes war die Flucht jenseits der Stadtmauer geglückt. Also hat er einen Plan gefasst. Er hat sein eigenes Leben riskiert, nur um uns zu retten. Sein einziger Fehler war, den Worten eines Offiziers Glauben zu schenken, der versprach, für die Tagesparole der Stadt freies Geleit –«

»Freies Geleit.« Teresa verzog das Gesicht. »Wie kann man nur so leichtgläubig sein. Als ich damals das Gerücht hörte, dass ein kleiner Tagelöhner die Parole verraten hat, wusste ich gleich, dass nur ihr das gewesen sein konntet.«

»Hast du uns deshalb die Schatullen bringen lassen?«

»Emanuel war dagegen, aber ich fand es ein gelungenes

kleines Spiel.« Teresas Mundwinkel zuckten. »Um die Mäuse ein wenig aufzuscheuchen, bevor sie verschlungen werden.«

»Teresa – Johannes *musste* damals auf diese Bedingung eingehen, damit wir freikommen konnten. Aber ich verspreche dir bei allem, was mir heilig ist, dass man uns selbst hinters Licht geführt hat.«

»Auch wenn das zutrifft, habt ihr für euer Wohl mein Leben und eine ganze Stadt geopfert.« Keinerlei Regung zeigte sich in Teresas Stimme.

Helene war mit einem Male tief verzweifelt. War sie eine Närrin gewesen hierherzukommen und zu glauben, dass sie zu ihrer Schwester durchdringen konnte? War alles umsonst gewesen, würde sie ihre Kinder nie wiedersehen? Tränen stiegen ihr in die Augen, als sie vor Teresa zu Boden sank. »Bitte, Schwester ... ich lebe mit dieser Schuld, seit wir geflohen sind. Ja, ich habe ein neues, ein gutes Leben führen können. Aber ich habe dich nie vergessen, mir selbst nie vergeben können, dass ich dich zurückgelassen habe. Du warst immer bei mir, auch wenn ich dich für tot hielt.«

»Das war ich auch.« Teresa blickte auf Helene hinab. »Das bin ich immer noch.«

»Das bist du nicht.« Helenes Hand krampfte sich in das Kleid der anderen, ihre Stimme war flehend. »Egal was du erlitten ... du lebst, und du solltest dieses Geschenk nutzen.«

»Was weißt du schon von meinem Leben«, stieß Teresa hervor. Aber ihre Stimme zitterte unmerklich, und zum ersten Mal war so etwas wie Unsicherheit auf ihrem Gesicht zu lesen.

Christoph und Johannes drückten sich tiefer in die Schatten des Durchgangs. Es war zu spät hinaufzugehen und Helene zu warnen.

Drei Männer schritten an ihnen vorbei. Vorne ein Soldat, hinten ein Soldat, in der Mitte ein Mann mit weißer Halskrause, ein Bündel in der Hand.

Vor dem Eingangstor, das hinauf in den ersten Stock führte, blieben sie stehen. »Ihr haltet Wache«, befahl Emanuel Suárez den beiden Männern. Dann öffnete er das Tor und ging hinein.

Immer noch klammerte sich Helene an das Kleid ihrer Schwester. »Glaubst du denn nicht«, fuhr sie mit tränenerstickter Stimme fort, »dass jedes Mal wenn ein Kind von mir gestorben ist, ich nicht dein Gesicht vor Augen hatte? Und wenn eines meiner Kinder lebte, sah ich dich auch darin.«

Teresa wandte den Kopf ab, blickte ins Nichts.

Langsam stand Helene auf, wischte sich die Tränen aus den Augen. »Ich habe dich nie vergessen und werde dich nie vergessen. Du bist meine Schwester, und ich liebe dich, gleich, was du getan hast. Das wollte ich dir sagen. Wir sind umgeben von Rache und Hass, jeden Tag, jeden Augenblick. Aber wir leben. Und dieses Leben gilt es anzunehmen. Und wenn du das nicht so siehst – nun, dann habe ich wohl den Tod verdient. Aber er wird deine Rache niemals stillen, niemals. Die Rache ist eine Bestie, und ganz gleich wie sehr du sie fütterst, sie wird nie satt, wird dich im Gegenteil verzehren, bis nichts mehr von dir übrig ist.«

Teresa sah Helene jetzt wieder an. »Es war sehr mutig

von dir, dass du gekommen bist. Und manches von dem, was du sagtest, mag stimmen.« Wieder war die Unsicherheit auf ihrem Gesicht zu lesen, wieder trat für einen Moment der Mensch hinter dem Racheengel hervor. »Auch ich habe erst heute wieder über alles nachgedacht. Und ich habe etwas empfunden, von dem ich nie dachte, dass ich es empfinden würde, wenn ich meine Rache vollstreckt habe.«

Helene schwieg, spürte, dass sie die andere nun reden lassen musste.

»Leere. Keine Befriedigung, kein Triumph. Nur unendliche Leere. Vielleicht –«, sie zögerte kurz, »vielleicht der ausgehungerte Magen der Bestie, die endlich wieder gefüttert werden muss, wie du gesagt hast.«

»Glaub mir, es ist so.« Ein vorsichtiges Lächeln zog sich über Helenes Gesicht. »Und wenn du –«

Schritte vor der Stubentür, die beiden Frauen erstarrten. Dann öffnete sich die Tür, und Suárez trat herein. Ungläubig starrte er Helene an. »Was zum Teufel –«

Diese war wie gelähmt. Was machte der Spanier hier, und wo waren Christoph und Johannes, die doch Wache stehen sollten?

»Warum zur Hölle bist du hier?«, herrschte Suárez sie an. »Wo ist dein Gemahl? Wer hat euch geholfen?«

Helene brachte kein Wort hervor. Bevor der Spanier aufgetaucht war, hatte es für sie einen Moment lang so ausgesehen, als ob sie eine Chance hätte, Teresa zurückzugewinnen. Aber jetzt war alles verloren.

»Rede, Weib!« Suárez gab ihr eine so heftige Ohrfeige, dass Helene taumelte und zu Boden stürzte.

»Lass das.« Zwei Worte nur, aber sie genügten, den

Spanier innehalten zu lassen. Verständnislos blickte er Teresa an.

»Was machst du überhaupt hier?«, fuhr Teresa Suárez an. »Ich dachte, du bleibst die Nacht über im Kontor?«

Er hob das Filzbündel hoch, das er mitgebracht hatte. »Ich war der Ansicht, dass dich das amüsieren würde. Es sind Druckplatten, die wohl den Reichtum von zwei Familien erklären, die aus dem Nichts kamen.« Er zog Helene grob vom Boden hoch. »Und die auch wieder ins Nichts gehen werden.«

Teresa blickte von Helene zu dem Spanier, dann wieder zu Helene. Sie schien unschlüssig, schien mit sich zu ringen.

»Du wirst jetzt mitkommen, und dann werden wir jeden Winkel dieser verdammten Stadt durchsuchen.« Suárez packte Helene fester am Arm. »Wir werden deinen Mann finden, und dann werdet ihr baumeln, zusammen mit euren Freunden.«

»Nein.« Teresa strich sich die Haare nach hinten. »Warte noch. Ich muss –«, sie brach ab. »Ich muss noch mit ihr sprechen.«

»Du bist ja von Sinnen.« Der Spanier verengte seine Augen zu schmalen Schlitzen und wandte den Kopf Richtung Stubentür. »Wachen!«

Seine Stimme verklang.

Nichts geschah.

»Wachen! Zu mir!«, rief der Spanier erneut.

Sogleich kamen Schritte heraufgeeilt, von mindestens zwei Männern.

»Das nächste Mal seid Iihr gefälligst schneller, sonst mache ich euch Beine, faules Pack«, knurrte Suárez.

»Es wird kein nächstes Mal geben, Spanier.« Christoph Ackermann betrat die Stube, Johannes Heidfeldt folgte ihm.

ഇ ര

Suárez erfasste schnell, wie es um ihn stand. Er trat hinter Helene und brachte sie wie einen Schutzschild zwischen sich und die beiden Männer. Dabei zückte er sein Rapier und drückte es Helene gegen die Kehle. »Ackermann und Heidfeldt. Ich nehme an, ihr habt Euch meiner Wachen entledigt?«

»Sonst wären wir kaum hier.« Christoph ließ den Spanier nicht aus den Augen. »Und jetzt lass mein Weib los. Es hat keinen Zweck. Töte sie, und du bist einen Augenblick später ebenfalls tot.«

Helene stöhnte, weil Suárez ihr die Klinge immer stärker gegen den Hals drückte. Schon war ein dünnes Blutrinnsal zu sehen.

»*Töte sie*? Große Worte.« Suárez verzog abschätzig den Mund. »Nach meinem Dafürhalten bist du kein Mann, der sein Weib so leichtfertig sterben lässt. Ich bin bereit zu töten – bist du bereit, sterben zu lassen?«

Christoph ballte die Fäuste, aber er schwieg.

Der Spanier nickte kaum merklich. »Das habe ich erwartet.«

»Emanuel, ich sage es dir zum letzten Mal – lass Helene los!« Teresas Stimme zitterte, ob vor Wut oder Angst war nicht zu erkennen.

Suárez schüttelte den Kopf. »Ich weiß nicht, was heute mir dir geschehen ist, Weib, aber meine Geduld ist enden wollend.« Mit seiner linken Hand, mit der er Helene am Oberarm gepackte hatte, verstärkte er den Griff. Helene entfuhr ein kurzer Schrei. Christoph machte einen Schritt auf die beiden zu, hielt jedoch zähneknirschend inne, als der Spanier eine drohende Geste mit dem Rapier machte.

»Was mit mir geschehen ist, fragst du?« Teresa hob eine Hand, ließ sie kraftlos wieder sinken. »Vielleicht habe ich die Erleuchtung gefunden, vielleicht bin ich vollends dem Wahnsinn anheimgefallen. Wähle, wie du willst. Alles, was ich weiß, ist, dass ich meine Rache hinter mir lassen will.«

»Jetzt erlangst du eine solche Erkenntnis? Nach all den Jahren, in denen ich dir geholfen habe, dir blind vertraut habe, dich *geliebt* habe –« Ungläubig starrte der Spanier Teresa an.

Für einen Augenblick herrschte Stille im Raum.

»Ja«, antwortete Teresa schließlich leise. »Mehr kann ich dir nicht sagen. Und nun musst du Helene gehen lassen.«

»Ich *muss*?« Suárez spie das Wort regelrecht aus. »Dann lass mich dir eines mitteilen, Weib: Ich bin endlich da, wo zu sein ich es verdient habe. *Wir* sind endlich da, wo zu sein wir es verdient haben. Du hast deine Rache, und ich habe Ansehen und Macht. Das gebe ich nicht einer Laune wegen aus der Hand. Und wenn du wieder bei Sinnen bist und wir diese unselige Charade hinter uns haben, wirst du mir beipflichten.«

»Emanuel –«, setzte Teresa an.

»Weißt du nicht, was geschieht, wenn herauskommt, dass wir sie haben laufen lassen?«, unterbrach er sie. »Weißt du nicht, dass wir dann schneller im Falkenturm sitzen, als du ›Verrat‹ sagen kannst?« Der Spanier holte tief Luft und zwang sich sichtlich zur Beherrschung. »Teresa«, seine Stimme wurde weicher, »Teresa, überleg doch. Denk an den Tag, an dem ich dich aus dieser Hölle geholt habe und der uns bis hierher, an unser Ziel geführt hat. Denk daran, wie wir Deutz hinter uns gelassen haben, mit nichts als unserem Leben und dem Blutkelch.«

Teresas Blick schweifte zu Johannes, aber sie wagte nicht, ihm in die Augen zu schauen.

»Was denn – hast du etwa deshalb nun auch Gewissensbisse?« Der Spanier stutzte, dann breitete sich ein hinterhältiges Grinsen auf seinem Gesicht aus. »Nun, wenn wir heute hier schon reinen Tisch machen, dann dürfte euch diese Geschichte interessieren, Herr Heidfeldt.«

Der Kaufmann runzelte argwöhnisch die Stirn.

»Als wir aus dem zerstörten Kloster flohen«, fuhr Suárez fort, »hatten wir nur einen Gegenstand bei uns. Es war ein goldener Kelch aus dem Tabernakel, den einer der Mönche unter seiner Kutte versteckt hatte, wohl um ihn zu retten. Die Soldaten töteten den Mönch und ließen ihn liegen, ohne ihn zu durchsuchen. Wir stießen auf den Leichnam und fanden dabei zufällig den Kelch, der über und über mit Blut besudelt war. Wir nahmen ihn mit, als Grundstock für ein neues Leben.« Suárez lachte kurz auf. »Amüsanterweise benötigten wir unseren Fund gar nicht. In der ersten Zeit erbarmten sich unser milde Gönner, und dann, als Teresa genesen war, besorgte sie sich umgehend einen vermögenden Gemahl.« Er warf ihr einen kurzen Seitenblick zu, aber sie reagierte nicht. »Der Kelch begleitete uns seitdem auf unserem Lebensweg, bis hierher, in diese Stadt. Und da endlich fanden wir einen würdigen Verwendungszweck. Er sollte ein besonderes Geschenk sein, für eine besondere Hochzeit.«

Johannes erstarrte. Alles Blut wich aus seinem Gesicht.

»Ja, Ihr vermutet richtig«, nickte der Spanier. »Mein Vermählungsgeschenk an Anna und Lorenz. Ich ließ den Kelch einschmelzen und eine Kette daraus fertigen. Es erschien mir nur recht und billig, dass eine solch ketzerische Ehe mit Blutgold beginnen sollte. Und wie es scheint, hat das Gold auch seinem nächsten Träger kein Glück gebracht.«

Johannes stieß einen tierhaften Schrei aus und wollte sich auf Suárez stürzen, aber Christoph konnte ihn gerade noch zurückreißen und festhalten.

»Anna … du gottverdammter Hundesohn …« Der Kaufmann hatte Tränen in den Augen.

Teresa sah von dem Spanier zu Johannes, sah seinen Schmerz und seine Trauer. Dann zu Helene, die trotz ihrer misslichen Lage versuchte, die beiden Männer mit Blicken zu besänftigen, wohl weil sie mit dem einen seit ihrer Kindheit befreundet war und den anderen über alle Maßen liebte. Dann wandte sie sich wieder Suárez zu, aus dem nichts als Verachtung und Hass sprachen. Jene Verachtung und jener Hass, der sie selbst die letzten Jahrzehnte begleitet, ermutigt und angetrieben hatte.

Ihr Mund nahm einen entschlossenen Zug an.

Teresa nickte dem Spanier unmerklich zu und stellte sich an seine Seite, schenkte der herben Enttäuschung in Helenes Gesicht nicht die geringste Beachtung.

Suárez lächelte zufrieden.

Christoph ließ seinen Freund nun los. Der atmete schwer, hatte sich aber wieder unter Kontrolle. »Die Überfälle …«, brachte er hervor.

Der Spanier zog lakonisch eine Augenbraue in die Höhe. »Die Überfälle, ja ...« Er lachte laut auf. »Die verbrannten Wagen. Die Enthaupteten. Eure Verträge mit den Goldschmieden und den Reliquien ...«

Johannes und Christoph standen regungslos da, wie Knaben, denen man ihre Streiche aufzählte, bevor man sie bestrafte.

»Ja, selbst der Erhängte im Loch. Dies alles waren kleine Steine, unbedeutend, wenn sie für sich alleine stehen.« Suárez deutete mit dem Kopf einen Kreis an. »Aber wie mächtig und bemerkenswert im Gesamtkunstwerk eines Mosaiks.«

»Ihr habt uns also nur vorgeführt?« Christophs Worte waren nur ein Flüstern.

»Und es war mir, es war uns, ein Vergnügen.« Suárez atmete tief durch. »Aber nun Schluss mit der Posse. Ich werde mit Teresa und dem Weib hier den Raum verlassen, und dann wird alles seinen Gang gehen. Und wehe dem –«

Er verharrte.

Ließ die Hand mit dem Rapier sinken.

Stieß ein gurgelndes Geräusch aus.

Helene riss sich von ihm los und fiel Christoph in die Arme.

Der Spanier stürzte auf die Knie. Teresa stand über ihm, einen blutigen Dolch in der Hand, den sie ihm tief in die Seite gestoßen hatte. Der Verwundete versuchte zu sprechen, aber es gelang ihm nicht. Dann fiel er schwer vornüber.

Teresa beugte sich über ihn, drehte ihn auf den Rücken und strich ihm über die Stirn. »Es tut mir so leid, Emanuel, das musst du mir glauben.«

Unter Suárez breitete sich eine Blutlache aus, die rasch größer wurde. Er öffnete den Mund, auch auf seinen Lippen war Blut zu sehen. »Aber – du – du hast mi– mich doch geliebt –«

Teresa schüttelte den Kopf. Tränen stiegen ihr in die Augen. »Ich habe seit Deutz nie mehr jemanden geliebt, weil ich einfach nicht mehr zu lieben vermochte.«

Emanuel Suárez starrte sie an. Er versuchte noch etwas zu sagen, dann brachen seine Augen. Leblos sank sein Kopf auf die Seite.

»Warum hast du das getan?« Helene war sich nicht sicher, ob sie das alles nicht nur geträumt hatte. Hatte sich ihre Schwester gegen Suárez gestellt, für sie?

»Er hätte dich nicht gehen lassen. Aber ich – ich habe dich schon einmal verloren … Schwester.« Teresa stand auf. »Also geh. Ihr alle: Geht.«

Helene verharrte. »Was ist mit dir?«

Die Frau in Schwarz lächelte, und zum ersten Mal war Wärme, war eine wirkliche menschliche Regung in ihrem Antlitz zu erkennen. »Ich werde tun, was zu tun ist.« Sie zögerte. »Du hast recht, es gilt, das Leben zu nutzen. Nutze es. So wie du es bisher auch getan hast.«

»Teresa«, Helene klang verzweifelt. »Komm mit uns.«

»Nein. Mein Platz ist hier. Hier bei ihm.«

Helene wollte etwas entgegnen, aber Christoph fasste sie am Arm. »Wir haben nur noch wenig Zeit.«

»Der Allmächtige stehe dir bei, Teresa«, sagte Helene unter Tränen. Sie ging zu ihrer Schwester, schloss sie in die Arme. »Diesmal stehe Er dir bei.«

Teresa zögerte, dann erwiderte sie die Umarmung, ehrlich und innig. »Geht«, flüsterte sie.

Helene löste sich von ihrer Schwester, sah ihr noch einmal tief in die Augen. Dann verließ sie mit den anderen den Raum.

Teresa Jarre blieb allein zurück. Langsam sank sie zu Boden, ergriff die Hand ihres toten Gefährten und begann bitterlich zu weinen …

Francesco Santorio wartete mit bangem Herzen, blickte immer wieder zur Eingangstür. Hatten sie es geschafft? Würde sich die Türe öffnen und bekannte Gesichter hereinkommen, oder würden es bayerische Soldaten sein?

Er sah auf die Tür. Auf das alte, fast schwarze Holz mit den eisernen Beschlägen.

Neben ihm warteten Hans und Valentin. Valentin war der Kopf auf die Bank gesunken, er schnarchte leise. Hans wiederum hatte seinen Dolch gezogen und schärfte ihn an einem Lederriemen.

Das leise Schnarchen war das einzige Geräusch, neben dem Zischen der Talglampe.

Dann – Schritte, von draußen. Einen Augenblick später öffnete sich die Tür.

Valentin wachte blitzschnell auf, seine Hand fuhr zum Gürtel, wo er ebenfalls einen Dolch stecken hatte. Die drei Männer warteten gespannt.

Und sahen mit Erleichterung, dass Christoph, Helene und Johannes eintraten.

»Wohlan denn. Es ist alles vorbereitet.«

Der Wagen war mit Fässern und Kisten beladen und in

ihrer Mitte ein kleines Fleckchen freigelassen worden. Dort sollten sich Christoph und Helene unter Decken und leeren Säcken verbergen. Man konnte nur hoffen, dass die Wachen die Ladung nicht genauer inspizieren würden. Aber in einer so kalten Nacht hatten sie vielleicht eher im Sinn, sich in der Wachstube zu wärmen, als draußen penible Kontrollen zu veranstalten.

Im Innenhof vom Roten Hund war es ruhig. Draußen zog der Wind durch Straßen und Gassen, hier drinnen war nur sein entferntes Brausen zu hören.

Santorio trat vom Wagen zurück und wandte sich an Christoph und Helene. »Ihr müsst sofort aufbrechen. Valentin wird euch zur alten Mühle bringen, dort warten zwei Pferde mit Proviant auf euch.«

Christoph umarmte den alten Wirt. »Wie kann ich dir jemals danken, Francesco?«

Santorio war sichtlich gerührt. »In dem Ihr in dieser verfluchten Welt am Leben bleibt und versucht, sie besser zu machen, Christoph Ackermann.«

Dann blickte der Wirt Helene an. »Und Ihr passt gut auf ihn auf. Und auf Eure Kinder – es gibt nichts Wertvolleres.«

Helene gab ihm einen Kuss auf die faltige Wange. »Wenn es einen Helden gibt in dieser Stadt, dann bist du es, Francesco. Du hast vor langer Zeit viele Menschen gerettet, und du tust es heute wieder.«

Johannes trat jetzt zu den beiden. Die drei umarmten sich wortlos.

»Wir werden uns wiedersehen«, sagte Johannes mit Tränen in den Augen.

»Gib auf dich acht, Freund.« Auch Christophs Stimme

zitterte. »Es ist gefährlich in der Stadt, selbst für einen gottesfürchtigen Papstküsser wie dich.«

Johannes konnte sich ein Grinsen nicht verkneifen. Das war Christoph Ackermann, wie er ihn in Erinnerung behalten würde – mochte es auch ein noch so schwarzer, hoffnungsloser Augenblick sein, für einen Scherz war immer Zeit.

»Wir gehen nach Prag, das wird ein neuer Anfang. Komm mit deiner Familie nach, wann immer du willst.« Christoph schlug seinem Freund leicht auf die Schulter. »Diese Freundschaft, unser Band, wird auf ewig bestehen, ganz gleich wie die Zeiten sind.«

Johannes nickte. »Ich wünsche euch den Segen des Allmächtigen, und zwar dessen, der auf uns beide herabsieht, dass ihr gesund zu euren Kindern kommt. Und dass ihr ein neues Leben, ein besseres als hier leben könnt.«

»Das wünschen wir dir auch, Johannes.« Helene sah ihn liebevoll an. »Mein Herz wird bei dir und Agnes und bei euren Kindern sein.«

»Wir sollten los.« Mehr sagte Valentin nicht, aber alle wussten, dass er recht hatte.

Christoph und Helene kletterten auf den Wagen. Bevor sie unter die Decken krochen, sahen sie sich noch einmal um, als wollten sie die Stadt, in der sie so lange gelebt hatten, ein letztes Mal in sich aufnehmen.

Valentin schnalzte mit der Zunge, zog an den Zügeln. Die beiden Pferde trabten los, aus dem Innenhof hinaus.

Johannes und Santorio blieben zurück. Beide Männer schwiegen.

»Was haltet Ihr von einem guten Schluck Wein, um uns zu wärmen, Herr Heidfeldt?«, meinte Santorio schließlich.

»Von allen Ideen ist das die beste, Francesco.« Johannes klopfte dem alten Mann auf den Rücken. »Die verdammt beste …«

☙ ❧

Lienhard Schrater gähnte. Es fiel ihm schwer wach zu bleiben, denn die Stadt war gesichert wie seit Langem nicht mehr, dafür hatten die Bayern gesorgt. Die Ausgangssperre hielt die Straßen in der Nacht leer, die Patrouillen waren streng. Und streng war auch die Moral der bayerischen Kameraden, wenn auch zum Glück nicht die von allen. Lienhard hatte heute, als der Wind kälter wurde und sich unnachgiebig seinen Weg zwischen Umhang und Lederweste bahnte, dem Bayern an seiner Seite kurz angedeutet, man sollte sich vielleicht auch von innen wärmen. Der andere hatte wohlwollend genickt.

Wieder gähnte Lienhard. Vielleicht würde es ja doch nicht so schlimm werden mit der Besatzung. Er hoffte, dass es ihn nicht so traf wie manche seiner Kameraden, die aufgemuckt hatten. Er selbst würde die Schnauze halten, damit war er bisher immer am besten gefahren.

Dann hörte er das Knirschen von eisenbeschlagenen Rädern am vereisten Kopfsteinpflaster. Ein Wagen näherte sich. Um diese Zeit?

Lienhard trat vor das Lederer-Tor. Kurz darauf schälte sich ein Wagen mit zwei Pferden aus der Dunkelheit. Er erkannte Valentin, einen der Knechte des alten Sodomiten. Der musste es ja besonders eilig haben, wenn er noch in der Nacht aus der Stadt wollte.

Der Wagen hielt.

»Wo wollen wir denn so spät hin?« Lienhard sah zu Valentin hinauf.

»Meinem Herren sind, weil einige Gäste sehr hungrig und durstig waren« – der Blick Valentins schweifte zu dem bayerischen Soldaten, der auf die andere Seite des Wagens getreten war – »die wichtigsten Vorräte ausgegangen. Auch das Bier. Ich bin unterwegs nach Auchsesheim, um frisches zu holen und den Rest wieder aufzufüllen, damit alles bereit steht, wenn der Hund seine Pforten öffnet. Wir erwarten für heute wieder viel Gesellschaft.«

Für Lienhard war das in Ordnung. Aber sein bayerischer Kamerad kletterte wortlos auf den Wagen und schwenkte seine Lampe.

Aufmerksam ließ der Mann seinen Blick über die Ladung gleiten, über die Säcke und Decken, deren Schatten im Licht der Lampe hin und her wogten, als befänden sie sich auf einem Schiff.

Seine Augen waren schwarze Höhlen im Mondlicht, als er sich hinabbeugte …

Christoph wagte kaum zu atmen. Er hatte die Erklärung Valentins gehört, und sie stimmte sogar. Der Wirt hatte seine Vorräte, in Absprache mit Johannes, genau auf den heutigen Abend zur Neige gehen lassen. Denn sie brauchten eine gute Erklärung – wenn in einer Nacht Gefangene verschwanden, würde natürlich nachgeforscht werden, wer in der Nacht die Stadt verlassen hatte. Und wenn Santorios Speicher voll war, befand er sich in Erklärungsnot. So aber würde hoffentlich kein Verdacht entstehen.

Christoph spürte auf einer Seite ein Schaukeln, dann kam der Wagen wieder zur Ruhe.

Jemand war auf dem Wagen, schoss es ihm blitzartig durch den Kopf. Jemand, der nicht alles glaubte, was man ihm erzählte, und sich lieber selbst überzeugen wollte. Wenn er ihn und Helene fand, war alles aus, nicht nur für sie, sondern für jeden Einzelnen, der ihnen geholfen hatten, denn sie würden gefoltert werden und reden. Und unter der Folter gestand jeder irgendwann.

Nun war es totenstill. Nur der Wind war zu hören.

Der Soldat bemerkte die Decke, die so unpassend zwischen all den Truhen und Fässern lag. Er griff danach, zog sie mit einem Ruck hoch.

Christoph schloss die Augen.

Unter der Decke war nichts. Der Soldat ließ seinen Blick noch einmal über den Wagen gleiten. »Nun komm schon«, meinte Lienhard. »Ich kenne den Mann, dem der Wagen gehört, der ist vertrauenswürdig.«

Der Soldat zögerte kurz, dann sprang er vom Wagen.

In den beiden leeren Fässern, in denen sich Christoph und Helene versteckt hatten, atmeten beide tief aus. Der Gedanke, das Versteck noch einmal zu wechseln, bevor sie das Tor erreichten, hatte sich bezahlt gemacht.

Der Wagen rumpelte durchs Tor, das sich hinter ihm wieder schloss.

Langsam zog die Morgendämmerung über Schwäbischwerd auf. Die meisten der Bewohner schliefen noch wie

Abt Leonhard Hoermann oder Ulrich Groß. Andere wiederum wälzten sich unruhig in ihrem Bett wie Sibylla Amling. Oder sie verfluchten ihr Schicksal wie der eingekerkerte ehemalige Stadtschreiber Kuno.

Nur wenige waren bereits auf den Beinen. Einer von ihnen war Alexander von Haslang, der an einem Fenster seiner Unterkunft stand, das Haupt erhoben, die Hände hinter dem Rücken verschränkt. In einem Rhythmus, der gleichmäßigen Trommelschlägen glich, wippte er auf den Zehen auf und ab, während er auf den menschenleeren Markt blickte. Er dachte daran, wie er erst wenige Monate zuvor kampflos in die Stadt eingeritten war. Wahrlich, er konnte stolz auf sich sein – und das war er auch. Hatte er doch nicht nur den Befehl seines Herzogs ausgeführt, er hatte auch dafür gesorgt, dass die Ketzer klein beigaben und die Stadt wieder dem wahren Glauben angehörte.

Von Haslang war auch überzeugt davon, dass Seine Majestät der Kaiser irgendwann Erbarmen mit der Stadt haben und sie begnadigen würde. Doch wie es das Reichsrecht bestimmte, würden darob alle Besitzungen und Reichtümer von Stadt und Bürgerschaft so lange an Herzog Maximilian verpfändet bleiben, bis dessen Aufwendungen für die Exekution der Reichsacht erstattet wären. Und bei einem Heeresaufgebot von über siebentausend Mann würden Jahre, wenn nicht Jahrzehnte vergehen, ehe der letzte Gulden zurückgezahlt war. Von Haslang hatte somit nicht nur den wahren Glauben in die Stadt, sondern diese gleichzeitig auch ins Herzogtum Bayern geführt.

Sieg auf ganzer Linie.

Und doch spürte der Feldmarschall, dass dieses Aufbegehren der Lutheraner kein Einzelfall bleiben würde. Sicherlich – allzu bald würde niemand den Aufstand proben, der Fall der Freien Reichsstadt hatte ein deutliches Zeichen gesetzt. Aber ein Feuer war erst gelöscht, wenn auch das letzte Flämmchen, und mochte es noch so klein sein, erstickt worden war. Und von Haslang wusste, dass in vielen Städten ein solches Flämmchen züngelte. Die Frage lautete demnach nicht, ob das Feuer ausbrach – sondern nur wann.

Mit dieser Gewissheit hielt von Haslang inne und hörte auf zu wippen. Denn wo ein Feuer, da würde man verzweifelt nach solchen suchen, die verstünden, es zu löschen. Und dann würde eine demütige Schlüsselübergabe nicht genügen. Dann würde man das Feuer mit dem Schwerte löschen.

Ein selbstzufriedenes Lächeln huschte über Alexander von Haslangs Gesicht. Denn er würde es sein, der dieses Schwert führte.

Prior Beck kniete auf dem Steinboden seiner Kammer, die Augen geschlossen, die Hände gefaltet. Die Lippen bewegten sich lautlos, im Tausende Male geübten Gebet.

Dann bekreuzigte er sich und stand auf. Sein Blick schweifte in dem einfachen Raum umher. Bett, Truhe und das Pult mit der Bibel, nichts hatte sich geändert, obwohl sich in der Stadt alles geändert hatte. Doch trotz des Siegeszugs des wahren Glaubens, den Beck sich selbst zuschrieb – denn wer sonst hatte in dieser Stadt auch in den finstersten Zeiten der Unterdrückung unermüdlich gegen die Ketzer und für den Allmächtigen gepredigt –, war er seinem einfachen Leben treu geblieben. Er brauchte kein prachtvolles Gemach, keine Opulenz, keine Wärme. Er brauchte nur seinen Glauben, seine Kirche und seine Gläubigen. Das war sein Leben, und das würde es immer sein.

Aber eines gab es, das von nun an nicht mehr vonnöten war.

Beck öffnete die Truhe und nahm die Geißel heraus. Fast zärtlich ließ er seine Finger über den hölzernen Stiel gleiten, dann weiter über die Riemen, an deren Enden die kleinen Metallkugeln mit den Widerhaken befestigt waren. Wie oft hatte er sich gegeißelt, um sein sündiges Fleisch zu stärken, um Schmerz und Blut als Opfer für *Ihn* darzubringen? Er wusste es nicht mehr, wusste nur, dass Gott sein Opfer angenommen hatte. Die Ketzer waren vernichtet, und bald würden sie es im ganzen Reich sein.

Der Prior schloss seine Hand fest um den Stiel der Geißel. Dann schmetterte er ihn gegen die Wand, einmal, zweimal, dreimal. Der Stiel zerbrach in zwei Teile.

Beck ergriff die beiden Hälften und legte sie auf den Boden der Truhe. Er breitete die wollene Überdecke darüber, die ihm der Kellermeister wie jeden Winter für seine Schlafstatt hatte bringen lassen und die der Prior wie jeden Winter nicht benutzte. Sorgsam schloss er den Deckel der Truhe.

Dann trat er ans Fenster, sah hinaus in den heraufdämmernden Morgen.

Es würde ein neuer, prächtiger Tag werden. In einem neuen, prächtigen Jahr, in dem der Herr wie in den Jahren zuvor durch seinen Diener Georg Beck wirken würde. Halleluja. Halleluja.

In ihrem Haus hockte Teresa Jarre noch immer neben dem

Leichnam. Sie nahm den blutroten Himmel in sich auf, der durch das Fenster glomm. Wie passend, dachte sie. Blut am Himmel, in meinem Haus, in meiner Seele. Überall.

Dann blickte sie auf den toten Spanier hinab. Sie hatte bei ihm gesessen, seine Hand gehalten, die immer kälter, immer starrer geworden war. Und mit der fortschreitenden Erstarrung schien auch Teresas Leben aus ihr herauszufließen, zu schwinden.

»Lebwohl, Emanuel«, flüsterte sie, ließ seine Hand los und gab ihm einen letzten Kuss auf die Stirn. Sie stand auf, ging gemessenen Schrittes zu einem Schrank und öffnete ihn. Darin stand eine kleine Flasche aus geriffeltem Glas, die eine farblose Flüssigkeit enthielt.

Teresa öffnete das Fläschchen. Sah wieder hinaus, über die schneebedeckten Dächer, in den roten Himmel.

Ohne zu zögern, setzte sie das Fläschchen an und trank es leer.

In seinem Haus saß Johannes Heidfeldt neben seiner Frau Agnes am Stubentisch. Sie hielten sich an der Hand. Der Kaufmann hatte den Kopf an die Wand gelehnt, das Gesicht grau vor Erschöpfung. Und vor Sorge, ob es die Freunde aus der Stadt geschafft hatten.

Agnes küsste ihn sanft, er erwiderte den Kuss.

»Sie sind in Sicherheit, glaub mir. Sonst hätte es draußen schon längst Aufruhr gegeben.«

Der Kaufmann nickte müde. Was hätte er auch anderes machen sollen? Das, was in seiner Macht stand, hatte er für die Ackermanns getan, für die Eltern und für ihre Kinder. Alles Weitere lag in anderen Händen, denen der Helfer und des Allmächtigen.

»Was wird nun auf uns zukommen, Johannes?«

Er rieb sich die Augen. »Ich weiß es nicht. Die Gefahr durch den Spanier ist gebannt, aber sicher sind wir noch lange nicht. Wir können nur beten, weiterleben und weiterkämpfen. Und hoffen, dass alles gut wird.«

»Das klingt doch nach etwas, an dem man festhalten kann.« Agnes blickte ihn liebevoll an. »Weiterleben, weiterkämpfen. Gemeinsam.«

Johannes sah sie an, sah ihre Schönheit, erkannte, wie sehr er sie liebte und sie immer lieben würde. »Gemeinsam.«

Wieder küssten sie sich, innig und leidenschaftlich.

Weit weg von Donauwörth zog ein Fuhrwerk langsam die Straße entlang. Gebhard, der sich kurzerhand entschlossen hatte, die Jungen bis zu ihrem Ziel in Prag zu geleiten, hielt die Zügel.

Hinter ihm hatten sich Lorenz, Lucas und Philipp Ackermann ausgestreckt, tief unter Decken vergraben. Sie waren die Nacht durchgefahren, denn sie wollten so schnell wie möglich ihre alte Heimat hinter sich lassen.

Lucas und Philipp schliefen, Lorenz nicht. Er starrte in den Himmel über sich und dachte an seine Eltern.

Würden sie es schaffen?

Er bekreuzigte sich und begann leise zu beten.

Zur gleichen Zeit saßen Christoph und Helene Ackermann vor der Mühle auf die bereitgestellten Pferde auf. Die Mühle war schon seit langer Zeit verlassen, das Mühlrad von Moos überwuchert, das Dach eingestürzt. Und trotzdem kam die Ruine Helene vor wie der Himmel auf

Erden, denn sie lag in sicherer Entfernung zu Schwäbischwerd, weg von allen, die Verderben über sie und ihren Gemahl bringen wollten.

Dieser richtete sich gerade an den Mann, der sie mit dem Fuhrwerk hierhergebracht hatte. »Ich danke dir, Valentin. Bitte richte auch deinem Herren noch einmal meinen verbindlichen Dank aus und den meines Weibes.«

Der wortkarge Knecht nickte nur, schnalzte mit den Zügeln und fuhr Richtung Auchsesheim davon.

Helene und Christoph blickten über die Ebene, die Wälder und kleinen Hügel, die von der Morgendämmerung in zartes Rot getaucht wurden. Helene fühlte tiefe Trauer in sich über alles, was geschehen war, aber auch so etwas wie Hoffnung. Denn ein neues Leben lag vor ihnen.

Sie sah zu Christoph. »Bist du bereit?«

»Ja, das bin ich«, lächelte sie.

Die beiden ritten los, in den neuen Morgen, in ein neues Leben …

Epilog

Prag, 23. Mai A.D. 1618

Es war ein außergewöhnlich kalter Morgen gewesen, an jenem Tag im Marienmonat. Fast hätte man meinen können, dass der Winter zurückgekehrt war, um all das, was zarte Knospen trug oder eben erst erblüht war, mit eisigem Griff erfrieren zu lassen.

Die Holzscheite im Ofen knackten, während sie langsam von den Flammen verzehrt wurden. Es war dunkel in der Stube, denn die Morgendämmerung hatte gerade erst eingesetzt. Am Stubenfenster stand eine Gestalt, blickte wie bei jedem Tagesanbruch aus den kleinen Butzenscheiben und ließ Erinnerungen kommen und gehen. Erinnerungen an ein Leben, das sich anfühlte, als wäre es nicht nur eines, sondern viele Leben vieler Menschen.

Einer dieser Menschen war sehr jung und hatte sich gerade noch vor der Erstürmung einer Stadt retten können. Ein anderer war zu Reichtum und Ansehen gekommen. Und wieder ein anderer hatte von einem Tag auf den anderen alles verloren, hatte fliehen müssen und sich doch hier in Prag erneut ein neues Leben aufbauen können. Drei Leben, drei Menschen, und doch war es immer nur sie.

Helene Ackermann seufzte.

Ihre Haare waren mittlerweile mehr weiß als dunkelbraun, ihre Hände schwielig, ihr Rücken schmerzte. Und doch war ihr nicht nach Klagen zumute, hatte sie doch ein erfüllteres Leben führen können als die meisten im Heiligen Römischen Reich Deutscher Nation. Sie hatte ihre Söhne aufwachsen sehen können, und sie erfüllten Helene mit Stolz. Lorenz war vor sechs Jahren Richtung Frankreich gezogen, wohl um die Frau zu finden, die er seit ihrer kurzen Bekanntschaft damals in Schwäbischwerd nie mehr vergessen hatte. Lucas half bis zum heutigen Tag seinem Vater in dessen kleinem Transportunternehmen am Rande der Stadt. Und Philipp hatte sie ermöglicht, in die Zunft der Maler aufgenommen zu werden, wo er seine von Gott geschenkte Gabe verwirklichen konnte.

Es waren trotz aller Schwierigkeiten gute Jahre gewesen, resümierte Helene, viele gute Jahre seit sie Schwäbischwerd – Helene hatte sich immer geweigert, die Stadt Donauwörth zu nennen – bei Nacht und Nebel hinter sich gelassen hatten.

Schwäbischwerd und Teresa.

Johannes und Agnes Heidfeldt hatten sie seitdem drei Mal besucht, und auch deren Kinder schienen zu gedeihen. Und die Blicke, die die damals fünfzehnjährige Magdalena und der ein Jahr ältere Lucas beim Abschied wechselten, ließen Helene hoffen, dass ihr Sohn noch in diesem Jahr seinen Ranzen packen und seine Liebe suchen würde.

Wie es um die Geschäfte des Kaufmanns Heidfeldt mittlerweile bestellt war, darüber konnte Helene kein

Urteil abgeben. Aber wenn es ihm wie allen im Reich erging, kämpfte wohl auch er gegen den steten Niedergang an. Denn die Acht, die über die lutherische Stadt verhängt worden war, hatte verhängnisvolle Auswirkungen im Reich gehabt. Empört hatten die Lutheraner ein Bündnis ins Leben gerufen, die Protestantische Union. Die Katholiken hatten mit der Katholischen Liga reagiert. Wie gereizte Wölfe umkreisten sich die beiden Gruppen seit Jahren, und es schien nur eine Frage der Zeit, bis sie übereinander herfallen würden.

Von dem Niedergang war auch Christoph betroffen, die Einkünfte aus dem kleinen Unternehmen reichten seit einigen Monaten nicht mehr, um die Grundbedürfnisse der Familie zu stillen. Deshalb hatte Helene beschlossen, das ihre beizutragen …

Sie hob stolz den Kopf und atmete einmal tief ein und aus.

Dann schnallte sie sich die Kiepe auf den Rücken, trat vor das kleine, schiefwinkelige Haus und machte sich auf den Weg, um Lumpen und anderen Unrat zu sammeln.

Die Kälte machte ihr nichts aus, und mochten ihre Knochen auch schmerzen – solange sie stehen konnte, wollte sie arbeiten. Das hatte sie schon damals in Schwäbischwerd getan, als das Unternehmen Ackermann groß war, und das würde sie auch hier tun. So hatte sie schon vor einiger Zeit damit begonnen, durch die engen Gassen zu streifen und alles gewissenhaft zu durchstöbern, was die Bürger aus ihren Fenstern oder vor ihre Türen geworfen hatten.

Wie Helene selbst es auch getan hatte, mit einer gewissen Gleichgültigkeit, noch vor wenigen Jahren.

Nun verspürte die Lumpensammlerin keine Gleichgültigkeit mehr, sondern Dankbarkeit. Denn das, was sie fand und an die Papier- und Knochenmühlen oder Seifenmacher verkaufte, brachte Holz in den Herd, Brot auf den Tisch und Bier in die Krüge. Und im Gegensatz zu Bettlern, Tagelöhnern und Tunichtguten war Helene peinlich darauf bedacht, dass ihre Kleidung sauber und ihr Haar fein unter die Leinenhaube gesteckt war. Den Stand hatte man ihr genommen, auch das meiste ihres Hab und Guts, aber den Stolz würde ihr niemand nehmen, das hatte sie sich eisern geschworen.

Die Glockenschläge des mächtigen katholischen Veitsdoms waren bereits verklungen, als Helene den Graben der stolzen Prager Königsburg erreichte, die über der Stadt thronte. Sie wusste, dass hier der Hang zur Verschwendung größer war als bei den Bürgern, deshalb ließen sich hier wertvollere Stoffe finden. Zumindest manchmal.

Sie schritt den gepflasterten Weg entlang, der ihr wie immer einen wunderbaren Blick auf den lieblichen Burggarten offenbaren würde. So dachte Helene zumindest, als lautes Geschrei sie auf einmal innehalten ließ.

Unsicher sah sie sich um, woher der Tumult kam.

Schließlich fiel ihr Blick auf ein Fenster im Seitenflügel der Burg, das sperrangelweit offen stand und hinter dem sich Männer einen handfesten Disput lieferten. Helene versteckte sich hinter einem Baum und lugte nach oben.

»Wollen wir doch sehen«, schallte es herab, »ob ihm seine Maria helfen wird!«

Augenblicke später stürzte ein Mann in schwarzem Umhang rücklings aus dem Fenster, schlitterte die schräge

Befestigungsmauer entlang und schlug auf den Steinen am Fuße des Grabens auf. Regungslos blieb er liegen.

Helene begann unwillkürlich zu zittern. Wovon war sie gerade Zeugin geworden? Ihr Bauchgefühl mahnte sie zur Flucht, aber ihr Verstand gebot ihr zu bleiben. Am Ende würde man sie entdecken und ob des Gesehenen zur Verantwortung ziehen.

Ein weiterer Schrei ließ sie wieder zum Fenster hinaufblicken. Ein Mann, ebenfalls in einen dicken, samtenen schwarzen Umhang gewandet, baumelte an der Außenmauer und krallte sich mit der rechten Hand an den Fenstersims. Unter ihm ging es dreißig Ellen[31] in die Tiefe.

Ein anderer lehnte sich aus dem Fenster und begann mit dem Knauf eines Dolchs auf die Hand des Baumelnden einzuschlagen. Dieser schrie auf, ließ schließlich los und rutschte ab.

Der Mann schlitterte die Außenmauer entlang, schlug sich den Hinterkopf am Sims eines unteren Geschosses, prallte von der Mauer ab und schlug hart auf den Boden auf, unweit des ersten Mannes. Er starrte auf seine zerschlagene Hand, spuckte Blut und röchelte dabei wie ein Erstickender.

Helene war nun starr vor Angst. Erst als der zweite Mann herabstürzte, wurde sie gewahr, dass es sich der schwarzen Kleidung nach um Obere der Stadt handeln musste, vielleicht sogar Würdenträger. Dies bedeutete aber auch, dass jene, die sich im Zimmer hinter dem Fenster befanden, jeglichen Gehorsam der Obrigkeit gegenüber verloren hatten, ja, diese sogar herausforderten.

---

31 Ca. 17 Meter.

Der erste Mann, der gestürzt worden war, kam zur Besinnung und half dem zweiten mit einem Tuch das Blut aus dessen Mund zu wischen, sodass das entsetzliche Röcheln verstummte.

Ein Augenblick der Stille.

Helenes Blick schnellte zwischen den beiden Verunglückten und dem Fenster des Seitenflügels hin und her. Dann sah sie hinter sich – es war niemand sonst zu sehen. Wenn sie die Kiepe hierließe und sogleich losliefe, dann könnte sie vielleicht –

Ein dritter Mann wurde unter regem Gejohle aus dem Fenster geworfen. Doch dieser konnte seinen Fall an der Mauer bremsen und blieb unversehrt weiter oben auf dem Wall liegen. Kaum hatte er sich aufgerappelt, eilte er zu den beiden Verwundeten, um ihnen zu helfen.

Zwei der Agitatoren lehnten sich aus dem Fenster und hielten Ausschau nach den Gestürzten. Als sie erkannten, dass diese noch am Leben waren, zückten sie ihre Pistolen.

Zwei Schüsse peitschten durch die Luft.

Wie durch ein Wunder schien jedoch keine der Kugeln zu treffen, sie stoben nur ins Erdreich.

Helene wandte sich ab, kauerte sich zusammen und schloss die Augen. Was ging hier vor? Dies war nicht irgendeine Rauferei, wie sie jeden Tag zuhauf in Gaststätten oder auf Plätzen stattfand. Mit diesem Fenstersturz wollte jemand ein Zeichen setzen. Aber warum?

Helene bekreuzigte sich. Noch bevor sie das Ritual vollendet hatte, hielt sie inne –

Wollen wir sehen, ob ihm seine Maria helfen wird!

Seine Maria.

Katholiken.

Lutheraner.

Wie damals in Schwäbischwerd.

Eine schreckliche, allumfassende Angst bemächtigte sich Helene. Sie sah in die Richtung, in die die Männer, die aus dem Fenster gestürzt worden waren, mühsam davongehumpelt waren. Sah die pechschwarzen Gewitterwolken über der Königsburg, die nur darauf zu warten schienen, Burg und Stadt gnadenlos zu verzehren.

Helene schnallte sich die Kiepe vom Rücken, dann lief sie davon. Sie wollte so schnell wie möglich zu ihrem Mann und ihren Söhnen, denn mit einem Male war ihr gewiss, dass sich ein grenzenloses Unheil wie ein Leichentuch über das ganze Reich legen würde.

Diesmal war es jedoch nicht die Pest oder eine andere verheerende Krankheit.

Diesmal war das Unheil von Menschenhand gemacht.

Ein Unheil, im Schatten zweier Kreuze.

Danksagung

Der vorliegende Roman entstand aus unserer Faszination für den Dreißigjährigen Krieg – ein Krieg, der beinahe zwei Drittel der deutschen Bevölkerung das Leben kostete und von dessen Folgen sich das Land selbst einhundert Jahre später noch nicht erholt hatte. Dieser Krieg steht noch heute als Synonym für die Verrohung und Verblendung des Menschen, aber auch für die Fähigkeit, sich zu besinnen und wieder aufzubauen.

Was uns aber besonders interessiert hat, sind die Hintergründe und Ursachen dieses mörderischen Ringens. Dabei stießen wir unter anderem auf das »Kreuz- und Fahnengefecht« in Schwäbischwerd, dem heutigen Donauwörth, und die Idee zu »Tränen der Erde« war geboren ...

Ein episches historisches Familiendrama ist für uns Autoren natürlich eine große Herausforderung, allein schon von der Recherche her. Wir haben zahlreiche Bücher und historische Quellen zu Rate gezogen, und doch – ebenso unabdingbar ist das persönliche Erlebnis, das Besuchen der historischen Schauplätze. In unserem Fall hieß das ab nach Donauwörth, um Atmosphäre zu tanken und dortige Fachmänner und -frauen zu befragen. Wir wurden in der Stadt sehr herzlich aufgenommen und dürfen deshalb danken:

Der städtischen Tourist-Information Donauwörth, im besonderen Frau Rebekka Mair.

Dem Stadtarchiv Donauwörth, im besonderen Herrn Dr. Ottmar Seuffert.

Frau Friederike Rieger und Frau Martina Ertel für ihre informativen Stadtführungen.

Des Weiteren möchten wir uns bei unseren Testleserinnen Michaela Strobel und Su Lang-Vorhofer für ihre genaue Durchsicht und nützlichen Kommentare bedanken.

Unser Dank geht auch an den Heyne Verlag, der an das Projekt geglaubt hat und es mit großem Enthusiasmus in allen Phasen des Entstehens begleitet hat.

Und natürlich danken wir unseren Familien, diesen immerwährenden Felsen in der kreativen Romanwerdungs-Brandung, für ihre Geduld und Unterstützung.

Bastian Zach | Matthias Bauer